U0857054

中国古典小说普及文库

海上花列传

【清】韩邦庆 

岳麓书社·长沙

图书在版编目(CIP)数据

海上花列传/(清)韩邦庆著．—长沙：岳麓书社，2014.1(2022.10 重印)
(中国古典小说普及文库)
ISBN 978-7-5538-0208-4

Ⅰ.①海…　Ⅱ.①韩…　Ⅲ.①章回小说—中国—清代　Ⅳ.①I242.4

中国版本图书馆 CIP 数据核字(2013)第 248383 号

HAISHANGHUA LIEZHUAN

海上花列传

作　　者：(清)韩邦庆
责任编辑：彭卫才
责任校对：舒　舍
封面设计：吴颖辉

岳麓书社出版发行
地址：湖南省长沙市爱民路 47 号
直销电话：0731-88804152　0731-88885616
邮编：410006
版次：2014 年 1 月第 1 版
印次：2022 年 10 月第 3 次印刷
开本：890mm×1240mm　1/32
印张：14.5
字数：418 千字
印数：10 001—13 000
ISBN 978-7-5538-0208-4
定价：49.80 元

承印：廊坊市博林印务有限公司

如有印装质量问题，请与本社印务部联系
电话：0731-88884129

出版说明

《海上花列传》是一部创作于晚清的长篇方言小说,鲁迅在《中国小说史略》中将其列入“清之狭邪小说”之属。全书六十四回,通过描写上海妓院的场景,以及出入妓院诸多人物的众生相,折射出当时官场、商界所涉及的社会生活。全书的情节叙述用普通话,人物对白却是用的吴方言,从而把人物的神情相貌展示得活灵活现,这种把吴方言引入小说领域的表现手法,当是本书作者首创。然而这种表现手法又给吴方言区以外的读者带来了一定程度上的阅读困难。为此,我们在全书之末附上了胡适、刘半农和汪原放三位先生在20世纪20年代为上海亚东图书馆出版的《海上花列传》所作的文字,供读者在阅读的时候参考。胡适、刘半农先生的文章着重于小说作者的考证和作品的艺术分析,汪原放先生的《校读后记》,则专门对书中的吴方言疑难语词做了简释,有助于读者理解原文。

我社出版《中国古典小说普及文库》收入的《海上花列传》,文字采用清光绪二十年石印初刊本为底本校点整理,参以亚东图书馆排印本,加以校点,整理,力倡“原汁原味品经典,赏心悦目读名著”,以满足广大读者的需求。

自　序

或谓六十四回不结而结，甚善。顾既曰全书矣，而简端又无序，毋乃阙与？

花也怜侬曰：是有说；昔冬心先生续集自序，多述其生平所遇前辈闻人品题赞美之语，仆将援斯例以为之，且推而广之。凡读吾书而有得于中者，必不能已于言；其言也，不徒品题赞美之语，爱我厚而教我多也；苟有以抉吾之疵，发吾之覆，振吾之聩，起吾之痾，虽至呵责唾骂，讪谤诙嘲，皆当录诸简端，以存吾书之真焉。敬告同人，毋金玉！

光绪甲午孟春，云间花也怜侬识于九天珠玉之楼

目 录

例言

此书为劝戒而作;其形容尽致处,如见其人,如闻其声。阅者深味其言,更返观风月场中,自当厌弃嫉恶之不暇矣。所载人名事实俱系凭空捏造,并无所指。如有强作解人,妄言某人隐某人,某事隐某事,此则不善读书,不足与谈者矣!

苏州土白,弹词中所载多系俗字,但通行已久,人所共知,故仍用之;盖演义小说不必沾沾于考据也。惟有有音而无字者,如说勿要二字,苏人每急呼之,并为一音,若仍作勿要二字,便不合当时神理;又无他字可以替代,故将勿要二字并写一格。阅者须知覅字本无此字,乃合二字作一音读也。他若啥音眼,嗄音贾,耐即你,俚即伊之类,阅者自能意会,兹不多赘。

全书笔法自谓从《儒林外史》脱化出来,惟穿插藏闪之法则为从来说部所未有。一波未平,一波又起,或竟接连起十馀波。忽东忽西,忽南忽北,随手叙来,并无一事完,全部并无一丝挂漏。阅之觉其背面无文字处尚有许多文字,虽未明明叙出,而可以意会得之。此穿插之法也。劈空而来,使阅者茫然不解其如何缘故,急欲观后文,而后文又舍而叙他事矣;及他事叙毕,再叙明其缘故,而其缘故仍未尽明,直至全体尽露,乃知前文所叙并无半个闲字。此藏闪之法也。

此书正面文章如是如是,尚有一半反面文章,藏在字句之间,令人意会,直须阅至数十回后方能明白。恐阅者急不及待,特先指出一二。如写王阿二时,处处有一张小村在内;写沈小红时,处处有一小柳儿在内;写黄翠凤时,处处有一钱子刚在内。此外每出一人,即核定其生平事实,句句照应,并无落空。阅者细会自知。

从来说部必有大段落,乃是正面文章精神团结之处,断不可含糊了事。此书虽用穿插藏闪之法,而其中仍有段落可寻。如第九回沈小红如此大闹,以后慢慢收拾,一丝不漏,又整齐,又暇豫,即一大段落也。然此大段落中间仍参用穿插藏闪之法,以合全书体例。

说部书,题是断语,书是叙事。往往有题目系说某事,而书中长篇累幅,竟不说起,一若与题目毫无关涉者。前人已有此例。今十三回陆秀宝开宝,十四回杨媛媛通谋,亦此例也。

此书俱系闲话,然若真是闲话,更复成何文字?阅者于闲话中间寻其线索,则得之矣。如周氏双珠、双宝、双玉及李漱芳、林素芬诸人终身结局,此两回中(编者按:指第十九回和第二十回)俱可想见。

第廿二回,如黄翠凤、张蕙贞、吴雪香诸人,皆是第二次描写,所载事实言语,自应前后关照;至于性情脾气,态度行为,有一丝不合之处否?阅者反覆查勘之,幸甚!

或谓:书中专叙妓家,不及他事,未免令阅者生厌否?仆谓不然,小说作法与制艺同,连章题要包括。如《三国》演说汉魏间事,兴亡掌故了如指掌,而不嫌其简略。枯窘题要生发,如《水浒》之强盗,《儒林》之文士,《红楼》之闺娃,一意到底,颠倒敷陈,而不嫌其琐碎。彼有以忠孝,神仙,英雄,儿女,赃官,剧盗,恶鬼,妖狐,以至琴棋书画,医卜星相,萃于一书,自谓五花八门,贯通淹博,不知正见其才之窘耳!

合传之体有三难:一曰无雷同。一书百十人,其性情言语面目行为,此与彼稍有相仿,即是雷同。一曰无矛盾。一人而前后数见,前与后稍有不符,即是矛盾。一曰无挂漏。写一人而无结局,挂漏也;叙一事而无收场,亦挂漏也。知是三者而后可与言说部。

第一回　赵朴斋咸瓜街访舅　洪善卿聚秀堂做媒

按:此一大说部书,系花也怜侬所著,名曰《海上花列传》。只因海上自通商以来,南部烟花日新月盛,凡冶游子弟倾覆流离于狎邪者,不知凡几。虽有父兄,禁之不可;虽有师友,谏之不从。此岂其冥顽不灵哉?独不得一过来人为之现身说法耳!方其目挑心许,百样绸缪,当局者津津乎若有味焉;一经描摹出来,便觉令人欲呕,其有不爽然若失、废然自返者乎?

花也怜侬具菩提心,运广长舌,写照传神,属辞比事,点缀渲染,跃跃如生,却绝无半个淫亵秽污字样,盖总不离警觉提撕之旨云。苟阅者按迹寻踪,心通其意,见当前之媚于西子,即可知背后之泼于夜叉;见今日之密于糟糠,即可卜他年之毒于蛇蝎,也算得是欲觉晨钟,发人深省者矣。此《海上花列传》之所以作也。

看官,你道这花也怜侬究是何等样人?原来,古槐安国之北,有黑甜乡。其主者曰趾离氏,尝仕为天禄大夫,晋封醴泉郡公,乃流离于众香国之温柔乡,而自号花也怜侬云。所以,花也怜侬实是黑甜乡主人,日日在梦中过活,自己偏不信是梦,只当真的,作起书来。及至捏造了这一部梦中之书,然后唤醒了那一场书中之梦。看官啊,你不要只在那里做梦,且看看这书倒也无啥。

这书即从花也怜侬一梦而起。也不知花也怜侬如何到了梦中,只觉得自己身子飘飘荡荡,把握不定,好似云催雾赶的滚了去。举首一望,已不在本原之地了,前后左右,寻不出一条道路,竟是一大片浩淼苍茫、无边无际的花海。看官须知道,"花海"二字,不是杜撰的。只因这海本来没有什么水,只有无数花朵,连枝带叶,漂在海面上,又平匀,又绵软,浑如绣茵锦罽一般,竟把海水都盖住了。

花也怜侬只见花,不见水,喜得手舞足蹈起来,并不去理会这海的阔若干顷,深若干寻,还当在平地上似的,踯躅留连,不忍舍去。不料那花虽然枝叶扶疏，却都是没有根蒂的。花底下即是海水，被海水冲激起来，那花也只得随波逐流，听其所止。若不是遇着了蝶浪蜂狂，莺欺燕妒，就为那蚱蜢、蜣螂、虾蟆、蝼蚁之属，一味的披猖折辱，狼籍蹂躏。惟夭如桃，秾如李，富贵如牡丹，犹能砥柱中流，为群芳吐气；至于菊之秀逸，梅之孤高，兰之空山自芳，莲之出水不染，那里禁得起一些委屈，早已沉沦汩没于其间。

花也怜侬见此光景，辄有所感，又不禁怆然悲之。这一喜一悲也不打紧，只反害了自己，更觉得心慌意乱，目眩神摇；又被罡风一吹，身子越发乱撞乱磕的，登时闯空了一脚，便从那花缝里陷溺下去，竟跌在花海中了。

花也怜侬大叫一声，待要挣扎，早已一落千丈，直坠至地。却正坠在一处，睁眼看时，乃是上海地面华洋交界的陆家石桥。花也怜侬揉揉眼睛，立定了脚跟，方记得今日是二月十二日。大清早起，从家里出门，走了错路，混入花海里面，翻了一个筋斗，幸亏这一跌倒跌醒了。回想适才多少情事，历历在目，自觉好笑道："竟做了一场大梦。"叹息怪诧了一回。

看官，你道这花也怜侬究竟醒了不曾？请各位猜一猜这哑谜儿如何。但在花也怜侬自己以为是醒的了，想要回家里去，不知从那一头走，模模糊糊踅下桥来。

刚至桥堍，突然有一个后生，穿着月白竹布箭衣，金酱宁绸马褂，从桥下直冲上来。花也怜侬让避不及，对面一撞，那后生扑蹉地跌了一交，跌得满身淋漓的泥浆水。那后生一骨碌爬起来，拉住花也怜侬乱嚷乱骂。花也怜侬向他分说，也不听见。当时有青布号衣中国巡捕过来查问。后生道："我叫赵朴斋，要到咸瓜街浪去，陆里晓得个冒失鬼，奔得来跌我一交。耐看我马褂浪烂泥，要俚赔个啘！"花也怜侬正要回言，只见巡捕道："耐自家也勿小心啘，放俚去罢。"赵朴斋还咕哝了两句，没奈何放开手，眼睁睁地看着花也怜侬扬长自去。

看的人挤满了路口，有说的，有笑的。赵朴斋抖抖衣襟，发极道："教我那价去见我娘舅嗄？"巡捕也笑起来，道："耐去茶馆里拿手巾来揩揩哩。"一句提醒了赵朴斋，即在桥堍近水台茶馆占着个靠街的座儿，脱下马褂。等到堂倌舀面水来，朴斋绞把手巾，细细的擦那马褂，擦得没一些痕迹，方才穿上。呷一口茶，会帐起身，径至咸瓜街中市。

寻见永昌参店招牌，踱进石库门，高声问"洪善卿先生"。有小伙计答应，邀进客堂，问明姓字，忙去通报。不多时，洪善卿匆匆出来。赵朴斋虽也久别，见他削骨脸，爆眼睛，却还认得，趋步上前，口称"娘舅"，行下礼去。洪善卿还礼不迭，请起上坐，随问："令堂阿好？阿曾一淘来？寓来哚陆里？"朴斋道："小寓宝善街悦来客栈。无娒勿曾来，说搭娘舅请安。"说着，小伙计送上烟茶二事。

洪善卿问及来意，朴斋道："也无啥事干，要想寻点生意来做做。"善卿道："近来上海滩浪，倒也勿好做啥生意哩。"朴斋道："为仔无娒说，人末一年大一年哉，来哚屋里做啥哩？还是出来做做生意罢。"善卿道："说也勿差。耐今年十几岁？"朴斋说："十七。"善卿道："耐还有个令妹，也好几年勿见哉，比耐小几岁？阿曾受茶？"朴斋说："勿曾。今年也十五岁哉。"善卿道："屋里还有啥人？"朴斋道："不过三个人，用个娘姨。"善卿道："人淘少，开消总也有限。"朴斋道："比仔从前省得多哉。"

说话时，只听得天然几上自鸣钟连敲了十二下，善卿即留朴斋便饭，叫小伙计来说了。须臾，搬上四盘两碗，还有一壶酒，甥舅两人对坐同饮，絮语些近年景况，闲谈些乡下情形。善卿又道："耐一干仔住来哚客栈里，无拨照应碗。"朴斋道："有个米行里朋友，叫张小村，也到上海来寻生意，一淘住来哚。"善卿道："故也罢哉。"吃过了饭，揩面漱口。善卿将水烟筒授与朴斋，道："耐坐一歇，等我干出点小事体，搭耐一淘北头去。"朴斋唯唯听命。善卿仍匆匆的进去了。

朴斋独自坐着，把水烟吸了个不耐烦。直敲过两点钟，方见善卿出来，又叫小伙计来叮嘱了几句，然后让朴斋前行，同至街上，向北一直过了陆家石桥，坐上两把东洋车，径拉至宝善街悦来客栈门口停下，善卿约数都给了钱。朴斋即请善卿进栈，到房间里。

那同寓的张小村已吃过中饭，床上铺着大红绒毯，摆着亮汪汪的烟盘，正吸得烟腾腾的。见赵朴斋同人进房，便料定是他娘舅，忙丢下烟枪起身厮见。洪善卿道:"尊姓是张?"张小村道:"正是。老伯阿是善卿先生?"善卿道:"岂敢,岂敢。"小村道:"勿曾过来奉候,抱歉之至。"谦逊一回,对面坐定。赵朴斋取一支水烟筒送上善卿。善卿道:"舍甥初次到上海,全仗大力照应照应。"小村道:"小侄也勿懂啥事体,一淘上来末自然大家照应点。"又谈了些客套,善卿把水烟筒送过来,小村一手接着,一手让去床上吸鸦片烟。善卿说:"勿会吃。"仍各坐下。

朴斋坐在一边,听他们说话,慢慢的说到堂子倌人。朴斋正要开口问问,恰好小村送过水烟筒。朴斋趁势向小村耳边说了几句。小村先哈哈一笑,然后向善卿道:"朴兄说要到堂子里见识见识,阿好?"善卿道:"陆里去哩?"小村道:"还是棋盘街浪去走走罢。"善卿道:"我记得西棋盘街聚秀堂里有个倌人,叫陆秀宝,倒无啥。"朴斋插嘴道:"就去哉碗。"小村只是笑,善卿也不觉笑了。朴斋催小村收拾起烟盘,又等他换了一副簇新行头,头戴瓜棱小帽,脚登京式镶鞋,身穿银灰杭线棉袍,外罩宝蓝宁绸马褂,再把脱下的衣裳,一件件都折叠起来,方才与善卿相让同行。

朴斋正自性急,拽上房门,随手锁了,跟着善卿、小村出了客栈。转两个弯,已到西棋盘街,望见一盏八角玻璃灯,从铁管撑起在大门首,上写"聚秀堂"三个朱字。善卿引小村、朴斋进去,外场认得善卿,忙喊:"杨家姆,庄大少爷朋友来。"只听得楼上答应一声,便"登登登"一路脚声到楼门口迎接。

三人上楼,那娘姨杨家姆见了,道:"噢,洪大少爷,房里请坐。"一个十三四岁的大姐,早打起帘子等候。不料房间里先有一人横躺在榻床上,搂着个倌人,正戏笑哩;见洪善卿进房,方丢下倌人,起身招呼,向张小村、赵朴斋也拱一拱手,随问尊姓。洪善卿代答了,又转身向张小村道:"第位是庄荔甫先生。"小村说声"久仰"。

那倌人掩在庄荔甫背后,等坐定了,才上前来敬瓜子。大姐也拿水烟筒来装水烟。庄荔甫向洪善卿道:"正要来寻耐,有多花物事,耐看看阿有啥人作成?"即去身边摸出个折子,授与善卿。善卿打开看时,上面开列的或是珍宝,或是古董,或是书画,或是衣服,底下角明标价值号码。善卿皱眉道:"第号物事,消场倒难哩。听见说杭州黎篆鸿来里,阿要去问声俚看?"庄荔甫道:"黎篆鸿搭,我教陈小云拿仔去哉,勿曾有回信。"善卿道:"物事来哚陆里?"荔甫道:"就来哚宏寿书坊里楼浪,阿要去看看?"善卿道:"我是外行,看啥哩。"

赵朴斋听这等说话,好不耐烦,自别转头,细细的打量那倌人:一张雪白的圆面孔,五官端正,七窍玲珑,最可爱的是一点朱唇时时含笑,一双俏眼处处生情;见他家常只戴得一枝银丝蝴蝶,穿一件东方亮竹布衫,罩一件无色绉心缎镶马甲,下束膏荷绉心月白缎镶三道绣织花边的裤子。朴斋看的出神,早被那倌人觉着,笑了一笑,慢慢走到靠壁大洋镜前,左右端详,掠掠鬓脚。朴斋忘其所以,眼光也跟了过去。忽听洪善卿叫道:"秀林小姐,我替耐秀宝妹子做个媒人阿好?"朴斋方知那倌人是陆秀林,不是陆秀宝。只见陆秀林回头答道:"照应倪妹子,阿有啥勿好。"即高声叫杨家姆。

正值杨家姆来绞手巾、冲茶碗,陆秀林便叫他喊秀宝上来加茶碗。杨家姆问:"陆里一位嗄?"洪善卿伸手指着朴斋,说是"赵大少爷"。杨家姆睐了两眼,道:"阿是第位赵大少爷?我去喊秀宝来。"接了手巾,忙"登登登"跑了去。

不多时,一路"咭咭咯咯"小脚声音,知道是陆秀宝来了。赵朴斋眼望着帘子,见陆秀宝一进房间,先取瓜子碟子,从庄大少爷、洪大少爷挨顺敬去;敬到张小村、赵朴斋两位,问了尊姓,却向朴斋微微一笑。朴斋看陆秀宝也是个小圆面孔,同陆秀林一模一样,但比秀林年纪轻些,身材短些;若不是同在一处,竟认不清楚。

陆秀宝放下碟子,挨着赵朴斋肩膀坐下。朴斋倒有些不好意思的,左不是,右不是,坐又坐不定,走又走不开。幸亏杨家姆又跑来说:"赵大少爷,房间里去。"陆秀宝道:"一淘请过去哉碗。"大家听说,都立起来相让。庄荔甫道:"我来引导。"正要先走,被陆秀林一把拉住袖口,说道:"耐覅去哩,让俚哚去末哉。"

洪善卿回头一笑,随同张小村、赵朴斋跟着杨家姆,走过陆秀宝房间里。就在陆秀林房间的间壁,一切铺设装潢不相上下,也有着衣镜,也有自鸣钟,也有泥金笺对,也有彩画绢灯。大家随意散坐,杨家姆又乱着加茶碗,又叫大姐装水烟。接着外场送进干湿来,陆秀宝一手托了,又敬一遍,仍去和赵朴斋并坐。

杨家姆站在一旁,问洪善卿道:“赵大少爷公馆来哚陆里嗄?”善卿道:“俚搭张大少爷一淘来哚悦来栈。”杨家姆转问张小村道:“张大少爷阿有相好嗄?”小村微笑摇头。杨家姆道:“张大少爷无拨相好末,也攀一个哉啘。”小村道:“阿是耐教我攀相好?我就攀仔耐末哉啘,阿好?”说得大家哄然一笑。杨家姆笑了,又道:“攀仔相好末,搭赵大少爷一淘走走,阿是闹热点?”小村冷笑不答,自去榻床躺下吸烟。

杨家姆向赵朴斋道:“赵大少爷,耐来做个媒人罢。”朴斋正和陆秀宝鬼混,装做不听见。秀宝夺过手说道:“教耐做媒人,啥勿响嗄?”朴斋仍不语。秀宝催道:“耐说说喤。”朴斋没法,看看张小村面色要说,小村只管吸烟不理他。正在为难,恰好庄荔甫掀帘进房。赵朴斋借势起身让坐。杨家姆见没意思,方同大姐出去了。

庄荔甫对着洪善卿坐下,讲论些生意场中情事,张小村仍躺下吸烟。陆秀宝两只手按住赵朴斋的手,不许动,只和朴斋说闲话。一回说要看戏,一回说要吃酒,朴斋嘻着嘴笑。秀宝索性搁起脚来,滚在怀里。朴斋腾出一手,伸进秀宝袖子里去。秀宝掩紧胸脯,发急道:“覅喤。”张小村正吸完两口烟,笑道:“耐放来哚‘水饺子’勿吃,倒要吃‘馒头’。”朴斋不懂,问小村道:“耐说啥?”秀宝忙放下脚,拉朴斋道:“耐覅去听俚,俚来哚寻耐开心哉喤!”复睐着小村,把嘴披下来道:“耐相好末勿攀,说倒会说得野哚!”一句说得张小村没趣起来,讪讪的起身去看钟。

洪善卿觉小村意思要走,也立起来道:“倪一淘吃夜饭去。”赵朴斋听说,慌忙摸块洋钱丢在干湿碟子里。陆秀宝见了道:“再坐歇喤。”一面喊秀林:“阿姐,要去哉。”陆秀林也跑过这边来,低声和庄荔甫说了些甚么,才同陆秀宝送至楼门口,都说:“晚歇一淘来。”四人答应下楼。

第一回终。

第二回 小伙子装烟空一笑 清倌人吃酒枉相讥

按:四人离了聚秀堂,出西棋盘街北口,至斜角对过保合楼,进去拣了正厅后面小小一间亭子坐下。堂倌送过烟茶,便请点菜。洪善卿开了个菜壳子,另外加一汤一碗。堂倌铺上台单,摆上围签,集亮了自来火。看钟时已过六点,洪善卿叫烫酒来,让张小村首座,小村执意不肯,苦苦的推庄荔甫坐了。张小村次坐,赵朴斋第三,洪善卿主位。

堂倌上了两道小碗,庄荔甫又与洪善卿谈起生意来,张小村还戗说两句。赵朴斋本自不懂,也无心相去听他,只听得厅侧书房内,弹唱之声十分热闹,便坐不住,推做解手溜出来,向玻璃窗下去张看。只见一桌圆台,共是六客,许多倌人团团围绕,夹着些娘姨、大姐,挤满了一屋子。其中向外坐着紫糖面色、三绺乌须的一个胖子,叫了两个局。右首倌人正唱那二黄《采桑》一套,被琵琶遮着脸,不知生的怎样。那左首的年纪大些,却也风流倜傥,见胖子豁拳输了,便要代酒。胖子不许代,一面拦住他手,一面伸下嘴去要呷。不料被右首倌人停了琵琶,从袖子底下伸过手来,悄悄的取那一杯酒授与他娘姨吃了。胖子没看见,呷了个空,引得哄堂大笑。

赵朴斋看了,满心羡慕,只可恨不知趣的堂倌请去用菜,朴斋只得归席。席间六个小碗陆续上毕,庄荔甫还指手划脚谈个不了。堂倌见不大吃酒,随去预备饭菜。洪善卿又每位各敬一杯,然后各拣干稀饭吃了,揩面散坐。堂倌呈上菜帐,洪善卿略看一看,叫写永昌参店,堂倌连声答应。

四人相让而行,刚至正厅上,正值书房内那胖子在厅外解手回来,已吃得满面通红。一见洪善卿,嚷道:“善翁也来里,巧极哉,里向坐。”不由分说,一把拉住;又拦着三人道:“一淘叙叙哉啘。”庄荔甫辞了先走。张小村向赵朴斋丢个眼色,两人遂也辞了,与洪善卿作别,走出保合楼。

赵朴斋在路上咕噜道:“耐为啥要走哩? 镶边酒末落得扰扰俚哉啘。”被张小村咄了一口,道:“俚哚叫来哚长三书寓,耐去叫幺二,阿要坍台!”朴斋方知道有这个缘故,便想了想道:“庄荔甫只怕来哚陆秀林搭,倪也到秀宝搭去打茶会,阿好?”小村又哼了一声,道:“俚勿搭耐一淘去,耐去寻俚做啥? 阿要去讨惹厌!”朴斋道:“价末到陆里去哩?”小村只是冷笑,慢慢说道:“也怪勿得耐,头一埭到上海,陆里晓得白相个多花经络? 我看起来,覅说啥长三书寓,就是幺二浪,耐也覅去个好。俚哚才看惯仔大场面哉,耐拿三四十洋钱去用拨俚,也勿来俚眼睛里。况且陆秀宝是清倌人,耐阿有几百洋钱来搭俚开宝? 就省点也要一百开外哚,耐也犯勿着啘。耐要白相末,还是到老老实实场花去,倒无啥。”朴斋道:“陆里搭嗄?”小村道:“耐要去,我同耐去末哉。比仔长三书寓,不过场花小点,人是也差勿多。”朴斋道:“价末去哩。”小村立住脚一看,恰走到景星银楼门前,便说:“耐要去末打几首走。”当下领朴斋转身,重又向南。

过打狗桥,至法租界新街,尽头一家,门首挂一盏熏黑的玻璃灯,跨进门口,便是楼梯。朴斋跟小村上去看时,只有半间楼房,狭窄得很,左首横安着一张广漆大床,右首把搁板拼做一张烟榻,却是向外对楼梯摆的,靠窗杉木妆台,两边“川”字高椅,便是这些东西,倒铺得花团锦簇。朴斋见房里没人,便低声问小村道:“第搭阿是幺二嗄?”小村笑道:“勿是幺二,叫阿二。”朴斋道:“阿二末比仔幺二阿省点?”小村笑而不答。忽听得楼梯下高声喊道:“二小姐,来哩。”喊了两遍,方有人远远答应,一路戏笑而来。朴斋还只管问,小村忙告诉他说:“是花烟间。”朴斋道:“价末为啥说是阿二呢?”小村道:“俚名字叫王阿二。耐坐来里,覅多说多话。”

话声未绝,那王阿二已上楼来了,朴斋遂不言语。王阿二一见小村,便撺上去嚷道:“耐好啊,骗我阿是? 耐说转去两三个月啘,直到仔故歇坎坎来!阿是两三个月嗄,只怕有两三年哉。我教娘姨到栈房里看仔耐几埭,说是勿曾来,我还信勿过。间壁郭孝婆也来看耐,倒说道勿来个哉。耐只嘴阿是放屁,说来哚闲话阿有一句做到? 把我倒记好来里,耐再勿来末,索性搭耐上一上,试试看末哉!”小村忙陪笑央告道:“耐覅动气,我搭耐说。”便凑着王阿二耳朵边轻轻的说话。说不到三四句,王阿二忽跳起来,沉下脸道:“耐倒乖杀哚!耐想拿件湿布衫拨来别人着仔,耐末脱体哉,阿是?”小村发急道:“勿是呀,耐也等我说完仔了啘。”王阿二便又爬在小村怀里去听,也不知咕咕唧唧说些甚么。只见小村说着又努嘴,王阿二即回头把赵朴斋瞟了一眼,接着小村又说了几句。王阿二道:“耐末那价呢?”小村道:“我是原照旧啘。”

王阿二方才罢了,立起身来剔亮了灯台,问朴斋尊姓,又自头至足,细细打量。朴斋别转脸去装做看单条。只见一个半老娘姨,一手提水铫子,一手托两盒烟膏,蹭上楼来,见了小村,也说道:“阿唷,张先生啘!倪只道仔耐勿来个哉,还算耐有良心哚。”王阿二道:“呸,人要有仔良心,是狗也勿吃仔屎哉!”小村笑道:“我来仔倒说我无良心,从明朝起勿来哉。”王阿二也笑道:“耐阿敢嘎!”说时,那半老娘姨已把烟盒放在烟盘里,点了烟灯,冲了茶碗,仍提铫子下楼自去。

王阿二靠在小村身傍,烧起烟来;见朴斋独自坐着,便说:“榻床浪来躺躺啘。”朴斋巴不得一声,随向烟榻下手躺下,看着王阿二烧好一口烟,装在枪上授与小村,飕溜溜的直吸到底。又烧了一口,小村也吸了。至第三口,小村说:“覅吃哉。”王阿二调过枪来授与朴斋。朴斋吸不惯,不到半口,斗门噎住。王阿二接过枪去打了一签,再吸再噎。王阿二“嗤”的一笑。朴斋正自动火,被他一笑,心里越发痒痒的。王阿二将签子打通烟眼,替他把火,朴斋趁势捏他手腕。王阿二夺过手,把朴斋腿膀尽力摔了一把,摔得朴斋又酸,又痛,又爽快。朴斋吸完烟,却偷眼去看小村,见小村闭着眼,朦朦胧胧、似睡非睡光景。朴斋低声叫:“小村哥。”连叫两声,小村只摇手不答应。王阿二道:“烟迷呀,随俚去罢。”朴斋便不叫了。

王阿二索性挨过朴斋这边,拿签子来烧烟。朴斋心里热的像炽炭一般,却关碍着小村,不敢动手,只目不转睛的呆看。见他雪白的面孔,漆黑的眉毛,亮晶晶的眼睛,血滴滴的嘴唇,越看越爱,越爱越看。王阿二见他如此,笑问:“看啥?”朴斋要说又说不出,也嘻着嘴笑了。王阿二知道是个没有开荤的小伙子，但看那一种腼腆神情，倒也惹气，装上烟，把枪头塞到朴斋嘴边，说道："哪，请耐吃仔罢。"自己起身，向桌上取碗茶呷了一口，回身见朴斋不吃烟，便问："阿要用口茶?"把半碗茶授与朴斋。慌的朴斋一骨碌爬起来，双手来接，与王阿二对面一碰，淋淋漓漓泼了一身的茶，几乎砸破茶碗，引得王阿二放声大笑起来。这一笑连小村都笑醒了，揉揉眼，问："耐哚笑啥?"王阿二见小村呆呆的出神，更加弯腰拍手，笑个不了。朴斋也跟着笑了一阵。

小村抬身起坐，又打个呵欠，向朴斋说："倪去罢。"朴斋知道他为这烟不过瘾，要紧回去，只得说"好"。王阿二和小村两个又轻轻说了好些话。小村说毕，一径下楼。朴斋随后要走，王阿二一把拉住朴斋袖子，悄说："明朝耐一干仔来。"

朴斋点点头，忙跟上小村，一同回至悦来栈，开门点灯。小村还要吃烟过瘾，朴斋先自睡下，在被窝里打算。想小村闲话倒也不错，况且王阿二有情于我，想也是缘分了。只是丢不下陆秀宝，想秀宝毕竟比王阿二缥致些，若要兼顾，又恐费用不敷。这个想想，那个想想，想得翻来覆去的睡不着。一时，小村吸足了烟，出灰洗手，收拾要睡。朴斋重又披衣坐起，取水烟筒吸了几口水烟，再睡下去，却不知不觉睡着了。

睡到早晨六点钟，朴斋已自起身，叫栈使舀水洗脸，想到街上去吃点心，也好趁此白相相。看小村时，正鼾鼾的好困辰光。因把房门掩上，独自走出宝善街，在石路口长源馆里吃了一碗廿八个钱的闷肉大面。由石路转到四马路，东张西望，大踱而行。正碰着拉垃圾的车子下来，几个工人把长柄铁铲铲了垃圾抛上车去，落下来四面飞洒，溅得远远的。朴斋怕沾染衣裳，待欲回栈，却见前面即是尚仁里，闻得这尚仁里都是长三书寓，便进衖去逛逛。只见衖内家家门首贴着红笺条子，上写倌人姓名。中有一家，石刻门坊，挂的牌子是黑漆金书，写着"卫霞仙书寓"五字。

朴斋站在门前，向内观望，只见娘姨蓬着头，正在天井里浆洗衣裳，外场跷着腿，正在客堂里揩拭玻璃各式洋灯。有一个十四五岁的大姐,嘴里不知咕噜些甚么,从里面直跑出大门来,一头撞到朴斋怀里。朴斋正待发作,只听那大姐张口骂道:“撞杀耐哚娘起来,眼睛阿生来哚!”朴斋一听这娇滴滴声音,早把一腔怒气消化净尽,再看他模样俊秀,身材伶俐,倒嘻嘻的笑了。那大姐撇了朴斋,一转身又跑了去。

忽又见一个老婆子,也从里面跑到门前,高声叫“阿巧”,又招手儿说:“覅去哉。”那大姐听了,便撅着嘴,一路咕噜着,慢慢的回来。那老婆子正要进去,见朴斋有些诧异,即立住脚,估量是什么人。朴斋不好意思,方讪讪的走开,仍向北出衖。先前垃圾车子早已过去,遂去华众会楼上泡了一碗茶,一直吃到七八开,将近十二点钟时分,始回栈房。

那时小村也起身了。栈使搬上中饭,大家吃过洗脸,朴斋便要去聚秀堂打茶会。小村笑道:“第歇辰光,倌人才困来哚床浪,去做啥?”朴斋无可如何。小村打开烟盘,躺下吸烟。朴斋也躺在自己床上,眼看着帐顶,心里辘辘的转念头,把右手抵住门牙去咬那指甲;一会儿又起来向房里转圈儿,踱来踱去,不知踱了几百圈。见小村刚吸得一口烟,不好便催,哎的一声叹口气,重复躺下。小村暗暗好笑,也不理他。等得小村过了瘾,朴斋已连催四五遍。

小村勉强和朴斋同去,一径至聚秀堂。只见两个外场同娘姨在客堂里一桌碰和,一个忙丢下牌去楼梯边喊一声“客人上来”。朴斋三脚两步,早自上楼,小村跟着到了房里。只见陆秀宝坐在靠窗桌子前,摆着紫檀洋镜台,正梳头哩。杨家姆在背后用篦篦着,一边大姐理那脱下的头发。小村、朴斋就桌子两傍高椅上坐下,秀宝笑问:“阿曾用饭嗄?”小村道:“吃过仔歇哉。”秀宝道:“啥能早嗄?”杨家姆接口道:“俚哚栈房里才实概个。到仔十二点钟末,就要开饭哉;勿像倪堂子里,无拨啥数目,晚得来!”

说时,大姐已点了烟灯,又把水烟筒给朴斋装水烟。秀宝即请小村榻上用烟,小村便去躺下吸起来。外场提水铫子来冲茶,杨家姆绞了手巾。朴斋看秀宝梳好头,脱下蓝洋布衫,穿上件元绉马甲,走过壁间大洋镜前,自己端详一回。忽听得间壁喊“杨家姆”,是陆秀林声音。杨家姆答应着,忙收拾起镜台,过那边秀林房里去了。

小村问秀宝道:“庄大少爷阿来里?”秀宝点点头。朴斋听说,便要过去招呼,小村连声喊住。秀宝也拉着朴斋袖子,说:“坐来浪。”朴斋被他一拉,趁势在大床前藤椅上坐了。秀宝就坐在他膝盖上,与他唧唧说话,朴斋茫然不懂。秀宝重说一遍,朴斋终听不清说的是甚么。秀宝没法,咬牙根道:“耐个人啊!”说着,想了一想,又拉起朴斋来,说:“耐过来,我搭耐说哩。”两个去横躺在大床上,背着小村,方渐渐说明白了。一会儿,秀宝忽格格笑说:“阿唷,覅哩!”一会儿又极声喊道:“哎哟,杨家姆快点来哩!”接着“哎哟哟”喊个不住。杨家姆从间壁房里跑过来,着实说道:“赵大少爷覅吵哩!”朴斋只得放手。秀宝起身,掠掠鬓脚,杨家姆向枕边拾起一支银丝蝴蝶替他戴上,又道:“赵大少爷阿要会吵,倪秀宝小姐是清倌人哩。”

朴斋只是笑,却向烟榻下手与小村对面歪着,轻轻说道:“秀宝搭我说,要吃台酒。”小村道:“耐阿吃嗄?”朴斋道:“我答应俚哉。”小村冷笑两声,停了半晌,始说道:“秀宝是清倌人哩,耐阿晓得?”秀宝插嘴道:“清倌人末,阿是无拨客人来吃酒个哉?”小村冷笑道:“清倌人只许吃酒勿许吵,倒凶得野哚!”秀宝道:“张大少爷,倪娘姨哚说差句把闲话,阿有啥要紧嗄?耐是赵大少爷朋友末,倪也望耐照应照应,阿有啥撺掇赵大少爷来扳倪个差头?耐做大少爷也犯勿着啘。”杨家姆也说道:“我说赵大少爷覅吵,也勿曾说差啥闲话啘。倪要是说差仔,得罪仔赵大少爷,赵大少爷自家也蛮会说哚,阿要啥撺掇嗄?”秀宝道:“幸亏倪赵大少爷是明白人,要听仔朋友哚闲话,也好煞哉。”

一语未了,忽听得楼下喊道:“杨家姆,洪大少爷上来。”秀宝方住了嘴。杨家姆忙迎出去,朴斋也起身等候。不料随后一路脚声,却至间壁候庄荔甫去了。

第二回终。

第三回　议芳名小妹附招牌　拘俗礼细崽翻首座

按:不多时,洪善卿与庄荔甫都过这边陆秀宝房里来,张小村、赵朴斋忙招呼让坐。朴斋暗暗教小村替他说请吃酒。小村微微冷笑,尚未说出。陆秀宝看出朴斋意思,戗说道:"吃酒末阿有啥勿好意思说嗄?赵大少爷请耐哚两位用酒,说一声末是哉。"朴斋只得跟着也说了。庄荔甫笑说:"应得奉陪。"洪善卿沉吟道:"阿就是四家头?"朴斋道:"四家头忒少。"随问张小村道:"耐晓得吴松桥来哚陆里?"小村道:"俚来哚义大洋行里,耐陆里请得着嗄。要我搭耐自家去寻哚。"朴斋道:"价末费神耐替我跑一埭,阿好?"

小村答应了,朴斋又央洪善卿代请两位。庄荔甫道:"去请仔陈小云罢。"洪善卿道:"晚歇我随便碰着啥人,就搭俚一淘来末哉。"说了,便站起来道:"价末晚歇六点钟再来,我要去干出点小事体。"朴斋重又恳托。陆秀宝送洪善卿走出房间。庄荔甫随后追上,叫住善卿道:"耐碰着仔陈小云,搭我问声看,黎篆鸿搭物事阿曾拿得去。"

洪善卿答应下楼,一直出了西棋盘街,恰有一把东洋车拉过。善卿坐上,拉至四马路西荟芳里停下,随意给了些钱,便向弄口沈小红书寓进去,在天井里喊"阿珠"。一个娘姨从楼窗口探出头来,见了道:"洪老爷,上来喤。"善卿问:"王老爷阿来里?"阿珠道:"勿曾来。有三四日勿来哉。阿晓得来哚陆里?"善卿道:"我也好几日勿曾碰着。先生呢?"阿珠道:"先生坐马车去哉。楼浪来坐歇喤。"善卿已自转身出门,随口答道:"覅哉。"阿珠又叫道:"碰着王老爷末,同俚一淘来。"

善卿一面应,一面走,由同安里穿出三马路,至公阳里周双珠家。直走过客堂,只有一个相帮的喊声"洪老爷来",楼上也不见答应。善卿上去,静悄悄的,自己掀帘进房看时,竟没有一个人。善卿向榻床坐下,随后周双珠从对过房里款步而来,手里还拿着一根水烟筒,见了善卿,微笑问道:“耐昨日夜头保合楼出来,到仔陆里去?”善卿道:“我就转去哉啘。”双珠道:“我只道耐同朋友打茶会去,教娘姨哚等仔一歇哚,耐末倒转去哉。”善卿笑说:“对勿住。”双珠也笑着,坐在榻床前杌子上,装好一口水烟,给善卿吸。善卿伸手要接,双珠道:“覅啘,我装耐吃。”把水烟筒嘴凑到嘴边,善卿一口气吸了。

忽然大门口一阵嚷骂之声,蜂拥至客堂里,劈劈拍拍打起架来。善卿失惊道:“做啥?”双珠道:“咿是阿金哚哉啘,成日成夜吵勿清爽,阿德保也勿好。”善卿便去楼窗口望下张看。只见娘姨阿金揪着他家主公阿德保辫子要拉,却拉不动,被阿德保按住阿金鬏髻,只一揿,直揿下去。阿金伏倒在地,挣不起来,还气呼呼的嚷道:“耐打我啊!”阿德保也不则声,屈一只腿压在他背上,提起拳来,擂鼓似的从肩膀直敲到屁股,敲得阿金杀猪也似叫起来。双珠听不过,向窗口喊道:“耐哚算啥嗄,阿要面孔!”楼下众人也齐声喊住,阿德保方才放手。双珠挽着善卿臂膊扳转身来,笑道:“覅去看俚哚啘。”将水烟筒授与善卿自吸。

须臾,阿金上楼,撅着嘴,哭得满面泪痕。双珠道:“成日成夜吵勿清爽,也勿管啥客人来哚勿来哚。”阿金道:“俚拿我皮袄去当脱仔了,还要打我。”说着又哭了。双珠道:“阿有啥说嗄,耐自家见乖点,也吃勿着眼前亏哉啘。”阿金没得说,取茶碗,撮茶叶,自去客堂里坐着哭。

接着阿德保提水铫子进房,双珠道:“耐为啥打俚嗄?”阿德保笑道:“三先生阿有啥勿晓得?”双珠道:“俚说耐当脱仔俚皮袄,阿有价事嗄?”阿德保冷笑两声,道:“三先生耐问声俚看,前日仔收得来会钱,到仔陆里去哉啘?我说送阿大去学生意,也要五六块洋钱哚,教俚拿会钱来,俚拿勿出哉呀;难末拿仔件皮袄去当四块半洋钱。想想阿要气煞人!”双珠道:“会钱末也是俚赚得来洋钱去合个会,耐倒勿许俚用。”阿德保笑道:“三先生也蛮明白哚。俚真真用脱仔倒罢哉,耐看俚阿有啥用场嗄?沓来哚黄浦里末也听见仔点响声,俚是一点点响声也无拨啘。”双珠微笑不语。阿德保冲了茶,又随手绞了把手巾,然后下去。

善卿挨近双珠，悄问道："阿金有几花姘头嗄？"双珠忙摇手道："耐勠去多说多话。耐末算说白相，拨来阿德保听见仔要吵煞哉！"善卿道："耐还搭俚瞒啥？我也晓得点来里。"双珠大声道："瞎说哉啘！坐下来，我搭耐说句闲话。"善卿仍退下归坐。双珠道："倪无娒阿曾搭耐说起歇啥？"善卿低头一想，道："阿是要买个讨人？"双珠点头道："说好哉呀，五百块洋钱唻。"善卿道："人阿缥致嗄？"双珠道："就要来快哉。我是勿曾看见，想来比双宝缥致点唻。"善卿道："房间铺来哚陆里呢？"双珠道："就是对过房间。双宝末搬仔下头去。"善卿叹道："双宝心里是也巴勿得要好，就吃亏仔老实点，做勿来生意。"双珠道："倪无娒为仔双宝，也豁脱仔几花洋钱哉。"善卿道："耐原照应点俚，劝劝耐无娒看过点，赛过做好事。"正说时，只听得一路大脚声音，直跑到客堂里，连说："来哉，来哉！"善卿忙又向楼窗口去看，乃是大姐巧囡跑得喘吁吁的。

善卿知道那新买的讨人来了，和双珠爬在窗槛上等候。只见双珠的亲生娘周兰亲自搀著一个清倌人进门，巧囡前走，径上楼来。周兰直拉到善卿面前，问道："洪老爷，耐看看倪小先生阿好？"善卿故意上前去打个照面。巧囡教他叫洪老爷，他便含含糊糊叫了一声，却羞得别转脸去，彻耳通红。善卿见那一种风韵可怜可爱，正色说道："出色哉！恭喜，恭喜！发财，发财！"周兰笑道："谢谢耐金口。只要俚巴结点，也像仔俚哚姊妹三家头末，好哉。"口里说，手指著双珠。善卿回头向双珠一笑。双珠道："阿姐是才嫁仔人了，好哉。单剩我一干仔，无啥人来讨得去，要耐养到老死唻，啥好嗄！"周兰呵呵笑道："耐有洪老爷来里啘。耐嫁仔洪老爷，比双福要加倍好唻。洪老爷阿是？"

善卿只是笑。周兰又道："洪老爷先搭倪起个名字，等俚会做仔生意末，双珠就拨仔耐罢。"善卿道："名字叫周双玉，阿好？"双珠道："阿有啥好听点个嗄？原是'双'啥'双'啥，阿要讨人厌！"周兰道："周双玉无啥；把势里要名气响末好。叫仔周双玉，上海滩浪随便啥人，看见牌子就晓得是周双珠哚个妹子哉啘，终比仔新鲜名字好点唻。"巧囡在傍笑道："倒有点像大先生个名字。周双福，周双玉，阿是听仔差勿多?”双珠笑道:“耐末晓得啥差勿多。阳台浪晾来哚一块手帕子搭我拿得来。”

巧囡去后,周兰挈过双玉,和他到对过房里去。善卿见天色晚将下来,也要走了。双珠道:“耐啥要紧啘?”善卿道:“我要寻个朋友去。”双珠起身,待送不送的,只嘱咐道:“耐晚歇要转去末,先来一埭,覅忘记。”

善卿答应出房。那时娘姨阿金已不在客堂里,想是别处去了。善卿至楼门口,隐隐听见亭子间有饮泣之声。从帘子缝里一张,也不是阿金,竟是周兰的讨人周双宝,淌眼抹泪,面壁而坐。善卿要安慰他,跨进亭子,搭讪问道:“一干子来里做啥?”那周双宝见是善卿,忙起身陪笑,叫一声“洪老爷”,低头不语。善卿又问道:“阿是耐要搬到下头去哉?”双宝只点点头。善卿道:“下头房间倒比仔楼浪要便当多花哚。”双宝手弄衣襟,仍是不语。善卿不好深谈,但道:“耐闲仔点,原到楼浪来阿姐搭多坐歇,说说闲话也无啥。”双宝方微微答应。善卿乃退出下楼,双宝倒送至楼梯边而回。

善卿出了公阳里,往东转至南昼锦里中祥发吕宋票店,只见管帐胡竹山正站在门首观望。善卿上前厮见。胡竹山忙请进里面。善卿也不归坐,问:“小云阿来里?”胡竹山道:“勿多歇朱蔼人来,同仔俚一淘出去哉,看光景是吃局。”善卿即改邀胡竹山,道:“价末倪也吃局去。”胡竹山连连推辞。善卿不由分说,死拖活拽同往西棋盘街来。

到了聚秀堂陆秀宝房里,见赵朴斋、张小村都在。还有一客,约摸是吴松桥,询问不错。胡竹山都不认识,各通姓名,然后就坐,大家随意闲谈。

等至上灯以后,独有庄荔甫未到。问陆秀林,说是往抛球场买物事去的。外场罩圆台,排高椅,把挂的湘竹绢片方灯都点上了。赵朴斋已等得不耐烦,便满房间大踱起来,被大姐一把仍拉他坐了。张小村与吴松桥两个向榻床左右对面躺著,也不吸烟,却悄悄的说些秘密事务。陆秀林、陆秀宝姊妹并坐在大床上,指点众人背地说笑。胡竹山没甚说的,仰着脸看壁间单条对联。

洪善卿叫杨家娒拿笔砚来开局票,先写了陆秀林、周双珠二人。胡竹山叫清和坊的袁三宝,也写了。再问吴松桥、张小村叫啥人。松桥说叫孙素兰,住兆贵里。小村说叫马桂生,住庆云里。赵朴斋在旁看著写毕,忽想起,向张小村道:“倪再去叫个王阿二来,倒有白相个碗。”被小村著实瞪了一眼,朴斋后悔不迭。吴松桥只道朴斋要叫局,也拦道:“耐自家吃酒,也覅叫啥局哉。”朴斋要说不是叫局,却顿住嘴说不下去。恰好楼下外场喊声:“庄大少爷上来。”陆秀林听了急奔出去,朴斋也借势走开去迎庄荔甫。

荔甫进房,见过众人,就和陆秀林过间壁房间里去。洪善卿叫“起手巾”,杨家娒应著,随把局票带下去。及至外场绞上手巾,庄荔甫也已过来,大家都揩了面。于是赵朴斋高举酒壶,恭恭敬敬定胡竹山首座。竹山吃一大惊,极力推却。洪善卿说著,也不依。赵朴斋没法,便将就请吴松桥坐了,竹山次位,其余略让一让,即已坐定。

陆秀宝上前筛了一巡酒,朴斋举杯让客,大家道谢而饮。第一道菜照例上的是鱼翅,赵朴斋待要奉敬,大家拦说:“覅客气,随意好。”朴斋从直遵命,只说得一声“请”。鱼翅以后,方是小碗。陆秀林已换了出局衣裳过来,杨家娒报说:“上先生哉。”秀林、秀宝也并没有唱大曲,只有两个乌师坐在帘子外吹弹了一套。

及至乌师下去,叫的局也陆续到了。张小村叫的马桂生,也是个不会唱的。孙素兰一到,即问袁三宝:“阿曾唱?”袁三宝的娘姨会意,回说:“耐哚先唱末哉。”孙素兰和准琵琶,唱一支开片,一段京调。庄荔甫先鼓起兴致,叫拿大杯来摆庄。杨家娒去间壁房里取过三只鸡缸杯,列在荔甫面前。荔甫说:“我先摆十杯。”吴松桥听说,揎袖攘臂,和荔甫豁起拳来。孙素兰唱毕,即替吴松桥代酒,代了两杯,又要存两杯,说:“倪要转局去,对勿住。”

孙素兰去后,周双珠方姗姗其来。洪善卿见阿金两只眼睛肿得像胡桃一般,便接过水烟筒来自吸,不要他装。阿金背转身去立在一边。周双珠揭开豆蔻盒子盖,取出一张请客票头授与洪善卿。善卿接来看时,是朱蔼人的,请至尚仁里林素芬家酒叙。后面另是一行小字,写道:“再有要事面商,见字速驾为幸。”这行却加上密密的圈子。

善卿猜不出是什么事，问周双珠道："送票头来是啥辰光?"双珠道："来仔一歇哉，阿去嗄?"善卿道："勿晓得啥事体，实概要紧。"双珠道："阿要教相帮哚去问声看?"善卿点点头。双珠叫过阿金道："耐去喊俚哚到尚仁里林素芬搭台面浪看看，阿曾散。问朱老爷阿有啥事体，无要紧末，说洪老爷谢谢勿来哉。"

阿金下楼与轿班说去。庄荔甫伸手要票头来看了，道："阿是蔼人写个嗄?"善卿道："为此勿懂碗。票头末是罗子富个笔迹，到底是啥人有事体啶?"荔甫道："罗子富做啥生意嗄?"善卿道："俚是山东人，江苏候补知县，有差使来里上海。昨日夜头保合楼厅浪阿看见个胖子，就是俚。"赵朴斋方知那个胖子叫罗子富，记在肚里。只见庄荔甫又向善卿道："耐要先去末，先打两杯庄。"善卿伸拳豁了五杯，正值那轿班回来，说道："台面是要散快哉，说请洪老爷带局过去，等来哚。"善卿乃告罪先行。赵朴斋不敢强留，送至房门口。外场赶忙绞上手巾，善卿略揩一把，然后出门，款步转至宝善街，径往尚仁里来。

比及到了林素芬家门首，见周双珠的轿子倒已先在等候，便与周双珠一同上楼进房。只见觥筹交错，履舄纵横，已是酒阑灯灺时候。台面上只有四位，除罗子富、陈小云外，还有个汤啸庵，是朱蔼人得力朋友。这三位都与洪善卿时常聚首的。只一位不认识，是个清瘦面庞、长跳身材的后生。及至叙谈起来，才知道姓葛，号仲英，乃苏州有名贵公子。洪善卿重复拱手致敬道："一向渴慕，幸会，幸会!"罗子富听说，即移过一鸡缸杯酒来授与善卿，道："请耐吃一杯湿湿喉咙，覅害仔耐渴慕得要死。"善卿只是讪笑，接来放在桌上，随意向空著的高椅坐了。周双珠坐在背后，林素芬的娘姨另取一副杯箸奉上。林素芬亲自筛了一杯酒，罗子富偏要善卿吃那一鸡缸杯。善卿笑道："耐哚吃也吃完哉，还请我来吃啥酒!耐要请我吃酒末，也摆一台起来。"罗子富一听，直跳起来道："价末覅耐吃哉，倪去罢。"

第三回终。

第四回　看面情代庖当买办　丢眼色吃醋是包荒

按:汤啸庵拉罗子富坐下,说道:"耐啥要紧哩?我说末,耐先教月琴先生打发个娘姨转去,摆起台面来。善卿坎坎来,也让俚摆个庄,等蔼人转来仔一淘过去,俚哚也舒齐哉,阿是嗄?耐第歇去也不过等来哚,做啥呢?"罗子富连说"勿差"。子富叫的两个倌人,一个是老相好蒋月琴,便令娘姨转去:"看俚哚台面摆好仔末再来。"

洪善卿四面一看,果然不见朱蔼人,只有林素芬和汤啸庵应酬台面。还有素芬的妹子林翠芬,是汤啸庵叫的本堂局,也帮着张罗。洪善卿诧异,问道:"蔼人是主人唲,陆里去哉哩?"汤啸庵道:"黎篆鸿说句闲话,教俚去一埭,要转来快哉。"洪善卿道:"说起黎篆鸿,倒想着哉。"即向陈小云道:"荔甫要问耐,一篇帐阿曾拿到黎篆鸿搭去?"陈小云道:"我托蔼人拿得去哉。我看价钱开得忒大仔点。"洪善卿道:"阿晓得第号物事陆里来个嗄?"陈小云道:"说是广东人家,细底也勿清爽。"罗子富向洪善卿道:"我也要问耐,耐阿是做仔包打听哉?双珠先生有个广东客人,勿晓得俚细底,耐阿曾搭俚打听歇?"大家呵呵一笑。洪善卿也笑了。周双珠道:"倪陆里有啥广东客人嗄,耐倒搭倪拉个广东客人来做做哉唲。"

罗子富正要回言,洪善卿拦住道:"覅瞎说哉。我摆十杯庄,耐来打。"罗子富挽起袖子,与洪善卿豁拳,一交手便输了。罗子富道:"豁仔一淘吃。"接连豁了五拳,竟输了五拳。蒋月琴代了一杯。那一个新做的倌人叫黄翠凤,也伸手来接酒。洪善卿道:"怪勿得耐要豁拳,有几花人搭耐代酒哚。"罗子富道:"大家勿许代,我自家吃。"洪善卿拍手的笑。陈小云说:"代代罢。"汤啸庵帮他筛酒,取一杯授与黄翠凤吃。黄翠凤知道罗子富要翻台到蒋月琴家去,因说道:"倪去哉,阿要存两杯?"罗子富摇头说:"覅存哉。"黄翠凤乃先走了。

汤啸庵劝罗子富停歇再豁,却教陈小云先与洪善卿交手,也豁上五拳。接著汤啸庵自己都豁过了,单剩下葛仲英一个。

那葛仲英正扭转身,和倌人吴雪香两个唧唧哝哝的咬耳朵说话,连半日洪善卿如何摆庄都没有理会。及至汤啸庵叫他豁拳,葛仲英方回头问:“做啥?”罗子富道:“晓得耐哚是恩相好,台面浪也推扳点末哉。阿是要做出来拨倪看看?”吴雪香把手帕子望罗子富面上甩来,说道:“耐末总无拨一句好闲话说出来!”

洪善卿拱手向葛仲英道:“请教豁拳。”葛仲英只豁得两拳,吃过酒,仍和吴雪香去说话。罗子富已耐不得,伸拳与洪善卿重又豁起,这番却是赢的。洪善卿十杯庄消去九杯,罗子富想打完这庄,偏不巧又输了。忽听得楼下外场喊说“朱老爷上来”。陈小云忙阻止罗子富道:“让蔼人来豁仔一拳,收令罢。”罗子富听说有理,便不再豁。朱蔼人匆匆归席,连说:“失陪,得罪。”又问:“啥人来里摆庄?”

洪善卿且不豁拳,却反问朱蔼人道:“耐有啥要紧事体搭我商量?”朱蔼人茫然不知,说:“我无啥事体碗。”罗子富不禁笑道:“请耐吃花酒,倒勿是要紧事体?”洪善卿也笑道:“我就晓得是耐来哚捏忙。”罗子富道:“就算是我捏忙,快点豁仔拳了去。”朱蔼人道:“只剩仔一拳,也覅豁哉。我来每位敬一杯。”大家说:“遵命。”

朱蔼人取齐六只鸡缸杯,都筛上酒,一齐干讫,离席散坐。外场七手八脚绞了手巾,那蒋月琴的娘姨早来回话过了,当下又上前催请一遍。葛仲英、罗子富、朱蔼人各有轿子,陈小云自坐包车,一起倌人随着客轿,带局过去。惟汤啸庵与洪善卿步行,乃约同了先走一步。

二人离了林素芬家,来到尚仁里弄口,有一人正要进弄,见了忙侧身垂手,叫声“洪老爷”。洪善卿认得是王莲生的管家,名叫来安的,便问他:“老爷呢?”来安道:“倪老爷来哚祥春里,请洪老爷过去说句闲话。”洪善卿道:“祥春里啥人家嗄?”来安道:“叫张蕙贞。倪老爷也坎坎做起,有勿多两日。”洪善卿听了,即转向汤啸庵说:“我去一埭就来。蒋月琴搭请俚哚先坐罢。”汤啸庵叮嘱快点,自去了。

洪善卿随着来安,径至祥春里,弄内黑魆魆的,摸过二三家,推开两扇大门进去。来安喊说:“洪老爷来里!”楼上接应了,不见动静。来安又说:“拿只洋灯下来喤。”楼上连说:“来哉。”又等好一会,方见一个老娘姨,手提马口铁四光壁灯,迎下楼来,说:"请洪老爷楼浪去哩。"

善卿见楼下客堂里七横八竖的堆着许多红木桌椅,像要搬场光景。上楼看时,当中挂一盏保险灯,映着四壁,像月洞一般,却空落落的没有一些东西,只剩下一张跋步床,一只梳妆台,连帘帐、灯镜诸件都收拾干净了。王莲生坐在梳妆台前,正摆着四个小碗吃便夜饭。旁边一个倌人陪他同吃,想来便是张蕙贞。

善卿到了房里,即笑说道:"耐倒一干仔来里寻开心。"莲生起身招呼,觉善卿脸上有酒意,问:"阿是来哚吃酒?"善卿道:"吃仔两台哉。俚哚请仔耐好几埭哚,故歇罗子富翻到仔蒋月琴搭去哉,耐阿高兴一淘去?"莲生微笑摇头。善卿随意向床上坐下,张蕙贞亲自送过一支水烟筒来。善卿接了,忙说:"覅客气,耐请用饭哩。"蕙贞笑道:"倪吃好哉呀。"

善卿见张蕙贞满面和气,蔼然可亲,约摸是幺二住家,问他:"阿是要调头?"蕙贞点头应"是"。善卿道:"调来哚陆里?"蕙贞说:"是东合兴里大脚姚家,来哚吴雪香哚对门。"善卿道:"包房间呢?做伙计?"蕙贞道:"倪是包房间,三十块洋钱一月哚。"善卿道:"有限得势。单是王老爷一干仔末,一节做下来也差勿多五六百局钱哚,阿怕啥开消勿出?"

说着,王莲生已吃毕饭,揩面漱口。那老娘姨端了一副鸦片烟盘,问蕙贞:"摆陆里嗄?"蕙贞道:"生来摆来哚床浪哉碗,阿要摆到地浪去?"老娘姨唏唏呵呵的端到床上,说道:"拨来洪老爷看仔,阿要笑煞嗄。"蕙贞道:"耐收捉仔下头去罢,覅多说多话哉。"那老娘姨方搬了碗碟杯筷下楼。

蕙贞乃请莲生吃烟。莲生去床上与善卿对面躺下,然后说道:"我请耐来,要买两样物事:一只大理石红木榻床,一堂湘妃竹翎毛灯片。耐明朝就搭我买得来最好。"善卿道:"送到陆里嗄?"莲生道:"就送到大脚姚家去,来哚楼浪西面房间里。"

善卿听说,看看蕙贞,嘻嘻的笑道:"耐教别人去搭耐买仔罢,我勿来买。拨来沈小红晓得仔,吃俚两记耳光哉哩!"莲生笑而不言。

蕙贞道:“洪老爷,耐啥见仔沈小红也怕个嗄?”善卿道:“啥勿怕!耐问声王老爷看,凶得来!”蕙贞道:“洪老爷,谢谢耐,看王老爷面浪照应点倪。”善卿道:“耐拿啥物事来谢我哩?”蕙贞道:“请耐吃酒阿好?”善卿道:“啥人要吃耐台把啥酒嗄!阿是我勿曾吃歇,稀奇煞仔?”蕙贞道:“价末谢耐啥哩?”善卿道:“耐要请我吃酒末,倒是请我吃点心罢。耐末也便得势,覅去难为啥洋钱哉,阿是?”蕙贞嗤的笑道:“耐哚才勿是好人。”善卿呵呵一笑,站起来道:“还有啥闲话末说,倪要去哉。”莲生道:“无啥哉,后日请耐吃酒。耐看见子富哚,先搭我说一声,明朝送条子去。”善卿一面答应,一面下楼,仍至四马路东公和里蒋月琴家吃酒去了。

蕙贞见善卿已去,才上床来歪在莲生身上,给他烧烟。莲生接连吸了七八口,渐渐合拢眼睛,似乎睡去。蕙贞低声叫道:“王老爷安置罢。”莲生点点头。于是端过烟盘,收拾共睡。

次日一点钟辰光,两人始起身洗脸。老娘姨搬上稀饭来吃了些,蕙贞就在梳装台前梳头。老娘姨仍把烟盘摆在床上。莲生自去吸起烟来,心想沈小红家须得先去撒个谎,然后再慢慢的告诉他才好。盘算一回,打定主意,便取马褂着了要走。蕙贞忙问:“陆里去?”莲生道:“我到沈小红搭去一埭。”蕙贞道:“价末吃仔饭了去哩。”莲生道:“覅吃哉。”蕙贞又问:“晚歇阿来嗄?”莲生想了想,说道:“耐明朝啥辰光到东合兴去?”蕙贞道:“倪一早就过去哉。”莲生道:“我明朝一点钟到东合兴来。”蕙贞道:“耐有工夫末晚歇来一埭。”

莲生应诺,踅下楼来;来安跟了,出祥春里,向东至西荟芳里弄口,令来安回公馆去打轿子来,自己即转弯进弄。娘姨阿珠先已望见,喊道:“阿唷,王老爷来哉!”赶忙迎出天井里,一把拉住袖子;进去又喊道:“先生,王老爷来哉。”拉到楼梯边,方放了手。

莲生款步上楼。沈小红也出房相迎,似笑不笑的说道:“王老爷,耐倒好意思……”说得半句,便噎住了。莲生见他一副凄凉面孔,着实有些不过意,嘻着嘴进房坐下。沈小红也跟进来,挨在身傍,挽着莲生的手,问道:“我要问耐,耐三日天来哚陆里?”莲生道:“我来里城里,为仔个朋友做生日,去吃仔三日天酒。”小红冷笑道:“耐只好去骗骗小干仵！”阿珠绞上手巾，揩了。小红又问道：“耐来哚城里末，夜头阿转来嗄？”莲生道：“夜头末就住来哚朋友搭哉啘。”小红道：“耐个朋友倒开仔堂子哉！”莲生不禁笑了。小红也笑道：“阿珠，耐哚听听俚闲话！我前日仔教阿金大到耐公馆里来看耐，说轿子末来哚，人是出去哉。耐两只脚倒燥来哚啘，一直走到仔城里。阿是坐仔马车打城头浪跳进去个嗄？”阿珠呵呵笑道：“王老爷难也有点勿老实哉！陆里去想得来好主意，说来哚城里。”小红道：“瞒倒瞒得紧哚，连朋友哚寻仔好几埭也寻勿着。”阿珠道：“王老爷，耐也老相好哉，耐就说仔要去做啥人也无啥啘，阿怕倪先生勿许耐嗄？”小红道：“耐去做啥人也勿关倪事。耐定规要瞒仔倪了去做，倒好像是倪吃醋，勿许耐去，阿要气煞人！”

莲生见他们一递一句，插不下嘴去，只看着讪笑。及至阿珠事毕下楼，莲生方向小红说道：“耐覅去听啥别人个闲话。我搭耐也三四年哉。我个脾气，耐阿有啥勿晓得？我就是要去做啥人末，搭耐说明白仔再做末哉啘，瞒耐做啥？”小红道：“我也勿晓得耐啘。耐自家去想想看：耐一直下来，东去叫个局，西去叫个局，我阿曾说歇啥一句闲话嗄？耐第歇倒要瞒我哉，故末为啥呢？”莲生道：“我是无价事，勿是要瞒耐。”小红道：“我到猜着耐个意思来里：耐也勿是要瞒我，耐是有心来哚要跳槽哉，阿是？我倒要看耐跳跳看！”

莲生一听，沉下脸，别转头，冷笑道：“我不过三日天勿曾来，耐就说是跳槽。从前我搭耐说个闲话，阿是耐忘记脱哉？”小红道：“正要耐说啘。耐勿忘记末，耐说嘘，三日天来哚陆里？做个啥人？耐说出来，我勿搭耐吵末哉。”莲生道：“耐教我说啥嘘？我说来里城里，耐勿信。”小红道：“耐倒还要拨当水我上，我打听仔了再问耐。”莲生道：“故末蛮好。第歇耐来哚气头浪，搭耐也无处去说；隔两日等耐快活仔点，我再搭耐说个明白末哉。”

小红鼻子里哼了一声，半日不言语。莲生央告道：“倪去吃筒烟去嘘。”小红仍拉着手，同至榻床前。莲生脱去马褂，躺下吸烟。小红却呆呆的坐在下手。莲生要想些闲话来说，又没甚说的。

忽听得楼梯上一阵脚声，跑进房来，却是大姐阿金大。一见莲生，说道："王老爷，我末到耐公馆里请耐，耐倒先来里哉。"又道："王老爷为啥几日勿来，阿是动气哉？"莲生不答。小红嗔道："动啥气嗄！打两记耳光哉哩，动气！"阿金大道："王老爷，耐勿来仔末，倪先生气得来，害倪一埭一埭来请耐。难勠实概，阿晓得！"说着，移过一碗茶来，放在烟盘里，随把马褂去挂在衣架上，要去。

莲生见小红呆呆的，乃说道："倪去弄点点心来吃，阿好？"小红道："耐要吃啥，说末哉。"莲生道："耐也吃点，倪一淘吃；耐勠吃末，也勠去弄哉。"小红道："价末耐说哩。"莲生想小红喜吃的是虾仁炒面，即说了。小红叫住阿金大，叫他喊下去，到聚丰园去叫。须臾送来，莲生要小红同吃。小红攒眉道："勿晓得为啥，厌酸得来，吃勿落。"莲生道："价末多少吃点。"小红没法，用小碟检几根来吃了，放下。莲生也吃不多几筷，即叫收下去。

阿珠绞手巾来，回说："耐管家打轿子来里。"莲生问："阿有啥事体？"阿珠望楼窗口叫："来二爷。"来安听唤，立即上楼见莲生，呈上一封请帖。莲生开看，是葛仲英当晚请至吴雪香家吃酒的，随手撩下。来安仍退下去了。

莲生仍去榻床吸烟，忽又想起一件事来，叫阿珠要马褂来着。阿珠便去衣架上取下，小红喝住道："倒要紧哚啘，耐想陆里去？"阿珠忙丢个眼色与小红，道："让俚吃酒去罢。"小红才不说了。适被莲生抬头看见，心想阿珠做什么鬼戏，难道张蕙贞的事被他们打听明白了不成？莲生一面想，一面阿珠把马褂替莲生披上，口里道："难末就来叫，勠去叫啥别人哉。"小红道："搭俚说啥嗄！俚要叫啥人，等俚去叫末哉啘。"莲生着好马褂，挽着小红的手，笑道："耐送送我哩。"小红使劲的一撒手，反在靠壁高椅上坐下了。莲生也挨在身傍，轻轻说了好些知己话。小红低着头剔理指甲，只是不理；好一会，方说道："耐个心勿晓得那价生来哚，变得来！"莲生道："为啥说我变心？"小红道："问耐自家啘。"莲生还紧着要问，小红又起两手把莲生推开，道："去罢，去罢！看仔耐倒惹气。"莲生乃佯笑而去。

第四回终。

第五回　垫空当快手结新欢　包住宅调头瞒旧好

按：当下上灯时候，王莲生下楼上轿，抬至东合兴里吴雪香家。来安通报，娘姨打起帘子，迎到房里。只有朱蔼人和葛仲英并坐闲谈；王莲生进去，彼此拱手就坐。莲生叫来安来吩咐道："耐到对过姚家去看看，楼浪房间里物事阿曾齐。"

来安去后，葛仲英因问道："我今朝看见耐条子，我想，东合兴无拨啥张蕙贞碗。后来相帮哚说，明朝有个张蕙贞调到对过来，阿是嗄？"朱蔼人道："张蕙贞名字也勿曾见过歇，耐到陆里去寻出来个嗄？"莲生微笑道："谢谢耐哚，晚歇沈小红来，覅说起，阿好？"朱蔼人、葛仲英听了皆大笑。

一时，来安回来禀说："房间里才舒齐哚哉。四盏灯搭一只榻床，说是勿多歇送得去，榻床末排好，灯末也挂起来哉。"莲生又吩咐道："耐再到祥春里去告诉俚哚。"来安答应，退出客堂，交代两个轿班道："耐哚覅走开。要走末，等我转来仔了去。"说毕出门，行至东合兴里弄口，黑暗里闪过一个人影子，挽住来安臂膊。来安看是朱蔼人的管家，名叫张寿，乃嗔道："做啥嗄，吓我价一跳！"张寿问："到陆里去？"来安搀着他说："搭耐一淘去白相歇。"

于是两人勾肩搭背，同至祥春里张蕙贞家，向老娘姨说了，叫他传话上去。张蕙贞又开出楼窗来，问来安道："王老爷阿来嗄？"来安道："老爷来哚吃酒，勿见得来哉哩。"蕙贞道："吃酒叫啥人？"来安道："勿晓得。"蕙贞道："阿是叫沈小红？"来安道："也勿晓得碗。"蕙贞笑道："耐末算帮耐哚老爷，勿叫沈小红叫啥人嗄？"来安更不答话，同张寿出了祥春里，商量"到陆里去白相"。张寿道："就不过兰芳里哉哩。"来安说："忒远。"张寿道："勿是末潘三搭去，看看徐茂荣阿来哚。"来安道："好。"

两人转至居安里，摸到潘三家门首，先在门缝里张一张，举手推时,却是拴着的。张寿敲了两下,不见答应。又连敲了几下,方有娘姨在内问道:“啥人来哚碰门嗄?”来安接嘴道:“是我。”娘姨道:“小姐出去哉,对勿住。”来安道:“耐开门哩。”等了好一会,里面静悄悄的不见开门。张寿性起,拐起脚来把门“彭彭彭”踢的怪响,嘴里便骂起来。娘姨才慌道:“来哉,来哉!”开门见了,道:“张大爷、来大爷来哉,我道是啥人。”来安问:“徐大爷阿来里?”娘姨道:“勿曾来啘。”张寿见厢房内有些火光,三脚两步,直闯到房间里,来安也跟进去。只见一人从大床帐子里钻出来,拍手跺脚的大笑。看时,正是徐茂荣。张寿、来安齐说道:“倪倒来惊动仔耐哉啘,阿要对勿住嗄!”娘姨在后面也呵呵笑道:“我只道徐大爷去个哉,倒来哚床浪。”

徐茂荣点了榻床烟灯,叫张寿吸烟。张寿叫来安去吸,自己却撩开大床帐子,直爬上去。只听得床上扭做一团,又大声喊道:“啥嗄,吵勿清爽!”娘姨忙上前劝道:“张大爷,覅哩。”张寿不肯放手,徐茂荣过去一把拉起张寿来,道:“耐末一泡子吵去看光景,阿有点清头嗄!”张寿抹脸羞他道:“耐算帮耐哚相好哉,阿是耐个相好嗄?哪,面孔!”

那野鸡潘三披着棉袄下床。张寿还笑嘻嘻睃着他做景致。潘三沉下脸来,白瞪着眼,直直的看了张寿半日。张寿把头颈一缩,道:“阿唷,阿唷!我吓得来!”潘三没奈何,只挣出一句道:“倪要板面孔个!”张寿随口答道:“覅说啥面孔哉!耐就板起屁股来,倪……”说到“倪”字,却顿住嘴,重又上前去潘三耳朵边说了两句。潘三发极道:“徐大爷耐听哩,耐哚好朋友说个啥闲话嗄!”徐茂荣向张寿央告道:“种种是倪勿好,叨光耐搭倪包荒点,好阿哥!”张寿道:“耐叫饶仔也罢哉,勿然我要问声俚看,大家是朋友,阿是徐大爷比仔张大爷长三寸哚?”潘三接嘴道:“耐张大爷有恩相好来哚,倪是巴结勿上啘,只好徐大爷来照应点倪啘。”张寿向来安道:“耐听哩,徐大爷叫得阿要开心!徐大爷个魂灵也拨俚叫仔去哉。”来安道:“倪覅听,阿有啥人来叫声倪嗄。”潘三笑道:“来大爷末算得是好朋友哉,说说闲话也要帮句把哚。”张寿道:“耐要是说起朋友来……”刚说得一句,被徐茂荣大喝一声,剪住了道:“耐再要说出啥来末,两记耳光!”张寿道："就算我怕仔耐末哉，阿好？"徐茂荣道："耐倒来讨我个便宜哉！"一面说，一面挽起袖子，赶去要打。张寿慌忙奔出天井，徐茂荣也赶出去。

张寿拔去门闩，直奔到弄东转弯处，不料黑暗中有人走来，劈头一撞。那人说："做啥，做啥？"声音很觉厮熟。徐茂荣上前问道："阿是长哥嗄？"那人答应了。徐茂荣遂拉了那人的手，转身回去；又招呼张寿道："进来罢，饶仔耐罢。"

张寿放轻脚步，随后进门，仍把门闩上，先向帘下去张看那人，原来是陈小云的管家，名叫长福。张寿忙进去问他："阿是散仔台面哉？"长福道："陆里就散？局票坎坎发下去。"张寿想了想，叫："来哥，优先去罢。"徐茂荣道："倪一淘去哉。"说着，即一哄而去，潘三送也送不及。四人同离了居安里，往东至石路口。张寿不知就里，只望前走。徐茂荣一把拉住，叫他朝南。张寿向来安道："倪勿去哉喤。"徐茂荣从背后一推，说道："耐勿去？耐强强看！"张寿几乎打跌，只得一同过了郑家木桥。

走到新街中，只见街傍一个娘姨，抢过来叫声"长大爷"，拉了长福袖子，口里说着话，脚下仍走着路，引到一处，推开一扇半截门阑进去。里面只有个六七十岁的老婆子，靠壁而坐。桌子上放着一盏暗昏昏的油灯。娘姨赶着叫郭孝婆，问："烟盘来哚陆里？"郭孝婆道："原来里床浪碗。"

娘姨忙取个纸吹，到后半间去，向壁间点着了马口铁回光镜玻璃罩壁灯，集得高高的，请四人房里来坐，又去点起烟灯来。长福道："鸦片烟倪覅吃，耐去叫王阿二来。"娘姨答应去了。那郭孝婆也颠头簸脑，摸索到房里，手里拿着根洋铜水烟筒，说："陆里一位用烟？"长福一手接来，说声"覅客气"。郭孝婆仍到外半间自坐着去。张寿问道："该搭是啥个场花嗄？耐哚倒也会白相哚！"长福道："耐说像啥场花？"张寿道："我看起来叫'三勿像'：野鸡勿像野鸡，台基勿像台基，花烟间勿像花烟间。"长福道："原是花烟间。为仔俚有客人来哚，借该搭场花来坐歇，阿懂哉？"

说着，听得那门阑"呀"的一声响，长福忙望外看时，正是王阿二。进房即叫声“长大爷”,又问三位尊姓,随说:“对勿住,刚刚勿恰好。耐哚要是勿嫌龌龊末,就该搭坐歇吃筒烟,阿好?”长福看看徐茂荣,候他意思。徐茂荣见那王阿二倒是花烟间内出类拔萃的人物,就此坐坐倒也无啥,即点了点头。王阿二自去外间,拿进一根烟枪与两盒子鸦片烟,又叫郭孝婆去喊娘姨来冲茶。张寿见那后半间只排着一张大床,连桌子都摆不下,局促极了,便又叫:“来哥,倪先去罢。”徐茂荣看光景也不好再留。于是张寿作别,自和来安一路同回,仍至东合兴里吴雪香家。那时台面已散,问:“朱老爷、王老爷陆里去哉?”都说“勿晓得”。张寿赶着寻去。来安也寻到西荟芳里沈小红家来,见轿子停在门口,忙走进客堂,问轿班道:“台面散仔啥辰光哉?”轿班道:“勿多一歇。”来安方放下心。

适值娘姨阿珠提着水铫子上楼,来安上前央告道:“谢谢耐,搭倪老爷说一声。”阿珠不答,却招手儿叫他上去。来安捏手捏脚,跟他到楼上当中间坐下,阿珠自进房去。来安等了个不耐烦,侧耳听听,毫无声息,却又不敢下去。正要磕睡上来,忽听得王莲生咳嗽声,接着脚步声。又一会儿,阿珠掀开帘子招手儿。来安随即进房,只见王莲生独坐在烟榻上打呵欠,一语不发。阿珠忙着绞手巾。莲生接来揩了一把,方吩咐来安打轿回去。来安应了下楼,喊轿班点灯笼,等莲生下来上了轿,一径跟着回到五马路公馆。来安才回说:“张蕙贞搭去说过哉。”莲生点头无语。来安伺候安寝。

十五日是好日子,莲生十点半钟已自起身,洗脸漱口,用过点心便坐轿子去回拜葛仲英。来安跟了,至后马路永安里德大汇划庄,投进帖子,有二爷出来挡驾,说:“出门哉。”

莲生乃命转轿到东合兴里,在轿中望见“张蕙贞寓”四个字,泥金黑漆,高揭门楣。及下轿进门,见天井里一班小堂名,搭着一座小小唱台,金碧丹青,五光十色。一个新用的外场看见,抢过来叫声“王老爷”,打了个千。一个新用的娘姨,立在楼梯上,请王老爷上楼。

张蕙贞也迎出房来,打扮得浑身上下,簇然一新,莲生看着比先时更自不同。蕙贞见莲生不转睛的看,倒不好意思的,忙忍住笑,拉了莲生袖子,推进房去。房间里齐齐整整,铺设停当。莲生满心欢喜,但觉几幅单条字画还是市买的,不甚雅相。蕙贞把手帕子掩着嘴,取瓜子碟子敬与莲生。莲生笑道:"客气哉。"蕙贞也要笑出来,忙回身推开侧首一扇屏门,走了出去。莲生看那屏门外原来是一角阳台,正靠着东合兴里,恰好当做大门的门楼。对过即是吴雪香家。莲生望见条子,叫:"来安,去对门看看葛二少爷阿来哚,来哚末说请过来。"

来安领命去请。葛仲英即时踅过这边,与王莲生厮见。张蕙贞上前敬瓜子。仲英问:"阿是贵相好?"打量一回,然后坐下。莲生说起适才奉候不遇的话,又谈了些别的。只见吴雪香的娘姨,名叫小妹姐,来请葛仲英去吃饭。王莲生听了,向仲英道:"耐也勿曾吃饭,倪一淘吃哉碗。"仲英说"好",叫小妹姐去搬过来。王莲生叫娘姨也去聚丰园叫两样。

须臾,陆续送到,都摆在靠窗桌子上。张蕙贞上前筛了两杯酒,说:"请用点。"小妹姐也张罗一会,道:"耐哚慢慢交用,倪搭先生梳头去,梳好仔头再来。"张蕙贞接说道:"请耐哚先生来白相。"小妹姐答应自去。葛仲英吃了两杯,觉得寂寞,适值楼下小堂名唱一套《访普》昆曲,仲英把三个指头在桌子上拍板眼。王莲生见他没兴,便说:"倪来豁两拳。"仲英即伸拳来豁,豁一杯吃一杯。约摸豁过七八杯,忽听得张蕙贞在客堂里靠着楼窗口叫道:"雪香阿哥,上来喤。"王莲生往下一望,果然是吴雪香,即笑向葛仲英道:"贵相好寻得来哉。"随后一路小脚高底声响,吴雪香已自上楼,也叫声"蕙贞阿哥"。张蕙贞请他房间里坐。

葛仲英方输了一拳,因叫吴雪香道:"耐过来,我搭耐说句闲话。"雪香趔趄着脚儿,靠在桌子横头,问:"说啥嗄?说喤。"仲英知道不肯过来,觑他不提防,伸过手去,拉住雪香的手腕,只一拖。雪香站不稳,一头跌在仲英怀里,着急道:"算啥嗄!"仲英笑道:"无啥,请耐吃杯酒。"雪香道:"耐放手喤,我吃末哉。"仲英那里肯放,把一杯酒送到雪香嘴边,道:"要耐吃仔了放哚。"雪香没奈何,就在仲英手里一口呷干,赶紧挣起身来,跑了开去。

葛仲英仍和王莲生豁拳。吴雪香走到大洋镜前照了又照,两手反撑过去摸摸头看。张蕙贞忙上前替他把头用力的揿两揿,拔下一枝水仙花来,整理了重又插上,端详一回。因见雪香梳的头盘旋伏贴,乃问道:"啥人搭耐梳个头?"雪香道:"小妹姐啘,俚是梳勿好个哉。"蕙贞道:"蛮好,倒有样式。"雪香道:"耐看高得来,阿要难看。"蕙贞道:"少微高仔点,也无啥。俚是梳惯仔,改勿转哉,阿晓得?"雪香道:"我看耐个头阿好。"蕙贞道:"先起头倪老外婆搭我梳个头,倒无啥;故歇教娘姨梳哉,耐看阿好?"说着,转过头来给雪香看。雪香道:"忒歪哉。说末说歪头,真真歪来哚仔,阿像啥头嗄!"

两个说得投机,连葛仲英、王莲生都听住了,拳也不豁,酒也不吃,只听他两个说话。及听至吴雪香说歪头,即一齐的笑起来。张蕙贞便也笑道:"耐哚拳啥勿豁哉嗄?"王莲生道:"倪听仔耐哚说闲话,忘记脱哉。"葛仲英道:"勿豁哉,我吃仔十几杯哚。"张蕙贞道:"再用两杯哩。"说了,取酒壶来给葛仲英筛酒。吴雪香插嘴道:"蕙贞阿哥覅筛哉,俚吃仔酒要无清头个,请王老爷用两杯罢。"张蕙贞笑着,转问王莲生道:"耐阿要吃嗄?"莲生道:"倪再豁五拳吃饭,总勿要紧啘。"又笑向吴雪香道:"耐放心,我也勿拨俚多吃末哉。"雪香不好拦阻,看着葛仲英与王莲生又豁了五拳。张蕙贞筛上酒,随把酒壶授与娘姨收下去。王莲生也叫拿饭来,笑说:"夜头再吃罢。"

于是吃饭揩面,收拾散坐。吴雪香立时催葛仲英回去。仲英道:"歇一歇哩。"雪香道:"歇啥嗄,倪勿要。"仲英道:"耐勿要,先去末哉。"雪香瞪着眼问道:"阿是耐勿去?"仲英只是笑,不动身。雪香使性子,立起来一手指着仲英脸上道:"耐晚歇来末,当心点!"又转身向王莲生说:"王老爷来啊。"又说:"蕙贞阿哥,倪搭来白相相哩。"张蕙贞答应,赶着去送,雪香已下楼了。

蕙贞回房,望葛仲英嗤的一笑。仲英自觉没趣,踽踽不安。倒是王莲生说道:"耐请过去罢,贵相好有点勿舒齐哉。"仲英道:"耐瞎说!管俚舒齐勿舒齐。"莲生道:"耐覅实概哩。俚教耐过去,总是搭耐要好,耐就依仔俚也蛮好啘。"仲英听说,方才起身。莲生拱拱手道:"晚歇请耐早点。"仲英乃一笑告辞而去。

第五回终。

第六回　养囡鱼戏言徵善教　管老鸨奇事反常情

接：葛仲英踅过对门吴雪香家，跨进房里，寂然无人，自向榻床躺下。随后娘姨小妹姐抬着饭碗进房，说："请坐歇，先生来哚吃饭。"随手把早晨泡过的茶碗倒去，另换茶叶，喊外场冲开水。

一会儿，吴雪香姗姗其来；见了仲英，即大声道："耐是坐来哚对过勿来哉呀，第歇来做啥？"一面说，一面从榻床上拉起仲英来，要推出门外去。又道："耐原搭我到对过去哩！耐去坐来哚末哉，啥人要耐来嗄？"仲英猜不出他什么意思，怔怔的立着，问道："对过张蕙贞末，咿勿是我相好，为啥耐要吃起醋来哉哩？"雪香听说也怔了，道："耐倒也说笑话哉碗！倪搭张蕙贞吃啥醋嗄？"仲英道："耐勿是吃醋末，教我到对过去做啥？"雪香道："我为仔耐坐来哚对过勿来哉末，我说耐原到对过去坐来哚末哉碗。阿是吃醋嗄？"

仲英乃恍然大悟，付诸一笑，就在高椅上坐下，问雪香道："耐意思要我成日成夜陪仔耐坐来里，勿许到别场花去，阿是嗄？"雪香道："耐听仔我闲话，别场花也去末哉。耐为啥勿听我闲话嗄？"仲英道："耐说陆里一句闲话我勿听耐？"雪香道："价末我教耐过来，耐勿来。"仲英道："我为仔刚刚吃好饭，要坐一歇再来。啥人说勿来嗄？"雪香不依，坐在仲英膝盖上，挽着仲英的手，用力揣捏，口里咕噜道："倪勿来，耐要搭我说明白哚。"仲英发躁道："说啥嗄？"雪香道："难下转耐来哚陆里，我教耐来，耐听见仔就要跑得来哚。耐要到陆里去，我说覅去末，定规勿许耐去哉。耐阿听我？"

仲英和他扭不过，没奈何应承了。雪香才喜欢，放手走开。仲英重又笑道："我屋里家主婆从来勿曾说歇啥，耐倒要管起我来哉！"雪香也笑道："耐是我倪子碗，阿是要管耐个嗄。"仲英道："说出来个闲话阿有点陶成，面孔才勿要哉！"雪香道："我倪子养到仔实概大，咿会吃花酒，咿会打茶会，我也蛮体面哚，倒说我覅面孔！"仲英道："勿搭耐说哉。"

恰好小妹姐吃毕饭,在房背后换衣裳。雪香叫道:"小妹姐,耐看我养来哚倪子阿好?"小妹姐道:"陆里嗄?"雪香把手指仲英,笑道:"哪。"小妹姐也笑道:"阿要瞎说!耐自家有几花大,倒养出实概大个倪子来哉。"雪香道:"啥稀奇嗄!我养起倪子来,比仔俚要体面点哚。"小妹姐道:"耐就搭二少爷养个倪子出来,故末好哉。"雪香道:"我养来哚倪子,要像仔俚哚堂子里来白相仔末,拨我打杀哉哩。"小妹姐不禁大笑道:"二少爷阿听见?幸亏有两个鼻头管,勿然要气煞哚!"仲英道:"俚今朝来里发痴哉!"雪香滚到仲英怀里,两手勾住头颈,只是嘻嘻的憨笑。仲英也就鬼混一阵,及外场提水铫子进房始散。

仲英站起身来,像要走的光景。雪香问:"做啥?"仲英说:"我要买物事去。"雪香道:"勿许去。"仲英道:"我买仔就转来。"雪香道:"啥人说嗄?搭我坐来浪。"一把把仲英捺下坐了,悄问:"耐去买啥物事?"仲英道:"我到亨达利去买点零碎。"雪香道:"倪坐仔马车一淘去,阿好?"仲英道:"故倒无啥。"雪香便叫:"喊把钢丝车。"外场应了去喊。小妹姐因问雪香道:"耐吃仔饭阿要捕面嗄?"雪香取面手镜一照,道:"覅哉。"只将手巾揩揩嘴唇,点上些胭脂,再去穿起衣裳来。

外场报说:"马车来哉。"仲英听了,便说道:"我先去。"起身要走。雪香忙叫住道:"慢点哩,等倪一淘去。"仲英道:"我来里马车浪等耐末哉。"雪香两脚一跺,嗔道:"倪勿要!"仲英只得回来,因向小妹姐笑道:"耐看俚脾气,原是个小干件,倒要想养倪子哉。"雪香接嘴道:"耐末小干件无清头哉哩,阿有啥说起我来哉嗄。"说着,又侧转头点了两点,低声笑道:"我是耐亲生娘啘,阿晓得?"仲英笑喝道:"快点哩,覅说哉!"雪香方才打扮停妥。小妹姐带了银水烟筒,三人同行,即在东合兴里弄口坐上马车,令车夫先往大马路亨达利洋行去。

当下驰出抛球场,不多路到了。车夫等着下了车,拉马车一边伺候。仲英与雪香、小妹姐踅进洋行门口,一眼望去,但觉陆离光怪,目眩神惊。看了这样,再看那样,大都不能指名;又不暇去细细根究,只大略一览而已。那洋行内伙计们将出许多顽意儿,拨动机关,任人赏鉴。有各色假鸟，能鼓翼而鸣的；有各色假兽，能按节而舞的；还有四五个列坐的铜铸洋人，能吹喇叭，能弹琵琶，能撞击金石革木诸响器，合成一套大曲的；其余会行、会动的舟、车、狗、马，不可以更仆数。

仲英只取应用物件拣选齐备。雪香见一只时辰表，嵌在手镯之上，也中意了要买。仲英乃一古脑儿论定价值，先付庄票一纸，再写个字条，叫洋行内把所买物件送至后马路德大汇划庄，即去收清所该价值。处分已毕，然后一淘出门，离了洋行。雪香在马车上褪下时辰表的手镯来给小妹姐看，仲英道："也不过是好看生活，到底无啥趣势。"

比及到了静安寺，进了明园，那时已五点钟了，游人尽散，车马将稀。仲英仍在洋房楼下泡一壶茶。雪香扶了小妹姐，沿着回廊曲榭兜一个圆圈子，便要回去。仲英没甚兴致，也就依他。

从黄浦滩转至四马路，两行自来火已点得通明。回家进门，外场禀说："对过邀客，请仔两转哉。"仲英略坐一刻，即别了雪香，踅过对门，王莲生迎进张蕙贞房里。先有几位客人在座，除朱蔼人、陈小云、洪善卿、汤啸庵以外，再有两位，系上海本城宦家子弟，一位号陶云甫，一位号陶玉甫，嫡亲弟兄，年纪不上三十岁，与葛仲英世交相好。彼此相让坐下。

一会儿，罗子富也到了。陈小云问王莲生："还有啥人？"莲生道："还有倪局里两位同事，说先到仔尚仁里卫霞仙搭去哉。"小云道："价末去催催啘。"莲生道："去催哉，倪也覅去等俚哉。"当下向娘姨说，叫摆起台面来。又请汤啸庵开局票，各人叫的都是老相好，啸庵不消问得，一概写好。罗子富拿局票来看，把黄翠凤一张抽去。王莲生问："做啥？"子富道："耐看俚昨日老晚来，坐仔一歇歇倒去哉，啥人高兴去叫俚嗄。"汤啸庵道："耐覅怪俚，倘忙是转局。"子富道："转啥局！俚末三礼拜了六点钟哉啘！"啸庵道："要俚哚三礼拜六点钟末，好白相啘。"

说着，催客的已回来，说："尚仁里请客，说请先坐罢。"王莲生便叫"起手巾"。娘姨答应，随将局票带下去。汤啸庵仍添写黄翠凤一张，夹在里面。王莲生请众人到当中间里，乃是三张方桌，接连着排做双台。大家宽去马褂,随意就坐,却空出中间两把高椅。张蕙贞筛酒、敬瓜子。洪善卿举杯向蕙贞道:“先生恭喜耐。”蕙贞羞的抿嘴笑道:“啥嗄!”善卿也逼紧喉咙,学他说一声“啥嗄”。说的大家都笑了。

小堂名呈上一本戏目请点戏。王莲生随意点了一出《断桥》,一出《寻梦》,下去吹唱起来。外场带了个纬帽,上过第一道鱼翅,黄翠凤的局倒早到了。汤啸庵向罗子富道:“耐看,俚头一个先到,阿要巴结?”子富把嘴一努,啸庵回头看时,却见葛仲英背后吴雪香先自坐着。啸庵道:“俚是赛过本堂局,走过来就是,比勿得俚哚。”黄翠凤的娘姨赵家姆正取出水烟筒来装水烟,听啸庵说,略怔了一怔,乃道:“倪听见仔叫局,总忙煞个来;有辰光转局忙勿过末,阿是要晚点哚?”黄翠凤沉下脸,喝住赵家姆道:“说啥嗄! 早末就早点,晚末就晚点,要耐来多说多话!”汤啸庵分明听见,微笑不睬。罗子富却有点不耐烦起来。王莲生忙岔开说:“倪来豁拳,子富先摆五十杯。”子富道:“就五十杯末哉,啥稀奇!”汤啸庵道:“念杯哝哝罢。”王莲生道:“俚多个局,至少三十杯。我先打。”即和罗子富豁起拳来。

黄翠凤问吴雪香:“阿曾唱?”雪香道:“倪勿唱哉,耐唱罢。”赵家姆授过琵琶,翠凤和准了弦,唱一支开片,又唱京调《三击掌》的一段抢板。赵家姆替罗子富连代了五杯酒,吃得满面通红。子富还要他代,适值蒋月琴到来,伸手接去。赵家姆趁势装两筒水烟,说:“倪先去哉,阿要存两杯?”罗子富更觉生气,取过三只鸡缸杯,筛得满满的,给赵家姆。赵家姆执杯在手,待吃不吃。黄翠凤使性子,叫赵家姆:“拿得来。”连那两杯都折在一只大玻璃斗内,一口气吸得精干,说声“晚歇请过来”,头也不回,一直去了。

罗子富向汤啸庵道:“耐看如何,阿是覅去叫俚好?”蒋月琴接口道:“原是耐勿好啘,俚哚吃勿落哉末,耐去教俚哚吃。”汤啸庵道:“小干仵闹脾气,无啥要紧。耐勿做仔末是哉啘。”罗子富大声道:“我倒还要去叫俚个局哉!”娘姨拿笔砚来,蒋月琴将子富袖子一扯,道:“叫啥局嗄? 耐末……”只说半句,即又咽住。子富笑道:“耐也吃起‘酱油’来哉。”月琴别转头忍笑说道:“耐去叫罢,倪也去哉。”子富道："耐去仔末，我也再来叫耐哉啘。"月琴也忍不住一笑。娘姨捧着笔砚问："阿要笔砚嗄？"王莲生道："拿得来，我搭俚叫。"罗子富见莲生低着头写，不知写些甚么。陈小云坐得近，看了看，笑而不言。

陶云甫问罗子富道："耐啥辰光去做个黄翠凤？"子富道："我就做仔半个月光景。先起头看俚倒无啥。"云甫道："耐有月琴先生来里末，去做啥翠凤哩？翠凤脾气是勿大好。"子富道："倌人有仔脾气，阿好做啥生意嗄！"云甫道："耐勿晓得，要是客人摸着仔俚脾气，对景仔，俚个一点点假情假义也出色哚。就是坎做起要闹脾气勿好。"子富道："翠凤是讨人啘，老鸨倒放俚闹脾气，勿去管管俚！"云甫道："老鸨陆里敢管俚？俚末要管管老鸨哉哩。老鸨随便啥事体先要去问俚，俚说那价是那价，还要三不时去拍拍俚马屁末好。"子富道："老鸨也忒煞好人哉。"云甫道："老鸨阿有啥好人嗄！耐阿晓得有个叫黄二姐，就是翠凤个老鸨，从娘姨出身，做到老鸨，该过七八个讨人，也算得是夷场浪一挡脚色啘；就碰着仔翠凤末，俚也碰转弯哉。"子富道："翠凤啥个本事呢？"云甫道："说起来是利害哚。还是翠凤做清倌人辰光，搭老鸨相骂，拨老鸨打仔一顿。打个辰光，俚咬紧点牙齿，一声勿响；等到娘姨哚劝开仔，榻床浪一缸生鸦片烟，俚拿起来吃仔两把。老鸨晓得仔，吓煞哉，连忙去请仔先生来。俚勿肯吃药啘，骗俚也勿吃，吓俚也勿吃。老鸨阿有啥法子呢？后来老鸨对俚跪仔，搭俚磕头，说：'从此以后，一点点勿敢得罪耐末哉。'难末算吐仔出来过去。"

陶云甫这一席话，说得罗子富忐忑鹘突，只是出神。在席的也同声赞叹，连倌人、娘姨等都听呆了。惟王莲生还在写票头，没有听见。及至写毕，交与娘姨，罗子富接过来看，原来是开的轿饭帐，随即丢开。王莲生道："耐哚酒啥勿吃哉，子富庄阿曾完嗄？"罗子富道："我还有十杯勿曾豁。"莲生便教汤啸庵打庄。啸庵道："玉甫也勿曾打庄啘。"

一语未了，只听得楼梯上一阵脚声，直闯进两个人来，嚷道："啥人庄？倪来打。"大家知道是请的那两位局里朋友，都起身让坐。那两位都不坐，一个站在台面前，揎拳攘臂，"五魁""对手"，望空乱喊；

一个把林素芬的妹子林翠芬拦腰抱住,要去亲嘴,口里喃喃说道:“倪个小宝宝,香香面孔。”林翠芬急得掩着脸弯下身去,爬在汤啸庵背后,极声喊道:“覅吵哩!”王莲生忙道:“覅去惹俚哚哭哩。”林素芬笑道:“俚哭倒勿哭个。”又说翠芬道:“香香面孔末碍啥?耐看鬓脚也散哉!”翠芬挣脱身,取豆蔻盒子来,照照镜子。素芬替他整理一回。幸亏带局过来的两个倌人随后也到,方拉那两位各向空高椅上坐下。王莲生问:“卫霞仙搭啥人请客?”那两位道:“就是姚季莼啘。”莲生道:“怪勿得耐两家头才吃醉哚哉。”两位又嚷道:“啥人说醉嗄?倪要豁拳哉。”罗子富见如此醉态,亦不敢助兴,只把摆庄剩下的十拳胡乱同那两位豁毕,又说:“酒末随意代代罢。”蒋月琴也代了几杯。

罗子富的庄打完时,林素芬、翠芬姊妹已去。蒋月琴也就兴辞。罗子富乃乘机出席,悄悄的约同汤啸庵到里间房里去着了马褂,径从大床背后出房,下楼先走。管家高升看见,忙喊打轿。罗子富吩咐把轿子打到尚仁里去。汤啸庵听说,便知他听了陶云甫的一席话,要到黄翠凤家去,心下暗笑。

两人踅出门来,只见弄堂两边车子、轿子堆得满满的,只得侧身而行。恰好迎面一个大姐从车轿夹缝里钻来挤住,那大姐抬头见了,笑道:“阿唷,罗老爷!”忙退出让过一傍。罗子富仔细一认,却是沈小红家的大姐阿金大,即问:“阿是来里跟局?”阿金大随口答应自去。

汤啸庵跟着罗子富一径至黄翠凤家。外场通报,大姐小阿宝迎到楼上,笑说:“罗老爷。耐有好几日勿请过来哉啘。”一面打起帘子,请进房间。随后黄翠凤的两个妹子黄珠凤、黄金凤,从对过房里过来厮见,赶着罗子富叫“姐夫”,都敬了瓜子。汤啸庵先问道:“阿姐阿是出局去哉?”金凤点头应“是”。小阿宝正在加茶碗,忙按说道:“去仔一歇哉,要转来快哉。”罗子富觉得没趣,丢个眼色与汤啸庵要走,遂一齐起身,踅下楼来。小阿宝慌的喊说:“覅去哩。”拔步赶来,已是不及。

第六回终。

第七回　恶圈套罩住迷魂阵　美姻缘填成薄命坑

按:黄翠凤的妹子金凤见留不住罗子富、汤啸庵两位,即去爬在楼窗口,高声叫:"无姆,罗老爷去哉!"那老鸨黄二姐在小房间内听了,急跑出来,恰好在楼梯下撞着,一把抓住罗子富袖子,说:"勿许去!"子富连道:"我无拨工夫来里。"黄二姐大声道:"耐要去末,等倪翠凤转来仔了去。"又嗔着汤啸庵道:"耐汤老爷倒也要紧哚碗,啥勿搭倪罗老爷坐一歇,说说闲话嗄。"

于是,不由分说,拉了罗子富上楼;叫小阿宝拉了汤啸庵,重到房间里来。黄二姐道:"宽宽马褂,多坐歇。"说着,伸手替罗子富解钮扣。金凤见了,也请汤啸庵宽衣。小阿宝摄了茶叶,随向啸庵手中接过马褂。黄二姐将子富脱下的马褂也授与小阿宝,都去挂在衣架上。

黄二姐一回头,见珠凤站在一傍,嗔他不来应酬,瞪目直视。吓得珠凤倒退下去,慌取了一支水烟筒,装与子富吸。子富摇手道:"耐去搭汤老爷装罢。"黄二姐问子富道:"阿是多吃仔酒哉?榻床浪去躺躺唦。"子富随意向烟榻躺下。小阿宝绞了手巾,移过一只茶碗,放在烟盘里,又请啸庵用茶。啸庵坐在靠壁高椅上,傍边珠凤给他装水烟。黄二姐叫金凤也取一支水烟筒来,遂在榻床前杌子上坐了,自吸一口,却侧转头悄悄的笑向子富道:"耐阿是动气哉?"子富道:"动啥气嗄?"黄二姐道:"价末为啥好几日勿请过来?"子富道:"我无拨工夫碗。"黄二姐鼻子里"哼"的一声,半晌,笑道:"说也勿差,成日成夜来哚老相好搭,阿有啥工夫到倪搭来嗄!"子富含笑不答。

黄二姐又吸了一口水烟,慢慢说道:"倪翠凤脾气是勿大好,也怪勿得耐罗老爷要动气。其实倪翠凤脾气末有点,也看客人起,俚来里罗老爷面浪,倒勿曾发过歇一点点脾气唦。汤老爷末也晓得点俚哉。俚做仔一户客人,要客人有长性,可以一直做下去,故末俚搭客人要好哚。俚搭客人要好仔，陆里有啥脾气嗄？俚就碰着仔无长性客人，难末要闹脾气哉。俚闹起脾气来，覅说啥勿肯巴结，索性理也勿来理耐碗。汤老爷阿是？第歇耐罗老爷末好像倪翠凤勿巴结了动气，陆里晓得倪翠凤心里搭罗老爷倒原蛮要好，倒是耐罗老爷勿是定归要去做俚，俚末也勿好来瞎巴结耐哉碗。俚也晓得蒋月琴搭罗老爷做仔四五年哉，俚有辰光搭我说起，说：'罗老爷倒有长性哚，蒋月琴搭做四五年末，来里倪搭做起来阿会推扳嗄？'我说：'耐晓得罗老爷有长性末，为啥勿巴结点哩？'俚也说得勿差，俚说：'罗老爷有仔老相好，只怕倪巴结勿上，倒落仔蒋月琴哚笑眼里。'俚是实概意思。要说是俚勿肯巴结耐罗老爷，倒冤枉仔俚哉。我说罗老爷，耐故歇坎坎做起，耐也勿曾晓得倪翠凤个脾气，耐做一节下来，耐就有数目哉。倪翠凤末也晓得耐罗老爷心里是要做俚，难末俚慢慢仔也巴结起来哚。"

子富听了，冷笑两声。黄二姐也笑道："阿是耐有点勿相信我闲话？耐问声汤老爷看，汤老爷蛮明白哚。汤老爷，耐想哩，倘然俚搭罗老爷勿要好末，罗老爷陆里叫得到十几个局嗄？俚心里来哚要好，嘴里终勿肯说出来，连搭娘姨、大姐哚才勿晓得俚心里个事体，单有我末稍微摸着仔点。倘然我故歇放罗老爷去仔，晚歇俚转来就要埋冤我哉碗。我老实搭罗老爷说仔罢：俚做大生意下来，也有五年光景哉，通共就做仔三户客人，一户末来里上海，还有两户，一年上海不过来两埭，清爽是清爽得野哚。我再要俚自家看中仔一户客人，搭我多做点生意，故是难杀哚哩。推扳点客人覅去说哉，就算客人末蛮好，俚说是无长性，只好拉倒，教我阿有啥法子嗄？为此我看见俚搭罗老爷蛮要好末，望罗老爷一直做下去，我也好多做点生意。勿然是老实说，像罗老爷个客人到倪搭来也勿少碗，走出走进，让俚哚去，我阿曾去应酬歇？为啥单是耐罗老爷末要我来陪陪耐嗄？"

子富仍是默然，汤啸庵也微微含笑。黄二姐又道："罗老爷做末做仔半个月，待倪翠凤也总算无啥，不过倪翠凤看仔好像罗老爷有老相好来哚，倪搭是垫空个意思。我倒搭俚说：'耐也巴结点，有啥老相好、新相好，罗老爷阿会待差仔倪嗄？'俚说：'隔两日再看末哉。'

前日仔俚出局转来,倒搭我说道:'无姆,耐说罗老爷搭倪好,罗老爷到仔蒋月琴搭吃酒去哉。'我说:'多吃台把酒是也算勿得啥。'陆里晓得倪翠凤就多心哉哩,说:'罗老爷原搭老相好要好末,阿肯搭倪要好嗄?'"

子富听到这里,不等说完,接嘴道:"故是容易得势,就摆起来吃一台末哉啘。"黄二姐正色道:"罗老爷耐做倪翠凤,倒也勿在乎吃酒勿吃酒。覅为仔我一句闲话,吃仔酒了,晚歇翠凤原不过实概,例说我骗耐。耐要做倪翠凤末,耐定归要单做倪翠凤一个哚,包耐十二分巴结,无拨一点点推扳。覅做做倪翠凤,再去做做蒋月琴,做得两头勿讨好。耐勿相信我闲话,耐就试试看,看俚那价功架,阿巴结勿巴结。"子富笑道:"故也容易得势,蒋月琴搭就勿去仔末是哉啘。"黄二姐低头含笑,又吸了一口水烟,方说道:"罗老爷,耐倒也会说笑话哚!四五年老相好,说勿去就勿去哉,也亏耐说仔出来。倒说道容易得势,阿是来骗骗倪?"一面说,一面放下水烟筒,往对过房间里做什么去了。

子富回思陶云甫之言不谬,心下着实钦慕;要与汤啸庵商量,却又不便。自己忖度一番,坐起来呷口茶。珠凤忙送过水烟筒,子富仍摇手不吸。只见小阿宝和金凤两个爬在梳妆台前,凑近灯光,攒头搭颈,又看又笑。子富问:"啥物事?"金凤见问,劈手从小阿宝手中抢了,笑嘻嘻拿来与子富看,却是半个胡桃壳,内塑着五色粉捏的一出春宫。子富呵呵一笑。金凤道:"耐看哩。"拈着壳外线头抽拽起来,壳中人物都会摇动。汤啸庵也踅过来看了看,问金凤道:"耐阿懂嗄?"金凤道:"葡萄架啘,阿有啥勿懂。"小阿宝忙笑阻道:"耐覅搭俚说哩,俚要讨耐便宜呀。"说笑间,黄二姐又至这边房里来,因问:"耐哚笑啥?"金凤又送去与黄二姐看。黄二姐道:"陆里拿得来嗄?原搭俚放好仔,晚歇弄坏仔末再要拨俚说哉。"金凤乃付与小阿宝将去收藏了。

罗子富立起身,丢个眼色与黄二姐,同至中间客堂,不知在黑暗里说些甚么。咕唧了好一会,只听得黄二姐向楼窗口问:"罗老爷管家阿来里?教俚上来。"一面见子富进房,即叫小阿宝拿笔砚来央汤啸庵写请客票，只就方才同席的胡乱请几位。黄二姐亲自去点起一盏保险台灯来，看着啸庵草草写毕，给小阿宝带下，令外场去请。

黄二姐向子富道："耐管家等来里，阿有啥说嘎？"子富说："叫俚来。"高升在外听唤，忙掀帘进门候示。子富去身边取出一串钥匙，吩咐高升道："耐转去到我床背后开第三只官箱，看里面有只拜盒拿得来。"高升接了钥匙，领命而去。

黄二姐问："台面阿要摆起来？"子富抬头看壁上的挂钟，已至一点二刻了，乃说："摆起来罢，天勿早哉。"汤啸庵笑道："啥要紧！等翠凤出局转来仔，正好。"黄二姐慌道："催去哉。俚哚是牌局，要末来哚替碰和，勿然陆里有实概长远嘎。"随喊："小阿宝，耐去催催罢，教俚快点就转来。"小阿宝答应，正要下楼。黄二姐忽又叫住道："耐慢点，我搭耐说喤。"说着，急赶出去，到楼梯边和小阿宝咬耳朵叮嘱几句，道："记好仔。"

小阿宝去后，黄二姐方率领外场调桌椅、设杯箸，安排停当。请客的也回来回话。惟朱蔼人及陶氏昆仲说就来，其余有回去了的，有睡下了的，都道谢谢。罗子富只得罢了。

忽听得楼下有轿子抬进大门，黄二姐只道是翠凤，忙向楼窗口望下观看。原来是客轿，朱蔼人来了。罗子富迎见让坐。朱蔼人见黄翠凤又不在家，解不出吃酒的缘故，悄问汤啸庵方始明白。

三人闲谈着，直等至两点钟相近，才见小阿宝喘吁吁的一径跑到房间里，说："来哉，来哉！"黄二姐说："跑啥？"小阿宝道："我要紧呀，先生极得来。"黄二姐道："啥实概长远嘎？"小阿宝道："来哚替碰和。"黄二姐道："我说是替碰和啘，阿是猜着哉。"接着一路"咭咭咯咯"的脚声上楼，黄二姐忙迎出去。先是赵家姆提着琵琶和水烟筒袋进来见了，叫声"罗老爷"，笑问："来仔一歇哉？倪刚刚勿巧，出牌局，勿催仔再有歇哩。"随后，黄翠凤款步归房，敬过瓜子，却回头向罗子富嫣然展笑。子富从未见翠凤如此相待，得诸意外，喜也可知。

一时陶云甫也到。罗子富道："单有玉甫勿曾来，倪先坐罢。"汤啸庵遂写一张催客条子，连局票一起交代赵家姆道："先到东兴里李漱芳搭，催客搭叫局一淘来海。"赵家姆应说："晓得哉。"

当下大家入席。黄翠凤上前筛一巡酒,靠罗子富背后坐了。珠凤、金凤还过台面规矩,随意散坐。黄二姐捉空自去。翠凤叫小阿宝拿胡琴来,却把琵琶给金凤,也不唱开片,只拣自己拿手的《荡湖船》全套和金凤合唱起来。座上众客只要听唱,那里还顾得吃酒。罗子富听得呆呆的,竟像发呆一般。赵家姆报说:"陶二少爷来哉。"子富也没有理会,及陶玉甫至台面前,方惊起厮见。

那时叫的局也陆续齐集了。陶玉甫是带局而来的,无须再叫。所怪者,陶玉甫带的局并不是李漱芳,却是一个十二三岁清倌人,眉目如画,憨态可掬,紧傍着玉甫肘下,有依依不舍之意。罗子富问:"是啥人?"玉甫道:"俚叫李浣芳,算是漱芳小妹子。为仔漱芳有点勿适意,坎坎少微出仔点汗,团来哚,我教俚覅起来哉,让俚来代仔个局罢。"

说话时,黄翠凤唱毕,张罗道:"耐哚用点菜哩。"随推罗子富道:"耐啥勿说说嗄?"子富笑道:"我先来打个通关。"乃伸拳从朱蔼人挨顺豁起,内外无甚输赢;豁至陶玉甫,偏是玉甫输的。李浣芳见玉甫豁拳,先将两只手盖住酒杯,不许玉甫吃酒,都授与娘姨代了。玉甫接连输了五拳,要取一杯来自吃。李浣芳抢住,发急道:"谢谢耐,耐就照应点倪阿好?"玉甫只得放手。

罗子富听李浣芳说得诧异,回过头去,要问他为什么。只见黄二姐在帘子影里探头探脑,子富会意,即缩住口,一径出席,走过对过房间里。黄二姐带领管家高升跟进来。高升呈上拜匣,黄二姐集亮了桌上洋灯。子富另将一串小钥匙开了拜匣,取出一对十两重的金钏臂来,授与黄二姐手内;仍把拜匣锁好,令黄二姐暂为安放,自收起大小两副钥匙,说道:"我去喊翠凤来,看看花头阿中意。"说着,回至这边归座,悄向黄翠凤道:"耐无姆来哚喊耐。"翠凤妆做不听见,俄延半晌,欻的站起身一直去了。

罗子富见台面冷清清的,便道:"耐哚阿有啥人摆个庄嗄?"陶云甫道:"倪末再豁两拳,耐让玉甫先去罢。俚哚酒是勿许俚吃哉,坐来里做啥?为俚一干仔,倒害仔几花娘姨、大姐跑来跑去忙煞,再有人来哚勿放心。晚歇吓坏仔俚,才是倪个干己。让俚去仔倒清爽点,阿是?"说得哄堂大笑。罗子富看时,果然有两个大姐、三个娘姨围绕在陶玉甫背后,乃道:"故倒勿好屈留耐哉碗。"陶玉甫得不的一声,讪讪的挈李浣芳告辞先行。

罗子富送客回来,说道:"李漱芳搭俚倒要好得野哚!"陶云甫道:"人家相好要好点,也多煞碗,就勿曾见歇俚哚个要好,说勿出描勿出哚! 随便到陆里,教娘姨跟好仔,一淘去末原一淘来。倘忙一日勿看见仔,要娘姨、相帮哚四面八方去寻得来,寻勿着仔吵煞哉! 我有日子到俚搭去,有心要看看俚哚,陆里晓得俚哚两家头对面坐好仔,呆望来哚,也勿说啥一句闲话。问俚哚阿是来里发痴,俚哚自家也说勿出碗。"汤啸庵道:"想来也是俚哚缘分。"云甫道:"啥缘分嗄,我说是冤牵! 耐看玉甫近日来神气常有点呆致致,拨来俚哚圈牢仔,一步也走勿开个哉。有辰光我教玉甫去看戏,漱芳说:'戏场里锣鼓闹得势,覅去哉。'我教玉甫去坐马车,漱芳说:'马车跑起来颠得势,覅去哉。'最好笑有一转拍小照去,说是眼睛光也拨俚哚拍仔去哉;难末日朝天亮快勿曾起来,就搭俚饧眼睛,说饧仔半个月坎坎好。"大家听说,重又大笑。

陶云甫回头把手指着自己叫的倌人覃丽娟,笑道:"像倪做个相好,要好末勿要好,倒无啥。来仔也勿讨厌,去仔也想勿着,随耐个便,阿是要写意多花哚?"覃丽娟按说道:"耐说说俚哚,啥说起倪来哉嗄? 耐要像俚哚要好末,耐也去做仔俚末哉碗。"云甫道:"我说耐好,倒说差哉。"丽娟道:"耐去调皮末哉。倪不过实概样式,要好勿会好,要邱也勿会邱。"云甫道:"为此我说耐好碗。耐自家去转仔啥念头,倒说我调皮。"朱蔼人正色道:"耐说末说白相,倒有点意思。我看下来,越是搭相好要好,越是做勿长。倒是不过实概末,一年一年,也做去看光景。"蔼人背后林素芬虽不来接嘴,却也在那里做鬼脸。罗子富一眼看见,忙岔开道:"覅说哉。蔼人摆个庄,倪来豁拳哉。"

第七回终。

第八回　蓄深心劫留红线盒　逞利口谢却七香车

按：罗子富正要朱蔼人摆庄，忽听得黄二姐低声叫“罗老爷”。子富不及豁拳，丢下便走。黄二姐在外间迎着，道：“阿要金凤来替耐豁两拳？”子富点点头，黄二姐遂进房到台面上去。子富自过对过房间里，只见黄翠凤独自一个坐在桌子傍边高椅上，面前放着那一对金钏臂。翠凤见子富近前，笑说：“来哩。”揣住子富的手捺到榻床坐下，说道：“倪无娒上耐当水，听仔耐闲话，快活得来！我就晓得耐是不过说说罢哉。耐有蒋月琴来哚，陆里肯来照应倪？倪无娒还拿仔钏臂来拨我看。我说：‘钏臂末啥稀奇，蒋月琴哚勿晓得送仔几花哉！就是倪也有两副来里，才放来哚用勿着，要得来做啥？’耐原拿仔转去罢。隔两日，耐真个蒋月琴搭勿去仔，想着要来照应倪，再送拨我正好。”

子富听了，如一瓢冷水兜头浇下，随即分辩道：“我说过蒋月琴搭定规勿去哉。耐勿相信末，我明朝就教朋友去搭我开消局帐，阿好？”翠凤道：“耐开消仔，原好去个啘。耐搭蒋月琴是老相好，做仔四五年哉，俚哚也蛮要好。耐故歇末说勿去哉，耐要去起来，我阿好勿许耐去？”子富道：“说仔勿去，阿好再去嗄？说闲话勿是放屁。”翠凤道：“随便耐去说啥，我勿相信啘。耐自家去想哩，耐末就说是勿去，俚哚阿要到耐公馆里来请耐嗄？俚要问耐，阿有啥得罪仔耐了动气，耐搭俚说啥？阿好意思说倪教耐覅去嗄？”子富道：“俚请我，我勿去，俚阿有啥法子？”翠凤道：“耐倒说得写意哚。耐勿去，俚哚就罢哉。俚定归要拉耐去，耐阿有啥法子？”子富自己筹度一回，乃问道：“价末耐说要我那价哩？”翠凤道：“我说，耐要好末，要耐到倪搭来住两个月，耐勿许一干仔出门口。耐要到陆里，我搭耐一淘去。蒋月琴哚也勿好到倪搭来请耐。耐说阿好？”子富道：“我有几花公事哚，陆里能够勿出门口？”翠凤道：“勿然末，耐去拿个凭据来拨我。

我拿仔耐凭据，也勿怕耐到蒋月琴搭去哉。"子富道："故阿好写啥凭据嗄？"翠凤道："写来哚凭据，阿有啥用场！耐要拿几样要紧物事来放来里，故末好算凭据。"子富道："要紧物事，不过是洋钱畹。"翠凤冷笑道："耐看出倪来啥邱得来！阿是倪要想头耐洋钱嗄？耐末拿洋钱算好物事，倪倒无啥要紧。"子富道："价末啥物事哩？"翠凤道："耐覅猜仔倪要耐啥物事。倪也为耐算计，不过拿耐物事来放来里，倘忙耐要到蒋月琴搭去末，想着有物事来哚我手里，耐也勿敢去哉，也好死仔耐一条心。耐想阿是？"

子富忽然想起，道："有来里哉，坎坎拿得来个拜匣，倒是要紧物事。"翠凤道："就是拜匣蛮好，耐放来里仔阿放心？我先搭耐说一声，耐到蒋月琴搭去仔一埭，我要拿出耐拜匣里物事来，一把火烧光个哩。"子富吐舌摇头道："阿唷，利害哚！"翠凤笑道："耐说我利害，耐也识差仔人哉！我做末做仔个倌人，要拿洋钱来买我倒买勿动哩。覅说啥耐一对钏臂哉，就摆好仔十对钏臂，也勿来里我眼睛里。耐个钏臂，耐原拿得去。耐要送拨我，随便陆里一日送末哉。今夜头倒覅拨来耐看轻仔，好像是倪看中仔耐钏臂。"一面说，一面向桌上取那一对金钏臂，亲自替子富套在手上。子富不好再强，只得依他，道："价末原放来哚拜匣里，隔两日再送拨耐也无啥。不过拜匣里有几张栈单庄票，有辰光要用着末，那价？"翠凤道："耐用着末，拿得去末哉。就勿是栈单庄票，倘忙有用着个辰光，耐也好来拿个畹。到底原是耐个物事，阿怕倪吃没仔了？"子富复沉吟一回，道："我要问耐，耐为啥钏臂是勿要哩？"翠凤笑道："耐陆里猜得着我意思。耐要晓得做仔我，耐覅看重来哚洋钱浪。我要用着洋钱个辰光，就要仔耐一千八百，也算勿得啥多；我用勿着，就一厘一毫也勿来搭耐要。耐要送物事，送仔我钏臂，我不过见个情；耐就去拿仔一块砖头来送拨我，我倒也见耐个情。耐摸着仔我脾气末好哉。"

子富听到这里，不禁大惊失色，站起身来道："耐个人倒稀奇哚！"遂向翠凤深深作揖下去，道："我今朝真真佩服仔耐哉。"翠凤忙低声喝住，笑道："耐阿怕难为情嗄？拨俚哚来看见仔，算啥？"说着，仍揣住子富的手，说："倪对过去罢。"挈至房门口，即推子富先行，翠凤随后，同向台面上来。

那时出局已散。黄二姐正帮着金凤等张罗，望见子富，报说："罗老爷来哉。"朱蔼人道："倪要吃稀饭哉，耐坎坎来。"子富道："再豁两拳。"陶云甫道："耐末倒有趣去，倪搭蔼人吃仔几花酒哚。"子富带笑而告失陪之罪，随叫拿稀饭来。席间如何吃得下，不过意思而已。

当时席散，各自兴辞。子富送至楼梯边，见汤啸庵在后，因想着说道："我有点小事体，托耐去办办。明朝碰头仔再搭耐说。"啸庵应诺。等到陶云甫、朱蔼人轿子出门，然后汤啸庵步行而归。

罗子富回到房间里，外场已撤去台面，赵家姆把笤帚略扫几帚，和小阿宝收拾了茶碗出去。子富随意闲坐，看翠凤卸头面。须臾，黄二姐复进房与子富闲谈。翠凤便令取出那只拜匣来，交与子富。子富乃褪下钏臂，放在拜匣里。黄二姐不解何故，两只眼泪油油的，看看子富，看看翠凤。翠凤也不理他，子富照旧锁好。翠凤又令黄二姐将拜匣去放在后面官箱里。黄二姐才自明白，捧了拜匣要走，却回头问子富道："耐轿子阿教俚哚打转去？"子富道："耐去喊高升来。"黄二姐乃去喊了高升上楼。子富吩咐些说话，叫高升随轿子回公馆去了。随后小阿宝来请翠凤对过房间里去。

翠凤将行，见房里只剩子富一个，即问："珠凤呢？"小阿宝道："无姆教俚哚团去哉。"翠凤看挂钟，已敲过四点，方不言语，便向楼窗口高声喊道："耐哚人才到仔陆里去哉！"赵家姆在楼下，连忙接应，一径来见子富，问道："罗老爷，安置罢？"子富点点头。于是赵家姆铺床吹灯，掩门退出。子富直等到翠凤归房安睡。一宿无话。

子富醒来，见红日满窗，天色尚早。小阿宝正拿抹布揩拭橱箱桌椅，也不知翠凤那里去了。听得当中间声响，大约在窗下早妆。再要睡时，却睡不着。一会儿，翠凤梳好头，进房开橱脱换衣裳。子富遂坐起来，着衣下床。翠凤道："再困歇哩，十点钟还勿曾到哩。"子富道："耐起来仔啥辰光哉？"翠凤笑道："我困勿着哉呀，七点多钟就起来哉。耐正来哚瞎头里。"

赵家姆听见子富起身，伺候洗脸、刷牙、漱口，随问点心。子富说:“勿想吃。”翠凤道:“停歇吃饭罢。”赵家姆道:“冷饭还有歇哩喤。”子富道:“等歇正好。”翠凤道:“教俚哚赶紧点。”赵家姆承命去说。子富复叫住,问:“高升阿曾来?”赵家姆道:“来仔歇哉。我去喊得来。”高升闻唤,见了子富,呈上字条一张,洋钱一卷,问:“阿要打轿子?”子富道:“今朝礼拜,无啥事体,轿子勿要哉。”因转问翠凤:“倪去坐马车阿好?”翠凤道:“好个。倪要坐两把车哚。”子富也不则声,再看那张条子,乃是当晚洪善卿请至周双珠家吃酒的,即随手撩下。高升见没甚吩咐,亦遂退去。

子富忽然记起一件事来,向翠凤道:“我记得旧年夏天,看见耐搭个长条子客人夜头来哚明园。我勿晓得耐名字叫啥;晓得仔名字,旧年就要来叫耐局哉。”翠凤脸上一呆,答道:“倪勿然搭客人一淘坐马车也无啥要紧,就为仔正月里有个广东客人要去坐马车,我勿高兴搭俚坐,我说:‘倪要坐两把车哚。’就说仔一句,也勿曾说啥。耐晓得俚那价?俚说:‘耐勿搭客人坐也罢哉;只要我看见耐搭客人一淘坐仔马车末,我来问声耐看。故末叫勿入味哚。’”子富道:“耐搭俚说啥?”翠凤道:“我啊?我说:‘倪马车一个月难得坐转把,今朝为是耐第一埭教得去,我答应仔耐,耐倒说起闲话来哉。我勿去哉,耐请罢。’”子富道:“俚下勿落台哉啘?”翠凤道:“俚末只好搭我看看哉喤。”子富道:“怪勿得耐无姆也说耐有点脾气哚。”翠凤道:“广东客人野头野脑。老实说,勿高兴做俚,巴结俚做啥?”

说话之间,不觉到了十二点钟。只见赵家姆端着大盘、小阿宝提着酒壶进房,放在靠窗大理石方桌上,安排两副杯箸,请子富用酒。翠凤亲自篩了一鸡缸杯,奉与子富,自己另取小银杯,对坐相陪。黄二姐也来见子富,帮着让菜,说道:“耐吃倪自家烧来哚菜水,阿好?”子富道:“自家烧,倒比厨子好。”黄二姐道:“倪有厨子。”随指一碗小火方、一碗清蒸鸭掌,说:“是昨日台面浪个菜。”翠凤向黄二姐道:“耐也来吃仔口罢。”黄二姐道:“勿要,我下头去吃。我去喊金凤来陪陪耐哚。”子富道:“慢点去。”遂取那一卷洋钱交与黄二姐,开消下脚等项。黄二姐接了道:“谢谢耐。”子富问他:“谢啥?”黄二姐笑道:“我先替俚哚谢谢,倒谢差哉。”一路说笑,自去分派。

子富因没人在房里，装做三分酒意，走过翠凤这边，兜兜搭搭。翠凤推开道："快点，赵家姆来哉。"子富回头，不见一人，索性爬到翠凤身上去不依，道："耐倒骗我！赵家姆搭俚家主公也来哚有趣，阿有啥工夫来看倪？"翠凤恨得咬牙切齿。幸而金凤进来，子富略一松手，翠凤趁势狠命一推，几乎把子富打跌。金凤拍手笑道："姐夫做啥搭我磕个头？"子富转身，抱住金凤要亲嘴。金凤极声的喊说："覅噪唣！"翠凤两脚一跺，道："耐啥噪勿清爽！"子富连忙放手，说："勿哚哉，勿噪哉！先生覅动气。"当向翠凤作了个半揖，引得翠凤也嗤的笑了。

金凤推子富坐下，道："请用酒唣。"即取酒壶，要给子富筛酒，再也筛不出来；揭盖看时，笑道："无拨哉。"乃喊小阿宝拿壶酒来。翠凤道："覅拨俚吃哉，吃醉仔末再搭倪瞎噪。"子富拱手央告道："再吃三杯，勿噪末哉。"及至小阿宝提了一壶酒来，子富伸手要接，却被翠凤先抢过去，道："勿许耐吃哉。"子富只是苦苦央告。小阿宝在傍笑道："无拨吃哉，快点哭唣。"子富真个哀哀的装出哭声。金凤道："拨俚吃仔点末哉，我来筛。"从翠凤手里接过酒壶来，约七分满筛了一杯。子富合掌拜道："谢谢耐，搭我筛满仔阿好？"翠凤不禁笑道："耐啥实概厚皮嗄！"子富道："我说吃三杯，再要吃末勿是人，耐阿相信？"翠凤别转脸不理。小阿宝、金凤都笑得打跌。

子富吃到第三杯，正值黄二姐端了饭盂上楼，叫小阿宝："下头吃饭去，我来替耐。"子富心知黄二姐已是吃过饭了，便说："倪也吃饭哉。"黄二姐道："再用一杯唣。"子富听了，直跳起来，指定翠凤嚷道："耐阿听见无姆教我吃？耐阿敢勿拨我吃？"翠凤着实瞅了一眼，道："越说耐倒越高兴哉！"竟将酒壶授与小阿宝带下楼去，便叫盛饭。黄二姐盛上三碗饭来，金凤自取一双象牙箸同坐陪吃。

一时，赵家姆、小阿宝齐来伺候。吃毕收拾，大家散坐吃茶。珠凤也扭扭捏捏的走来，要给子富装水烟。子富取来自吃。

将近三点钟时分，子富方叫小阿宝令外场去喊两把马车。赵家姆舀上面水，请翠凤捕面。翠凤教金凤去打扮了一淘去。金凤应诺，同小阿宝到对过房里，也去捕起面来。翠凤只淡淡施了些脂粉，越觉得天然风致,顾盼非凡。妆毕,自往床背后去。赵家姆收过妆具,向橱内取一套衣裳放在床上,随手带出银水烟筒,又自己忙着去脱换衣裳。

金凤先已停当,过来等候。子富见他穿着银红小袖袄,蜜绿散脚裤,外面罩一件宝蓝缎心天青缎滚满身洒绣的马甲;并梳着两角丫髻,垂着两股流苏,宛然是《四郎探母》这一出戏内的耶律公主。因向他笑道:“耐脚也覅去缠哉,索性扮个满洲人,倒无啥。”金凤道:“故是好煞哉,只好拨来人家做大姐哉。”子富道:“拨来人家末,做奶奶,做太太,阿有啥做大姐个嗄?”金凤道:“搭耐说说末,就无清头哉。”

翠凤听得,一面系裤带出来洗手,一面笑问子富道:“拨耐做姨太太阿好?”子富道:“覅说是姨太太,就做大太太末,也蛮好喤。”复笑问金凤道:“耐阿情愿?”羞得金凤掩着脸伏在桌上,问了几声不答应。子富弯下身子悄悄去问,偏要问出一句话来才罢。金凤连连摇手,说:“勿晓得,勿晓得!”子富道:“情愿哉!”

翠凤把手削脸羞金凤。珠凤坐在靠壁高椅上冷看,也格声要笑。子富指道:“哪,还有一位大太太,快活得来,自家来哚笑。”翠凤一见,嗔道:“耐看俚阿要讨人厌!”珠凤慌的敛容端坐。翠凤越发大怒道:“阿是说仔耐了动气哉?”走过去拉住他耳朵,往下一摔。珠凤从高椅上扑地一交,急爬起来,站过一傍,只披嘴咽气,却不敢哭。

幸值赵家姆来催,说:“马车来哉。”翠凤才丢开手,拿起床上衣裳来看了看,皱眉道:“我覅着俚。”叫赵家姆开橱,自拣一件织金牡丹盆景竹根青杭宁绸棉袄穿了,再添上一条膏荷绉面品月缎脚松江花边夹裤,又鲜艳又雅净。子富呆着脸只管看。赵家姆收起那一套衣裳,问子富:“阿要着马褂?”子富自觉不好意思,即取马褂披在身上,说道:“我先去哉。”一径踅下楼来,令高升随去。

出至尚仁里口,见是两把皮篷车,自向前面一把坐了,随后赵家姆提银水烟筒前行,翠凤挈着金凤缓缓而来,去后面坐了那一把。高升也踹上车后踏镫。四轮一发,电掣飚驰的去了。

第八回终。

第九回　沈小红拳翻张蕙贞　黄翠凤舌战罗子富

按：罗子富和黄翠凤两把马车驰至大马路斜角转湾，道遇一把轿车驶过，自东而西，恰好与子富坐的车并驾齐驱。子富望那玻璃窗内，原来是王莲生带着张蕙贞同车并坐。大家见了，只点头微笑。将近泥城桥堍，那轿车加紧一鞭，争先过桥。这马见有前车引领，也自跟着纵辔飞跑。趁此下桥之势，滔滔滚滚，直奔静安寺来。一转瞬间，明园在望。当下鱼贯而入，停在穿堂阶下。

罗子富、王莲生下车相见，会齐了张蕙贞、黄翠凤、黄金凤及赵家姆一淘上楼。管家高升知没甚事，自在楼下伺候。王莲生说前轩爽朗，同罗子富各据一桌，相与凭栏远眺，瀹茗清谈。王莲生问如何昨夜又去黄翠凤家吃酒，罗子富约略说了几句。罗子富也问如何认识张蕙贞，从何处调头过来，王莲生也说了。罗子富道："耐胆倒大得野哚！拨来沈小红晓得仔末，也好哉。"王莲生嘿然无语，只雌着嘴笑。黄翠凤解说道："耐末说得王老爷来阿有点相像嘎！见相好也怕仔末，见仔家主婆那价呢？"子富道："耐阿看见《梳妆》《跪池》两出戏？"翠凤道："只怕耐自家跪惯仔了，说得出！"一句倒说得王莲生、张蕙贞都好笑起来。罗子富也笑道："勿来搭耐说啥闲话哉。"

于是大家或坐或立，随意赏玩。园中芳草如绣，碧桃初开，听那黄鹂儿一声声好像叫出江南春意。又遇着这天朗气清、惠风和畅的礼拜日，有踏青的，有拾翠的，有修禊的，有寻芳的。车辚辚，马萧萧，接连来了三四十把，各占着亭台轩馆的座儿。但见钗冠招展，履舄纵横；酒雾初消，茶烟乍起；比极乐世界"无遮会"还觉得热闹些。

忽然又来了一个俊俏伶俐后生，穿着挖云镶边马甲，洒绣滚脚套裤，直至前轩站住，一眼注定张蕙贞，看了又孜孜的笑。看得蕙贞不耐烦，别转头去。王莲生见那后生大约是大观园戏班里武小生小柳儿，便不理会。那小柳儿站一会，也就去了。

黄翠凤搀了金凤，自去爬着栏杆看进来的马车。看不多时，忽招手叫罗子富道："耐来看唗！"子富往下看时，不是别人，恰是沈小红，随身旧衣裳，头也没有梳便来了，正在穿堂前下车。子富忙向王莲生点首儿，悄说："沈小红来哉。"莲生忙也来看，问："来哚陆里？"翠凤道："楼浪来哉呀。"

莲生回身，想要迎出去。只见沈小红早上楼来，直瞪着两只眼睛，满头都是油汗，喘吁吁的上气不接下气，带着娘姨阿珠、大姐阿金大，径往前轩扑来。劈面撞见王莲生，也不说甚么，只伸一个指头照准莲生太阳里狠狠戳了一下。莲生吃这一戳，侧身闪过一傍。小红得空，迈步上前，一手抓住张蕙贞胸脯，一手轮起拳头便打。蕙贞不曾提防，避又避不开，挡又挡不住，也就抓住小红，一面还手，一面喊道："耐哚是啥人嗄！阿有啥勿问情由就打起人来哉嗄！"小红一声儿不言语，只是闷打，两个扭结做一处。黄翠凤、金凤见来势泼悍，退入轩后房里去，赵家姆也不好来劝。罗子富但在傍喝教沈小红："放手，有闲话末好说个碗！"小红得手，如何肯放？从正中桌上直打到西边阑干尽头，阿珠、阿金大还在暗里助小红打冷拳。

楼下吃茶的听见楼上打架，都跑上来看。莲生看不过，只得过去勾了小红臂膊要往后扳，却扳不动，即又横身插在中间，猛可里把小红一推，才推开了。小红吃这一推，倒退了几步，靠住背后板壁，没有吃跌。蕙贞脱身站在当地，手指着小红，且哭且骂。小红要奔上去，被莲生叉住小红两肋，抵紧在板壁上，没口子分说道："耐要说啥闲话搭我说好哉，勿关俚啥事，耐去打俚做啥？"小红总没听见，把莲生口咬指掐。莲生忍着痛苦苦央告。

不料，刺斜里阿珠抢出来，两手格开莲生，嚷道："耐来帮啥人嗄，阿要面孔！"阿金大把莲生拦腰抱住，也嚷道："耐倒帮仔别人来打倪先生哉，连搭倪先生也勿认得哉！"两个故意和莲生厮缠住了。小红乘势挣出身子，呼的一阵风赶上蕙贞，又打将起来。莲生被他两个软禁了，无可排解。

蕙贞本不是小红对手，更兼小红拚着命，是结结实实下死手打的，早打得蕙贞桃花水泛，群玉山颓，素面朝天，金莲堕地。蕙贞还是不绝口的哭骂。看的人蜂拥而至，挤满了一带前轩，却不动手。莲生见不是事，狠命一洒，撇了阿珠、阿金大两个，分开看的人，要去楼下喊人来搭救。适遇明园管帐的站在帐房门口探望，莲生是认得的，急说道："快点叫两个堂倌来拉开仔哩，要打出人命来哉呀！"说了，又挤出前轩来。只见小红竟揿倒蕙贞，仰叉在地；又腾身骑上腰胯，只顾夹七夹八瞎打。阿珠、阿金大一边一个按住蕙贞两手，动弹不得。蕙贞两脚乱蹬，只喊救命。看的人也齐声发喊，说："打勿得哉！"

莲生一时火起，先把阿金大兜心一脚踢开去。阿金大就在地下打滚喊叫。阿珠忙站起来奔莲生，嚷道："耐倒好意思打起倪来哉，耐阿算得是人嗄！"一头撞到莲生怀里，连说："耐打哩！耐打哩！"莲生立不定脚，往后一仰，倒栽葱跌下去，正跌在阿金大的身上。阿珠连身撞去，收札不来，也往前一扑，正伏在莲生的身上。五个人满地乱打，索性打成一团糟，倒引得看的人拍手大笑起来。

幸而三四个堂倌带领外国巡捕上楼，喝一声："不许打！"阿珠、阿金大见了，已自一骨碌爬起。莲生挽了堂倌的手起来。堂倌把小红拉过一边，然后搀扶着蕙贞坐在楼板上。小红被堂倌拦截，不好施展，方才大放悲声，号啕痛哭，两只脚跺得楼板似擂鼓一般。阿珠、阿金大都跟着海骂。莲生气得怔怔的，半晌说不出话。还是赵家姆去寻过那一只鞋给蕙贞穿上，与堂倌左提右挈，抬身立定，慢慢的送至轩后房里去歇歇。

巡捕扬起手中短棒，吓散了看的人，复指指楼梯，叫小红下去。小红不敢倔强，同阿珠、阿金大一路哭着、骂着，上车自回。

莲生顾不得小红，忙去轩后房里看蕙贞。只见管帐的与罗子富、黄翠凤、黄金凤簇拥在那里讲说。张蕙贞直挺挺躺在榻床上，赵家姆替他挽起头发。王莲生忙问如何，赵家姆道："还好，就肋里伤仔点，勿碍事。"管帐的道："勿碍事末也险个哉！为啥勿带个娘姨出来？有仔个娘姨来里，就吃亏也好点。"王莲生听说，又添了一桩心事，踌躇一回，只得央黄翠凤，要借他娘姨赵家姆送转去。翠凤道："王老爷，我说耐要自家送得去好。倒勿是为啥别样，俚吃仔亏转去，俚哚娘姨、大姐、相帮哚陆里一个肯罢嗄？倘忙喊仔十几个人，赶到沈小红搭去打还俚一顿,闯出点穷祸来,原是耐王老爷该晦气。耐自家去末,先搭俚哚说说明白,阿是嗄?”管帐的道:“说得匆差,耐自家送转去好。”

莲生终不愿自己送去,又说不出为什么,只再三求告翠凤。翠凤不得已应了,乃嘱咐赵家姆道:“耐去搭俚哚说,事体末有王老爷来里,教俚哚覅管帐。”又说:“蕙贞阿哥,阿是?耐自家也说一声末哉。”张蕙贞点点头。

管家高升在房门口问:“阿要喊马车?”赵家姆道:“才去喊得来哉啘。”高升立即去喊。赵家姆将银水烟筒交与黄翠凤,便去扶起张蕙贞来。蕙贞看看王莲生,要说又没的说。莲生忙道:“耐气末覅气,原快快活活转去,赛过拨一只邪狗来咬仔一口,也无啥要紧。耐要气出点病来,倒犯勿着。我晚歇转来仔就来,耐放心。”蕙贞也点点头,搭着赵家姆肩膀,一步一步硬撑下梯。管帐的道:“头面带仔去喤!”王莲生见桌上一大堆零星首饰,知是打坏的,说道:“我搭俚收捉末哉。”堂倌又送上银水烟筒,说:“磕在楼下阶台上,瘪了。”莲生一总拿手巾包起。黄翠凤催道:“倪也转去哉啘。”说着,挈了金凤先行。王莲生乃向管帐的拱手道谢,并说:“所有碰坏家生,照例赔补。堂倌哚另外再谢。”管帐的道:“小意思,说啥赔嗄。”

罗子富也向管帐的作别,与王莲生同下楼来。问高升,知道张蕙贞、赵家姆已同车而去,黄翠凤姊妹还等在车上。王莲生趁了罗子富的车,一径归至四马路尚仁里口歇下。

罗子富请王莲生至黄翠凤家。上楼进房,子富亲自点起烟灯来,请莲生吸烟。翠凤方脱换衣裳,见了道:“王老爷半日勿用烟哉啘,阿瘾嗄?”随叫小阿宝:“耐绞仔手巾,搭王老爷来装筒烟。”莲生道:“我自家装末哉。”翠凤道:“倪有发好个来里,阿好?”随叫小阿宝去喊金凤来拿。金凤也脱换了衣裳,过来见莲生,先笑道:“阿唷!王老爷,要吓煞哚!我吓得来拖牢仔阿姐,说:‘倪转去罢!晚歇打起倪来末,那价喤?’王老爷阿吓嗄?”莲生倒不禁一笑。罗子富、黄翠凤也都笑了。

金凤向烟盘里拣取一个海棠花式牛角盒子,揭开盖,盒内满满盛着烟泡,奉与王莲生。莲生即烧烟泡来吸。吸了几口,听得楼下有赵家姆声音。王莲生又坐起来听。黄翠凤见莲生着急,忙喊:"赵家姆来哩。"赵家姆见了莲生,回说:"送得去哉,一直送到仔楼浪哚。俚哚说:'有王老爷搭倪做主末,最好哉。教王老爷转来仔就来。'俚哚还谢谢我,教我来谢谢先生,倒要好煞哚。"莲生听了,才放下了一半心。

接着王莲生的管家来安来寻。莲生唤至当面,问有甚事。来安道:"沈小红哚娘姨坎坎来说,沈小红要到公馆里来。"莲生听了,心中又大不自在。黄翠凤向莲生道:"我看沈小红比勿得张蕙贞。耐张蕙贞搭无啥要紧,就明朝去也正好。倒是沈小红搭耐就要去一埭哚,倒还要去吃两声闲话哉哩。"莲生着实沉吟,蹙额无语。翠凤笑道:"王老爷,耐覅见仔沈小红怕哩,有闲话末响响落落搭俚说,耐怕仔俚倒勿好说啥哉。"

莲生俄延了半日,叫来安打轿子来再说。却将那首饰包交代来安收藏。来安接了回去。罗子富道:"沈小红倒看勿出,凶煞哚。"翠凤道:"沈小红末,算啥凶嗄!我做仔沈小红,也勿去打俚哚,自家末打得吃力煞,打坏个头面,原要王老爷去搭俚赔。倒害仔王老爷,阿有啥趣势?"子富道:"耐做沈小红末那价呢?"翠凤笑道:"我啊,我倒勿高兴搭耐说来哩。要末耐到蒋月琴搭去一埭试试看,阿好?"子富笑道:"就去仔末,怕耐啥嗄!耐勿入调末,我去教蒋月琴来也打耐一顿。"翠凤把眼一瞟,笑道:"噢唷,倒说得体面哚!耐算说拨来啥人听嗄,阿是来里王老爷面浪摆架子?"王莲生一口烟吸在嘴里,听翠凤说,几乎笑的呛出来。子富不好意思,搭讪说道:"耐哚人一点点无拨啥道理!耐自家也去想想看,耐做个倌人末,几花客人做仔去,倒勿许客人再去做一个倌人,故末啥道理哩?也亏耐哚有面孔说得出!"翠凤笑道:"为啥说勿出嗄?倪是做生意,叫无法碗。耐搭我一年三节生意包仔下来,我就做耐一干仔,蛮好。"子富道:"耐要想敲我一干仔哉!"翠凤道:"做仔耐一干仔,勿敲耐敲啥人嗄?耐倒说得有道理。"子富被翠凤顶住嘴,没得说了。停了一会,翠凤道:"耐有道理末,耐说哩。啥勿响哉嗄?"子富笑道:"阿有啥说嗄,拨耐钝光哉哩。”翠凤也笑道:“耐自家说得勿好,倒说我钝光。”

谈笑之间,早又上灯以后。小阿宝送上票头一张,呈与罗子富。子富看毕,授与王莲生。莲生慌的接来看,是洪善卿催请子富的,便不在意。再看下面,另行添写有“莲翁若在,同请光临”八个字。莲生攒眉道:“我勿去哉哩。”子富道:“善卿难得吃台把酒,耐原去应酬歇,就勿叫局也无啥。”黄翠凤道:“王老爷,耐酒倒要去吃哚,耐勿去吃酒,倒拨沈小红哚好笑。我说耐只当无拨啥事体,酒末只管去吃,吃仔酒末就台面浪约好两个朋友,散下来一淘到小红搭去,阿是蛮好?”莲生一想勿差,就依着翠凤说,忙又吸了两口烟。来安领轿子来了,也呈上一张洪善卿请客票头。子富道:“一淘去哉啘。”莲生点头说好。子富令喊高升。高升回说:“轿子等仔歇哉。”于是,王莲生、罗子富各自坐轿,并赴公阳里周双珠家。

到了楼上,洪善卿迎着,见两位一淘来了,便叫娘姨阿金喊“起手巾”,随请两位进房。房里先到的有葛仲英、陈小云、汤啸庵三位;还有两位面生的,乃是张小村、赵朴斋。大家问姓通名,拱手让坐。外场已绞了手巾上来。汤啸庵忙问王莲生:“叫啥人?”莲生道:“我勿叫哉。”周双珠插嘴道:“耐末阿有啥勿叫局个嗄?”洪善卿道:“就叫仔个清倌人罢。”汤啸庵道:“我来荐一个,包耐出色。”遂把手一指,“耐看哩。”王莲生回头看时,周双珠肩下坐着一个清倌人,羞怯怯的低下头去,再也不抬起来。罗子富先过去弯着腰一看,道:“我只道是双宝,倒勿是。”周双珠道:“俚叫双玉。”王莲生道:“本堂局蛮好,写末哉。”

洪善卿等汤啸庵写毕局票,即请入席。大姐巧囡立在周双玉身傍,说道:“过去换衣裳哉啘。”双玉乃回身出房。

第九回终。

第十回　理新妆讨人严训导　还旧债清客钝机锋

按:周双玉趖进对过自己房里,巧囡跟过来问双玉道:“出局衣裳,无姆阿曾拨来耐?”双玉摇摇头。巧囡道:“我去搭耐问声看。耐拿鬓脚来刷刷哩。”说了,忙下楼去问老鸨周兰。双玉自把保险台灯移置梳妆台上,且不去刷鬓脚,就在床沿坐下,悄悄的侧耳而听。

原来周双玉房间底下乃是老鸨周兰自己卧室,那周双宝搬下去铺的房间却在周双珠的房间底下。当时听得老鸨周兰叫巧囡掌起灯来,开橱启箱,翻腾一会;又呫呫唧唧说了许多闲话,然后出房;却又往双宝房背后去,不知做甚么,一些也听不见。

双玉方才丢开,起身对镜,照见两边鬓脚稍微松了些,随取抿子轻轻刷了几刷,已自熨贴。只见巧囡怀里抱着衣裳,同周兰上楼来了。双玉收过抿子,便要取衣裳来穿。周兰道:“慢点哩,耐个头勿好啘,啥毛得来。”乃将手中揣着的豆蔻盒子放下,亲自动手替双玉弄头。捏了又捏,揿了又揿,浓浓的蘸透了一抿子刨花浸的水,顺着螺丝旋刷进去,又刷过周围刘海头。刷的那水从头颈里直流下去,连前面额角上也亮晶晶都是水渍。双玉伸手去拭,周兰忙阻止道:“耐覅动哩。”遂用手巾在头颈里略掩一掩,叫双玉转过脸来,仔细端详一回,说:“好哉。”

巧囡在傍提着衣裳领口,伏侍双玉穿将起来,是一件织金撇兰盆景一色镶滚湖色宁绸棉袄。巧囡看了道:“实概件衣裳,我好像勿曾看见歇。”周兰道:“耐末陆里看得见?说起来还是大先生个哉。俚哚姊妹三家头,才有点怪脾气。随便啥衣裳哉,头面哉,才要自家撑得起来;别人个物事,就拨来俚,俚也勿要。双珠个头面末,也勿算少。单说衣裳,是陆里及得来阿大搭阿二嗄?比仔双珠要多几花哚!俚哚嫁出去辰光,拣中意点末拿仔去,剩下来也有几箱子。我收捉仔起来,一直用勿着,还有啥人来着哩?就拨来双宝着过歇,也勿多几件。还有几几花花,连搭双宝也勿曾看见歇,覅说啥耐哉。”

双玉穿上棉袄,向大洋镜前走了几步,托起臂膊,比比出手。周兰过去把衣襟绉纹拉直些,又唠叨说道:“耐要自家有志气,做生意末巴结点,阿晓得?我眼睛里望出来,无啥亲生勿亲生,才是我囡件。耐倘然学得到双珠阿姐末,大先生、二先生几花衣裳头面,随便耐中意陆里一样,只管拿得去末哉。要象仔双宝样子,就算是我亲生囡件,我也勿高兴拨俚碗。”双玉只听着不言语。周兰问他:“阿听见?”双玉说:“听见哉。”周兰道:“价末耐也答应声喤,啥一声也勿响嗄?”

巧囡听台面上叫的局先已到了,急取豆蔻盒子,连声催促,方剪住周兰的话头,搀了双玉,往前便走,却忽然想起银水烟筒来。巧囡道:“就三先生搭拿仔根罢。”周兰道:“勿要!耐到双宝搭去拿得来。双宝一根末让俚用仔,我再拿一根出来拨来双宝。”

巧囡赶着跑去。周兰又教导些台面规矩与双玉听,并说:“耐勿晓得末,问阿姐好哉。阿姐搭耐说啥闲话,耐听好仔,覅忘记。耐要是勿肯听人闲话,我先搭耐说一声,耐自家吃苦,到底无啥好处。”周兰说一句,双玉应一声。须臾,巧囡取银水烟筒回来,周兰自下楼去。

巧囡忙挈双玉至这边台面上。只见先到的只有一个局,乃是陈小云的相好金巧珍,住在同安里口,只隔一条三马路,走过来就是,所以早些。当时金巧珍拉开嗓子唱京调,引得罗子富兴高采烈,摆庄豁拳。更有赵朴斋、张小村刻意奉承,极力鼓舞,此外诸位也就随和着。独有王莲生没精打采,坐也坐不住。周双珠知道是厌烦,问他:“阿到对过去坐歇?”莲生正中胸怀,即时离席。

巧囡领着踅过周双玉房间,点了烟灯,冲了茶碗,向莲生道:“我去喊双玉来。”莲生阻挡不及,只好听他喊去。只见周双玉冉冉归房,脱换衣裳,远远的端坐相陪,嘿然无语。莲生自然不去兜搭。一会儿,巧囡又跑来张罗,叮嘱双玉陪着,也就去了。

莲生吸了两口烟,听那边台面上豁拳唱曲,热闹得不耐烦,倒是双玉还静静的坐在那里低头敛足弄手帕子。莲生心有所感,不觉暗暗赞叹了一番。忽听得娘姨阿金走出当中间,高声喊“绞手巾”。一时,履声、舄声、帘钩声、客辞主人声、主人送客声,杂沓并作。却不知去的是谁，只觉得台面上冷静了许多。随后汤啸庵也踱过这边房里来，吃得绯红的脸，一手拿着柳条剔牙杖剔牙，随意向榻床下首歪着，看莲生烧烟。莲生问："子富去哉？"啸庵道："俚哚还有啥局头，搭仲英、小云一淘去哉。"

莲生遂约啸庵同洪善卿到沈小红家去。啸庵会意应诺。及巧囡来请用饭，两人方过那边归席入座。汤啸庵向洪善卿耳边说了几句，善卿听了微笑。周双珠也点头笑道："耐哚说啥，我也懂来里哉。"啸庵道："耐说说看。"双珠把嘴望莲生一努。大家笑着，都吃过饭。张小村知道他们有事，和赵朴斋告辞先行。王莲生道："倪也去罢。"汤啸庵、洪善卿说"好"。周双珠忙喊双玉过来，送至楼门而回。

三人缓步同行。来安叫轿夫抬空轿子跟随在后，出了公阳里，就对门进同安里，穿至西荟芳里口，适被娘姨阿珠的儿子暗中瞧见，跑去报信。阿珠迎出门首，笑嘻嘻说道："我说王老爷要来快哉，倒刚刚来哉。"

当下王莲生在前，与汤啸庵、洪善卿进门；后面跟着阿珠，接踵上楼。早听得房间里小脚高底一阵怪响。王莲生方跨进当中间房门，只见沈小红越发蓬头垢面，如鬼怪一般，飞也似赶出当中间，望莲生纵身直扑上去。莲生错愕倒退。大姐阿金大随后追到，两手合抱拢来，扳住小红胸脯，只喊说："先生覅哩！"慌的阿珠抢上去叉住小红臂膊，也喊说："先生耐慢点看！"小红咬牙切齿，恨道："耐哚走开点哩！我要死末关耐哚啥事嗄？"阿珠连连劝道："耐就要死末，也勿实概个啘。故歇王老爷来仔，也好等王老爷说起来；说勿好，耐再去死末哉啘。"小红一心和莲生拚命，那里肯依。汤啸庵、洪善卿见如此撒泼，不好说甚，只是冷笑。莲生又羞又恼，又怕又急，四下里一逼，倒逼出些火性来，也冷笑说道："让俚去死末哉！"说了一句，回身便走。汤啸庵、洪善卿只得跟着走了。

阿珠见光景不好，也顾不得小红，赶紧来拉莲生；被莲生一豁，洒脱袖子，竟下楼梯。忽听得当中间板壁"蓬咚蓬咚"震天价响起来，阿金大在内极声喊道："勿好哉，先生撞煞哉呀！"就这一声喊里，唤起楼下三四个外场，只道有甚祸事，急急跑上楼来，适与莲生等挤住在楼梯上。阿珠把莲生死拖活拽,往里挣去。汤啸庵、洪善卿料道走不脱,也撺掇莲生回至当中间。只见小红还把头狠命往板壁上磕,阿金大扳住胸脯,那里扳得开。阿珠着了忙,也狠命的拦腰一抱抱起来。汤啸庵、洪善卿齐说道:"小红耐算啥哩?有闲话说末哉,实概样子,耐小红也犯勿着碗。"阿珠摸摸小红的头,没甚伤损,只有额角边被板壁上钉的钉头碰破些油皮,也不至流血。阿金大上前把手心摩挲着,道:"耐看阿险嗄!撞来哚太阳里末,那价呢?"

莲生正站在一傍发呆。阿珠一眼睃见,说道:"王老爷,闯出穷祸来,耐也脱勿了个哩!覅看仔像无要紧。"外场见没事,都笑道:"倒吓得倪来要死!快点搀先生房间里去罢。"阿珠仍抱起小红来。阿金大拉了莲生、汤啸庵、洪善卿一同簇拥至房里。阿珠放小红向榻床躺下。阿金大端整茶碗,叫外场冲了茶。外场嘱付阿珠说:"耐哚小心点末哉。"都讪笑着下楼去了。

王莲生、汤啸庵、洪善卿一溜儿坐在靠壁高椅上。小红背灯向壁,掩面而哭。阿珠靠小红身傍坐着,慢慢与王莲生说道:"王老爷,耐自家勿好,转差仔念头。耐起初要搭倪先生说明白仔,耐就去做仔十个张蕙贞,倪先生也无啥碗。为仔耐瞒仔倪先生末倒勿好哉。倪先生晓得耐去做仔张蕙贞,说难是王老爷倪搭勿来个哉,拨来张蕙贞哚拉仔去哉。"洪善卿不待说完,即拦说道:"王老爷不过昨日夜头来哚张蕙贞搭吃仔台酒,故歇原到该搭来哉碗。"阿珠立起身来,走过洪善卿身傍,轻声说道:"洪老爷,耐是蛮明白来里。倪先生倒覅怪俚,俚是发极仔了呀。王老爷先起头做倪先生辰光,还有好几户老客人哚。后来搭王老爷要好仔末,有个把客人阿要动气勿来哉了?倪末去请哉碗。王老爷就搭倪先生说:'俚哚勿来,让俚哚勿来末哉,我一干仔来搭耐撑场面。'王老爷,阿是耐说来哚个闲话?先生有仔王老爷,倒蛮放心,请也勿去请哉。难末一户一户客人才勿来哉,到故歇是无拨哉,就剩仔王老爷一干仔哉。洪老爷,耐说王老爷去做仔张蕙贞,倪先生阿要发极?"汤啸庵接说道:"难也覅去说哉。张蕙贞哚末坍仔台哉,王老爷原到该搭来,耐沈小红场面也可以过得去哉。大家覅说哉,阿是?"

小红正哭得涕泪交颐，听啸庵说，便分说道："杨老爷，耐问声俚看：俚自家搭我说，教我生意覅做哉，条子末拌脱仔。我听仔俚，客人叫局也勿去。俚还搭我说，俚说：'耐少来哚几花债末，我来搭耐还末哉。'我听仔快活煞，张开仔两只眼睛单望俚一干仔，望俚搭我还清仔债末，我也有仔好日脚哉。陆里晓得俚一直来里骗我！骗到我今日之下，索性豁脱仔，去包仔个张蕙贞哩！"说到这里，两脚一跺，身子一掀，俯仰号啕，放声大哭。哭了又道："俚就要去做张蕙贞，也无啥！我自家想想，衣裳末着完哉，头面末当脱哉，客人末一个也无拨哉，倒欠仔一身债。弄得我上勿上，落勿落，难末教我那价哩？"汤啸庵微笑道："故也无啥那价。王老爷原来里，衣裳头面原教王老爷办得来，债末教王老爷去还清仔，阿是才舒齐哉啘？"

小红道："汤老爷，勿瞒耐说，王老爷来里该搭做仔两年半，买来哚几花物事才来里眼睛前头。张蕙贞搭勿到十日天，从头浪起到脚浪，陆里一样勿搭俚办起来？还有朋友哚拍马屁，鬼讨好，连忙搭俚买好仔家生送得去铺房间。耐汤老爷陆里晓得哩！"洪善卿插说道："王老爷也叫瞎说！堂子里做个把倌人，只要局帐清爽仔末是哉。倌人欠来哚债，关客人啥事，要客人来搭俚还。老实说，倌人末勿是靠一个客人，客人也勿是做一个倌人。高兴多走走，勿高兴就少走走，无啥多花枝枝节节啘！"

小红正要回嘴，阿珠赶着戗说道："洪老爷说得勿差，'倌人末勿是靠一个客人'。倪先生也有好几户客人哚，为啥要耐王老爷一干仔来撑场面哩，耐就一干仔撑仔场面，勿来搭倪先生还债，倪先生就欠仔一万债，阿好搭耐王老爷说，要耐王老爷来还嗄？耐王老爷自家搭倪先生说，要搭倪先生还债。只要王老爷真真还清仔，倪先生阿有啥枝枝节节？耐就去做仔张蕙贞，'客人也勿是做一个倌人'，倪先生阿好说耐啥？故歇耐王老爷原勿曾搭倪先生还歇一点点债，倒先去做仔张蕙贞哉。耐王老爷想想看，阿是倪先生来里枝枝节节呢，阿是耐王老爷自家来哚枝枝节节？"说罢，睐了王莲生半日。

莲生仰着脸，只不做声。洪善卿笑道："俚哚啥枝枝节节也勿关倪事，倪要去哉。"遂与汤啸庵立起身来。莲生意思要一同去，小红只做不看见，倒是阿金大捺住莲生道：“咦！王老爷，耐阿好去嗄？”阿珠喝阿金大放手，却向莲生道：“王老爷耐要去，去末哉；倪是勿好来屈留耐，就搭耐说一声是哉。昨日夜头我搭阿金大两家头陪倪先生坐来哚床浪，坐仔一夜天勿曾困，今夜头倪要困去哉。倪娘姨哚到底无啥干己，就闯仔点穷祸，也勿关倪事。倪先说仔末，王老爷也怪勿着倪。”几句说得莲生左右为难，不得主意。汤啸庵向莲生道：“倪先去，耐坐歇罢。”莲生乃附耳嘱他去张蕙贞家给个信。啸庵应诺，始与洪善卿偕行。小红却也抬身送了两步，说道：“倒难为仔耐哚，明朝倪也摆个双台谢谢耐哚末哉。”说着，倒自己笑了。莲生也忍不住要笑。

小红转身，伸一个指头向莲生脸上连点几点，道：“耐末……”只说得两字，便缩住了，却“哼”的一声，像是叹气。半晌又道：“耐一干仔来末，阿怕倪欺瞒仔耐嗄？耐算教两个朋友来做帮手，帮仔耐说闲话，阿要气煞人！”莲生自觉羞惭，佯作不睬。阿珠冷笑两声，道：“王老爷倒蛮好，才是朋友哚搭俚出个主意。王老爷末去听仔俚。就张蕙贞搭，勿是朋友同得去，陆里认得嗄？”小红道：“张蕙贞搭倒勿是朋友，俚乃自家去打个野鸡。”阿珠道：“故歇是勿是野鸡哉，也算仔长三哉！叫仔一班小堂名，显焕得来！王老爷做仔几日天，用脱仔几花？阿有千把嗄？”莲生道：“耐哚覅瞎说！”阿珠道：“倒勿是瞎说哩！”随将烟盘收拾干净，道：“王老爷吃烟罢，覅去转啥念头哉！”莲生乃去榻床躺下吸烟。阿珠、阿金大陆续下去。

第十回终。

第十一回　乱撞钟比舍受虚惊　齐举案联襟承厚待

按:沈小红坐在榻床下手,一言不发。莲生自在上手吸烟。房里没有第三个人。足有一点钟光景,小红又呜呜咽咽的哭起来。莲生搔耳爬腮,无可解劝,也就凭他哭去。无如小红这一哭,直哭得伤心惨目,没个收场。莲生没奈何,只得挨上去央告道:"耐哚意思我也蛮明白来里。我末就依仔耐,叨光耐覅哭哉,阿好?耐再要哭,我肚肠要拨来耐哭出来哉。"小红哽噎着嗔道:"覅来搭我瞎说!耐一径骗下来,骗到仔故歇,耐倒还要来骗我!耐定归要拿我性命来骗得去仔了罢哚。"莲生道:"我故歇随便说啥闲话,耐总勿相信,说是我骗耐。难也覅说哉,我明朝就去打一张庄票来搭耐还债,耐说阿好?"小红道:"耐个主意勿差,耐搭我还清仔债末,该搭勿来哉,阿是?故末好去做张蕙贞哉,阿是?耐倒乖来哚!耐勿情愿搭我还末,我也覅耐还哉!"说着,仍别转头去,吞声暗哭。莲生急道:"啥人说去做张蕙贞嗄?"小红道:"耐勿去哉?"莲生道:"勿去哉!"被小红劈面啮了一口,大声道:"耐去骗末哉!耐看来哚,我明朝死来哚张蕙贞搭去。"莲生一时摸不着头脑,呆脸思索,没得回话。

适值阿珠提水铫子上来冲茶,莲生叫住,细细告诉他,问他:"小红是啥意思?"阿珠笑道:"王老爷蛮明白哚,倪末陆里晓得嗄?"莲生道:"耐倒说得好,我为仔勿明白了问耐碗!"阿珠笑道:"王老爷,耐是聪明人,阿有啥勿明白嗄!耐想:倪先生一径搭耐蛮要好,耐为啥勿搭倪先生还债呢?今朝反仔一场,耐倒要搭倪先生还债哉,阿像是耐动气仔了说个闲话?耐为动气了说搭倪先生还债,耐想倪先生阿要耐还嗄?"莲生跳起来跺脚道:"只要俚勿动气末才是哉,倒说我动气!"阿珠笑道:"倪先生倒也无啥动气,单为仔王老爷碗。耐想:倪先生阿有第二户客人?耐王老爷再勿来仔,教倪先生那价呢?只要倪先生面浪交代得过,耐就再去做个张蕙贞,也无啥要紧。倪先生欠来哚几花债，早末也要耐王老爷还，晚末也要耐王老爷还，随耐王老爷个便好哉！耐王老爷待倪先生要好勿要好，也勿在乎此。王老爷阿对？”莲生道：“耐也说得勿明白哓。我勿搭俚还债末，生来说我勿好；我就搭俚还仔债，俚原说我勿好。俚到底要我那价末算我要好哉哩？”阿珠笑道：“王老爷也说笑话哉，阿要我来教耐？”说着，提水铫子一路佯笑下楼去了。

莲生一想没奈何，只得打叠起千百样柔情软语去伏侍小红。小红见莲生真个肯去还债，也落得收场，遂趁此渐渐的止住哭声。莲生一块石头方才落地。小红一面拿手帕子拭泪，一面还咕噜道：“耐只怪我动气，耐也替我想想看，比方耐做仔我，阿要动气？”莲生忙陪笑道：“应该动气，应该动气！我做仔耐是一径要动到天亮哚。”说得小红也要笑出来，却勉强忍住道：“厚皮哚来，啥人来理耐嗄。”

一语未了，忽听得半空中“喤喤喤”一阵钟声。小红先听见，即说：“阿是撞乱钟？”莲生听了，忙推开一扇玻璃窗，望下喊道：“撞乱钟哉！”阿珠在楼下接应，也喊说：“撞乱钟哉，耐哚快点去看看哩。”随后有几个外场赶紧飞跑出门。

莲生等撞过乱钟，屈指一数，恰是四下，乃去后面露台上看时，月色中天，静悄悄的，并不见有火光。回到房里，适有一个外场先跑回来报说：“来哚东棋盘街哚。”莲生忙蹓在桌子傍高椅上，开直了玻璃窗向东南望去，在墙缺里现出一条火光来。莲生着急，喊：“来安！”外场回说：“来二爷搭轿班才跑得去看去哉。”莲生急得心里突突的跳。小红道：“东棋盘街末关耐啥事嗄？”莲生道：“我对门就是东棋盘街哓。”小红道：“还隔出一条五马路哚。”

正说时，来安也跑回来，在天井里叫“老爷”，报说道：“东棋盘街东首，远勿多哩。巡捕看来哚，走勿过哉。”莲生一听，拔步便走。小红道：“耐去哉？”莲生道：“我去仔就来。”莲生只唤来安跟了，一直跑出四马路，望前面火光急急的赶。

刚至南昼锦里口，只见陈小云独自一个站在廊下看火。莲生拉他同去，小云道：“慢点走末哉。耐有保险来哚，怕啥嗄？”莲生脚下方放松些。只见转湾角上有个外国巡捕，带领多人整理皮带，通长衔接做一条,横放在地上,开了自来水管,将皮带一端套上龙头,并没有一些水声,却不知不觉皮带早涨胖起来,绷得紧紧的。于是顺着皮带而行,将近五马路,被巡捕挡住。莲生打两句外国话,才放过去。那火看去还离着好些,但耳朵边已拉拉杂杂爆得怪响,倒像放几千万炮焯一般,头上火星乱打下来。

莲生、小云把袖子遮了头,和来安一口气跑至公馆门首,只见莲生的侄儿及厨子、打杂的都在廊下,争先诉说道:"保险局里来看过歇,说勿要紧,放心末哉。"陈小云道:"要紧末勿要紧,耐拿保险单自家带来哚身边,洋钱末放铁箱子里,还有啥帐目、契券、照票多花末,理齐仔一搭,交代一个人好哉。物事覅去动。"莲生道:"我保险单寄来哚朋友搭畹。"小云道:"寄来哚朋友搭末最好哉。"

莲生遂邀小云到楼上房里,央小云帮着收拾。忽又听得"豁刺刺"一声响,知道是坍下屋面,慌去楼窗口看。那火舌头越发焰起来,高了丈余,趁着风势,正呼呼的发啸。莲生又慌的转身收拾,顾了这样却忘了那样,只得胡乱收拾完毕,再问小云道:"耐搭我想想看,阿忘记啥?"小云道:"也无啥哉。耐覅极哩,包耐勿要紧。"莲生也不答话,仍去站在楼窗口。忽又见火光里冒出一团团黑烟,夹着火星滚上去,直冲至半天里。门首许多人齐声说:"好哉,好哉!"小云也来看了,说道:"药水龙来哉,打仔下去哉。"果然那火舌头低了些,渐渐看不见了,连黑烟也淡将下去。莲生始放心归坐。小云笑道:"耐保仔险末阿有啥勿放心哩?保险行里勿曾来,耐自家倒先发极哉,赛过勿曾保险畹。"莲生也笑道:"我也晓得勿要紧,看仔阿要发极嗄!"

不多时,只听得一路车轮碾动,气管中"呜呜"作放气声,乃是水龙打灭了火回去的。接着莲生的侄儿同来安等说着话,也都回进门来。莲生喊来安冲茶。小云道:"倪要去困去哉。"莲生道:"原搭耐一淘去。"小云问:"到陆里?"莲生说是"沈小红搭"。小云不去再问,下楼出门,正遇着轿班抬回空轿子来,停在门口。小云便道:"耐坐轿子去,我先去哉。"莲生也就依了,乃送小云先行。

小云见东首火场上原是烟腾腾地,只变作蛋白色,信步走去望望。无如地下被水龙浇得湿漉漉的,与那砖头瓦片,七高八低,只好在棋盘街口站住,觉有一股热气随风吹来,带着些灰尘气,着实难闻。小云忙回步而西,却见来安跟王莲生轿子已去有一箭多远,马路上寂然无声。这夜既望之月,原是的皪圆的,逼得电气灯分外精神,如置身水晶宫中。

小云自己徜徉一回,不料黑暗处,好像一个无常鬼直挺挺站立。正要发喊,那鬼倒走到亮里来,方看清是红头巡捕。小云不禁好笑。当下径归南昼锦里祥发吕宋票店楼上,管家长福伏侍睡下。

明日起身稍晚了些,又觉得懒懒的。饭后,想要吸口鸦片烟,只是往那里去吸?朱蔼人处虽近,闻得这两日陪了杭州黎篆鸿白相,未必在家。不如就金巧珍家,也甚便益。想毕,踅下楼来。胡竹山授与一张请客条子,说是即刻送来的。小云看是庄荔甫请至聚秀堂陆秀宝房吃酒。记得荔甫做的倌人叫陆秀林,如何倒在陆秀宝房吃酒起来?料道是代请的了。

小云擦下出门,也不坐包车,只从夹墙窄弄进去,穿至同安里口金巧珍家,只见金巧珍正在楼上当中间梳头。大姐银大请小云房间里去,取水烟筒要来装水烟。小云令银大点烟灯。银大道:"阿是要吃鸦片烟?我搭耐装。"小云道:"只要一点点,小筒头好哉。"

及至银大烧成一口鸦片烟,给小云吸了,那金巧珍也梳好头,进房换衣,却问小云道:"耐今朝无拨啥事体末,我搭耐去坐马车,阿好?"小云笑道:"耐还要想坐马车!张蕙贞哚拨沈小红打得来,为仔来哚坐马车啘。"巧珍道:"俚哚也自家谄头,拨来沈小红白打仔一顿。像倪,要有人来打仔倪,倪倒有饭吃哉。"小云道:"耐今朝啥高兴得来,想着去坐马车哉嗄?"巧珍道:"勿是高兴坐马车,为仔倪阿姐昨日夜头吓得要死,跑到倪搭来哭,天亮仔坎坎转去,我要去望望俚阿好来哚。"小云道:"耐阿姐来里绘春堂,远开仔几花哚,吓啥嗄?"巧珍道:"耐倒说得写意哚!勿吓末,为啥人家才搬出来哉嗄?"小云道:"耐去望阿姐末,教我坐来哚马车浪等耐?"巧珍道:"耐就一淘去望望倪阿姐,也无啥。"小云道:"我去末算啥嗄?"巧珍道:"耐去喊仔挡干湿末哉。"小云想也好,便道:"价末就去哉啘。"巧珍即令娘姨阿海去叫外场喊马车。

须臾,马车已至同安里门口,陈小云、金巧珍带娘姨阿海坐了,叫车夫先从黄浦滩兜转到东棋盘街,车夫应诺。这一个圈仔没有多路,转眼间已至临河丽水台茶馆前停下。阿海领小云先行,巧珍缓步在后,进弄第一家便是绘春堂。

小云跟定阿海一直上楼。至房门前,阿海打起帘子,请小云进去。只见金巧珍的阿姐金爱珍靠窗而坐,面前铺着本针线簿子,在那里绣一只鞋面;一见小云,带笑说道:"陈老爷,难得到倪搭来婉。"阿海跟进去,接口道:"倪先生来望望耐呀。"爱珍道:"价末进来喤。"阿海道:"来哚来哉。"

爱珍忙出房去迎。阿海请小云坐下,也去了。却有一群油头粉面倌人,杂沓前来,只道小云是移茶客人,周围打成栲栳圈儿,打情骂趣,假笑佯嗔,要小云攀相好。小云也觉其意,只不好说。适值金爱珍的娘姨来整备茶碗,小云乃叫他去喊干湿。那娘姨先怔了一怔,方笑说:"陈老爷覅客气哉。"小云道:"故是本家规矩婉,耐去喊末哉。"那些倌人始知没想头而散。

一时,金爱珍、金巧珍并肩携手,和阿海同到房间里。巧珍一眼看见桌子上针线簿子,便去翻弄,翻出那鞋面来仔细玩索。爱珍敬过干湿,即要给小云烧烟。小云道:"覅客气,我勿吃烟。"爱珍又亲自开了妆台抽屉,取出一盖碗玫瑰酱,拔根银簪插在碗里,请小云吃。小云觉很不过意,巧珍也道:"阿姐,耐覅去理俚,让俚一干仔坐来哚末哉。倪来说说闲话喤。"

爱珍只得叫娘姨来陪小云,自向窗下收拾起鞋面并针线簿子,笑道:"做得勿好。"巧珍道:"耐倒原做得蛮好,我有三年勿做,做勿来哉。旧年描好一双鞋样要做,停仔半个月,原拿得去教人做仔。教人做来哚鞋子总无拨自家做个好。"爱珍上前撩起巧珍裤脚,巧珍伸出脚来给爱珍看。爱珍道:"耐脚浪着来哚倒蛮有样子。"巧珍道:"就脚浪一双也勿好婉,走起来只望仔前头戳去,看勿留心要跌煞哚。"爱珍道:"耐自家无拨工夫去做末,只要教人做好仔,自家拿来上,就好哉。"巧珍道:"我原要想自家做,到底称心点。"

姊妹两个又说些别的闲话,不知说到什么事,忽然附耳低声,异常机密，还怕小云听见，商量要到间壁空房间去。巧珍嘱小云道："耐等一歇。"爱珍问小云："阿吃啥点心？"小云忙拦说："倪勿多歇吃饭，覅客气。"爱珍道："稍微点点。"巧珍皱眉插嘴道："阿姐，耐啥实概嗄，我搭耐阿有啥客气哩？俚乃要吃啥点心，我来说末哉，俚乃也覅吃啘。"爱珍不好再问，只丢个眼色与娘姨，却同巧珍去空房间说话。

不多时，那娘姨搬上四色点心，摆下三副牙筷，先请小云上坐。小云只得努力应命。再去间壁请巧珍时，巧珍还埋冤他阿姐，不肯来吃，被爱珍半拖半拽，让了过来。巧珍见有四色，又说道："阿姐，倪勿来哉！耐算啥哩？"爱珍笑而不答，捺巧珍向高椅上与小云对面坐了，便取牙筷来要敬。巧珍道："耐再要像客人来敬我，我勿吃哉。"爱珍道："价末耐吃点哩。"当即转敬小云。小云道："我自家吃仔歇哉，耐覅敬哉。"巧珍道："耐啥一点点勿客气哉嗄？倒亏耐覅面孔。"小云笑道："耐阿姐赛过是我阿姐，阿是无啥客气？"爱珍也笑道："陈老爷倒会说哚。"巧珍向爱珍道："耐自家也吃点哩，阿要倪来敬耐嗄？"小云听说，连忙取牙筷夹个烧卖送到爱珍面前。慌的爱珍起身说道："陈老爷覅哩。"巧珍别转头一笑，又道："耐勿吃，我也要来敬耐哉。"爱珍将烧卖送还盆内，自去夹些蛋糕奉陪。巧珍也只吃了一角蛋糕放下。小云倒四色都领略些。巧珍道："有辰光教耐吃点心，耐覅吃。今朝倒吃仔多花。"小云笑道："为仔阿姐去买起点心来请倪，倪少吃仔好像对勿住，阿是？"爱珍笑道："陈老爷，耐倒说得倪来难为情煞哉！粗点心阿算啥敬意嗄？"

娘姨绞过手巾，阿海也来回说："马车浪催仔几埭哉，我恨得来！"巧珍道："倪也是好去哉，点心也吃过哉。"小云笑道："耐算搭阿姐客气，吃仔点心谢也勿谢，倒就要想去哉。也是个覅面孔。"巧珍笑道："耐勿去，阿要想吃夜饭？"爱珍笑道："便夜饭是倪也吃得起哉，就请勿到陈老爷啘。"当时小云、巧珍道谢告辞而行。

第十一回终。

第十二回　背冤家拜烦和事老　装鬼戏催转踏谣娘

接:金巧珍和金爱珍一路说话,缓缓同行。陈小云走的快,先自上车,阿海也在车旁等候。金爱珍直送出棋盘街,眼看阿海搀巧珍上车坐定,扬鞭开轮,始回。

小云见天色将晚,不及再游静安寺,说与巧珍,令车夫仍打黄浦滩兜个圈子转去罢。于是出五马路,进大马路,复转过四马路,然后至三马路同安里口,卸车归家。

小云在巧珍房里略坐一刻,正要回店,适值车夫拉了包车来接,呈上两张请帖:一张是庄荔甫催请的,下面加上两句道:"善卿兄亦在坐,千万勿却是荷。"一张是王莲生请至沈小红家酒叙。

小云想:沈小红家断无不请善卿之理,不如先去应酬莲生这一局,好与善卿商定行止。遂叫车夫拉车到西荟芳里,自己却步行至沈小红家。只见房间里除王莲生主人之外,仅有两客,系莲生局里同事,即前夜张蕙贞台面带局来的醉汉:一位姓杨,号柳堂;一位姓吕,号杰臣。这两位与陈小云虽非至交,却也熟识,彼此拱手就坐。随后管家来安请客回来,禀道:"各位老爷才说是'就来',就是朱老爷陪杭州黎篆鸿黎大人来哚,说'谢谢'哉。"

王莲生没甚吩咐,来安放下横披客目,退出下去。莲生便叫阿珠喊外场摆台面。陈小云取客目来一看,共有十余位,问道:"阿是双台?"王莲生点点头。沈小红笑道:"倪勿然陆里晓得啥双台嗄,难末学仔乖,倒摆起双台来哉,也算体面体面。"陈小云不禁笑了,再从头至尾看那客目中姓名,诧异得很,竟与前夜张蕙贞家请的客一个不减,一个不添。因问王莲生是何意,莲生但笑不言。杨柳堂、吕杰臣齐道:"想来是小红先生意思,耐说阿对?"陈小云恍然始悟。沈小红笑道:"耐哚瞎说!倪搭请朋友,只好拣几个知己点末请得来绷绷场面,比勿得别人家有面孔。就像朱老爷末,阿是看勿起倪勿来哉碗?"

说笑间,葛仲英、罗子富、汤啸庵先后到了,连陶云甫、陶玉甫昆仲接踵咸集。陈小云道:"善卿为啥还勿来?只怕先到仔别场花去应酬哉哩。"王莲生道:"勿是,我碰着歇善卿,有一点小事体,教俚去跑一埭,要来快哉。"

说声未绝,楼下外场喊:"洪老爷上来。"王莲生迎出房去咕唧了好一会,方进房。沈小红一见洪善卿,慌忙起身,满面堆笑,说道:"洪老爷,耐覅动气哩。倪个闲话无拨啥轻重,说去看光景,有辰光得罪仔客人,客人动仔气,倪自家倒勿曾觉着。昨日夜头我说:'洪老爷为啥一歇要去哉嗄?'王老爷说我得罪哉。我说:'阿哟,我勿晓得碗!我为啥去得罪洪老爷碗?'今朝一早我就要教阿珠到周双珠搭来张耐,也是王老爷说:'晚歇去请洪老爷来末哉。'洪老爷,耐看王老爷面浪搭倪包荒点个哩。"洪善卿呵呵笑道:"我动啥气嗄?耐也无啥得罪我哩,耐覅去多花瞎小心。倪不过是朋友,就得罪仔点,到底勿要紧,只要耐勿得罪王老爷末才是哉!耐要得罪仔王老爷,倪就搭耐说句把好听闲话,也无用碗!"小红笑道:"倪倒勿是要洪老爷搭倪说好话,也勿是怕洪老爷说倪啥邱话,为仔洪老爷是王老爷朋友末,倪得罪仔洪老爷,连搭倪王老爷也有点难为情,好像对勿住朋友哉碗。洪老爷阿是?"王莲生叉口剪住道:"覅说哉,请坐罢。"

大家一笑,齐出至当中间,入席让坐。陈小云乃问洪善卿道:"庄荔甫请耐陆秀宝搭吃酒,耐阿去?"善卿愕然道:"我勿晓得碗。"小云道:"荔甫来请我,说耐也来哚。我想荔甫做陆秀林碗,陆秀宝搭阿是搭啥人代请嗄?"善卿道:"我外甥赵朴斋末,陆秀宝搭吃过一台酒。今夜头勿晓得阿是俚连吃一台?"

一时,台面上叫的局络绎而来,果然周双珠带一张聚秀堂陆秀宝处请帖与洪善卿看,竟是赵朴斋出名。善卿问陈小云:"阿去?"小云道:"我勿去哉,耐哩?"善卿道:"我倒间架来里,也只好勿去。"说罢丢开。

罗子富见出局来了好几个,就要摆起庄来。王莲生向杨柳堂、吕杰臣道:"耐哚喜欢闹酒,倪也有个子富来里,去闹末哉。"沈小红道:

“倪今朝倒忘记脱仔，勿曾去喊小堂名。喊仔一班小堂名来也要闹热点哚。”汤啸庵笑道：“今年阿是二月里就交仔黄梅哉，为啥多花人嘴里向才酸得来！”洪善卿笑道：“到仔黄梅天倒好哉，为仔青梅子比黄梅子酸得野哚！”说得客人、倌人哄堂大笑。

王莲生要搭讪开去，即请杨柳堂、吕杰臣伸拳打罗子富的庄。当下开筵坐花，飞觞醉月，丝哀竹急，弁侧钗横，才把那油词醋意混过不提。

比及酒阑灯灺，众客兴辞，王莲生陆续送毕，单留下洪善卿一个请至房间里。善卿问有何事。莲生取出一大包首饰来，托善卿明日往景星银楼把这旧的贴换新的，就送去交张蕙贞收。善卿应诺，开包点数，揣在怀里。原来莲生故意要沈小红来看。小红偏做不看见，坐一会儿，索性楼下去了。不知这一去正中莲生的心坎。莲生见房间里没人，取出一篇细帐交与善卿，悄悄嘱道：“另外再有几样物事，耐就照仔帐浪去办，办得来一淘送去，覅拨小红晓得。”又嘱道：“耐今夜头先到俚搭去一埭，问声俚看，还要啥物事，就添来哚帐浪末哉，覅忘记哩。费神，费神！”善卿都应诺了，藏好那篇帐。

恰好小红也回至楼上，莲生含笑问道：“耐下头去做啥？”小红倒怔了一怔，道：“倪勿做啥啘。耐问我做啥嗄，阿是倪下头有啥人来哚？”莲生笑道：“我不过问问罢哉，耐啥多心得来。”小红正色道：“我为仔坐来里，倘忙耐有啥闲话勿好搭洪老爷说，我走开点末，让耐哚去说哉啘。阿对嗄？”莲生拱手笑道：“承情，承情！”小红也一笑而罢。

洪善卿料知没别的话，告辞要行。莲生送至楼梯，再三叮咛而别。善卿即往东合兴里张蕙贞处，径至楼上。张蕙贞迎进房间里。善卿坐下，把王莲生所托贴换、另办一节彻底告诉蕙贞，然后问他：“阿再要啥物事？”蕙贞道：“物事倪倒勿要啥哉，不过帐浪一对嵌名字戒指要八钱重哚。”善卿令娘姨拿笔砚来，改注明白，仍自收起。蕙贞又说道：“王老爷是再要好也无拨，就勿晓得沈小红搭倪前世有啥多花冤家对头。倪坍仔台末耐沈小红阿有啥好处？”说着，就掩面而泣。善卿叹道：“气哩怪勿得耐气，想穿仔也无啥要紧。耐就吃仔点眼前亏。倪朋友哚说起,倒才说耐好。耐做下去,生意正要好哚。倒是沈小红外头名气自家做坏哉,就不过王老爷末原搭俚蛮好,除仔王老爷,阿有啥人说俚好嗄?”蕙贞道:“王老爷说末说糊涂,心里也蛮明白哚。耐沈小红自家想想看,阿对得住王老爷?倪是也勿去说俚哚,只要王老爷一径搭沈小红要好落去,故末算是耐沈小红本事大哉。”善卿点头说:“勿差。”随立起身来道:“倪去哉。耐倒要保重点,覅气出啥病来。”蕙贞款步相送,笑着答道:“倪自家想:犯勿着气煞耐沈小红哚手里。老仔面皮倒无啥气,蛮快活来里。”善卿道:“故末蛮好。”

一面说,一面走。出四马路看时,灯光渐稀,车声渐静,约摸有一点多钟,不如投宿周双珠家为便。重又转身向北,至公阳里。不料,各家玻璃灯尽已吹灭,弄内黑魆魆的。摸至门口,惟门缝里微微射出些火光。善卿推进门去,直到周双珠房里。只见双珠倚窗而坐,正摆弄一副牙牌在那里“斩五关”。双玉站在桌旁观局。善卿自向高椅坐了。双珠像没有理会,猝然问道:“台面散仔一歇哉啘,耐来哚陆里嗄?”善卿道:“就张蕙贞搭去仔一埭。”因说起王莲生与张蕙贞情形,笑述一遍,将首饰包放在桌上。双珠道:“我只道耐转去哉。阿金哚等仔歇也才去哉。”善卿道:“俚哚去仔末,我来伺候耐。”双珠道:“耐阿吃稀饭嗄?”善卿道:“覅吃。”

双珠的五关终斩他不通,随手丢下,走过这边打开首饰包看了,便开橱替善卿暂行庋置。双玉就坐在双珠坐的椅上,搒拢牙牌,也接着去打五关。忽又听得楼下推门声响,一个小孩子声音问:“倪无娒哩?”客堂里外场答道:“耐哚无娒转去哉啘。”双珠听了,急靠楼窗口叫:“阿大,耐上来哩。”那孩子飞跑上楼。

善卿认得是阿德保的儿子,名唤阿大,年方十三岁。两只骨碌碌眼睛,满房间转个不住。双珠告诉他道:“耐无娒末,我教俚乔公馆里看个客人去,要一歇转来哚。耐等歇末哉。”阿大答应,却站在桌傍看双玉斩五关。双玉虽不言语,却登时沉下脸来,将牙牌搅得历乱,取盒子装好,自往对过自己房里去了。

善卿道:“双玉来仔几日天,阿曾搭耐哚说歇几声闲话?”双珠笑道:“原是啘。倪无娒也说仔几埭哉,问一声末说一句,一日到夜坐来哚,一点点声音也无拨。”善卿道:“人阿聪明嗄?”双珠道:“人是倒蛮聪明。俚看见我打五关,看仔两埭,俚也会打哉。难看俚做起生意来,勿晓得阿会做?”善卿道:“我看俚勿声勿响,倒蛮有意思,做起生意来比仔双宝总好点。”双珠道:“双宝是覅去说俚哉!自家无拨本事末倒要说别人,应该耐说个辰光倒勿响哉。”

这里善卿、双珠正说些闲话,那阿大趔趄着脚儿,乘个眼错,溜出外间,跑下楼去。双珠一回头,早不见了。双珠因发怒,一片声喊“阿大”,阿大复应声而至。双珠沉下脸喝道:“啥多花要紧嗄,等耐无娒来一淘去!”阿大不敢违拗,但羞得遮遮掩掩,没处藏躲,幸而阿金也就回来。双珠叫道:“耐哚倪子等仔一歇哉,快点转去罢。”阿金上楼,向双珠耳朵边不知问什么话,双珠只做手势告诉阿金。阿金方辞善卿,领阿大同回。

善卿笑道:“耐哚鬼戏装得来阿像嗄,只好骗骗小干仵!要阿德保来上耐哚当水,勿见得哩。”双珠道:“到底骗骗末也骗仔过去,勿然转去要反杀哉!”善卿道:“乔公馆去看啥客人?客人末来哚朱公馆,只怕俚到朱公馆去看仔一埭。”双珠嗤的笑道:“耐也算做仔点好事罢,覅去说俚哉。”善卿付之一笑。良宵易度,好梦难传,表过不叙。

到十八日,洪善卿吃过中饭,就要去了结王莲生的公案。周双珠将橱中首饰包仍交善卿。于是善卿别了双珠,踅出公阳里。经由四马路,迎面遇见汤啸庵,拱手为礼。啸庵问善卿:“陆里去?”善卿略说大概,还问啸庵:“啥事体?”啸庵道:“也搭耐差勿多,我是替罗子富开消蒋月琴哚局帐去。”善卿笑道:“倪两家头赛做过俚哚和事老,倒也好笑得极哉!”啸庵大笑,分路而去。

善卿自往景星银楼。掌柜的招呼进内,先把那包首饰秤准分两,再拣取应用各件,色色俱全。惟有一对戒指:一只要“双喜双寿”花样,这也有现成的;一只要方空中嵌上“蕙贞张氏”四字,须是定打,约期来取。只得先取现成一只和拣定的各件装上纸盒,包扎停当。善卿仍用手巾兜缚绾结,等掌柜的核算。扣除贴换之外还该若干,开明发票，请善卿过目。善卿不及细看，与王莲生那篇帐一并收藏，当即提了手巾包儿，退出景星银楼门首。心想天色尚早，且去那里勾留小坐，再送至张蕙贞处不迟。

正打算那里去好，只见赵朴斋独自一个从北首跑下来，两只眼只顾往下看，两只脚只顾往前奔，擦过善卿身傍，竟自不觉。善卿猛叫一声："朴斋！"朴斋见是娘舅，慌忙上前厮唤，并肩站在白墙根前说话。善卿问："张小村呢？"朴斋道："小村搭吴松桥两家头勿晓得做啥，日逐一淘来哚。"善卿道："陆秀宝搭，耐为啥连浪去吃酒？"朴斋嗫嚅半晌，答道："是拨来庄荔甫哚说起来，好像难为情，倒应酬俚连吃仔一台。"善卿冷笑道："单是吃台把酒，也无啥要紧，耐是去上仔俚哚当水哉，阿是？"朴斋顿住嘴说不出，只模糊搪塞道："故也无啥上当水。"善卿笑道："耐瞒我做啥喤？我也勿来说耐，到底耐自家要有点主意末好。"朴斋连声诺诺，不敢再说。善卿问："故歇一干仔陆里去？"朴斋又没得回答。善卿又笑道："就是去打茶会末阿有啥勿好说嗄？我搭耐一淘去末哉。"原来善卿独恐朴斋被陆秀宝迷住，要去看看情形如何。

朴斋只好跟善卿同望南行。善卿慢慢说道："上海夷场浪来一埭，白相相，用脱两块洋钱也无啥。不过耐勿是白相个辰光，耐要有仔生意，自家赚得来，用脱点倒罢哉。耐故歇生意也无拨，就屋里带出来几块洋钱，用拨堂子里也用勿得啥好。倘忙耐洋钱末用光哉，原无拨啥生意，耐转去阿好交代？连搭我也对勿住耐哚老堂哉啘。"朴斋悚然敬听，不则一声。善卿道："我看起来，上海场花要寻点生意也难得势哚。耐住来哚客栈里，开消也省勿来，一日日哝下去，终究勿是道理。耐白相末也算白相仔几日天哉，勿如转去罢。我搭耐留心来里，要有仔啥生意，我写封信来喊耐好哉。耐说阿是？"朴斋那里敢说半个"不"字？一味应承，也说是"转去好"。甥舅两个口里说，脚下已踅到西棋盘街聚秀堂前。善卿且把闲话撩过一边，同朴斋进门上楼。

第十二回终。

第十三回　挨城门陆秀宝开宝　抬轿子周少和碰和

按:洪善卿、赵朴斋到了陆秀宝房间里。陆秀宝梳妆已罢,初换衣裳,一见朴斋,问道:"耐一早起来去做啥?"朴斋使个眼色,叫他莫说,被秀宝啐了一口道:"有啥多花鬼头鬼脑,人家比仔耐要乖点哚!"说得朴斋反不好意思的。

秀宝转与善卿搭讪两句,见善卿将一大包放在桌上,便抢去扳开,抽出上面最小的纸盒来看,可巧是那一只"双喜双寿"戒指。秀宝径取出带上,跑过朴斋这边,嚷道:"耐说无拨,耐看哩;阿是'双喜双寿'?"口里紧着问,把手上这戒指直搁到朴斋鼻子上去。朴斋笑辩道:"俚哚是景星招牌。耐要龙瑞,龙瑞里说无拨啘。"秀宝道:"阿有啥无拨嘎,庄个倒勿是龙瑞里去拿得来?就是耐先起头吃酒日脚浪啘,说有十几只哚,隔仔一日就无拨哉,耐骗啥人嘎?"朴斋道:"耐要末,耐教庄个去拿末哉。"秀宝道:"耐拿洋钱来。"朴斋道:"我有洋钱末,昨日我拿仔来哉,为啥要庄个去拿?"秀宝沉下脸道:"耐倒调皮哚啘!"一屁股坐在朴斋大腿上,尽力的摇晃,问朴斋:"阿要调皮嘎?"朴斋柔声告饶。秀宝道:"耐去拿仔来就饶耐。"朴斋只是笑,也不说拿,也不说不拿。秀宝别转头来勾住朴斋头颈,撅着嘴,咕噜道:"倪勿来,耐去拿得来哩!"秀宝连说了几遍,朴斋终不开口。秀宝惭怒,大声道:"耐阿敢勿去拿!"朴斋也有三分烦躁起来。秀宝那里肯依,扭的身子像扭股儿糖一般,恨不得把朴斋立刻挤出银水来才好。

正当无可奈何之时,忽听得大姐在外喊道:"二小姐快点,施大少爷来哉!"秀宝顿然失色,飞跑出房,竟丢下朴斋和善卿在房间里,并没有一人相陪。善卿因问朴斋道:"秀宝要啥个戒指?阿是耐去买拨俚?"朴斋道:"就是庄荔甫去搭浆仔一句闲话。先起头俚哚说要一对戒指,我勿答应。荔甫去骗俚哚,说:'戒指末现成无拨,隔两日再去打末哉。'俚为此故歇就要去打戒指。"善卿道:"故也是耐自家勿好,覅去怪啥荔甫。荔甫是秀林老客人,生来帮俚哚婉。耐说荔甫去骗俚哚,荔甫是就来里骗耐。耐以后末覅再去上荔甫个当水哉,阿晓得?"朴斋唯唯而已,没一句回话。

适见杨家姆进来取茶碗出去,善卿叫他:"喊秀宝拿戒指来,倪要去哉。"杨家姆摸不着头脑,胡乱应下去喊秀宝。秀宝回房见善卿面色不善,忙道:"我原搭耐装好仔。"善卿道:"我来装末哉。"一手接过戒指去。秀宝不敢招惹,只拉朴斋过一边,密密说了好些话。及善卿装好首饰包,说声:"倪去罢。"转身便走,朴斋慌的紧紧跟随出来。秀宝也不曾留,却约下朴斋道:"耐晚歇要来个嘷。"直叮嘱至楼梯边而别。

善卿出至街上,却问朴斋道:"耐阿搭俚去买戒指?"朴斋道:"隔两日再看哉嘷。"善卿冷笑道:"隔两日再看个闲话,故是原要搭俚去买个哉。耐个意思阿是为仔秀宝搭用脱仔两钱舍勿得,想多用点拨俚末望俚来搭耐要好?我搭耐老实说仔罢,要秀宝来搭耐要好勿会个哉,耐趁早死仔一条心。耐就拿仔戒指去,秀宝只当耐是铲头,阿会要好嗄!"

朴斋一路领会忖度。至宝善街口,将要分手,善卿复站住说道:"耐就上海场花搭两个朋友,也刻刻要留心。像庄荔甫本来算勿得啥朋友,就是张小村、吴松桥,算是自家场花人,好像靠得住哉,到仔上海倒也难说。先要耐自家有主意,俚哚随便说啥闲话,耐少听点也好点。"朴斋也不敢下一语。善卿还唠叨几句,自往张蕙贞处送首饰去了。

赵朴斋别过洪善卿,茫然不知所之。心想:善卿如此相劝,倒不好开口向他借贷;若要在上海白相,须得想个法子敷衍过去。当此无聊之际,不如去寻吴松桥谈谈,或者碰着什么机会也未可知。遂叫把东洋车坐了,径往黄浦滩拉来。远远望见白墙上"义大洋行"四个大字,朴斋叫车夫就墙下停车,开发了车钱。只见洋行门首正在上货,挑夫络绎不绝。有一个绵褂马褂、戴着眼镜的,像是管帐先生,站在门旁向黄浦呆望,旁边一个挑夫拄着扁担与他说话。朴斋上前拱手,问:"吴松桥阿来里?"那先生也不回答,只嗤的一笑,仰着脸竟置不理。朴斋不好意思,正要走开。倒是那挑夫用手指道:“耐要寻人末去问帐房里。该搭栈房,陆里有啥人嗄?”

朴斋照他指的方向去看,果然一片矮墙,门口挂一块黑漆金字小招牌。一进了门,乃是一座极高大四方的外国房子。朴斋想这所在不好瞎闯的,徘徊瞻望,不敢声唤。恰好几个挑夫掮了扁担往里飞跑,直跑进旁边一扇小门。朴斋跟至门前,那门也有一块小招牌,写着“义大洋行帐房”六个字,下面又画一只手,伸一个指头望门里指着。朴斋大着胆进去,踅到帐房里。只见两行都是高柜台,约有二三十人在那里忙碌碌的不得空隙。朴斋拣个年轻学生,说明来意。那学生把朴斋打量一回,随手把壁间绳头抽了两抽,即有个打杂的应声而至。学生叫:“去喊小吴来,说有人来里寻。”

打杂的去后,朴斋掩在一傍,等了个不耐烦,方才见吴松桥穿着本色洋绒短衫裤,把身子扎缚得紧紧的,十分即溜,赶忙奔至帐房里;一见朴斋,怔了一怔,随说:“倪楼浪去坐歇罢。”乃领朴斋穿过帐房,转两个湾,从一乘楼梯上去。松桥叫脚步放轻些。蹭到楼上,推开一扇屏门,只见窄窄一个外国房子,倒像是截断弄堂一般,满地下横七竖八堆着许多铜铁玻璃器具,只靠窗有一只半桌,一只皮杌子。

朴斋问:“阿曾碰着歇小村?”松桥忙摇摇手,叫他不要说话,又悄悄嘱道:“耐坐歇,等我完结仔事体,一淘北头去。”朴斋点头坐下。松桥掩上门匆匆去了。这门外常有外国人出进往来,履声橐橐,吓得朴斋在内屏息危坐,捏着一把汗。一会儿,松桥推门进来,手中拿两个空的洋瓶撩在地下,嘱朴斋:“再等歇,完结快哉。”仍匆匆掩门而去。

足有一个时辰,松桥才来了,已另换一身绵襕马褂,时路行头,连镶鞋小帽并崭然一新,口中连说:“对勿住。”一手让朴斋先行,一手拽门上锁,同下楼来。原经由帐房,转出旁边小门,迤逦至黄浦滩。松桥说道:“我约小村来哚兆贵里,倪坐车子去罢。”随喊两把东洋车坐了。车夫讨好,一路飞跑,顷刻已到石路兆贵里弄口停下。

松桥把数好的两注车钱分给车夫,当领朴斋进弄,至孙素兰家。只见娘姨金姐在楼梯上迎着,请到亭子里坐,告诉吴松桥道:“周个搭张个来过歇哉，说到华众会去走一埭。”松桥叫拿笔砚来，央赵朴斋写请客票头，说尚仁里杨媛媛家请李鹤汀老爷。朴斋仿照格式，端楷缮写。才要写第二张，忽听得楼下外场喊：“吴大少爷朋友来。”吴松桥矍然起道：“覅写哉，来哉。”

赵朴斋丢下笔，早见一个方面大耳、长跳身材的胡子进房；后面跟的一个，就是张小村。拱手为礼，问起姓名，方知那胡子姓周，号少和，据说在铁厂勾当。赵朴斋说声“久仰”，大家就坐。吴松桥把请客票头交与金姐：“快点去请。”

那孙素兰在房间里听见这里热闹，只道客到齐了，免不得过来应酬；一眼看见朴斋，问道：“昨日夜头幺二浪吃酒，阿是俚？”吴松桥道：“吃仔两台哉。先起头吃一台，耐也来哚台面浪哓。”孙素兰点点头，略坐一坐，还回那边正房间陪客去了。

这边谈谈讲讲，等到掌灯以后，先有李鹤汀的管家匡二来说：“大少爷搭四老爷来哚吃大菜，说阿有啥人末先替碰歇。”吴松桥问赵朴斋：“耐阿会碰和？”朴斋说：“勿会。”周少和道：“就等一歇也无啥。”金姐问道：“先吃仔夜饭阿好？”张小村道：“俚来哚吃大菜末，倪也好吃饭哉。”吴松桥乃令开饭。

不多时，金姐请各位去当中间用酒，只见当中间内已摆好一桌齐整饭菜。四人让坐，却为李鹤汀留出上首一位。孙素兰正换了出局衣裳出房，要来筛酒。吴松桥急阻止道：“耐请罢，覅弄龌龊仔衣裳。”素兰也就罢了，随口说道：“耐哚慢慢交用，对勿住，倪出局去。”既说便行。吴松桥举杯让客，周少和道：“吃仔酒晚歇勿好碰和，倒是吃饭罢。”松桥乃让赵朴斋道：“耐勿碰和，多吃两杯。”朴斋道：“我就吃两杯，耐覅客气。”张小村道：“我来陪仔耐吃一杯末哉。”于是两人干杯对照。及至赵朴斋吃得有些兴头，却值李鹤汀来了，大家起身，请他上坐。李鹤汀道：“我吃过哉。耐哚四家头阿曾碰歇和？”吴松桥指赵朴斋道：“俚勿会碰，等耐来里。”

周少和连声催饭。大家忙忙吃毕，揩把面，仍往亭子里来，却见靠窗那红木方桌已移在中央，四枝膻烛点得雪亮，桌上一副乌木嵌牙麻雀牌和四分筹码，皆端正齐备。吴松桥请李鹤汀上场，同周少和、张小村拈阄坐位。金姐把各人茶碗及高装糖果放在左右茶几上。李鹤汀叫拿票头来叫局。周少和便替他写,叫的是尚仁里杨媛媛。少和问:"阿有啥人叫?"张小村说:"倪勿叫哉。"吴松桥道:"朴斋叫一个罢。"赵朴斋道:"我勿碰和末,叫啥局嗹?"张小村道:"阿要我搭耐合仔点?"李鹤汀道:"合仔蛮好。"张小村道:"写末哉:西棋盘街聚秀堂陆秀宝。"周少和一并写了,交与金姐。吴松桥道:"让俚少合仔点罢,倘忙输得大仔好像难为情。"张小村道:"合仔二分末哉。"赵朴斋道:"二分要几花嗄?"周少和道:"有限得势,输到十块洋钱碰满哉。"朴斋不好再说,却坐在张小村背后看他碰了一圈庄,丝毫不懂,自去榻床躺下吸烟。

一时,杨媛媛先来,陆秀宝随后并到。秀宝问赵朴斋道:"坐来哚陆里嗄?"吴松桥道:"耐就榻床浪去坐歇,俚要搭耐碰'对对和'。"

陆秀宝即坐在榻床前杌子上,杨家姆取出袋里水烟筒来装水烟。赵朴斋盘膝坐起,接了自吸。陆秀宝问道:"耐阿碰和嗄?"朴斋道:"我无拨洋钱,勿碰哉。"秀宝眼睛一瞟,冷笑道:"耐个闲话是白说脱个啘,啥人来听耐嗄!"朴斋洋嘻嘻的道:"勿听末就罢。"秀宝沉下脸来道:"耐阿搭我拿戒指?"朴斋道:"耐看我阿有工夫?"秀宝道:"耐勿碰和,半日来哚做啥?"朴斋道:"我末也有我事体,耐陆里晓得嗄!"秀宝又撅着嘴咕噜道:"倪勿来,耐阿去拿嗄!"朴斋只嘻着嘴笑,不则一声。

秀宝伸一个指头指定朴斋脸上道:"只要耐晚歇勿拿得来末,我拿银簪来戳烂耐只嘴,看耐阿吃得消!"朴斋笑道:"耐放心,我晚歇勿来末哉,覅说得来怕人势势。"秀宝一听,急的问道:"啥人说教耐覅来嗄? 耐倒要说说看。"一面问个着落,一面咬紧牙关把朴斋腿膀狠命的捧一把。朴斋忍不住叫声"阿呀"。那台面上碰和的听了,异口同声呵呵一笑,秀宝赶紧放手。周少和叫金姐说道:"耐哚台子下头倒养一只呱呱啼来里,我明朝也要借一借哚!"大家听说,重笑一回,连杨媛媛也不禁笑了。

陆秀宝恨得没法,只轻轻的骂:"短命!"赵朴斋侧着头,觑了觑,见秀宝水汪汪含着两眶眼泪,呆脸端坐,再不说话。朴斋想要安慰他,却没有什么可说的。忽见帘子缝里有人招手,叫:“杨家姆。”杨家姆随去问明,即复给朴斋装水烟,朴斋摇手不吸。杨家姆道:“倪要转局去,先去哉。”秀宝却和杨家姆唧唧说了半晌。杨家姆转向朴斋道:“赵大少爷,耐只道仔秀宝要耐戒指,阿晓得俚哚无姆要说俚个喱?”秀宝接嘴道:“耐想哩,耐昨日末自家搭倪无姆说好仔‘去打末哉’。倪阿好搭倪无姆说,耐勿肯去打哉嗄?耐就勿去打也无啥,耐晚歇来搭倪无姆当面去说一声。阿听见?”朴斋怕人笑话,催促道:“耐去罢,晚歇再说。”秀宝也不好多话,扶着杨家姆肩膀去了。

李鹤汀说道:“幺二浪倌人自有多花幺二浪功架。俚哚惯常仔,自家做出来也勿觉着哉。”杨媛媛嗔道:“关耐啥事嗄?要耐去说俚哚。”鹤汀微笑而罢。

赵朴斋又惭又恼,且去看看张小村的筹码,倒赢了些,也自欢喜。正值四圈满庄,更调坐次,覆碰四圈。李鹤汀要吸口烟,叫杨媛媛替碰。杨媛媛接上去,也只碰了一圈,叫道:“也勿好,耐自家来碰罢。”鹤汀道:“耐碰下去末哉。”杨媛媛道:“蛮好牌,和勿出喱。”赵朴斋从旁窥探,见李鹤汀一堂筹码剩得有限。杨媛媛连碰一圈,恰好输完,定不肯再碰了。李鹤汀只得自己上场,向赢家周少和转了半堂筹码。杨媛媛也就辞去。

须臾碰毕,惟李鹤汀输家,输有一百余元。张小村也是赢的。赵朴斋应分得六元。周少和预约明日原班次场,问赵朴斋:“阿高兴一淘来?”张小村拦道:“俚勿会碰,覅约哉。”周少和便不再言。

吴松桥请李鹤汀吸烟。鹤汀道:“勿吃哉,倪要去哉。”金姐忙道:“等先生转来仔了哩。”鹤汀道:“耐哚先生倒忙得势。”金姐道:“今朝转仔五六个局哚!李大少爷,真真怠慢耐哚哩。”吴松桥笑说:“覅客气哉。”

于是大家散场,一淘出兆贵里,方才分路各别。赵朴斋自和张小村同回宝善街悦来客栈。

第十三回终。

第十四回　单拆单单嫖明受侮　合上合合赌暗通谋

按:张小村、赵朴斋同行,至宝善街悦来客栈门首。朴斋道:"我去一埭就来,耐等一歇。"小村笑而诺之,独自回栈。栈使开房点灯冲茶,小村自去铺设烟盘过瘾,吸不到两口烟,赵朴斋竟回来了。小村诧异得很,问其如何。朴斋叹口气道:"覅说起!"便将陆秀宝要打戒指一切情节仔细告诉小村,并说:"我故歇去,就来里棋盘街浪望仔一望,望到俚房间里来哚摆酒、豁拳、唱曲子,闹热得势。想来就是姓施个客人。"小村笑道:"我看起来还有道理。耐想,今朝一日天就有客人,阿是客人等好来哚?无拨实概凑巧碗!耐去上仔俚哚当水哉!姓施个客人末总也是上当水。耐想阿对?"

朴斋恍然大悟,从头想起,越想越像,悔恨不迭。小村道:"难也覅去说俚哉。以后耐覅去仔末才是哉!我也正要搭耐说:我有一头生意来哚,就是十六铺朝南大生米行里,我明朝就要搬得去。我去仔,耐一干子住来里栈房里,终究勿是道理。最好末耐原转去,托朋友寻起生意来再说。勿然就搬到耐哚娘舅店里去,倒也省仔点房饭钱。耐说阿是?"朴斋寻思半晌,复叹口气道:"耐生意倒有哉,我用脱仔多花洋钱,一点点勿曾做啥。"小村道:"耐要来里上海寻生意,倒是难哩。就等到一年半载,也说勿定寻得着寻勿着。耐先要自家有主意,覅隔两日用完仔洋钱,勿过去,拨来耐哚娘舅说,阿是无啥意思?"

朴斋寻思这话却也不差,乃问道:"耐哚碰和,一场输赢要几花嗄?"小村道:"要是牌勿好,输起来,就二三百洋钱也无啥希奇哩。"朴斋道:"耐输仔阿拨俚哚?"小村道:"输仔阿好勿拨嗄。"朴斋道:"陆里来几花洋钱去拨俚?"小村道:"耐勿晓得。来里上海场花,只要名气做得响末就好。耐看仔场面浪几个人,好像阔天阔地,其实搭倪也差勿多,不过名气响仔点。要是无拨仔名气,阿好做啥生意嗄?

就算耐屋里向该好几花家当来里,也无用啘!耐看吴松桥,阿是个光身体?俚稍微有点名气末,二三千洋钱手里豁出豁进,无啥要紧。我是比勿得俚,价末要有啥用场,汇划庄浪去,四五百洋钱也拿仔就是。耐陆里晓得嗄!”朴斋道:“庄浪去拿仔末,原要还个啘。”小村道:“故末也要自家算计哉唦。生意里借转点,碰着法有啥进益,补凑补凑末还脱哉。”朴斋听他说来有理,仍是寻思不语。须臾各睡。

次早十九日,朴斋醒来,见小村打叠起行李,叫栈使喊小车。朴斋忙起身相送,送至大门外,再三嘱托:“有啥生意,搭我吹嘘吹嘘。”小村满口应承。

朴斋看小村押着小车去远,方回栈内。吃过中饭,正要去闲游散闷,只见聚秀堂的外场手持陆秀宝名片来请。朴斋赌气,把昨夜头一个局钱给他带回,外场那里敢接。朴斋随手撩下,望外便走。外场只得收起,赶上朴斋,说些好话。朴斋只做不听见,自去四马路花雨楼顶上泡一碗茶,吃过四五开,也觉没甚意思,心想陆秀宝如此无情,倒不如原和王阿二混混,未始不妙。当下出花雨楼,朝南过打狗桥,径往法界新街尽头,认明王阿二门口,直上楼去,房间里不见一人。

正在踌躇想要退下,不料一回身,王阿二捏手捏脚跟在后面,已到楼门口了。喜的朴斋故意弯腰一瞧,道:“咦!耐阿是要来吓我?”王阿二站定,拍掌大笑道:“我来哚间壁郭孝婆搭,看见耐低倒仔头只管走,我就晓得耐到倪搭来,跟来耐背后。看耐到仔房间里,东张张,西张张,我末来里好笑,要突出来哉呀!”朴斋也笑道:“我想勿到耐就来里我背后,倒一吓。”王阿二道:“阿是耐勿看见?眼睛大得来!”

说话时,那老娘姨送上烟茶二事,见了朴斋笑道:“赵先生,恭喜耐哉啘!”朴斋愕然道:“我有啥喜嗄?”王阿二接嘴道:“耐算瞒倪阿是?勿可帐倪倒才晓得个哉。”朴斋道:“耐晓得啥唦?”王阿二不答,却转脸向老娘姨道:“耐听俚,阿要惹人气!倒好像是倪要吃醋,瞒仔倪。”老娘姨呵呵笑道:“赵先生,耐说末哉。倪搭勿比得堂子里,耐就去开仔十个宝也勿关倪啥事,阿怕倪二小姐搭俚哚去吃醋?倪倒有几几花花醋哚,也吃勿得陆里搭好啘!”

朴斋听说,方解其意,笑道:“耐哚说陆秀宝,我只道仔耐哚说我有仔啥生意了恭喜我。”王阿二道:“耐有生意无生意,倪陆里晓得嗄。”朴斋道:“价末陆秀宝搭开宝,耐倒晓得哉。故是张先生来搭耐哚说个啘。”老娘姨道:“张先生就搭耐来仔一埭,以后勿曾来歇。”王阿二道:“张先生是勿来哉。我搭耐说仔罢,倪搭用好包打听来里,阿有啥勿晓得?”朴斋道:“价末昨日夜头是啥人住来哚陆秀宝搭,耐阿晓得?”王阿二努起嘴来道:“哪!是只狗哉喤。”被朴斋一口啐道:“我要是住来哚末,也勿来问耐哉啘!”王阿二冷笑道:“覅搭我瞎说哉!开宝客人住仔一夜天,就勿去哉,耐骗啥人嗄!”朴斋叹口气,也冷笑道:“耐哚包打听阿是个聋甏?教俚去喊个剃头司务拿耳朵来作作清爽,再去做包打听末哉。”王阿二听说,知道是真情了,忙即问道:“阿是耐昨日夜头勿来哚陆秀宝搭?”朴斋遂将陆秀宝如何倡议,如何受欺,如何变卦,如何绝交,前后大概略述一遍。

那老娘姨插口说道:“赵先生,也要算耐有主意哚,倒拨来耐看穿哉。耐阿晓得,倌人开宝是俚哚堂子里口谈啘,陆里有真个嗄,差勿多要三四转五六转哚。耐末豁脱仔洋钱,再去上俚哚当水,啥犯着嗄?”王阿二道:“早晓得耐要去上俚哚当水末,倪倒勿如也说是清倌人,只怕比仔陆秀宝要像点哚。”朴斋嘻嘻的笑道:“耐前门是勿像哉,我来搭耐开扇后门走走,便当点阿好?”王阿二也不禁笑道:“耐个人啊,拨两记耳光耐吃吃末好!”老娘姨随后说道:“赵先生,耐也自家勿好。耐要听仔张先生闲话,就来里倪搭走走,勿到别场花去末,倒也勿去上俚哚当水哉。像倪搭阿有啥当水来拨耐上嗄?”朴斋道:“别场花是我也无拨,陆秀宝搭勿去仔,就不过该搭来走走。前几日我心里要想来,为仔张先生,倘忙碰着仔,好像有点难为情。难是张先生搬得去哉,也勿要紧哉。”

王阿二忙即问道:“阿是张先生寻着仔生意哉?”朴斋遂又将张小村现住十六铺朝南大生米行里的话,备述一遍。那老娘姨又插口说道:“赵先生,耐忒啥胆小哉。覅说啥张先生倪搭勿来,就算俚来仔碰着耐来里,也无啥要紧啘。有辰光倪搭客人合好仔三四个朋友一淘来,才是朋友,才是客人,俚哚也算闹热点好白相;耐看见仔要难为情杀哉!”王阿二道:“耐末真真是个铲头!张先生就是要打耐末,耐也打得过俚啘,怕俚啥嗄?要说是难为情,倪生意只好覅做哉。”

朴斋自觉惭愧,向榻床躺下,把王阿二装好的一口烟,拿过枪来,凑上灯去要吸,吸的不得法,焰腾腾烧起来了。王阿二在傍看着好笑。忽听得间壁郭孝婆高声叫:“二小姐。”王阿二慌的令老娘姨去看:“阿有啥人来哚?”老娘姨赶紧下楼。朴斋倒不在意,王阿二却抬头侧耳细细的去听。只听得老娘姨即在自己门前和人说话,说了半晌,不中用,复叫道:“二小姐,耐下来哩。”恨得王阿二咬咬牙,悄地咒骂两句,只得丢了朴斋,往下飞奔。

朴斋那口烟原没有吸到底,也就坐起来听是什么事。只听得王阿二走至半楼梯,先笑叫道:“长大爷,我道是啥人!”接着咕咕唧唧更不知说些甚话,听不清楚。只听得老娘姨随后发急叫道:“徐大爷,我搭耐说哩!”这一句还没有说完,不料楼梯上一阵脚声。早闯进两个长大汉子。一个尚是冷笑面孔;一个竟揎拳攘臂,雄赳赳的据坐榻床,掿起烟枪,把烟盘乱搠,只嚷道:“拿烟来!”王阿二忙上前陪笑道:“娘姨来哚拿来哉。徐大爷覅动气。”

朴斋见来意不善,虽是气不伏,却是惹不得,便打闹里一溜烟走了,王阿二连送也不敢送。可巧老娘姨拿烟回来,在街相遇,一把拉住嘱咐道:“日里向人多,耐夜头一点钟再来,倪等来里。”朴斋点头会意。

那时太阳渐渐下山。朴斋并不到栈,胡乱在饭馆里吃了一顿饭,又去书场里听了一回书,捱过十二点钟,仍往王阿二家,果然畅情快意,一度春宵。

明日午前回归栈房,栈使迎诉道:“昨夜有个娘姨来寻仔耐好几埭哚。”朴斋知道是聚秀堂的杨家姆,立意不睬。惟恐今日再来纠缠,索性躲避为妙。一至饭后,连忙出门,惘惘然不知所往。初从石路向北出大马路,既而进抛球场,兜了一个圈子,心下打算,毕竟到那里去消遣消遣;忽想起吴松桥等碰和一局,且去孙素兰家问问何妨。因转弯过四马路,径往兆贵里孙素兰家,只向客堂里问:“吴大少爷阿来里?”外场回说:“勿曾来。”朴斋转身要走,适为娘姨金姐所见。

因是前日一淘碰和的,乃明白告道:“阿是问吴大少爷?�来里尚仁里杨媛媛搭碰和,耐去寻末哉。”

朴斋听了出来,遂由兆贵里对过同庆里进去,便自直通尚仁里。当并寻着了杨媛媛的条子,欣然抠衣踵门,望见左边厢房里一桌碰和,迎面坐的正是张小村。朴斋隔窗招呼,趑进房里。张小村及吴松桥免不得寒暄两句,李鹤汀只说声“请坐”,周少和竟不理。赵朴斋站在吴松桥背后,静看一回,自觉没趣,讪讪告辞而去。

李鹤汀乃问吴松桥道:“俚阿做啥生意?”松桥道:“俚也出来白相相,无啥生意。”张小村道:“俚要寻点生意,耐阿有啥路道?”吴松桥嗤的笑道:“俚要做生意!耐看陆里一样生意末俚会做嗄?”大家一笑丢开。

比及碰完八圈,核算筹码,李鹤汀仍输百元之数。杨媛媛道:“耐倒会输哚,我勿曾听见耐赢歇啘。”吴松桥道:“碰和就输煞也勿要紧,只要牌九庄浪四五条统吃下来末,好哉啘。”周少和道:“吃花酒无啥趣势,倒勿如尤如意搭去翻翻本看。”李鹤汀微笑道:“尤如意搭,明朝去末哉。”张小村问道:“啥人请耐吃酒?”李鹤汀道:“就是黎篆鸿,勿然啥人高兴去吃花酒。俚也勿请啥人,单是我搭四家叔两家头。要拆仔俚冷台,故是跳得来好白相煞哉!”吴松桥道:“老老头倒高兴哚。”李鹤汀正色道:“我说倒也是俚本事。耐想哩,俚屋里末几花姨太太,外头末堂子里倌人,还有人家人,一榻括仔算起来,差勿多几百哚!”周少和道:“到底阿有几花现银子?”李鹤汀道:“啥人去搭俚算嗄,连搭俚自家也有点模糊哉。要做起生意来,故末叫热昏搭仔邪,几千万做去看,阿有啥陶成!”大家听了,摇头吐舌,赞叹一番,也就陆续散去。

李鹤汀随意躺在榻床上,伸了个懒腰,打了个呵欠。杨媛媛问:“阿要吃筒鸦片烟?”鹤汀说:“覅吃。昨日闹仔一夜天,今朝勿曾困醒,懒朴得势。”媛媛道:“昨日去输仔几花嗄?”鹤汀道:“昨日还算好,连配仔两条就停哉,价末也输千把哚。”媛媛道:“我劝耐少赌赌末哉。难为仔洋钱,还要糟塌身体。耐要想翻本,我想俚哚人赢末倒拿仔进去哉,输仔勿见得再拿出来拨来耐哉哩。”鹤汀笑道:“故是耐瞎说。先拿洋钱去买得来筹码，有筹码末总有洋钱来哚，阿有啥拿勿出？就怕翻本翻勿转，庄浪风头转仔点，俚哚倒勿打哉，赢勿动俚，无法仔！”媛媛道：“原是啘。我说耐明朝要到尤如意搭去，算好仔几花输赢，索性再赌一场，翻得转末翻仔，翻勿转就气输仔罢哉。”鹤汀道：“故末勿差。倘然翻勿转，我定规要戒赌哉。”媛媛道：“耐能够戒脱仔勿赌，故是再好也勿有。就是要赌末，耐自家也留心点，像实概几万输下去，耐末倒也无啥要紧，别人听见仔阿要发极嗄？耐哚四老爷要问起倪来为啥勿劝劝唍，倪倒吃仔俚闲话，也只好勿响啘。”鹤汀道：“故是无价事个，四老爷勿说我倒来说耐？”媛媛道：“故歇说闲话个人多，倒说勿定啘。其实倪搭是耐自家高兴赌仔两场，闲人说起来，倒好像倪挑仔几花头钱哉。倪堂子里勿是开啥赌场，也覅挑啥头钱啘。”鹤汀道：“啥人来说耐嗄，耐自家来哚多心。”媛媛道：“难耐到尤如意搭去赌末哉；故末有啥闲话，也勿关倪事。”

说话时，鹤汀已自目饧吻沥，微笑不言，媛媛也就剪住了。当下鹤汀朦胧上来，竟自睡去。媛媛知他欠困，并不声唤，亲自取一条绒毯替他悄地盖上。鹤汀直睡至上灯以后，娘姨盛姐搬夜饭进房，鹤汀听得碗响即又惊醒。杨媛媛问鹤汀道：“耐阿要先吃仔口，再去吃酒？”鹤汀一想，说道：“吃是倒吃勿落，点点也无啥。”盛姐道：“无拨啥小菜啘，我去教俚哚添两样。”鹤汀摇手道：“覅去添，耐搭我盛一口口干饭好哉。”媛媛道：“俚乃喜欢糟蛋，耐去开仔个糟蛋罢。”盛姐答应，立刻齐备。

鹤汀和媛媛同桌吃毕，恰值管家匡二从客栈里来，见鹤汀禀说：“四老爷吃酒去哉，教大少爷也早点去。”媛媛道：“等俚哚请客票头来仔了去，正好啘。”鹤汀道：“早点去吃仔，早点转去困觉哉。”媛媛道：“耐身向里有点勿舒齐末，原到倪搭来，比仔栈房里也适意点哚。”鹤汀道：“两日勿曾转去，四老爷好像有点勿放心，转去个好。”媛媛也无别语。李鹤汀乃叫匡二跟着，从杨媛媛家出门赴席。

第十四回终。

第十五回　屠明珠出局公和里　李实夫开灯花雨楼

按:黎篆鸿毕竟在那里吃酒？原来便是罗子富的老相好蒋月琴家。李鹤汀先已知道,带着匡二径往东公和里来。匡二抢上前去通报。大姐阿虎接着,打起帘子请进房里。李鹤汀看时,只有四老爷和一个帮闲门客,姓于号老德的在座。四老爷乃是李鹤汀的嫡堂叔父,名叫李实夫。三人厮见,独有主人黎篆鸿未到。李鹤汀正要动问,于老德先诉说道:"篆鸿来哚总办公馆里应酬,月琴也叫仔去哉。俚说教倪三家头先吃起来。"

当下叫阿虎喊下去,摆台面,起手巾。适值蒋月琴出局回来,手中拿着四张局票,说道:"黎大人来哚来哉,教耐哚多叫两个局,俚四个局末也搭俚去叫。"于老德乃去开局票,知道黎篆鸿高兴,竟自首倡也叫了四个局。李鹤汀只得也叫四个,李实夫不肯助兴,只叫两个。发下局票,然后入席。

不多时,黎篆鸿到了,又拉了朱蔼人同来,相让就坐。黎篆鸿叫取局票来,请朱蔼人叫局。朱蔼人叫了林素芬、林翠芬姊妹两个。黎篆鸿说太少,定要叫足四个方罢。又问于老德:"耐哚三家头叫仔几花局嗄?"于老德从实说了。黎篆鸿向李实夫一看,道:"耐啥也叫两个局哚。难为耐哉啘,要六块洋钱哚哩,荒荒唐唐!"李实夫不好意思,也讪笑道:"我无处去叫哉啘。"黎篆鸿道:"耐也算是老白相啘,故歇叫个局就无拨哉。说出闲话来阿要无志气!"李实夫道:"从前相好年纪忒大哉,叫得来做啥?"黎篆鸿道:"耐阿晓得？勿会白相末白相小,会白相倒要白相老;越是老末越是有白相。"李鹤汀听说,即道:"我倒想着一个来里哉。"

黎篆鸿遂叫送过笔砚去,请李鹤汀替李实夫写局票。李实夫留心去看,见李鹤汀写的是屠明珠,踌躇道:"俚光景勿见得出局哉哩。"李鹤汀道:"倪去叫,俚阿好意思勿来?"黎篆鸿拿局票来看,见李实夫仍只叫得三个局,乃皱眉道:“我看耐要几花洋钱来放来哚箱子里做啥,阿是我面浪来做人家哉?”又怂恿李鹤汀道:“耐再叫一个,也坍坍俚台,看俚阿有啥面孔!”李实夫只是讪笑。李鹤汀道:“叫啥人哩?”想了一想,勉强添上个孙素兰。黎篆鸿自己复想起两个局来,也叫于老德添上,一并发下。

这一席原是双台,把两只方桌拼着摆的。宾主止有五位,座间宽绰得很,因此黎篆鸿叫倌人都靠台面与客人并坐。及至后来坐不下了,方排列在背后。总共廿二个倌人,连廿二个娘姨、大姐,密密层层挤了一屋子。于老德挨次数去,惟屠明珠未到。蒋月琴问:“阿要去催?”李实夫忙说:“覅催,俚就勿来也无啥。”

李鹤汀回头见孙素兰坐在身傍,因说道:“借光,耐绷绷场面。”孙素兰微笑道:“覅客气,耐也是照应倪晼。”杨媛媛和孙素兰也问答两句,李鹤汀更自喜欢。林素芬与妹子林翠芬和起琵琶商量合唱。朱蔼人揣度黎篆鸿意思,那里有工夫听曲子?暗暗摇手止住。

黎篆鸿自己叫的局倒不理会,却看看这个,说说那个。及至屠明珠姗姗而来,黎篆鸿是认得的,又搭讪着问长问短,一时和屠明珠说起前十年长篇大套的老话来。李实夫凑趣说道:“让俚转局过来阿好?”黎篆鸿道:“转啥局嗄?耐叫来哚末一样好说说闲话个晼。”李实夫道:“价末坐该搭来,说说闲话也近便点。”黎篆鸿再要拦阻,屠明珠早立起身来,挪过坐位,紧靠在黎篆鸿肩下坐了。屠明珠的娘姨鲍二姐见机,随给黎篆鸿装水烟。黎篆鸿吸过一口,倒觉得不好意思的,便做意道:“耐覅来瞎巴结装水烟,晚歇四老太爷动仔气,吃起醋来,我老老头打勿过俚晼!”屠明珠格声笑道:“黎大人放心。四老太爷要打耐末,我来帮耐末哉。”黎篆鸿也笑道:“耐倒看中仔我三块洋钱哉,阿是?”屠明珠道:“阿是耐勿舍得三块洋钱,连水烟才覅吃哉?鲍二姐,拿得来,覅拨俚吃!覅难为仔俚三块洋钱,害俚一夜困勿着。”

那鲍二姐正装好一筒水烟给黎篆鸿吸,竟被屠明珠伸手接去,却忍不住掩口而笑。黎篆鸿道:“耐哚来里欺瞒我老老头,阿怕罪过嗄?要天打个哩!”屠明珠那筒烟正吸在嘴里,几乎呛出来,连忙喷了,笑道:“耐哚看黎大人啘,要哭出来哉！哪,就拨耐吃仔筒罢。”随把水烟筒嘴凑到黎篆鸿嘴边。黎篆鸿伸颈张口,一气吸尽,喝声采道:“阿唷！鲜得来!”鲍二姐也失笑道:“黎大人倒有白相哚。”于老德向屠明珠道:“耐也上仔黎大人当水哉！水烟末吃仔,三块洋钱勿着杠啘。”黎篆鸿拍手叹道:“拨来耐哚说穿仔末,倒勿好意思再吃一筒哉啘!”说的合席笑声不绝。

蒋月琴掩在一傍,插不上去;见朱蔼人抽身出席,向榻床躺下吸鸦片烟。蒋月琴趁空,因过去低声问朱蔼人道:“阿看见罗老爷?”朱蔼人道:“我有三四日勿看见哉。”蒋月琴道:“罗老爷倪搭开消仔,勿来哉呀。耐哚阿晓得?”朱蔼人问:“为啥?”蒋月琴道:“故末也是上海滩浪一桩笑话:为仔黄翠凤勿许俚来,俚勿敢来哉。倪从小来里堂子里做生意,倒勿曾听见歇像罗老爷个客人。”朱蔼人道:“阿有价事嗄?”蒋月琴道:“俚教汤老爷来开消,汤老爷搭倪说个啘。”朱蔼人道:“耐哚阿曾去请俚?”蒋月琴道:“倪是随便俚末哉,来也罢勿来也罢。倪搭说勿做末也做仔四五年哚,俚乃多花脾气,倪也摸着点个哉。俚搭黄翠凤来哚要好辰光,倪去请俚也请勿到,倒好像是搭俚打岔。倪索性勿去请！朱老爷耐看来哚,看俚做黄翠凤阿做得到四五年。到个辰光,俚原要到倪搭来哉,也用勿着倪去请俚哉。”

朱蔼人听言察理,倒觉得蒋月琴很有意思,再要问他底细,只听得台面上连声“请朱老爷”,朱蔼人只得归席。原来,黎篆鸿叫屠明珠打个通关,李实夫、李鹤汀、于老德三人都已打过,挨着朱蔼人豁拳。

朱蔼人豁过之后,屠明珠的通关已毕。当下会豁拳的倌人争先出手,请教豁拳。这里也要豁,那里也要豁;一时袖舞钏鸣,灯摇花颤,听不清是“五魁”“八马”,看不出是“对手”“平拳”。闹得黎篆鸿烦躁起来,因叫干稀饭:“倪要吃饭哉。”倌人听说吃饭,方才罢休,渐渐各散。惟屠明珠迴不犹人,直等到吃过饭始去。

李鹤汀要早些睡,一至席终,和李实夫告辞先走。匡二跟了,径回石路长安客栈。到了房里,李实夫自向床上点灯吸烟。李鹤汀令匡二铺床。实夫诧异,问道:“杨媛媛搭啥勿去哉嗄?”鹤汀说:“勿去哉。"实夫道:"耐覅为仔我来里,倒白相来勿舒齐。耐去末哉啘。"鹤汀道:"我昨日一夜天勿曾困,今朝要早点困觉哉。"实夫嘿然半晌,慢慢说道:"夷场浪赌是赌勿得个哩。耐要赌末,转去到乡下去赌。"鹤汀道:"赌是也勿曾赌歇,就来哚堂子里碰仔几场和。"实夫道:"碰和是勿好算赌;只要勿赌,覅去闯出啥穷祸来。"鹤汀不便接说下去,竟自宽衣安睡。

实夫叫匡二把烟斗里烟灰出了。匡二一面低头挖灰,一面笑问:"四老爷叫来哚个老倌人,名字叫啥?"实夫说:"叫屠明珠,耐看阿好?"匡二笑而不言。实夫道:"啥勿响嗄?勿好末,也说末哉啘。"匡二道:"倪看仔无啥好。就不过黎大人末,倒抚牢仔当俚宝贝。四老爷,难下转覅去叫俚哉,落得让拨来黎大人仔罢。"实夫听说,不禁一笑。匡二也笑道:"四老爷,耐看俚阿好嗄?门前一路头发末才沓光个哉;嘴里牙齿也剩勿多几个;连面孔才咽仔进去哉。俚搭黎大人来哚说闲话,笑起来阿要难看!一只嘴张开仔,面孔浪皮才牵仔拢去,好像镶仔一埭水浪边。倪倒搭俚有点难为情,也亏俚做得出多花神妖鬼怪!拿面镜子来教俚自家去照照看,阿相像嗄!"实夫大笑道:"今朝屠明珠真真倒仔满哉!耐勿晓得,俚名气倒响得野哚,手里也有两万洋钱,推扳点客人还来哚拍俚马屁哉。"匡二道:"要是倪做仔客人,就算是屠明珠倒贴末,老实说,勿高兴!倒是黎大人吃酒个场花,阿是叫蒋月琴,倒还老实点。粉也勿曾拍,着仔一件月白竹布衫,头浪一点点勿插啥,年纪比仔屠明珠也差勿多哉哩。好是无啥好,不过清清爽爽,倒像是个娘姨。"实夫道:"也算耐眼睛光勿推扳。耐说俚像个娘姨,俚是衣裳头面多得来多勿过哉。为此着末也勿着,戴末也勿戴。耐看俚帽子浪一粒包头珠有几花大?要五百块洋钱哚!"匡二道:"倒勿懂俚哚陆里来几花洋钱?"实夫道:"才是客人去送拨俚哚个啘!就像今夜头一歇歇工夫末,也百把洋钱哉。黎大人是勿要紧,倪末叫冤枉煞哚,两家头难为廿几块。难下转俚要请倪去吃花酒,我勿去,让大少爷一干仔去末哉。"匡二道:"四老爷末再要说笑话哉。到仔埭上海白相相,该应用脱两钱。要是无拨末叫无法子。像四老爷,就年势间里多下来用用末也用勿完啘。"实夫道:"勿是我做人家。要白相末陆里勿好白相,做啥长三书寓呢?阿是长三书寓名气好听点,真真是铲头客人。"说得匡二格声笑了。

不料鹤汀没有睡熟,也在被窝里发笑。实夫听得鹤汀笑,乃道:"我说个闲话,耐哚陆里听得进?怪勿得耐要笑起来哉。就像耐杨媛媛,也是挡角色啘,夷场浪倒是有点名气哚。"鹤汀一心要睡,不去接嘴。匡二出毕烟灰,送上烟斗,退出外间。实夫吸足烟瘾,收起烟盘,也就睡了。

这李实夫虽说吸烟,却限定每日八点钟起身,倒是李鹤汀早晚无定。那日廿一日,实夫独自一个在房间里吃过午饭,见鹤汀睡得津津有味,并不叫唤,但吩咐匡二:"留心伺候,我到花雨楼去。"说罢出门,望四马路而来。相近尚仁里门口,忽听得有人叫声"实翁"。

实夫抬头看,是朱蔼人从尚仁里出来,彼此厮见。朱蔼人道:"正要来奉邀。今夜头请黎篆翁吃局,就借屠明珠搭摆摆台面,俚房间也宽势点。原是倪五家头。借重光陪,千乞勿却。"实夫道:"我谢谢哉哩,晚歇教舍侄来奉陪。"朱蔼人沉吟道:"勿然也勿敢有屈,好像人忒少。阿可以赏光?"实夫不好峻辞,含糊应诺,朱蔼人拱手别去。

实夫才往花雨楼,进门登楼,径至第三层顶上看时,恰是上市辰光,外边茶桌,里边烟榻,撑得堂子都满满的。有个堂倌认得实夫,知道他要开灯,当即招呼进去,说:"空来里哉。"实夫见当中正面榻上烟客在那里会帐洗脸。实夫向下手坐下,等那烟客出去,堂倌收拾干净,然后调过上手来。

一转眼间,吃茶的、吸烟的,越发多了,乱烘烘像潮涌一般,那里还有空座儿?并夹着些小买卖,吃的、耍的、杂用的,手里抬着、肩上搭着、胸前揣着,在人丛中钻出钻进兜圈子。实夫皆不在意,但留心要看野鸡。这花雨楼原是打野鸡绝大围场,逐队成群,不计其数,说笑话,寻开心,做出许多丑态。

实夫看不入眼,吸了两口烟,盘膝坐起。堂倌送上热手巾,揩过手面,取水烟筒来吸着。只见一只野鸡,约有十六七岁,脸上拍的粉有一搭没一搭;脖子里乌沉沉一层油腻,不知在某年某月积下来的;

身穿一件膏荷苏线棉袄，大襟上油透一块，倒变做茶青色了；手中拎的湖色熟罗手帕子，还算新鲜，怕人不看见，一路尽着甩了进来。

实夫看了，不觉一笑。那野鸡只道实夫有情于他，一直踅到面前站住，不转睛的看定实夫，只等搭腔上来，便当乘间躺下。谁知恭候多时，毫无意思，没奈何回身要走。却值堂倌跷起一只腿，靠在屏门口照顾烟客，那野鸡遂和堂倌说闲话。不知堂倌说了些甚么，挑拨得那野鸡又是笑，又是骂，又将手帕子望堂倌脸上甩来。堂倌慌忙仰后倒退，猛可里和一个贩洋广京货的顺势一撞，只听得"豁琅"一声响。众人攒拢去看，早把一盘子零星拉杂的东西撒得满地乱滚。那野鸡见不是事，已一溜烟走了。

恰好有两个大姐勾肩搭背趔趄而来，嘴里只顾唏唏哈哈说笑，不提防脚下踹着一面皮镜子。这个急了，提起脚来狠命一挣挣过去；那个站不稳，也是一脚，把个寒暑表踹得粉碎。谅这等小买卖如何吃亏得起？自然要两个大姐赔偿。两个大姐偏不服，道："耐为啥突来哚地浪嗄？"两下里争执一说，几几乎嚷闹起来。堂倌没法，乃喝道："去罢去罢，覅响哉！"两个大姐方咕哝走开。堂倌向身边掏出一角小洋钱给与那小买卖的。小买卖的不敢再说，检点自去。气的堂倌没口子胡咒乱骂。实夫笑而慰藉之，乃止。

接着有个老婆子，扶墙摸壁，迤逦近前，挤紧眼睛只瞧烟客；瞧到实夫，见是单挡，竟瞧住了。实夫不解其故，只见老婆子嗫嚅半晌，道："阿要去白相相？"实夫方知是拉皮条的，笑置不理。堂倌提着水铫子要来冲茶，憎那老婆子挡在面前，白瞪着眼，"咳"的一声，吓得老婆子低首无言而去。

实夫复吸了两口烟，把象牙烟盒卷得精光。约摸那时有五点钟光景，里外吃客清了好些，连那许多野鸡都不知飞落何处。于是，实夫叫堂倌收枪，摸块洋钱照例写票，另加小洋一角。堂倌自去交帐，喊下手打面水来。

实夫洗了两把，耸身卓立，整理衣襟，只等取票子来便走。忽然又见一只野鸡款款飞来，兀的竟把实夫魂灵勾住。

第十五回终。

第十六回　种果毒大户揭便宜　打花和小娘陪消遣

按:李实夫见那野鸡只穿一件月白竹布衫,外罩玄色绉心缎镶马甲,后面跟着个老娘姨,缓缓踅至屏门前,朝里望望,即便站住。实夫近前看时,亮晶晶的一张脸,水汪汪的两只眼,着实有些动情。正要搭讪上去,适值堂倌交帐回来,老娘姨迎着问道:"陈个阿曾来?"堂倌道:"勿曾来碗,好几日勿来哉。"老娘姨没甚说话,讪讪的挈了野鸡往前轩去,靠着栏干看四马路往来马车。

实夫问堂倌道:"阿晓得俚名字叫啥?"堂倌道:"俚叫诸十全,就来里倪隔壁。"实夫道:"倒像是人家人。"堂倌道:"耐末总喜欢人家人,阿去坐歇白相相?"实夫微笑摇头。堂倌道:"故也无啥要紧,中意末走走,勿中意豁脱块洋钱好哉。"实夫只笑不答。堂倌揣度实夫意思是了,赶将手中揩擦的烟灯丢下,走出屏门外招手儿叫老娘姨过来,与他附耳说了许多话。老娘姨便笑嘻嘻进来,向实夫问了尊姓,随说:"一淘去哉碗。"实夫听说,便不自在。堂倌先已觉著,说道:"耐哚先去等来哚弄堂口末哉,一淘去末算啥嗄?"娘姨忙接道:"价末李老爷就来哩,倪来里大兴里等耐。"实夫乃点点头。娘姨回身要走,堂倌又叫住叮嘱道:"难末文静点,俚哚是长三书寓里惯常哚个,覅做出啥话靶戏来!"娘姨笑道:"晓得个哉,阿用得着耐来说?"说着,急至前轩挈了诸十全下楼先走。

实夫收了烟票,随后出了花雨楼,从四马路朝西,一直至大兴里,远远望见老娘姨真个站在弄口等候。比及实夫近前,娘姨方转身进弄,实夫跟着,至弄内转弯处,推开两扇石库门,让实夫进去。实夫看时,是一幢极高爽的楼房。那诸十全正靠在楼窗口打探,见实夫进门倒慌的退去。

实夫上楼进房,诸十全羞羞怯怯的敬了瓜子,默然归坐。等到娘姨送上茶碗,点上烟灯,诸十全方横在榻床上替实夫装烟。实夫即去下手躺下,娘姨搭讪两句,也就退去。实夫一面看诸十全烧烟,一面想些闲话来说。说起那老娘姨,诸十全赶着叫"无娒",原来即是他娘,有名唤做诸三姐。

一会儿,诸三姐又上来点洋灯,把玻璃窗关好,随说:"李老爷就该搭用夜饭罢。"实夫一想,若回栈房,朱蔼人必来邀请,不如躲避为妙,乃点了两只小碗,摸块洋钱叫去聚丰园去叫。诸三姐随口客气一句,接了洋钱,自去叫菜。

须臾,搬上楼来,却又添了四只荤碟。诸三姐将两副杯筷对面安放,笑说:"十全来陪陪李老爷哩。"诸十全听说,方过来筛了一杯酒,向对面坐下。实夫拿酒壶来也要给他筛。诸十全推说:"勿会吃。"诸三姐道:"耐也吃一杯末哉,李老爷勿要紧个。"

正要擎杯举筷,忽听得楼下声响,有人推门进来。诸三姐慌的下去,招呼那人到厨下说话,随后又喊诸十全下去。实夫只道有甚客人,悄悄至楼门口去窃听,约摸那人是花雨楼堂倌声音,便不理会,仍自归坐饮酒。接连干了五六杯,方见诸三姐与诸十全上楼,花雨楼堂倌也跟着来见实夫。实夫让他吃杯酒,堂倌道:"倪吃哉,耐请用罢。"诸三姐叫他坐也不坐,站了一会,说声"明朝会",自去了。

诸十全又殷殷勤勤劝了几杯酒。实夫觉有醺意,遂叫盛饭。诸十全陪着吃毕。诸三姐绞上手巾,自收拾了往厨下去。诸十全仍与实夫装烟。实夫与他说话,十句中不过答应三四句,却也很有意思。及至实夫过足了瘾,身边摸出表来一看,已是十点多钟,遂把两块洋钱丢在烟盘里,立起身来。诸十全忙问:"做啥?"实夫道:"倪要去哉。"诸十全道:"覅去哩。"

实夫已自走出房门。慌的诸十全赶上去,一手拉住实夫衣襟,口中却喊:"无娒,快点来哩!"诸三姐听唤,也慌的跑上楼梯拉住实夫道:"倪该搭清清爽爽,啥勿好耐要去嗄?"实夫道:"我明朝再来。"诸三姐道:"耐明朝来末,今夜头就覅去哉啘。"实夫道:"覅,我明朝定规来末哉。"诸三姐道:"价末再坐歇哩,啥要紧嗄?"实夫道:"天勿早哉,明朝会罢。"说着下楼。诸三姐恐怕决撒,不好强留,连道:"李老爷,明朝要来个哩。"诸十全只说得一声"明朝来"。实夫随口答应,暗中出了大兴里，径回石路长安客栈。

恰好匡二同时回栈，一见实夫，即道："四老爷到仔陆里去哉嗄？阿唷，今夜头是闹热得来！朱老爷叫仔一班毛儿戏，黎大人也去叫一班，教倪大少爷也叫一班。上海滩浪通共三班毛儿戏，才叫得来哉，有百十个人哚哩，推扳点房子才要压坍哉！四老爷为啥勿来嗄？"实夫微笑不答，却问："大少爷哩？"匡二道："大少爷是要紧到尤如意搭去，酒也勿曾吃，散下来就去哉。"

实夫早就猜着几分，却也不说，自吸了烟，安睡无话。明日饭后仍至花雨楼顶上。那时天色尚早，烟客还清。堂倌闲着无事，便给实夫烧烟，因说起诸十全来。堂倌道："俚哚一径勿出来，就到仔今年了坎坎做个生意。人是阿有啥说嗄？就不过应酬推扳点。耐喜欢人家人末，倒也无啥。"实夫点点头。方吸过两口烟，烟客已络绎而来，堂倌自去照顾。

实夫坐起来吸水烟，只见昨日那挤紧眼睛的老婆子又摸索来了，摸到实夫对面榻上，正有三人吸烟。那老婆子即迷花笑眼说道："咦，长大爷，二小姐来里牵记耐呀，说耐为啥勿来？教我来张张。耐倒刚巧来里。"实夫看那三人，都穿着青蓝布长衫，玄色绸马甲，大约是仆隶一流人物。那老婆子只管唠叨，三人也不大理会。老婆子即道："长大爷晚歇要来个哩，各位一淘请过来。"说了自摸索而去。

老婆子去后，诸三姐也来了，却没有挈诸十全；见了实夫，即说："李老爷，倪搭去哩。"实夫有些不耐烦，急向他道："我晚歇来，耐先去。"诸三姐会意，慌忙走开，还兜了一个圈子乃去。

实夫直至五点多钟方吸完烟，出了花雨楼，仍往大兴里诸十全家去便夜饭。这回却熟落了许多，与诸十全谈谈讲讲，甚是投机。至于颠鸾倒凤，美满恩情，大都不用细说。

比及次日清晨，李实夫于睡梦中隐约听得饮泣之声，张眼看时，只见诸十全面向里床睡着，自在那里呜呜咽咽的哭。实夫猛吃一惊，忙问："做啥？"连问几声，诸十全只不答应。实夫乃披衣坐起，乱想胡思，不解何故，仍伏下身去，脸偎脸问道："阿是我得罪仔耐了动气？阿是嫌我老，勿情愿？"诸十全都摇摇手。实夫皱眉道："价末为啥？耐说说看哩。”又连问了几声，诸十全方答一句道：“勿关耐事。”实夫道：“就勿关我事末，耐也说说看。”诸十全仍不肯说。实夫无可如何，且自着衣下床。楼下诸三姐听得，舀上脸水，点了烟灯。

实夫一面洗脸，却叫住诸三姐，盘问诸十全缘何啼哭。诸三姐先叹一口气，乃道：“怪是也怪勿得俚。耐李老爷陆里晓得？我从养仔俚养到仔十八岁，一径勿舍得教俚做生意。旧年嫁仔个家主公，是个虹口银楼里小开，家里还算过得去，夫妻也蛮好，阿是总算好个哉了？陆里晓得今年正月里碰着一桩事体出来，故歇原要俚做生意。李老爷，耐想俚阿要怨气！”实夫道：“啥个事体嗄？”诸三姐道：“覅说起，就说末也是白说，倒去坍俚家主公个台。阿是覅说个好。”说时，实夫已洗毕脸，诸三姐接了脸水下楼。实夫被他说得忐忑鹘突，却向榻床躺下吸烟，细细猜度。

一会儿，诸三姐又来问点心。实夫因复问道：“到底为啥事体？耐说出来，倘忙我能够帮帮俚也勿晓得。耐说说看哩。”诸三姐道：“李老爷，耐倘然肯帮帮俚，倒也赛过做好事。不过倪勿好意思搭耐说，搭耐说仔倒好像是倪来拆耐李老爷梢。”实夫焦躁道：“耐覅实概哩，有闲话爽爽气气说出来末哉。”诸三姐又叹了一口气，方从头诉道：“说起来，总是俚自家运气勿好。为仔正月里俚到娘舅家去吃喜酒，俚家主公末要场面，拨俚带仔一副头面转来，夜头放来哚枕头边，到明朝起来辰光说是无拨哉呀。难末害仔几花人四处八方去瞎寻一泡，陆里寻得着嗄？娘舅哚末吓得来要死，说寻勿着是只好吃生鸦片烟哉。俚家主公屋里还有爷娘来哚，转去末拿啥来交代哩？真真无法子想哉！难末说勿如让俚出来做做生意看，倘忙碰着个好客人，看俚命苦，肯搭俚包瞒仔该桩事体，要救到七八条性命哚！我也无拨啥主意哉，只好等俚去做生意。李老爷，耐想俚家主公屋里也算过得去，夫妻也蛮好，勿然啥犯着吃到仔该碗把势饭哩？”

那诸十全睡在床上，听诸三姐说，更加哀哀的哭出声来。实夫搔耳爬腮，无法可劝。诸三姐又道：“李老爷，故歇做生意也难，就是长三书寓，一节做下来差勿多也不过三四百洋钱生意。一个新出来人家人，生来勿比得俚哚，要撑起一副头面来，耐说阿容易？俚有辰光搭我说说闲话,说到仔做生意末,就哭。倒说生意做勿好,倒勿如死仔歇作,阿有啥好日脚等出来!"实夫道:"年纪轻轻说啥死嗄?事体末慢慢交商量,总有法子好想。耐去劝劝倒,教倒覅哭哩。"

诸三姐听说,乃爬上床去向诸十全耳朵边轻轻说了些甚么。诸十全哭声渐住,着衣起身。诸三姐方下床来,却笑道:"倒出来头一户客人就碰着仔耐李老爷,倒命里总还勿该应就死,赛过一个救星来救仔倒。李老爷阿对?"实夫俯首沉吟,一语不发。诸三姐忽想起道:"阿呀!说说闲话倒忘记哉,李老爷吃啥点心?我去买。"实夫道:"买两个团子末哉。"诸三姐慌的就去。

实夫看诸十全两颊涨得绯红,光滑如镜,眼圈儿乌沉沉浮肿起来,一时动了怜惜之心,不转睛的只管呆看。诸十全却羞的低头下床,趿双拖鞋,急往后半间去。随后诸三姐送团子与实夫吃了,诸十全也归房洗脸梳头。实夫复吸两口烟,起身拿马褂来着,向袋里掏出五块洋钱放在烟盘里。诸三姐问道:"阿是耐要去哉?"实夫说:"去哉。"诸三姐道:"阿是耐去仔勿来哉?"实夫道:"啥人说勿来。"诸三姐道:"价末啥要紧嗄?"即取烟盘里五块洋钱仍塞在马褂袋里。

实夫怔了一怔,问道:"耐要我办副头面?"诸三姐笑道:"勿是呀!倪有仔洋钱,倘忙用脱仔凑勿齐哉,放来哚李老爷搭末一样个唲。隔两日一淘拨来倪,阿对?"实夫始点点头说:"好。"诸十全叮嘱道:"耐晚歇要来个哩!"

实夫也答应了,着好马褂,下楼出门,回至石路长安栈中。不料李鹤汀先已回来,见了实夫,不禁一笑。实夫倒不好意思的。匡二也笑嘻嘻呈上一张请帖。实夫看是姚季莼当晚请至尚仁里卫霞仙家吃酒的。鹤汀问:"阿去?"实夫道:"耐去罢,我勿去哉。"

须臾,栈使搬中饭来,叔侄二人吃毕。李实夫自往花雨楼去吸烟。李鹤汀却往尚仁里杨媛媛家来。到了房里,只见娘姨盛姐正在靠窗桌上梳头;杨媛媛睡在床上,尚未起身。鹤汀过去揭开帐子,正要伸手去摸,杨媛媛已自惊醒,翻转身来,揣住鹤汀的手。鹤汀即向床沿坐下。杨媛媛问道:"昨夜赌到仔啥辰光?"鹤汀道:"今朝九点钟坎坎散,我是一径勿曾困歇。"媛媛道:"阿赢嗄?"鹤汀说:"输个。"

嫒嫒道:“耐也好哉!一径勿曾听见耐赢歇,再要搭俚哚去赌!”鹤汀道:“勠说哉。耐快点起来,倪去坐马车。”

杨嫒嫒乃披衣坐起,先把捆身子钮好,却憎鹤汀道:“耐走开点哩!”鹤汀笑道:“我坐来里末,关耐啥事嗄?”嫒嫒也笑道:“倪勿要!”适值外场提水铫子进来,鹤汀方走开,自去点了烟灯吸烟。盛姐梳头已毕,忙着加茶碗,绞手巾。比及杨嫒嫒梳头吃饭,诸事舒齐,那天色忽阴阴的像要下雨。杨嫒嫒道:“马车勠去坐哉,耐困歇罢。”鹤汀摇摇头。盛姐道:“倪来挖花,大少爷阿高兴?”鹤汀道:“好个,再有啥人?”杨嫒嫒道:“楼浪赵桂林也蛮喜欢挖花。”

盛姐连忙去请,赵桂林即时与盛姐同下楼来。杨嫒嫒笑向鹤汀道:“听见仔挖花,就忙杀个跑得来,怪勿得耐去输脱仔两三万原起劲杀!”赵桂林把杨嫒嫒拍了一下,笑道:“耐说起来末倒就像个!”

鹤汀看那赵桂林,约有廿五六岁,满面烟容,又黄又瘦。赵桂林也随口与鹤汀搭讪两句。盛姐已将桌子掇开,取出竹牌牙筹。李鹤汀、杨嫒嫒、赵桂林、盛姐四人搬位就坐,掳起牌来。鹤汀见赵桂林右手两指黑的像煤炭一般,知道他烟瘾不小,心想如此倌人还有何等客人去做他。

那知碰到四圈,赵桂林适有客人来,接着卫霞仙家也有票头来请鹤汀。大家便说:“勠碰哉。”一数筹码,鹤汀倒是赢的。杨嫒嫒笑道:“耐去输仔两三万,来赢倪两三块洋钱,阿要讨气!”鹤汀也自好笑。赵桂林自上楼去。盛姐收拾干净。

鹤汀见外场点上洋灯,方往卫霞仙家赴宴;踅到门首,恰好朱蔼人从那边过来相遇,便一同登楼进房。姚季莼迎见让坐。卫霞仙敬过瓜子。李鹤汀向姚季莼说:“四家叔末谢谢哉。”朱蔼人也道:“陶家弟兄说上坟去,也勿来哉。”姚季莼道:“人忒少哉啘。”当下又去写了两张请客票头,交与大姐阿巧。阿巧带下楼去给帐房看。帐房念道:“公阳里周双珠家请洪老爷。”正要念那一张,不料朱蔼人的管家张寿坐在一边听得,忽抢出来道:“洪老爷我去请末哉。”劈手接了票头,竟自去了。

第十六回终。

第十七回　别有心肠私讥老母　将何面目重责贤甥

按:张寿接了请客票头,径往公阳里周双珠家。踅进大门,只见阿德保正跷起脚坐在客堂里,嘴里衔一支旱烟筒。张寿只得上前,将票头放在桌上,说:"请洪老爷。"阿德保也不去看票头,只说道:"勿来里。放来里末哉。"张寿只得退出。阿德保又冷笑两声,响说道:"故歇也新行出来,堂子里相帮用勿着个哉!"

张寿只做不听见,低头急走。刚至公阳里弄口,劈面遇着洪善卿。张寿忙站过一傍,禀明姚老爷请。洪善卿点头答应,张寿乃自去了。

洪善卿仍先到周双珠家,在客堂里要票头来看过,然后上楼。只见老鸨周兰正在房里与周双珠对坐说话。善卿进去,周兰叫声"洪老爷",即起身向双珠道:"还是耐去说俚两声,俚还听点。"说着自往楼下去了。

善卿问双珠:"耐无娒来里说啥?"双珠道:"说双玉有点勿适意。"善卿道:"价末教耐去说俚两声,说啥嗄?"双珠道:"就为仔双宝多说多话。双宝也是勿好,要争气争勿来,再要装体面;碰着个双玉嗹,一点点推扳勿起,两家头并仔堆末,弄勿好哉。"善卿道:"双宝装啥体面?"双珠道:"双宝来哚说:'双玉无拨银水烟筒末,我房里拿得去拨来俚;就是俚出局衣裳,我也着过歇个哉。'刚刚拨来双玉听见仔,衣裳也覅着哉,银水烟筒也勿要哉,今朝一日天困来哚床浪勿起来,说是勿适意。难末无娒拿双宝来反仔一泡,再要我去劝劝双玉,教俚起来。"善卿道:"耐去劝俚末说啥嗹?"双珠道:"我也勿高兴去劝俚。我看仔双玉倒讨气。耐不过多仔几个局,一歇海外得来,拿双宝来要打要骂,倒好像是俚该来哚个讨人!"善卿道:"双玉也是利害点。耐幸亏勿是讨人,勿然俚也要看勿起耐哉。"双珠道:"俚搭我倒十二分要好。我说俚啥,俚总答应我,倒比仔无娒说个灵。"

正说着,只听得楼下阿德保喊道:"双玉先生出局。"楼上巧囡在对过房里接应道："来个。"善卿便向双珠道："用勿着耐去劝俚哉，俚要出局去，也只好起来。"双珠道："我说俚勿起来末等俚歇，抵拚俚勿做生意末哉。故歇做清倌人，顺仔俚性子。隔两日才是俚世界哉啘！"

道言未了，忽听得楼下周兰连说带骂，直骂到周双宝房间里，便"劈劈拍拍"一阵声响，接着周双宝哀哀的哭起来，知道是周兰把双宝打了一顿。双珠道："倪无娒也勿公道，要打末双玉也该应打一顿。双玉稍微生意好仔点，就稀奇煞仔，生意勿好末能概苦嗄！"善卿正要说时，适见巧囡从对过房里走来。双珠即问道："反过仔一泡哉啘，为啥再打起来嗄？"巧囡低声道："双玉出局勿肯去呀。三先生去说说喤，让俚去仔末好哉。"双珠冷笑两声，仍坐着不动身。

善卿忽立起来道："我去劝俚，俚定归去。"即时踅过周双玉房间里，只见双玉睡在大床上，床前点一盏长颈灯台，暗昏昏的。善卿笑嘻嘻搭讪道："阿是耐有点勿适意？"双玉免不得叫声"洪老爷"。善卿便过去向床沿坐下，问道："我听见耐要出局去啘？"双玉道："为仔勿适意，勿去哉。"善卿道："耐来里勿适意，是覅去个好。不过，耐勿去末，耐无娒也无啥法子，只好教双宝去代局。教双宝去代局，勿如原是耐自家去。我说阿对？"双玉一听双宝代局，心里自是发急，想了想道："洪老爷说得勿差，我去末哉。"说着，已坐起来。善卿也自喜欢，忙喊巧囡过来点灯收拾。

善卿仍至双珠房里，把双玉肯去的话诉与双珠。双珠也道："说得好。"正值阿金搬夜饭来，摆在当中间方桌上。善卿道："耐也吃饭罢，舒齐仔末也好出局去哉。"双珠道："耐阿要吃仔口了去吃酒？"善卿道："我先去哉，覅吃。"双珠道："耐就来叫末哉。倪吃仔饭捕面，快煞个。"

善卿答应了，自去尚仁里卫霞仙家赴宴。双珠随至当中间坐下，却叫阿金去问双玉，说："吃得落末，一淘来吃仔罢。"

双玉听见双宝挨打，十分气恼本已消去九分；又见阿姐特令娘姨来请吃饭，便趁势讨好，一口应承。欢欢喜喜出来，与双珠对坐，阿金、巧囡打横，四人同桌吃饭。吃饭中间，双珠乃从容向双玉说道：

"双宝一只嘴无拨啥清头,说去看光景,我见仔俚也恨煞个哉。耐是勿比得双宝,生意末好,无姆也欢喜耐,耐就看过点。双宝有啥闲话听勿进,耐来告诉我好哉,覅去搭无姆说。"双玉听了,一声儿不言语。双珠又微笑道:"阿是耐只道仔我帮仔双宝哉?我倒勿是帮双宝,我想倪故歇来里堂子里,大家不过做个倌人,再歇两年,才要嫁人去哉。来里做倌人辰光,就算耐有本事,会争气,也见谅得势。实概一想,阿是推扳点好哉?"双玉也笑答道:"故是阿姐也多心哉。我人末笨,闲话个好邱听勿出仔也好煞哉!阿姐为好了搭我说,我倒怪仔阿姐,阿有啥实概个嗄?"双珠道:"只要耐心里明白,就蛮好。"

说着,都吃毕饭。巧囡忙催双玉收拾出局,双珠也自捕起面来。约至九点多钟,方接到洪善卿叫局票头。另有一张票头叫双玉,客人姓朱,也叫到卫霞仙家,料道是同台面了。双珠却不等双玉,下楼先行。正在门前上轿,恰遇双玉回来,便说与他转轿同去。到了卫霞仙家台面上,洪善卿手指着一个年轻后生,向双玉说:"是朱五少爷叫耐。"双玉过去坐下。

双珠见席上七客,主人姚季莼之外,乃是李鹤汀、王莲生、朱蔼人、陈小云等,都是熟识;只有这个后生面生,暗问洪善卿,始知是朱蔼人的小兄弟,号叫淑人,年方十六,没有娶亲。双珠看他眉清目秀,一表人材,有些与朱蔼人相像。只是羞怯怯的坐在那里,跼蹐不安,巧囡去装水烟也不吸。巧囡便去给王莲生装水烟。

当时姚季莼要和朱蔼人豁拳。朱蔼人坐在朱淑人上首,朱淑人趁豁拳时偷眼去看周双玉。不料双玉也在偷看,四只眼睛刚刚凑一个准。双玉倒微微一笑,淑人却羞得回过头去。

朱蔼人豁过五拳,姚季莼又要和朱淑人豁。淑人推说"勿会"。姚季莼道:"豁拳末啥勿会嗄?"朱蔼人也说:"豁豁末哉。"朱淑人只得伸手,起初三拳倒是赢的,末后输了两拳。朱淑人正取一杯在手,周双玉在背后把袖子一扯,道:"倪来吃罢。"朱淑人不提防,猛吃一惊,略松了手,那一只银鸡缸杯便的溜溜落下来,坠在桌下,泼了周双玉淋淋漓漓一身的酒。朱淑人着了急,慌取手巾要来揩拭。周双玉掩口笑道:"勿要紧个。"巧囡忙去拾起杯子,幸是银杯,尚未砸破。

在席众人齐声一笑。朱淑人登时涨得满面通红,酒也不吃,低头缩手,掩在一边没处藏躲。巧囡问:"倪阿是吃两杯?"朱淑人竟没有理会。周双玉向巧囡手里取一杯来代了,巧囡又代吃一杯过去。比及台面上出局初齐,周双玉又要转局去,只得撇了周双珠告辞先行。周双珠知道姚季莼最喜闹酒,直等至洪善卿摆过庄,方回。周双珠去后,姚季莼还是兴高采烈,不肯歇手。

洪善卿已略有酒意,又听得窗外雨声淙淙,因此不敢过醉,赶个眼错,逃席而去。一径向北出尚仁里,坐把东洋车,转至公阳里,仍往周双珠家。到了房里,只见周双珠正将一副牙牌独自坐着打五关。善卿脱下马褂,抖去水渍,交与阿金挂在衣架上。善卿随意坐下,望见对过房里仍是暗昏昏地,知道周双玉出局未归。双珠却向阿金道:"耐舒齐仔末,转去罢。"阿金答应,忙预备好烟茶二事,就去铺床吹灯。善卿笑道:"天还早来里。双玉出局也勿曾转来,啥要紧嗄?"双珠道:"阿德保催过哉。为仔天落雨,我晓得耐要来,教俚等仔歇;再勿去是要相骂哉。"善卿不禁笑了。

阿金去后,双玉方回。随后又有一群打茶会客人拥至双玉房里,说说笑笑,热闹得很。

这边双珠打完五关,不好就睡,便来和善卿对面歪在榻床上,一面取签子烧鸦片烟,一面说闲话,道:"王老爷倒原去叫个张蕙贞。沈小红阿晓得嗄?"善卿道:"阿有啥勿晓得!沈小红有仔洋钱末,生来勿吃啥醋哉碗。"双珠道:"沈小红个人,搭倪双玉倒差勿多。"善卿道:"双玉搭啥人吃醋?"双珠道:"勿是说吃醋。俚哚自家算是有本事,会争气,倒像是一生一世做倌人,勿嫁人个哉。"

正说时,双玉忽走过这边房里来,手中拿一支银水烟筒给双珠看,问:"样式阿好?"双珠看是景星店号,知道是客人给他新买的了,乃问:"要几花洋钱?"双玉道:"说是廿六块洋钱哚,阿贵嗄?"双珠道:"是价模样,倒无啥。"双玉听说,更自欢喜,仍拿了过那边房里去陪客人。双珠因又说道:"耐看俚标得来!"善卿道:"俚会做生意末,最好哉;勿然,单靠耐一干仔去做生意,阿是总辛苦点?"双珠道:"故是自然,我也单望俚生意好末好。"说着,那对过房里打茶会客人一哄而散,四下里便静悄悄的。

双珠卸下头面,方要安睡,却听得楼下双宝在房里和人呫唧说话,隐隐夹着些饮泣之声。善卿道:“阿是双宝来哚哭?”双珠鼻子里哼了一声,道:“有实概哭末,覅去多说多话哉啘。”善卿问:“搭啥人说闲话?”双珠说是客人。善卿道:“双宝也有客人来浪?”双珠道:“该个客人倒无啥,搭双宝也蛮要好,就是双宝总有点勿着勿落。”善卿问客人姓甚。双珠说是“姓倪,大东门广亨南货店里个小开”。

善卿便不再问,掩门共睡。无如楼下双宝和那客人说一回,哭一回,虽辨不出是甚言词,但听那吞吐断续之间,十分凄惨,害得善卿翻来覆去的睡不着。直至敲过四点钟,楼下声息渐微,善卿方朦胧睡去。

不料睡到八点多钟,善卿正在南柯郡中与金枝公主游猎平原,却被阿金推门进房,低声叫:“洪老爷。”双珠先自惊醒,问阿金:“做啥?”阿金说:“是有人来里寻。”双珠乃推醒善卿告诉了。善卿问:“是啥人?”阿金又不认得。善卿不解,连忙着衣下床,靸鞋出房,叫阿金:“去喊俚上来。”

阿金引那人至楼上客堂里,善卿看时,也不认得,问他:“寻我做啥?”那人道:“倪是宝善街悦来栈里。有个赵朴斋,阿是耐亲眷?”善卿说:“是个。”那人道:“昨日夜头赵先生来哚新街浪同人相打,打开仔个头,满身才是血。巡捕看见仔,送到仁济医馆里去。今朝倪去张张俚,俚教倪来寻洪先生。”善卿问:“为啥相打?”那人笑道:“故是倪也勿晓得。”善卿也十猜八九,想了想便道:“晓得哉。倒难为耐哚,晚歇我去末哉。”那人即退下楼去。

善卿仍进房洗脸,双珠在帐子里问:“啥事体?”善卿推说:“无啥。”双珠道:“耐要去末,吃点点心了去。”善卿因叫阿金去喊十件汤包来吃了,向双珠道:“耐再困歇,我去哉。”双珠道:“晚歇早点来。”

善卿答应,披上马褂,下楼出门。那时宿雨初晴,朝暾耀眼,正是清和天气。善卿径往仁济医馆,询问赵朴斋。有一人引领上楼。推开一扇屏门进去,乃是绝大一间外国房子,两行排着七八张铁床,横七竖八睡着几个病人,把洋纱帐子四面撩起掼在床顶。赵朴斋却在靠里一张床上,包着头,络着手,盘膝而坐;一见善卿,慌的下床叫声

"娘舅",满面羞惭。

善卿向床前藤杌坐下。于是赵朴斋从头告诉,被徐、张两个流氓打伤头面,吃一大亏;却又噜苏疙嗒说不明白。善卿道:"总是耐自家勿好,耐到新街浪去做啥?耐勿到新街浪去,俚哚阿好到耐栈里来打耐?"说得朴斋顿口无言。善卿道:"故歇无啥别样闲话,耐等稍微好仔点,快点转去罢。上海场花耐也覅来哉。"朴斋嗫嚅半晌,方说出客栈里缺了房饭钱,留下行李的话。善卿又数落一场,始为计算栈中房饭及回去川资,将五块洋钱给与朴斋,叫他作速回去,切勿迟延。朴斋那里敢道半个"不"字,一味应承。善卿再三叮咛而别,仍踅出仁济医馆,心想回店干些正事,便直向南行。

将近打狗桥,忽然劈面来了一人,善卿一见大惊。乃是陶云甫的兄弟陶玉甫,低头急走,竟不理会。善卿一把拉住,问道:"耐轿子也勿坐,底下人也勿跟,一干仔来里街浪跑,做啥?"陶玉甫抬头见是善卿,忙拱手为礼。善卿问:"阿是到东兴里去?"玉甫含笑点头。善卿道:"价末也坐把东洋车去哩。"随喊了一把东洋车来。善卿问:"阿是无拨车钱来里?"玉甫复含笑点头。善卿向马褂袋里捞出一把铜钱,递与玉甫。玉甫见善卿如此相待,不好推却,只得依他,坐上东洋车。善卿也就喊把东洋车,自回咸瓜街永昌参店去了。

陶玉甫别了洪善卿,径往四马路东兴里口停下。玉甫把那铜钱尽数给与车夫,方进弄至李漱芳家。适值娘姨大阿金在天井里浆洗衣裳,见了道:"二少爷倒来哉,阿看见桂福?"玉甫道:"勿曾看见。"大阿金道:"桂福来张耐呀。耐轿子哩?"玉甫道:"我勿曾坐轿子。"说着,大阿金去打起帘子,玉甫放轻脚步踅进房里。只见李漱芳睡在大床上,垂着湖色熟罗帐子;大姐阿招正在揩抹橱箱桌椅。玉甫只道李漱芳睡熟未醒,摇摇手向高椅坐下。阿招却低声告诉道:"昨日一夜天呷勿曾困。困好仔再要起来,起来一埭末咳嗽一埭,直到天亮仔坎坎困着。"玉甫忙问:"阿有寒热?"阿招道:"寒热倒无拨啥寒热。"玉甫又摇摇手道:"覅响哉,让俚再困歇罢。"不料大床上李漱芳又咳嗽起来。

第十七回终。

第十八回　添夹袄厚谊即深情　补双台阜财能解愠

按:陶玉甫听得李漱芳咳嗽,慌忙至大床前揭起帐子,要看漱芳面色。漱芳回过头来睙了玉甫半日,叹一口气。玉甫连问:“阿有啥勿适意?”漱芳也不答,却说道:“耐个人也好个哉!我说仔几转,教耐昨日转来仔末就来,耐定归勿依我。随便啥闲话,搭耐说仔,耐只当耳边风!”玉甫急分辨道:“勿是呀!昨日转来末晚哉,屋里有亲眷来浪,难末阿哥说:‘阿有啥要紧事体,要连夜赶出城去?’我阿好说啥哩?”漱芳鼻子里“哼”的一声,说道:“耐覅来搭我瞎说!我也晓得点耐脾气。要说耐外头再有啥人来浪,故也冤枉仔耐哉。耐总不过一去仔末就想勿着,等耐去死也罢活也罢,总勿关耐事,阿对?”玉甫陪笑道:“就算我想勿着,不过昨日一夜天,今朝阿是想着仔来哉?”漱芳道:“耐是勿差,一瞌困下去,困到仔天亮末,一夜天就过哉。耐阿晓得困勿着了,坐来浪,一夜天比仔一年还要长点哩!”玉甫道:“总是我勿好,害仔耐。耐覅动气。”

漱芳又嗽了几声,慢慢的说道:“昨日夜头,天末也讨气得来,落勿停个雨。浣芳哩,出局去哉;阿招末搭无娒装烟;单剩仔大阿金,坐来浪打磕铳。我教俚收拾好仔去困罢。大阿金去仔,我一干仔就榻床浪坐歇,落得个雨来加二大哉;一阵一阵风吹来哚玻璃窗浪,‘乒乒乓乓’,像有人来哚碰,连窗帘才卷起来,直卷到面孔浪。故一吓末,吓得我来要死!难末只好去困。到仔床浪哩,陆里困得着嗄!间壁人家刚刚来哚摆酒、豁拳、唱曲子,闹得来头脑子也痛哉!等俚哚散仔台面末,台子浪一只自鸣钟,跌笃跌笃;我覅去听俚,俚定归钻来里耳朵管里。再起来听听雨末,落得价高兴;望望天末,永远勿肯亮个哉。一径到两点半钟,眼睛算闭一闭。坎坎闭仔眼睛,倒说道耐来哉呀,一肩轿子抬到仔客堂里。看见耐轿子里出来,倒理也勿理我,一径望外头跑,我连忙喊末,自家倒喊醒哉。醒转来听听,客堂里真个有轿子,钉鞋脚地板浪声音,有好几个人来浪。我连忙爬起来,衣裳也勿着,开出门去,问俚哚:'二少爷啘?'相帮哚说:'陆里有啥二少爷嗄。'我说:'价末轿子陆里来个嗄?'俚哚说:'是浣芳出局转来个轿子。'倒拨俚哚好笑,说我困昏哉。我再要困歇,也无拨我困哉,一径到天亮,咳嗽勿曾停歇。"玉甫攒眉道:"耐啥实概嗄!耐自家也保重点个啘。昨日夜头风末来得价大。半夜三更勿着衣裳起来,再要开出门去,阿冷嗄?耐自家勿晓得保重,我就日日来里看牢仔耐,也无么用啘!"

漱芳笑道:"耐肯日日来里看牢仔我,耐也只好说说罢哉。我自家晓得命里无福气,我也勿想啥别样,再要耐陪我三年。耐依仔我,到仔三年我就死末,我也蛮快活哉。倘忙我勿死,耐就再去讨别人,我也勿来管耐哉。就不过三年,耐也勿肯依我,倒说道,'日日来里看牢仔我'!"玉甫道:"耐说说末就说出勿好来哉。耐单有一个无娒离勿开。再三四年,等耐兄弟做仔亲,让俚哚去当家,耐搭无娒到我屋里向去,故末真个日日看牢仔耐,耐末也称心哉。"

漱芳又笑道:"耐是生来一径蛮称心,我陆里有故号福气!我不过来里想:耐今年廿四岁;再歇三年也不过廿七岁。耐廿七岁讨一个转去,成双到老,要几十年哚。该个三年里向,就算我冤屈仔耐也该应啘。"玉甫也笑道:"耐瞎说个多花啥,讨转去成双到老末就是耐啘。"

漱芳乃不言语了。只见李浣芳蓬着头,从后门进房,一面将手揉眼睛,一面见玉甫,说道:"姐夫,耐昨日啥勿来嗄?"玉甫笑嘻嘻拉了浣芳的手过来,斜靠着梳妆台而立。漱芳见浣芳只穿一件银红湖绉捆身子,遂说道:"耐啥衣裳也勿着嗄?"浣芳道:"今朝天热呀。"漱芳道:"陆里热嗄,快点去着仔啘!"浣芳道:"我覅着,热煞来里!"

正说着,阿招已提了一件玫瑰紫夹袄来,向浣芳道:"无娒也来哚说哉,快点着罢。"浣芳还不肯穿。玉甫一手接那夹袄替浣芳披在身上,道:"耐故歇就着仔,晚歇热末再脱末哉,阿好?"浣芳不得已依了。阿招又去舀进脸水请浣芳捕面、梳头,漱芳也要起身。玉甫忙道:"耐再困歇啘,天早来里。"漱芳说:"我覅困哉。"玉甫只得去扶起来，坐在床上，复劝道："耐就床浪坐歇，倪说说闲话倒无啥。"漱芳仍说："覅！"

及至漱芳下床，终觉得鼻塞声重，头眩脚软，惟咳嗽倒好些。漱芳一路扶着桌椅，步至榻床坐下，玉甫跟过来放下一面窗帘。大阿金送上燕窝汤，漱芳只呷两口，即叫浣芳吃了。浣芳新妆既罢，漱芳方去捕起面来。阿招道："头还蛮好来里，覅梳哉。"漱芳也觉坐不住，就点点头。大阿金用抿子蘸刨花水略刷几刷，漱芳又自去刷出两边鬓脚，已是吃力极了，遂去歪在榻床上喘气。

玉甫见漱芳如此，心中虽甚焦急，却故作笑嘻嘻面孔。单有浣芳立在玉甫膝前，呆呆的只向漱芳呆看。漱芳问他："看啥？"浣芳说不出，也自笑了。大阿金正在收拾镜台，笑道："俚末看见阿姐勿适意仔，也勿起劲哉，阿晓得？"浣芳接说道："昨日蛮好来里，才是姐夫勿好碗，倪勿来个！"说着便一头撞在玉甫怀里不依。玉甫忙笑道："俚哄骗耐呀。无啥勿适意，晚歇就好哉。"浣芳道："晚歇再勿好末，要耐赔还个好阿姐拨倪。"玉甫道："晓得哉，晚歇我定归拨耐个好阿姐末哉。"浣芳听说方罢。

漱芳歪在榻床上，渐渐沉下眼睛，像要睡去。玉甫道："原到床浪去困罢。"漱芳摇摇手。玉甫向藤椅子上揭条绒毯，替漱芳盖在身上，漱芳憎道："重！"仍即揭去。玉甫没法，只去放下那一面窗帘；还恐漱芳睡熟着寒，要想些闲话来说，于是将乡下上坟许多景致，略加装点，演说起来。浣芳听得津津有味，漱芳却憎道："拨耐说得烦煞哉，我覅听！"玉甫道："价末耐覅困哩。"漱芳道："我勿困着末哉，耐放心。"玉甫乃在榻床一边盘膝危坐，静静的留心看守。但害得个浣芳坐不定立不定，没处着落。漱芳叫他外头去白相歇，浣芳又不肯去。

一会儿，大阿金搬中饭进房。玉甫问漱芳："阿吃得落？吃得落末吃仔口罢。"漱芳说："覅吃。"浣芳见漱芳饭都不吃，只道有甚大病，登时发极，涨得满面绯红，几乎吊下眼泪。倒引得漱芳一笑，说浣芳道："耐啥实概嗄，我还勿曾死哩。故歇吃勿落末，晚歇吃。"浣芳自知性急了些，连忙极力忍住。玉甫因浣芳着急，也苦苦的劝漱芳多少吃点。漱芳只得令大阿金买些稀饭,吃了半碗。浣芳也吃不下,只吃一碗。玉甫本自有限。大家吃毕中饭,收拾洗脸。玉甫思将浣芳支使开去,恰好阿招来报说:“无娒起来哉。”浣芳犹自俄延。玉甫催道:“快点去罢,无娒要说哉。”浣芳始讪讪的趔趄而去。

浣芳去后,只有玉甫、漱芳两人在房里,并无一点声息。不料至四点多钟,玉甫的亲兄陶云甫乘轿来寻。玉甫请进房里,相见就坐。云甫问漱芳:“阿是勿适意?”漱芳说:“是呀。”大阿金忙着预备茶碗,云甫阻止道:“我说句闲话就去,覅泡茶哉。”乃向玉甫道:“三月初三是黎篆鸿生日,朱蔼人分个传单,包仔大观园一日戏酒。篆鸿末常恐惊动官场,勿肯来,难末蔼人另合一个公局,来哚屠明珠搭。勿多几个人,倪两家头也来海。我为此先搭耐说一声,到仔初三日脚浪,大观园里也勿必去哉,屠明珠搭定归要到个。”

玉甫虽诺诺连声,却偷眼去看漱芳。偏被云甫觉得,笑问漱芳道:“耐阿肯放俚去应酬歇?”漱芳不好意思,笑答道:“大少爷倒说得诧异。故是正经事体,总要去个,倪阿有啥勿放俚去嗄?”云甫点头道:“故末勿差。我说漱芳也是懂道理个人,要是正经事体也拉牢仔勿许去,阿算得啥要好嗄?”漱芳不好接说,含笑而已。云甫随说:“我去哉。”玉甫慌忙直站起来,漱芳送至帘下。

云甫踅出门外上轿,吩咐轿班:“朱公馆去。”轿班俱系稔熟,抬出东兴里,往东进中和里。相近朱公馆,朱蔼人管家张寿早已望见,忙跑至轿前禀说:“倪老爷来哚尚仁里林家。”

云甫便令转轿,仍由四马路径至尚仁里林素芬家。认得朱蔼人的轿子还停在门首,陶云甫遂下轿进门。到了楼上房里,朱蔼人迎着,即道:“正要来请耐。我一干仔来勿及哉,屠明珠搭耐去办仔罢。”陶云甫问如何办法。朱蔼人向身边取出一篇草帐,道:“倪末两家弟兄搭李实夫叔侄,六个人作东,请于老德来陪客。中饭吃大菜,夜饭满汉全席。三班毛儿戏末,日里十一点钟一班,夜头两班,五点钟做起。耐说阿好?”陶云甫道:“蛮好。”

林素芬等计议已定,方上前敬瓜子。陶云甫收了草帐,也就起身,说:“我还有点事体,再见罢。”朱蔼人并不挽留,与林素芬送至楼梯边而别。

素芬回房，问蔼人："啥事体？"蔼人细细说明缘故。素芬遂说道："耐请客末勿到该搭来，也去拍屠明珠个马屁，阿要讨气！"蔼人道："勿是我请客，倪六个人公局。"素芬道："前日仔倒勿是耐请客？"蔼人没得说，笑了。素芬复道："倪该搭是小场花，请大人到该搭来，生来勿配。耐也一径冤屈煞哉。难末拣着个大场花，要适意点哚。"蔼人笑道："难末真真倒诧异哉。我阿曾去做屠明珠，耐啥就吃醋嗄？"素芬道："耐要做屠明珠去做末哉啘，我也勿曾拉牢仔耐。"蔼人笑道："我就勿说哉，随便耐去说啥罢。"素芬鼻子里哼了一声，咕噜道："耐末去拍屠明珠个马屁，屠明珠阿来搭耐要好嗄？"蔼人笑道："啥人要俚来要好？"素芬仍咕噜道："耐就摆仔十个双台，屠明珠也无啥希奇；搭耐要好末倒勿见好，情愿去做铲头客人。上海滩浪也单有耐一个。"蔼人笑道："耐覅动气，明朝夜头我也来摆个双台末哉。"

素芬呆着脸，也不答言。蔼人过去搀了素芬的手，至榻床前，央及道："搭我装筒烟哩。"素芬道："倪是毛手毛脚，勿比得屠明珠会装哩！"口中虽如此说，却已横躺着拿签子烧起烟来。蔼人挨在膝前坐了，又伏下身子向素芬耳朵边低声说道："耐一径搭我蛮要好，故歇为仔个屠明珠，啥气得来？耐看我阿要去做屠明珠？"素芬道："耐是倒也说勿定。"蔼人道："我再去做别人，故末说勿定；要说是屠明珠，就算俚搭我要好末，我也勿高兴去做俚。"素芬道："耐去做勿做关倪啥事体！耐也覅来搭我说。"蔼人乃一笑而罢。

素芬装好一口烟，放下烟枪，起身走开。蔼人自去吸了，知道素芬还有些芥蒂，遂又自去开了抽屉，寻着笔砚票头随意点几色菜水。素芬看见，装做不理；等蔼人写毕，方道："耐点菜末，阿要先点两样来吃夜饭？"蔼人忙应说："好。"另开两个小碗，素芬叫娘姨拿下楼去令外场叫菜。

正是上灯时候，菜已送来，自己又添上四只荤碟，于是蔼人与素芬对酌闲谈。一时复说起屠明珠来，素芬道："做倌人也只做得个时髦。来哚时髦个辰光，自有多花客人去烘起来。客人末真真叫讨气，一样一千洋钱，用拨来生意清点个倌人，阿要好？用拨仔时髦倌人，俚哚觉也勿觉着。价末客人哚定归要去做时髦倌人,情愿豁脱仔洋钱去拍俚马屁。”蔼人道:“耐勠说客人讨气,倌人也讨气。生意清仔末,随便啥客人巴结得非凡哚;稍微生意好仔点,难末姘戏子、做恩客才上个哉,到后来弄得一场无结果。”素芬道:“姘戏子多花到底少个,故也勠去说俚哉。我看几个时髦倌人,也无啥好结果。耐来里时髦辰光,拣个靠得住点客人,嫁仔末好哉啘,俚哚才勿想嫁人;等到年纪大仔点,生意一清仔末,也好哉。”蔼人道:“倌人嫁人也难。要嫁人,陆里一个勿想嫁个好客人?碰着仔好客人,俚屋里大小老婆倒有好几个来浪,就嫁得去,总也勿称心个哉。要是无拨啥大小老婆末,客人靠勿住,拿耐衣裳、头面才当光仔,再出来做倌人。夷场浪常有该号事体。”素芬道:“我说要搭客人脾气对末好。脾气对仔,就穷点,只要有口饭吃吃好哉。要是差仿勿多客人,故末宁可拣个有铜钱点总好点。”蔼人笑道:“耐要拣个有铜钱点,像倪是挨勿着个哉。”素芬也笑道:“噢唷!客气得来!耐算无铜钱,耐来里骗啥人嗄?”蔼人笑道:“我就有仔铜钱,脾气勿对,耐也看勿中啘。”素芬道:“耐说说末就说勿连牵哉。”随取酒壶给蔼人筛酒。蔼人道:“酒有哉,倪吃饭罢。”素芬遂喊娘姨拿饭来,并令叫妹子翠芬来同吃。娘姨回说:“翠芬吃过哉。”

蔼人、素芬两人刚吃毕饭,即有一帮打茶会客人上楼,坐在对过空房间里,随后复有叫素芬的局票。蔼人趁势要走。素芬知留不住,送至房门。蔼人下楼登轿,径回公馆。次日晚间,免不得请一班好友在林素芬家摆个双台,不必细说。

至三月初三,十点钟时,朱蔼人起来,即乘轿往大观园。只见门前挂灯结彩,张寿带着纬帽迎见,禀说:“陈老爷、洪老爷、汤老爷才来里哉。”蔼人进去厮见,动问诸事,皆已齐备。蔼人大喜,乃说道:“价末我到该首去哉,此地奉托三位。”陈小云、洪善卿、汤啸庵都说:“应得效劳。”当时蔼人复乘轿往鼎车里屠明珠家。

第十八回终。

第十九回　错会深心两情浃洽　强扶弱体一病缠绵

按:朱蔼人乘轿至屠明珠家,吩咐轿班:“打轿回去接五少爷来。”说毕登楼。鲍二姐迎着,请去房间里坐。蔼人道:“倪就书房里坐哉畹。”原来屠明珠寓所是五幢楼房,靠西两间乃正房间;东首三间,当中间为客堂,右边做了大菜间,粉壁素帏,铁床玻镜,像水晶宫一般;左边一间,本是铺着腾客人的空房间,却点缀些琴棋书画,因此唤作书房。

当下朱蔼人往东首来,只见客堂板壁全行卸去,直通后面亭子间。在亭子间里搭起一座小小戏台,檐前挂两行珠灯,台上屏帷帘幕俱系洒绣的纱罗绸缎,五光十色,不可殚述。又将吃大菜的桌椅移放客堂中央,仍铺着台单,上设玻罩彩花两架及刀叉瓶壶等架子,八块洋纱手巾,都折叠出各种花朵,插在玻璃杯内。蔼人见了,赞说:“好极!”随到左边书房,望见对过厢房内屠明珠正在窗下梳头,相隔穹远,只点点头,算是招呼。鲍二姐奉上烟茶。屠明珠买的四五个讨人俱来应酬,还有那毛儿戏一班孩子亦来陪坐。

不多时,陶云甫、陶玉甫、李实夫、李鹤汀、朱淑人六个主人陆续齐集。屠明珠新妆既毕,也就过这边来。正要发帖催请黎篆鸿,恰好于老德到了,说:“勿必请,来里来哉。”陶云甫乃去调派。先是十六色外洋所产水果、干果、糖食暨牛奶点心,装着高脚玻璃盆子,排列桌上。戏场乐人收拾伺候,等黎篆鸿一到开台。

须臾,有一管家飞奔上楼报说:“黎大人来哉。”大家立起身来。屠明珠迎至楼梯边,搀了黎篆鸿的手,�进客堂。篆鸿即嗔道:“忒费事哉,做啥嗄?”众人上前厮见。惟朱淑人是初次见面,黎篆鸿上下打量一回,转向朱蔼人道:“我说句讨气闲话,比仔耐再要好点哩。”众人掩口而笑,相与簇拥至书房中。屠明珠在旁道:“黎大人宽宽衣唑。”说着,即伸手去代解马褂钮扣。黎篆鸿脱下,说声“对勿住”。屠明珠笑道:“黎大人啥客气得来!”随将马褂交鲍二姐挂在衣架上,回身捺黎篆鸿向高椅坐下。

戏班里娘姨呈上戏目请点戏。屠明珠代说道:“请于老爷点仔罢。”于老德点了两出,遂叫鲍二姐拿局票来。朱蔼人指陶玉甫、朱淑人道:“今朝俚哚两家头无拨几花局来叫末那价?”黎篆鸿道:“随意末哉。喜欢多叫就多叫点,叫一个也无啥。”朱蔼人乃点拨与于老德写,将各人叫过的局尽去叫来。陶玉甫还有李漱芳的妹子李浣芳可叫,只有朱淑人只叫得周双玉一个。局票写毕,陶云甫即请去入席。黎篆鸿说:“太早。”陶云甫道:“先用点点心。”黎篆鸿又埋冤朱蔼人费事,道:“才是耐起个头啘。”

于是大众同踅出客堂来。只见大茶桌前一溜儿摆八只外国藤椅,正对着戏台,另用一式茶碗放在面前。黎篆鸿道:“倪随意坐,要吃末拿仔点好哉。”说了就先自去检一个牛奶饼,拉开傍边一只藤椅,靠壁坐下。众人只得从直遵命,随意散坐。

堂戏照例是跳加官开场,跳加官之后系点的《满床笏》《打金枝》两出吉利戏。黎篆鸿看得厌烦,因向朱淑人道:“倪来讲讲闲话。”遂挈着手,仍进书房,朱蔼人也跟进去。黎篆鸿道:“耐末只管看戏去,瞎应酬多花啥。”朱蔼人亦就退出。黎篆鸿令朱淑人对坐在榻床上,问他若干年纪,现读何书,曾否攀亲。朱淑人一一答应。一时,屠明珠把自己亲手剥的外国榛子、松子、胡桃等类,两手捧了,送来给黎篆鸿吃。篆鸿收下,却分一半与朱淑人,叫他:“吃点喤。”淑人拈了些,仍不吃。黎篆鸿又问长问短。

说话多时,屠明珠傍坐观听,微喻其意。谈至十二点钟,鲍二姐来取局票。屠明珠料道要吃大菜了,方将黎篆鸿请出客堂。众人起身,正要把酒定位,黎篆鸿不许,原拉了朱淑人并坐。众人不好过于客气,于老德以外皆依齿为序。第一道元蛤汤吃过,第二道上的板鱼。屠明珠忙替黎篆鸿用刀叉出骨。

其时叫的局已接踵而来。戏台上正做昆曲《絮阁》,钲鼓不鸣,笙琶竞奏,倒觉得清幽之致。黎篆鸿自顾背后,出局团团围住,而来者还络绎不绝,因问朱蔼人道:“耐搭我叫仔几花局嗄?”朱蔼人笑道:“有限得势,十几个。”黎篆鸿攒眉道:“耐末就叫无淘成!”再看众人背后,有叫两三个的,有叫四五个的,单有朱淑人只叫一个局。黎篆鸿问知是周双玉,也上下打量一回,点点头道:“真真是一对玉人。”众人齐声赞和。黎篆鸿复向朱蔼人道:“耐做老阿哥末,覅假痴假呆,该应搭俚哚团圆拢来,故末是正经。”朱淑人听了,满面含羞,连周双玉都低下头去。黎篆鸿道:“耐哚两家头覅客气哩,坐过来说说闲话,让倪末也听听。”朱蔼人道:“耐要听俚哚两家头说句闲话,故末难哉。”黎篆鸿怔道:“阿是哑子?”众人不禁一笑。朱蔼人笑道:“哑子末勿是哑子,不过勿开口。”黎篆鸿怂恿朱淑人道:“耐快点争气点!定归说两句拨俚哚听听,覅拨耐阿哥猜着。”朱淑人越发不好意思的。黎篆鸿再和周双玉兜搭,叫他说话。周双玉只是微笑,被篆鸿逼不过,始笑道:“无啥说啘,说啥嗄?”众人哄然道:“开仔金口哉!”黎篆鸿举杯相属道:“倪大家该应公贺一杯。”说毕,即一口吸尽,向朱淑人照杯。众人一例皆干。羞得个朱淑人彻耳通红,那里还肯吃酒?幸亏戏台上另换一出《天水关》,其声聒耳,方剪住了黎篆鸿话头。

第八道大菜将完,乃系芥辣鸡带饭。出局见了,散去大半。周双玉也要兴辞,适为黎篆鸿所见,遂道:“耐慢点去,我要搭耐说句闲话。”周双玉还道是说白相,朱蔼人帮着挽留,方仍归座。大姐巧囡向周双玉耳边说了些甚么,周双玉嘱咐“就来”,巧囡答应先去。迨至席终,各用一杯牛奶咖啡,揩面漱口而散。恰好毛儿戏正本同时唱毕,娘姨再请点戏。黎篆鸿道:“随便啥人去点点罢。”朱蔼人素知黎篆鸿须睡中觉,不如暂行停场,俟晚间两班合演为妙,并不与黎篆鸿商量,竟自将这班毛儿戏遣散了。

黎篆鸿丢开众人,左手挈了朱淑人,右手挈了周双玉,道:“倪到该搭来。”慢慢踱至左边大菜间中,向靠壁半榻气褥坐下,令朱淑人、周双玉分坐两傍,遂问周双玉若干年纪、寓居何处、有无亲娘。周双玉一一应答。黎篆鸿转问朱淑人:“几时做起?”朱淑人茫然不解,周双玉代答道:“就不过前月底,朱老爷替俚乃叫仔一个局,倪搭来也勿曾来歇。”黎篆鸿登时沉下脸,埋冤朱淑人道:“耐个人真勿好!日日望耐来,耐为啥勿来嗄?”朱淑人倒吃一吓。被周双玉“嗤”的一笑,朱淑人才回过味来。

黎篆鸿复安慰周双玉道:“耐覅动气,明朝我同俚一淘来末哉。俚要是再勿好末,耐告诉我,我来打俚。”周双玉别转头笑道:“谢谢耐。”黎篆鸿道:“故歇覅耐谢。我搭耐做仔个大媒人末,耐一淘谢我末哉。”说得周双玉亦敛笑不语。黎篆鸿道:“阿是耐勿肯嫁拨俚?耐看实概一个小伙子,嫁仔俚阿有啥勿好?耐勿肯,错过个哩。”周双玉道:“倪陆里有该号福气。”黎篆鸿道:“我搭耐做主末,就是耐福气。耐答应仔一声,我一说就成功哉啘。”周双玉仍不语。篆鸿连道:“说哩,阿肯嗄?”双玉嗔道:“黎大人,耐该号闲话阿有啥问倪个嗄?”黎篆鸿道:“阿是要问耐无娒故也勿差。耐肯仔末,我生来去问耐无娒。”周双玉仍别转头不语。

适值鲍二姐送茶进房,周双玉就觑说道:“黎大人吃茶罢。”黎篆鸿接茶在手,因问鲍二姐:“俚哚几花人呢?”鲍二姐道:“才来里书房里讲闲话,阿要去请过来?”黎篆鸿说:“覅去请。”将茶碗授与鲍二姐,遂横身躺在半榻上。鲍二姐既去,房内静悄悄的,不觉模模糊糊,口开眼闭。周双玉先已睃见,即蹑手蹑脚一溜而去。

朱淑人依然陪坐,不敢离开。俄延之间,闻得黎篆鸿鼻管中鼾声渐起,乃故意咳嗽一声,亦并未惊醒,于是朱淑人也溜出房来,要寻周双玉说话。趄至对过书房里,只见朱、陶、李诸人陪着于老德围坐长谈,屠明珠在傍搭话,独不见周双玉。正要退出,却为屠明珠所见,急忙问道:“阿是黎大人一干仔来浪?”朱淑人点点头,屠明珠慌的赶去。

朱淑人趁势回身,立在房门前思索,猜不出周双玉去向。偶然向外望之,忽见东首厢房楼窗口靠着一人,看时,正是周双玉。朱淑人不胜之喜,竟大着胆从房后抄向东来,进了屠明珠的正房间,放轻脚步,掩至周双玉背后。周双玉早自乖觉,只做不理。朱淑人慢慢伸手去摸他手腕,周双玉欻地将手一豁,大声道:“覅噪哩!”朱淑人初不料其如此,猛吃一惊,退下两步,缩在榻床前呆脸出神。

周双玉等了一会,不见动静,回过头来看他做甚,不料他竟像吓痴一般,知道自己莽撞了些,觉得很不过意,心想如何去安慰他。想来想去,不得主意,只斜瞟了一眼,微微的似笑不笑。朱淑人始放下心,叹口气道:"耐好,吓得我来要死!"周双玉忍笑低声道:"耐晓得吓末,再要动手动脚!"朱淑人道:"我陆里敢动手动脚,我要问耐一句闲话。"周双玉问:"是啥闲话?"朱淑人道:"我问耐公阳里来哚陆里?耐屋里有几花人?我阿好到耐搭来?"周双玉总不答言,朱淑人连问几遍,周双玉厌烦道:"勿晓得。"说了,即立起身来往外竟去。朱淑人怔怔的看着他,不好拦阻。周双玉趄至帘前,重复转身笑问朱淑人道:"耐搭洪善卿阿知己?"朱淑人想了想道:"洪善卿知己末勿知己,我阿哥搭俚也老朋友哉。"周双玉道:"耐去寻洪善卿好哉。"

朱淑人正要问他缘故,周双玉已自出房。朱淑人只得跟着,同过西边书房里来。正遇巧囡来接,周双玉即欲辞去。朱蔼人道:"耐去搭黎大人说一声。"屠明珠道:"黎大人困着来浪,覅说哉。"朱蔼人沉吟道:"价末去罢,晚歇再叫末哉。"

刚打发周双玉去后,随后一个娘姨从帘子缝里探头探脑。陶玉甫见了,忙至外间,唧唧说了一会,仍回书房陪坐。陶云甫见玉甫神色不定,乃道:"咿有啥花头哉,阿是?"玉甫嗫嚅道:"无啥,说漱芳有点勿适意。"陶云甫道:"坎坎蛮好来里。"玉甫随口道:"怎晓得俚!"云甫鼻子里"哼"的冷笑道:"耐要去末先去出一埭,故歇无啥事体,晚歇早点来。"

玉甫得不的一声,便辞众人而行,下楼登轿,径往东兴里李漱芳家。趄进房间,只见李漱芳拥被而卧,单有妹子李浣芳爬在床口相陪。陶玉甫先伸手向额上一按,稍觉有些发烧。浣芳连叫:"阿姐,姐夫来哉。"漱芳睁眼见了,说道:"耐覅就来哩,耐阿哥阿要说嗄?"玉甫道:"阿哥教我来,勿要紧个。"漱芳道:"为啥倒教耐来?"玉甫道:"阿哥说,教我先来一埭,晚歇末早点去。"漱芳半晌才接说道:"耐阿哥是蛮好,耐覅去搭俚强,就听点俚闲话末哉。"玉甫不答,伏下身子,把漱芳两手塞进被窝,拉起被来直盖到脖子里,将两肩膀裹得严严的,只露出半面通气。又劝漱芳卸下耳环,漱芳不肯,道:"我困一歇就好哉。"玉甫道:"耐坎坎一点点无啥,阿是轿子里吹仔风?"

漱芳道:“勿是。就拨来倒霉个《天水关》,闹得来头脑子要涨煞快。”玉甫道:“价末耐为啥勿先走嗗?”漱芳道:“局还勿曾齐,我阿好意思先走?”玉甫道:“故也勿要紧啘。”浣芳插嘴道:“姐夫,耐也说一声个嗗。耐说仔末让阿姐先走,我末多坐歇,阿是蛮好?”玉甫道:“耐为啥勿说一声?”浣芳道:“我勿晓得阿姐来里勿适意啘。”玉甫笑道:“耐勿晓得,我倒晓得哉!”浣芳也自笑了。

于是玉甫就床沿坐下,浣芳靠在玉甫膝前,都不言语。漱芳眼睁睁地并未睡着。到了上灯时分,陶云甫的轿班来说:“摆台面哉,请二少爷就过去。”玉甫应诺。漱芳偏也听见,乃道:“耐快点去罢,覅拨耐阿哥说。”玉甫道:“正好哩。”漱芳道:“勿呀!早点去末早点来,耐阿哥看见仔阿见得耐好。勿然,总说是耐迷昏哉,连搭仔正经事体才勿管。”玉甫一想,转向浣芳道:“价末耐陪陪俚,覅走开。”漱芳忙道:“覅。让俚去吃夜饭,吃仔饭末出局去。”浣芳道:“我就该搭吃哉呀。”漱芳道:“我覅吃,耐搭无娒两家头吃罢。”玉甫劝道:“耐也多少吃一口,阿好?耐勿吃,耐无娒先要急杀哉。”漱芳道:“我晓得哉,耐去罢。”

当下玉甫乘轿至鼎丰里屠明珠家赴席。浣芳仍爬在床沿问长问短。漱芳道:“耐去搭无娒说,我要困一歇,无啥勿适意,夜饭末覅吃哉。”浣芳初不肯去说,后被漱芳催逼而去。

须臾,漱芳的亲生娘李秀姐从床后推门进房,见房内没人,说道:“二少爷啥去哉嗄?”漱芳道:“我教俚去个。俚乃做主人,生来要应酬歇。”李秀姐趄至床前看看面色,东揣西摸了一回。漱芳笑阻道:“无娒覅嗗,我无啥勿适意呀。”秀姐道:“耐阿想吃啥?教俚哚去做,灶下空来浪。”漱芳道:“我覅吃。”秀姐道:“我有一碗五香鸽子来浪,教俚哚炖口稀饭,耐晚歇吃。”漱芳道:“无娒,耐吃罢。我想着仔就勿好过,陆里吃得落?”

秀姐复叮嘱几句,将妆台上长颈灯台拨得高高的,再将厢房挂的保险灯集下了些,随手放下窗帘,原出后房门,自去吃夜饭,只剩李漱芳一人在房。

第十九回终。

第二十回　提心事对镜出谵言　动情魔同衾惊噩梦

按:李漱芳病中自要静养,连阿招、大阿金都不许伺候,眼睁睁地睡在床上,并没有一人相陪。捱了多时,思欲小遗,自己披衣下床,靸双便鞋,手扶床栏摸至床背后。刚向净桶坐下,忽听得后房门呀的声响,开了一缝,漱芳忙问:"啥人?"没人答应,心下便自着急。慌欲起身,只见乌黑的一团从门缝里滚进来,直滚向大床下去。漱芳急的不及结带,一步一跌扑至房中,扶住中间大理石圆台,方才站定。正欲点火去看是什么,原来一只乌云盖雪的大黑猫,从床下钻出来,望漱芳"嗥"然一声,直挺挺的立着。漱芳发狠,把脚一跺,那猫窜至房门前,还回过头来瞪出两只通明眼睛眈眈相视。

漱芳没奈何,回至床前,心里兀自"突突"地跳;要喊个人来陪伴,又恐惊动无姆,只得忍住,仍上床拥被危坐。适值陶玉甫的局票来叫浣芳。浣芳打扮了,进房见漱芳,说道:"阿姐,我去哉。阿有啥闲话搭姐夫说?"漱芳道:"无啥,教俚酒少吃点,吃好仔就来。"浣芳答应要走。漱芳复叫住,问:"啥人跟局?"浣芳说是阿招。漱芳道:"教大阿金也跟得去代代酒。"浣芳答应自去了。

漱芳觉支不住,且自躺下。不料那大黑猫偏会打岔,又藏藏躲躲溜进房中。漱芳面向里睡,没有理会。那猫悄悄的竟由高椅跳上妆台,将妆台上所有洋镜、灯台、茶壶、自鸣钟等物,一件一件撅起鼻子尽着去闻。漱芳见帐子里一个黑影子闪动,好像是个人头,登时吓得满身寒凛,手足发抖,连喊都喊不出。比及硬撑起来,那猫已一跳窜去。漱芳切齿骂道:"短命畜生,敲杀俚!"存想一回,神志稍定,随手向镜台上取一面手镜照看,一张黄瘦面庞,涨得像福橘一般。叹一口气,丢下手镜,翻身向外睡下,仍是眼睁睁地只等陶玉甫散席回来。等了许久,不但玉甫杳然,连浣芳也一去不返。

正自心焦,恰好李秀姐复进房,向漱芳道:"稀饭好哉,吃仔口罢。”漱芳道:“无娒,我无啥呀。故歇吃勿落,晚歇吃。”秀姐道:“价末晚歇要吃末,耐说。我困仔,俚哚陆里想得着?”漱芳应诺,转问秀姐道:“浣芳出局去仔歇哉,还勿曾转来?”秀姐道:“浣芳要转局去。”漱芳道:“浣芳转局去仔末,耐也教个相帮去张张二少爷啘。”秀姐道:“相帮才出去哉。二少爷搭有大阿金来浪。”漱芳道:“等相帮转来仔,教俚哚就去。”秀姐道:“等俚哚转来等到啥辰光去! 我教灶下去末哉。”即时到客堂里喊灶下出来,令他“去张张陶二少爷”。

灶下应命要走,陶玉甫却已乘轿来了,大阿金也跟了回来。秀姐大喜道:“来哉,来哉! 覅去哉。”玉甫径至漱芳床前,问漱芳道:“等仔半日哉,阿觉着气闷?”漱芳道:“无啥。台面阿曾散?”玉甫道:“勿曾哩。老老头高兴得来,点仔十几出戏,差勿多要唱到天亮哚。”漱芳道:“耐先走末,阿搭俚哚说一声?”玉甫笑道:“我说有点头痛,酒也一点吃勿落。俚哚说:‘耐头痛末转去罢。’难末我先走哉啘。”漱芳道:“阿是真个头痛嗄?”玉甫笑道:“真是真个,坐来浪末要头痛,一走就勿痛哉。”漱芳也笑道:“耐末也刁得来,怪勿得耐阿哥要说。”玉甫笑道:“阿哥对仔我笑,倒勿曾说啥。”漱芳笑道:“耐阿哥是气昏仔了来浪笑。”玉甫笑而不言,仍就床沿坐下,摸摸漱芳的手心,问:“故歇阿好点?”漱芳道:“原不过实概哉啘。”又问:“夜饭吃几花?”漱芳道:“勿曾吃。无娒燉稀饭来浪,耐阿要吃? 耐吃末,我也吃点末哉。”玉甫便要喊大阿金,大阿金正奉了李秀姐之命来问玉甫:“阿要吃稀饭?”玉甫即令搬来。大阿金去搬时,玉甫向漱芳道:“耐无娒要骗耐吃口稀饭,真真是勿容易! 耐多吃点,无娒阿要快活?”漱芳道:“耐倒说得写意哚。我自家蛮要吃来里,吃勿落末那价呢?”

当下大阿金端进一大盘,放在妆台上,另点一盏保险台灯。玉甫扶漱芳坐在床上,自己就在床沿,各取一碗稀饭同吃。玉甫见那盘内四色精致素碟,再有一小碗五香鸽子,甚是清爽,劝漱芳吃些。漱芳摇头,只夹了些雪里红过口。

正吃之时,可巧浣芳转局回家,不及更衣,即来问候阿姐;见了玉甫,笑道:“我说姐夫来仔歇哉。”又道:“耐哚来里吃啥,我也要吃个。”随回头叫阿招:“快点搭我盛一碗来啘。”阿招道:“换仔衣裳了吃哩,啥要紧嗄。"浣芳急急脱下出局衣裳,交与阿招,连催大阿金去盛碗稀饭,靠妆台立着便吃;吃着又自己好笑,引得玉甫、漱芳也都笑了。

不多时,大家吃毕洗脸。大阿金复来说道:"二少爷,无娒请耐过去说句闲话。"玉甫不解何事,令浣芳陪伴漱芳,也出后房门,踅过后面李秀姐房里。秀姐迎见请坐,说道:"二少爷,我看俚病倒勿好哩。单是发几个寒热,故也无啥要紧,俚个病勿像是寒热呀。从正月里到故歇,饭末一径吃勿落;耐看俚身浪,瘦得来单剩仔骨头哉!二少爷,耐也劝劝俚,该应请个先生来,吃两贴药末好哩。"玉甫道:"俚个病,旧年冬里就该应请个先生来医治医治。我也搭俚说仔几转哚,俚定归勿肯吃药,教我也无法子。"秀姐道:"俚是一径实概脾气,生仔病末勿肯说出来,问俚总说是好点。请仔先生来教俚吃药,俚倒要勿快活哉。不过我来里想,故歇该个病勿比仔别样,俚再要勿肯吃药,二少爷,勿是我说俚,七八分要成功哉哩!"玉甫垂头无语。秀姐道:"耐去劝俚,也覅说啥,单说是请个先生来,吃两贴药末好得快点。耐倘然老实说仔,俚心里一急,再要急出啥病来,倒加二勿好哉。二少爷,耐末也覅急,就急杀也无么用。俚个病终究勿长远,吃仔两贴药还勿要紧哩。"玉甫攒眉道:"要紧是勿要紧,不过俚也要自家保重点末好。随便啥事体,推扳一点点,俚就勿快活。耐想,俚病陆里会好?"秀姐道:"二少爷,耐是蛮明白来浪。俚自家晓得保重点,也无拨该个病哉,才为仔勿快活了起个头碗。故末也要耐二少爷去说说俚,俚还好点。"

玉甫点头无语。秀姐又说些别的,玉甫方兴辞,原回漱芳房来。漱芳问道:"无娒请耐去说啥?"玉甫道:"无啥,说屠明珠搭阿是烧路头。"漱芳道:"勿是该个闲话,无娒来浪说我碗。"玉甫道:"无娒为啥说耐?"漱芳道:"耐覅来骗我,我也猜着个哉。"玉甫笑道:"耐猜着仔末,再要问我?"漱芳默然。

浣芳拉了玉甫踅至床前,推他坐下;自己爬在玉甫身上,问:"无娒真个说啥?"玉甫道:"无娒说耐勿好。"浣芳道:"说我啥勿好?"玉甫道:"说耐勿听阿姐个闲话;阿姐为仔耐勿快活,生个病。"浣芳道:

"再说啥?"玉甫道:"再说末,说耐阿姐也勿好。"浣芳道:"阿姐啥勿好嗄?"玉甫道:"阿姐末勿听无娒个闲话。听仔无娒,吃点鸦片烟,寻寻开心,陆里会生病嗄。"浣芳道:"耐瞎说!啥人教阿姐吃鸦片烟?吃仔鸦片烟加二勿好哉!"

正说时,漱芳伸手要茶。玉甫忙取茶壶,凑在嘴边吸了两口,漱芳从容说道:"倪无娒是单养我一干仔。我有点勿适意仔,俚嘴里末勿说,心里是急杀来浪。我也巴勿得早点好仔末,让俚也快活点,陆里晓得一径病到仔故歇还勿好。我自家拿面镜子来照照,瘦得来是勿像啥人个哉!说是请先生吃药,真真吃好仔也无啥,我该个病陆里吃得好嗄!旧年生仔病下来,头一个先是无娒急得来要死,耐末也无拨一日舒舒齐齐。我再要请先生哉、吃药哉,吵得一家人才勿安逸。娘姨、大姐做生活还忙杀来浪,再要搭我煎药,俚哚生来勿好来说我,说起来终究是为我一干子,病末倒原勿好,阿是无啥意思?"玉甫道:"故是耐自家来里多心,再有啥人来说耐?我说末,勿吃药也无啥,不过好起来慢性点;吃两贴药末早点好。耐说阿对?"漱芳道:"无娒定归要去请先生,故也只好依俚。倘然吃仔药原勿好,无娒加二要急杀哉。我想,我从小到故歇,无娒一径稀奇杀仔,随便要啥,俚总依我。我无拨一点点好处拨俚,倒害俚要急杀快,耐说我陆里对得住俚?"玉甫道:"耐无娒就为仔耐病,耐病好仔,俚也好哉,耐也无啥对勿住。"漱芳道:"我自家生个病,自家阿有啥勿觉着?该个病,死末勿见得就死,要俚好倒也难个哉。我是一径常恐无娒几个人听见仔要发极,一径勿曾说,故歇也只好说哉。耐末也白认得仔我一场:先起头说个几花闲话,覅去提起哉;要末该世里碰着仔,再补偿耐。我自家想,我也无啥豁勿开,就不过一个无娒苦恼点。无娒说末说苦恼,终究有个兄弟来里,耐再照应点俚,还算无啥,我就死仔也蛮放心。除脱仔无娒,就是俚。"说着,手指浣芳,"俚虽然勿是我亲生妹子,一径搭我蛮要好,赛过是亲生个一样。我死仔,倒是俚先要吃苦,我故歇别样事体才勿想,就是该个一桩事体要求耐。耐倘然勿忘记我,耐就听我一句闲话:依仔我,耐等我一死仔末,耐拿浣芳就讨仔转去,赛过是讨仔我。隔两日,俚要想着我阿姐个好处,也拨我一口羹饭吃吃,让我做仔鬼也好有个着落,故末我一生一世事体也总算是完全个哉。”

漱芳只管唠叨,谁想浣芳站在一傍,先时还怔怔的听着,听到这里,不禁“哇”的一声竟哭出来,再收纳不住。玉甫忙上前去劝。浣芳一撒手,带哭跑去,直哭到李秀姐房里,叫声“无娒”,说:“阿姐勿好哉呀!”秀姐猛吃一吓,急问:“做啥?”浣芳说不出,把手指道:“无娒去看喤!”秀姐要去看时,玉甫也跑过来,连说:“无啥,无啥。”遂将漱芳说话略述几句,复埋冤浣芳性急。秀姐也埋冤道:“耐啥一点勿懂事!阿姐是生仔病了,说说罢哉,阿是真个勿好哉嗄。”

于是秀姐挈了浣芳的手,与玉甫偕至前边,并立在漱芳床前。见漱芳没甚不好,大家放心。秀姐乃呵呵笑道:“俚末阿晓得啥?听见耐说得苦恼末,就急杀哉。倒吓得我来要死!”漱芳见浣芳泪痕未干,微笑道:“耐要哭末,等我死仔多哭两声末哉,啥要紧得来!”秀姐道:“耐也覅说哉喤。再说说,俚再要哭哉。”随望望妆台上摆的黑石自鸣钟,道:“天也十二点钟哉,到我房里去困罢。”挈了浣芳的手要走。浣芳不肯去,道:“我就该搭藤高椅浪困末哉。”秀姐道:“藤高椅浪陆里好困?快点去喤!”浣芳又急的要哭。玉甫调停道:“让俚该搭床浪困罢。该只床三个人困也蛮适意哉。”

秀姐便就依了,再叮嘱浣芳“覅哭”,方去。随后大阿金、阿招齐来收拾,吹灯掩门,叫声“安置”而退。玉甫令浣芳先睡,浣芳宽去外面大衣,自去漱芳脚后里床曲体拳卧。玉甫也穿着紧身衫裤,和漱芳并坐多时,方各睡下。

玉甫心想漱芳的病,甚是焦急,那里睡得着?漱芳先已睡熟,玉甫觉天色很热,想欲翻身,却被漱芳臂膊搭在肋下,不敢惊动,只轻轻探出手来,将自己这边盖的衣服揭去一层,随手一甩,直甩在里床浣芳身边。浣芳仍寂然不动,想也是睡熟的了。玉甫睁眼看时,妆台上点的灯台隔着纱帐,黑魆魆看不清楚,约摸两点钟光景。四下里已静悄悄的,惟远远听得马路上还有些车轮碾动声音。玉甫稍觉心下清凉了些,渐渐要睡。

朦胧之间,忽然漱芳在睡梦中大声叫唤,一只手抓住玉甫捆身子，狠命的往里挣，口中只喊道："我勿去呀！我勿去呀！"玉甫早自惊醒，连说："我来里呀，覅吓啘。"慌忙起身，抱住漱芳，且摇且拍。漱芳才醒转来，手中兀自紧紧揣着不放，瞪着眼看定玉甫，只是喘气。玉甫问："阿是做梦？"漱芳半日方道："两个外国人要拉我去呀！"玉甫道："耐总是日里看见仔外国人了，吓哉。"漱芳喘定，放手，又叹口气道："我腰里酸得来。"玉甫道："阿要我来跌跌？"漱芳道："我要翻转去。"

玉甫乃侧转身，让漱芳翻身向内。漱芳缩紧身子，钻进被窝中，一头顶住玉甫怀里，教玉甫两手合抱而卧。这一翻身，复惊醒了浣芳，先叫一声"姐夫"。玉甫应了，浣芳便坐起来，揉揉眼睛，问："阿姐啘？"玉甫道："阿姐末困哉；耐快点困啘，起来做啥？"浣芳道："阿姐困来哚陆里嗄？"玉甫道："哪，来里该搭。"浣芳不信，爬过来扳开被横头看见了方罢。玉甫催他去困。浣芳睡下，复叫道："姐夫，耐覅困着；等我困着仔末，耐困。"玉甫随口应承。

一会儿，大家不知不觉同归黑甜乡中。及至明日九点钟时都未起身。大阿金在床前隔帐子低声叫："二少爷。"陶玉甫、李漱芳同时惊醒。大阿金呈上一张条子，玉甫看是云甫的笔迹，看毕回说："晓得哉。"大阿金出去传言。漱芳问："啥事体？"玉甫道："黎篆鸿昨夜接着个电报，说有要紧事体，今朝转去哉。阿哥教我等一歇一淘去送送。"漱芳道："耐阿哥倒巴结哚。"玉甫道："耐困来浪，我去一埭就来。"漱芳道："昨夜耐赛过勿曾困，晚歇早点转来，再困歇。"

玉甫方着好衣裳下床，浣芳也醒了，嚷道："姐夫啥起来哉嗄？耐倒喊也勿喊我一声就起来哉。"说着，已爬下床来。玉甫急取他衣裳替他披上。漱芳道："耐也多着点，黄浦滩风大。"玉甫自己乃换了一件棉马褂，替浣芳加上一件棉马甲。收拾粗完，陶云甫已乘轿而来。玉甫忙将帐子放下，请云甫到房里来。

第二十回终。

第二十一回　问失物瞒客诈求签　限归期怕妻偷摆酒

按:陶玉甫请陶云甫到李漱芳房里来坐。云甫先问漱芳的病,便催玉甫洗脸打辫,吃些点心,然后各自上轿,出东兴里,向黄浦滩来。只见一只小火轮船泊在洋行码头。先有一肩官轿、一辆马车,傍岸停着。陶云甫、陶玉甫投上名片,黎篆鸿迎进中舱。舱内还有李实夫、李鹤汀叔侄两位,也是来送行的。大家相见就坐,叙些别话。

须臾,于老德、朱蔼人乘轿同至。黎篆鸿一见,即问:"如何?"朱蔼人道:"说好哉,总共八千洋钱。"黎篆鸿拱手说:"费神。"李实夫问是何事,黎篆鸿道:"买两样旧物事。"于老德道:"物事总算无啥,价钱也可以哉,单是一件五尺高景泰窑花瓶就三千洋钱哚。"李实夫吐舌摇头道:"覅去买哉,要俚做啥?"黎篆鸿笑而不言。

徘徊片刻,将要开船,大家兴辞登岸。黎篆鸿、于老德送至船头,陶云甫、陶玉甫、朱蔼人皆乘轿而回。惟李实夫与李鹤汀坐的是马车。马夫本是稔熟,径驶至四马路尚仁里口停下。李实夫知道李鹤汀要往杨媛媛家,因推说有事,不肯同行。鹤汀知道实夫脾气,遂作别进弄。

李实夫实无所事,心想:天色尚早,那里去好?不若仍去扰诸十全的便饭为妙。当下一直朝西,至大兴里,刚跨进诸十全家门口,只见客堂里坐着一个老婆子,便是花雨楼所见挤紧眼睛的那个。实夫好生诧异。诸三姐迎见,嚷道:"阿唷!李老爷来哉。"说着,慌即跑出天井,一把拉住实夫袖子,拉进客堂。那老婆子见机,起身告辞。诸三姐也不留,只道:"闲仔末来白相。"那老婆子道谢而去。诸三姐关门回来,说:"李老爷楼浪去哩。"

实夫到了楼上,房内并无一人。诸三姐一面划根自来火点烟灯,一面说道:"李老爷,对勿住,请坐一歇。十全末烧香去,要转来快哉。耐吃烟哩。我去泡茶来。"诸三姐正要走,实夫叫住,问那个老婆子是何人。诸三姐道:“俚叫郭孝婆,是我个阿姐。李老爷阿认得俚?”实夫道:“人是勿认得,来浪花雨楼看见仔几转哉。”诸三姐道:“李老爷,耐勿认得俚,说起来耐也晓得哉。俚末就是倪七姊妹个大阿姐。从前倪有七个人,才是姊妹淘里,为仔要好了,结拜个姊妹,一淘做生意,一淘白相,来里上海也总算有点名气个哉。李老爷,耐阿看见照相店里有‘七姊妹’个照相片子?就是倪啘。”实夫道:“噢,耐就是七姊妹。价末一径倒勿曾说起。”诸三姐道:“阿是说仔七姊妹,李老爷就晓得哉。难故歇个七姊妹,勿比得先起头,嫁个末嫁哉,死个末死哉,单剩倪三家头来浪。郭孝婆是大姐,弄得实概样式。我末挨着第三。再有第二个阿姐,叫黄二姐,算顶好点,该仔几个讨人,自家开个堂子,生意倒蛮好。”实夫道:“故歇郭孝婆来里做啥?”诸三姐道:“说起倪大阿姐来,再讨气也无拨。本事末挨着俚顶大,独是运道勿好。前年还寻着一头生意,刚刚做仔两个月,拨新衙门来捉得去,倒说是俚拐逃,吃仔一年多官司,旧年年底坎坎放出来。”

实夫再要问时,忽听得楼下门铃摇响。诸三姐道:“十全转来哉。”即忙下楼去迎。实夫抬头隔着玻璃窗一望,只见诸十全既已进门,后面却还跟着一个年轻俊俏后生,穿着玄色湖绉夹裲,白灰宁绸棉褂。实夫料道是新打的一户野鸡客人,便留心侧耳去听。听得诸三姐迎至楼下客堂里,与那后生唧唧说话,但听不清说的甚么。说毕,诸三姐乃往厨下泡茶,送上楼来。

实夫趁此要走,诸三姐拉住低声道:“李老爷覅去哩。耐道是啥人?该个末就是俚家主公呀,一淘同得去烧香转来。我说楼浪有女客人来里,俚勿上来,就要去哉。李老爷,耐请坐一歇,对勿住。”实夫失惊道:“俚有实概一个家主公!”诸三姐道:“倒勿是。”实夫想了一想道:“倘忙俚定归要楼浪来末,那价呢?”诸三姐道:“李老爷放心。俚阿敢上来!就上来仔,有我来里,也勿要紧啘。”

实夫归坐无语。诸三姐复下楼去张罗一会,果然那后生竟自去了。诸十全送出门口,又和诸三姐同往厨下唧唧说了一会,始上楼来陪实夫。实夫问:“阿是耐家主公?”诸十全含笑不答。实夫紧着要问,诸十全嗔道:“耐问俚做啥嗄?”实夫道:“问问耐家主公末也无啥啘，阿有啥人来抢得去仔了发极。”诸十全道：“覅耐问。”实夫笑道：“噢唷！有仔个家主公了，稀奇得来！问一声都勿许问。”诸十全伸手去实夫腿上捽了一把，实夫叫声“阿唷喂”。诸十全道：“耐阿要说？”实夫连道：“勿说哉，勿说哉！”诸十全方才放手。

实夫仍洋嘻嘻笑着说道：“耐个家主公倒出色得野哚！年纪末轻，蛮蛮标致个面孔，就是一身衣裳也着得价清爽，真真是耐好福气。”诸十全听了，欻地连身直扑上去，将实夫揿倒在烟榻上，两手向肋下乱搔乱戳。实夫笑得涎流气噎，没个开交。幸值诸三姐来问中饭，诸十全讪讪的只得走开。诸三姐扶起实夫，笑道：“李老爷，耐也是怕肉痒个？倒搭俚家主公差勿多。”实夫道：“耐再要去说俚家主公！为是我说仔俚家主公末，俚动气，搭我噪。”诸三姐道：“耐说俚家主公啥，俚动气？”实夫道：“我说俚家主公好，勿曾说啥。”诸三姐道：“耐末说好，俚只道仔耐调皮，寻俚个开心，阿对？”实夫笑而点头，却偷眼去看诸十全，见诸十全靠窗端坐，哆口低头，剔理指甲，早羞得满面红光，油滑如镜。实夫便不再说。诸三姐问道：“李老爷吃啥？我去叫菜。”实夫随意说了两色，诸三姐即时去叫。

实夫吸过两口烟，令诸十全坐近前来说些闲话。诸十全向怀中摸出一纸签诗，授与实夫看了，即请推详。实夫道：“阿是问生意好勿好？”诸十全嗔道：“耐末真真调皮得来！倪做啥生意嗄？”实夫道：“价末是问耐家主公？”诸十全又欻地叉起两手，实夫慌忙起身躲避，连声告饶。诸十全乘间把签诗抢回，说：“覅耐详哉。”实夫涎着脸伸手去讨，说：“覅动气，让我来念拨耐听。”诸十全越发把签诗撩在桌上，别转头，说：“我覅听。”

实夫甚觉没意思，想了想，正色说道：“该个签末是中平，句子倒说得蛮好，就是上上签也不过实概。”诸十全听说，回头向桌上去看，果然是“中平签”。实夫趁势过去指点道：“耐看该搭阿是说得蛮好？”诸十全道：“说个啥？耐念念看哩。”实夫道：“我来念，我来念。”一手取过签诗来，将前面四句丢开，单念旁边注解的四句道：

媒到婚姻遂，医来疾病除。
行人虽未至，失物自无虞。

念毕,诸十全原是茫然。实夫复逐句演说一遍。诸十全问道:“啥物事叫‘医来’?”实夫道:“‘医来’末就是说请先生。请着仔先生,病就好哉。”诸十全道:“先生陆里去请嗄?”实夫道:“故是俚倒勿曾说哩。耐生仔啥个病,要请先生?”诸十全推说:“无啥。”实夫道:“耐要请先生,问我好哉。我有个朋友,内外科才会,真真好本事。随便耐稀奇古怪个病,俚一把脉,就有数哉。阿要去请俚来?”诸十全道:“我无啥病末,请先生来做啥?”实夫道:“耐说陆里去请先生,我问耐阿要请;耐勿说,我阿好问耐?”诸十全自觉好笑,并不答言。实夫再要问时,诸三姐已叫菜回来,搬上中饭,方打断话头不提。

饭毕,李实夫欲往花雨楼去吸烟。诸十全虽未坚留,却叮嘱道:“晚歇早点来,该搭来用夜饭,我等来里。”实夫应承下楼。诸三姐也赶着叮嘱两句,送至门首而别。

实夫出了大兴里,由四马路缓步东行,刚经过尚仁里口,恰遇一班熟识朋友从东踅来,系是罗子富、王莲生、朱蔼人及姚季莼四位。李实夫不及招呼,早被姚季莼一把拉住,说:“妙极哉,一淘去!”

李实夫固辞不获,被姚季莼拉进尚仁里,直往卫霞仙家来。只见客堂中挂一轴神模,四众道流,对坐宣卷,香烟缭绕,钟鼓悠扬,李实夫就猜着几分。姚季莼让众人上楼。到了房里,卫霞仙接见坐定。姚季莼即令大姐阿巧:“喊下去,台面摆起来。”李实夫乃道:“我坎坎吃饭,陆里吃得落?”姚季莼道:“啥人勿是坎坎吃饭!耐吃勿落末,请坐歇,谈谈。”朱蔼人道:“实翁阿是要紧用筒烟?”卫霞仙道:“烟末该搭有来里畹。”李实夫让别人先吸。王莲生道:“倪是才吃过歇哉,耐请罢。”实夫知道不能脱身,只得向榻床上吸起烟来。

姚季莼去开局票。先开了罗子富、朱蔼人两个局,问王莲生:“阿是两个一淘叫?”莲生忙摇手道:“叫仔小红末哉。”问到李实夫叫啥人,实夫尚未说出,众人齐道:“生来屠明珠哉畹。”实夫要阻挡时,姚季莼已将局票写毕发下,又连声催“起手巾”。

李实夫只吸得三口烟,尚未过瘾,乃问姚季莼道:“耐吃酒末,晚歇吃也正好畹,啥要紧嗄!”罗子富笑道:“要紧是勿要紧,难为仔两个膝馒头末,就晚歇也无啥。”李实夫还不懂。姚季莼不好意思,解说道："为仔今朝宣卷，倪早点吃好仔，晚歇再有客人来吃酒末，房间空来里哉，阿对？"卫霞仙插嘴道："啥人要耐让房间嘎？耐说要晚点吃，就晚点吃末哉啘。"即回头令阿巧："下头去说一声，局票慢点发，晚歇吃哉。"阿巧不知就里，答应要走。姚季莼连忙喊住道："覅去说哉，台面摆好哉呀。"卫霞仙道："台面末摆来浪末哉。"季莼道："我肚皮也饿煞来里，就故歇吃仔罢。"霞仙道："耐说坎坎吃饭呀，阿要先买点点心来点点。"说着，又令阿巧去买点心。季莼没奈何，低声央告道："谢谢耐，覅难为我，�哝啝罢！"霞仙"嗤"的笑道："价末耐为啥倒说倪嘎，阿是倪教耐早点吃？"季莼连说："勿是，勿是！"霞仙方罢了，仍咕噜道："人人怕家主婆，总勿像耐怕得实概样式！真真也少有出见个。"说得众人哄堂大笑。姚季莼涎着脸无可掩饰，幸而外场起手巾上来，季莼趁势请众人入席。

酒过三巡，黄翠凤、沈小红、林素芬陆续齐来，惟屠明珠后至。朱蔼人手指李实夫告诉屠明珠道："俚乃搭黎大人来里吃醋哉，勿肯叫耐。"屠明珠道："俚乃搭黎大人末吃啥醋嘎？俚乃勿肯叫，勿是个吃醋，总寻着仔头寸来浪哉，想叫别人，阿晓得？"李实夫问："想叫啥人？"屠明珠道："怎晓得耐。"李实夫只是讪笑，王莲生也笑道："做客人倒也勿好做。耐三日天勿去叫俚个局，俚哚就瞎说，总说是叫仔别人哉，才实概个。"沈小红坐在背后，冷接一句道："倒勿是瞎说唦。"罗子富大笑道："啥勿是瞎说嘎！客人末也来里瞎说，倌人末也来里瞎说！故歇末吃酒，瞎说个多花啥。"姚季莼喝声采，叫阿巧取大杯来。当下摆庄豁拳，闹了一阵。及至酒阑局散，已日色沉西矣。

罗子富因姚季莼要早些归家，不敢放量，覆杯告醉。姚季莼乃命拿干稀饭来。李实夫饭也不吃，先就兴辞。王莲生、朱蔼人只吃一口，要紧吸烟，也匆匆辞去。惟罗子富吃了两碗干饭，始揩面、漱口而行。姚季莼即要同走，卫霞仙拉住道："倪吃酒客人勿曾来啘，耐就要让房间哉？"姚季莼笑道："要来快哉呀。"霞仙道："就来仔末，等俚哚亭子间里吃。耐搭我坐来浪，覅耐让末哉。"

季莼复作揖谢罪，然后跟着罗子富下楼。轿班皆已在门前伺候，姚季莼作别上轿，自回公馆。

罗子富却并不坐轿,令轿班抬空轿子跟在后面,向南转一个弯,往中弄黄翠凤家。正欲登楼,望见楼梯边黄二姐所住的小房间开着门,有个老头儿当门踞坐。子富也不理会,及至楼上,黄二姐却在房间里。黄翠凤沉着脸,哆着嘴,坐在一旁吸水烟,似有不豫之色。子富进去,黄二姐起身叫声"罗老爷",问:"台面散哉?"子富随口答应坐下。翠凤且自吸水烟,竟不搭话。子富不知为着甚事,也不则声。

俄延多时,翠凤忽说道:"耐自家算算看,几花年纪哉!再要去轧姘头,阿要面孔!"黄二姐自觉惭愧,并没一句回言。翠凤因子富当前,不好多说。又俄延多时,翠凤水烟方吸罢了,问子富:"阿有洋钱来浪?"子富忙应说:"有。"向身边摸出一个象皮靴叶子授与翠凤。翠凤揭开看时,叶子内夹着许多银行钞票。翠凤只拣一张拾圆的抽出,其余仍夹在内,交还子富;然后将那拾圆钞票一撩,撩与黄二姐,大声道:"再拿去贴拨俚哚!"黄二姐羞得没处藏躲,收起钞票,佯笑道:"勿个。"翠凤道:"我也勿来说耐哉,难看耐无拨仔再好搭啥人去借!"黄二姐笑道:"耐放心,勿搭耐借末哉。难末谢谢罗老爷,倒难为耐。"说着,讪讪的笑下楼去。翠凤还咕噜道:"耐要晓得仔难为倒好哉!"

子富问道:"俚要洋钱去做啥?"翠凤攒眉道:"倪个无娒真真讨气,勿是我要说俚!有来浪洋钱,拨来姘头借得去;自家要用着哉,再搭我讨。说说俚假痴假呆,随便耐骂俚打俚,俚隔两日忘记脱仔,原实概。我也同俚无那哈个哉!"子富道:"俚姘头是啥人?"翠凤道:"算算俚姘头,倒无数目喤!老姘头勠去说俚哉,就故歇姘个也好几个来浪。耐看俚年纪末大,阿有啥一点点清头嘎?"子富道:"小房间里有个老老头,阿是俚姘头?"翠凤道:"老老头是裁缝张司务,陆里是姘头?故歇就为仔拨俚裁缝帐,凑勿齐哉。"子富微笑丢开,闲谈一会。赵家娒搬上晚餐,子富说已吃过。翠凤乃喊妹子黄金凤来同吃。

晚餐未毕,只听得楼下外场喊道:"大先生出局。"翠凤高声问:"陆里搭?"外场说:"后马路。"翠凤应说:"来个。"

第二十一回终。

第二十二回　借洋钱赎身初定议　买物事赌嘴早伤和

按:黄翠凤因要出局,慌忙吃毕夜饭,即喊小阿宝舀面水来,对镜捕面。罗子富问:“叫到后马路啥场花?”翠凤道:“原是钱公馆哉喤。俚哚是牌局,一去仔末就要我代碰和。我要无拨啥转局,一径碰下去勿许走。有辰光两三点钟坐来浪,厌气得来。”子富道:“厌气末就谢谢覅去哉。”翠凤道:“叫局阿好勿去? 倪无娒要说个。”子富道:“耐无娒阿敢来说耐?”翠凤道:“无娒末啥勿敢说,我一径勿曾做差啥事体,生来无娒勿说啥;倘然推扳仔一点点,倪个无娒肯罢哉!”说时,赵家娒取出出局衣裳。翠凤一面穿换,一面叮嘱子富道:“耐坐来浪,我去一歇歇就转来个。”又叮嘱金凤“覅走开”;又令小阿宝喊珠凤也来陪坐。

然后,赵家娒提了琵琶及水烟筒袋前行,翠凤随着,下楼登轿,径至后马路钱公馆门前停下。望见客堂里灯烛辉煌,又听得高声豁拳,翠凤只道是酒局。及进去看时,席上只有杨柳堂、吕杰臣、陶云甫暨主人钱子刚四位,方知为碰和的便夜饭。

杨柳堂一见黄翠凤,嚷道:“来得正好,请耐吃两杯酒。”即取一鸡缸杯送到翠凤嘴边。翠凤侧首让过,道:“我勿来吃。”柳堂还要纠缠。翠凤不理,径去靠壁高椅坐下。钱子刚忙起身向柳堂道:“耐去豁拳,我来吃。”便接了那杯酒。柳堂归座与吕杰臣豁拳。

钱子刚执杯在手,告诉黄翠凤道:“倪四家头来里捉赢家,我一连输十拳哚,吃仔八杯,剩两杯勿曾吃。耐阿吃得落,替我代一杯,阿好?”翠凤听说,接来呷干,授还杯子,又说:“再有一杯去拿得来。”子刚道:“就剩一杯哉,让赵家娒代仔罢。”赵家娒向桌上取一杯来,也吃了。陶云甫怂恿杨柳堂道:“耐末也算得是谄头哉! 一样一杯酒,钱老爷教俚代,耐看俚吃得阿要快。”黄翠凤乃道:“耐是会说得来,吃杯酒也要说多花闲话哚! 一样是朋友,耐帮仔杨老爷来说倪,赛过来里说钱老爷。让耐去说末哉,勿关倪事。”吕杰臣道:“故歇我输哉,耐也替我代一杯,让俚说勿出啥。”翠凤道:“吕老爷,勿然是代末哉,故歇拨俚说仔了,定归勿代。”杨柳堂催吕杰臣:“快点吃,吃好仔倪要碰和哉。”黄翠凤问:“阿曾碰歇?”钱子刚说:“四圈庄碰满哉,再有四圈。”吕杰臣吃完拳酒,因指陶云甫:“挨着耐捉赢家哉。”陶云甫遂与杨柳堂豁起拳来。

黄翠凤生恐代酒,假作随喜,避入左厢书房。只见书房中央几案纵横,筹牌错杂,四枝膻烛,却已吹灭,惟靠窗烟榻上烟灯甚明,随意坐在下手。随后钱子刚也到书房里,向上手躺着吸烟。翠凤乃问道:“倪无娒阿曾向耐借洋钱?”子刚道:“借末勿曾借,前日夜头我搭俚讲讲闲话,俚说故歇开消末大,洋钱无拨下来,勿过去,好像要搭我借。后来一泡仔讲别样事体,俚也就勿曾说起。”翠凤道:“倪无娒个心思重得野哚,耐倒要当心点。前转耐去镶仔一对钏臂,俚搭我说:‘钱老爷一径无拨生意,倒勿晓得陆里来个多花洋钱?’我说:‘客人个洋钱末,耐管俚陆里来个嗄!’俚说:‘倪无拨洋钱用,勿晓得洋钱才到仔陆里去哉。’我是气昏仔了,勿去说俚哉。耐想该号闲话俚是啥意思?”子刚道:“耐教我当心点,阿是当心俚借洋钱?”翠凤道:“俚要向耐借洋钱末,耐定归覅借拨俚。随便啥物事,耐也覅去搭我买。耐故歇就说是买拨我,隔两日终是俚哚个物事。俚哚一点点勿见好,倒好像耐洋钱多煞来浪,害俚哚眼热煞。耐勿买倒无啥。”子刚道:“俚倒一径搭耐蛮要好,故歇俚转差仔啥个念头,勿相信耐哉,阿对?”

翠凤道:“一点勿差。故歇是俚有心要难为我。前月底,有个客人动身,付下来一百洋钱局帐。俚有仔洋钱,十块廿块,才拨来姘头借得去。今朝要付裁缝帐,无拨哉,倒向我要洋钱。我说:‘我末啥场花有洋钱嗄?出局衣裳,生来要耐做个碗。耐晓得今朝要付裁缝帐,为啥拨姘头借得去?’拨我反仔一泡,俚倒吓得勿响哉。”子刚道:“价末今朝阿曾拨点俚?”翠凤道:“我为仔第一转,绷绷俚场面,就罗个搭借仔十块洋钱拨俚。依仔俚心里,倒勿是要借罗个洋钱,要我来请耐向耐借,再要多借点,故末称心哉。”子刚道:“实概说,俚勿曾借着我个洋钱,陆里会称心嗄?倘然俚向我借,我倒也勿好回头俚。”翠凤道:“耐勿借也无啥哝,啥该应要借拨俚?耐说‘我一径无拨生意了,洋钱也无拨哉’,阿是说得蛮体面?到仔节浪,通共叫几个局,该应付几花洋钱,局帐清爽仔,俚阿好说耐啥邱话?”子刚道:“故是俚要恨煞哉。我说,俚不过要借洋钱,就少微借点拨俚,也有限煞个。再唦两节,等耐赎仔身末,好哉哝。”翠凤道:“我勿要。耐同俚阿有啥讲究,定归要借拨俚,阿是真个洋钱忒多仔了?就算耐洋钱多,等我赎仔身借拨我末哉哝。”子刚道:“故歇耐阿想赎身?”翠凤连忙摇手,叫他莫说;再回头向外窥觑,却正见一个人影影绰绰站在碧纱屏风前,急问:“啥人嗄?”那人见唤,拍手大笑而出。原来是吕杰臣。

钱子刚丢下烟枪起坐,笑道:“耐来里吓人!”吕杰臣道:“我是来里捉奸!耐哚两家头阿要面孔?就是要偷局末,也好等倪客人散仔,舒舒齐齐去上末哉哝,啥一歇歇也等勿得嗄!”黄翠凤咕噜道:“狗嘴里阿会生出象牙来!”

吕杰臣再要回言,被钱子刚拉至客堂归席。杨柳堂道:“倪输仔拳,酒也无人代,耐主人家倒寻开心去哉。”陶云甫道:“故歇让耐去开心,晚歇碰和末抵桩多输点。”钱子刚并不置辩,只问拳酒如何。四人复哄饮一回,始用晚饭。饭后,同至书房点烛碰和。钱子刚因吸烟过瘾,倩黄翠凤代碰。

翠凤碰过两圈,赢了许多,愈觉高兴,乃喊赵家姆来附耳叮嘱些说话。赵家姆领会,独自踅回家中,径上楼寻罗子富。不料子富竟不在房,只有黄珠凤垂头伏桌打瞌铳。赵家姆拎起珠凤耳朵,问:“罗老爷呢?”珠凤醒而茫然,对答不出;连问几遍,方说道:“罗老爷去哉呀。”赵家姆问:“陆里去嗄?”珠凤道:“勿晓得哝。”

赵家姆发怒,将指头照珠凤太阳里戳了一下,又下楼至小房间问黄二姐。黄二姐告诉道:“罗老爷末拨朋友请到吴雪香搭吃酒去哉。耐去搭大先生说,早点转来去转局。”赵家姆道:“价末等罗老爷票头来仔,我带得去罢。故歇俚也勿肯转来哝。”黄二姐应承了。等够多时,才接到罗子富局票,果然是叫到东合兴里吴雪香家的。

赵家姆手执票头,重往后马路钱公馆来。一进门口,见左厢书房里黑魆魆地并无灯光，知道碰和已毕，客人已散，即转身进右厢内室，见了钱子刚的正妻，免不得叫声“太太”。那钱太太倒眉花眼笑说道：“阿是接先生转去？先生来哚楼浪，耐就该搭等一歇末哉。”赵家姆只得坐下，却慢慢说出要去转局。钱太太道：“先生有转局末，早点去罢，晚仔勿局个。耐到楼梯下头去喊一声哩。”

赵家姆急至后半间，仰首扬声叫“大先生”，楼上不见答应；又连叫两声，说：“要转局去呀。”仍是寂然毫无声息。钱太太又叫住道：“覅喊哉，先生听见个哉。”赵家姆没法，仍出前半间陪钱太太对坐闲话。

一会儿，听得黄翠凤脚声下楼，赵家姆忙取琵琶及水烟筒袋上前相迎。翠凤盛气嗔道：“啥要紧嗄，唉喤唉喤嗓勿清爽！”钱太太含笑分解道：“俚末也算勿差，为仔票头来仔歇哉，常恐忒晚仔勿局，喊耐早点去。”翠凤不好多言，和钱太太立谈两句，道谢辞行。钱太太直送至客堂前，看着翠凤上轿方回。

赵家姆跟在轿后，径往东合兴里吴雪香家，搀了翠凤到台面上，只见客人、倌人、娘姨、大姐早挤得密层层没些空隙。罗子富座后紧靠妆台，赵家姆挤不进去。适罗子富与王莲生并坐。王莲生叫的局乃是张蕙贞，见了黄翠凤，即挪过自己坐的凳子，招呼道：“翠凤阿哥，该搭来哩。”又招呼赵家姆，觉得着实殷勤，异常亲密。黄翠凤见张蕙贞金珠首饰奕奕有光，知道是新办的，因携着手看了看，道：“故歇名字戒指也老样式哉。”张蕙贞见黄翠凤头上插着一对翡翠双莲蓬，也要索观。黄翠凤拔下一只授与张蕙贞，蕙贞道：“绿头倒无啥。”不料王莲生以下即系主人葛仲英坐位，背后吴雪香听得张蕙贞赞好，便伸过头来一看，问黄翠凤：“几花洋钱买个？”翠凤说是“八块”。吴雪香忙向自己头上拔下一只，将来比试。张蕙贞见是全绿的，乃道：“也无啥。”吴雪香艴然道：“也无啥！我一对四十块洋钱哚呀，阿是也无啥！”黄翠凤听说，从吴雪香手里接来估量一回，问道：“阿是耐自家买个嗄？”吴雪香道：“买是客人去买得来个，来里城隍庙茶会浪。俚哚才说勿贵，珠宝店里陆里肯嗄！”张蕙贞道：“倪是倒也看勿出。拿俚一对来比仔末，好像好点。”吴雪香道：“翡翠个物事难讲究哚，少微好一点就难得看见哉。我一对莲蓬，随便啥物事总比勿过俚。四十块洋钱，是实概模样呀。”

黄翠凤微笑不言，将莲蓬授还吴雪香。张蕙贞也将莲蓬授还黄翠凤。葛仲英正在打庄，约略听得吴雪香说话，不甚清楚；及三拳豁毕，即回头问吴雪香：“啥物事要四十块洋钱？”吴雪香遂将莲蓬授与葛仲英，仲英道：“耐上仔当哉，陆里有四十块洋钱嗄！买起来不过十块光景。”吴雪香道：“耐末晓得啥嗄！自家勿识货，再要批揭，十块光景耐去买哉啘！”罗子富道：“拿得来我来看。”擘手接过莲蓬来。黄翠凤道：“耐也是勿识货个末，看啥嗄？”罗子富大笑道：“我真个也勿识货。”遂又将莲蓬传与王莲生。莲生向张蕙贞道：“比仔耐头浪一对好多花哉。”张蕙贞道：“故是自然。我一对阿好比嗄！”吴雪香接嘴道：“耐也有来浪，让我看阿好。”张蕙贞道：“我一对是一点勿好个，难再要去买一对。”说着，也拔下一只，授与吴雪香。雪香问：“几块洋钱？”张蕙贞笑道：“耐一对末，我要买十对哚。”吴雪香道：“四块洋钱，生来无拨啥好物事买哉。耐再要买，情愿价钱大点。价钱大仔物事总好哉啘。”张蕙贞笑着，随向王莲生手里取那莲蓬和吴雪香更正。

当时临到罗子富摆庄，“五魁”“对手”之声降降然如春霆震耳，才把吴雪香莲蓬议论剪断不提。

原来这一席除罗子富、王莲生以外，都是钱庄朋友。只为葛仲英同吴雪香恩爱缠绵，意不在酒，大家争要凑趣，不肯放量，勉强把罗子富的庄打完，就草草终席而散。

吴雪香等客人散尽了，重复和葛仲英不依，道：“我来里说闲话末，耐该应也帮我说句把，故末算得耐要好；耐倒来扳我个差头，阿要诧异！我说一对莲蓬要四十块洋钱哚，真个四十块洋钱，勿是我骗耐啘。耐勿相信，去问小妹姐好哉。耐一歇极得来，常恐倪要耐拿出四十块洋钱来，连忙说十块。就是十块末，阿是耐搭我去买得来嗄？耐就搭我买仔一只洋铜钏臂连一只表，也说是三十几块哚；说到我自家个物事末就勿稀奇哉。耐心里只道仔我是蹩脚倌人，陆里买得起四十块洋钱莲蓬，只好拿洋铜钏臂来当仔金钏臂带带个哉，阿是？”

一顿夹七夹八的胡话，倒说得仲英好笑起来，道："故末阿有啥要紧嗄？就是四十块末也勿关我事。"雪香道："价末耐说啥十块嗄？耐说是十块末，耐去照式照样买得来，我再要买一副头面哩。洋钱我自家出末哉，耐去搭我买！"仲英笑道："覅说哉，我去买末哉。"雪香道："耐是来里搭浆啘，我明朝就要个哩。"仲英道："我今朝夜头去买，阿好？"雪香道："好个，耐去喤。"

仲英真个取马褂来著，恰遇小妹姐进房，慌道："二少爷做啥？"正要拦阻，雪香丢个眼色，不使上前。仲英套上扳指，挂上表袋，手执折扇，笑向雪香道："我去哉。"雪香一把拉住，问："耐到陆里去？"仲英道："耐教我买物事去啘？"雪香道："好个，我搭耐一淘去。"携了仲英的手便走。趱至帘前，仲英立定不行，雪香尽力要拉出门外去。小妹姐在后拍手大笑道："拨巡捕来拉得去仔末好哉！"客堂里外场不解何事，也来查问。小妹姐乃做好做歹劝进房里，仍替仲英宽去马褂。

雪香撅着嘴，坐在一傍，嘿然不语。仲英只是讪笑。小妹姐亦呵呵笑道："两个小干仵并仔一堆末，成日个哭哭笑笑，也勿晓得为啥，阿要笑话！"仲英道："对勿住，倒难为耐老太太讨气。"小妹姐道："划一，我真个气煞来里。"说罢自去。

仲英趱至雪香面前，低声笑道："耐阿听见，拨俚哚当笑话。一点无拨啥事体，瞎噪仔一泡，故末算啥喤？"雪香不禁"嗤"的笑道："耐阿要再搭我强了？"仲英道："好哉，耐便宜个哉。"雪香方欢好如初。

仲英听得外场关门声响，随取下表袋看时，已至一点多钟，说道："天勿早哉，倪困罢。"雪香问："阿要吃稀饭？"仲英说："覅吃。"雪香即喊小妹姐来收拾。小妹姐舀水倾盆，铺床叠被。

正在忙乱之际，忽然一个小大姐推进大门，跑至房里，赶着小妹姐叫一声"无娒"，便将袖子掩口要哭。小妹姐认得是外甥女，名叫阿巧，住在卫霞仙家的，急问他道："耐故歇跑得来做啥？"那阿巧要说，却一时说不出口。

第二十二回终。

第二十三回　外甥女听来背后言　家主婆出尽当场丑

按:吴雪香家娘姨小妹姐见外甥女阿巧要哭,骇异问道:"啥嗄?"阿巧哭道:"我勿去哉!"小妹姐不解,怔怔的看定阿巧;看了一会,问道:"阿是搭啥人相骂哉?"阿巧摇头道:"勿是。早晨揩只烟灯,跌碎仔玻璃罩,倪哚无娒说,要我赔个。我到洋货店里买仔一只末,嫌道勿好,再要去买,换一家洋货店,说要买好个。等到买得来,原勿好,要我去调,拿跌碎个玻璃罩一淘带得去,照样子买一只。洋货店里说要两角洋钱哚,调来也勿肯调。我做倪哚大姐,一块洋钱一月,正月里做下来勿满三块洋钱,早就寄到仔乡下去哉,陆里再有两角洋钱?"

小妹姐听说,倒笑起来,道:"故末阿有啥要紧嗄?耐个小干仵末也少有出见个!耐拿玻璃罩放来浪,明朝我搭耐去买。"阿巧忙道:"无娒,勿呀!倪哚个生活,我做勿转呀!早晨一起来末,三只烟灯,八只水烟筒,才要我来收捉。再有三间房间,扫地、揩台子、倒痰盂罐头,陆里一样勿做。下半日汏衣裳,几几花花衣裳,就交拨我一干仔,一日到夜总归无拨空。有辰光客人碰和,一夜天勿困;到天亮碰好仔,倪哚末去困哉,我末收捉房间。"小妹姐道:"倪哚再有两个大姐哩,来浪做啥?"阿巧道:"倪哚两家头阿肯做生活嗄!十二点钟喊倪哚起来吃中饭,就搭先生梳一个头;梳好仔头末,无事体哉,横来哚榻床浪,搁起仔脚吃鸦片烟;有客人来,搭客人讲讲笑话,蛮写意。我末绞手巾、装水烟忙煞。大月底,看倪哚拆下脚洋钱,三四块、五六块,阿要开心!我是一个小铜钱也勿曾看见。"说到这里,又哇的哭出声来。

小妹姐正色道:"耐末总归自家做生活,覅去学倪哚个样。倪哚来浪拆下脚洋钱,耐也覅去眼热。故歇生来要吃点亏,耐要会梳仔个头末好哉。勿然我搭耐说仔罢,刚刚乡下上来,头一家做生意就勿高兴出来，出来仔耐想做啥？再有啥人家要耐？”阿巧呜咽道：“无娒，耐勿晓得呀！单是做生活倒罢哉，我来里做生活，俚哚再要搭我噪。我勿噪末，俚哚就勿快活，告诉无娒，说我做生活勿高兴。碰着会噪点个客人，俚哚同客人串通仔，拿我来寻开心：一个客人拉住仔个手，一个客人扳牢仔个脚，俚哚两家头来剥我裤子。”说着，复呜呜咽咽哭个不住。却引得葛仲英、吴雪香都好笑起来。小妹姐也笑了，急问：“阿曾剥嗄？”阿巧哭道：“啥勿曾剥！倒是先生看勿过，拉我起来。无娒晓得仔，倒说我小干仵哭哭笑笑，讨人厌。”吴雪香接说道：“客人也忒啥无淘成！人家一个大姐，耐剥脱俚裤子，阿是勿作兴个！”葛仲英道：“一块洋钱一月，阿怕无拨人家要？覅到俚哚去做哉！”小妹姐独无言。

迨房间内收拾已毕，葛仲英、吴雪香将要安置，小妹姐乃向阿巧道：“耐就勿做，也等我寻着仔人家末好出来，故歇耐转去，哝两日再说。”阿巧道：“价末无娒要搭我寻个哩！”小妹姐道：“晓得哉，耐去罢。”阿巧又问：“烟灯罩阿要赔嗄？”小妹姐叫把跌碎的留下：“明朝我去买。”又叮嘱：“难末做生活当心点！”

阿巧答应，辞了小妹姐，仍归至尚仁里卫霞仙家。那时客堂里宣卷道流正演说《洛阳桥》故事，许多闲人簇拥观听。阿巧概不理会，径去后面小房间见老鸨卫姐，回说：“烟灯罩洋货店里勿肯调，明朝无娒去买得来。”卫姐道：“耐到无娒搭去个？”阿巧说：“去个。”卫姐嗔道：“一点点事体，再要去告诉无娒！阿是告诉仔耐无娒末覅赔哉？”

阿巧不敢顶嘴，趱上楼来，只见卫霞仙房里第二台吃酒客人尚未尽散。那客人乃北信典铺中翟掌柜暨几个朝奉，正是会噪的。阿巧自思生意将歇，何必再去巴结，遂不进房，竟去亭子间烟榻上暗中摸索睡下；听得前面一阵阵嘻笑之声不绝于耳，那里睡得着。随后拖台掇凳，又夹着“忽刺刺”牙牌散落声音，知道是碰和了。阿巧正要起身，却听得那两个大姐出房喊外场起手巾，复下楼寻阿巧。卫姐说：“阿巧来里楼浪啘，常恐去困哉。”一个大姐道：“俚倒开心哚啘！耐去喊哩。”一个大姐道：“我勿去喊，俚勿高兴做生活末，倪来做末哉。

啥稀奇!"阿巧听了,赌气复睡,只因心灰意懒,遂不觉沉沉一觉。

直到日上三竿,阿巧醒来,坐在榻上,揉揉眼睛,侧耳听时,楼下寂然,宣卷已毕,惟卫霞仙房中碰和之后,外场搬点心进去,客人和两个大姐兀自噪做一团。阿巧依然回避,径往灶下揩一把面,先将空房间收拾起来。

须臾,小妹姐来了。阿巧且不收拾,留心窃听。听得小妹姐到小房间见了卫姐,把买的烟灯罩交付,问卫姐:"阿对?"卫姐呵呵笑道:"耐末去上小干仵个当,倒真真去买得来哉!我为仔俚做生活勿当心,说要俚赔末,让俚当心点,阿是真个教俚赔嗄?"说着,取两角小洋钱给还小妹姐。小妹姐坚却不收。卫姐只得道谢,随拉小妹姐并坐闲谈。卫姐又道:"该个小干仵生活倒无啥,就不过独幅点。来里堂子里,有个把客人要搭俚噪噪,也无啥要紧碗,俚乃噪仔要勿快活个。"

阿巧听到这里,越发生气,不欲再听,仍回空房间来收拾。等得小妹姐辞别卫姐出门,阿巧忙赶上去,叫声"无娒",直跟至弄堂转弯处,方问:"无娒阿去搭我寻人家?"小妹姐道:"耐啥要紧得来!就有人家末,也要过仔该节哚,故歇陆里去寻?"阿巧复再三叮咛而归。

小妹姐去后,接连数日,不得消息。阿巧因没工夫,亦不曾去吴雪香家探望。到了三月十四这一日,阿巧早起,正在客堂里揩擦水烟筒,忽见一肩轿子停在门首,一个娘姨打起轿帘,搀出一个半老佳人,举止大方,妆饰入古。阿巧揣度当是谁家奶奶。那奶奶满面怒气,挺直胸脯踅进大门,即高声问:"该搭阿是卫霞仙?"阿巧应说:"是个。"那奶奶并不再问,带领娘姨径上楼梯。阿巧诧异得紧,且向门首私问轿班,方知为姚季莼正室。阿巧急跑至小房间告诉卫姐。卫姐不解甚事,便和阿巧飞奔上楼,跟随姚奶奶都到卫霞仙房里来。

其时卫霞仙面窗端坐,梳洗未完。姚奶奶一见,即复高声问道:"耐阿是卫霞仙?"霞仙抬头看了,猛吃一惊,将姚奶奶上下打量一回,才冷冷的答道:"我末就是卫霞仙哉啘。耐是啥人嗄?"姚奶奶俨然向高椅坐下,嚷道:"勿搭耐说闲话!二少爷啘?喊俚出来!"霞仙早猜着几分来意,仍冷冷的答道:"耐问陆里一个二少爷嗄?二少爷是耐啥人嗄?"姚奶奶大吼,举手指定霞仙面上道:"耐覅来浪假痴假呆!二少爷末是我家主公,耐拿二少爷来迷得好!耐阿认得我是啥人?"说着,恶狠狠瞪出眼睛,像要奋身直扑上去。霞仙见如此情形,倒不禁哑然失笑,尚未回言。阿巧胆小怕事,忙去取茶碗,撮茶叶,喊外场冲了开水,说:"姚奶奶请用茶。"再拿一支水烟筒,问:"姚奶奶阿用烟?我来装。"卫姐也按住姚奶奶,没口子分说道:"二少爷该搭勿大来个呀,故歇长远勿来哉。真真难得有转把叫个局,酒也勿曾吃歇。姚奶奶覅去听别人个闲话。"

大家七张八嘴劝解之际,被卫霞仙一声喝住道:"覅响!瞎说个多花啥!"于是霞仙正色向姚奶奶朗朗说道:"耐个家主公末,该应到耐府浪去寻碗。耐啥辰光交代拨倪,故歇到该搭来寻耐家主公?倪堂子里倒勿曾到耐府浪来请客人,耐倒先到倪堂子里来寻耐家主公,阿要笑话!倪开仔堂子做生意,走得进来,总是客人,阿管俚是啥人个家主公!耐个家主公末,阿是勿许倪做嗄?老实搭耐说仔罢:二少爷来里耐府浪,故末是耐家主公;到仔该搭来,就是倪个客人哉。耐有本事,耐拿家主公看牢仔,为啥放俚到堂子里来白相,来里该搭堂子里,耐再要想拉得去,耐去问声看,上海夷场浪阿有该号规矩?故歇覅说二少爷勿曾来,就来仔,耐阿敢骂俚一声,打俚一记!耐欺瞒耐家主公,勿关倪事;要欺瞒仔倪个客人,耐当心点!二少爷末怕耐,倪是勿认得耐个奶奶碗!"一席话说得姚奶奶顿口无言,回答不出,登时涨得彻耳通红,几乎迸出急泪来。正待想一句来扳驳,只见霞仙复道:"耐是奶奶呀,阿是奶奶做得勿耐烦仔了,也到倪该搭堂子里来寻寻开心?可惜故歇无啥人来打茶会!倘然有个把客人来里,我教客人捉牢仔耐强奸一泡,耐转去阿有面孔!耐就告到新衙门里,堂子里奸情事体也无啥希奇碗!"

不料这里说得闹热,楼下外场蓦喊一声"客人上来"。霞仙便道:"来得正好,请房里来。"卫姐掀起帘子,迎进一个四十余岁的客人,三绺髭须,身材肥胖,原来即系北信典铺翟掌柜。早吓得姚奶奶心头小鹿儿横冲直撞,坐也不是,走也不是,又羞又恼,那里还说得出半个字。

翟掌柜进房，且不入座，也将姚奶奶上下打量一回，终猜不出是什么人。霞仙笑问翟掌柜道："耐阿认得俚？俚末是姚季莼姚二少爷个家主婆，今朝到倪该搭堂子里来，有心要坍坍二少爷个台。"翟掌柜听罢茫然，卫姐过去附耳说些大概，方始明白。翟掌柜攒眉道："故是姚奶奶失斟酌哉！倪搭季莼兄也同过几转台面，总算是朋友。姚奶奶到该搭来，季莼兄面浪好像勿好看相。"霞仙道："啥勿好看相？出色得野哚！二少爷一径生意勿好，该着仔实概一个家主婆，难末要发财哉！"

翟掌柜摇手止住，转劝姚奶奶道："姚奶奶故歇请回府，有啥闲话末，教季莼兄来说好哉。"姚奶奶无可如何，一口气奔上喉咙，"哇"的一声要哭，慌忙立起身来，带领娘姨出房下楼。霞仙还冷笑道："姚奶奶再坐歇唣。倘忙二少爷来仔末，我教娘姨来请耐！"

姚奶奶趄至楼下，忍不住呜呜咽咽，大放悲声，似乎连说带骂，却听不清楚，仍就门首上轿而回。

姚奶奶既去，霞仙新妆亦罢，越想越觉好笑，道："蛮体面个二少爷，难看俚阿好出来做人！一个奶奶跑到堂子里拉客人，赛过是野鸡哉啘！"卫姐也叹口气道："做仔个奶奶，再有啥勿开心？咱家走上门来，讨倪骂两声，阿要倒运！"霞仙道："耐末也覅说哉！勿曾拨俚丁倒骂两声，总算耐运气！"卫姐微笑自去。

翟掌柜问："为啥要丁倒拨俚骂两声？"霞仙笑而告诉道："倪无姆末真真是好人。二少爷就日日到倪搭来，倪也无啥说勿出啘；倪无姆定归要说是二少爷长远勿来哉，倒好像是倪怕俚。再有个阿巧，加二讨气！前日仔宣卷，楼浪下头几花客人来浪，喊俚冲茶，勿晓得到仔陆里去哉，客人个茶碗也勿曾加；今朝二少爷家主婆来仔，耐勿曾看见俚巴结得来！倪勿曾喊俚，俚倒先去泡仔一碗茶，再要搭俚装水烟，姚奶奶长，姚奶奶短。自家生活豁脱仔勿做，单去巴结个姚奶奶。陆里晓得姚奶奶觉也勿曾觉着，拍马屁拍到仔马脚浪去哉！"

阿巧适舀一盆面水上来给霞仙洗手，听说，即回嘴道："姚奶奶末也是客人，为啥勿该应泡茶拨俚吃？"霞仙笑向翟掌柜道："耐听听俚闲话，阿要气煞人！姚奶奶说是客人，阿是倪做个嗄？"阿巧道：

“做勿做勿关我事，耐哚同姚奶奶来里相骂，倒说我拍马屁！”霞仙沉下脸道：“耐个人啥粳得来！耐该搭勿高兴做，去末哉啘，姚奶奶喜欢耐拍马屁！”

阿巧撅起嘴趸下楼来，草草收拾完毕，吃过中饭，挨至日色平西，捉个空复往东合兴里吴雪香家，寻见小妹姐，诉说适间情事，哭道：“生活勿做，生来要说；做仔生活，再要说！随便啥事体，总是我勿好！无娒说哝两日，哝勿落哉啘！”小妹姐道：“哝勿落末，出来到啥场花去？”阿巧道：“随便啥场花，就无拨工钱也无啥！”小妹姐沉吟不语。吴雪香道：“价末到该搭来帮帮耐无娒，再去寻人家，阿好？”阿巧说：“蛮好。”小妹姐也就依了。当晚，小妹姐便向卫霞仙家算清工钱，取出铺盖。

阿巧在吴雪香家仅宿一宵，次日饭后，吴雪香取出一对翡翠双莲蓬，令阿巧赍至对门大脚姚家交还张蕙贞，并说：“绿头蛮好，比我一对倒差仿勿多，十六块洋钱，一点勿贵。”阿巧见张蕙贞传说明白，张蕙贞因问阿巧：“阿是新来个？”阿巧据实说了。蕙贞道：“倪故歇再要添个大姐，先生勿用末，该搭来罢。”阿巧不胜之喜，道：“故是再好也勿有！”连忙归来说与小妹姐，即日小妹姐亲自送去。阿巧因住在张蕙贞家。

适遇王莲生偕洪善卿两个在张蕙贞家便夜饭，蕙贞将翡翠双莲蓬与王莲生看，问：“十六块洋钱阿贵？”洪善卿只估十块。莲生道：“还俚十块，多到十二块覅添哉。”蕙贞又诉说添用大姐一节。莲生见阿巧好生面善，问起来，方知在卫霞仙家见过数次。

迨夜饭吃毕，张蕙贞已烧成七八枚烟炮放在烟盘里。王莲生揩把手巾，向榻床躺下。蕙贞授过烟枪，“飕飕”的直吸到底。蕙贞接枪，通过斗门，再取烟泡来装。

莲生向蕙贞道：“耐要买翡翠物事，教洪老爷到城隍庙茶会浪去买，便宜点。”蕙贞因要买一副翡翠头面，拜托洪善卿。善卿应诺，辞别先行，自回南市永昌参店去了。

第二十三回终。

第二十四回　只怕招冤同行相护　自甘落魄失路谁悲

按:王莲生躺在榻床右首,吸烟过瘾;复调过左首来,吸上三口,渐觉眉低眼合,像是烟迷。张蕙贞装好一口烟,将枪头凑到嘴边,替莲生把火。莲生摇手不吸。蕙贞轻轻放下烟枪,要坐起来。莲生一手扳住蕙贞胸脯,说:"耐也吃一筒哩。"蕙贞道:"我覅吃;吃上仔瘾,阿好做生意嗄。"莲生道:"陆里会上?小红一径吃,勿曾有瘾。"蕙贞道:"小红自然。倪是本事好,生意会做,就吃上仔,也勿要紧。倪要像仔倪也好哉!"莲生道:"耐说小红会做生意,为啥客人也无拨哉嗄?"蕙贞道:"耐怎晓得倪无拨客人?"莲生道:"我看见倪前节堂簿,除脱仔我,就不过几户老客人叫仔二三十个局。"蕙贞道:"做仔耐一户客人,再有二三十个局,也就好哉啘。"莲生道:"耐勿晓得;小红也勿过去,倪开消大,爷娘兄弟有好几个人来浪,才靠倪一干仔做生意。"蕙贞道:"爷娘、兄弟来里小房子里,陆里有几花开消?常恐倪自家个用场忒大仔点。"莲生道:"倪自家倒无啥用场,就不过二日两头去坐坐马车。"蕙贞道:"坐马车也有限得势。"莲生道:"价末啥个用场嗄?"蕙贞道:"倪怎晓得倪?"

莲生便不再问,自取烟盘内所剩两枚烟泡,且烧且吸,移时始尽;于是一手扶住榻床栏杆,抬身坐起。蕙贞知道是要吸水烟,忙也起身,取一支水烟筒,就在榻床边挨着莲生肩膀偎倚而坐,装水烟与莲生吸。莲生吸了两筒,复问道:"耐说小红自家用场大。是啥个用场,耐说说看哩。"蕙贞略怔一怔道:"倪是说说罢哉呀,小红自家末再有啥个用场,耐覅到小红搭去瞎说瞎话。倘然耐说仔啥末,倪只道倪说仔倪邱话,再拨倪骂。"莲生笑道:"耐说末哉,我阿去告诉小红!"蕙贞大声道:"教我说啥物事嗄?耐搭小红三四年老相好,再有啥勿晓得?倒来问倪!"莲生笑而叹道:"耐末真真是谄头!小红说仔耐几花邱话,耐勿说倪倒罢哉,再要替倪包瞒。"蕙贞也叹道:"勿是包瞒呀,耐末也缠煞哉！小红有仔爷娘兄弟,再要坐坐马车,阿是用场比仔倪大点。”

莲生冷笑丢开。水烟吸罢,蕙贞仍并坐相陪,和莲生美满恩情,温存浃洽,消磨了好一会,敲过十二点钟,唤娘姨收拾安睡。

蕙贞在枕上又劝莲生道:“小红个人,凶末凶煞,搭耐是总算无啥。俚故歇客人末也赛过无拨,就不过耐一个人去搭俚绷绷场面。俚勿搭耐要好,再搭啥人要好？前转明园俚要同耐拚命,倒勿是为别样,常恐耐做仔我,俚搭勿去哉。耐勿去仔,俚阿是要发极嗄？我倒劝耐,耐搭俚相好仔三四年,也该应摸着点俚脾气个哉;稍微有点勿快活,耐哝得过就哝哝罢。俚有辰光就推扳仔点,耐也覅去说俚。耐说仔俚,俚勿好来怪耐,倒说是倪教耐个闲话,倪末结仔俚几花冤家。单是背后骂倪两声倒也罢哉,倘忙台面没碰着仔,俚末倒覅面孔,搭倪相骂,倪阿要难为情？”莲生道:“耐说俚搭我要好,陆里会要好嗄？我坎做俚辰光,俚搭我说:‘做倌人也难得势,就不过无拨好客人;故歇有仔耐,故是再好也勿有。难再要去做一户蓦生客人,定归勿做个哉。’我说:‘耐勿做末,就嫁拨我好哉。’俚嘴里末也说是‘蛮好’,一径搭浆下去。起初说要还清仔债末嫁哉;故歇还仔债,再说是爷娘勿许去。看俚光景,总归勿肯嫁人,也勿晓得俚终究是啥意思。”

蕙贞道:“故倒也无啥别样意思。俚做惯仔倌人,到人家去规矩勿来,勿肯嫁。再歇两年,年纪大仔点,难末要嫁耐哉。”莲生摇手道:“倘然沈小红要嫁拨我,我也讨勿起。前两年,三节开消,差勿多二千光景;今年加二勿对哉,还债、买物事同局帐,一节勿曾到,用拨俚二千多。耐想:我陆里有几花洋钱去用？”蕙贞复叹道:“像倪一年就一千洋钱也好哉。”莲生再要说时,只听得当中间内阿巧睡梦中咳嗽声音,遂被叉断不提。

次日上午,王莲生、张蕙贞初起身,管家来安即来禀说:“沈小红搭娘姨请老爷过去说句闲话。”蕙贞忙问“甚事”,莲生道:“陆里有啥闲话？两日勿去仔末,生来要来请哉踠。”蕙贞寻思一会道:“我猜小红定归有点闲话要搭耐说。耐想喤？随便啥辰光,耐一到仔该搭来,俚哚就晓得哉。故歇是晓得耐来里该搭,来请耐,就无啥闲话也要想句把出来说说,噪得耐勿舒齐。耐说阿对?”莲生不答。

比及用毕午餐,吸足烟瘾,莲生方思过去。蕙贞连连叮嘱道:“耐到沈小红搭去,小红问耐陆里来,耐就说是来里该搭好哉。俚要搭耐说啥闲话,勿要紧个末依仔俚一半;耐就勿依俚,也覅搭俚强,好好交搭俚说。小红个人不过性子梗点,耐说明白仔,俚也无啥。耐记好仔,覅忘记。”

莲生答应下楼,并不坐轿,带了来安出门,只见一个小孩子往南飞跑,仿佛是阿珠的儿子,想欲声唤,已是不及。莲生却往北出东合兴里,由横弄穿至西荟芳里。阿珠早迎出门首,相随上楼,同到房里。沈小红当窗闲坐,手中执着一对翡翠双莲蓬在那里玩弄;见了莲生,也不起身,只冷笑道:“倪该搭勿请耐是想勿着个哉!两日天有几花公事,忙得来一埭也勿来。”莲生佯笑坐下。阿珠接着笑道:“王老爷一请仔倒就来,还算倪有面孔,勿曾坍台。先生,耐要谢谢我个哩。”说着,先绞把手巾,忙将茶碗放在烟盘里,点起烟灯,说:“王老爷请用烟。”莲生过去,躺在榻床上手,吸起烟来。小红便道:“耐到该搭来,苦煞个哩。才是笨手笨脚,无啥人来搭耐装烟。”莲生笑道:“啥人要耐装烟嗄?”当时阿珠抽空回避。

莲生本已过瘾,只略吸一口,即坐起来吸水烟。小红乃将翡翠双莲蓬给莲生看。莲生问:“阿是卖珠宝个拿得来看?”小红道:“是呀。我买哉,十六块洋钱,比仔茶会浪阿贵点?”莲生道:“耐有几对莲蓬来浪,也好哉;再去买得来做啥?”小红道:“耐搭别人末去买仔,挨着我末就勿该应买哉?”莲生道:“勿是说勿该应买;耐莲蓬用勿着末,买别样物事好哉。”小红道:“别样物事再买哉碗。莲蓬用末用勿着。我为仔气勿过,定归要买俚一对,多豁脱耐十六块洋钱。”莲生道:“价末耐拿十六块洋钱去,随便耐买啥。该个一对莲蓬也无啥好,覅买哉,阿对?”小红道:“倪是人也无啥好,陆里有好物事拨倪买?”莲生低声做势道:“阿唷!先生客气得来,啥人勿晓得上海滩浪沈小红先生,再要说勿好!”小红道:“倪末阿算得是先生嗄?比仔野鸡也勿如碗!惶恐哉哩,叫先生!”

莲生料想说不过,不敢多言,仍嘿然躺下,一面取签子烧烟,一面偷眼去看小红。见小红垂头哆口,斜倚窗栏,手中还执那一对翡翠双莲蓬,将指甲掐着细细分数莲子颗粒。莲生大有不忍之心,只是无从解劝。

适值外场报说:“王老爷朋友来。”莲生迎见,乃是洪善卿,进房即说道:“我先到东合兴里去寻耐,说去哉。我就晓得来里该搭。”小红敬上瓜子,笑向善卿道:“洪老爷,耐寻朋友倒会寻哚。王老爷刚刚到该搭来,也拨耐寻着哉。该搭王老爷难得来个崃,一径来里东合兴里。今朝为仔倪请仔了,坎坎来一埭。晚歇原到东合兴去。洪老爷,耐下转要寻王老爷末,到东合兴去寻好哉。东合兴勿来浪,倒说勿定来里啥场花。耐就等来浪东合兴,王老爷完结仔事体转去末,碰头哉崃。东合兴赛过是王老爷个公馆。”

小红正在唠叨,善卿呵呵一笑,剪住道:“覅说哉!我来一埭听耐说一埭,我听仔也厌气煞哉。”小红道:“洪老爷说得勿差,倪是生来勿会说闲话,说出来就惹人气。像人家会说会笑,阿要巴结!一样打茶会,客人喜欢到俚哚去,同得去个朋友讲讲说说,也闹热点。到仔该搭,听仔倪讨气闲话,才勿对哉,再要得罪朋友。耐说王老爷陆里想得着到该搭来嗄!”

善卿正色道:“小红覅实概!王老爷做末做仔个张蕙贞,搭耐原蛮要好,耐也就咪咪罢。耐定归要王老爷勿去做张蕙贞,在王老爷也无啥,听仔耐闲话就勿去哉。不过我来里说,张蕙贞也苦煞来浪,让王老爷去照应点俚,耐也赛过做好事。”这几句倒说得沈小红盛气都平,无言可答。于是,洪善卿、王莲生谈些别事。

已近黄昏,善卿将欲告辞,莲生阻止了,却去沈小红耳边悄悄说了几句,听不出说的甚么。只见小红道:“耐去末哉崃,啥人拉牢耐嗄?”莲生又说两句,小红道:“来勿来,随耐个便。”莲生乃与善卿相让同行。小红略送两步,咕噜道:“张蕙贞等来浪,定归要去一埭末舒齐。”莲生笑道:“张蕙贞搭勿去。”说着,下楼出门。善卿问:“到陆里?”莲生道:“到耐相好搭去。”

两人往北,由同安里穿至公阳里周双珠家。巧囡为王莲生叫过周双玉的局,引莲生至双玉房里。洪善卿也跟进去,见周双玉睡在床上。善卿踅到床前,问双玉:"阿是勿适意?"双玉手拍床沿,笑说:"洪老爷请坐啘,对勿住。"善卿即坐在床前,与双玉讲话。

周双珠从对过房里过来,与王莲生寒暄两句,因请莲生吸鸦片烟。巧囡却装水烟与善卿吸。善卿见是银水烟筒,又见妆台上一连排着五只水烟筒,都是银的,不禁诧异道:"双玉个银水烟筒有几花嗄?"双珠笑道:"故末也是倪无娒拍双玉个马屁哉啘。"双玉听见,嗔道:"阿姐末总瞎说!无娒拍倪个马屁,阿要笑话!"善卿笑问其故,双珠道:"就是前转为仔银水烟筒,双玉教客人去买仔一只,难末无娒拿大阿姐、二阿姐个几只银水烟筒,才拨仔双玉。双宝末一只也无拨。"善卿道:"价末故歇再有啥勿适意?"双玉接说道:"发寒热呀。前日夜头,客人碰和,一夜勿曾困,发仔个寒热。"

说话之时,王莲生烧成一口鸦片烟要吸,不料烟枪不通,斗门咽住。双珠先见,即道:"对过去吃罢,有只老枪来浪。"当下,众人翻过对过双珠房间。善卿始与莲生说知:翡翠头面,先买几色,价值若干,已面交与张蕙贞了。莲生亦问善卿道:"有人说,沈小红自家个用场大,耐阿晓得俚啥个用场?"善卿沈吟半晌,答道:"沈小红也无啥用场;就为仔坐马车,用场大点。"莲生听说是坐马车,并不在意。

谈至上灯时候,莲生要赴沈小红之约,匆匆告别。善卿即在双珠房里便饭。往常善卿便饭,因是熟客,并不添菜,和双珠、双玉共桌而食。这晚双玉不来,善卿说道:"双玉为啥三日两头勿适意?"双珠道:"耐听俚呀。陆里有啥寒热?才为仔无娒忒欢喜仔了,俚装个病。"善卿问:"为啥装病?"双珠道:"前日夜头,双玉起初无拨局。刚刚我搭双宝出局去末,接连有四张票头来叫双玉。相帮、轿子才勿来浪,连忙去喊双室转来。碰着双宝台面浪要转个局,教相帮先拿轿子抬双玉去出局,再去抬双宝。等到双宝转来仔,再到双玉搭去末,晚哉。转到第四个局,台面也散哉,客人也去哉。双玉转来,告诉仔无娒;生来同双宝勿对,就说是双宝耽搁仔了,要无娒去骂俚两声。无娒为仔台面浪转局客人来里双宝房里,勿曾说啥。难末双玉勿舒齐哉,到仔房里,'乒乒乓乓'掼家生。再碰着客人来碰和,一夜勿曾困,到明朝就说是勿适意。"

善卿道:“双宝苦恼子。碰着仔前世个冤家。”双珠道:“先起头无姆勿欢喜双宝,为仔俚勿会做生意,说两声;双玉进来到故歇,双宝打仔几转哉,才为仔双玉。”善卿道:“故歇双玉搭耐阿要好?”双珠道:“双玉要好末要好,见仔我倒有点怕个。无姆随便啥总依俚,我勿管俚生意好勿好,看勿过定归要说个,让俚去怪末哉!”善卿道:“耐说俚也勿要紧,俚阿敢怪耐!”

须臾,用过晚饭,善卿无事,即欲回店。双珠也不甚留。洪善卿乃从周双珠家出来,踅出公阳里南口,向东步行。忽听得背后有人叫声“娘舅”。

善卿回头一看,正是外甥赵朴斋,只着一件稀破的二蓝洋布短袄,下身倒还是湖色熟罗套裤,靸着一双京式镶鞋,已戳出半只脚指。善卿吃了一惊,急问道:“耐为啥长衫也勿着嗄?”赵朴斋嗫嚅多时,才说:“仁济医馆出来,客栈里耽搁仔两日。缺仔几百房饭钱,铺盖衣裳,才拨俚哚押来浪。”善卿道:“价末为啥勿转去嗄?”朴斋道:“原想要转去,无拨铜钱。娘舅阿好借块洋钱拨我去趁航船?”被善卿啐了一口,道:“耐个人再有面孔来见我!耐到上海来坍我个台,耐再要叫我‘娘舅’末,拨两记耳光耐吃!”善卿说了,转身便走。朴斋紧跟在后,苦苦求告。

约走一箭多远,善卿心想:无可如何,到底有碍体面,只得喝道:“同我到客栈里去!”朴斋诺诺连声,趋前引路,却不往悦来栈,直引至六马路一家小客栈,指道:“就来里该搭。”善卿忍气进门,向柜台上查问。那掌柜的笑道:“陆里有铺盖嗄!就不过一件长衫,脱下来押仔四百个铜钱。”善卿转问朴斋,朴斋垂头无语。善卿复狠狠的啐了一口,向身边取出小洋钱,赎还长衫;再给一夜房钱,令小客栈暂留一宿,喝叫朴斋:“明朝到我行里来!”朴斋答应,送出善卿。善卿毫不理会,叫把东洋车,自回南市咸瓜街永昌参店,短叹长吁,没法处置。

次早,朴斋果然穿着长衫来了。善卿叫个出店,领朴斋去趁航船,只给三百铜钱与朴斋路上买点心。赵朴斋跟着出店,辞别洪善卿而去。

第二十四回终。

第二十五回　翻前事抢白更多情　约后期落红谁解语

按:洪善卿等出店回话,知赵朴斋已送上航船,船钱亦经付讫。善卿还不放心,又备细写一封书信与朴斋母亲,嘱他管束儿子,不许再到上海。令出店交信局寄去,善卿方了理自己店务。

下午无事,正欲出门,适接一张条子,却系庄荔甫请至西棋盘街聚秀堂陆秀林房吃酒的。当下向柜上伙计叮嘱些说话,独自出门北行。因天色尚早,坐把东洋车,令拉至四马路中,先去东合兴里张蕙贞、西荟芳里沈小红两家,寻王莲生谈谈。两家都回说不在。

善卿遂转出昼锦里,至祥发吕宋票店,与胡竹山拱手,问陈小云。竹山说:"来里楼浪。"善卿即上楼来,陈小云厮见让坐。小云问:"庄荔甫幺二浪吃酒,阿曾来请耐?"善卿道:"陆秀林搭呀,晚歇搭耐一淘去。"小云应诺。善卿问:"前转庄荔甫有多花物事阿曾搭俚卖脱点?"小云道:"就不过黎篆鸿拣仔几样。再有几花才勿曾动。阿有啥主顾,耐也搭俚问声看。"善卿应诺。须臾,词穷意竭,相对无聊。两人商量着,打个茶会,再去吃酒不迟。于是,联步下楼,别了胡竹山,穿进夹墙窄弄,就近至同安里金巧珍家。

陈小云领洪善卿径到楼上房里,金巧珍起身相迎。两人坐定,巧珍问道:"西棋盘街有张票头来请耐,阿是吃酒?"小云道:"就是庄荔甫请倪两家头。"巧珍道:"庄个该节倒吃仔几台哉。"小云道:"前转庄个搭朋友代请,勿是俚吃酒。今夜头常恐是烧路头,勿是末宣卷。"巧珍道:"划一,倪廿三也宣卷呀,耐也来吃酒哉啘。"小云沉吟道:"吃酒是吃末哉;倘然耐再有客人吃酒末,我就晚一日,廿四吃也无啥。"巧珍道:"无拨呀。有仔客人末,倪也勿教耐吃酒哉;为仔无拨了,来里说啘。"小云故意笑道:"客人无拨末,教我吃酒;有仔客人,就挨勿着我哉。"巧珍听说,要去拧小云的嘴;碍着洪善卿,遂也笑了一笑道:"耐倒再要想扳差头哉!陆里一句闲话我说差嗄?耐是长客呀,宣卷勿摆台面,阿要坍台?生天耐绷绷倪场面,勿然为啥要做长客?倘然有仔吃酒个客人,耐吃勿吃,就随耐便。耐是长客,随便陆里一日好吃个。我说个阿差?"小云笑道:"耐覅发极哩!我勿曾说耐差啘。"巧珍道:"价末耐'挨得着''挨勿着'瞎说,真真火冒得来。"

洪善卿坐在一旁,只是呵呵的笑。巧珍睃见道:"难末拨洪老爷要笑杀哉!四五年个老客人,再要瞎三话四,倒好像坎坎做起。"小云道:"说说末笑笑,阿是蛮好?勿说仔气闷煞哉。"巧珍道:"啥人教耐覅说?耐说出来,就讨人气,倒说是笑话。耐看一样洪老爷做个周双珠,比仔耐再要长远点,陆里有一句打岔闲话?单有耐末,独是多花说勿出描勿出神妖鬼怪!"善卿接着笑说道:"耐两家头来里相骂,做啥拿我来寻开心?"巧珍也笑道:"洪老爷,耐勿晓得俚脾气。看俚个人末,好像蛮好说闲话;勿好起来,故末叫讨气!有一转俚来,碰着倪房间里有客人,请俚对过房里坐一歇。俚响也勿响就走。我问俚:'为啥要去嘎?'俚倒说得好,俚说:'耐有恩客来浪,我来做讨厌人,勿高兴。'"小云不等说完,叉住笑道:"前几年个闲话,再要说俚做啥?"巧珍瞟了一眼,带笑而嗔道:"耐末说过仔忘记脱哉。倪是勿忘记,才要说出来拨洪老爷听听。洪老爷到该搭来末,总怠慢点;就不过听两句发松闲话,倒也无啥。"

小云一时着急,叉开两手跑过去,一古脑儿搂住巧珍不依。巧珍发喊道:"做啥嘎?"娘姨阿海、大姐银大,闻声并至,小云始放了手。巧珍挣开,反手摸摸头发,却沉下脸喝小云道:"搭我去坐来浪!"小云做势连说:"噢,噢!"倒退归坐。阿海、银大在傍齐声道:"陈老爷一径规规矩矩,今朝快活得来!"善卿点头道:"我也一径勿曾看见俚实概会噪。"

这一噪,不知不觉,早是上灯以后了。小云的管家长福寻来,呈上庄荔甫催请票头。善卿起身道:"倪去罢。"即时与小云同行。金巧珍送至楼梯边,说声"就来叫"。小云答应出门,吩咐长福道:"我同洪老爷一淘去。耐转去喊车夫拉到西棋盘街来。"长福承命自去。

陈小云、洪善卿比肩交臂,步履从容,迤逦过四马路宝善街,方到西棋盘街聚秀堂。进门登楼，只见房内先有两客。洪善卿认得是吴松桥、张小村，惟与陈小云各通姓名，然后大家随意就坐。庄荔甫忙写两张催条交与杨家姆，道："一面去催客，一面摆台面。"

比及台面摆好，催客的也回来报说："尚仁里卫霞仙搭请客勿来浪，杨媛媛搭末就来。"洪善卿问："阿是请姚季莼？"庄荔甫道："勿是，我请老翟。"善卿道："前日仔姚季莼夫人到卫霞仙搭去相骂，阿晓得？"荔甫骇异，忙问如何相骂。

善卿正要说时，适外场又报说："庄大少爷朋友来。"荔甫急迎出去，众人起立拱候。恰正是李鹤汀来了。大家曾经识面，不消问讯。庄荔甫即令杨家姆去间壁陆秀宝房里请施大少爷过来。众人见是年轻后生，面庞俊俏，衣衫华丽，手挈陆秀宝一同进房，都不知为何人。庄荡市在旁代说，才知姓施，号瑞生。略道渴慕，便请入席。庄荔甫请李鹤汀首座，次即施瑞生，其余随意坐定。

先是陆秀宝换了出局衣裳过来，坐在施瑞生背后；因见洪善卿，想起问道："赵大少爷阿看见？"善卿道："俚今朝转去哉。"张小村接嘴道："朴斋勿曾转去。我坎坎四马路还看见俚个哩。"善卿讶甚，却不便问明。

施瑞生向庄荔甫道："我也要问耐：'双喜双寿'个戒指陆里去买嗄？"荔甫道："就是龙瑞里，多煞来浪。"瑞生转向陆秀林索取戒指看个样式，仍即归还。

吴松桥问李鹤汀："两日阿曾碰歇和？"鹤汀说："勿曾。"松桥道："晚歇阿高兴碰？"鹤汀攒眉道："无拨人啘。"松桥转问陈小云："阿碰和？"小云道："倪碰和不过应酬倌人，无啥大输赢。"松桥听说默然。

当下金巧珍、周双珠、杨媛媛、孙素兰及马桂生陆续齐集。马桂生暗中将张小村袖口一拉，小村回过头去。桂生张开折扇，遮住半面，和小村唧唧说话。小村只点点头，随即起身，踅至烟榻前，暗中点首，叫过吴松桥来，附耳说道："桂生屋里也来浪宣卷，教我去绷绷场面。耐搭鹤汀说一声，晚歇搭俚碰场和。"松桥道："再有啥人？"小村道："无拨末就是陈小云，阿好？"松桥沉吟一会，方道："小云常恐勿肯碰。我说桂生搭来浪宣卷末，耐也该应吃台酒哉。耐索性翻台过去吃酒，吃到实概模样，难末说再碰场和，就容易哉。”小村亦沉吟道：“吃酒勿高兴。桂生搭去吃，也无啥趣势。”松桥道：“耐勿晓得！要吃酒，倒是幺二浪吃个好；长三书寓里倌人，时髦勿过，就摆个双台也不过实概。像桂生搭，耐应酬仔一台酒，连浪再碰场和，俚哚阿要巴结！”小村道：“价末耐去吃仔罢。我贴耐两块下脚末哉。”松桥道：“耐做个相好，我阿好去吃酒？要末碰起和来，我赢仔我也出一半。”

小村想了一想，便起身拱手，向诸位说明翻台缘故，务请赏光。众人都说奉扰不当。马桂生不胜之喜，即令娘姨回家收拾起来。

这里众人挨肩豁拳。先是庄荔甫打个通关，各敬三拳，藉申主谊，然后请诸位行令。李鹤汀量浅拳疏，拱手求免。施瑞生正和陆秀宝鬼混，意不在酒。张小村因要翻台，不敢先醉，和吴松桥商议合伙摆庄，不过点景而已。惟陈小云、洪善卿两人兴致如常，热闹一会，金巧珍、周双珠各代了两杯酒，同杨媛媛、孙素兰一哄而散。陆秀宝也脱去出局衣裳，重来酬应。张小村乃教马桂生：“先去摆起台面来。”桂生坚嘱：“就请过来。”桂生去后，随即散席。

陆秀宝早拉施瑞生踅过间壁自己房里，捺瑞生横躺在烟榻上。秀宝爬在身边，低声问道：“阿是再要去吃酒哩？”瑞生道：“俚哚要翻台，我勿高兴去。”秀宝道：“一淘吃酒末，生来一淘翻台，独是耐勿去勿好个。”瑞生道：“不过少叫仔一个局，无啥勿好。”秀宝冷笑道：“耐叫袁三宝三块洋钱一个局，连浪叫仔几花？挨着倪末，就算省哉！”瑞生道：“袁三宝是清倌人，陆里有三块洋钱？”秀宝道：“起初是清倌人，耐去做仔末，就勿清哉啘。”瑞生呵呵笑道：“耐来里说自家。我就不过一个陆秀宝，故末起初是清倌人，我一做仔就勿清哉。”

秀宝嘻嘻痴笑，一手伸进瑞生袖口，揣捏臂膊。瑞生趁势搂住，正要摸下，偏值不做美的杨家姆进房传说：“张大少爷请过去。”瑞生坐起身来，被秀宝推倒道：“啥要紧嘎？让俚哚先去末哉。”瑞生只得回说：“请张大少爷先去。停仔歇就来。”杨家姆笑应自去。

瑞生、秀宝搂在一处，却悄悄的侧耳静听。听得间壁房里张小村得了杨家姆回话，便道：“价末倪去罢。”李鹤汀、陈小云因有车轿前行，张小村引着洪善卿、吴松桥及主人庄荔甫，一路说笑，款步下楼。

瑞生向秀宝附耳说道："才去哉。"秀宝佯嗔道："去仔末那份嗄？"

一语未了，不意陆秀林送客回来，偏也踅到秀宝房里。秀宝已自动情，恨得咬咬牙，把瑞生狠命推开，两脚一蹬"咭咭咯咯"一阵响，跑到梳妆台前照着洋镜，整理鬆髻。秀林向瑞生道："张大少爷教倪搭耐说一声，来里庆云里第三家，常恐耐勿认得。"瑞生嘴里连说："晓得哉，晓得哉。"两只眼只斜睃着秀宝。秀林回头见秀宝满面通红，更不多言，急忙退出。

瑞生歪在烟榻上，暗暗招手，低声唤秀宝道："来喤。"秀宝眼光向瑞生一瞟，却跺跺脚使气作答道："勿来！"瑞生猛吃一惊，盘膝坐起，手拍腿膀，央说道："覅！我替耐阿姐磕个头，看我面浪，覅动气。"秀宝听说要笑，又忍住了，撅起一张小嘴；趔趄着小脚儿，左扭右扭，欲前不前；还离烟榻有三四步远，欻地奋身一扑，直扑上来。瑞生挡不住，仰叉躺下。秀宝一个头钻紧在瑞生怀里，复浑身压住，使瑞生动弹不得，任凭瑞生千呼万唤，再也不抬起来。瑞生没奈何，腾出右手，慢慢从腰下摸进去，忽摸着肚带结头，想要拉动。秀宝觉着，"唉"的大喊一声，好像《水浒传》乐和吹的"铁叫子"一般，一面捏牢瑞生的手，抬起头来，与瑞生四只眼睛睁睁相对。瑞生悄问道："耐为啥再要强嗄？"接连问了几遍，终不答话。好一会，秀宝始喃喃说道："耐要去吃酒哩呀。晚歇吃仔酒早点来，阿好？"瑞生道："故歇也空来里，为啥定归要晚歇嗄？"秀宝见问得紧，要说又说不出口，只将手指指自己胸膛。瑞生仍属不解。秀宝急了，撒手起身，攒眉道："耐个人啥说勿明白个嗄！"瑞生想了想，没奈何叹口气，咕噜道："咳！故歇就饶仔耐末哉，晚歇耐再要强末，办耐个生活。"秀宝把嘴一披道："耐阿有几花本事！"瑞生笑道："我也无啥本事，不过要耐死。"秀宝道："噢唷！闲话倒说得蛮像，覅晚歇讨气。"瑞生道："价末故歇先试试看哪！"秀宝见说，慌忙走开。瑞生沉下脸道："碰也勿曾碰着，就逃走哉。耐个小娘件也少有出见个！"

秀宝正要回嘴，只听得外场喊"杨家娒"，说："请客叫局一淘来海。"秀宝便道："来请耐哉。"杨家娒送进票头，果然是张小村的。秀宝问："阿是说就来？"瑞生道："耐覅我末，我生来去哉！"秀宝大声道:“啥嗄！耐个人末……”说到半句,即又咽住。杨家姆在旁帮着憨笑一阵,竟自作主张,喊下去道:“请客就来。”瑞生也不理会。

秀宝自去收拾一回,见瑞生依然高卧,因问道:“耐吃酒阿去嗄?”瑞生冷冷的道:“我勿去哉！空心汤团吃饱来里,吃勿落哉!”秀宝登时跳起身,两脚在楼板上着实一跺,只挣出一字道:“咳!”于是重复爬上烟榻,向瑞生耳边悄悄说了些话。瑞生方才大悟,道:“价末耐为啥勿早说啘?”秀宝也不置辩,仍即走开。瑞生立起来,抖抖衣裳要走,却向秀宝道:“我也搭耐老实说仔罢,今朝耐勿曾舒齐末,我就明朝来。故歇去吃仔酒,我要转去哉。”秀宝瞪目反问道:“耐来里说啥?”瑞生陪笑道:“勿呀,我搭耐商量呀,明朝我定归来末哉。”秀宝嚷道:“啥人说教耐明朝来？耐要转去,去罢!”瑞生不暇分说,回过头去也把脚一跺,“咳”了一声,引得杨家姆都笑起来。

瑞生转身,先行告罪,随取出局衣裳,涎皮涎脸的亲替秀宝披在身上。秀宝假做不理,约同秀林径自下楼。瑞生跟至门首,看着秀林、秀宝登轿,方与杨家姆在后步行。往西转弯,刚踅过景星银楼,忽然,劈面来了一个年轻娘姨,拉住杨家姆,叫声“好婆”,说:“慢点啘。”施瑞生因前面轿子走得远了,不及等杨家姆,急急跟去。比至庆云里,见那两肩轿子早停在马桂生家门首,找寻杨家姆,瑞生乃说被个娘姨拉住之故。陆秀林生气,竟自下轿进门。瑞生问秀宝:“阿要我来搀耐?”秀宝忙道:“覅,耐先进去啘。”瑞生始随秀林都到马桂生房中。众人先已入席,虚左以待。施瑞生不便再让,勉强首座。

等够多时,杨家姆才搀陆秀宝进来。陆秀林一见,嗔道:“耐阿有点清头嗄！跟局跟到仔陆里去哉?”杨家姆含笑分说道:“俚哚小干仵碰着仔一点点事体,吓得来要死。我说勿要紧个,俚哚勿相信,再要教我去哩。”秀林还要埋冤,施瑞生插嘴问道:“碰着仔啥事体?”杨家姆当下慢慢的诉说出来,请诸位洗耳听者。

第二十五回终。

第二十六回　真本事耳际夜闻声　假好人眉间春动色

按：杨家娒道："就是苏冠香哉哩，说拨新衙门里捉得去哉。"陈小云矍然道："苏冠香阿是宁波人家逃走出来个小老母？"杨家娒道："正是。逃走倒勿是逃走，为仔大老母搭俚勿对，俚家主公放俚出来，教俚再嫁人，不过勿许做生意。故歇做仔生意了，家主公扳俚个差头，难末我孙囡末，刚刚来里苏冠香搭做娘姨，阿要讨气！"庄荔甫道："耐孙囡阿有带挡？"杨家娒道："原说呀。要是掮洋钱个，故末有点间架哉。像倪阿有啥要紧，阿怕新衙门里要捉倪个人。"李鹤汀道："苏冠香倒标煞个，难末要吃苦哉。"杨家娒道："勿碍个。听说齐大人来里上海。"洪善卿道："阿是平湖齐韵叟？"杨家娒道："正是。俚哚一家，就是苏冠香搭齐大人讨得去个苏苹香是亲姊妹，再有几个才是讨人。"

庄荔甫忽然想起，欲有所问，却为吴松桥、张小村两人一心只想碰和，故意摆庄豁拳，叉断话头。等至出局初齐，张小村便怂恿陈小云碰和。小云问筹码若干，小村说是一百块底。小云道："忒大哉。"小村极力央求应酬一次，吴松桥在旁帮说。陈小云乃问洪善卿："我搭耐合碰阿好？"善卿道："我勿会碰末，合啥嗄？要末耐搭荔甫合仔罢。"小云又问庄荔甫，荔甫转向施瑞生道："耐也合点。"瑞生心中亦有要事，慌忙摇手，断不肯合。

于是陈小云、庄荔甫言定输赢对拆，各碰四圈。李鹤汀道："要碰和末，倪酒覅吃哉。"施瑞生听说，趁势告辞，仍和陆秀宝同去。张小村不知就里，深致不安，并恐洪善卿扫兴，急取鸡缸杯筛满了酒，专敬五拳。吴松桥也代主人敬了洪善卿五拳。十杯豁毕，局已尽行，惟留下杨媛媛连为牌局。众人略用稀饭而散。

登时收过台面，开场碰和。张小村问洪善卿："阿高兴碰两副？"善卿说："真个勿会碰。"吴松桥道："看看末就会哉。"洪善卿即拉只凳子坐于张小村、吴松桥之间,两边骑看。杨媛媛自然坐李鹤汀背后。庄荔甫急于吸烟,让陈小云先碰。

恰好骰色挨着小云起庄。小云立起牌来即咕噜道:"牌啥实概样式嗄?"三家催他发张。发张以后,摸过四五圈,临到小云,摸上一张又迟疑不决,忽唤庄荔甫道:"耐来看哩,我倒也勿会碰哉哩。"荔甫从烟榻上崛起跑来看时,乃是在手筒子清一色,系:

共十四张。荔甫翻腾颠倒,配搭多时,抽出一张六筒,教陈小云打出去,被三家都猜着是筒子一色。张小村道:"勿是四七筒,就是五八筒,大家当心点。"可巧小村摸起一张幺筒,因台面上幺筒是熟张,随手打出。陈小云急说:"和哉!"摊出牌来,核算三倍,计八十和。

三家筹码交清,庄荔甫复道:"该副牌,阿是该应打六筒?耐看,一四七筒,二五八筒,要几花和张哚。"吴松桥沉吟道:"我说该应打七筒,打仔七筒,不过七八筒两张勿和,一筒到六筒一样要和。难一筒和下来,多三副掐子,廿二和加三倍,要一百七十六和哚,耐去算哩。"张小村道:"蛮准,小云打差哉。"庄荔甫也自佩服。李鹤汀道:"耐哚几个人才有多花讲究,啥人高兴去算俚嗄!"说着,便历乱掳牌。

洪善卿在旁,默默寻思这副牌,觉得各人所言皆有意见,方知碰和亦非易事,不如推说不会,作门外汉为妙。为此无心再看,讪讪辞去。杨媛媛坐了一会,也自言归。

比及八圈满庄,已是两点多钟了。吴松桥、张小村皆为马桂生留下,其余三人不及再用稀饭,告别出门。李鹤汀轿子,陈小云包车,分路前行;独庄荔甫从容款步,仍回西棋盘街聚秀堂来。黑暗中摸到门首,举手敲门,敲了十数下,倒是陆秀林先从楼上听见,推开楼窗,喊起外场,开门迎进。

外场见是庄荔甫,忙划根自来火,点着洋灯,照荔甫上楼。荔甫至楼梯下,只见杨家姆也挤紧眼睛,拖双鞋皮,跌撞而出。外场将洋灯交与杨家姆,荔甫即向外场说:"开水勿要哉,耐去困罢。"外场应诺。

杨家姆送荔甫到楼上陆秀林房。荔甫又令杨家姆去困。杨家姆逡巡自去。房内保险灯俱灭,惟梳妆台上点一盏长颈灯台。陆秀林卸妆闲坐吸水烟,见了荔甫,问:"碰和阿赢嗄?"荔甫说:"稍微赢点。"还问秀林:"耐为啥勿困?"秀林道:"等耐呀。"荔甫笑而道谢,随脱马褂挂于衣架。

秀林授过水烟筒,亲自去点起烟灯。荔甫跟至烟榻前,见一只玻璃船内盛着烧好的许多烟泡,尤为喜惬,遂不暇吸水烟,先躺下去过瘾。秀林复移过苏绣六角茶壶套,问荔甫:"阿要吃茶? 蛮蛮热个。"荔甫摇摇头,吸过两口鸦片烟,将钢签递给秀林。秀林躺在左首,替荔甫化开烟泡,装在枪上。

荔甫起身,向大床背后去小解,忽隐约听见间壁房内有微微喘息之声,方想起是施瑞生宿在那里。解毕,蹑足出房,从廊下玻璃窗张觑。无如灯光半明不灭,隔着湖色绸帐,竟一些看不出。只听得低声说道:"难阿要强嗄?"仿佛施瑞生声音。那陆秀宝也说一句,其声更低,不知说的甚么。施瑞生复道:"耐只嘴倒硬哚啘! 一点点小性命,阿是定归勿要个哉?"庄荔甫听到这里,不禁格声一笑。被房内觉着,悄说:"快点覅哩! 房外头有人来浪看!"施瑞生竟出声道:"故末让俚哚看末哉啘。"随向空问道:"阿好看嗄? 耐要看末来哩!"

庄荔甫极力忍笑,正待回身。不料陆秀林烟已装好,见庄荔甫一去许久,早自猜破,也就蹑足出房,猛可里拉住荔甫耳朵,拉进门口,用力一推,荔甫几乎打跌,接着"彭"的一声,索性把房门关上。荔甫兀自弯腰掩口,笑个不住。秀林沉下脸埋冤道:"耐个倒霉人末,少有出见个!"荔甫只雌着嘴笑,双手挽秀林过来,并坐烟榻,细述其言,并揣摩想像仿效情形。秀林别转头假怒道:"我覅听!"

荔甫没趣躺下,将枪上装的烟吸了,乃复敛笑端容,和秀林闲话,仍渐渐说到秀宝。荔甫偶赞施瑞生:"总算是好客人。"秀林摇手道:"施个脾气勿好,赛过是石灰布袋。故歇新做起,好像蛮要好;熟仔点,就厌气勿来哉。"荔甫道:"故也陆里晓得嗄。我说俚哚两家头才是好本事,拆勿开个哉。施个再要去攀相好,推扳点倌人也吃俚勿消。"秀林瞪口嗔道:"耐再要去说俚!"说了,取根水烟筒走开。

荔甫再吸两枚烟泡,吹灭烟灯,手捧茶壶套安放妆台原处,即褪鞋箕坐于大床中,看钟时将敲四点。荔甫点头招手要秀林来。秀林佯做不理。荔甫大声道:"让我吃筒水烟喤!"秀林不防,倒吃一惊,忙带水烟筒来就荔甫,着实说道:"人家才困仔歇哉,�喤嗼喤,拨俚哚骂!"荔甫笑而不辩,伸臂勾住秀林颈项,附耳说话。说得秀林且笑且怒,道:"耐来哚热昏哉,阿是?"将水烟筒丢与荔甫,强挣脱身,踅往大床背后。

荔甫一筒水烟尚未吸完,却听秀林自己在那里"嗤"的好笑。荔甫问:"笑啥?"秀林不答。须臾事毕,出立床前,犹觉笑容可掬。荔甫放下水烟筒,款款殷殷要问适间笑的缘故。秀林要说,又笑一会,然后低声道:"先起头耐勿听见,故末叫讨气!我庆云里出局转来,同杨家姆两家头来里讲讲闲话,听见秀宝房间里该首玻璃窗浪啥物事来浪碰。我道仔秀宝下头去哉,连忙说:'杨家姆,耐快点去看喤。'杨家姆去仔转来,倒说道:'晦气,房门也关个哉!'我说:'阿进去看嗄?'杨家姆说:'看俚做啥?碰坏仔教俚赔。'难末我刚刚想着。停一歇,杨家姆下头去困哉。我一干仔打通一副五关,烧仔七八个烟泡,几花辰光哚;再听听,玻璃窗浪原来哚响呀。我恨得来,自家两只耳朵要扳脱俚末好!"

荔甫一面听,一面笑。秀林说毕,两人前仰后合,笑作一团。荔甫忽向秀林耳边又说几句,秀林带笑而怒道:"难勿搭耐说哉!"荔甫忙即告饶。当时天色将明,庄荔甫、陆秀林收拾安睡。

次日早晨,荔甫心记一事,约至七点钟警醒,嘱秀林再睡,先自起身。大姐舀进面水,荔甫问杨家姆为何不见。大姐道:"俚孙囡来叫得去哉。"荔甫便不再问,略揩把面,即离了聚秀堂,从东兜转至昼锦里祥发吕宋票店。

陈小云也初起身,请荔甫登楼厮见。小云讶其太早,荔甫道:"我再要托耐桩事体。听说齐韵叟来里哉。"小云道:"齐韵叟同过歇台面,倒勿大相熟。故歇勿晓得阿来里?"荔甫道:"阿可以托相熟个去问声俚,阿要交易点。"小云沉思道:"就是葛仲英、李鹤汀末搭俚世交,要末写张条子去托俚哚。"荔甫欣然道谢。

小云即时缮就两封行书便启，唤管家长福交代：一封送德大钱庄，一封送长安客栈；并说：如不在，须送至吴雪香、杨媛媛两家。

长福连声应“是”，持信出门，拣最近之处，先往东合兴里吴雪香家询葛二少爷，果然在内；惟因高卧未醒，交信而去。

方欲再往尚仁里，适于四马路中遇见李鹤汀管家匡二。长福说明送信之事，匡二道：“耐交拨我好哉。”长福出信授与匡二，因问：“故歇陆里去？”匡二说：“无啥事体，走白相。”长福道：“潘三搭去坐歇，阿好？”匡二踌躇道：“难为情个喤。”长福道：“徐茂荣生天勿去哉呀，就去也无啥难为情。”

匡二微笑应诺，转身和长福同行。行至石路口，只见李实夫独自一个从石路下来，往西而去。匡二诧异道：“四老爷望该首去做啥？”长福道：“常恐是寻朋友。”匡二道：“勿见得。”长福道：“倪跟得去看看。”

两人遮遮掩掩，一路随来，相离只十余步。李实夫一直从大兴里进去。长福、匡二仅于弄口窥探，见实夫踅至弄内转弯处石库门前，举手敲门。有一老婆子笑脸相迎，进门仍即关上。长福、匡二因也进弄，相度一回，并不识何等人家。向门缝里张时，一些都看不见；退后数步，隔墙仰望，缘玻璃窗模糊不明，亦不清楚。

徘徊之间，忽有一只红颜绿鬓的野鸡，推开一扇楼窗，探身俯首，好像与楼下人说话，李实夫正立在那野鸡身后。匡二见了，手拉长福急急回身，却随后听得开门声响，有人出来。长福、匡二踅至弄口，立定稍待，见出来的即是那个老婆子。匡二不好搭讪，长福贸贸然问老婆子道：“耐个小姐名字叫啥？”那老婆子将两人上下打量，沉下脸答道：“啥个小姐勿小姐，覅来里瞎说！”说着自去。

长福虽不回言，也咕噜了一句。匡二道：“常恐是人家人。”长福道：“定归是野鸡。要是人家人，再要拨俚骂两声哩。”匡二道：“野鸡末，叫俚小姐也无啥碗。”长福道：“要末就是耐哚四老爷包来浪，勿做生意哉，阿对？”匡二道：“管俚哚包勿包，倪到潘三搭去。”

于是两人折回，往东至居安里，见潘三家开着门，一个娘姨在天井里，当门箕踞，浆洗衣裳。两人进门，娘姨只认得长福，起迎笑道：

"长大爷,楼浪去哩。"匡二知道有客人,因说:"倪晚歇再来罢。"娘姨听说,急甩去两手水渍,向裙襕上一抹,两把拉住两人,坚留不放。长福悄问娘姨:"客人阿是徐茂荣?"娘姨道:"勿是,要去快哉。耐哚楼浪请坐歇。"长福问匡二如何。匡二勉从长福之意,同上楼来。

匡二见房中铺设亦甚周备,因问房间何人所居。长福道:"该搭就是潘三一干仔。再有几个勿来里,有客人来末去喊得来。"匡二始晓得是台基之类。

不一会,娘姨送上烟茶二事,长福叫住,问:"客人是啥人?"娘姨道:"是虹口姓杨,七点钟来个,难要去哉。俚保事体多,七八日来一埭。勿要紧个。"长福问是何行业,娘姨道:"故倒勿晓得俚做啥生意。"

说时,潘三也踯躅上楼,还蓬着头,靸着拖鞋,只穿一件捆身子;先令娘姨下头去,又亲点烟灯请用烟。匡二随向烟榻躺下,长福眼睁睁地看着潘三,只是嘻笑。潘三不好意思,问道:"啥好笑嗄?"长福正色道:"我为仔看见耐面孔浪有一点点龌龊来浪,来里笑。耐晚歇捕面末,记好仔,拿洋肥皂净脱俚。"潘三别转头不理。匡二老实,起身来看。长福用手指道:"耐看哩,阿是?勿晓得龌龊物事为啥弄到面孔浪去,倒也稀奇哉!"匡二呵呵助笑。潘三道:"匡大爷末也去上俚个当!俚哚一只嘴阿算得是嘴嗄?"长福跳起来道:"耐自家去拿镜子来照,阿是我瞎说!"匡二道:"常恐是头浪洋绒突色仔了,阿对?"

潘三信是真的,方欲下楼。只听得娘姨高声喊道:"下头来请坐罢。"长福、匡二遂跟潘三同到楼下房里。潘三忙取面手镜照看,面上毫无瘢点,叫声"匡大爷",道:"我道仔耐是好人,难也学坏哉,倒上仔耐个当!"长福、匡二拍手跺脚,几乎笑得打跌。潘三忍不住亦笑。长福笑止,又道:"我倒勿是瞎说。耐面孔浪龌龊勿少来浪,不过看勿出末哉。多揩两把手巾,故末是正经。"潘三道:"耐只嘴也要揩揩末好。"匡二道:"倪是蛮干净来里。要末耐面孔龌龊仔,连只嘴也龌龊哉。"潘三道:"匡大爷,耐末再要去学俚哚!俚哚个人再要邱也无拨!阿是算俚哚会说,会说也无啥稀奇啘。"长福道:"耐听俚个闲话,幸亏生两个鼻头管,勿然要气煞哉!”三人赌嘴说笑。娘姨提水铫子来,倾在盆内。潘三始捕面梳头。

时已近午,长福要回家吃饭,匡二只得相与同行。潘三将匡二袖子一拉,说:“晚歇再来。”长福没有看见,胡乱答应,和匡二一路而去。

第二十六回终。

第二十七回　搅欢场醉汉吐空喉　证孽冤淫娼烧炙手

按:长福、匡二同行至四马路尚仁里口,长福自回祥发吕宋票店复命。匡二进弄至杨媛媛家,探听主人李鹤汀虽已起身,尚未洗漱,不敢惊动。外场邀匡二到后面厨房间壁帐房内便饭,特地燉起一壶绍兴酒,大鱼大肉,吃了一饱;见盛姐端一盘盛馔,向杨媛媛房里去,连忙趋前,谆嘱代禀。

少时,传唤进见,李鹤汀正和杨媛媛对坐小酌。匡二呈上陈小云书信。鹤汀阅毕撩下。匡二仍即退出。饭后,轿班也来伺候。匡二私问盛姐,有甚事否。盛姐道:"听说要去坐马车。"

匡二只得兀坐以待,不料待至三点多钟,尚未去喊马车。忽见姚季莼坐轿而来,特地要访李鹤汀。鹤汀便知必有事故,请姚季莼到杨媛媛房里,对坐闲谈。季莼说来说去,并未说起甚事,鹤汀忍不住,问他有甚事否。季莼推说没事,却转问鹤汀:"阿有啥事体?"鹤汀也说没事。季莼道:"价末倪一淘到卫霞仙搭去打个茶会,阿好?"鹤汀不解其意,随口应诺。惟杨媛媛在傍乖觉,"格"声一笑。季莼不去根问,只催鹤汀穿起马褂。因相去甚近,两人都不坐轿,肩随步行,同至卫霞仙家。一进门口,即有一个大姐迎着笑道:"二少爷,为啥几日天勿来?"季莼笑而不答,同鹤汀一直上楼。卫霞仙也含笑相迎,道:"阿唷!二少爷啘,耐几日天关来哚'巡捕房'里,今朝倒放耐出来哉!"季莼只是讪笑。鹤汀诧异问故。霞仙笑指季莼道:"耐问俚呀,阿是拨巡捕拉得去关仔几日天?"鹤汀早闻姚奶奶之事,方知为此而发,因就一笑丢开。

大家坐定。霞仙紧靠季莼身傍,悄悄问道:"耐家主婆来浪骂我呀,阿对?"季莼道:"啥人说俚骂耐?"霞仙鼻子里哼了一声,道:"耐覅搭我瞎说!耐家主婆骂两声,倒也覅去说俚;耐末再要帮仔耐家主婆说倪个邱话,倪才晓得个哉!"季莼道:"耐来里瞎说哉哩!耐晓得俚骂耐啥嗄?”霞仙道:“俚来里该搭就一径骂得去;到仔屋里,阿有啥勿骂个?”季莼道:“俚到该搭来,倒勿是要来相骂;为仔我有点要紧事体,到吴淞去仔三日天,屋里勿曾晓得,道仔我来里该搭,来问一声。等到我转来仔,晓得来里吴淞,勿关耐事,俚也就勿曾说啥。”霞仙道:“耐说勿是来相骂。俚一进来就竖起仔个面孔,哄喤哄喤,下头噪到楼浪,勿是相骂是啥嗄?”季莼道:“难勠说哉。俚吃仔耐几花闲话,一声也响勿出,耐也气得过个哉。”霞仙道:“正经说,俚是个奶奶,倪阿好去得罪俚?俚自家到该搭来,要扳倪个差头,倪也只好说俚两声。阿是倪说差哉嗄?”季莼道:“耐说俚两声说得蛮好,我倒要谢谢耐;勿然,俚只道无啥人得罪俚,下转打听我来里啥场花吃酒,俚也实概奔得来哉,阿要难为情?”霞仙本要尽情痛诋,今见如此说,又碍着李鹤汀在傍,只得留些体面,不复多言。停了半晌,叫声“二少爷”,冷笑道:“我说耐也忒费心哉!耐来里屋里末,要奶奶快活,说倪个邱话;到仔该搭来,例说是奶奶勿好,该应拨倪说两声。像耐实概费心末,阿觉着苦恼嗄?”

这几句正打在季莼心坎上,无可回答,嘿然而罢。李鹤汀见机,也要想些闲话,搭讪开去,因问姚季莼道:“齐韵叟耐阿认得?”季莼道:“同过几转台面,稍微认得点。勿晓得故歇阿来里上海?”鹤汀道:“说末说来里,我是勿曾碰着。”

当下卫霞仙问及点心。姚季莼随意说了两色,陪着李鹤汀用过。霞仙复请鹤汀吸鸦片烟。不觉天色将晚,匡二带领轿子来接,呈上一张请客票头。鹤汀见系周少和请至公阳里尤如意家的,知是赌局,随问季莼:“阿高兴去白相歇?”季莼推说不会。鹤汀吩咐匡二回栈看守,不必跟随:“四老爷若问我,只说在杨媛媛家。”匡二应诺。

于是,李鹤汀辞别姚季莼,离了卫霞仙家。匡二从至门前,看着上轿,直等轿已去远,方自折回石路长安栈中。吃过晚饭,趁四老爷尚未回来,锁上房门,独自一个溜至四马路居安里潘三家门首,将门上兽环轻轻击了三下。娘姨答应开门。询知潘三在家没客,匡二不胜之喜,低下头钻进房间。

那潘三正躺在榻上吸鸦片烟,知道来的乃是匡二,故意闭目,装做熟睡样子。匡二悄悄上前,也横下身去伏在潘三身上,先亲了个嘴。潘三仍置不睬。匡二乃伸手去摸,四肢百体,一一摸到。摸得潘三不耐烦起来,睁开眼笑道:“耐个人啥实概嘎!”匡二喜而不辨,推开烟盘,脸偎着脸,问道:“徐茂荣真个阿来?”潘三道:“来勿来,勿关耐事啘!耐问俚做啥?”匡二道:“勿局个。”潘三道:“我搭耐说仔罢,倪老底子客人是姓夏个,夏个末同徐个一淘来,徐个同耐一淘来。大家差勿多,啥勿局嘎?”

正是引手搓挪,整备入港的时候,猛可里“彭”的一声,敲门声响。娘姨在内高声问:“啥人?”外边应说:“是我!”竟像是徐茂荣声音。匡二惊惶失措,起身要躲。潘三一把拉住,道:“耐个人啥实概嘎?”匡二摇摇手,连说:“勿局个,勿局个!”竟挣脱身子,蹑足登楼。楼上黑魆魆地,暗中摸着高椅坐下,侧耳静听。听得娘姨开出门去,只有徐茂荣一人,已吃得烂醉,即于门前倾盆大吐,随后踉跄进房。

潘三作怒声道:“陆里去寻开心?吃仔酒到该搭来撒酒风!”徐茂荣不敢言语。娘姨做好做歹,给他呷杯热茶。茂荣要吸鸦片烟,潘三道:“倪鸦片烟也有来浪,耐吃末哉啘。”茂荣道:“耐搭我装一筒哩。”潘三道:“耐酒末别场花会吃个,鸦片烟倒勿会装哉。”茂荣跳起来大声道:“阿是耐姘仔戏子哉,来里讨厌我?”潘三亦大声道:“啥人讨厌耐嘎?我就姘仔戏子末,阿挨得着耐来管我?”茂荣倒不禁笑了。

匡二在楼上揣度徐茂荣光景不肯就去,不如回避,因而踮手踮脚,趄下楼梯;却又转至后面厨房内,悄悄向娘姨说:“我去哉。”娘姨吃一大惊,反手抓了匡二衣襟,说道:“覅去哩!”匡二急道:“我明朝来。”娘姨不放,道:“覅。耐去仔,晚歇小姐要说倪个啘!”匡二道:“价末耐去喊小姐来,我搭俚说句闲话。”

娘姨不知就里,真的去喊潘三。匡二早一溜烟溜至天井,拔去门闩,一跳而出。不意踏着徐茂荣所吐酒菜,站不住,滑澾一交。连忙爬起,更不回头,一直回至长安客栈。栈使送上两张京片。匡二看时,系陈小云请两位主人于明日至同安里金巧珍家吃酒的,尚不要紧,且自收藏起来;料道大少爷通宵大赌,四老爷燕尔新欢,都不回来的了，竟然关门安睡。心中却想潘三好事将成，偏生遇这冤家冲散，害得我竟夕凄惶；又想到大少爷豁了许多洋钱在杨媛媛身上，反不若潘三的多情；再想到四老爷打着这野鸡，倒揭了个便宜货，此时不知如何得趣。颠来倒去，那里还睡得着？由想生恨，由恨生妒："四老爷背地做得好事，我偏要去戳破他，看他如何见我！"主意已定。

次日早晨，匡二起身，洗脸、打辫、吃点心；捱到九点钟时候，带了陈小云请帖，径往四马路西首大兴里，踅到转弯处石库门前，再相度一遍，方大着胆举手敲门。开门出来，仍是昨日所见的那个老婆子，一见匡二，盛气问道："该搭来做啥？"匡二朗朗扬声道："四老爷阿来里？大少爷教我来张俚。"那老婆子听说"四老爷"，怔了一怔，不敢怠慢，令匡二等候，忙去楼上低声告诉李实夫。

实夫正吸着鸦片烟，还没有过早瘾，见诸三姐报说，十分诧异，亲自同诸三姐下楼来看。匡二上前叫声"四老爷"，呈上陈小云请帖。实夫满面惭愧，且不去看请帖，笑问匡二道："耐陆里晓得我来里该搭？"匡二尚未回言，诸三姐在傍拍手笑道："俚是昨日跟四老爷一淘来个呀，阿是四老爷勿晓得？"说着，又指定匡二呵呵笑道："幸亏我昨日勿曾骂耐。为仔耐闲话稀奇，我想总是认得点倪个人；勿然，再要拨两记耳光耐吃哉。"李实夫也自讪笑，手持请帖，仍上楼去。

匡二待要退出，诸三姐慌道："来仔末，啥就去嗄？请坐歇哩。"一手挽了匡二臂膊，挽进客堂，捺向高椅坐下，随取一支水烟筒奉敬，并筛一杯便茶，和匡二问长问短，亲热异常。匡二也问问生意情形。诸三姐遂凑近匡二身边，悄地长谈道："倪先起头勿是做生意个呀，为仔今年一桩事体勿过去，难末做起个生意。刚刚做生意，第一户客人就碰着四老爷，也总算是倪运气。四老爷是规矩人，勿欢喜多花空场面。像倪该搭老老实实，清清爽爽，四老爷倒蛮对。不过倪做仔四老爷，外头人才说是做着仔好生意，搭倪吃醋，说倪多花邱话，说拨四老爷听。倪搭算得老实个哉，俚哚说倪是假个；倪搭算得清爽个哉，俚哚倒说倪勿干净。听仔该号闲话，真真讨气！故歇四老爷也勿去听俚哚，倪终有点勿放心。倘忙四老爷听仔俚哚，倪搭勿来仔，倪是无拨第二户客人哓，娘囡仵阿是要饿煞？我为此要拜托耐匡大爷，劝劝四老爷,覅去听别人个闲话。匡大爷说,比仔倪自家说个灵。"

匡二不知就里,一味应承,谈够多时,匡二始起身告别。诸三姐送至门首,说道:"无啥公事末,该搭来坐歇末哉。"匡二唯唯而去。

诸三姐关门回来,照常请李实夫点菜便饭。诸十全虽与实夫同吃,却因忌口,不吃馆菜,另用素馔相陪。

饭后,李实夫照常往花雨楼去开灯。堂倌早为留出一榻,并装好一口烟在枪上。实夫吸了一会,陆续上市,须臾撑堂,来者还络绎不绝。忽见那个郭孝婆偏又挤紧眼睛摸索而来,缘见过实夫一面,早被他打听明白,摸至榻前,即眉花眼笑的叫声"四老爷",问:"十全搭阿去?"实夫只点点头。堂倌见郭孝婆搭腔,便抢过来坐在烟榻下手,看定郭孝婆,目不转睛。郭孝婆冷笑一声,低头走开。堂倌乃躺下给实夫烧烟,问实夫:"耐陆里去认得个郭孝婆?"实夫道:"就来里诸三姐搭看见俚。"堂倌道:"诸三姐末也勿好,该号杀胚,再去认得俚做啥?耐看俚末实概年纪,眼睛才瞎个哉,俚本事大得野哚,真真勿是个好东西!"实夫笑问为何。堂倌道:"就前年宁波人家一个千金小姐,俚会得去骗出来,来浪夷场浪做生意。拨县里捉得去,办俚拐逃,揪二百藤条,收仔长监;勿晓得啥人去说仔个情,故歇倒放俚出来哉。"实夫初不料其如此稔恶,倒不禁慨叹一番。

堂倌烧成烟泡,授与实夫,另去应酬别榻。迨至实夫匣中烟尽,见吃客渐稀,也就逐队而散;既不去金巧珍家赴席,又不回长安客栈,竟一直往诸十全家来。

自李实夫做诸十全之后,五日再宿,秘而不宣;今既为匡二所见,遂不复隐瞒,索性留连旬日不返,惟匡二逐日探望一次。有时遇见诸十全脸晕鲜红,眼圈乌黑,匡二十分疑惑,因暗暗告诉主人李鹤汀。鹤汀兀自不信。

这日四月初间,天气骤热,李实夫适从花雨楼而回,尚未坐定,复闻推门响声,却是匡二,报说:"大少爷来哉。"诸三姐一听着了慌,正要请实夫意旨,李鹤汀已款步进门。诸三姐只得含笑前迎,说:"四老爷来里楼浪。"鹤汀乃令匡二在客堂伺候,自己径上楼来,与实夫叔侄相见。诸十全也起身叫声"大少爷",掩在一旁跼蹐不安。实夫问鹤汀何处来。鹤汀说:“来浪坐马车。”实夫道:“价末杨媛媛嗹?”鹤汀道:“俚哚先转去哉。”

说时,诸三姐送上一盖碗茶,又取一只玻璃高脚盆子,揩抹干净,向床下瓦坛内捞了一把西瓜子,授与诸十全。诸十全没法,腼腼腆腆敬与鹤汀。鹤汀正要看诸十全如何,看得诸十全羞缩无地,越发连脖项涨得通红。实夫觉着,想些闲话来搭讪,即问鹤汀道:“该两日应酬阿忙?”鹤汀道:“该两日还算好,难下去归帐路头,家家有点台面哉。”

诸十全趁此空隙,竟躲出外间。诸三姐偏死命的拖进来,要他陪伴,却自往床背后提出一串铜钱,在手轮数。实夫看见,问他:“做啥?”诸三姐又说不出。实夫道:“耐阿是去买点心?”鹤汀忙道:“点心覅去买,我刚刚吃过。”诸三姐笑说:“总要个。”转身便走。实夫复叫住道:“点心末真个覅去买,耐去买两匣纸烟罢。”诸三姐才答应下楼。鹤汀道:“纸烟也有来浪碗。”实夫道:“我晓得耐有来浪,让俚再买点末哉。一点点勿买啥,俚心里终究勿舒齐个。”说得诸十全愈加惭愧。

比及诸三姐买纸烟归来,早到上灯时候。鹤汀没甚言语,告辞要行。实夫问:“陆里去?”鹤汀说是“东合兴里去吃酒,王莲生请个”。诸十全听说,忙上前帮着挽留。鹤汀趁势去拉诸十全的手,果然觉得手心滚热。诸十全同实夫并送至楼梯边。

鹤汀到了楼下,诸三姐从厨房内跑出来,嘴里急说:“大少爷覅去嗹,该搭便夜饭哉呀。”鹤汀道:“谢谢哉,我要吃酒去。”诸三姐没法,只得送出,匡二也跟在后面。同至门首,诸三姐还说:“大少爷到该搭来是真真怠慢个嗹。”鹤汀笑说:“覅客气。”带着匡二,踅出大兴里,往东至石路口。鹤汀令匡二去喊轿班打轿子来,匡二应命自去。鹤汀独行,到了东合兴里张蕙贞家,客已齐集。王莲生便命起手巾。

第二十七回终。

第二十八回 局赌露风巡丁登屋 乡亲削色嫖客拉车

按:李鹤汀至东合兴里张蕙贞家赴宴,系王莲生请的,正为烧归帐路头。当晚大脚姚家各房间皆有台面;莲生又摆的是双台,因此忙乱异常,大家没甚酒兴,草草终席。王莲生暗暗约下洪善卿,等诸客一散,即乞善卿同行。张蕙贞慌问:"陆里去?"莲生说不出。蕙贞只道莲生动气要去,拉住不放。洪善卿在旁笑道:"王老爷要紧去消差,耐覅瞎缠,误俚公事。"蕙贞虽不解"消差"之说,然亦知其为沈小红而言,遂不敢强留。

莲生令来安、轿班都回公馆,与善卿缓步至西荟芳里沈小红家。阿珠在客堂里迎见,跟着上楼,只见房里暗昏昏地,沈小红和衣睡在大床上。阿珠忙去低声叫"先生",说:"王老爷来哉。"连叫四五声,小红使气道:"晓得哉!"阿珠含笑退下,嘴里却咕噜道:"喊耐一声倒喊差哉,生意勿好末也叫无法,别人家去眼热个啥!"说着,集亮了保险灯,自去预备烟茶。

小红慢慢起身,跨下床沿;俄延半晌,彳亍前来,就高椅坐下,匿面向壁,一言不发。莲生、善卿坐在烟榻,也自默然。阿珠复问小红:"阿要吃夜饭?"小红摇摇头。莲生听说,因道:"倪夜饭也勿曾吃,去叫两样菜,一淘吃哉。"阿珠道:"耐酒也吃过哉碗,啥勿曾吃饭嗄?"莲生说:"真个勿曾。"阿珠乃转问小红:"价末叫得来一淘吃点,阿要?"小红大声道:"我覅呀!"阿珠笑而站住,道:"王老爷,耐自家要吃末去叫。倪先生馆子里菜也覅吃,让俚晚歇吃口稀饭罢。"

莲生只得依了。洪善卿知无所事,即欲兴辞,莲生不再挽留。小红缘善卿是极脱熟朋友,竟不相送,连一句客气套话都没有说,倒是阿珠一直送下楼去。

善卿去后,莲生方过去,捱在小红身旁,一手揣住小红的手,一手勾着小红头颈,扳转脸来。小红嗔道:"做啥!"莲生央告道:"覅哩!

倪到榻床浪去躺躺，我搭耐说句闲话。"小红挣脱道："耐有闲话，说末哉啘。"莲生道："我也无啥别样闲话，就不过要耐快活点。我随便啥辰光来，耐总无拨一点点快活面孔；我看见仔耐勿快活末，心里就说勿出个多花难过。耐总算照应点我，覅实概阿好？"小红道："倪是生来无啥快活！耐心里难过末，到好过个场花去。"莲生不禁长叹一声道："我实概搭耐说，耐倒原是猛扪闲话。"说到此处，竟致咽住。两人并坐，寂静无言。

多时，小红始答道："我故歇是勿曾说耐啥，得罪耐；耐来里说我勿快活，呷说是猛扪闲话。耐末说仔别人倒勿觉着，别人听仔阿快活得出？"莲生知道小红回心，这话分明是遁辞，忙陪笑道："总是我说得勿好，害仔耐勿快活。难也罢哉，下转我再要勿好末，耐索性打我骂我，我倒无啥，总覅实概勿快活。"一面说，一面就搀了小红过来。小红不由自主，向榻床并卧，各据一边。

莲生又道："我再要搭耐商量，我朋友约末约定哉，约来浪初九。为仔该两日路头酒多勿过：初七末周双珠搭，初八末黄翠凤搭，才是路头酒。俚哚说该搭勿烧路头末，就初九吃仔罢。我倒答应哉，耐说阿好？"小红道："故也随便末哉。"

莲生见小红并无违拗，愈觉喜欢，吃不多儿口烟，就怂恿小红吃稀饭。小红道："倪是自家燉个火腿粥，耐阿要吃？"莲生说："蛮好。"小红乃喊阿珠搬上稀饭，阿金大也来帮着伺候。稀饭吃毕，莲生复吸足烟瘾，便和小红收拾同睡。

次日初七，十二点钟，来安领轿来接。王莲生吃了中饭，坐轿而去；干些公事，天色已晚，再到沈小红家点卯，然后往公阳里周双珠家赴宴。先到的，主人洪善卿以外，已有葛仲英、姚季莼、朱蔼人、陈小云四位。洪善卿因对过周双玉房里台面摆得极早，即说："倪也起手巾罢。"王莲生问："再有啥人？"善卿道："李鹤汀勿来，就不过罗子富哉。"当下入席，留出一位。周双珠敬过瓜子，问王莲生："阿要叫本堂局？"莲生道："俚有台面来浪，勿叫哉。"

比及上过鱼翅第一道菜，金巧珍出局依然先到，随后罗子富带了黄翠凤同来。子富已略有酒意，兴致愈高；一到，便叫拿鸡缸杯来摆庄。偏又拣中姚季莼豁拳,说是前转输与季莼拳酒,至今尚不甘心,再交交手看如何。姚季莼也不肯相让,揎袖攘臂而出。无如初豁三拳,全是罗子富输的。黄翠凤要代酒,子富不许,自己将来一口呷干,伸手再豁。此次三拳,季莼输了两拳。

那时叫的局,林素芬、吴雪香、沈小红、卫霞仙陆续齐集,霞仙因代饮一杯,罗子富却嚷道:"代个勿算!"霞仙道:"啥人说嗄?倪是要代个,耐代勿代随耐便。"黄翠凤遂把罗子富手中一杯抢去,授与赵家姆,说道:"耐个伉大末,再要自家吃俚!"

罗子富适见妆台上有一只极大的玻璃杯,劈手取来,指与姚季莼道:"难倪说好仔,自家吃,勿许代。"随把酒壶亲自筛在玻璃杯内,尚未满杯,壶中酒罄,一面就将酒壶令巧囡去添酒,一面先和姚季莼豁拳。季莼勃然作气,旗鼓相当,真正是罗子富劲敌。反是台面上旁观的替两人捏着一把汗。

两人正待交手,只听得巧囡在当中间内极声喊道:"快点呀,有个人来浪呀!"合台面的人都吃一大惊,只道是失火,争先出房去看。巧囡只望窗外乱指,道:"哪!哪!"众人看时,并不是火,原来是一个外国巡捕,直挺挺的立在对过楼房脊梁上,浑身玄色号衣,手执一把钢刀,映着电气灯光,闪烁耀眼。

洪善卿十猜八九,忙安慰众人道:"勿要紧个,勿要紧个。"陈小云要喊管家长福问个端的,却为门前七张八嘴,嘈嘈聒耳,喊了半天喊不着。张寿倒趁此机会飞跑上楼,禀说:"是前弄尤如意搭捉赌,勿要紧个。"

众人始放下心。忽又见对过楼上开出两扇玻璃窗,有一个人钻出来,爬到阳台上,要跨过间壁披屋逃走。不料后面一个巡捕飞身一跳,追过阳台,轮起手中短棍乘势击下,正中那人脚踝。那人站不稳,倒栽葱一交,从墙头跌出外面,连两张瓦"豁琅琅"卸落到地。周双玉慌张出房,悄地告诉周双珠道:"弄堂里跌杀个人来浪!"众人皆为嗟讶。

洪善卿见双玉的吃酒客人业经尽散,便到他房里,靠在楼窗口望下窥觑。果然那跌下来的赌客躺在墙脚边,一些不动,好像死去一般。众人也簇拥进房,争先要看。惟吴雪香胆小害怕,拉住葛仲英衣襟,道:"倪转去罢。"仲英道:"故歇去末,拨巡捕拉得去哉哩。"雪香不信道:"耐瞎说!"周双珠亦阻挡道:"倒勿是瞎说,巡捕守来浪门口,外头勿许去呀。"雪香没法,只得等耐。洪善卿因道:"倪去吃酒去,让俚哚捉末哉,无啥好看。"当请诸位归席。

周双珠亲往楼梯边喊巧囡拿酒来。巧囡正在门前赶热闹,那里还听见?双珠再喊阿金,也不答应。喊得急了,阿金却从亭子间溜出,低首无言,竟下楼去。双珠望亭子间内,黑魆魆地并无灯烛,大怒道:"啥样式嗄,真真无拨仔淘成哉!"阿金自然不敢回嘴。双珠一转身,张寿也一溜烟下楼。双珠装做不觉,款步回房。比及阿金取酒壶送上洪善卿,众人要看捉赌,无暇饮酒。

俄而弄堂内一阵脚声,自西徂东,势如风雨。洪善卿也去一望,已将那跌下的赌客扛在板门上前行;许多中外巡捕,押着出弄;后面更有一群看的人跟随围绕,指点笑语,连楼下管家、相帮亦在其内。一时门前寂静。

楼上众人看罢退下,洪善卿方一一招呼拢来,洗盏更酌。罗子富歇这半日,宿酒全醒,不肯再饮。姚季莼为归期近限,不复豁拳。众人即喊干稀饭。吴雪香急忙先行;其余出局也纷纷各散。

忙乱之中,仍是张寿献勤,打听得捉赌情形,上楼禀说:"尤如意一家,连二三十个老爷们,才捉得去哉,房子也封脱。跌下来个倒勿曾死,就不过跌坏仔一只脚。"众人嗟叹一番。适值阿德保搬干稀饭到楼上,张寿只得快快下去。

饭罢席终,客行主倦。接着对过房里周双玉连摆两个台面,楼下周双宝也摆一台,重复忙乱起来。

洪善卿不甚舒服,遂亦辞了周双珠,归到南市永昌参店歇宿。次日傍晚,往北径至尚仁里黄翠凤家。罗子富迎见,即问:"李鹤汀转去哉,耐阿晓得?"洪善卿道:"前日夜头碰着俚,勿曾说起晼。"子富道:"就勿多歇我去请俚,说同实夫一淘下船去哉。"善卿道:"常恐有啥事体。"说着,葛仲英、王莲生、朱蔼人、汤啸庵次第并至,说起李鹤汀,都道他倏地回家,必有缘故。

比及陈小云到，罗子富因客已齐，令赵家姆喊起手巾。小云问子富道："耐阿曾请李鹤汀？"子富道："说是转去哉呀，耐阿晓得俚为啥事体？"小云道："陆里有啥事体！就为仔昨夜公阳里，鹤汀也来浪，一淘拉得去，到新衙门里，罚仔五十块洋钱，新衙门里出来就下船。我去张张俚，也勿曾看见。"洪善卿急道："价末楼浪跌下来个阿是鹤汀嗄？"陈小云道："跌下来个是大流氓。先起头三品顶戴，轿子扛出扛进海外哚！就苏州去吃仔一场官司下来，故歇也来浪开赌场，挑挑头。昨日勿曾跌杀末，也算俚运气。"罗子富道："故是周少和碗，鹤汀为啥去认得俚？"陈小云道："鹤汀也自家勿好，要去赌；勿到一个月，输脱仔三万。倘然再输下去，鹤汀也勿得了哉哩！"子富道："实夫勿是道理，应该说说俚末好！"小云道："实夫倒是做人家人，到仔一埭上海，花酒也勿肯吃，蛮规矩。"洪善卿笑道："耐说实夫规矩，也勿好，忒啥做人家哉！南头一个朋友搭我说起，实夫为仔做人家也有仔点小毛病。"

陈小云待要问明如何小毛病，恰遇金巧珍出局坐定，暗将小云袖子一拉。小云回过头去，巧珍附耳说了些话。小云听不明白，笑道："耐倒忙哚碗，前转末宣卷，故歇烧路头！"巧珍道："勿是倪呀！"复附耳分辨清楚。

小云想了一想，亦即首肯，遂奉请席上诸友，欲翻台到绘春堂去。众人应诺，却问绘春堂在何处。小云说："在东棋盘街，就是巧珍个阿姐，也为仔烧路头，要绷绷场面。"巧珍接说道："阿要教阿海先去摆起台面来，一淘带局过去？"众人说："蛮好。"娘姨阿海领命就行。

罗子富因摆起庄来。不意子富豁拳大赢，庄上二十杯打去一半，外家竟输三十杯。大家计议，挨次轮流，并帮分饮，方把那一半打完。

其时已上至后四道菜，阿海也回来覆命。金巧珍再催请一遍。黄翠凤尚有楼上下两个台面应酬，向罗子富说明，稍缓片时，无须再叫。罗子富、葛仲英、王莲生、朱蔼人暨六个倌人，共是十肩轿子同行。陈小云先与洪善卿、汤啸庵步行出尚仁里口，令长福再喊两把东洋车。小云自坐包车，啸庵也坐一把。

善卿上车时，忽见那车夫年纪甚轻，面庞厮熟，仔细一看，顿吃大惊，失声叫道："耐是赵朴斋啘！"那车夫回头见是洪善卿，即拉了空车没命的飞跑西去。善卿还招手喊叫，那里还肯转来。这一气，把个洪善卿气得发昏，立在街心，瞪目无语。那陈、汤两把车已自去远，没人照管；幸而随后十肩轿子出弄，为跟轿的所见。阿金、阿海上前拉住善卿，问："洪老爷来里做啥？"善卿才醒过来，并不回言，再喊一把东洋车，跟着轿子到东棋盘街口停下，仍和众人同进绘春堂。

那金爱珍早在楼门首迎接。众人见客堂楼中已摆好台面，却先去房内暂坐。爱珍连忙各敬瓜子，又向烟榻烧鸦片烟。金巧珍叫声"阿姐"，道："耐装烟覅装哉，喊下头起手巾罢，俚哚才要紧煞来浪。"爱珍乃笑说："陆里一位老爷请用烟？"大家不去兜揽，惟陈小云说声"谢谢耐"。爱珍抿嘴笑道："陈老爷客气得来。"

巧珍不耐烦，先自出房闲逛。迨爱珍喊外场起上手巾，众人亦即入席，连带来出局皆已坐定。金爱珍和金巧珍并坐在陈小云背后。爱珍和准琵琶，欲与巧珍合唱。巧珍道："耐唱罢，我勿唱哉。"爱珍唱过一支京调，陈小云也拦说："覅唱哉。"爱珍不依，再要和弦。巧珍道："阿姐啥实概嗄，唱一支末好哉啘！"爱珍才将琵琶放下。

爱珍唱后，并无一人接唱。却值黄翠凤出局继至，罗子富便叫取鸡缸杯。娘姨去了半日，取出一只绝大玻璃杯。金爱珍嗔道："勿是呀！"慌令娘姨调换。罗子富见了喜道："玻璃杯蛮好，拿得来。"爱珍慌又奉上，揎袖前来，举酒壶筛满一玻璃杯。罗子富拍案道："我来摆五杯庄！"众人见这大杯，不敢出手。陈小云向葛仲英商量道："倪两家头拼一杯，阿好？"仲英说："好。"

小云乃与罗子富豁了一拳，竟输一杯。金爱珍即欲代酒，陈小云分与一小杯，又分一小杯转给金巧珍。巧珍道："耐要豁，耐自家去吃，倪勿代。"爱珍笑说："我来吃。"伸手要接那一小杯。巧珍急从刺斜里拦住，大声道："阿姐覅喤！"爱珍吃惊释手。小云笑而不辩，取杯呷干。葛仲英亦取半玻璃杯饮讫。接下去，朱蔼人和汤啸庵合打，王莲生和洪善卿合打，周而复始，至再至三。五杯打完之后，罗子富虽自负好量，玉山将颓，外家亦皆酩酊，遂觉酒兴阑珊，只等出局哄散。众人都不用干稀饭，随后告辞。

其时未去者，客人惟洪善卿一人，倌人惟金巧珍一人。陈小云、金爱珍乃请二人房里去坐。

第二十八回终。

第二十九回　间壁邻居寻兄结伴　过房亲眷挈妹同游

按:洪善卿跟着陈小云,金巧珍跟着金爱珍,都到房里。外场送进台面干湿,爱珍敬过,便去烟榻烧鸦片烟。小云躺在上手,说:"我来装。"爱珍道:"陈老爷覅哩,我来装末哉畹。"小云笑道:"覅客气。"遂接过签子去。爱珍又道:"洪老爷,榻床浪来躺躺哩。"善卿即亦向下手躺下。爱珍亲自移过两碗茶,放在烟盘里;偶见巧珍立在梳妆台前,照镜掠鬓。爱珍赶过去,取抿子替他刷得十分光滑,因而道长论短,秘密谈心。

这边善卿捉空将赵朴斋之事诉与小云,议个处置之法。小云先问善卿主意。善卿道:"我想托耐去报仔巡捕房,教包打听查出陆里一把车子,拿俚个人关我店里去,勿许俚出来,耐说阿好?"小云沉吟道:"勿对,耐要俚到店里去做啥?耐店里有拉东洋车个亲眷,阿要坍台嗄!我说耐写封信去交代俚哚娘,随便俚哚末哉,勿关耐事。"

善卿恍然大悟,烦恼胥平,当即起身告别。金巧珍向小云道:"倪也去哉畹。"小云乃丢下烟枪,慌的金爱珍一手按住,道:"陈老爷覅去哩。"一手拉着巧珍道:"耐啥要紧得来?阿是倪小场花,定规勿肯坐一歇哉?"巧珍趔趄着脚儿,只说:"去哉。"被爱珍拦腰一抱,嗔道:"耐去呀,耐去仔末,我也勿来张耐个哉!"小云在傍呵呵讪笑。洪善卿便道:"耐两家头再坐歇,我先去。"说着径辞陈小云出房。金爱珍撇过金巧珍,相送至楼梯边,连说:"洪老爷明朝来。"

善卿随口答应,离了绘春堂,行近三茅阁桥,喊把东洋车拉至小东门陆家石桥,缓步自回咸瓜街永昌参店。连夜写起一封书信,叙述赵朴斋浪游落魄情形,一早令小伙计送与信局,寄去乡间。

这赵朴斋母亲洪氏,年仅五十,耳聋眼瞎,柔懦无能。幸而朴斋妹子,小名二宝,颇能当家。前番接得洪善卿书信,只道朴斋将次回家,日日盼望,不想半月有余,毫无消息。忽又有洪善卿书信寄来,央间壁邻居张新弟拆阅。

张新弟演说出来，母女二人登时惊诧羞急，不禁放声大哭一场。却为张新弟的阿姊张秀英听见，趸过这边，问明缘由，婉言解劝。母女二人收泪道谢，大家商量如何。张新弟以为须到上海寻访回家，严加管束，斯为上策。赵洪氏道："上海夷场浪，陌生场花，陆里能够去喤！"赵二宝道："覅说无娒勿能够去，就去仔，教无娒陆里去寻嗄？"张秀英道："价末托个妥当点人，教俚去寻；寻得来，就拨两块洋钱俚也无啥。"洪氏道："倪再去托啥人嗄？要末原是娘舅哉喤。"新弟道："娘舅信浪为俚勿好，坍仔台，恨煞个哉，阿肯去寻嗄！"二宝道："娘舅起先就靠勿住，托人去寻，也无么用；还是我同无娒一淘去。"洪氏叹口气道："二宝，耐倒说得好。耐一个姑娘家，勿曾出歇门，到上海拨来拐子再拐得去仔末，那价呢？"二宝道："无娒末再要瞎说！人家骗骗小干仵，说覅拨拐子拐得去，阿是真真有啥拐子嗄。"新弟道："上海拐子倒无拨个，不过要认得个人同得去末好。"秀英道："耐说节浪要上海去呀？"新弟道："我到仔上海，就店里去，陆里再有工夫！"二宝听见这话，藏在肚里，却不接嘴。张新弟见无成议，辞别自去。

赵二宝留下张秀英，邀到卧房里。那秀英年方十九，是二宝闺中密友，无所不谈。当下私问："新弟到上海去做啥？"秀英说："是翟先生教得去做伙计。"二宝道："耐阿去？"秀英道："我勿做啥生意，去做啥？"二宝道："我说耐同倪一淘到上海，我去寻阿哥，耐末夷场浪白相相，阿是蛮好？"秀英心中也喜白相，只为人言可畏，踌躇道："勿局个喤。"二宝附耳低言，如此如此。

秀英领会笑诺，即时趸回家里。张新弟问起这事，秀英攒眉道："俚哚想来想去无法子，倒怪仔倪阿哥，说拨倪小村阿哥合得去，用完仔洋钱，无面孔见人，故歇倒要倪同得去寻倪小村阿哥。"

道言未了，赵二宝亦过来，叫声"秀英阿姐"，道："耐覅来浪假痴假呆！耐阿哥做个事体，我生来要寻着耐。耐同得去，寻着仔小村阿哥，就勿关耐事。"新弟在旁道："小村阿哥来里上海，耐自家去寻好哉。"二宝道："我上海勿认得，要同仔俚一淘去。"新弟道："俚去勿局个，我来同耐去阿好？”二宝道：“耐男人家，同倪一淘到上海，算啥样式嗄？俚勿肯去末，我定归噪得俚勿舒齐。”新弟目视秀英，问如何。秀英道：“我无拨一点点事体，到上海去做啥？人家听见仔，只道倪去白相，阿是笑话？”二宝道：“耐末常恐人笑话，倪阿哥拉仔东洋车勿关耐事哉，阿对？”新弟笑劝秀英道：“阿姐就去一埭末哉，寻着仔转来，也勿多几日天。”秀英尚自不肯，被新弟极力怂恿，勉强答应。于是议定四月十七日启行，央对门剃头司务吴小大妻子吴家姆看守房屋。

赵二宝回家告诉母亲赵洪氏，洪氏以为极好。当晚吴小大亲至两家先应承看房之托，并言闻得儿子吴松桥十分得意，要趁便船自去寻访。两家也就应承。

至日，雇了一只无锡网船，赵洪氏、赵二宝、张新弟、张秀英及吴小大，共是五人，搬下行李，开往上海。

不止一日，到日辉港停泊。吴小大并无铺盖，背上包裹，登岸自去。赵二宝缘赵朴斋住过悦来客栈，说与张新弟，即将行李交明悦来栈接客的；另喊四把东洋车，张新弟和张秀英、赵洪氏、赵二宝坐了，同往宝善街悦来客栈。恰好行李担子先后挑到，拣得一间极大房间，卸装下榻。

安置粗讫，张新弟先去大马路北信典铺，谒见先生翟掌柜。翟掌柜派在南信典铺中司事。张新弟回栈来搬铺盖，因问赵二宝：“阿要一淘去寻倪小村阿哥？”二宝摇手道：“寻着耐阿哥，也勿相干碗。耐到咸瓜街浪永昌参店里，教倪娘舅该搭来一埭再说。”新弟依言去了。这晚，张秀英独自一个去看了一本戏，赵二宝与母亲赵洪氏愁颜对坐，并未出房。

次日一早，洪善卿到栈相访，见过嫡亲阿姊赵洪氏，然后赵二宝上前行礼。善卿略叙数年阔别之情，说到外甥赵朴斋，从实说出许多下流行事，并道：“故歇我教人去寻得来，以后再有啥事体，我勿管帐。”二宝插嘴道：“娘舅寻得来最好，以后请娘舅放心，阿好再来惊动娘舅嗄。”善卿又问问乡下年来收成丰歉，方始告辞。张秀英本未起身，没有见面。

饭后，果然有人送赵朴斋到门，栈使认识通报，赵洪氏、赵二宝慌忙出迎。只见赵朴斋脸上沾染几搭乌煤，两边鬓发长至寸许；身穿七拼八补的短衫裤，暗昏昏不知是甚颜色；两足光赤，鞋袜俱无，俨然像乞丐一般。妹子二宝友于谊笃，一阵心酸，呜呜饮泣。母亲洪氏看不清楚，还问："来浪陆里嗄？"栈使推朴斋近前，令他磕头。洪氏猛吃一惊，顿足大哭道："我倪子为啥实概个嗄！"刚哭出这一声，气哽喉咙，几乎仰跌。幸有张秀英在后搀住，且复解劝。二宝为栈中寓客簇拥观看，羞愧难当，急同秀英扶母亲归房；手招朴斋进去，关上房门；再开皮箱，搜出一套衫裤鞋袜，令朴斋向左近浴堂中剃头、洗澡，早去早来。

不多时，朴斋遵命换衣回栈，虽觉面庞略瘦，已算光彩一新。秀英让他坐下。洪氏、二宝着实埋冤一顿。朴斋低头垂泪，不敢则声。二宝定要问他缘何不想回家，连问十数遍，朴斋终呐呐然说不出口。秀英带笑代答道："俚转来末，好像难为情，阿对？"二宝道："勿对个，俚要晓得仔难为情，倒转来哉。我说俚定归是舍勿得上海，拉仔个东洋车，东望望，西望望，开心得来！"几句说得朴斋无地自容，回身对壁。

洪氏忽有些怜惜之心，不复责备，转向秀英、二宝计议回家。二宝道："教栈里相帮去叫只船，明朝转去。"秀英道："耐教我来白相相，我一埭勿曾去，耐倒就要转去哉，勿成功！"二宝央及道："价末再白相一日天阿好？"秀英道："白相仔一日天再说。"洪氏只得依从。

吃过晚饭，秀英欲去听书。二宝道："倪先说好仔，书钱我来会；倘然耐客气末，我索性勿去哉。"秀英一想，含糊笑道："故也无啥。明朝夜头，我请还耐末哉。"

秀英、二宝去后，惟留洪氏、朴斋在房，洪氏困倦早睡。朴斋独坐，听得宝善街上，东洋车声如潮涌，络绎聒耳；远远地又有铮铮琵琶之声，仿佛唱的京调，是清倌人口角，但不知为谁家。朴斋心猿不定，然又不敢擅离。栈使曾于大房间后面小间内为朴斋另设一床，朴斋乃自去点起瓦灯台，和衣暂卧。

不意间壁两个寓客在那里吸鸦片烟，又讲论上海白相情景，津津乎若有味焉，害朴斋火性上炎，欲眠不得，眼睁睁地等到秀英、二宝听书回来，重复下床出房，问："唱得阿好听？"二宝咳了一声道："我赛过勿曾听。今夜头刚刚勿巧，碰着俚哚姓施个亲眷，倪进去泡好茶末，书钱就拨来施个会仔去，买仔多花点心、水果请倪吃，耐说阿要难为情？明朝再要请倪去坐马车，我是定归勿去。"秀英道："上海场花阿有啥要紧嗄，俚请倪末，倪落得去。"二宝道："耐生来无啥要紧，熟罗单衫才有来浪，去去末哉；我好像个叫化子，坍台煞个。"二宝无心说出这话，被秀英"格"声一笑。

朴斋不好意思，仍欲回避。二宝忽叫住道："阿哥慢点去。"朴斋忙问甚事。二宝打开手巾包，把书场带来的点心、水果分给朴斋，并让秀英同吃。秀英道："倪再吃筒鸦片烟。"二宝道："耐勠来浪无清头，吃上仔瘾也好哉。"秀英笑而不依，向竹丝篮内取出一副烟盘，点灯烧烟，却烧的不得法，斗门沥滞，呼吸不灵。朴斋凑趣道："阿要我替耐装？"秀英道："耐也会装烟哉？耐去装喤。"说着让开。

朴斋遂将烧僵的一筒烟发开装好，捏得精光，调转枪头，送上秀英。秀英略让一句，便"呼呼呼"一气到底，连声赞道："倒装得出色哚，陆里去学得来个嗄？"朴斋含笑不答，再装一筒。秀英偏要二宝去吃，二宝没法，吃了。装到第三筒，系朴斋自己吃的。随后收起烟盒，各道安置。朴斋自归后面小间内歇宿。

翌日午后，突然一个车夫到栈，说是："施大少爷喊得来个马车，请太太同两位小姐一淘去。"二宝本不愿坐他马车，秀英不容分说，谆嘱朴斋看房，硬拉洪氏、二宝同游明园。朴斋在栈无事，私下探得那副烟盘并未加锁，竟自偷吃一口，再打两枚烟泡。

可巧张小村闻信而来，特访他同堂弟妹，见朴斋如此齐整，以为稀奇。朴斋追思落魄之时，曾受小村奚落，故不甚款洽，径将烟盘还放原处。小村没趣辞别。朴斋怕羞不出，并未相送。

待至天色将晚，马车未回。朴斋不耐烦，溜至天井跂望，恰好秀英、二宝扶着洪氏下车进门。朴斋迎见，即诉说张小村相访。二宝默然，秀英却道："倪阿哥也勿是好人，难勠去理俚。"

朴斋唯唯，跟到大房间内。二宝去身边摸出一瓶香水给朴斋估看。朴斋不识好歹,问价若干。二宝道:“说是两块洋钱哚。”朴斋吐舌道:“去买俚做啥嗄?”二宝道:“我原勿要呀,是俚哚瑞生阿哥定归要买,买仔三瓶:俚自家拿一瓶,一瓶送仔阿姐,一瓶说送拨我。”朴斋也就无言。

秀英、二宝各述明园许多景致,并及所见倌人、大姐面目衣饰,细细品评。秀英道:“耐照相楼浪勿曾去,我说倪几个人拍俚一张倒无啥。”二宝道:“瑞生阿哥也拍来浪,故是笑煞人哉!”秀英道:“才是亲眷,熟仔点无啥要紧。”二宝道:“瑞生阿哥倒蛮写意个人,一点点脾气也无拨。听见倪叫无娒末,俚也叫无娒;请倪无娒吃点心,一淘同得去看孔雀,倒好像是倪无娒个倪子。”洪氏喝住道:“耐说说末就无淘成。”

二宝咬着指头匿笑,秀英也笑道:“俚今夜头请倪大观园看戏呀,耐阿去?”二宝哆口做意道:“我终有点难为情,让阿哥去罢。”秀英道:“同阿哥一淘去蛮好。”朴斋接说道:“俚勿曾请我,我去算啥?”二宝道:“俚请倒才请个,坎坎还来浪说起:‘坐马车为啥勿一淘来?’倪说:‘栈里无拨人。’难末俚说:‘晚歇请俚去看戏。’”秀英道:“故歇六点半钟,常恐就要来请哉,倪吃饭罢。”乃催栈使开饭,四人一桌。

须臾吃毕,只见一个人提着大观园灯笼,高擎一张票头,趫上阶沿,喊声“请客”。朴斋忙去接进,逐字念出,太太、少爷、两位小姐总写在内,底下出名仅一“施”字。二宝道:“难末那价回头俚哩?”秀英道:“生来说就来。”朴斋扬声传命,请客的遂去。二宝佯嗔道:“耐说就来,我看戏倒勿高兴。”秀英道:“耐末刁得来!做个人,爽爽气气,勠实概!”连催二宝换衣裳。二宝道:“价末慢点哩,啥要紧嗄!”先照照镜子,略施一些脂粉,才穿上一件月白湖绉单衫。事毕欲行,朴斋道:“我谢谢哉哩。”秀英听说,倒笑起来道:“耐阿是学耐妹子?”朴斋强辩道:“勿呀,我看见大观园戏单,几出戏才看过歇,无啥好看。”秀英道:“俚是包来浪一间包厢,就不过倪几个人。耐勿去,戏钱也省勿来。就勿好看,也看看末哉。”

朴斋本自要看,口中虽说“谢谢”,两只眼只觑母亲、妹子的面色。二宝即道："阿姐教耐看末，耐就看看末哉。无娒阿对？"洪氏亦道："阿姐说生来去看，看完仔一淘转来，覅到别场花去。"

秀英又请洪氏。洪氏真个不去。朴斋乃鼓起兴致，讨了悦来栈字号灯笼，在前引导。张秀英、赵二宝因路近，即跟赵朴斋步行至大观园。

第二十九回终。

第三十回 新住家客栈用相帮 老司务茶楼谈不肖

按:赵朴斋领妹子赵二宝及张秀英同至大观园楼上包厢。主人系一个后生,穿着雪青纺绸单长衫,宝蓝茜纱夹马褂,先在包厢内靠边独坐。朴斋知为施瑞生,但未认识。施瑞生一见大喜,慌忙离位,满面堆笑,手搀秀英、二宝上坐凭栏,又让朴斋。朴斋放下灯笼,退坐后埭。瑞生坚欲拉向前边,朴斋相形自愧,跼蹐不安。幸而瑞生只和秀英附耳说话,秀英又和二宝附耳说话,将朴斋搁在一边,朴斋倒得自在看戏。

这大观园头等角色最多,其中最出色的乃一个武小生,名叫小柳儿,做工唱口绝不犹人。当晚,小柳儿偏排着末一出戏,做《翠屏山》中石秀。做到潘巧云赶骂、潘老丈解劝之际,小柳儿唱得声情激越,意气飞扬;及至酒店中,使一把单刀,又觉一线电光,满身飞绕,果然名不虚传。

《翠屏山》做毕,天已十二点钟,戏场一时哄散,纷纷看的人恐后争先,挤塞门口。施瑞生道:“倪慢慢交末哉。”随令赵朴斋掌灯前行,自己拥后,张秀英、赵二宝夹在中间,同至悦来客栈。二宝抢上一步,推开房门,叫声“无娒”。赵洪氏歪在床上,欻地起身。朴斋问道:“无娒为啥勿困?”洪氏道:“我等来里,困仔末啥人来开门嗄?”秀英道:“今夜头蛮蛮好个好戏,无娒勿去看!”瑞生道:“戏末礼拜六夜头最好。今朝礼拜三,再歇两日,同无娒一淘去看。”

洪氏听是瑞生声音,叫声“大少爷”,让坐致谢。二宝喊栈使冲茶。秀英将烟盘铺在床上,点灯请瑞生吸鸦片烟。朴斋不上台盘,远远地掩在一边。洪氏乃道:“大少爷,难末真真对勿住,两日天请仔倪好几埭。明朝倪定归要转去哉。”瑞生急道:“覅去哩。无娒末总实概,上海难得来一埭,生来多白相两日。”洪氏道:“勿瞒大少爷说,该搭栈房里,四个人房饭钱要八百铜钱一日哚,开消忒大,早点转去个好。”瑞生道：“勿要紧个，我有法子，比来里乡下再要省点。”瑞生只顾说话，签子上烧的烟淋下许多，还不自觉。秀英睃见，忙去上手躺下，接过签子给他代烧。

二宝向自己床下提串铜钱，暗地交与朴斋，叫买点心。朴斋接钱，去厨下讨只大碗，并不呼唤栈使，亲往宝善街上去买。无如夜色将阑，店家闭歇，只买得六件百叶回来，分做三小碗，搬进房内。二宝攒眉道：“阿哥末也好个哉，去买该号物事。”朴斋道：“无拨哉呀。”瑞生从床上崛起，看了道：“百叶蛮好，我倒喜欢吃个。”说着竟不客气，取双竹筷，努力吃了一件。二宝将一碗奉上洪氏，并喊秀英道：“阿姐来陪陪喤。”秀英反觉不好意思，嗔道：“我覅吃。”二宝笑道：“价末阿哥来吃仔罢。”朴斋遂一古脑儿吃完，喊栈使收去空碗。

瑞生再吸两口鸦片烟，告辞而去。朴斋始问秀英，和施瑞生如何亲眷。秀英笑道：“俚哚亲眷，耐陆里晓得嗄！瑞生阿哥个娘末就是我过房娘。我过房个辰光，刚刚三岁。旧年来浪龙华碰着仔，大家勿认得，说起来倒蛮对，难末教我到俚哚屋里住仔三日，故歇倒算仔亲眷哉。”朴斋默然不问下去。一宿无话。

瑞生于次日午后到栈，栈中才开过中饭，收拾未毕。秀英催二宝道：“耐快点喤，倪今朝买物事去呀。”二宝道：“我物事覅买，耐去末哉。”瑞生道：“倪也勿买啥物事，一淘去白相相。”秀英笑道：“耐覅去搭俚说，我晓得俚个脾气，晚歇总归去末哉。”二宝听说，冷笑一声，倒在床上睡下。秀英道：“阿是说仔耐了动气哉？”二宝道：“啥人有闲工夫来搭耐动气嗄！”秀英道：“价末去喤。”二宝道：“勿然末去也无啥，故歇拨耐猜着仔，定归勿去。”

秀英捻知二宝拗性，难于挽回，回顾瑞生努嘴示意。瑞生佯嘻嘻挨坐床沿，妹妹长，妹妹短，搭讪多时，然后劝他去白相。二宝坚卧不起。秀英道：“我末得罪仔耐，耐看瑞生阿哥面浪，就冤屈点阿好？”二宝又冷笑一声不答。洪氏坐在对面床上，听不清是甚么，叫声“二宝”，道：“覅喤，瑞生阿哥来浪说呀，快点起来喤。”二宝秋气道：“无娒覅响，耐晓得啥嗄！”

瑞生觉道言语戗了，呵呵一笑，岔开道：“倪也勿去哉，就该搭坐歇，讲讲闲话倒蛮好。”因即站起身来。偶见朴斋靠窗侧坐，手中擎着一张新闻纸，低头细看，瑞生问：“阿有啥新闻？”朴斋将新闻纸双手奉上。瑞生接来，拣了一段，指手划脚且念且讲。秀英、朴斋同声附和，笑做一团。

二宝初时不睬，听瑞生说得发松，再忍不住，因而欻地下床，去后面朴斋睡的小房间内小遗。秀英掩口暗笑，瑞生摇手止住。等到二宝出房，瑞生丢开新闻纸，另讲一件极好笑的笑话，逗引得二宝也不禁笑了。秀英故意偷眼去睃睃他如何，二宝自觉没意思，转身紧傍洪氏身旁坐下，一头撞在怀里，撒娇道：“无娒耐看哩，俚哚来浪欺瞒我。”秀英大声道：“啥人欺瞒耐嗄，耐倒说说看！”洪氏道：“阿姐阿要来欺瞒耐，覅实概瞎说。”瑞生只是拍手狂笑，朴斋也跟着笑一阵，才把这无端口舌揭过一边。

瑞生重复慢慢的怂恿二宝去白相，二宝一时不好改口应承，只装做不听见。瑞生揣度意思是了，便取一件月白单衫，亲手替二宝披上。秀英早自收拾停当。于是三人告禀洪氏而行，惟留朴斋陪洪氏在栈。洪氏夜间少睡，趁此好歇中觉。朴斋气闷不过，手持水烟筒，踅出客堂，踞坐中间高椅和帐房先生闲谈。谈至上灯以后，三人不见回来，栈使问：“阿要开饭？”朴斋去问洪氏。洪氏叫先开两客。

母子二人吃饭中间，忽听栈门首一片笑声，随见秀英拎着一个衣包，二宝捧着一卷纸裹，都吃得两颊绯红，唏唏哈哈进房。洪氏先问晚饭。秀英道：“倪吃过哉，来没吃大菜呀。”二宝抢步上前道：“无娒，耐吃哩。”即检纸裹中卷的虾仁饺，手拈一只喂与洪氏。洪氏仅咬一口，觉得吃不惯，转给朴斋吃。朴斋问起施瑞生，秀英道：“俚有事体，送倪到门口，坐仔东洋车去哉。”

迨洪氏、朴斋晚饭吃毕，二宝复打开衣包，将一件湖色茜纱单衫与朴斋估看。朴斋见花边云滚，正系时兴，吐舌道：“常恐要十块洋钱哚哩！”二宝道：“十六块哚。我覅俚呀，阿姐买好仔嫌俚短仔点，我着末倒蛮好，难末教我买。我说无拨洋钱。阿姐说：‘耐着来浪，停两日再说。’”朴斋不则一声。二宝翻出三四件纱罗衣服，说是阿姐买的。朴斋更不则一声。

这夜大家皆没有出游。朴斋无事早睡，秀英、二宝在前间唧唧说话，朴斋并未留心，沉沉睡去。朦胧中听得妹子二宝连声叫“无娒”，朴斋警醒呼问，二宝推说“无啥”。洪氏醒来，和秀英、二宝也唧唧说话。朴斋那里理会，竟安然一觉，直至红日满窗，秀英、二宝已在前间梳头。

朴斋心知失聪，慌的披衣走出。及见母亲洪氏拥被在床，始知天色尚早，喊栈使舀水洗脸。二宝道：“倪点心吃哉。阿哥要吃啥，教俚㑚去买。”朴斋说不出。秀英道：“阿要也买仔两个汤团罢？”朴斋说：“好。”栈使受钱而去。

朴斋因桌上陈设梳头奁具，更无空隙，急取水烟筒往客堂里坐；吃过汤团，仍和帐房先生闲谈。好一会，二宝在房内忽高声叫“阿哥”，道：“无娒喊耐。”朴斋应声进房。

其时秀英、二宝妆裹粗完，并坐床沿；洪氏亦起身散坐。朴斋傍坐候命，八目相视，半日不语。二宝不耐，催道：“无娒搭阿哥说哩。”洪氏要说，却“咳”的叹口气道：“俚㑚瑞生阿哥末也忒啥要好哉，教倪再多白相两日。我说：‘栈房里房饭钱忒大。’难末瑞生阿哥说：‘清和坊有两幢房子空来浪，无拨人租。’教倪搬得去，说是为仔省点个意思。”秀英抢说道：“瑞生阿哥个房子，房钱就勿要哉。倪自家烧来吃，一日不过二百个铜钱，比仔栈房里阿是要省多花㑚。我是昨日答应俚哉，耐说阿好？”二宝接说道：“该搭一日房饭钱，四个人要八百㑚。搬得去末省六百，阿有啥勿好嗄？”朴斋如何能说“不好”，仅低头唯唯而已。

饭后，施瑞生带了一个男相帮来栈，问：“阿曾收作好？”秀英、二宝齐笑道：“倪末陆里有几花物事收作嗄！”瑞生乃喊相帮来搬。朴斋帮着捆起箱笼，打好铺盖，叫把小车，与那相帮押后，先去清和坊铺房间。

赵朴斋见那两幢楼房，玻璃莹澈，花纸鲜明。不但灶下釜甑齐备，楼上两间房间，并有两副簇簇新新的宁波家生。床榻桌椅，位置井井；连保险灯、着衣镜都全，所缺者惟单条字画、帘幕帷帐耳。

随后，施瑞生陪送赵洪氏及张秀英、赵二宝进房。洪氏前后踅遍，啧啧赞道："倪乡下陆里有该号房子嗄！大少爷，故末真真难为耐。"瑞生极口谦逊。当时聚议，秀英、二宝分居楼上两间正房，洪氏居亭子间，朴斋与男相帮居于楼下。

须臾天晚，聚丰园挑一桌丰盛酒菜送来。瑞生令摆在秀英房内，说是暖房。洪氏又致谢不尽。大家团团围坐一桌圆台面，无拘无束，开怀畅饮。

饮至半酣之际，秀英忽道："倪坎坎倒忘记脱哉，勿曾去叫两个出局来白相相，倒无啥。"二宝道："瑞生阿哥去叫啘，倪要看呀。"洪氏喝阻道："二宝覅，耐末再要起花样。瑞生阿哥老实人，堂子里勿曾去白相歇，阿好叫嗄！"朴斋亦欲有言，终为心虚忸怩，顿住了嘴。瑞生笑道："我一干仔叫也无啥趣势。明朝我约两个朋友，该搭吃夜饭，教俚哚才去叫得来，故末闹热点。"二宝道："倪阿哥也去叫一个，看俚哚阿来。"秀英手拍二宝肩背道："我也叫一个，就叫个赵二宝。"二宝道："我赵二宝个名字倒勿曾有过歇，耐张秀英末有仔三四个哉！才是时髦倌人，一道拨人家来浪叫出局。"几句说得秀英急了，要拧二宝的嘴，二宝笑而走避。瑞生出席拦劝，因相将向榻床吸鸦片烟。洪氏见后四道菜登席，就叫相帮盛饭来。

朴斋闷饮，不胜酒力，遂陪母亲同吃过饭，送母亲到亭子间，径往楼下点灯弛衣，放心自睡。一觉醒来，酒消口渴，复披衣靸鞋，摸至厨房，寻得黄沙大茶壶，两手捧起，"咽咽"呼饱；见那相帮危坐于水缸盖上，垂头打盹，即叫醒他。问知酒席虽撤，瑞生尚在。朴斋仍摸回房来，听楼上喁喁切切，笑语间作，夹着水烟、鸦片烟呼吸之声。朴斋剔亮灯心，再睡下去，这一觉冥然无知，俨如小死。直至那相帮床前相唤，朴斋始惊起，问相帮："阿曾困歇？"相帮道："大少爷去，天也亮哉，阿好再困。"

朴斋就厨下捕个面，蹑足上楼。洪氏独在亭子间梳头。前面房里烟灯未灭，秀英、二宝还和衣对卧在一张榻床上。朴斋掀帘进房，秀英先觉，起坐，怀里摸出一张横批请客单，令朴斋写个"知"字。朴斋看是当晚施瑞生移樽假座，请自己及张新弟陪客，更有陈小云、庄荔甫两人，沉吟道："今夜头我真个谢谢哉。"秀英问："为啥？"朴斋道:“我碰着仔难为情。”秀英道:“阿是说倪新弟?”朴斋说:“勿是。”秀英道:“价末啥嗄?”朴斋又不肯实说。适二宝闻声继寤,朴斋转向二宝耳边,悄悄诉其缘故。二宝点头道:“也勿差。”秀英乃不便强邀,喊相帮交与请客单,照单赍送。

朴斋延至两点钟,涎脸问妹子讨出三角小洋钱。禀明母亲,大踱出门。初从四马路兜个圈子,兜回宝善街,顺便往悦来客栈,拟访帐房先生与他谈谈。将及门首,出其不意,一个人从门内劈面冲出,身穿旧洋蓝短衫裤,背负小小包裹,翘起两根短须,满面愤怒,如不可遏。朴斋认得是剃头司务吴小大,甚为惊诧。吴小大一见赵朴斋,顿换喜色道:“我来里张耐呀,搬到仔陆里去哉嗄?”朴斋约略说了。吴小大携手并立,剌剌长谈。朴斋道:“倪角子浪去吃碗茶罢。”吴小大说“好”,跟随朴斋至石路口松风阁楼上,泡一碗“淡湘莲”。吴小大放下包裹,和朴斋对坐,各取副杯分腾让饮。

吴小大倏地瞋目攘臂,问朴斋道:“我要问耐句闲话,耐阿是搭松桥一淘来浪白相?”朴斋被他突然一问,不知为着何事,心中“突突”乱跳。吴小大拍案攒眉道:“勿呀!我看耐年纪轻,来里上海,常恐去上俚当水!就像松桥个杀坯末,耐终覅去认得俚个好。”朴斋依然目瞪口呆,没得回答。吴小大复鼻子里哼了一声,道:“我搭耐说仔罢,我个亲生爷俚还勿认得哩,再要来认得耐个朋友?”

朴斋细味这话稍有头路,笑问究竟缘何。吴小大从容诉道:“我做个爷,穷末穷,还有碗把苦饭吃吃个哩。故歇到上海来,勿是要想啥倪子个好处;为是我倪子发仔财末,我来张张俚,也算体面体面。陆里晓得个杀坯实概样式!我连浪去三埭,帐房里说勿来浪,倒也罢哉;第四埭我去,来浪里向勿出来,就帐房里拿四百个铜钱拨我,说教我趁仔航船转去罢。我阿是等耐四百个铜钱用!我要转去,做叫化子讨饭末也转去仔,我要用耐四百个铜钱!”一面诉说,一面竟号啕痛哭起来。

朴斋极力劝慰宽譬,且为吴松桥委曲解释。良久,吴小大收泪道:“我也自家勿好,教俚上海做生意。上海夷场浪勿是个好场花。”朴斋假意叹服。吃过五六开茶,朴斋将一角小洋钱会了茶钱。吴小大顺口鸣谢，背上包裹同下茶楼，出门分路。吴小大自去日辉港觅得里河航船回乡。赵朴斋彳亍宝善街中，心想这顿夜饭如何吃法。

第三十回终。

第三十一回　长辈埋冤亲情断绝　方家贻笑臭味差池

按:赵朴斋自揣身边仅有两角小洋钱,数十铜钱,只好往石路小饭店内吃了一段黄鱼及一汤一饭;再往宝善街大观园正桌后面看了一本戏,然后散场回家。那时敲过十二点钟,清和坊各家门首皆点着玻璃灯,惟自己门前漆黑,两扇大门也自紧闭。朴斋略敲两下,那相帮开进。朴斋便问:"台面阿曾散?"相帮道:"散仔歇哉,就剩大少爷一干仔来浪。"

朴斋见楼梯边添挂一盏马口铁壁灯,倒觉甚亮,于是款步登楼,听得亭子间有说话声音,因即掀帘进去。只见母亲赵洪氏坐在床中,尚未睡下,张秀英、赵二宝并坐在床沿,正讲得热闹。见了朴斋,洪氏先问:"阿曾吃夜饭?"朴斋说:"吃过哉。"朴斋问:"瑞生阿哥阿是去哉?"秀英道:"勿曾去,困着来浪。"二宝抢说道:"倪新用一个小大姐来浪,耐看阿好?"说着,高声叫:"阿巧。"

阿巧应声从秀英房里过来,站立一边。朴斋打量这小大姐面庞厮熟,一时偏想不起;勿想着"阿巧"名字,方想起来,问他:"阿是来浪卫霞仙搭出来?"阿巧道:"卫霞仙搭做歇两个月,故歇来浪张蕙贞搭出来。耐陆里看见我,倒忘记脱哉啘。"朴斋却不说出,付之一笑,秀英、二宝亦未盘问。

大家又讲起适才台面上情事,朴斋问:"叫仔几个局?"秀英道:"俚哚一人叫一个,倪看仔才无啥好。"二宝道:"我说倒是幺二浪两个稍微好点。"朴斋问:"新弟阿曾叫?"秀英道:"新弟无工夫,也勿曾来。"朴斋问:"瑞生阿哥叫个啥人?"二宝道:"叫陆秀宝,就是俚末稍微好点。"朴斋吃惊道:"阿是西棋盘街聚秀堂里个陆秀宝?"秀英、二宝齐声道:"正是,耐陆里晓得嗄?"朴斋只是讪笑,如何敢说出来?秀英笑道:"上海来仔两个月,倌人、大姐倒拨耐才认得个哉。"二宝鼻子里哼了一声,道:"认得点倌人、大姐末,阿算啥体面嗄?"

朴斋不好意思，趔趄着脚儿退出亭子间，却轻轻溜进秀英房中。只见施瑞生横躺在烟榻上打鼾，满面醺醺然都是酒气；前后两盏保险灯还集得高高的，映着新糊花纸，十分耀眼；中间方桌罩着一张油晃晃圆台面，尚未卸去；门口旁边扫拢一大堆西瓜子壳及鸡鱼肉等骨头。朴斋不去惊动，仍就下楼，归至自己房间。那相帮早直挺挺睡在旁边板床上。朴斋将床前半桌上油灯心拨亮，便自宽衣安置。

比及一觉醒来，日光过午，朴斋慌的爬起。相帮给他舀盆水洗过脸，阿巧即来说道："请耐楼浪去呀。"朴斋跟阿巧到楼浪秀英房里，施瑞生正吸鸦片烟，虽未抬身，也点首招呼。秀英、二宝同在外间梳头。

须臾，阿巧请过赵洪氏，取五副杯筷摆在圆台。相帮搬上一大盘，皆是席间剩菜，系爊蹄、套鸭、南腿、鲥鱼四大碗，另有一大碗杂拌，乃各样汤炒小碗相并的。瑞生、洪氏、朴斋随意坐定。秀英、二宝新妆未成，并穿着蓝洋布背心，额角边叉起两只骨簪拦住鬓发，联步进房。瑞生举杯说"请"，秀英、二宝坚却不饮，令阿巧盛饭来，与洪氏同吃，惟朴斋对酌相陪。

朴斋呷酒在口，攒眉道："酒忒烫哉。"瑞生道："我好像有点伤风，烫点倒无啥。"秀英道："耐自家勿好啘。阿巧来喊耐，教耐床浪去困，耐为啥勿去困嗄？"二宝道："倪两家头困来浪外头房间里，天亮仔还听见耐咳嗽。耐一干子来浪做啥？"瑞生微笑不言。洪氏因唠叨道："大少爷，耐末身体也娇寡点。耐自家要当心个哩！像前日夜头天亮辰光，耐再要转去，阿冷嗄？来里该搭蛮好啘。"瑞生整襟作色道："无娒说得勿差呀，倪陆里晓得当心嗄，自家会当心仔倒好哉！"秀英道："耐伤风末，酒少吃点罢。"二宝道："阿哥也覅吃哉。"瑞生、朴斋自然依从。

大家吃毕午饭，相帮、阿巧上前收拾。朴斋早溜去楼下厨房，胡乱绞把手巾揩了，手持一支水烟筒，踱出客堂，搁起腿膀巍然独坐，心计如何借个端由出门逛逛，以破岑寂。

正在颠思倒想之际，忽然有人敲门，朴斋喝问"何人"。门外接应，听不清楚，只得丢下水烟筒，亲去看看。谁知来者不是别人，即系朴斋的嫡亲娘舅洪善卿。朴斋登时失色，叫声"娘舅"，倒退两步。善卿毫不理会，怒叶叶喝道："喊耐无娒来！"

朴斋喏喏连声，慌的通报。那时秀英、二宝打扮齐整，各换一副时式行头，奉洪氏陪瑞生闲谈。朴斋诉说善卿情形。瑞生、秀英心虚气馁，不敢出头。二宝恐母亲语言失检，跟随洪氏下楼，见了善卿。

善卿不及寒暄，盛气问洪氏道："耐阿是年纪老仔，昏脱哉！耐故歇勿转去，再要做啥？该搭清和坊，耐晓得是啥场花嗄？"洪氏道："倪是原要转去呀，巴勿得故歇就转去末最好；就为仔个秀英小姐再要白相两日，看两本戏，坐坐马车，买点零碎物事。"二宝在旁听说得不着筋节，忙抢步上前，叉住道："娘舅勿呀，倪无娒是……"刚说得半句，被善卿拍案叱道："我搭耐无娒讲闲话，挨勿着耐来说！耐自家去照照镜子看，像啥个样子，覅面孔个小娘仵！"

二宝吃这一顿抢白，羞得两颊通红，掩过一旁，嘤嘤细泣。洪氏长吁一声，慢慢接说道："难末俚哚个瑞生阿哥末也忒啥个要好哉……"善卿听说，更加暴跳如雷，跺脚大声道："耐再要说瑞生阿哥！耐囡仵拨俚骗得去哉，耐阿晓得？"连问几遍，直问到洪氏脸上。洪氏也吓得目瞪口呆，说不下去。大家嘿嘿无言。

楼上秀英听得作闹，特差阿巧打探。阿巧见朴斋躲在屏门背后暗暗窥觑，也缩住脚，听客堂中竟没有一些声息。

隔了半日，善卿气头过去，向洪氏朗朗道："我要问耐，耐到底想转去勿想转去？"洪氏道："为啥勿想转去嗄！难教我那价转去哩？四五年省下来几块洋钱，拨个烂料去撩完哉；故歇倪出来再用空仔点，连盘费也勿着杠碗。"善卿道："盘费有来里，耐去叫只船，故歇就去。"洪氏顿住口，踌躇道："转去是最好哉；不过有仔盘费末，秀英小姐搭借个三十洋钱也要还拨俚个碗。到仔乡下，屋里向大半年个柴、米、油、盐一点点无拨，故末搭啥人去商量嗄？"善卿着实叹口气道："耐说来说去末，总归勿转去个哉。我也无啥大家当来照应外甥，随便做啥，勿关我事。从此以后，覅来寻着我，坍我台！耐总算无拨我该个兄弟！"说毕起身，绝不回头，昂藏径去。

洪氏摊在椅上，气个发昏。二宝将手帕遮脸，呜咽不止。朴斋、阿巧等善卿去远，方从屏门背后出来。朴斋蚩蚩侍立，欲劝无从。阿巧讶道："我道仔啥人，是洪老爷啘。啥实概嗄！"

洪氏令阿巧关上大门，唤过二宝，说："倪楼浪去。"朴斋在后跟随，一淘上楼，仍与瑞生、秀英会坐。秀英先问洪氏："阿要转去？"洪氏道："转去是该应转去，娘舅个闲话终究勿差，我算末倒难哩。"二宝带泣嚷道："无娒末再要说娘舅好！娘舅单会埋冤倪两声，说到仔洋钱就勿管帐，去哉。"朴斋趁口道："娘舅个闲话也说得稀奇，妹妹一淘坐来浪，倒说道拨来人骗仔去哉！骗到陆里去嗄？"瑞生冷笑道："勿是我来里瞎说，耐哚个娘舅，真真岂有此理！倪朋友淘里，间架辰光也作兴通融通融；耐做仔个娘舅，倒勿管帐。该号娘舅，就勿认得俚也无啥要紧。"

大家议论一番，丢过不提。瑞生重复解劝二宝，安慰洪氏，并许为朴斋寻头生意，然后告辞别去。秀英挽留不住，嘱道："晚歇原到该搭来吃夜饭。"

瑞生应诺，下楼出门，行过两家门首，猛然间一个绝俏的声音喊"施大少爷"。瑞生抬头一望，原来是袁三宝在楼窗口叫唤，且招手道："来坐歇哩。"

瑞生多时不见三宝，不料长得如此丰满，想要趁此打个茶会，细细品题。可巧另有两个客人劈面迎来，踅进袁三宝家，直上楼去，瑞生因而止步。袁三宝亦不再邀，回身转面接见两个客人。

三宝只认得一个是钱子刚；问那一个尊姓，说是姓高。茶烟瓜子照例敬过。及坐谈时，钱子刚赶着那姓高的叫"亚白哥"。三宝想着京都杂剧中《送亲演礼》这出戏，不禁"格"声一笑。子刚问其缘故，三宝掩口胡卢，那高亚白倒不理会。

俄延片刻，高亚白、钱子刚即起欲行。袁三宝送至楼梯边。两人并肩联袂，缓步逍遥，出清和坊，转四马路，经过壶中天大菜馆门首。钱子刚请吃大菜，亚白应承进去，拣定一间宽窄适中的房间。堂倌呈上笔砚，子刚略一凝思，随说："我去请个朋友，来陪陪耐。"写张请客票，付与堂倌。亚白见写的是"方蓬壶"，问："阿是蓬壶钓叟？"子刚道："正是。耐啥认得俚个哉？"亚白道："勿。为仔俚喜欢做诗，新闻纸浪时常看见俚大名。"

不多时，堂倌回道："请客就来。"子刚再要开局票，问亚白："叫啥人？"亚白颦蹙道："随便末哉。"子刚道："难道上海几花倌人，耐一个也看勿对？耐心里要那价一个人？"亚白道："我自家也说勿出。不过我想俚哚做仔倌人，'幽娴贞静'四个字用勿着个哉；或者像王夫人之林下风，卓文君之风流放诞，庶几近之。"子刚笑道："同实概大讲究，上海勿行个。我先勿懂耐闲话。"亚白也笑道："耐也何必去懂俚？"

说时，方蓬壶到了。亚白见他花白髭须，方袍朱履，仪表倒也不俗。蓬壶问知亚白姓名，呵呵大笑，竖起一只大指道："原来也是个江南大名士！幸会，幸会！"亚白他顾不答。

子刚先写蓬壶叫的尚仁里赵桂林及自己叫的黄翠凤两张局票。亚白乃道："今朝去过歇三家，才去叫仔个局罢。"子刚因又写了三张，系袁三宝、李浣芳、周双玉三个。接着取张菜单，各拣爱吃的开点几色，都交堂倌发下。蓬壶笑道："亚白先生可谓博爱矣。"子刚道："勿是呀，俚个书读得来忒啥通透哉，无拨对景个倌人，随便叫叫。"蓬壶抵掌道："早点说个哩！有一个来浪，包耐蛮对。"子刚道："啥人嗄？去叫得来看。"蓬壶道："来浪兆富里，叫文君玉。客人为仔俚眼睛高，勿敢去做，赛过留以待亚白先生个品题。"亚白因说得近情，听凭子刚写张局票后添去叫。

须臾，吃过汤鱼两道，后添局倒先至。亚白留心打量那文君玉，仅二十许年纪，满面烟容，十分消瘦，没甚可取之处，不解蓬壶何以剧赏。蓬壶向亚白道："耐晚歇去，看见君玉个书房，故末收作得出色！该面一埭才是书箱，一面四块挂屏，客人送拨俚个诗才裱来浪。上海堂子里陆里有嗄！"亚白听说，恍然始悟，爽然若失。文君玉接嘴道："今朝新闻纸浪，勿晓得啥人有两首诗送拨我。"蓬壶道："故歇上海个诗，风气坏哉！耐倒是请教高大少爷做两首出来，替耐扬扬名，比俚哚好交关哚。"亚白大声喝道："覅说哉，倪来豁拳！"

子刚应声出手，与亚白对垒交锋。蓬壶独自端坐，摇头闭目，不住咿唔。亚白知道此公诗兴陡发,只好置诸不睬。迨至十拳豁过,子刚输的,正要请蓬壶捉亚白赢家。蓬壶忽然呵呵大笑,取过笔砚,一挥而就,双手奉上亚白道:“如此雅集,不可无诗;聊赋俚言,即求法正。”亚白接来看,那张纸本是洋红单片,把诗写在粉背的,便道:“蛮好一张请客票头,阿是外国纸?倒可惜!”说毕,随手撩下。

子刚恐蓬壶没意思,取那诗朗念一遍。蓬壶还帮着拍案击节。亚白不能再耐,向子刚道:“耐请我吃酒呀,我故歇吃来浪个酒要还拨耐哉啘。”子刚一笑,搭讪道:“我再搭耐豁十记。”亚白说:“好。”这回是亚白输了。只为出局陆续齐集,七手八脚争着代酒,亚白自己反没得吃。文君玉代过一杯酒先去。

蓬壶揣知亚白并不属意于文君玉,和子刚商量道:“倪两家头,总要管俚寻一个对景点末好;勿然,未免辜负仔俚个才情哉啘。”子刚道:“耐去替俚寻罢。该个媒人我做勿来。”黄翠凤插嘴道:“倪搭新来个诸金花阿好?”子刚道:“诸金花,我看也无啥好,俚陆里对嗄?”亚白道:“耐闲话先说差哉。我对勿对倒勿在乎好勿好。”子刚道:“价末倪一淘去看看也无啥。”

当下吃毕大菜,各用一杯咖啡。倌人、客人一哄而散。蓬壶因赵桂林有约,同亚白、子刚步行进尚仁里,然后分别。方蓬壶自往赵桂林家。高亚白、钱子刚并至黄翠凤家。翠凤转局未归,黄珠凤、黄金凤齐来陪坐。子刚令小阿宝喊诸金花来,小阿宝承命下去。

子刚先向亚白诉说诸金花来由,道:“诸金花末是翠凤娘姨诸三姐个讨人。诸三姐亲生囡仵叫诸十全,做着姓李个客人,借仔三百洋钱买个诸金花,故歇寄来里该搭,过仔节到幺二浪去哉。”

话未说完,诸金花早来了,敬毕瓜子,侍坐一旁。亚白见他眉目间有一种淫贱之相,果然是幺二人材,兼之不会应酬,坐了半日,寂然无言。亚白坐不住,起身告别。子刚欲与俱行,黄金凤慌的拦住道:“姐夫覅去啘,阿姐要说个呀。”

子刚没法,只得送高亚白先去。金凤请子刚躺在榻床上,自去下手取签子,给子刚烧鸦片烟。子刚一面吸烟,一面和金凤讲话。吸过三五口,只听得楼下有轿子进门,直至客堂停下,料道是黄翠凤回家。

翠凤回到房里，换去出局衣裳，取根水烟筒，向靠窗高椅而坐，不则一声。金凤乖觉，竟拉了黄珠凤同过对面房间，只有诸金花还呆脸兀坐，如木偶一般。

第三十一回终。

第三十二回　诸金花效法受皮鞭　周双玉定情遗手帕

按:黄翠凤未免有些秘密闲话要和钱子刚说,争奈诸金花坐在一傍,可厌已甚。翠凤眼睁睁看他半日,不禁好笑,问道:"耐坐来浪做啥?"金花道:"钱大少爷喊我上来个呀。"翠凤方才会意,却叹口气道:"钱大少爷喊耐上来末,替耐做媒人呀,耐阿晓得嗄?"金花茫然道:"钱大少爷勿曾说啘。"翠凤冷笑道:"也好哉!"子刚连忙摇手道:"耐覅怪俚。高亚白个脾气,我原说勿对个,一歇歇坐勿定,教俚也无处去应酬。"翠凤别转脸道:"要是我个讨人像实概样式,定归一记拗杀仔拉倒!"子刚婉言道:"耐要教教俚个啘,俚坎坎出来,勿曾做歇生意末陆里会嗄?"

翠凤从鼻子里叹出一声道:"看仔倪娘姨要打俚乃末,好像作孽;陆里晓得打过仔,随便搭俚去说啥闲话,俚总归勿听耐个哉,耐说阿要讨气!"金花忙答道:"阿姐说个闲话,我才记好来里。要慢慢交学起来个呀,阿对嗄?"翠凤倒又笑而问道:"耐来浪学啥嗄?"金花堵住口说不出,子刚亦自粲然。

翠凤吸过两口水烟,慢慢的向子刚道:"俚个人生来是贱坯。俚见仔打末也怕个,价末耐巴结点个啘;碰着俚哉啘,说一声动一动。"说着转向金花道:"我搭耐说仔罢,照实概样式,好好交要打两转得哩!"金花听说,呜咽饮泣,不敢出声。翠凤却也有些怜惜之心,复叹口气道:"耐做讨人还算耐运气,碰着仔倪个无娒,耐去试试看!珠凤比仔耐再要乖点,覅说啥打两记,缠缠脚末,脚指头就沓脱仔三只!"金花仍一声儿不言语。

翠凤且自吸水烟,良久,又向子刚道:"论起来,俚哚做老鸨该仔倪讨人,要倪做生意来吃饭个呀;倪生意勿会做,俚哚阿要饿煞?生来要打哉啘。倪生意好仔点,俚哚阿敢打嗄?该应来拍拍倪马屁。就是像俚乃铲头倌人,替老鸨做仔生意,再要拨老鸨打,我总勿懂俚乃为啥实概贱嗄!"

说话之时,只听得楼下再有一肩轿子进门,接着外场报说:"罗老爷来。"黄金凤早于楼梯边迎接,叫声"姐夫,该搭来哩"。罗子富径往对过房间。

这里钱子刚即欲兴辞。黄翠凤一把拉住,喝令诸金花:"对过去陪陪!"金花去后,子刚方悄问翠凤道:"耐阿曾搭无娒说歇?"翠凤道:"勿曾。故歇去说,常恐说间架仔倒勿好。过仔节再看。该搭事体耐覅管,闲话末我自家来说。罗个出仔身价,耐替我衣裳、头面、家生办舒齐仔好哉。"

子刚应诺遂行。翠凤并不相送,放下水烟筒,向帘前喊道:"过来末哉。"于是金凤手挈罗子富,珠凤跟在后面,小阿宝随带茶碗及脱下的衣裳,一齐拥至房里,惟诸金花去楼下为黄二姐作伴。

子富见壁上挂钟敲了十下,因告诉翠凤明晨有事,要早点转去困觉。翠凤道:"就该搭耐也早点困末哉碗,我有闲话搭耐说,覅转去。"

子富自然从命,令高升和轿班回寓。翠凤喊赵家姆来收拾停当,打发子富睡下。赵家姆暨金凤、珠凤、小阿宝陆续散出。翠凤料定没有出局,也就安置;在被窝中与子富交头接耳,商量多时,不必明叙。

高升知道次日某宦家喜事,借聚丰园请客,主人须去道喜,故绝早打轿子伺候。等到子富起身,乘轿往聚丰园,已是冠裳满座,灯采盈门。

吃过喜筵,子富不复坐轿,约同陶云甫、陶玉甫、朱蔼人、朱淑人两家弟兄,出聚丰园,散步闲行。适遇洪善卿,拱手立谈。朱蔼人忽想起一事。只因听见汤啸庵说善卿引着兄弟淑人曾于周双玉家打茶会,恐淑人年轻放荡,难于防闲,有心要试试他,便和洪善卿说:"好几日勿看见贵相知,阿好一淘去望望俚?"善卿亦知其意,欣然愿导。陶云甫道:"倪勿去哉哩。几花人跑得去,算啥嗄?"朱蔼人道:"我有道理,勿碍个。"

当时洪善卿领了罗子富及陶、朱弟兄,共是六人,并至公阳里周双珠家。双珠见这许多人,不解何故,迎见请坐,复喊过周双玉来。

朱蔼人一见双玉，即向淑人道："耐叫仔两个局，勿曾吃歇酒，今朝朋友齐来里，我替耐喊个台面下去，请请俚哚。"朱淑人应又不好，不应又不好，忸怩一会，不觉红涨于面。罗子富最为高兴，连说："蛮好，蛮好。"催大姐巧囡："快点去喊哩！"淑人着急，立起身来阻挡道："倪阿是到馆子浪去吃，叫个局罢？"子富嚷道："馆子浪倪覅吃，该搭好。"不由分说，径令巧囡去喊："就故歇摆起来。"陶云甫向朱蔼人道："耐个老阿哥倒无啥，可惜淑人勿像耐会白相。倪玉甫做仔耐兄弟，故末一淘白相相对景哉。"陶玉甫见说到自己，有些不好意思。

朱蔼人正色道："倪住家来里夷场浪，索性让理睬白相相。从小看惯仔，倒也无啥要紧。勿然一径关来哚书房里，好像蛮规矩，放出来仔来勿及个去白相，难末倒坏哉！"洪善卿接说道："耐闲话是勿差，价末也要看人码。淑人末无啥要紧，倘然喜欢白相个人，终究白相勿得。"说得朱淑人再坐不住，假做看单条字画，掩过一边，匿面向壁；连周双玉亦避出房外。周双珠笑道："俚哚两家头一样个脾气，闲话末一声无拨，肚皮里蛮乖来浪。"大家呵呵一笑，剪住话头。

迨至台面摆好，阿金请去入席，众人方踅过对面周双玉房间，即时发局票，起手巾，无须推让，随意坐定。朱淑人虽系主人，也不敬酒，也不敬菜，竟自敛手低头，嘿然危坐。周双玉在旁，也只说得一句："请用点。"众人举杯道谢，淑人又含羞不应。阿德保奉上第一道鱼翅，众人已自遍尝，独淑人不曾动箸。罗子富笑道："耐个主人要客人来请耐个。"因即擎起牙筷，连说："请，请，请。"羞得淑人越发回过头去。朱蔼人道："耐越是去说俚，但越勿好意思，索性等俚歇罢。"为此朱淑人落得一概不管，幸有本堂局周双珠在座代为应酬，颇不寂寞。

一时，黄翠凤、林素芬、覃丽娟、李漱芳陆续齐集。罗子富首先摆庄。宾主虽止六人，也觉兴致勃勃。朱淑人捉空斜过眼梢望后偷觑，只见周双玉也是嘿然危坐，袖中一块玄色熟罗手帕拖出半块在外。淑人趁台面上豁拳热闹，暗暗伸过手去要拉他手帕，被双玉觉着，忙将手帕缩进袖中，依然不睬。淑人没奈何，自己去腰里解下一件翡翠猴儿扇坠，暗暗递过双玉怀里，双玉缩手不迭。淑人只道双玉必然接受,将手一放,那猴儿便滴溜溜滚落楼板上。周双珠听见声响,即问:"沓脱仔啥物事?"令巧囡去桌下寻觅。淑人心慌,亲自去拾,不料双玉一脚踹住那猴儿,遮在裤脚管内,推说"无啥",随取酒壶转令巧囡去添酒,因此掩饰过去。

适临着淑人打庄,罗子富伸拳候教。淑人匆促应命,连输五拳。淑人取酒欲饮,忽听周双珠高声唤道:"双玉哩,来代酒呀。"淑人回身去看,果然周双玉已不在座,连楼板上翡翠猴儿也不知去向,淑人始放下心。巧囡适取酒进房,代饮两杯。再唤双玉来代。双玉代过酒,仍是嘿然危坐。淑人再去偷觑,只见双玉袖中另换一块湖色熟罗手帕,也拖出半块在外。淑人会意,又暗暗伸过手去要拉。双玉正呆着脸看台面上豁拳,全不觉得,竟为淑人所得,揣在怀里,不胜之喜。意欲出席背地取那手帕来赏鉴赏鉴,又恐别人见疑,姑且忍耐。

无如罗子富兴致愈高,自己摆庄之后,定要每人各摆一庄。后来陶玉甫不胜酒力,和李漱芳先行;林素芬、覃丽娟随后告辞。黄翠凤上前撤去酒杯,按住罗子富不许再闹,方才散席。黄翠凤催着罗子富同去。朱蔼人、陶云甫向榻床对面躺下,吸烟闲谈。洪善卿踅过周双珠房间。

剩下朱淑人独自一个溜出客堂,掏取怀里那手帕,随手一抖,好像一股热香氤氲喷鼻;仔细一闻,却又没有什么。淑人看那手帕,乃是簇新的湖色熟罗,四围绣着茶青狗牙针,不知是否双玉所绣;翻来覆去,骇想一回,然后折叠起来,藏好在荷包袋内。正欲转身,忽见周双玉立在屏门背后偷觑微笑。淑人又含羞要避。双玉点首相招,淑人喜出望外,急急赶去。双玉却沉下脸咕噜道:"耐该搭认得哉呀,同仔几花人来做啥?"淑人低声陪笑道:"价末歇两日我一干仔来。"双玉道:"耐有几花事体嗄?忙得来,再要歇两日。"淑人告罪道:"说差哉。明朝来,明朝定归来。"双玉始不言语,淑人亦就回房。

朱蔼人、陶云甫各吸两口烟,早是上灯时候,叫过洪善卿来,并连朱淑人相约同行。周双珠、周双玉并送至楼梯边而别。

双珠归到自己房间,双玉跟在后面。双珠不解其意,相与对坐于烟榻之上。双玉先自腼腆而笑,取出那翡翠猴儿给阿姐看。双珠看那猴儿浑身全翠,惟头是羊脂白玉,胸前捧着一颗仙桃,却是翡色,再有两点黑星,可巧雕作眼睛;虽非希罕宝贝,料想价值匪轻,问双玉道:"阿是五少爷送拨耐哉?"双玉不答,仅点点头。双珠笑道:"故是送拨耐个表记,拿去坑好来浪。"

双玉脸色一雌,叫声"阿姐",央及道:"覅拨洪老爷晓得嗐。"双珠问:"为啥?"双玉道:"洪老爷要告诉俚哚屋里个呀。"双珠道:"洪老爷末为啥去告诉俚哚屋里嗄?"双玉呐呐然说不出口。双珠举两指头点了两点,笑道:"耐末真真是外行!耐做五少爷是坎坎做起呀,告诉仔洪老爷末,随便啥拜托拜托。倘然五少爷勿来,也好教洪老爷去请,阿是蛮好?为啥要瞒俚嗄?"双玉道:"价末阿姐搭洪老爷说一声,阿好?"双珠沉吟道:"我说也无啥;就不过五少爷个闲话耐才要说出来,故末我替耐说。"双玉道:"五少爷勿说啥,就说是明朝来。"双珠沉吟不语。

双玉取那翡翠猴儿,复欣欣然下楼,到周兰房间里,要给无娒看。只见周兰躺在榻床上,沉沉闭目,烟迷正浓。周双宝爬在榻床前烧烟。双玉不敢惊动,正要退出。不想周兰并未睡着,睁眼叫住,问双玉:"啥事体?"双玉为双宝在旁,不肯显然呈出,含糊混过。周兰只道双玉又要说双宝的不是,因支使双宝出房。双宝去后,双玉然后近前,靠着周兰腿膀,递过那翡翠猴儿。周兰擎在掌中,啧啧称赞。

双玉满心欢喜,待要诉说朱淑人如何情形,忽听得楼梯上"咭咭咯咯",是双宝脚声上楼。双玉急急的收起猴儿,辞了周兰,捏手捏脚,一直跟到楼上。双宝径进双珠房间,双玉悄立帘下暗中窃听,听那双宝带哭带说道:"我碰着仔前世里冤家!刚刚反仔一泡,故歇咿来浪说我啥,我是定归活勿落个哉!"双珠道:"俚勿是说耐嗐。"双宝道:"啥勿是嗄!勿是末,为啥教我走开点?"

双玉听到这里,好似一盆焰腾腾炭火端上心头,欻地掀帘,挺身进去,向靠壁高椅一坐,盛气说道:"我搭无娒说句闲话,阿是耐勿许我说?我就依仔耐,从此以后,终勿到无娒房间里去说一声闲话末哉!阿好?"双珠厌闻口舌,攒眉嗔道:"啥要紧嗄!"一面调开双宝,一面按住双玉。双玉见阿姐如此,亦就隐忍。

晚餐以后，大家忙乱出局。及十点多钟，双珠先回，洪善卿吃得醉醺醺的接踵而至。双珠令阿金泡一碗极酽的雨前茶给善卿解渴，随意讲说，提起朱淑人和双玉来。双珠先"嗤"的一笑，然后说道："故歇个清倌人，比仔浑倌人花头再要大。耐一淘来里台面浪，阿是勿曾晓得？"善卿问故。双珠遂将淑人赠翡翠扇坠与双玉之事，细述一遍。善卿道："双玉也好做大生意哉，就让俚来点仔大蜡烛罢。"双珠道："好个，耐做媒人哉碗。"善卿道："媒人耐去做，我末帮帮耐好哉。"双珠应诺。计议已定，一宿无话。

次日午牌时分，善卿、双珠同时起身，洗了脸，吃些点心，阿金即送上一张请客票头。善卿看是王莲生的，请至张蕙贞家面商事件，遂令传说："晓得哉。"善卿就要兴辞。双珠嘱付："晚歇来。"善卿道："晚歇淑人来，我间架头倒是勿来个好。"双珠想也不差。

善卿乃离了周双珠家，出公阳里，经同安里，抄到东合兴张蕙贞家，上楼进房。那张蕙贞还蓬着头，给王莲生烧鸦片烟。莲生迎见善卿，当令娘姨去叫菜吃便饭。善卿坐下，莲生授过一篇帐目，托善卿买办。善卿见开着一副翡翠头面，件件俱全，注明皆要全绿。善卿道："翡翠物事，我搭耐一淘去买个好。推扳点，百十洋钱也是一副头面；倘然要好个，再要全绿，常恐要千把哚哩。"蕙贞插嘴道："我说一千洋钱还勿够哩。耐去算哩，一对钏臂末，就几百洋钱也勿稀奇碗。"善卿问蕙贞："阿是耐要买？"蕙贞倒笑起来道："洪老爷说笑话哉！倪末阿配哑？金个还勿曾全哩，要翡翠个做啥？"善卿料知是为沈小红办的了。

当时蕙贞去客堂窗下梳头，莲生躺在榻床上吸烟。善卿移坐下手，问莲生道："沈小红搭，耐今年用脱仔勿少哉呀，再要办翡翠头面拨俚？"莲生蹙頞不语。善卿道："我说耐就回头仔俚也无啥。"莲生叹口气道："耐先搭俚办两样再说。"善卿度不可谏，不若见机缄口为妙。

须臾，娘姨搬上聚丰园叫的四只小碗，并自备的四只荤碟，又烫了一壶酒来。莲生请善卿对坐小酌。

第三十二回终。

第三十三回　高亚白填词狂掷地　王莲生醉酒怒冲天

按：洪善卿、王莲生吃酒中间，善卿偶欲小解，小解回来，经过房门首，见张蕙贞在客堂里点首相招。善卿便踱出去。蕙贞悄地说道："洪老爷难为耐，耐去买翡翠头面，就依俚一副买全仔。王老爷怕个沈小红，真真怕得无淘成个哉！耐勿曾看见，王老爷臂膊浪、大膀浪，拨沈小红指甲掐得来才是个血！倘然翡翠头面勿买得去，勿晓得沈小红再有啥刑罚要办俚哉！耐就搭俚买仔罢。王老爷多难为两块洋钱倒无啥要紧。"

善卿微笑无言，嘿嘿归座。王莲生依稀听见，佯做不知。两人饮尽一壶，便令盛饭。蕙贞新妆已毕，即打横相陪，共桌而食。

饭后，善卿遂往城内珠宝店去。莲生仍令蕙贞烧烟，接连吸了十来口，过足烟瘾。自鸣钟正敲五下，善卿已自回来，只买了钏臂、押发两样，价洋四百余元，其余货色不合，缓日续办。莲生大喜谢劳。

洪善卿自要了理永昌参店事务，告别南归。王莲生也别了张蕙贞，坐轿往西荟芳里，亲手赍与沈小红。小红一见，即问："洪老爷哩？"莲生说："转去哉。"小红道："阿曾去买嗄？"莲生道："买仔两样。"当下揭开纸盒，取翡翠钏臂、押发，排列桌上，说道："耐看，钏臂倒无啥，就是押发稍微推扳点。倘然耐勿要末，再拿去调。"小红正眼儿也不曾一觑，淡淡的答道："勿曾全哩呀，放来浪末哉。"莲生忙依旧装好，藏在床前妆台抽屉内，复向小红道："再有几样末才勿好，勿曾买。停两日，我自家去拣。"小红道："倪搭是拣剩下来物事，陆里有好个嗄！"莲生道："啥人拣剩下来？"小红道："价末为啥先要拿得去？"

莲生着急，将出珠宝店发票，送至小红面前，道："耐看哩，发票来里啘。"小红撒手撩开，道："我覅看。"莲生丧气退下。阿珠适在加茶碗，呵呵笑道："王老爷来里张蕙贞搭忒啥开心哉，也该应来吃两声闲话，阿对？"莲生亦只得讪笑而罢。

维时天色晚将下来，来安呈上一张请客票头，系葛仲英请去吴雪香家酒叙。莲生为小红脸色似乎不喜欢，趁势兴辞赴席。小红不留不送，听凭自去。

莲生仍坐轿往东合兴里吴雪香家，主人葛仲英迎见让坐。先到者只有两位，都不认识；通起姓名，方知一位为高亚白，一位为尹痴鸳。莲生虽初次见面，早闻得高、尹齐名，并为两江才子，拱手致敬，说声"幸会"。接着外场报说："壶中天请客说，请先坐。"葛仲英国令摆起台面来。王莲生问请的何人，仲英道："是华铁眉。"这华铁眉和王莲生也有些世谊，葛仲英专诚请他，因他不喜热闹，仅请三位陪客。

等了一会，华铁眉带局孙素兰同来。葛仲英发下三张局票，相请入席。华铁眉问高亚白："阿曾碰着意中人？"亚白摇摇头。铁眉道："不料亚白多情人，竟如此落落寡合！"尹痴鸳道："亚白个脾气，我蛮明白来里。可惜我勿做倌人，我做仔倌人，定归要亚白生仔相思病，死来里上海。"高亚白大笑道："耐就勿做倌人，我倒也来里想耐呀。"痴鸳亦自失笑道："倒拨俚讨仔个便宜。"华铁眉道："'人尽愿为夫子妾，天教多结再生缘'，也算是一段佳话。"

尹痴鸳又向高亚白道："耐讨我便宜末，我要罚耐。"葛仲英即令小妹姐取鸡缸杯。痴鸳道："且慢！亚白好酒量，罚俚吃酒，无啥要紧。我说酒末勿拨俚吃，要俚照张船山诗意再做两首。比张船山做得好，就饶仔俚；勿好末，再罚俚酒。"亚白道："我晓得耐要起我花头，怪勿得堂子里才叫耐'囚犯'。"痴鸳道："大家听听看，我要俚做首诗，就骂我'囚犯'；倘然做仔学台主考，要俚做文章，故是'乌龟'、'猪卢'才要骂出来个哉！"合席哄然一笑。高亚白自取酒壶，筛满一鸡缸杯，道："价末先让我吃一杯，浇浇诗肚子。"尹痴鸳道："故倒无啥，倪也陪陪耐末哉。"

大家把鸡缸杯斟上酒，照杯干讫。尹痴鸳讨过笔砚笺纸，道："念出来，我来写。"高亚白道："张船山两首诗，拨俚意思做完个哉，我改仔填词罢。"华铁眉点头说是。于是亚白念，痴鸳写道：

先生休矣！谅书生此福，几生修到？磊落须眉浑不喜，偏要双鬟窈窕。扑朔雌雄，骊黄牝牡，交在忘形好。钟情如是，鸳鸯何苦颠倒?

尹痴鸳道:"调皮得来! 再要罚哩。"大家没有理会。又念又写道:

还怕妒煞仓庚,望穿杜宇,燕燕归来杳。收拾买花珠十斛,博得山妻一笑。杜牧三生,韦皋再世,白发添多少?回波一转,蓦惊画眉人老!

高亚白念毕,猝然问尹痴鸳道:"比张船山如何?"痴鸳道:"耐阿要面孔?倒真真比起张船山来哉!"亚白得意大笑。

王莲生接那词来,与华铁眉、葛仲英同阅。尹痴鸳取酒壶向高亚白道:"耐自家算好,我也勿管。不过,'画眉'两个字,平仄倒仔转来,要罚耐两杯酒。"亚白连道:"我吃,我吃。"又筛两鸡缸杯一气吸尽。

葛仲英阅过那词,道:"《百字令》末句,平仄可以通融点。"亚白道:"痴鸳要我吃酒,我勿吃,俚心里总归勿舒齐,勿是为啥平仄。"华铁眉问道:"'燕燕归来杳',阿用啥典故?"亚白一想道:"就用个东坡诗,'公子归来燕燕忙'。"铁眉默然。尹痴鸳冷笑道:"耐咿来浪骗人哉!耐是用个蒲松龄'此似曾相识燕归来'一句呀,阿怕倪勿晓得!"亚白鼓掌道:"痴鸳可人!"铁眉茫然,问痴鸳道:"我勿懂耐闲话。'似曾相识燕归来',欧阳修、晏殊诗词集中皆有之,与蒲松龄何涉?"痴鸳道:"耐要晓得该个典故,再要读两年书得哩!"亚白向铁眉道:"耐覅去听俚,陆里有啥典故?"痴鸳道:"耐说勿是典故,'入市人呼好快刀','回也何曾霸产',用个啥嗄?"铁眉道:"我倒要请教请教,耐来浪说啥?我索性一点勿懂哉啘!"亚白道:"耐去拿《聊斋志异》,查出《莲香》一段来看好哉。"痴鸳道:"耐看完仔《聊斋》末,再拿《里乘》《闽小纪》来看,故末'快刀''霸产',包耐才懂。"

王莲生阅竟,将那词放在一边,向葛仲英道:"明朝拿得去上来哚新闻纸浪,倒无啥。"仲英待要回言,高亚白急取那词纷纷揉碎,丢在地下道:"故末谢谢耐,覅去上!新闻纸浪有方蓬壶一班人,倪勿配个。"

仲英问蓬壶钓叟如何,亚白笑而不答。尹痴鸳道:"教俚磨磨墨,还算好。"亚白道:"我是添香捧砚有耐痴鸳承乏个哉,蓬壶钓叟只好教俚去倒夜壶。"华铁眉笑道:"狂奴故态!倪吃酒罢。"遂取齐鸡缸杯首倡摆庄。

其时出局早全:尹痴鸳叫的林翠芬,高亚白叫的李浣芳,皆系清倌人;王莲生就叫对门张蕙贞。豁起拳来,大家争着代酒。高亚白存心要灌醉尹痴鸳,概不准代。王莲生微会其意,帮着撮弄痴鸳。不想痴鸳眼明手快,拳道最高,反把个莲生先灌醉了。

张蕙贞等莲生摆过庄才去,临行时谆嘱莲生,切勿再饮。无如这华铁眉酒量尤大似高亚白。比至轮庄摆完,出局散尽之后,铁眉再要行"拍七"酒令,在席只得勉力相陪。王莲生糊糊涂涂,屡次差误,接着又罚了许多酒,一时觉得支持不住,不待令完,竟自出席,去榻床躺下。华铁眉见此光景,也就胡乱收令。

葛仲英请王莲生用口稀饭,莲生摇手不用,拿起签子,想要烧鸦片烟,却把不准火头,把烟都淋在盘里。吴雪香见了,忙唤小妹姐来装。莲生又摇手不要,欻地起身拱手,告辞先行。葛仲英不便再留,送至帘下,吩咐来安当心伺候。

来安请莲生登轿,挂上轿帘,搁好手版,问:"陆里去?"莲生说:"西荟芳。"来安国扶着轿,径至西荟芳里沈小红家,停在客堂中。

莲生出轿,一直跑上楼梯。阿珠在后面厨房内,慌忙赶上,高声喊道:"阿唷!王老爷,慢点哩!"莲生不答,只管跑。阿珠紧紧跟至房间,笑道:"王老爷,我吓得来!勿曾跌下去还算好。"莲生四顾不见沈小红,即问阿珠。阿珠道:"常恐来浪下头。"莲生并不再问,身子一歪,就直挺挺躺在大床前皮椅上,长衫也不脱,鸦片烟也不吸,已自瞢腾睡去。外场送上水铫手巾,阿珠低声叫:"王老爷,揩把面。"莲生不应。阿珠目示外场,只冲茶碗而去。随后阿珠悄悄出房,将指甲向亭子间板壁上点了三下,说声"王老爷困哉"。

此也是合当有事。王莲生鼾声虽高,并未着瞻;听阿珠说,诧异得狠。只等阿珠下楼,莲生急急起来,放轻脚步,摸至客堂后面,见亭子间内有些灯光。举手推门,却从内拴着的。周围相度,找得板壁上一个鸽蛋大的椭圆窟窿,便去张觑。向来亭子间仅摆一张榻床,并无帷帐,一目了然。莲生见那榻床上横着两人,搂在一处。一个分明是沈小红;一个面庞亦甚厮熟,仔细一想,不是别人,乃大观园戏班中武小生小柳儿。

莲生这一气非同小可，拨转身，抢进房间，先把大床前梳妆台狠命一扳，梳妆台便横倒下来，所有灯台、镜架、自鸣钟、玻璃花罩，“乒乓乓乓”撒满一地。但不知抽屉内新买的翡翠钏臂、押发，砸破不曾，并无下落。楼下娘姨阿珠听见，知道误事，飞奔上楼。大姐阿金大和三四个外场也簇拥而来。莲生早又去榻床上掇起烟盘往后一掼，将盘内全副烟具，零星摆设，像撒豆一般，“豁琅琅”直飞过中央圆桌。阿珠拚命上前，从莲生背后拦腰一抱。莲生本自怯弱，此刻却猛如虓虎，那里抱得住，被莲生一脚踢倒，连阿金大都辟易数步。

莲生绰得烟枪在手，前后左右，满房乱舞，单留下挂的两架保险灯，其余一切玻璃方灯、玻璃壁灯、单条的玻璃面、衣橱的玻璃面、大床嵌的玻璃横额，逐件敲得粉碎。虽有三四个外场，只是横身拦劝，不好动手。来安暨两个轿班只在帘下偷窥，并不进见。阿金大呆立一傍，只管发抖。阿珠再也爬不起来，只极的嚷道：“王老爷勠喤！”

莲生没有听见，只顾横七竖八打将过去，重复横七竖八打将过来。正打得没个开交，突然有一个后生钻进房里，便扑翻身向楼板上“彭彭彭”磕响头，口中只喊：“王老爷救救！王老爷救救！”

莲生认得这后生系沈小红嫡亲兄弟，见他如此，心上一软，叹了口气，丢下烟枪，冲出人丛，往外就跑。来安暨两个轿班不提防，猛吃一惊，赶紧跟随下楼。莲生更不坐轿，一直跑出大门。来安顾不得轿班，迈步追去；见莲生进东合兴里，来安始回来领轿。

莲生跑到张蕙贞家，不待通报，闯进房间，坐在椅上，喘做一团，上气不接下气。吓得个张蕙贞怔怔的相视，不知为了甚么，不敢动问。良久，先探一句道：“台面散仔歇哉？”莲生白瞪着两只眼睛，一声儿没言语。蕙贞私下令娘姨去问来安，恰遇来安领轿同至，约略告诉几句。娘姨复至楼上向蕙贞耳朵边轻轻说了。蕙贞才放下心，想要说些闲话替莲生解闷，又没甚可说，且去装好一口鸦片烟，请莲生吸，并代莲生解纽扣，脱下熟罗单衫。

莲生接连吸了十来口烟，始终不发一词。蕙贞也只小心伏侍，不去兜搭。约摸一点钟时，蕙贞悄问：“阿吃口稀饭？”莲生摇摇头。蕙贞道："价末困罢。"莲生点点头。蕙贞乃传命来安打轿回去，令娘姨收拾床褥。蕙贞亲替莲生宽衣褪袜，相陪睡下。朦胧中但闻莲生长吁短叹，反侧不安。

及至蕙贞一觉醒来，晨曦在牖，见莲生还仰着脸，眼睁睁只望床顶发呆。蕙贞不禁问道："耐阿曾困歇嘎？"莲生仍不答。蕙贞便坐起来，略挽一挽头发，重伏下去，脸对脸问道："耐啥实概嘎？气坏仔身体末，啥犯着嗄。"莲生听了这话，忽转一念，推开蕙贞，也坐起来，盛气问道："我要问耐，耐阿肯替我挣口气？"蕙贞不解其意，急的涨红了脸，道："耐来浪说啥嘎？阿是我待差仔耐？"莲生知道误会，倒也一笑，勾着蕙贞脖项，相与躺下，慢慢说明小红出丑，要娶蕙贞之意。蕙贞如何不肯，万顺千依，霎时定议。

当下两人起身洗脸，莲生令娘姨唤来安来。来安绝早承应，闻唤趋见。莲生先问："阿有啥公事？"来安道："无拨。就是沈小红个兄弟同娘姨到公馆里来哭哭笑笑，磕仔几花头，说请老爷过去一埭。"莲生不待说完，大喝道："啥人要耐说嘎！"来安连应几声"是"，退下两步，挺立候示。停了一会，莲生方道："请洪老爷来。"

来安承命下楼，叮嘱轿班而去；一路自思，不如先去沈小红家报信邀功为妙，遂由东合兴里北面转至西荟芳里沈小红家。沈小红兄弟接见，大喜，请进后面帐房里坐，捧上水烟筒。来安吸着，说道："倪终究无啥几花主意，就不过闲话里帮句把末哉。故歇教我去请洪老爷，我说耐同我一淘去，教洪老爷想个法子，比仔倪说个灵。"

沈小红兄弟感激非常，又和阿珠说知，三人同去。先至公阳里周双珠家，一问不在，出弄即各坐东洋车，径往小东门陆家石桥；然后步行到咸瓜街永昌参店。那小伙计认得来安，忙去通报。

洪善卿刚踅出客堂，沈小红兄弟先上前磕个头，就鼻涕眼泪一齐滚出，诉说"昨日夜头，勿晓得王老爷为啥动仔气"，如此如此。善卿听说，十猜八九，却转问来安："耐来做啥？"来安道："我是倪老爷差得来请洪老爷到张蕙贞搭去。"善卿低头一想，令两人在客堂等候，独唤娘姨阿珠向里面套间去细细商量。

第三十三回终。

第三十四回 沥真诚淫凶甘伏罪 惊实信仇怨激成亲

按:来安暨沈小红兄弟在客堂里等了多时,娘姨阿珠出来,却和沈小红兄弟先回。来安又等一会,洪善卿才出来,向来安道:"倒哚教我劝劝王老爷。倪是朋友,倒有点间架头。要末同仔王老爷到倒搭去,让倒哚自家说,耐说阿对?"

来安那有不对之理,满口答应。善卿即带来安同行,仍坐东洋车,径往四马路东合兴里张蕙贞家。

其时王莲生正叫了四只小碗,独酌解闷。善卿进见,莲生让坐。善卿笑道:"昨日夜头辛苦哉?"莲生含笑嗔道:"耐再要调皮,起先我教耐打听,耐勿肯。"善卿道:"打听啥嗄?"莲生道:"倌人姘仔戏子,阿是无处打听哉。"善卿道:"耐自家勿好,同倒去坐马车,才是马车浪坐出来个事体。我阿曾搭耐说:沈小红就为仔坐马车,用场大点?耐勿觉着碗!"莲生连连摇手道:"覅说哉,倪吃酒。"

娘姨添上一副杯筷,张蕙贞亲来斟酒。莲生乃和善卿说:"翡翠头面覅买哉。"另有一篇帐目,开着天青披、大红裙之类,托善卿赶紧买办。善卿笑向蕙贞道:"恭喜耐。"蕙贞羞得远远走开。

善卿正色说莲生道:"故歇耐讨蕙贞先生是蛮好。不过沈小红搭耐就实概勿去仔,终好像勿局哩。"莲生焦躁道:"耐管倒局勿局!"善卿讪笑婉言道:"勿是呀,沈小红单做耐一个客人,耐勿去仔无投哉!刚刚碰着仔节浪,几花开消才勿着杠;屋里再有爷娘搭兄弟,一家门要吃要用,教倒再有啥法子?四面逼上去,阿是要逼杀倒性命哉?虽然沈小红性命也无啥要紧,九九归原,终究是为仔耐,也算一桩罪过事体。倪为仔白相了,倒去做罪过事体末。何苦呢?"莲生沉吟点头道:"耐是也来浪帮倒哚?"善卿艴然作色道:"耐倒说得稀奇,我为啥去帮倒哚?"莲生道:"耐要我到倒搭去,阿是帮倒哚嗄?"

善卿"咳"的长叹一声,却转而笑道:"耐做仔沈小红末,我一径说无啥趣势，耐勿相信，搭俚恩煞。故歇耐动仔气，倒说我帮俚哚哉，故末真真无啥话头！”莲生道：“价末耐为啥要我去？”善卿道：“我勿是要耐再去做俚，耐就去一埭好哉。”莲生道：“去一埭末做啥嗄？”善卿道：“故末就是替耐算计，常恐有啥事体。耐去仔，俚哚要一放心哚，耐末也好看看俚哚光景。四五年做下来，总有万把洋钱哉，一点点局帐也犯勿着少俚，耐去拨仔俚，让俚去开消仔，节浪也好过去。难下节做勿做，随耐个便，阿是嗄？”

莲生听罢无言。善卿因怂恿道：“晚歇我同耐一淘去，看俚说啥；倘然有半句闲语听勿进末，倪就走。”莲生直跳起来，嚷道：“我勿去！”善卿只得讪笑剪住。

两人各饮数杯，仍和蕙贞一同吃过中饭。善卿要去代莲生买办，莲生也要暂回公馆，约善卿日落时候原于此处相会。善卿应诺先行。

莲生吸不多几口鸦片烟，就喊打轿，径归五马路公馆，坐在楼上卧房中，写两封应酬信札。来安在傍伏侍。忽听得吉丁当铜铃摇响，似乎有人进门，与莲生的侄儿天井里说话；随后一乘轿子，抬至门首停下。莲生只道是拜客的，令来安看来。来安一去，竟不覆命，却有一阵“咭咭咯咯”小脚声音趱上楼梯。

莲生自往外间看时，谁知即是沈小红，背后跟着阿珠。莲生一见，暴跳如雷，厉声喝道：“耐再有面孔来见我，搭我滚出去！”喝着，还不住的跺脚。沈小红水汪汪含着两眶眼泪，不则一声。阿珠上前分说，也按捺不下。莲生一顿胡闹，不知说些甚么。

阿珠索性坐定，且等莲生火性稍杀，方朗朗说道：“王老爷，比方耐做仔官，倪来告状，耐也要听明白仔，难末该应打、该应罚，耐好断啘。故歇一句闲话也勿许倪说，耐陆里晓得有冤枉个事体？”莲生盛气问道：“我冤枉仔俚啥？”阿珠道：“耐是勿曾冤枉倪。倪先生有点冤枉，要搭耐说，耐阿要俚说嗄？”莲生道：“俚再要说冤枉末，索性去嫁拨仔戏子好哉啘！”阿珠倒呵呵冷笑道：“俚兄弟冤枉仔俚，好去搭俚爷娘说；俚爷娘冤枉仔俚，再好搭耐王老爷说；耐王老爷再要冤枉俚，真真教俚无处去说哉！”说了，转向小红道：“倪去罢，再说啥嗄？”

那小红亦坐在高椅上，将手帕掩着脸呜呜饮泣。莲生乱过一阵，跑进卧房,概置不睬。小红与阿珠在外间,寂静无声。

莲生提起笔来,仍要写信,久之不能成一字,但闻外间切切说话。接着小红竟踅到卧房中,隔着书桌,对面而坐。莲生低下头只顾写,小红颤声说道:"耐说我啥个啥个,我倒无啥;我为仔自家差仔点,对勿住耐,随便耐去办我,我蛮情愿。为啥勿许我说闲话,阿是定归要我冤枉死个?"说到这里,一口气奔上喉咙,哽咽要哭。

莲生搁下笔,听他说甚。小红又道:"我是吃煞仔倪亲生娘个亏!先起头末要我做生意,故歇来仔个从前做过歇个客人,定归原要我做。我为仔娘了听仔俚,说勿出个冤枉,耐倒再要冤枉我姘戏子。"

莲生正待回驳,来安匆匆跑上,报说:"洪老爷来。"莲生起身向小红道:"我搭耐无啥闲话,我有事体来里,耐请罢。"说毕,丢下沈小红在房里、阿珠在外间,径下楼和洪善卿同行,至东合兴里张蕙贞家。

张蕙贞将善卿办的物事与莲生过目。莲生将沈小红陪罪情形,述与蕙贞。大家又笑又叹。当晚善卿吃了晚饭始去。

蕙贞临睡,笑问莲生道:"耐阿要再去做沈小红?"莲生道:"难是让小柳儿去做个哉。"蕙贞道:"耐勿做末,倒勠去糟塌俚。俚教耐去,耐就去去也无啥,只要如此如此。"莲生道:"起先我看沈小红好像蛮对景,故歇勿晓得为啥,俚凶末勿凶哉,我倒也看勿起俚。"蕙贞道:"想必是缘分满哉。"闲论一回,不觉睡去。

次日五月初三,洪善卿于午后来访莲生,计议诸事,大略齐备,闲话中复说起沈小红来。善卿仍前相劝,莲生先入蕙贞之言,欣然愿往。

于是洪善卿、王莲生约同过访沈小红。张蕙贞送出房门,望莲生丢个眼色,莲生笑而领会。及至西荟芳里沈小红家门首,阿珠迎着,喜出望外,呵呵笑道:"倪只道仔王老爷倪搭勿来个哉。倪先生勿曾急煞,还好俚。"一路讪笑,拥至楼上房间。

沈小红起身厮见,叫声"洪老爷"、"王老爷",嘿然退坐。莲生见小红只穿一件月白竹布衫,不施脂粉,素净异常;又见房中陈设一空,殊形冷落,只剩一面着衣镜,为敲碎一角,还嵌在壁上,不觉动了今昔之感,浩然长叹。阿珠一面加茶碗,一面搭讪道:"王老爷说倪先生啥个啥个,倪下头问我:'陆里来个闲话?'我说:'王老爷肚皮里蛮明白来浪，故歇为仔气头浪说说罢哉呀，阿是真真说俚姘戏子！’”莲生道：“姘勿姘，啥要紧嗄？覅说哉。”阿珠事毕自去。

善卿欲想些闲话来说，笑问小红道：“王老爷勿来末，耐牵记煞；来仔倒勿响哉。”小红勉强一笑，向榻床取签子烧鸦片烟，装好一口在枪上，放在上手。莲生就躺下去吸，小红因道：“该副烟盘还是我十四岁辰光搭倪娘装个烟，一径放来浪勿曾用，故歇倒用着哉。”

善卿就问长问短，随意讲说。阿珠不等天晚，即请点菜便饭。莲生尚未答应，善卿竟作主张，开了四色去叫。莲生一味随和。

晚饭之后，阿珠早将来安、轿班打发回去，留下莲生，那里肯放。善卿辞别独归，只剩莲生、小红两人在房。小红才向莲生说道：“我认得仔耐四五年，一径勿曾看见耐实概个动气。故歇来里我面浪动个气，倒也为是搭我要好了，耐气到实概样式。我听仔娘个闲话，勿曾搭耐商量，故末是我勿好。耐要冤枉我姘戏子，我就冤枉死仔，口眼也勿闭个哩！时髦倌人生意好，寻开心，要去姘戏子；像我生意阿好嗄？我啊勿是小干仵勿懂事体，姘仔戏子阿好做生意？外头人为仔耐搭我要好末，才来浪眼热；覅说啥张蕙贞，连搭仔朋友也说我邱话。故歇耐去说仔我姘戏子，再有啥人来搭我伸冤？除非到仔阎罗王殿浪刚刚明白哚。”

莲生微笑道：“耐说勿姘就勿姘，啥要紧嗄。”小红又道：“我身体末是爷娘养来浪。除仔身体，一块布，一根线，才是耐办拨我个物事。耐就打完仔，也无啥要紧。不过，耐要豁脱我个人，耐替我想想看，再要活来浪做啥？除仔死，无拨一条路好走。我死也勿怪耐，才是我娘勿好。不过我替耐想：耐来里上海当差使，家眷末也勿曾带；公馆里就是一个二爷，笨手笨脚，样色样勿周到；外头朋友，就算耐知己末，总有勿明白个场花，就是我一个人晓得耐脾气。耐心里要有啥事体，我也猜得着，总称耐个心。就是说说笑笑，大家总蛮对景。张蕙贞巴结末巴结煞，阿能够像我？我是单做耐一个，耐就勿曾讨我转去，赛过是耐个人，才靠耐来里过去。耐心里除仔我，也无拨第二个称心个人来浪。故歇耐为一时之气，豁脱仔我，我是就不过死末哉，倒是替耐勿放心。耐今年也四十多岁哉，倪子囡仵才勿曾有，身体本底子娇寡,再吃仔两筒烟,有仔个人来浪陪陪耐,也好一生一世快快活活过日脚。耐倒硬仔心肠,拿自家称心个人冤枉杀仔,难下去耐再要有啥勿舒齐,啥人来替耐当心？就是说句闲话,再有啥人猜得着耐个心？睁开眼睛要喊个亲人,一歇也无处去喊。到该个辰光,耐要想着仔我沈小红,我就连忙去投仔人身来伏侍耐,也来勿及个哉!”说着,重复呜呜的哭起来。

莲生仍微笑道:“该号闲话说俚做啥?”小红觉得莲生比前不同,毫无意思,忍住哭,又说道:“我搭耐实概说,耐原无拨回心,我再要说也无啥说个哉。就算我千勿好、万勿好,四五年做下来,总有一点点好处。耐想着我好处末,就望耐照应点我爷娘,我末交代俚哚,拿我放来浪善堂里。倘忙有一日伸仔冤,晓得我沈小红勿是姘戏子,原要耐收我转去,耐记好仔。”

小红没有说完,仍禁不住哭了。莲生只是微笑。小红更无法子打动莲生。比及睡下,不知在枕头边又有几许柔情软语,不复细叙。

明日起来,莲生过午欲行。小红拉住,问道:“耐去仔阿来嗄?”莲生笑道:“来个。”小红道:“耐覅骗我哩。我闲话才说完哉,随耐便罢。”莲生佯笑而去。

不多时,来安送来局帐洋钱,小红收下,发回名片。接连三日,不见王莲生来。小红差阿珠、阿金大请过几次,终不见面。

到初八日,阿珠复去请了回来,慌慌张张告诉小红道:“王老爷讨仔张蕙贞哉,就是今朝日脚浪讨得去。”小红还不甚信,再令阿金大去。阿金大回来,大声道:“啥勿是嗄! 拜堂也拜过哉,故歇来浪吃酒,闹热得来! 我就问仔一声,勿曾进去。”小红这一气,却也非同小可,跺脚恨道:“耐就讨仔别人,倒无啥;为啥去讨张蕙贞!”当下欲往公馆当面问话,辗转一想,终不敢去。阿珠、阿金大没兴散开。小红足足哭了一夜,眼泡肿得像胡桃一般。

这日初九,小红气的病了。不料敲过十二点钟,来安送张局票来叫小红。叫至公馆里,说是酒局。阿珠叫住来安要问闲话,来安推说无工夫,急急跑去。小红听说叫局,又不敢不去,硬撑着起身梳洗,吃些点心,才去出局。

到了五马路王公馆,早有几肩出局轿子停在门首。阿珠搀小红趱至楼上,只见两席酒并排在外间,并有一班毛儿戏在亭子间内搬演,正做着《跳墙着棋》一出昆曲。小红见席间皆是熟识朋友,想必是朋友公局,为纳宠贺喜。

洪善卿见小红眼泡肿起,特地招呼,淡淡的似劝非劝,略说两句,正兜起小红心事,迸出一滴眼泪,几乎哭出声来。善卿忙搭讪开去,合席不禁点头暗叹。惟华铁眉、高亚白、尹痴鸳三人不知情节,没有理会。

高亚白叫的系清和坊袁三宝。葛仲英知道亚白尚未定情,因问道:"阿要同仔耐几花长三书寓里才去跑一埭?"亚白摇手道:"耐说个更加勿对!故是'可遇而不可求'个事体。"华铁眉道:"可惜亚白一生侠骨柔肠,未免辜负点。"亚白想起,向罗子富道:"贵相好搭有个叫诸金花,朋友荐拨我,一点无啥好啘。"子富道:"诸金花生来勿好,故歇到仔幺二浪去哉。"

说时,戏台上换了一出《翠屏山》。那做石秀的倒也慷慨激昂,声情并茂;做到酒店中,也能使一把单刀,虽非真实本领,毕竟有些工夫。沈小红看见这戏,心中感触,面色一红。高亚白喝声"好",但不识其名姓。葛仲英认得,说是东合兴里大脚姚家的姚文君。尹痴鸳见亚白赏识,等他下场,即唤娘姨,说:"高老爷叫姚文君个局。"娘姨忙搀姚文君坐在高亚白背后。亚白细看这姚文君,眉宇间另有一种英锐之气,咄咄逼人。

那时出局到齐,王莲生忽往新房中商议一会出来,却请吴雪香、黄翠凤、周双珠、姚文君、沈小红五人,说到房里去见见新人。沈小红左右为难,不得不随众进见。张蕙贞笑嘻嘻起身相迎,请坐讲话。沈小红又羞又气,绝不开口。临行各有所赠:吴雪香、黄翠凤、周双珠、姚文君四人,并是一只全绿的翡翠莲蓬;惟沈小红最重,是一对耳环,一只戒指。沈小红又不得不随众收谢。退出外间,出局已散去一半。

高亚白复点一出姚文君的戏。这戏做完,出局尽散,因而收场撤席。

第三十四回终。

第三十五回　落烟花疗贫无上策　煞风景善病有同情

按：王公馆收场撤席，众客陆续辞别。惟洪善卿帮管杂务，傍晚始去，心里要往公阳里周双珠家。一路寻思：天下事那里料得定？谁知沈小红的现成位置，反被个张蕙贞轻轻夺去；并揣莲生意思之间，和沈小红落落情形，不比从前亲热，大概是开交的了。

正自辘辘的转念头，忽闻有人叫声"娘舅"。善卿立定看时，果然是赵朴斋，身穿机白夏布长衫，丝鞋净袜，光景大佳。善卿不禁点头答应。朴斋不胜之喜，与善卿寒暄两句，傍立拱候洪善卿从南昼锦里抄去。

赵朴斋等善卿去远，才往四马路华众会烟间寻见施瑞生。瑞生并无别语，将一卷洋钱付与朴斋道："耐拿转去交代无娒，覅拨张秀英看见。"

朴斋应诺，赍归清和坊自己家里，只见妹子赵二宝和母亲赵洪氏对面坐在楼上亭子间内。赵洪氏似乎叹气，赵二宝淌眼抹泪，满面怒色，不知是为甚么。二宝突然说道："倪住来里也勿是耐个房子，也勿曾用啥耐个洋钱，为啥我要来巴结耐？就是三十块洋钱，阿是耐个嗄？耐倒有面孔向我讨！"

朴斋听说，方知为张秀英不睦之故，笑嘻嘻取出一卷洋钱交明母亲。赵洪氏转给二宝道："耐拿去放好仔。"二宝身子一摔，秋气道："放啥嗄！"

朴斋摸不着头脑，呆了一会。二宝始向朴斋道："耐有洋钱开消，倪开消仔原到乡下去；勿转去个，索性爽爽气气贴仔条子做生意。随便耐个主意，来里该搭做啥？"朴斋嗫嚅道："我陆里有啥主意？妹妹说末哉。"二宝道："故歇推我一干子，停两日覅说我害仔耐。"朴斋陪笑道："故是无价事个。"朴斋退下，自思更无别法，只好将计就计。

过了数日，二宝自去说定鼎丰里包房间，要了三百洋钱带挡回来,才与张秀英说知。秀英知不可留,听凭自便。选得十六日搬场,租了全副红木家生先往铺设,复赶办些应用物件。大姐阿巧随带过去。另添一个娘姨,名唤阿虎,连个相帮,各掮二百洋钱。朴斋自取红笺,亲笔写了"赵二宝寓"四个大字,粘在门首。当晚施瑞生来吃开台酒,请的客即系陈小云、庄荔甫一班,因此传入洪善卿耳中。善卿付之浩叹,全然不睬。

赵二宝一落堂子,生意兴隆,接二连三的碰和吃酒,做得十分兴头。赵朴斋也趾高气扬,安心乐业。二宝为施瑞生一力担承,另眼相待。不料张秀英因妒生忌,竟自坐轿亲往南市,至施瑞生家里告诉过房娘。那过房娘不知就里,夹七夹八把瑞生数说一顿。瑞生生气,索性断绝两家往来,反去做个清倌人袁三宝。

张秀英没有瑞生帮助,门户如何支持?又见赵二宝洋洋得意,亦思步其后尘,于是搬在四马路西公和里,即系覃丽娟家,与丽娟对面房间,甚觉亲热。陶云甫见了张秀英,偶然一赞。覃丽娟便道:"俚新出来,耐阿有朋友做做媒人?"云甫随口答应。秀英自恃其貌,日常乘坐马车为招揽嫖客之计。

那时六月中旬,天气骤热,室中虽用拉风,尚自津津出汗。陶云甫也要去坐马车,可以乘凉,因令相帮去问兄弟陶玉甫阿高兴去。相帮至东兴里李漱芳家,传话进去。

陶玉甫见李漱芳病体粗安,游赏园林亦是保养一法,但不知其有此兴致否。漱芳道:"耐阿哥教倪坐马车,教仔几转哉,倪就去一埭。我故歇也蛮好来浪。"李浣芳听得,赶出来道:"姐夫,我也要去个。"玉甫道:"生来一淘去,喊仔两把钢丝轿车罢。"漱芳道:"耐坐仔轿车,再要拨耐阿哥笑;耐坐皮篷末哉。"遂向相帮回说:"去个。"约在明园洋楼会聚,另差这里相帮桂福,速雇钢丝的轿车、皮篷车各一辆。

浣芳最是高兴,重新打扮起来。漱芳只略按一按头,整一整钗环簪珥,亲往后面房间,告知亲生娘李秀姐。秀姐切嘱早些归家。漱芳回到房里,大姐阿招和玉甫先已出外等候。漱芳徘徊顾影,对镜多时,方和浣芳携手同行。

至东兴里口,浣芳定要同玉甫并坐皮篷车,漱芳带阿招坐了轿车。驶过泥城桥，两行树色葱茏，交柯接干，把太阳遮住一半，并有一阵阵清风扑入襟袖，暑气全消。

迨至明园，下车登楼，陶云甫、覃丽娟早到。陶玉甫、李漱芳就在对面别据一桌，泡两碗茶。李浣芳站在玉甫身旁，紧紧依靠，寸步不离。玉甫教他："下头去白相歇。"浣芳徘徊不肯。漱芳乃道："去喤。伏牢仔身浪，阿热嗄？"浣芳不得已，讪讪的邀阿招相扶而去。

陶云甫见李漱芳黄瘦脸儿，病容如故，问道："阿是原来浪勿适意？"漱芳道："故歇好仔多花哉。"云甫道："我看面色勿好喤，耐倒要保重点哚。"陶玉甫接嘴道："近来个医生也难，吃下去方子才勿对碗。"覃丽娟道："窦小山蛮好个呀，阿请俚看嗄？"漱芳道："窦小山覅去说俚哉！几花丸药，教我陆里吃得落。"云甫道："钱子刚说起，有个高亚白行末勿行，医道极好。"

玉甫正待根究，只见李浣芳已偕阿招趔趄回来，笑问："阿是要转去哉？"玉甫道："刚刚来碗，再白相歇碗。"浣芳道："无啥白相，我覅。"一面说，一面与玉甫厮缠：或爬在膝上，或滚在怀中，终不得一合意之处。玉甫低着头，脸偎脸问是为何。浣芳附耳说道："倪转去罢。"漱芳见浣芳胡闹，嗔道："算啥嗄，该搭来！"

浣芳不敢违拗，慌的踅过漱芳这边。漱芳失声问道："耐为啥面孔红得来，阿是吃仔酒嗄？"玉甫一看，果然浣芳两颊红得像胭脂一般，忙用手去按他额角，竟炙手的滚热，手心亦然，大惊道："耐啥勿说个嗄？来里发寒热呀！"浣芳只是嬉笑。漱芳道："实概大个人，连搭仔自家发寒热才勿晓得，再要坐马车！"玉甫将浣芳拦腰抱起，抱向避风处坐。漱芳令阿招去喊了马车回去。

阿招去后，陶云甫笑向李漱芳道："耐两家头才喜欢生病，真真是好姊妹。"覃丽娟素闻漱芳多疑，忙望云甫丢个眼色。漱芳无暇应对。

须臾，阿招还报："马车来浪哉。"陶玉甫、李漱芳各向陶云甫、覃丽娟作别。阿招在前，搀着李浣芳下楼。漱芳欲使浣芳换坐轿车，浣芳道："我要姐夫一淘坐个喤。"漱芳道："价末我就搭阿招坐皮篷末哉。"

当下坐定开行。浣芳在车中，一头顶住玉甫胸胁间。玉甫用袖子遮盖头面，些儿没缝。行至四马路东兴里下车归家，漱芳连催浣芳去睡。浣芳恋恋的，要睡在阿姐房里，并说："就榻床浪觯觯好哉。"漱芳知他拗性，就叫阿招取一条夹被给浣芳裹在身上。

一时，惊动李秀姐，特令大阿金问是甚病。漱芳回说："想必是马车浪吹仔点风。"李秀姐便不在意。漱芳挥出阿招，自偕玉甫守视。

浣芳横着榻床左首，听房里没些声息，扳开被角，探出头来，叫道："姐夫来哩！"玉甫至榻床前，伏下身去问他："要啥？"浣芳央及道："姐夫坐该搭来，阿好？我困仔末，姐夫坐来浪看好仔我。"玉甫道："我就坐来里，耐困罢。"玉甫即坐在右首。

浣芳又睡一会，终不放心，睁开眼看了看，道："姐夫覅走得去哩，我一干子怕煞个。"玉甫道："我勿去呀，耐困末哉。"浣芳复叫漱芳道："阿姐，阿要榻床浪来坐？"漱芳道："姐夫来浪末好哉碗。"浣芳道："姐夫坐勿定个呀！阿姐坐来浪，故末让姐夫无处去。"

漱芳亦即笑而依他，推开烟盘，紧挨浣芳腿膀坐下，重将夹被裹好。静坐些时，天色已晚，见浣芳一些不动，料其睡熟，漱芳始轻轻走开，向帘下招手叫"阿招"，悄说："保险灯点好仔末，耐拿得来。"阿招会意，当去取了保险灯来，安放灯盘，轻轻退下。

漱芳向玉甫低声说道："该个小干仵做倌人，真作孽！客人看俚好白相，才喜欢俚，叫俚个局，生意倒忙煞。故歇发寒热，就为仔前日夜头困好仔再喊起来出局去，转来末天亮哉，阿是要着冷嗄！"玉甫也低声道："俚来里该搭，还算俚福气；人家亲生囡仵也不过实概末哉。"漱芳道："我倒也幸亏仔俚；勿然，几花老客人教我去应酬，要我个命哉。"

说时，阿招搬进晚饭，摆在中央圆桌上，另点一盏保险台灯。玉甫遂也轻轻走开，与漱芳对坐共食。阿招伺候添饭。大家虽甚留心，未免有些响动，早把浣芳惊觉。漱芳丢下饭碗，忙去安慰。浣芳呆脸相视，定一定神，始问："姐夫哩？"漱芳道："姐夫末来浪吃夜饭，阿是陪仔耐了，教姐夫夜饭也覅吃？"浣芳道："吃夜饭末啥勿喊我个嗄？"

漱芳道:"耐来浪发寒热,覅吃哉。"浣芳着急,挣起身来道:"我要吃个呀!"

漱芳乃叫阿招搀了,踅过圆桌前。玉甫问浣芳道:"阿要我碗里吃仔口罢?"浣芳点点头。玉甫将饭碗候在浣芳嘴边,仅喂得一口,浣芳含了良久,慢慢下咽。玉甫再喂时,浣芳摇摇头不吃了。漱芳道:"阿是吃勿落?说耐末勿相信,好像无拨吃。"

不多时,玉甫、漱芳吃毕。阿招搬出,舀面水来,顺便带述李秀姐之命与浣芳道:"无娒教耐困罢,叫局末教楼浪两个去代哉。"浣芳转向玉甫道:"我要困阿姐床浪,姐夫阿要我困?"玉甫一口应承。漱芳不复阻挡,亲替浣芳揩一把面,催他去睡。阿招点着床台上长颈灯台,即去收拾床铺。漱芳本未用席,撤下里床几条棉被,仍铺榻床盖的夹被,更于那头安设一个小枕头才去。

浣芳上过净桶,尚不即睡,望着玉甫,如有所思。玉甫猜着意思,笑道:"我来陪耐。"随向大床前来亲替浣芳解钮脱衣。浣芳乘间在玉甫耳朵边唧唧求告,玉甫笑而不许。漱芳问:"说啥?"玉甫道:"俚说教耐一淘床浪来。"漱芳道:"再要起花头,快点困!"

浣芳上床,钻进被里,响说道:"姐夫,讲点闲话拨阿姐听听哩。"玉甫道:"讲啥?"浣芳道:"随便啥讲讲末哉呀。"玉甫未及答话,漱芳笑道:"耐不过要我床浪来,啥个几花花头,阿要讨气!"说着,真的与玉甫并坐床沿。浣芳把被蒙头,亦自"格格"失笑,连玉甫都笑了。

浣芳因阿姐、姐夫同在相陪,心中大快,不觉早入黑甜乡中。玉甫清闲无事,敲过十一点钟,就与漱芳并头睡下。漱芳反复床中,久不着瞰。玉甫知其为浣芳,婉言劝道:"俚小干仵,发个把寒热无啥要紧。耐也好勿多两日,当心点哩。"漱芳道:"勿是呀,我个心勿晓得那价生来浪,随使啥事体,想着仔个头,一径想下去,就困勿着。自家要豁开点也勿成功。"玉甫道:"故末就是耐个病根碗,难覅去想哉。"漱芳道:"故歇我就想着仔我个病。我生仔病,倒是俚第一个先发极。有辰光耐勿来浪,就是俚末陪陪我。别人看见仔也讨厌;俚陪仔我,再要想出点花头,要我快活。故歇俚个病,我也晓得勿要紧,等俚歇末哉,心浪终好像勿局。"

玉甫再要劝时，忽闻那头浣芳翻了个身，转面向外。漱芳坐起身，叫声“浣芳”，不见答应；再去按他额角，寒热未退，夹被已掀下半身，再盖上些，漱芳才转身自睡。玉甫续劝道：“耐心里同俚好，覅去瞎费心。耐就想仔一夜天，俚个病原勿好；倘忙耐倒为仔困勿着生起病来哩，阿是加二勿好？”漱芳长叹道：“俚也苦恼，生仔病，就是我一干仔替俚当心点。”玉甫道：“价末当心点好哉，想个多花啥。”

这头说话，不想浣芳一觉初醒，依稀听见，柔声缓气的叫：“阿姐。”漱芳忙问：“阿要吃茶？”浣芳说：“覅吃。”漱芳道：“价末困哩。”浣芳应了；半晌，复叫“阿姐”，说道：“我怕！”玉甫接嘴道：“倪才来里，怕啥嗄？”浣芳道：“有个人来里后底门外头。”玉甫道：“后底门关好来浪，耐做梦呀。”又半晌，浣芳转叫“姐夫”，说道：“我要翻过来一淘困。”漱芳接嘴道：“覅。姐夫许仔耐困来里，耐倒噪勿清爽。”

浣芳如何敢强？默然无语。又半晌，似觉浣芳微微有呻吟之声。玉甫乃道：“我翻过去陪俚罢。”漱芳也应了。

玉甫更取一个小枕头，调转那头去睡。浣芳大喜，缩手敛足，钻紧在玉甫怀里。玉甫不甚怕热，仅将夹被撩开一角。浣芳睡定，却仰面问玉甫道：“姐夫坎坎搭阿姐说个啥？”玉甫含糊答了一句。浣芳道：“阿是说我嗄？”玉甫道：“覅响哉，阿姐为仔耐困勿着，耐再要噪。”浣芳始不作声。一夜无话。

次日，漱芳睡足先醒，但自觉懒懒的，仍躺着大床上。等到十一点钟，玉甫、浣芳同时醒来，漱芳急问浣芳寒热。玉甫代答道：“好哉，天亮辰光就凉哉。”浣芳亦自觉松快爽朗，和玉甫着衣下床，洗脸梳头吃点心，依然一个活泼泼地小干仵。独是漱芳筋弛力懈，气索神疲。别人见惯浑若寻常，惟玉甫深知漱芳之病，发一次重一次，脸上不露惊慌，心中早在焦急。

比及晌午开饭，浣芳关切，叫道：“阿姐，起来哩。”漱芳懒于开口，听凭浣芳连叫十来声，置若罔闻。浣芳高声道：“姐夫来哩，阿姐啥勿响哉嗄。”漱芳厌气，挣出一句道：“我要困，覅响。”玉甫忙拉开浣芳，叮咛道：“耐覅去噪，阿姐来里勿适意。”浣芳道：“为啥勿适意哉嗄？”玉甫道：“就为仔耐碗！耐个病过拨仔阿姐，耐倒好哉。”浣芳发极道："价末教阿姐再过拨仔我末哉呀。我生仔病，一点点勿要紧。姐夫陪仔我，搭阿姐讲点闲话，倒蛮开心个呀。"玉甫不禁好笑，却道："倪吃饭去罢。"浣芳无心吃饭，仅陪玉甫应一应卯。

饭后，李秀姐闻信出来，亲临抚慰，忧形于色。玉甫说起："昨日传闻有个先生，我想去请得来看。"漱芳听得，摇手道："耐阿哥说倪喜欢生病，再要问俚请先生！"玉甫道："我一径去问钱子刚好哉。"漱芳方没甚话。李秀姐乃撺掇玉甫去问钱子刚请那先生。

第三十五回终。

第三十六回　绝世奇情打成嘉耦　回天神力仰仗良医

按:陶玉甫从东兴里坐轿往后马路钱公馆,投帖谒见。钱子刚请进书房,送茶登炕,寒暄两句。玉甫重复拱手,奉恳代邀高亚白为李漱芳治病。子刚应了,却道:“亚白个人有点脾气,说勿定来勿来。恰好今夜头亚白教我东合兴吃酒,我去搭俚当面说仔,就差人送信过来,阿好?”陶玉甫再三感谢,郑重而别。

钱子刚待至晚间,接得催请条子,方坐包车往东合兴里大脚姚家。姚文君房间铺在楼上,即系向时张蕙贞所居。钱子刚进去,止有葛仲英和主人高亚白两人,厮见让坐。

钱子刚趁此时客尚未齐,将陶玉甫所托一节代为布达。高亚白果然不肯去。钱子刚因说起陶、李交好情形,委曲详尽,葛仲英亦为之感叹。适值姚文君在旁听了,跳起来问道:“阿是说个东兴里李漱芳?俚搭仔陶二少爷,真真要好得来!我碰著好几转,总归一淘来一淘去。为啥要生病?故歇阿曾好嗄?”钱子刚道:“故歇为仔勿曾好,要请耐高老爷看。”姚文君转向高亚白道:“故末耐定归要去看好俚个。上海把势里,客人骗倌人,倌人骗客人,大家勠面孔。刚刚有两个要好仔点,偏偏勿争气,生病哉。耐去看好俚,让俚哚勠面孔个客人、倌人,看看榜样。”

葛仲英不禁好笑。钱子刚笑问高亚白如何,亚白虽已心许,故意摇头。急得姚文君跑过去,揣住高亚白手腕,问道:“为啥勿肯去看,阿是该应死个?”亚白笑道:“勿看末勿看哉喤,为啥嗄?”文君瞋目大声道:“勿成功!耐要说得出道理,就勿看末哉!”葛仲英带笑排解道:“文君再要去上俚当!像李漱芳个人,俚晓得仔,蛮高兴看来浪。”姚文君放手,还看定高亚白,咕噜道:“耐阿敢勿去看?拉末也拉仔耐去!”亚白鼓掌狂笑道:“我个人倒拨耐管仔去哉!”文君道:“耐自家无拨道理啘。”

钱子刚乃请高亚白约个时日。亚白说是“明朝早晨”。子刚令自己车夫传话于李漱芳家。转瞬间车夫返命，赍呈陶玉甫两张名片，请高、钱二位，上书“翌午杯茗候光”，下注“席设东兴里李漱芳家”。高亚白道：“价末故歇倪先去请俚。”忙写了请客票头，令相帮送去。陶玉甫自然就来，可巧和先请的客华铁眉、尹痴鸳同时并至。高亚白即喊“起手巾”，大家入席就座。

这高亚白做了主人。殷勤劝酬，无不尽量。席间，除陶玉甫涓滴不饮之外，惟华铁眉争锋对垒，旗鼓相当。尹痴鸳自负猜拳，丝毫不让。至如葛仲英、钱子刚，不过胡乱应酬而已。

当下出局一到，高亚白唤取鸡缸杯，先要敬通关。首座陶玉甫告罪免战，亚白说：“代代末哉。”玉甫勉强应命，所输为李浣芳取去令大阿金代了。临到尹痴鸳豁拳，痴鸳计论道：“耐一家门代酒个人多煞来浪，倪就是林翠芬一干子，忒吃亏啘。”亚白道：“价末大家勿代。”痴鸳说好。亚白竟连输三拳，连饮三杯。其余三关，或代或否，各随其人。

亚白将鸡缸杯移过华铁眉面前，铁眉道：“耐通关勿好算啥，再要摆个庄末好。”亚白说：“晚歇摆。”铁眉遂自摆二十杯的庄。尹痴鸳只要播弄高亚白一个，见孙素兰为华铁眉代酒，并无一言。

不多时，二十杯打完。华铁眉问：“啥人摆庄？”大家嘿嘿相视，不去接受。高亚白推尹痴鸳，痴鸳道：“耐先摆，我来打。”亚白照样也是二十杯。痴鸳攘臂特起，锐不可当。亚白豁一拳输一拳；姚文君要代酒，痴鸳不肯。五拳以后，亚白益自戒严，乘虚捣隙，方才赢了三拳。痴鸳自饮两杯，一杯系林翠芬代的。亚白只是冷笑，痴鸳佯为不知，姚文君气的别转头去。

痴鸳饮毕，笑道：“换人打罢。”痴鸳并座是钱子刚，只顾和黄翠凤唧唧说话，正在商量秘密事务，没有工夫打庄，让葛仲英出手。仲英觉得这鸡缸杯大似常式，每输了拳，必欲给吴雪香分饮半杯。尹痴鸳也不理会。但等高亚白输时，痴鸳忙代筛一杯酒送与亚白，道：“耐是好酒量，自家去吃。”亚白接来要饮，姚文君突然抢出，一手按住道：“慢点。俚哚代，为啥倪勿代？拿得来！”亚白道：“我自家吃。

我故歇要吃酒来里。”文君道:“耐要吃酒末,晚歇散仔点,耐一干子去吃一甏末哉。故歇定归要代个。”说著,一手把亚白袖子一拉。亚白不及放手,“乒乓”一声,将一只仿白定窑的鸡缸杯砸得粉碎,泼了亚白一身的酒。席间齐吃一吓,连钱子刚、黄翠凤的说话都吓住了。侍席娘姨抬去磁片,绞把手巾替高亚白揩拭纱衫。尹痴鸳吓的连声劝道:“代仔罢,代仔罢。晚歇两家头再要打起来,我是吓勿起个。”说著,忙又代筛一杯酒,径送与姚文君。文君一口呷干,痴鸳喝一声采。

钱子刚不解痴鸳之言,诧异动问。痴鸳道:“耐啥勿曾晓得,俚个相好,是打成功个呀?先起头倒不过实概,打一转末好一转,故歇是打勿开个哉。”子刚道:“为啥要打哩?”痴鸳道:“怎晓得俚哚?一句闲话勿对末就打。打个辰光,大家勿让;打过仔咿要好哉。该号小干仵阿要讨气!”姚文君鼻子里“嗤”的一笑,斜视痴鸳道:“倪末是小干仵,耐大仔几花?”痴鸳顺口答道:“我大末勿大,也可以得个哉!耐阿要试试看?”文君说声“噢唷”,道:“养耐大仔点,连讨便宜也会哉!啥人教耐个乖嗄?”

说笑之间,高亚白的庄被钱子刚打败,姚文君更代两杯。钱子刚一气连赢,势如破竹,但打剩三杯,请华铁眉后殿。

这庄既完,出局哄散。尹痴鸳要减半,仅摆十杯。葛仲英、钱子刚又合伙也摆十杯。高亚白见陶玉甫在席,可止则止,不甚畅饮,为此撤酒用饭。陶玉甫临去,重申翌午之约。高亚白亲口应承,送至楼梯边而别。

陶玉甫仍归东兴里李漱芳家,停轿于客堂中,悄步进房。只见房内暗昏昏地止点著梳妆台上一盏长颈灯台,大床前茜纱帐子重重下垂。李秀姐和阿招在房相伴。玉甫低声问秀姐如何。秀姐不答,但用手望后指指。

玉甫随取洋烛手照,向灯点了,揭帐看视,觉得李漱芳气喘丝丝,似睡非睡,不像从前病时光景。玉甫举起手照,照照面色。漱芳睁开眼来,看定玉甫,一言不发。玉甫按额角,摸手心,稍微有些发烧,问道:“阿好点?”漱芳半晌才答“勿好”二字。玉甫道:“耐自家觉著陆里勿舒齐?”漱芳又半晌答道:“耐覅极哩,我无啥。”

玉甫退出帐外,吹灭洋烛,问秀姐:“夜饭阿曾吃?”秀姐道:“我说仔半日,教俚吃点稀饭。刚刚呷仔一口汤,稀饭是一粒也勿曾吃下去。”玉甫见说,和秀姐对立相视,嘿然良久。忽听得床上淑芳叫声“无娒”,道:“耐去吃烟末哉。”

秀姐应道:“晓得哉,耐困罢。”

适值李浣芳转局回家,忙著要看阿姐。见李秀姐、陶玉甫皆在,误猜阿姐病重,大惊失色。玉甫摇手示意,轻轻说道:“阿姐困著来浪。”浣芳始放下心,自去对过房间,换出局衣裳。漱芳又在床上叫声“无娒”,道:“耐去哩。”秀姐应道:“噢,我去哉。”却回头问玉甫:“阿到后底去坐歇?”

玉甫想在房亦无甚事,遂嘱阿招当心,跟秀姐从后房门趤过后面秀姐房中。坐定,秀姐道:“二少爷,我要问耐,先起头俚生仔病,自家发极,说说闲话末就哭;故歇我去看俚,一句勿曾说啥,问问俚,闭拢仔一只嘴,好像要哭,眼泪倒也无拨。故末为啥?”玉甫点头道:“我也来里说,比先起头两样仔点哉。明朝问声先生看。”秀姐又道:“二少爷,我想着一桩事体,还是俚小个辰光,城隍庙里去烧香,拨叫化子圈住仔,吓仔一吓;难去搭俚打三日醮,求求城隍老爷,阿好?”玉甫道:“故也无啥。”

说话时,李浣芳也跑来寻玉甫。玉甫问:“房里阿有人?”浣芳说:“阿招来浪。”秀姐向浣芳道:“价末耐也去陪陪哩。”玉甫见浣芳踌躇,便起身辞了秀姐,挈著浣芳同至前边李漱芳房间,掂手掂脚,向大床前皮椅上偎抱而坐。阿招得间,暂溜出外,一时寂静无声。

浣芳在玉甫怀里,定睛呆脸,口咬指头,不知转的甚么念头。玉甫不去提破,怔怔看他。只觉浣芳眼圈儿渐渐作红色,眶中莹莹的如水晶一般。玉甫急拍肩膀,笑而问道:“耐想著仔啥个冤枉嗄?”浣芳亦自失笑。

阿招在外听不清楚,只道玉甫叫唤,应声而至。玉甫回他:“无啥。”阿招转身欲行。谁知漱芳并未睡著,叫声“阿招”,道:“耐舒齐仔困罢。”阿招答应,转问玉甫:“阿要吃稀饭?”玉甫说:“覅。”阿招因去冲茶。漱芳叫声“浣芳”，道：“耐也去困哉呀。”浣芳那里肯去。玉甫以权词遣之，道：“昨日夜头，拨耐噪仔一夜，阿姐就生个病；耐再要困来里，无姆要说哉。”适值阿招送进茶壶，并喊浣芳，也道：“无姆教耐去困。”浣芳没法，方跟阿招出房。

玉甫本待不睡，但恐漱芳不安，只得掩上房门，躺在外床，装做睡着的模样；惟一闻漱芳辗转反侧，便周旋伺应，无不臻至。漱芳于天明时候，鼻息微鼾，玉甫始得睡著一�櫿，却为房外外场往来走动，即复惊醒。漱芳劝玉甫：“多困歇。”玉甫只推说：“困醒哉。”

玉甫看漱芳似乎略有起色，不比昨日一切厌烦，趁清晨没人在房，亲切问道：“耐到底再有啥勿称心，阿好说说看？”漱芳冷笑道：“我末陆里会称心？耐也覅问哉啘！”玉甫道：“要是无啥别样末，等耐病好仔点，城里去租好房子，耐同无姆搬得去，堂子里托仔帐房先生，耐兄弟一淘管管，耐说阿好？”漱芳听了，大拂其意，“咳”的一声，懊恼益甚。玉甫著慌陪笑，自认说差。漱芳倒又嗔道：“啥人说耐差嗄？”玉甫无可搭讪，转身去开房门，喊娘姨大阿金。不想浣芳起的绝早，从后跑出，叫声“姐夫”，问知阿姐好点，亦自欢喜。迨阿招起来，与大阿金收拾粗毕，玉甫遂发两张名片，令外场催请高、钱二位。

俟至日色近午，钱子刚领高亚白踵门赴召。玉甫迎入对过李浣芳房间，厮见礼毕，安坐奉茶。高亚白先开言道：“兄弟初到上海，并勿是行医。因子刚兄传说尊命，辱承不弃，不敢因辞。阿好先去诊一诊脉，难末再闲谈，如何？”陶玉甫唯唯遵依。阿招忙去预备停当，关照玉甫。

玉甫嘱李浣芳陪钱子刚少坐，自陪高亚白同过这边李漱芳房间。漱芳微微叫声“高老爷”，伸出手来，下面垫一个外国式小枕头。亚白斜签坐于床沿，用心调气，细细的诊。左右手皆诊毕，叫把窗帘揭起，看过舌苔，仍陪往对过房间。李浣芳亲取笔砚、诗笺，排列桌上。阿招磨起墨来。钱子刚让开一边。

陶玉甫请高亚白坐下，诉说道：“漱芳个病，还是旧年九月里起个头。受仔点风寒，发几个寒热，倒也勿要紧。到今年开春勿局哉，一径邱邱好好，赛过常来浪生病。病也勿像是寒热。先是胃口薄极，饮食渐渐减下来，有日把一点勿吃，身浪皮肉也瘦到个无陶成。来浪夏天五六月里，好像稍微好点，价末皮肤里原有点发热，就不过勿曾困倒。倪自家为仔好点末，忒啥个写意哉，前日天，坐马车到明园去仔一埭，昨日就困倒，精神气力一点无拨。有时心里烦躁，嘴里就要气喘；有时昏昏沉沉，问倪一声勿响。一日天就吃半碗光景稀饭，吃下去也才变仔痰。夜头困勿著，困着仔末出冷汗。倪自家觉着勿局，再要哭。勿晓得阿有啥方法？"

高亚白乃道："此乃痨瘵之症。旧年九月里起病辰光就用仔'补中益气汤'，一点无啥要紧。算是发寒热末，也误事点。故歇个病，也勿是为仔坐马车，本底子要复发哉。其原由于先天不足，气血两亏，脾胃生来娇弱之故。但是脾胃弱点，还勿至于成功痨瘵。大约其为人必然绝顶聪明，加之以用心过度，所以忧思烦恼，日积月累，脾胃于是大伤。脾胃伤则形容羸瘦，四肢无力，咳嗽痰饮，吞酸嗳气，饮食少进，寒热往来，此之谓痨瘵。难是岂止脾胃，心肾所伤实多。厌烦盗汗，略见一斑。停两日再有腰膝冷痛，心常忪悸，乱梦颠倒，几花毛病才要到哉！"玉甫叉口道："啥勿是嗄，故歇就有实概个毛病：困来浪时，常要大惊大喊，醒转来说是做梦。至于腰膝，痛仔长远哉。"

亚白提笔蘸墨，想了一想道："胃口既然浅薄，常恐吃药也难喤。"玉甫攒眉道："是呀。倪再有讳病忌医个脾气最勿好。请先生开好方子，吃仔三四帖，好点末停哉。有个丸药方子，索性勿曾吃。"

当下高亚白兔起鹘落的开了个方子。前叙脉案，后列药味；或拌或炒，一一注明。然后授与陶玉甫。钱子刚也过来倚桌同观。李浣芳只道有甚顽意儿，扳开玉甫臂膊要看，见是满纸草字，方罢了。

玉甫约略过目，拱手道谢，重问道："还要请教：倪病仔末喜欢哭，喜欢说闲话；故歇勿哭、勿说哉，阿是病势中变？"亚白道："非也。从前是焦躁，故歇是昏倦，才是心经毛病。悄然能得无思无虑，调摄得宜，比仔吃药再要灵。"子刚亦问道："该个病阿会好嗄？"亚白道："无拨啥勿会好个病。不过病仔长远，好末也慢性点。眼前个把月，总归勿要紧。大约过仔秋分，故末有点把握，可以望全愈哉。"

陶玉甫闻言，怔了一会，便请高亚白、钱子刚宽坐，亲把方子送到李秀姐房间。秀姐初醒,坐于床中。玉甫念出脉案药味,并述适间问答之词。秀姐也怔了,道:"二少爷,难求那价哩?"玉甫说不出话,站在当地发呆。直至外面摆好台面,只等起手巾,大阿金一声"请二少爷",玉甫才丢下方子而出。

第三十六回终。

第三十七回 惨受刑高足枉投师 强借债阔毛私狎妓

按:陶玉甫出至李浣芳房间,当请高亚白、钱子刚入席。宾主三人,对酌清谈;既无别客。又不叫局。李浣芳和准琵琶要唱,高亚白说:“勿必哉。”钱子刚道:“亚白哥喜欢听大曲,唱仔只大曲罢。我替耐吹笛。”阿招呈上笛子。钱子刚吹,李浣芳唱。唱的是《小宴》中“天淡云闲”两段。高亚白偶然兴发,接着也唱了《赏荷》中“坐对南薰”两段。钱子刚问陶玉甫:“阿高兴唱?”玉甫道:“我喉咙勿好。我来吹,耐唱罢。”子刚授过笛子,唱《南浦》这出,竟将“无限别离情,两月夫妻,一旦孤另”一套唱完。高亚白喝声采。李浣芳乖觉,满斟一大觥酒,奉劝亚白。亚白因陶玉甫没甚心绪,这觥饮干,就拟吃饭。玉甫满怀抱歉,复连劝三大觥始罢。

一会儿,席终客散。陶玉甫送出客堂,匆匆回内。高亚白仍与钱子刚并肩联袂,同出了东兴里。亚白在路问子刚道:“我倒勿懂,李漱芳俚个亲生娘、兄弟、妹子,连搭仔陶玉甫,才蛮要好,无拨一样勿称心,为啥生到实概个病?”子刚未言先叹道:“李漱芳个人末,勿该应吃把势饭。亲生娘勿好,开仔个堂子。俚无法子做个生意。就做仔玉甫一个人,要嫁拨来玉甫。倘然玉甫讨去做小老母,漱芳倒无啥勿肯;碰著个玉甫,定归要算是大老母,难末玉甫个叔伯、哥嫂、姨夫、娘舅几花亲眷,才勿许,说是讨倌人做大老母,场面下勿来。漱芳晓得仔,为仔俚自家本底子勿情愿做倌人,故歇做末赛过勿曾做,倒才说俚是个倌人,俚自家也阿好说‘我勿是倌人’?实概一气末,就气出个病。”亚白亦为之唏嘘。

两人一面说,一面走,恰到了尚仁里口。高亚白别有所事,拱手分路。钱子刚独行进弄,相近黄翠凤家,只见前面一个倌人,手扶娘姨,步履蹒跚,循墙而走。子刚初不理会,及至门首,方看清是诸金花。金花叫声“钱老爷”,即往后面黄二姐小房间里去。

子刚�上楼来，黄珠凤、黄金凤争相迎接，各叫“姐夫”，簇拥进房。黄翠凤问：“诸金花喤？”子刚说：“来里下头。”金凤恐子刚有甚秘密事务，假做要看诸金花，挈了珠凤走避下楼。

翠凤和子刚坐谈片刻，壁上挂钟正敲三下。子刚知道罗子富每日必到，即欲兴辞。翠凤道：“故也再坐歇末哉，啥要紧嗄？”子刚踌躇间，适值珠凤、金凤跟着诸金花来见翠凤。子刚便不再坐，告别竟去。

诸金花一见翠凤，噙着一泡眼泪，颤巍巍的叫声“阿姐”，说道：“我前几日天就要来望望阿姐，一径走勿动；今朝是定规要来哉。阿姐阿好救救我？”说着，呜咽要哭。翠凤摸不着头脑，问道：“啥嗄？”金花自己撩起裤脚管给翠凤看。两只腿膀，一条青，一条紫，尽是皮鞭痕迹，并有一点一点鲜红血印，参差错落，似满天星斗一般。此系用烟签烧红戳伤的。翠凤不禁惨然，道：“我交代耐，做生意末巴结点，耐勿听我闲话，打到实概样式！”金花道：“勿是呀。倪个无娒勿比得该搭无娒，做生意勿巴结，生来要打；巴结仔，再要打哩。故歇就为仔一个客人，来仔三四埭，无娒说我巴结仔俚哉，难末打呀。”

翠凤勃然怒道：“耐只嘴阿会说嗄？”金花道：“说个呀，就是阿姐教拨我个闲话。我说要我做生意末覅打，打仔生意勿做哉！倪无娒为仔该声闲话，索性关仔房门，喊郭孝婆相帮，揿牢仔榻床浪，一径打到天亮；再要问我阿敢勿做生意？”翠凤道：“问耐末，耐就说定归勿做，让俚哚打末哉啘。”金花攒眉道：“故末阿姐哉，痛得来无那哈哉呀！再要说勿做呀，说勿来哉呀。”翠凤冷笑道：“耐怕痛末，该应做官人家去做奶奶、小姐个呀，阿好做倌人？”

金凤、珠凤在傍“嗤”的失笑。金花羞得垂头嘿坐。翠凤又问道：“鸦片烟阿有嗄？”金花道：“鸦片烟有一缸来浪。碰着仔一点点就苦煞个，陆里吃得落嗄！再听见说，吃仔生鸦片烟，要进断仔肚肠死哚，阿要难过！”翠凤伸两指，著实指定金花，咬牙道：“耐个谄头东西！”一句未终，却顿住嘴不说了。

谁知这里说话，黄二姐与赵家娒正在外间客堂中，并摆两张方桌，把浆洗的被单铺排缝纫。听了翠凤之言，黄二姐耐不住，特到房里,笑向翠凤道:“耐要拿自家本事,教拨俚末,今世勿成功个哉!耐去想,前月初十边进去,就是诸十全个客人,姓陈个,吃仔一台酒,绷绷俚场面。到故歇一个多月,说有一个客人装一挡干湿,打三埭茶会。陆里晓得该个客人,倒是俚老相好,来里洋货店里柜台浪做生意,吃仔夜饭来末,总要到十二点钟去。难末本家说仔闲话了,诸三姐赶得去打俚呀。”翠凤道:“酒无拨末,局出仔几个嗄?”黄二姐摊开两掌,笑道:“通共一挡干湿,陆里来个局嗄!”

翠凤欻地直跳起身,问金花道:“一个多月,做仔一块洋钱生意,阿是教耐无娒去吃屎?”金花那里敢回话。翠凤连问几声,推起金花头来道:“耐说哩,阿是教耐无娒去吃屎?耐倒再要寻开心,做恩客。”黄二姐劝开翠凤道:“耐去说俚做啥?”翠凤气的瞪目哆口,嚷道:“诸三姐个无用人,有气力打俚末,打杀仔好哉畹!摆来浪再要赔洋钱!”黄二姐跺脚道:“好哉呀!”说著,捺翠凤坐下。

翠凤随手把桌子一拍,道:“赶俚出去,看见仔讨气!”这一拍太重了些,将一只金镶玳瑁钏臂断作三段。黄二姐咳了一声,道:“故末陆里来个晦气。”连忙丢个眼色与金凤。金凤遂挈著金花,要让过对过房间。金花自觉没脸,就要回去,黄二姐亦不更留。倒是金凤多情,依依相送。送至庭前,可巧遇着罗子富在门口下轿。金花不欲见面,掩过一边,等子富进去,才和金凤作别,手扶娘姨,缓缓出兆荣里,从宝善街一直向东,归至东棋盘街绘春堂间壁得仙堂。

诸金花遭逢不幸,计较全无,但望诸三姐不来查问,苟且偷安而已。不料次日饭后,金花正在客堂中同几个相帮笑骂为乐,突然郭孝婆摸索到门,招手唤金花。金花猛吃一吓,慌的过去。郭孝婆道:“有两个蛮蛮好个客人,我搭耐做个媒人,难末巴结点,阿晓得?”金花道:“客人来浪陆里嗄?”郭孝婆道:“哪,来哉。”金花抬头看时,一个是清瘦后生;一个有须的,跷着一只脚。各穿一件雪青官纱长衫。金花迎进房间,请问尊姓。后生姓张,有须的说是姓周。金花皆不认识,郭孝婆也只认识张小村一个。外场送进干湿,金花照例敬过,即向榻床烧鸦片烟。郭孝婆挨到张小村身旁,悄说道:“俚末是我外甥囡,耐阿好照应照应。随便耐开消末哉。”小村点点头。郭孝婆道:

"阿要喊个台面下去?"小村正色禁止。郭孝婆俄延一会,复道:"价末问声耐朋友看,阿好?"小村反问郭孝婆道:"该个朋友耐阿认得?"郭孝婆摇摇头。小村道:"周少和呀。"郭孝婆听了,做嘴做脸,溜出外去。金花装好一口烟,奉与周少和。少和没有瘾,先让张小村。

小村见这诸金花面张、唱口、应酬,并无一端可取,但将鸦片烟畅吸一顿,仍与少和一淘踅出得仙堂,散步逍遥,无拘无束;立在四马路口,看看往来马车;随意往华众会楼上,泡一碗茶,以为消遣之计。

两人方才坐定,忽见赵朴斋独自一个接踵而来,也穿一件雪青官纱长衫,嘴边衔著牙嘴香烟,鼻端架著墨晶眼镜,红光满面,气象不同,直上楼头,东张西望。小村有心依附,举手招呼。朴斋竟不理会,从后面烟间内团团兜转,踅过前面茶桌边,始见张小村,即问:"阿看见施瑞生?"小村起身道:"瑞生勿曾来,耐阿寻俚?就该搭等一歇哉呀。"

朴斋本待绝交,意欲于周少和面前夸耀体面,因而趁势入座。小村喊堂倌再泡一碗。少和亲去点根纸吹,授过水烟筒来。朴斋见少和一步一拐,问是为啥。少和道:"楼浪跌下来,跌坏个。"小村指朴斋向少和道:"倪一淘人,就挨著俚运气最好。我同耐两家头,才是倒霉人:耐个脚跌坏仔,我个脚别脱仔。"

朴斋问吴松桥如何。小村道:"松桥也勿好,巡捕房里关仔几日天,刚刚放出来。俚个亲生爷要搭俚借洋钱,噪仔一泡。幸亏外国人勿曾晓得,勿然生意也歇个哉。"少和道:"李鹤汀转去仔阿出来?"小村道:"郭孝婆搭我说,要出来快哉。为俚阿叔生仔杨梅疮,到上海来看,俚一淘来。"朴斋道:"耐陆里看见个郭孝婆?"小村道:"郭孝婆寻到我栈房里,说是俚外甥囡来哚幺二浪,请我去看,就坎坎同少和去装仔挡干湿。"少和讶然道:"坎坎个就是郭孝婆,我倒勿认得,失敬得极哉!前年,我经手一桩官司,就办个郭孝婆拐逃啘。"小村恍然道:"怪勿得俚看见耐有点怕。"少和道:"啥勿怕嗄!故歇再要收俚长监,一张禀单好哉。"朴斋偶然别有会心,侧首寻思,不复插嘴。少和、小村也就无言。

三人连饮五六开茶,日云暮矣。赵朴斋料这施瑞生游踪无定,无处堪寻,遂向周少和、张小村说声"再会",离了华众会,径归三马路鼎丰里家中,回报妹子赵二宝,说是施瑞生寻勿著。二宝道:"明朝耐早点到俚屋里去请。"朴斋道:"俚勿来末,请俚做啥?倪好客人多煞来浪。"二宝沉下脸道:"教耐请个客人末,耐就勿肯去,单会吃饱仔饭了白相,再有啥个用场嗄!"朴斋惶急,改口道:"我去,我去。我不过说说末哉。"二宝才回嗔敛怒。

其时,赵二宝时髦已甚,每晚碰和吃酒,不止一台。席间撤下的小碗,送在赵洪氏房里,任凭赵朴斋雄啖大嚼,酣畅淋漓;吃到醉醺醺时,便倒下绳床,冥然罔觉,固自以为极乐世界矣。

这日,赵朴斋奉妹子之命,亲往南市请施瑞生。瑞生并不在家,留张名片而已。朴斋暗想,此刻径去覆命,必要说我不会干事,不若且去王阿二家重联旧好,岂不妙哉!比到了新街口,却因前番曾遭横逆,打破头颅,故此格外谨慎。先至间壁,访郭孝婆做个牵头,预为退步。郭孝婆欢颜晋接,像天上吊下来一般,安置朴斋于后半间稍待,自去唤过王阿二来。

王阿二见是朴斋,眉花眼笑,扭捏而前,亲亲热热的叫声"阿哥",道:"房里去喤。"朴斋道:"就该搭罢。"一面脱下青纱衫,挂在揞帐竹竿上。王阿二遂央郭孝婆关照老娘姨,一面推朴斋坐于床沿,自己爬在朴斋身上,勾住脖项说道:"我末一径牵记煞耐,耐倒发仔财了想勿着我,倪勿成功个!"朴斋就势两手合抱,问道:"张先生阿来?"王阿二道:"耐再要说张先生,别脚哉呀!倪搭还欠十几块洋钱,勿着杠。"

朴斋因历述昨日小村之言。王阿二跳起来道:"俚有洋钱,倒去幺二浪攀相好。我明朝去问声俚看!"朴斋按住道:"耐去末覅说起我喤!"王阿二道:"耐放心,勿关耐事。"

说著,老娘姨送过烟茶二事,仍回间壁看守空房。郭孝婆在外间听两人没些声息,知已入港,因恐他人再来打搅,亲去门前看风哨探。好一会,忽然听得后半间地板上历历碌碌,一阵脚声,不解何事。进内看时,只见赵朴斋手取长衫要着,王阿二夺下不许,以致扭结做一处。郭孝婆劝道:"啥要紧嗄?"王阿二盛气诉道:"我搭俚商量,阿好借十块洋钱拨我，烟钱浪算末哉。俚回报仔我无拨，倒立起来就走。”朴斋求告道：“故歇我无拨来里啘！停两日，有仔末拿得来，阿好？”王阿二不依，道：“耐要停两日末，长衫放来浪，拿仔十块洋钱来拿。”朴斋跺脚道：“耐要我命哉，教我转去说啥嗄？”

郭孝婆做好做歹，自愿作保，要问朴斋定个日子。朴斋说是月底，郭孝婆道：“就是月底也无啥。不过，到仔月底，定归要拿得来个啴。”王阿二给还长衫，亦着实嘱道：“月底耐勿拿来末，我自家到耐鼎丰里来请耐去吃碗茶。”

朴斋连声唯唯，脱身而逃；一路寻思，自悔自恨，却又无可如何。归至鼎丰里口，远远望见自家门首，停着两乘官轿，拴着一匹白马。踅进客堂，又有一个管家踞坐高椅，四名轿班列坐两傍。

朴斋上楼，正待回话，却值赵二宝陪客闲谈，不敢惊动，只在帘子缝里暗地张觑。两位客人，惟认识一位是葛仲英，那一位不认识的，身材俊雅，举止轩昂，觉得眼中不曾见过这等人物。仍即悄然下楼，踅出客堂，请那管家往后面帐房里坐。探问起来，方知他主人是天下闻名、极富极贵的史三公子，祖籍金陵，出身翰苑，行年弱冠，别号天然。今为养疴起见，暂作沪上之游；赁居大桥一所高大洋房，十分凉爽；日与二三知己，杯酒谈心。但半月以来，尚未得一可意人儿承欢侍宴，未免辜负花晨月夕耳。朴斋听说，极口奉承，不遗余力。并问知这管家姓王，唤做小王，系三公子贴身伏侍掌管银钱的。朴斋意欲得其欢心，茶烟点心络绎不绝，小王果然大喜。

将近上灯时候，娘姨阿虎传说，令相帮叫菜请客。朴斋得信，急去禀命母亲赵洪氏，拟另叫四色荤碟，四道大菜，专请管家，赵洪氏无不依从。等到楼上坐席以后，帐房里也摆将起来，奉小王上坐，朴斋在下相陪，吃得兴致飞扬，杯盘狼藉。

无如楼上这台酒仅请华铁眉、朱蔼人两人，席间冷清清的，兼之这史三公子素性怯热，不耐久坐，出局一散，宾主四人哄然出席，皆令轿班点灯，小王只得匆匆吃口干饭，趋出立候。三公子送过三位，然后小王伺候三公子登轿，自己上马，鱼贯而去。

第三十七回终。

第三十八回 史公馆痴心成好事 山家园雅集庆良辰

按:赵朴斋眼看小王扬鞭出弄,转身进内见赵洪氏,告知史三公子的来历。赵洪氏甚是快慰,遂把那请客回话搁起不提。

不想接连三日,天气异常酷热,并不见史三公子到来。第四日,就是六月三十了,赵朴斋起个绝早,将私下积聚的洋钱,凑成十圆,径往新街,敲开郭孝婆的门,亲手交明,嘱其代付。朴斋即时遄返,料定母亲、妹子尚未起身,不致露绽。惟大姐阿巧勤于所事,朴斋进门,阿巧正立在客堂中蓬着头打呵欠。朴斋搭讪道:"早来里,再困歇哉呀。"阿巧道:"倪是要做生活个。"朴斋道:"阿要我来帮耐做?"阿巧道是调戏,掉头不理。朴斋倒以为得计。

将近上午,忽有一缕乌云,起于西北,顷刻间弥满寰宇,遮住骄阳。电掣雷轰,倾盆下注。约有两点钟时,雨停日出。赵二宝新妆才罢,正自披襟纳爽,开阁乘凉。却见一人走得喘吁吁地,满头都是油汗,手持局票,闯入客堂。随后,朴斋上楼郑重通报,说是三公子叫的,叫至大桥史公馆。二宝亦欣然坐轿而去。

谁知这一个局,直至傍晚,竟不归家。朴斋疑惑焦躁,竟欲自往相迎。可巧娘姨阿虎和两个轿班空身回来。朴斋大惊失色,瞪出眼睛,急问:"人哩?"阿虎反觉好笑,转向赵洪氏说道:"二小姐末勿转来哉。三公子请俚公馆里歇夏,包俚十个局一日。梳头家生搭衣裳,教我故歇就拿得去。"洪氏没甚言语,朴斋嗔责阿虎道:"耐胆倒大哚,放生仔俚转来哉!"阿虎道:"二小姐教我转来个呀。"朴斋道:"难下转当心点,闯仔穷祸下来,耐做娘姨阿吃得消?"阿虎也沉下脸道:"耐勠发极哩,倪也四百块洋钱哚呀!阿有啥勿当心个?从小来里把势里,到故歇做娘姨,耐去问声看,闯啥个穷祸嗄?"朴斋对答不出,默然而退。还是洪氏接嘴道:"耐勠去听俚,快点收拾好仔去罢。"阿虎直咕噜到楼上,寻得洋袱,打成两包,辞洪氏自去了。

朴斋满心忐忑，终夜无眠；复和母亲商议，买许多水蜜桃、鲜荔枝，装盒盛筐，赍往探望。叫把东洋车，拉过大桥堍，迤逦问到史公馆门首，果然是高大洋房，两旁栏凳上列坐四五个方面大耳、挺胸凸肚的，皆穿乌皮快靴，似乎军官打扮。朴斋呐呐然道达来意。那军官手执油搭扇，只顾招风，全然不睬。朴斋鞠躬鹤立，待命良久。忽一个军官回过头来喝道："外头去等来浪！"朴斋喏喏，退出墙下，对着满街太阳，逼得面红吻燥。幸而昨日叫局的那人，牵了匹马，缓缓而归。朴斋上前拱手，求他通知小王。那人把朴斋略瞟一眼，竟去不顾。

一会儿，却有一个十三四岁孩子飞奔出来，一路喊问："姓赵个来浪陆里？"朴斋不好接应，悄地望内窥探。那军官复瞪目喝道："喊哉呀！"朴斋方喏喏提筐欲行。孩子拉住问道："耐阿是姓赵？"朴斋连应："是个。"孩子道："跟我来。"朴斋跟定那孩子，踅进头门，只见里面一片二亩广阔的院子，遍地尽种奇花异卉，上边正屋是三层楼，两傍厢房井系平屋。朴斋踅过一条五色鹅卵石路，从厢房廊下穿去，隐约玻璃窗内有许多人，科头跣足，阔论高谈。孩子引朴斋一直兜转正屋，后面另有一座平屋。小王已在帘下相迎。朴斋慌忙趋见，放下那筐，作一个揖。小王让朴斋卧房里坐，并道："故歇勿曾下楼，宽宽衣吃筒烟，正好。"

孩子送上一钟便茶。小王令孩子去打听，道："下楼仔末拨个信。"孩子应声出外。小王因说起："三老爷倒喜欢耐妹子，说耐妹子像是人家人。倘然对景仔，真真是耐个运气。"朴斋只是喏喏。小王更约略教导些见面规矩，朴斋都领会了。适值孩子隔窗叫唤，小王知道三公子必已下楼，教朴斋坐来浪，匆匆跑去；须臾跑来，掀帘招手。朴斋仍提了筐，跟定小王，绕出正屋帘前。小王接取那筐，带领谒见。三公子踞坐中间炕上，满面笑容，傍侍两个秃发书童。朴斋叫声"三老爷"，侧行而前，叩首打千。三公子颔首而已。小王附近禀说两句，三公子蹙頞向朴斋道："送啥礼嗄？"朴斋不则一声。三公子目视小王。小王即掇只矮脚酒机，放在下首，令朴斋坐下。

俄而听得堂后楼梯上一阵小脚声音，随见阿虎搀了赵二宝，从容款步，出自屏门。朴斋起身屏气，不敢正视。二宝叫声"阿哥"，问声

"无姆",别无他语。阿虎插嘴道:"阿是二小姐蛮好来浪?"朴斋自然忍受。三公子吩咐小王道:"同俚外头坐歇,吃仔饭了去。"

朴斋听说,侧行而出,仍与小王同至后面卧房。小王嘱道:"耐覅客气,要啥末说。我有事体去。"当唤那孩子在房伏侍。小王重复跑去。

朴斋独自一个,踱来踱去;壁上挂钟敲过一点,始见打杂的搬进一大盘酒菜,摆在外间桌上。那孩子请朴斋上坐独酌。朴斋略一沾唇,推托不饮。孩子殷勤劝酬,朴斋不忍拂意,连举三杯。小王却又跑来,不许留量,定要尽壶。自己也筛一杯相陪。朴斋只得勉力从命。

正欲讲话,突然一个秃发书童唤出小王。小王就和书童偕行,不知甚事。朴斋吃毕饭,洗过脸,等得小王回房,提着空筐,告辞道谢。小王道:"三老爷困着来浪,二小姐再要说句闲话。"朴斋喏喏,仍跟定小王,绕出正屋帘前。小王令他暂候,传话进去,随有书童将帘子卷起钩住。赵二宝扶着阿虎,立在门限内,说道:"转去搭无姆说,我要初五转来哚。局票来末,说是苏州去哉。"

朴斋也喏喏而出。小王竟送到大门之外,还说:"停两日来白相。"朴斋坐上东洋车,径回鼎丰里,把所见情形,细细告诉母亲。赵洪氏欣羡之至。

迨初五日,赵朴斋预先往聚丰园定做精致点心,再往福利洋行,将外国糖、饼干、水果各色买些。待至下午,小王顶马而来,接着两乘官轿,一乘中轿,齐于门首停下。中轿内走出阿虎,搀了赵二宝,随史公子进门。朴斋抢下打个千儿,三公子仍是颔首。

及到楼上房里,三公子即向二宝道:"教耐无姆出来见见。"二宝令阿虎去请。赵洪氏本不愿见,然无可辞,特换一副玄色生丝衫裙,腼腆上楼,只叫得"三老爷"三字,脸上已涨得通红。三公子也只问问年纪、饮食便了。二宝乃向三公子道:"耐坐歇,我同无姆下头去。"三公子道:"无啥事体末,早点转去。"

二宝应"噢",挈赵洪氏联步下楼,趑进后面小房间。洪氏始觉身心舒泰,因问二宝:"再要到陆里去?"二宝道:"转去呀,原是俚公馆里。”洪氏道：“难去仔，几日天转来嗄？”二宝道：“说勿定。初七末山家园齐大人请俚。俚要同我一淘去，到俚花园里白相两日再说。”洪氏着实叮咛道：“耐自家要当心哩！俚哚大爷脾气，要好辰光末，好像好煞；推扳仔一点点，要板面孔个哩！”

二宝见说这话，向外一望，掩上房门，挨在洪氏身旁，切切说话。说这三公子承嗣三房，本生这房虽已娶妻，尚未得子；那两房兼祧嗣母，商议各娶一妻，异居分爨。三公子恐娶来未必皆贤，故此因循不决。洪氏低声急问道：“价末阿曾说要讨耐嗄？”二宝道：“但说先到屋里同俚嗣母商量，再要说定仔一个，难末两个一淘讨得去。教我生意覅做哉，等俚三个月。俚舒齐好仔，再到上海。”洪氏快活得嘻开嘴合不拢来。二宝又道：“难教阿哥公馆里覅来。停两日，做仔阿舅坍台煞个。水果也覅去买；俚哚多花来浪。该应要送俚物事，阿怕我勿晓得。”洪氏听一句点一点头，没得半句回答。二宝再有多少话头，一时却想不起。洪氏催道：“一歇哉，俚一干仔来浪，耐上去罢。”

二宝趔趄着脚儿，慢慢离了小房间；刚踅至楼梯半中间，从窗格眼张见帐房中朴斋与小王并头横在榻上吸烟，再有大姐阿巧紧靠榻前胡乱搭讪。二宝心中生气，纵步回房。

史三公子等二宝近身，随手拉他衣襟，悄说道：“转去哉呀，再有啥事体嗄？”二宝见桌上摆着烧卖、馒头之类，遂道：“耐也吃点倪点心哩。”三公子道：“耐替我代吃仔罢。”二宝只做没有听见，挣脱走开，令阿虎传命小王打轿。

三公子竟像新女婿样式，临行还叫二宝转禀洪氏，代言辞谢。洪氏怕羞不出，但将买的各色糖、饼干、水果装满筐中，付阿虎随轿带去。二宝回顾攒眉，洪氏附耳说道：“放来里无啥人吃呀，耐拿得去，拨俚哚底下人，阿对？”

二宝不及阻挡，赶出门首，和三公子同时上轿。当下小王前驱，阿虎后殿，一行人滔滔汩汩，望大桥北堍史公馆而归。看门军官挺立迎候，轿夫抬进院子，停在正屋阶前。史三公子、赵二宝下轿登堂，并肩闲坐。

三公子见阿虎提进那筐，问：“是啥嗄？”阿虎笑道：“倒是外国货，除仔上海无拨个哩。"三公子揭盖看时，呵呵大笑。二宝手抓一把，拣一粒松子，剥出仁儿，递过三公子嘴边，笑道："耐尝尝看，总算倪无娒一点意思。"三公子怃然正容，双手来接。引得二宝、阿虎都笑。

三公子却唤秃发书童取那十景盆中供的香橼撤去，即换这糖、饼干、水果，分盛两盆，高庋天然几上。二宝见三公子如此志诚，感激非常，无须赘笔。

过了一日，正逢七夕佳期，史三公子绝早吩咐小王，预备一切应用物件。赵二宝盛妆艳服，分外风流。待至十点钟时，接得催请条子，三公子、二宝仍于堂前上轿，仅带小王、阿虎同行，经大马路，过泥城桥，抵山家园齐公馆大门首。门上人禀请税驾花园；又穿过一条街，即到花园正门。门楣横额刻着"一笠园"三个篆字。

园丁请进轿子，直抬至凰仪水阁才停。高亚白、尹痴鸳迎于廊下。史天然、赵二宝历阶而升，就于水阁中少坐。接着，苏冠香、姚文君、林翠芬皆上前厮唤，史天然怪问何早。苏冠香道："倪三个人来仔两日哉呀。"尹痴鸳道："韵叟是个风流广大教主，前两日为仔亚白、文君两家头，请俚哚吃合卺杯。今朝末专诚请阁下同贵相好做个乞巧会。"

谈次，齐韵叟从阁右翩翩翔步而出。史天然口称"年伯"，揖见问安。齐韵叟谦逊两句，顾见赵二宝，问："阿是贵相好？"史天然应"是"。赵二宝也叫声"齐大人"。齐韵叟带笑近前，携了赵二宝的手，上上下下，打量一遍，转向高亚白、尹痴鸳点点头道："果然是好人家风范！"赵二宝见齐韵叟年逾耳顺，花白胡须，一片天真，十分恳挚，不觉乐于亲近起来。于是大家坐定，随意闲谈。赵二宝终未稔熟，不甚酬对。齐韵叟教苏冠香领赵二宝去各处白相，姚文君、林翠芬亦自高兴。

四人结队成群，就近从阁左下阶。阶下万竿修竹，绿荫森森，仅有一线羊肠曲径。竹穷径转，便得一溪，隐隐见隔溪树影中，金碧楼台，参差高下，只可望而不可即。四人沿着溪岸，穿入月牙式的十二回廊。廊之两头，并嵌着草书石刻，其文曰"横波槛"。过了这廊，则珠帘画栋,碧瓦文疏,耸翠凌云,流丹映日。不过上下三十二槛,而游于其中者,一若对霤连甍,千门万户,伥伥乎不知所之:故名之曰“大观楼”。楼前崷岹崁崒,奇峰突起,是为“蜿蜒岭”。岭上有八角亭,是为“天心亭”。自堂距岭,新盖一座棕榈凉棚,以补其隙。棚下排列茉莉花三百余盆,宛然是“香雪海”。

四人各摘半开花蕊,簪于髻端。忽闻高处有人声唤,仰面看时,却系苏冠香的大姐,叫做小青,手执一枝荷花,独立亭中,笑而招手。苏冠香喊他下来。小青渺若罔闻,招手不止。姚文君如何耐得?飞身而上,直造其巅;不知为了甚么,张着两手,招得更急。林翠芬道:“倪也去看哩。”说着,纵步撩衣,愿为先导。苏冠香只得挈赵二宝从其后,遵循磴道,且止且行,娇喘微微,不胜困惫。

原来一笠园之名,盖为一笠湖而起。其形象天之圜,故曰“笠”;约广十余亩,故曰“湖”。这一笠湖居于园中央,西南当凰仪水阁之背,西北当蜿蜒岭之阳。从蜿蜒岭俯览全园,无不可见。

苏冠香、赵二宝既至天心亭,遥望一笠湖东南角钓鱼矶畔,有一簇红妆翠袖,攒聚成围;大姐、娘姨,络绎奔赴,问小青:“啥事体?”小青道:“是个娘姨采仔一朵荷花,看见个罾,随手就扳,刚刚扳着蛮蛮大个金鲤鱼,难末大家来浪看。”苏冠香道:“我道仔看啥个好物事,倒走得脚末痛煞。”赵二宝亦道:“我着个平底鞋,再要跌哩。”

姚文君还嫌道不仔细,定欲亲往一观,趁问答时,早又一溜烟赶了去。林翠芬欲步后尘,那里还追得及!三人再坐一会,方慢慢踅下蜿蜒岭。林翠芬道:“我要去换衣裳。”就于大观楼前分路自去。

苏冠香见大观楼窗寮四敞,帘幕低垂;四五个管家,七手八脚,调排桌椅,因问道:“阿是该搭吃酒?”管家道:“该搭是夜头,故歇便饭就来里凰仪水阁里吃哉。”

苏冠香无语,挈赵二宝仍由原路,同回凰仪水阁来。只见水阁中衣裳环珮,香风四流。又来了华铁眉、葛仲英、陶云甫、朱蔼人四客,连孙素兰、吴雪香、覃丽娟、林素芬皆已在座。惟姚文君脱去外罩衣服,单穿一件小袖官纱衫,靠在临湖窗槛上,把一把蒲葵扇不住的摇。苏冠香问道:“耐跑得去阿曾看见?”文君说不出话,努了努嘴。冠香回头去看，一只中号荷花缸放在冰桶架上，内盛着金鲤鱼，真有一尺多长。赵二宝也略瞟一眼。文君抢出指手划脚说道："再要捉俚一条，姘子对末好哉！"冠香笑道："故末请耐去捉哉啘。"大家不禁一笑。

第三十八回终。

第三十九回　造浮屠酒筹飞水阁　羡陬喁渔艇斗湖塘

按:当下凰仪水阁掇开两只方桌,摆起十六碟八炒八菜寻常便菜,依照向例,各带相好,成双作对的就坐。一桌为华铁眉、葛仲英、陶云甫、朱蔼人;一桌为史天然、高亚白、尹痴鸳、齐韵叟。大家举杯相属,俗礼胥捐。赵二宝尚觉含羞,垂手不动。齐韵叟说道:"耐到该搭来,覅客气。吃酒、吃饭,总归一淘吃。耐看俚哚呀。"

说时,果见姚文君夹了半只醉蟹,且剥且吃,且向赵二宝道:"耐勿吃,无啥人来搭耐客气,晚歇饿来浪。"苏冠香笑着,执箸相让,夹块排骨,送过赵二宝面前。二宝才也吃些。高亚白忽问道:"俚自家身体末,为啥做倌人?"史天然代答道:"总不过是勿过去。"齐韵叟长叹道:"上海个场花,赛过是陷阱,跌下去个人勿少哩!"史天然因说:"俚再有一个亲眷,一淘到上海,故歇也做仔倌人哉。"尹痴鸳忙问:"名字叫啥?来哚陆里?"赵二宝接嘴道:"叫张秀英,同覃丽娟一淘来浪西公和。"尹痴鸳特呼隔桌陶云甫,问其如何。云甫道:"蛮好,也是人家人样式。阿要叫俚来?"痴鸳道:"晚歇去叫,故歇要吃酒哉。"

于是齐韵叟请史天然行个酒令。天然道:"好白相点酒令,才行过歇,无拨哉啘。"适管家上第一道菜鱼翅。天然一面吃一面想,想那桌朱蔼人、陶云甫不喜诗文,这令必须雅俗共赏为妙,因宣令道:"有末有一个来里。拈席间一物,用《四书》句叠塔,阿好?"大家皆说:"遵令。"管家惯于伺候,移过茶几,取紫檀文具撬开,其中笔砚筹牌,无一不备。

史天然先饮一觥令酒,道:"我就出个'鱼'字,拈阄定次,末家接令。"齐韵叟道:"《四书》浪无拨几个字好说哩。"天然道:"说下去看。"在席八人,当拈一根牙筹,各照字数写句《四书》在牙筹上,注明别号为记。管家收齐下去,另用五色笺誊真呈阅。两席出位争观,见那笺上写的是：

鱼：史鱼(仲)。乌牣鱼(蔼)。子谓伯鱼(亚)。胶鬲举于鱼(韵)。昔者有馈生鱼(铁)。数罟不入洿池，鱼(天)。二者不可得兼，舍鱼(痴)。曰：殆有甚焉，缘木求鱼(云)。

大家齐声互赞，各饮门面杯过令。

末家挨着陶云甫，云甫说个“鸡”字。管家重将牙筹掳乱归筒，按位分掣。大家得筹默然，或低头散步，或屈指暗数。那姚文君见这酒令本已厌烦，及听说的是“鱼”，忽有所触，连饮两觥急酒，匆匆走开。高亚白只道他为气闷，并未留神。大家得句交筹，管家陆续誊在笺上，云：

鸡：割鸡(天)。人有鸡(韵)。月攘一鸡(痴)。舜之徒也，鸡(蔼)。止子路宿，杀鸡(亚)。畜马乘，不察于鸡(仲)。可以衣帛矣，鸡(云)。今有人日攘其邻之鸡(铁)。

应是华铁眉接令，铁眉道：“鸡搭鱼才说过哉，第三个字倒就难哩！”史天然道：“说勿出末，吃一鸡缸杯过令。啥人说得出，接下去。”华铁眉瞪目不语，矍然道：“有来里哉，‘肉’字阿好？”大家说：“好。”葛仲英道：“难末真个难起来哉！勿晓得啥人是末家。”等得管家誊出看时：

肉：燔肉(铁)。不宿肉(云)。庖有肥肉(天)。是鶂鶂之肉(仲)。亟问亟馈鼎肉(痴)。七十者衣帛食肉(韵)。闻其声不忍食其肉(蔼)。朋友馈，虽车马非祭肉(亚)。

高亚白且不接令，自己筛满一觥酒，慢慢吃着。尹痴鸳道：“阿是要吃仔酒了过令哉？”高亚白道：“耐倒稀奇哚，酒也勿许我吃哉！耐要说末，耐就说仔。”痴鸳笑着，转令管家先将牙筹派开。亚白吃完，大声道：“就是‘酒’末哉！”齐韵叟呵呵笑道：“来浪吃酒，为啥‘酒’字才想勿着？”大家不假思索，一挥而就：

酒：沽酒(亚)。不为酒(仲)。乡人饮酒(铁)。博弈好饮酒(天)。诗云既醉以酒(蔼)。是犹恶醉而强酒(云)。曾元养曾子必有酒(韵)。有事弟子服其劳，有酒(痴)。

高亚白阅毕，向尹痴鸳道：“难去说罢，挨着哉！”痴鸳略一沉吟，答道："耐罚仔一鸡缸杯，我再说。"亚白道："为啥要罚嗄？"大家茫然，连史天然亦属不解，争问其故。痴鸳道："造塔末要塔尖个呀！'肉虽多'，'鱼跃于渊'，'鸡鸣狗吠相闻'，才是有尖个塔。耐说个酒，《四书》浪句子'酒'字打头阿有嗄？"齐韵叟先鼓掌道："驳得有理！"史天然不觉点头。高亚白没法，受罚，但向尹痴鸳道："耐个人就叫'囚犯码子'，最喜欢扳差头。"

痴鸳不睬，即说令道："我想着个'粟'字来里，《四书》浪好像匆少。"亚白听说，哗道："我也要罚耐哉，故歇来浪吃酒末，陆里来个'粟'嗄？"一手取过酒壶，代筛一觥。痴鸳如何肯服？引得哄堂大笑。

正在辩论不决之顷，忽听得水阁后面，三四个娘姨同声发喊。大家吃惊，皆向临湖槛外观望。只见钓鱼矶边系的瓜皮艇子，被姚文君坐上一只，带着丝网，要去捉金鲤鱼。娘姨着急，叫他转来。文君那里听见？两手挽两枝桨，望湖心只管荡。

高亚白一望，连忙从阁右赶至矶头，绰起一枝竹篙，就岸上只一点，已纵身跳上别只艇子，抽去桩上绳缆，随脚蹬开。这艇子便似箭离弦，紧对文君呼的射去。到得湖心，亚白照准文君坐的艇子后艄，将竹篙用力一拨，那艇子便滴溜溜的似车轮一般，转个不住。文君做不得主，心里自是发极，却终不肯告饶。亚白笑而问道："耐阿要去捉鱼嗄？耐去末，我戳翻耐个船，请耐豁个浴，耐阿相信？"文君涨红两颊，不则一声，等艇子稍定，仍自己荡桨而回。亚白也调转竹篙，相随登岸。

文君到得岸上，睁圆柳眼，哆起樱唇，一阵风向亚白直扑上来。亚白拔步奔逃，文君拚命追去，追至凰仪水阁中，仓皇四顾，不见亚白。再要追时，齐韵叟张开两臂，挡住去路。文君欲从肋下钻出，恰好为韵叟拦腰合抱拢来，劝道："好哉，好哉！看我老老头面浪，饶仔俚末哉。"文君道："齐大人覅唦！俚要甩我河里去呀，教俚甩唦！"韵叟道："俚瞎说，耐覅去听俚。"

文君还不肯罢休。韵叟见高亚白在阁左帘外探头探脑，遂唤道："快点来唦，惹气仔相好倒逃走哉！"亚白挨进帘内，笑向文君作半个揖,自认不是。文君发狠,挣脱身子。亚白慌的复从阁右奔出。文君追了一段,料道追不着,懊丧而归。

尹痴鸳遂道:“文君来,倪两家头点将。”文君最喜是“点将”的令,无不从命。两席乃合从开战,才把闲气丢开一边。一时,钏韵铿锵,钏光历乱。文君连负两次,玉山渐颓。大家亦欲留不尽之兴以卜其夜,齐韵叟乃令管家请高亚白吃饭。管家回说:“高老爷来浪书房里,同马师爷一淘吃过哉。”韵叟微笑而罢。

饭后,大家四出散步,三五成群,或调鹤,或观鱼,或品茶,或斗草,以至枕流漱石,问柳寻花,不必细叙。惟主人齐韵叟自归内室,去睡中觉。

尹痴鸳带着林翠芬及苏冠香、姚文君,相与踯躅湖滨,无可消遣。偶然又踅至大观楼前,见那三百盆茉莉花,已尽数移放廊下;凉棚四周,挂着密密层层的五色玻璃球;中间棕榈梁上,用极粗绠索,挂着一丈五尺围圆的一箱烟火。苏冠香指点道:“说是广东教人来做个呀,勿晓得阿好看。”尹痴鸳道:“啥好看,原不过是烟火末哉!”林翠芬道:“勿好看末,人家为啥拿几十块洋钱去做俚嗄?”姚文君道:“我一径勿曾看见过烟火,倒先要看看俚啥样式。”说着,踅下台阶,仔细仰视。

适遇高亚白从东北行来,望见姚文君,远远的含笑打拱,文君只作不理。亚白悄近凉棚,不敢直人。林翠芬不禁“格”声一笑。尹痴鸳回头见了,道:“耐两家头算啥嗄?晚歇客人才来仔,阿怕难为情!”苏冠香招手道:“高老爷来末哉,倪一淘人才帮耐。”

高亚白举步将登,却又望见一人飞奔而来,认得系齐府大总管夏余庆,匆匆报道:“客人来哉!”亚白即复缩住,转身避开。尹痴鸳同苏冠香、姚文君、林翠芬也哄然从东北走去。踅过九曲平桥,迎面假山坡下有三间留云谢,史天然、华铁眉在内对坐围棋,赵二宝、孙素兰倚案观局,一行人随意立定。

突然,半空中吹来一声昆曲,倚着简韵,悠悠扬扬,随风到耳。林翠芬道:“啥人来浪唱?”苏冠香道:“梨花院落里教曲子哉哩。”姚文君道:“勿是个,倪去看。”就和林翠芬寻声向北,于竹篱麂眼中,窥见箭道之傍三十三级石台上，乃是葛仲英、吴雪香两人合唱，陶云甫抿笛，覃丽娟点鼓板。姚文君早一溜烟赶过箭道，奋勇先登。害得个林翠芬紧紧相从，汗流气促。幸而甫经志正堂前，即被阿姐林素芬叫住，喝问："跑得去做啥？"翠芬对答不出。素芬命其近前，替他整理钏钿，埋冤两句。

翠芬见志正堂中间炕上，朱蔼人横躺着吸鸦片烟。翠芬叫声"姐夫"，爬在炕沿，陪着阿姐讲些闲话，不知不觉讲着由头，竟一直讲到天晚。各处当值管家点起火来。志正堂上只点三盏自来火，直照到箭道尽头。

接着张寿报说："马师爷来浪哉。"朱蔼人乃令张寿收起烟盘，率领林素芬、林翠芬前往赴宴。一路上皆有自来火，接递照耀。将近大观楼，更觉烟云缭绕，灯烛辉煌。不料楼前反是静悄悄的，仅有七八个女戏子在那里打扮。原来，这席面设在后进中堂，共是九桌，匀作三层。诸位宾客，毕至咸集，纷纷让坐。正中首座系马师爷，左为史天然，右为华铁眉。朱蔼人既至后进，见尹痴鸳坐的这席尚有空位，就于对面坐下。林素芬、林翠芬并肩连坐。其余后叫的局，有肯坐的，留着位置；不肯坐的，亦不相强。庭前穿堂内原有戏台，一班家伎搬演杂剧。锣鼓一响，大家只好饮酒听戏，不便闲谈。主人齐韵叟也无暇敬客，但说声"有亵"而已。

一会儿，又添了许多后叫的局，索性挤满一堂。并有叫双局的，连尹痴鸳都添叫一个张秀英。秀英见了赵二宝，点首招呼。二宝因施瑞生多时绝迹，不记前嫌，欲和秀英谈谈，终为众声所隔，不得畅叙。

比及上过一道点心，唱过两出京调，赵二宝挤得热不过，起身离席，向尹痴鸳做个手势，便拉了张秀英，由左廊抄出，径往九曲平桥，徙倚栏杆，消停絮语。先问秀英："生意阿好？"秀英摇摇头。二宝道："姓尹个客人倒无啥，耐巴结点做末哉。"秀英点点头。二宝问起施瑞生，秀英道："耐搭末来仔凡埭，西公和一径勿曾来歇呀。"二宝道："该号客人靠勿住，我听说做仔袁三宝哉。"

秀英急欲问个明白，可巧东首有人走来，两人只得住口。等到跟前,才看清是苏冠香。冠香道是两人要去更衣,悄问二宝,正中了二宝之意。冠香道:“故歇我去喊琪官,倪就琪官搭去罢。”

秀英、二宝遂跟冠香下桥沿坡而北,转过一片白墙,从两扇黑漆角门推进看时,惟有一个老婆子在中间油灯下缝补衣服。苏冠香径引两人登楼,踅至琪官卧房。琪官睡在床上,闻有人来,慌即起身,迎见三人,叫声“先生”。冠香向琪官悄说一句。琪官道:“倪搭是龌龊煞个哩。”冠香接道:“故末也覅客气哉。”赵二宝不禁失笑,自往床背后去。张秀英退出外间,靠窗乘凉。冠香因问琪官:“阿是耐勿适意?”琪官道:“勿要紧个,就是喉咙唱勿出。”冠香道:“大人教我来请耐。唱勿出覅唱哉。耐阿去?”琪官笑道:“大人喊末,阿有啥勿去个嗄?要耐先生请,是笑话哉。”冠香道:“勿是呀。大人常恐耐勿适意仔困来浪,问声耐阿好去,就勿去也无啥。”琪官满口应承。恰值赵二宝事毕洗手,琪官就拟随行。冠香道:“价末耐也换件衣裳哩。”琪官讪讪的复换起衣裳来。

张秀英在外间忽招手道:“阿姐来看哩,该搭好白相!”赵二宝跟至窗前,向外望去,但见西南角一座大观楼,上下四旁一片火光,倒映在一笠湖中,一条条异样波纹,明灭不定。那管弦歌唱之声,婉转苍凉,忽近忽远,似在云端里一般。二宝也说好看,与秀英看得出神。直等琪官脱着舒齐,苏冠香出房声请,四人始相让下楼出院,共循原路而回。回至半路,复遇着个大总管夏余庆,手提灯笼,不知何往。见了四人,旁立让路,并笑说道:“先生去看哩,放烟火哉。”苏冠香且行且问道:“价末耐去做啥嗄?”夏总管道:“我去喊个人来放。该个烟火,说要俚哚做个人自家来放末好看。”说罢自去。

四人仍往大观楼后进中堂。赵二宝、张秀英各自归席,苏冠香令管家掇只酒杌,放在齐韵叟身傍,教琪官坐下。

维时戏剧初停,后场乐人随带乐器,移置前面凉棚下伺候。席间交头接耳,大半都在讲话。那琪官不施脂粉,面色微黄,头上更无一些插戴,默然垂首,若不胜幽怨者然。齐韵叟自悔孟浪,特地安慰道:“我喊耐来勿是唱戏,教耐看看烟火,看完仔去困末哉。”琪官起立应命。

须臾,夏总管禀说:“舒齐哉。”齐韵叟说声“请”,侍席管家高声奉请马师爷及诸位老爷移步前楼,看放烟火。一时宾客、倌人纷纷出席。

第三十九回终。

第四十回　纵玩赏七夕鹊填桥　善俳谐一言雕贯箭

按:这马师爷别号龙池,钱塘人氏,年纪不过三十余岁,文名盖世,经学传家;高谊摩云,清标绝俗。观其貌则蔼蔼可亲,听其词则津津有味;上自贤士大夫,下至妇人孺子,无不乐与之游。齐韵叟请在家中,朝夕领教,尝谓人曰:"龙池一言,辄令吾三日思之不能尽。"龙池谓韵叟华而不缛,和而不流,为酒地花天作砥柱,戏赠一"风流广大教主"之名。每遇大宴会,龙池必想些新式玩法,异样奇观,以助韵叟之兴。就是七夕烟火,即为龙池所作,雇募粤工,口讲指划,一月而成。但龙池亦犯著一件惧内的通病,虽居沪渎,不敢胡行。韵叟必欲替他叫局,龙池只得勉强应酬。初时,不论何人,随意叫叫;因龙池说起,卫霞仙性情与乃眷有些相似,后来便叫定一个卫霞仙。

当晚,霞仙与龙池并坐首席,相随宾客、倌人踅出大观楼前进廊下,看放烟火。前进一带窗寮尽行关闭,廊下所有灯烛尽行吹灭,四下里黑魆魆地。一时,粤工点著药线,乐人吹打《将军令》头。那药线燃进窟窿,箱底脱然委地。先是两串百子响鞭,"劈劈拍拍",震的怪响。随后一阵金星,乱落如雨。忽有大光明从箱内放出,如月洞一般,照得五步之内针芥毕现。

乐人换了一套细乐,才见牛郎、织女二人,分列左右,缓缓下垂。牛郎手牵耕田的牛,织女斜倚织布机边,作盈盈凝望之状。细乐既止,鼓声隆隆而起,乃有无数转贯球雌雌的闪烁盘旋,护著一条青龙,翔舞而下,适当牛郎、织女之间。隆隆者蓦易揭鼓作爆豆声,铜钲喤然应之。那龙口中吐出数十月炮,如大珠小珠,错落满地;浑身鳞甲间冒出黄烟,氤氲浓郁,良久不散。看的人皆喝声采。俄而钲鼓一紧,那龙颠首掀尾,接连翻了百十个筋斗,不知从何处放出花子,满身环绕,跋扈飞扬,俨然有搅海翻江之势。喜得看的人喝采不绝。

花子一住,钲鼓俱寂。那龙也居中不动,自首至尾,彻里通明;一鳞一爪,历历可数。龙头尺木披下一幅手卷,上书"玉帝有旨,牛女渡河"八个字。两旁牛郎、织女作躬身迎诏之状。乐人奏《朝天乐》以就其节拍,板眼一一吻合。看的人攒拢去细看,仅有一丝引线拴著手足而已。及那龙线断自堕,伺候管家忙从底下抽出拎起来,竟有一人一手多长,尚有几点未烬火星倏亮倏暗。当下牛郎、织女钦奉旨意,作起法来,就于掌心飞起一个流星,缘著引线,冲入箱内,钟鱼铙钹之属,咇剥叮当,八音并作。登时飞落七七四十九只乌鹊,高高低低,上上下下,布成阵势,弯作桥形,张开两翅,兀自栩栩欲活。

看的人愈觉稀奇,争著近前,并喝采也不及了。乐人吹起唢呐,"咿哑咿哑",好像送房合卺之曲。牛郎乃舍牛而升,织女亦离机而上,恰好相遇于鹊桥之次。于是两个人,四十九只乌鹊,以及牛郎所牵的牛,织女所织的机,一齐放起花子来。这花子更是不同,朵朵皆作兰花竹叶,望四面飞溅开去,真个是"火树银花合,星桥铁锁开"光景。连阶下所有管家都看的兴发,手舞足蹈,全没规矩。

足有一刻时辰,陆续放毕,两个人,四十九只乌鹊,以及牛郎所牵的牛,织女所织的机,无不彻里通明,才看清牛郎、织女面庞姣好,眉目传情,作相傍相偎依依不舍之状。

乐人仍用《将军令》煞尾收场。粤工只等乐阕时,将引线放宽,纷纷然坠地而灭,依然四下里黑魆魆地。

大家尽说:"如此烟火,得未曾有!"齐韵叟、马龙池亦自欣然。管家重开前进窗寮,请去后进入席。后叫的许多出局趁此哄散。卫霞仙、张秀英也即辞别,琪官也即回房。诸位宾客生恐主人劳顿,也即不别而行,入席者寥寥十余位。

齐韵叟要传命一班家乐开台重演,十余位皆道谢告醉。韵叟因琪官不唱,兴会阑珊,遂令苏冠香每位再敬三大杯。冠香奉命离座,侍席管家早如数斟上酒,十余位不待相劝,如数干讫,各向冠香照杯。大家用饭散席。齐韵叟道:"本来要与诸君作长夜之饮,但今朝人间天上,未便辜负良宵,各请安置,翌日再叙如何?"说罢大笑。管家掌灯伺候,齐韵叟拱手告罪而去。

马龙池自归书房。葛仲英、陶云甫、朱蔼人暨几个亲戚,另有卧处，管家各以灯笼分头相送。惟史天然、华铁眉卧房即铺设于大观楼上，与高亚白、尹痴鸳卧房相近。管家在前引导，四人随带相好，联步登楼。

先至史天然房内，小坐闲谈。只见中间排著一张大床，帘栊帷幕一律新鲜，镜台衣桁，粉盝唾盂，无不具备。史天然举眼四顾：华铁眉、高亚白俱有相好陪伴，惟尹痴鸳只做清倌人林翠芬，因笑道："痴鸳先生忒寂寞哉啘。"痴鸳将翠芬肩膀一拍，道："陆里会寂寞嗄，倪个小先生也蛮懂个哉！"翠芬笑而脱走。

痴鸳转向赵二宝，要盘问张秀英出身细底。二宝正待叙述，却被姚文君缠住痴鸳，要盘问烟火怎样做法。痴鸳回说："勿晓得。"文君道："箱子里阿是藏个人来浪做？"痴鸳道："箱子里有仔人末跌杀哉。"文君道："价末为啥像活个嗄？"大家不禁一笑。华铁眉道："大约是提线傀儡之法。"文君原不得解，想了一想，也不再问。

管家送进八色干点，大家随意用些，时则夜过三更，檐下所悬一带绛纱灯摇摇垂灭。华铁眉、高亚白、尹痴鸳及其相好，就此兴辞归寝。娘姨阿虎叠被铺床，伏侍史天然、赵二宝收拾安卧而退。

天然一觉醒来，只听得树林中小麻雀儿作队成群，喧噪不已，急忙摇醒二宝，一同披衣起身。唤阿虎进房问时，始知天色尚早，但又不便再睡，且自洗脸漱口吃点心。阿虎排开奁具，即为二宝梳妆。

天然没事，闲步出房；偶经高亚白卧房门首，向内窥觑。高亚白、姚文君都不在房。天然掀帘进去，见那房中除床榻桌椅之外，空落落的，竟无一幅书画，又无一件陈设，壁间只挂著一把剑、一张琴。惟有一顶素绫帐子，倒是密密画的梅花，知系尹痴鸳手笔；一方青缎帐颜，用铅粉写的篆字，知系华铁眉手笔。天然从头念下，系高亚白自己做的帐铭。其文道：

> 仙乡，醉乡，温柔乡，惟华胥乡掌之；佛国，香国，陈芳国，惟槐安国翼之。我游其间。三千大千，活泼泼地，纠缦缦天，不知今夕是何年！

天然徘徊赏鉴，不忍舍去。忽闻有人高叫："天然兄，该搭来。"天然回头望去，乃尹痴鸳隔院相唤，当即退出，抄至对过痴鸳卧房。

痴鸳适才起身，刚要洗脸，迎见天然，暂请宽坐。这房中却另是一样，只觉金迷纸醉，锦簇花团，说不尽绮靡纷华之概。

天然倒不理会，但见靠窗书桌上堆著几本草订书籍，问是何书。痴鸳道："旧年韵叟刻仔一部诗文，叫《一笠园同人全集》，再有几花零珠碎玉，不成篇幅，如楹联、匾额、印章、器铭、灯谜、酒令之类，一概豁脱好像可惜，难末教我再选一部，就叫'外集'。故歇选仔一半，勿曾发刻。"

天然取书在手，翻出二段，看是"白战"的酒令。天然道："'白战'两个字，名目就好。"再看下面有小字注道："欧阳文忠公小雪会饮聚星堂赋诗，约不得用玉、月、梨、梅、练、絮、白、舞、鹅、鹤等字。后东坡复举前体，末云：'当时号令君记取，白战不许持寸铁。'此令即仿此意。各拈一题，作诗两句，用字面映衬切贴者罚。"第一条"桃花"为题，诗曰：

一笑去年曾此日，再来前度复何人？

天然长吟点头道："倒勿容易哩！"

痴鸳道："该个两句无啥好，耐看下去。先要看仔俚诗，再猜俚是啥个题目。题目猜勿出，故末诗好哉。"说著，揩干手面，趖过桌傍，接那书来翻过一页，掩住题目，单露出两句诗给天然看。诗曰：

谁欤是主何须问，我以为君不可无。

天然道："空空洞洞，陆里有啥题目嗄？"痴鸳笑而放手。天然见题目是"修竹"，恍然大悟道："懂哉，懂哉！果然做得好！"痴鸳复以一条相示。诗曰：

借问当年谁得似？可怜如此更何堪！

天然蹙频沉吟道："上头一句像飞燕，下头一句勿对哉碗。"细细的想了一会，终想不到是"残柳"的题目；及至看了，却即拍案叫绝道："好极哉！"再看诗曰：

淡泊从来知者鲜，指挥其下慎无遗。

痴鸳道："该个是'诸葛菜'，借用个典故陆里猜得著？"天然道："因难见巧，好在不脱不粘。"此后还有两条，已经痴鸳涂抹，看不清楚。

天然翻下去，都是选的酒令，五花八门，各体咸备。大略览毕，问道："昨日个酒令阿要选嗄？"痴鸳道："我想过歇哉，'粟'字之外，再有'羊'字、'汤'字好说，连'鸡''鱼''酒''肉'，通共七个字。"天然道："'粟''羊''汤'三个字，《四书》浪阿全嗄？"痴鸳道："《四书》浪句子，我也想好来里。"遂念道：

粟：食粟。虽有粟。所食之粟。则农有余粟。其后廪人继粟。冉子为其母请粟。孟子曰，许子必种粟。圣人治天下使有菽粟。

羊：五羊。犹犬羊。其父攘羊。见牛未见羊。何可废也，以羊。而曾子不忍食羊。伐冰之家不畜牛羊。子贡欲去告朔之饩羊。

汤：于汤。五就汤。伊尹相汤。冬日则饮汤。由尧、舜至于汤。伊尹以割烹要汤。嚣嚣然曰，吾何以汤。不识王之不可以为汤。

天然听了，笑道："耐阿是昨日夜头困勿着，一径来浪想？"痴鸳道："我是无啥困勿着，耐末常恐来勿及困。"

说话时，赵二宝新妆既罢，闻得天然声音，根寻而至。痴鸳眼光直上直下，只看二宝，且笑道："难末今夜头要困勿着哉！"二宝不解痴鸳所说云何，然亦知其为己而发，别转头咕噜道："随便耐去说啥末哉。"痴鸳慌自分辩，二宝那里相信？天然呵呵一笑。

可巧管家来请午餐，三人乃起身随管家下楼。这午餐摆在大观楼下前进中堂。平开三桌，下首一桌早为几个亲戚占坐。齐韵叟、苏冠香等得史天然、尹痴鸳、赵二宝到来，让于当中一桌坐下。随见姚文君身穿官纱短衫裤，腰悬一壶箭。背负一张弓，打头前行；后面跟着华铁眉、孙素兰、葛仲英、吴雪香、陶云甫、覃丽娟及朱蔼人、林素芬、林翠芬、高亚白十人，从花丛中迤逦登堂。姚文君卸去弓箭，就和众人坐了上首一桌。惟林翠芬仍过这边，坐在尹痴鸳肩下。

酒过三巡，食供两套，齐韵叟拟请行令。高亚白道："昨日个酒令勿曾完结啘。"史天然道："有哉。"历述尹痴鸳所说"粟""羊""汤"三字，并《四书》叠塔句子。齐韵叟道："难道八个字拼勿满？"尹痴鸳道："倘然吃大菜末，说个'牛'字也无啥。"高亚白道："汤王犯仔啥个罪孽，放来浪多花众生里向？"华铁眉笑道："亚白先生一只嘴实在尖极，比仔文君个箭射得准。"尹痴鸳鼓掌道："妙啊，故末可称'一箭贯双雕'！"史天然接嘴道："鸡、鱼、牛、羊多花众生，才有来浪，倪再说个'雕'字阿好？"

席间初时不懂，既而一想，忍不住哄堂大笑，皆道："今朝为啥大家拿俚哚两家头寻开心？"齐韵叟撚髭道："此所谓'箭在弦上，不得不发'耳。"高亚白点头道："倒骂得不俗！大家索性多骂两声，可以下酒。"便取酒壶自斟一大觥，给姚文君道："耐也是个雕，吃一杯赏骂酒。"席间重复笑起。史天然、华铁眉并道："倪大家奉陪一杯，算是受罚末哉。"管家见说，逐位斟上大觥。

尹痴鸳慢慢吃着，问赵二宝道："张秀英酒量阿好？"二宝道："耐去做仔俚末，就晓得哉啘，问啥嗄！"陶云甫道："秀英酒量同耐差勿多，阿要去试试看？"高亚白道："痴鸳心心念念来里张秀英身浪，晚歇定归去。"尹痴鸳本自合意，不置一词，草草陪著行过两个容易酒令，然后终席。

消停一会，日薄崦嵫。尹痴鸳约齐在席众人，特地过访张秀英，惟齐府几个亲戚辞谢不去。痴鸳拟邀主人齐韵叟，韵叟道："故歇我勿去。耐倘然对景仔末，请俚一淘园里来好哉。"痴鸳应诺，当即雇到七把皮篷马车，分坐七对相好。

林翠芬虽含醋意，尚未尽露，仍与尹痴鸳同车出一笠园，经泥城桥，由黄浦滩兜转四马路，停于西公和里。陶云甫、覃丽娟抢先下车，导引众人进弄至家，拥到楼上张秀英房间。秀英猝不及防，手忙脚乱。高亚白叫住道："耐勠瞎应酬，快点喊个台面下去，倪吃仔点末，转去哉。"张秀英唯唯，立刻传命外场，一面叫菜，一面摆席。朱蔼人乘间随陶云甫�往覃丽娟房间，吸烟过瘾。林翠芬不耐烦，拉了阿姐林素芬，相将走避。

赵二宝静坐无聊，径去开了衣橱，寻出一件东西，手招史天然前来观看，乃是几本春宫册页。天然接来，授与尹痴鸳。痴鸳略一过目，随放桌上，道："画得勿好。"华铁眉抽取其中稀破的一本展视，虽丹青黯淡,而神采飞扬,赞道:“蛮好咓!”葛仲英在旁,也说:“无啥。”但惜其残缺不全,仅存七幅,又无图章款识,不知何人所绘。高亚白因为之搜讨一遍,始末两幅,若迎若送;中五幅,一男三女,面目差同;沉吟道:“大约是画个小说故事。”史天然笑说:“勿差。”随指一女道:“耐看,有点像文君。”大家一笑丢开。外场绞上手巾,尹痴鸳请出客堂,入席就坐。

第四十回终。

第四十一回　冲绣阁恶语牵三画　佐瑶觞陈言别四声

按:席间七人一经坐定,摆庄豁拳,热闹一阵。高亚白见张秀英十分巴结,只等点心上席,遂与史天然、华铁眉、葛仲英各率相好不别而行。朱蔼人也率林素芬、林翠芬辞去,单留下陶云甫、尹痴鸳两人。覃丽娟相知既深,无话可叙。张秀英听了赵二宝,宛转随和,并不作态,奉承得尹痴鸳满心欢喜。

到了初九日,齐府管家手持两张名片,请陶、尹二位带局回园。陶云甫向尹痴鸳道:"耐去替我谢声罢。今夜陈小云请我,比仔一笠园近点。"尹痴鸳乃自率张秀英原坐皮篷马车,偕归齐府一笠园。

陶云甫待至傍晚,坐轿往同安里金巧珍家赴宴,可巧和王莲生同时并至;下轿厮见,相让进门。不料,弄口一淘顽皮孩子之中,有个阿珠儿子,见了王莲生,飞奔回家,径自上楼,闯进沈小红房间,报说:"王老爷来浪金巧珍搭吃酒。"

恰值武小生小柳儿在内,搂做一处。阿珠儿子蓦见大惊,缩脚不迭。沈小红老羞变怒,一顿喝骂。阿珠儿子不敢争论,咕噜下楼。阿珠问知缘故,高声顶嘴道:"俚小干仵末晓得啥个事体嗄,先起头耐一埭一埭教俚去看王老爷,故歇看见仔王老爷回报耐,也勿曾差啘!耐自家想想看:王老爷为啥勿来?再有面孔骂人!"小红听这些话,如何忍得!更加拍桌跺脚,沸反盈天。阿珠倒冷笑道:"耐覅反哩!倪是娘姨呀,勿对末好歇生意个啘。"小红怒极,嚷道:"要滚末就滚,啥个稀奇煞仔!"

阿珠连声冷笑,不复回言,将所有零碎细软打成一包,挈带儿子,辞别同人,萧然竟去,暂于自己借的小房子混过一宿。比至清晨,阿珠令儿子看房,亲去寻着荐头人,取出铺盖,复去告诉沈小红的爷娘兄弟,志坚词决,不愿帮佣。

吃过中饭,阿珠方踅往五马路王公馆前,举手推敲,铜铃即响,立候一会才见开门。阿珠见开门的是厨子,更不打话,直进客堂。却被厨子喝住道:“老爷勿来里,楼浪去做啥?”阿珠回答不出,进退两难。幸而王莲生的侄儿适因闻声,跑下楼梯,问阿珠:“阿有啥闲话?”阿珠略叙大概,却为楼上张蕙贞听见,喊阿珠上楼进房。阿珠叫声“姨太太”,循规侍立。

蕙贞正在裹脚,务令阿珠坐下,问起武小生小柳儿一节。阿珠心中怀恨,遂倾筐倒箧而出之。蕙贞得意到极处,说一场,笑一场。尚未讲完,王莲生已坐轿归家;一见阿珠,殊觉诧异,问蕙贞说笑之故。蕙贞历述阿珠之言,且说且笑。莲生终究多情,置诸不睬。

阿珠未便再讲,始说到切己事情,道:“公阳里周双珠要添娘姨,王老爷阿好荐荐我?”莲生初意不允。阿珠求之再三,莲生只得给与一张名片,令其转恳洪善卿。

阿珠领谢而去。因天色未晚,阿珠就往公阳里来。只见周双珠家门首早停着两肩出局轿子,想其生意必然兴隆。当下寻了阿金,问:“洪老爷阿来里?”阿金道是王莲生所使,不好怠慢,领至楼上周双玉房间台面上。席间仅有四位,系陈小云、汤啸庵、洪善卿、朱淑人。阿珠向来熟识,逐位见过,袖出王莲生名片,呈上洪善卿,说明委曲,坚求吹嘘。

善卿未及开言,周双珠道:“倪搭就是该个房里,巧囡一干仔做勿转,要添个人。耐阿要做做看末哉?”阿珠喜诺,即帮巧囡应酬一会,接取酒壶,往厨房去添酒。下得楼梯,未尽一级,猛可里有一幅洋布手巾从客堂屏门外甩进来,罩住阿珠头面。阿珠吃惊,喊问:“啥人?”那人慌的陪罪。阿珠认得是朱淑人的管家张寿,掷还手巾,暂且隐忍。

及阿珠添酒回来,两个出局金巧珍、林翠芬同时告行。周双珠亦欲归房,连叫阿金,不见答应,竟不知其何处去了。阿珠忙说:“我来。”一手拿了豆蔻盒,跟到对过房间。等双珠脱下出局衣裳,折叠停留,放在橱里。又听得巧囡高声喊手巾,阿珠知台面已散,忙来收拾。洪善卿推说有事,和陈小云、汤啸庵一哄散尽,止剩朱淑人一人未去。周双玉陪着,相对含笑,不发一言。

阿珠凑趣，随同巧囡避往楼下。巧囡引阿珠见周兰。周兰将节边下脚分拆股数先与说知，阿珠无不遵命。周兰再问问王莲生、沈小红从前相好情形，并道：“故歇王老爷倒叫仔倪双玉十几个局哚。”阿珠长叹一声，道：“匆是倪要说俚邱话，王老爷待到个沈小红再要好也无拨。”

一语未了，忽闻阿金儿子名唤阿大的，从大门外一路哭喊而入。巧囡拔步奔出。阿珠顿住嘴，与周兰在内探听。那阿大只有哭，说不明白。倒是间壁一个相帮特地报信道：“阿德保来浪相打呀，快点去劝喤！”周兰一听，料是张寿，急令阿珠喊人去劝。不想楼上朱淑人得了这信，吓得面如土色，抢件长衫披在身上，一溜烟跑下楼来。周双玉在后叫唤，并不理会。

淑人下楼，正遇阿珠出房，对面相撞，几乎仰跌。阿珠一把拉住，没口子分说道：“匆要紧个！五少爷覅去喤！”淑人发极，用力洒脱，一直跑去，要出公阳里南口，于转弯处望见南口簇拥着一群看的人，塞断去路。果然，张寿被阿德保揪牢发辫，打倒在墙脚边。看的人嚷做一片。淑人便拨转身，出西口，兜个圈子，由四马路归到中和里家中，心头兀自“突突”地跳。张寿随后也至，头面有几搭伤痕，假说东洋车上跌坏的，淑人不去说破。张寿捉空央求淑人，为之包瞒。淑人应许，却于背地戒饬一番。从此，张寿再不敢往公阳里去，连朱淑人亦不敢去访周双玉。

倏经七八日，周双玉挽洪善卿面见代请，朱淑人始照常往来。张寿由羡生妒，故意把淑人为双玉开宝之事，当作新闻，抵掌高谈。传入朱蔼人耳中，盘问兄弟淑人：“阿有价事？”淑人满面通红，垂头不答。蔼人婉言劝道：“白相相本底子匆要紧，我也一径教耐去白相。先起头，周双玉就是我替耐去叫个局；耐故歇为啥要瞒我喤？我教耐白相，我有我个道理。耐白相仔原要瞒我，故倒匆对哉碗。”淑人依然不答，蔼人不复深言。

谁知淑人固执太甚，羞愧交并，竟致耐守书房，足不出户；惟周双玉之动作云为，声音笑貌，日往来于胸中，征诸咏歌，形诸梦寐，不浃辰而恹恹病矣！蔼人心知其故，颇以为忧，反去请教洪善卿、陈小云、汤啸庵三人。三人心虚踌躇，主意全无。会尹痴鸳在座，矍然道：“该号事体末，耐去同韵叟商量个啘。”

朱蔼人想也不差，即时叫把马车，请尹痴鸳并坐，径诣一笠园谒见齐韵叟。尹痴鸳先正色道：“我替耐寻着仔一桩天字第一号个生意来里，耐阿要谢谢我？”齐韵叟不解所谓。朱蔼人当把兄弟朱淑人的怕羞性格、相思病根，历历叙出原由，求一善处之法。韵叟呵呵笑道：“故末啥要紧嘎！请俚到我园里来，叫仔周双玉一淘白相两日末，好哉！”痴鸳道：“阿是耐个生意到哉，我末赛过做仔掮客。”韵叟道：“啥个掮客？耐末就叫拆梢。”大家哄然大笑。韵叟定期翌日，请其进园养疴。蔼人感谢不尽。痴鸳道：“耐自家倒覅来。俚看见仔阿哥，规规矩矩勿局个。”韵叟道：“我说俚病好仔，要紧搭俚定亲。”

蔼人都说“是极”，拱手兴辞，独自一个乘车回家；急至朱淑人房中，问视毕，设言道：“高亚白说，该个病该应出门去散散心。齐韵叟就请耐明朝到俚园里白相两日，我想可以就近诊脉，倒蛮好。”淑人本不愿去，但不忍拂阿哥美意，勉强应承。蔼人乃令张寿收拾一切应用物件。

次日是八月初五，日色平西，接得请帖，搀起淑人，中堂上轿，抬往一笠园门首。齐府管家引领轿班，直进园中东北角一带湖房前停下。齐韵叟迎出，声说不必作揖。淑人虚怯怯的下轿。韵叟亲手相扶，同至里间卧房，安置淑人于大床上。房中几案、帷幕以及药铫、香炉、粥盂、参罐，位置井井。淑人深致不安。韵叟道：“覅客气，耐困歇罢。”说毕，吩咐管家小心伺候，竟自踅出水阁去了。

淑人落得安心定神，朦胧暂卧。忽见面东窗外湖堤上，远远地有一个美人，身穿银罗衫子，从萧疏竹影内姗姗其来，望去绝似周双玉，然犹疑为眼花所致。讵意那美人绕个圈子，走入湖房。淑人近前逼视：不是周双玉更是何人？淑人始而惊讶，继而惶惑，终则大悟大喜，不觉说一声道：“噢！”双玉立于床前，眼波横流，嫣然一盼，忙用手帕掩口而笑。淑人挣扎起身，欲去拉手。双玉倒退避开。淑人没法，坐而问道：“耐阿晓得我生个病？”双玉忍笑说道：“耐个人末，也少有出见个！”淑人问是云何，双玉不答。

淑人央及双玉过来，手指床沿，令其并坐。双玉见几个管家皆在外间，努嘴示意，不肯过来。淑人摇摇手，又合掌膜拜，苦苦的央及。双玉踌躇半晌，向桌上取茶壶筛了半锺薏仁茶，送与淑人，趁势于床前酒杌上坐下。于是两人喁喁切切，对面长谈。

谈到黄昏时候，淑人绝无倦容，病已去其大半。管家进房上灯，主人竟不再至，亦不见别个宾客。这夜，双玉亲调一剂"十全大补汤"给淑人服下，风流汗出，二竖潜逃，但觉脚下稍微有些绵软。

齐韵叟得管家报信，用一乘小小篮舆往迎淑人，相见于凰仪水阁。淑人作揖申谢，韵叟不及阻止，但诫以后不得如此繁文。淑人只得领命，又与高亚白、尹痴鸳拱手为礼，相让坐定。

正欲闲谈，苏冠香和周双玉携手并至。齐韵叟想起，向苏冠香道："姚文君、张秀英阿要去叫得来陪陪双玉？"冠香自然说好。韵叟随令管家传唤夏总管，当面命其写票叫局。夏总管承命退下。韵叟转念，又唤回来，再命其发帖请客，请的是史天然、华铁眉、葛仲英、陶云甫四位。夏总管自去照办。

朱淑人特问高亚白饮食禁忌之品，亚白道："故歇病好仔，要紧调补，吃得落末最好哉，无啥禁忌。"尹痴鸳插说道："耐该应问双玉，双玉个医道比仔亚白好。"朱淑人听说，登时面红，无处藏躲。齐韵叟知他腼腆，急用别话叉开。

须臾，管家通报："陶大少爷来。"随后，陶云甫、覃丽娟并带着张秀英接踵而入，见了众人，寒暄两句。陶云甫就问朱淑人："贵恙好哉？"淑人独怕相嘲，含糊答应。高亚白向陶云甫道："令弟相好李漱芳个病倒勿局哩。"云甫惊问如何，亚白道："今朝我来浪看，就不过一两日天哉。"云甫不禁慨叹；既而一想：漱芳既死，则玉甫的罣碍牵缠反可断绝，为玉甫计未始不妙。兹且丢下不提。

接着史天然、华铁眉暨葛仲英各带相好，陆续齐集。齐韵叟为朱淑人沉疴新愈，宜用酸辛等味以开其胃，特唤雇大菜司务，请诸位任意点菜；就于水阁中并排三只方桌，铺上台单，团团围坐；每位面前，放着一把自斟壶，不待相劝，随量而饮。

齐韵叟犹嫌寂寞，问史天然道："前回耐个《四书》叠塔倒无啥，再想想看,《四书》浪阿有啥酒令?"天然寻思不得。华铁眉道:"我想着个花样来里,要一个字有四个音,用《四书》句子做引证,像个'行'字:'行己有耻',音蘅;'公行子',音杭;'行行如也',音笐;'夷考其行',下孟切。阿好?"高亚白道:"有个'敦'字,好像十三个音哚,限定仔《四书》浪就难哉。我是一个说勿出。"

朱淑人道:"《四书》浪'射'字倒是四个音:'射不主皮',神夜切;'弋不射宿',音实;'矧可射思',音约;'在此无射',音妒。"席间同声称赞道:"再要想一个倒少哩!"葛仲英道:"三个音末,《四书》浪勿少。'齐''华''乐''数',可惜是三个音。"

尹痴鸳忽抵掌道:"还有两个,一个'辟'字,一个'从'字:'相维辟公',音璧;'放辟邪侈',音僻;'贤者辟世',音避;'辟如登高',音譬。'从吾所好',墙容切;'从者见之',才用切;'从容中道',七恭切;'从之纯如也',音纵。一部《四书》,我才想过哉,无拨第五个字。"

齐韵叟却掀髯道:"我倒有一个字,五个音哚。"席间错愕不信,韵叟道:"请诸位吃杯酒,我说。"大家饮讫候教。韵叟未言先笑道:"就是痴鸳说个'辟'字,璧、僻、避、譬四音之外,还有'欲辟土地'一句,注与'闢'同,当读作'别亦切'。阿是五个音?"席间尽说:"勿差。"高亚白做势道:"一部《四书》才想过哉呀,陆里钻出个'辟'字来?吓得我也实概'辟'一跳!"尹痴鸳道:"比仔说勿出总强点。"陶云甫四顾微哂,道:"倪说勿出也有两个来浪。"痴鸳乘势分辩道:"说勿出是无啥要紧。单有俚末,自家说勿出倒说啥十三个音,海外得来!"说得席间拍手而笑,皆道痴鸳利口,捷于转圜。

华铁眉复道:"再有个花样:举《四书》句子,要首尾同字而异音,像'朝将视朝'一句样式,故末《四书》浪好像勿少。"齐韵叟道:"'朝将视朝',可以对'王之不王'。"史天然道:"'治人不治',也可以对。"朱淑人说:"'乐节礼乐'。"葛仲英说:"'行尧之行'。"高亚白随口就说:"'行桀之行'。"尹痴鸳道:"耐末单会抄别人个文章,再有'乐骄乐''乐宴乐',阿要一淘抄得去?"亚白笑道:"价末'弟子入则孝,出则弟'阿好?"痴鸳道:"忒噜苏哉!我说'与师言之道与'。"

以下止剩陶云甫一个。云甫沉吟半晌，预告在席道："有是有一句，噜苏个哩。"大家问是那句，云甫恰待说出，讵意刺斜里叉出来，把陶云甫话头平空剪住。

第四十一回终。

第四十二回 拆鸾交李漱芳弃世 急鸰难陶云甫临丧

按:陶云甫要说《四书》酒令之时,突然侍席管家引进一个脚夫,直造筵前。云甫认识系兄弟陶玉甫的轿班,问他何事。那轿班鞠躬附耳,悄地禀明一切。云甫但道:“晓得哉,就来。”那轿班也就退去。

高亚白问道:“阿是李漱芳个凶信?”云甫道:“勿是;为仔玉甫个病。”亚白诧异道:“玉甫无啥病碗。”云甫攒眉道:“玉甫是自家来浪要生病!漱芳生仔病末,玉甫竟衣不解带个伏侍漱芳,连浪几夜天勿曾困,故歇也来浪发寒热。漱芳个娘教玉甫去困,玉甫定归勿肯,难末漱芳个娘差仔轿班来请我去劝劝玉甫。”齐韵叟点头道:“玉甫、漱芳才难得,漱芳个娘倒也难得。”云甫道:“越是要好末,越是受累!玉甫前世里总欠仔俚哚几花债,今世来浪还。”合席听了,皆为太息。

云甫本意欲留下覃丽娟侍坐和兴,丽娟不肯,早命娘姨收起银水烟筒、豆蔻盒子。云甫深为抱歉,这告失陪之罪。尹痴鸳道:“耐个噜苏句子说仔出来,覅一淘带得去。”云甫乃说是“食饐而餲,鱼馁而肉败不食”十一字,说罢作别。齐韵叟送至帘前而止。

陶云甫、覃丽娟下阶登轿,另有两个管家掌著明角灯笼,平列前行,导出门首。两肩轿子离了一笠园,望着四马路滔滔遄返。覃丽娟自归西公和里,陶云甫却往东兴里李漱芳家。及门下轿,踅进右首李浣芳房间。大阿金瞍见跟去,加过茶碗,更要装烟。云甫挥去,令他:“喊二少爷来。”大阿金应命去喊。

约有半刻时辰,陶玉甫才从左首李漱芳房间趔趄而至,后面随著李浣芳,见过云甫,默默坐下。云甫先问漱芳现在病势。玉甫说不出话,摇了摇头,那两眼眶中的泪已纷纷然如脱线之珠;仓猝间不及取手巾,只将袖口去掩。浣芳爬在玉甫膝前,扳开玉甫的手,怔怔的仰面直视。见玉甫吊下泪痕,浣芳“哇”的失声便哭。大阿金呵禁不住,仍须玉甫叫他覅哭,浣芳始极力含忍。

云甫睹此光景，亦觉惨然，宛转说玉甫道："漱芳个病也可怜。耐一径住来浪伏侍伏侍，故也无啥，不过，总要有点淘成末好。我听见说耐来浪发寒热，阿有价事？"

玉甫呆著脸，眼注地板，不则一声。云甫再要说时，却闻李秀姐口音，在左首帘下低叫两声"二少爷"。玉甫惶急，撇下云甫，一溜奔过，浣芳紧紧相随。云甫因有心看其病势，也踱过左首房间，隔着圆桌望去。只见李漱芳坐在大床中，背后垫著几条绵被，面色如纸，眼睛似闭非闭，口中喘急气促。玉甫靠在床前，按著漱芳胸脯，缓缓往下揉挪。阿招蹲在里床，执著一杯参汤。秀姐站在床隅，秉著洋烛手照。浣芳挤上去，被秀姐赶下来，掩在玉甫后面偷眼张觑。

云甫料病势不妙，正待走开，忽觉漱芳喉咙"啃"的声响，吐出一口稠痰。秀姐递上手巾就口承接，轻轻拭净。漱芳气喘似乎稍定，阿招将银匙舀些参汤候在唇边。漱芳张口似乎吸受，虽喂了四五匙，仅有一半到肚。玉甫亲切问道："耐心里阿好过？"连问几遍，漱芳似乎抬起眼皮，略瞟一瞟，旋即沉下。玉甫知其厌烦，抽身起立。秀姐回头放下手照，始见陶云甫在前，慌说道："阿唷，大少爷也来里！该搭龌龊煞个，对过去请坐哩。"

云甫方转步出房。秀姐令阿招下床留伴，自与玉甫、浣芳一齐拥过右首房间。大家都不入座，立在当地，你望着我，我望着你。浣芳只怔怔的看看这个面色，看看那个面色，盘旋蹀躞，不知所为。还是秀姐开言道："漱芳个病是总归勿成功哉哩，起初倪才来浪望俚好起来，故歇看俚样式，勿像会好，故也是无法子。难俚末勿好，倪好个人原要过日脚，阿有啥为仔俚说勠活哉？无拨该个道理碗，大少爷阿对？"

玉甫在旁听到这里，从丹田里提起一口气，咽住喉管，竟欲哭出声来，连忙向房后溜去。云甫只做不知。秀姐又道："漱芳病仔一个多月，上上下下害仔几花人！先是一个二少爷，辛苦仔一个多月，成日成夜陪仔俚，困也无拨困。今朝我摸摸二少爷头浪，好像有点寒热。大少爷倒要劝劝俚末好。我搭二少爷说过歇，漱芳死仔，原要耐二少爷照应点我。我看出个二少爷真真像是我亲人一样。故歇漱芳末病倒仔，二少爷再要生仔病，难末那价呢？”云甫听了，蹙頞沉思，迟回良久，复令大阿金去喊二少爷。

大阿金寻到左首房间，并不在内，问阿招，说“勿来”。谁知玉甫竟在后面秀姐房里面壁而坐，呜呜饮泣。浣芳也哭着，拉衣扯袖，连声叫“姐夫覅哭嘘！”。大阿金寻著了，说：“大少爷喊耐去。”玉甫勉强收泪，消停一会，仍挈浣芳出至右首房间，坐在云甫对面。秀姐侧坐相陪。

云甫乃将正言开导一番，说：“男子从无殉节之理，就算漱芳是正室，止可以礼节哀，况名分未正者乎？”玉甫不待词毕而答道：“大哥放心！漱芳有勿多两日哉。我等俚死仔，后底事体舒齐好仔，难末到屋里，从此勿出大门末哉。别样个闲话，大哥覅去听。漱芳也苦恼，生仔病，无拨个称心点人伏侍俚。我为仔看勿过，说说罢哉。”云甫道：“我说耐也是个聪明人，难道想勿穿？照耐实概说也无啥。不过耐有点寒热，为啥勿困？”玉甫满口应承道：“日里向困勿著，难要困哉，大哥放心。”

云甫没话，将行。秀姐却道：“再有句闲话商量。前两日，漱芳样式勿好末，我想搭俚冲冲喜。二少爷总望俚好，勿许做。难故歇要去做哉嘘，再勿做常恐来勿及。”云甫道：“故是做来浪末哉，就好仔也勿要紧。”说著起身。玉甫亦即侍立要送。浣芳只恐玉甫跟随同去，拦著不放。云甫也止住玉甫，坚嘱避风早睡。秀姐送出房来。

云甫向秀姐道：“玉甫也勿大明白，倘然有啥事体末，耐差个人，到西公和答应我，我来帮帮俚。”秀姐感谢不尽。云甫并吩咐玉甫的轿班，令其不时通报。秀姐直送出大门外，看著上轿方回。

云甫还不放心，到了西公和里覃丽娟家，就差个轿班：“去东兴里打探二少爷阿曾困。”等够多时，轿班才回，说：“二少爷困末困哉，咿来浪发寒热。”云甫更令轿班去说：“受仔寒气，倒是发泄点个好，须要多盖被头，让俚出汗。”轿班说过返命。云甫吃了稀饭，和覃丽娟同床共寝。

次早睡醒，正拟问信，恰好玉甫的轿班来报说：“二少爷蛮好来浪，先生也清爽仔点。”云甫心上略宽，起身洗脸。又值张秀英的娘姨为换取衣裳什物，从一笠园归家，顺赍一封齐韵叟的便启，请云甫晚间园中小叙，且询及李漱芳之病。云甫令娘姨以名片回复，说："晚歇无啥事体末来。"

不料娘姨去后，敲过十二点钟，云甫午餐未毕，玉甫的轿班飞报，李漱芳业已去世。云甫急的是玉甫，丢下饭碗，作速坐轿前赴东兴里；一路打算，定一处置之法。迨至门首，即命轿班去请陈小云、汤啸庵两位到此会话。

云甫迈步进门，只见左首房间六扇玻璃窗豁然洞开，连门帘也揭去，烧得落床衣及纸钱、银箔之属，烟腾腾地直冲出天井里，随风四散。房内一片哭声，号啕震天，还有七张八嘴吆喝收拾的，听不清那个为玉甫声音。适遇相帮桂福卸下大床帐子，胡乱卷起，掮出房来；见了云甫，高声向内喊道："大少爷来里哉！"

云甫且往右首房间，兀坐以待。忽听得李秀姐极声嚷道："二少爷覅哩！"随后一群娘姨、大姐飞奔拢去。轿班等都向窗口探首观望，不知为著甚事。接著秀姐、娘姨、大姐围定玉甫，前面挽，后面推，扯拽而出。玉甫哭的喉音尽哑，只打干噎；脚底下不晓得高低，跌跌撞撞，进了右首房间。云甫见玉甫额角为床栏所磕，坟起一块，跺脚道："耐像啥样子嗄！"

玉甫见云甫发怒，自己方渐渐把气遏抑下去，背转身，挺在椅上。秀姐正拟商量丧事，阿招在客堂里叫秀姐道："无娒来看哩！浣芳还来浪叫'阿姐'，要爬到床浪去拉起来。"秀姐慌的复去挈过浣芳。浣芳更哭的似泪人一般。秀姐埋冤两句，交与玉甫看管。

恰值轿班请的陈小云到了，云甫招呼迎见。小云先道："啸庵为仔朱淑人亲事，到仔杭州去哉。耐请俚啥事体？"云甫乃说出拜托丧事帮忙之意，小云应诺。

云甫转向玉甫朗朗说道："故歇死末是死个哉，耐也勿懂啥事体，就来里该搭也无啥用场。我说末托小云去代办仔，我同耐两家头走开点。"玉甫发极道："故末阿哥再放我四五日阿好？"刚说一句，又哭的接不下。

云甫道："勿呀，故歇去仔，晚歇再来末哉呀！我是教耐去散散心。"秀姐倒也撺掇道:"大少爷同得去散散心,蛮好。二少爷来里,我也有点勿放心。"小云调停道:"散散心也无啥。倘然有啥事体末,我来请耐。"玉甫被逼不过,垂首无言。云甫就喊"打轿",亲手搀了玉甫同行,说:"倪到对过西公和去。"

浣芳听说对过,只道他们去看漱芳,先自跑过左首房间。阿招要挡不及。既而浣芳候之不至,又茫茫然跑出客堂。玉甫方在门首上轿,浣芳顾不得什么,哭著喊著,一直跑出大门,狠命的将头颅望轿杠乱碰。犹幸秀姐眼快,赶紧追上,拦腰抱起。浣芳还倔强作跳。玉甫道:"让俚一淘去仔罢。"秀姐应许放手。浣芳得隙,伏下身子,钻进轿内,和玉甫不依。经玉甫好言抚慰而罢。

轿班抬往西公和里覃丽娟家。云甫出轿,领玉甫暨浣芳登楼进房。丽娟见玉甫、浣芳泪眼未干,料为漱芳新丧之故。外场绞上手巾,云甫命多绞两把给浣芳揩。丽娟索性叫娘姨舀盆面水,移过梳具,替浣芳刷光头发,并劝其傅些脂粉,浣芳情不可却。玉甫坐在烟榻上,忽睡忽起,没个着落。

不多时,陈小云来寻,坐而问道:"棺材末有现成个来浪,一个婺源板,也无啥;一个价钱大点,故末是楠木。用陆里一个?"玉甫说:"用楠木。"云甫遂不开口。小云道:"所用衣裳,开好一篇帐来里。俚哚要用凤冠霞帔末如何?"玉甫回答不出,望着云甫。云甫道:"故也无啥,总归玉甫就不过豁脱两块洋钱,姓李个事体与陶姓无涉。随便俚哚要用啥,让俚哚用末哉。"小云又诉说:"阴阳先生看个,初九午时入殓,未时出殡;初十申时安葬。坟末来浪徐家汇,明朝就叫水作下去打圹,倒也要紧哉。"云甫、玉甫同声说"是"。小云说毕去了。

黄昏时候,玉甫想起一件事来,须去交代。云甫力阻不听,只得相陪乘轿同去。浣芳自然从行,仍和玉甫合坐一轿。及至东兴里李漱芳家看时,漱芳尸身早经载出,停于客堂中央,挂着蓝布孝幔。灵前四众尼姑对坐讽经。左首房间保险灯点得雪亮,有六七个裁缝摆开作台,赶做孝白。陈小云在右首房间,正与李秀姐检点送行衣。

玉甫见这光景,一阵心酸,那里熬得?背着云甫,径往后面李秀姐房中,拍凳捶台,放声大恸。再有浣芳一唱一和,声彻于外。李秀姐急欲进劝,反是云甫叫住,道:“耐倒覅去劝俚,单是哭还勿要紧,让俚哭出点个好。”秀姐因令大阿金准备茶汤伺候。比送行衣检点停当,后面哭声依然未绝,但不像是哭,竟是直声的叫喊。云甫道:“难去劝罢。”秀姐进去,果然一劝便止,并出前边,洗过脸,漱过口。浣芳团团圈牢玉甫,刻不相离。

玉甫略觉舒和,即问秀姐入殓头面。秀姐道:“头面是勿少来浪,就缺仔点衣裳。”玉甫道:“俚几对珠花同珠嵌条,才勿对,单喜欢帽子浪一粒大珠子,原拿得来做仔帽正末哉。再有一块羊脂玉珮,俚一径挂来哚钮子浪,故末让俚带仔去,覅忘记。”秀姐说:“晓得哉。”

玉甫心中有多少事,一时却想不起。云甫乃道:“耐要哭末,随便啥辰光,到该搭来哭末哉,倒也无啥;就不过夜头覅住来浪,耐同我到西公和去。西公和赛过是间壁,耐有啥闲话就可以来,俚哚也好来请耐,大家蛮便,阿对?”

玉甫知道是好意,不忍违逆,一概依从。云甫当请陈小云西公和便夜饭。秀姐坚意款留,云甫道:“倪勿是客气,为仔该搭吃总勿舒齐。”秀姐道:“倪自办菜烧好来浪,送过来阿好?”云甫应受。临行,又被浣芳拦著玉甫不放。云甫笑道:“原一淘去末哉。”浣芳尚紧拉玉甫衣襟,不肯坐轿。于是小云、云甫前后遮护,一同步行。

刚至覃丽娟家,相帮桂福提著竹丝罩笼随后送到,摆在楼上房里,清清楚楚,四盆四碗。云甫令丽娟、浣芳入席共饮,玉甫仍滴酒不闻。小云公事未了,毫无酒兴,甫及三巡,就和玉甫、浣芳先偏吃饭,独有丽娟陪著云甫杯杯照干。云甫欲以酒为消愁遣闷之计,吃到醺然,方才告罢。小云饭后即行。云甫已向丽娟计定,腾出亭子间为玉甫安榻。

这一夜,玉甫为思穷望绝,无可奈何,反得放下身心,鼾鼾一觉。只有浣芳睡在玉甫身旁,梦魂颠倒,时时惊醒。

初八早晨,浣芳睡梦中欻地哭喊:“阿姐,我也要去个呀!”玉甫忙唤醒抱起。浣芳还痴着脸,呜咽不止。玉甫并不根问,相与著衣下床,又惊动了云甫、丽娟,也比往常起的较早。

吃过点心,玉甫要去东兴里看看,云甫终不放心,相陪并往。浣芳亦随来随去,分拆不开。玉甫自早至晚,往返三次,恸哭三场,害得个云甫焦劳备至。

第四十二回终。

第四十三回　入其室人亡悲物在　信斯言死别冀生还

按：到了八月初九这日，陶云甫浓睡酣时，被炮声响震而醒。醒来遥闻吹打之声，道是失聪，连忙起身。覃丽娟惊觉，问："做啥？"云甫道："晚哉呀。"丽娟道："早得势哩。"云甫道："耐再困歇，我先起来。"遂唤娘姨进房，问："二少爷阿曾起来？"娘姨道："二少爷是天亮就去哉，轿子也勿坐。"

云甫洗脸漱口，赶紧过去。一至东兴里口，早望见李漱芳家门首立著两架矗灯，一群孩子往来跳跃看热闹。

云甫下轿进门，只见客堂中灵前桌上，已供起一座白绫位套，两旁一对茶几八字分排，上设金漆长盘，一盘凤冠霞帔，一盘金珠首饰。有几个乡下女客，徘徊瞻眺，啧啧欣羡，都说"好福气"；再有十来个男客，在左首房间高谈阔论，粗细不伦，大约系李秀姐的本家亲戚，料玉甫必不在内。

云甫踅进右首房间，陈小云方在分派执事夫役，拥做一堆，没些空隙。靠壁添设一张小小帐台，坐着个白须老者，本系帐房先生，摊着一本丧簿，登记各家送来奠礼。见了云甫，那先生垂手侍立，不敢招呼。云甫向问玉甫何在，那先生指道："来里该首。"

云甫转身去寻，只见陶玉甫将两臂围作拷栳圈，伏倒在圆桌上，埋项匿面，声息全无，但有时头忽闪动，连两肩望上一掀。云甫知是吞声暗泣，置之不睬，等夫役散去，才与小云厮见。云甫向小云说，意欲调开玉甫。小云道："故歇陆里肯去？晚歇完结仔事体看。"云甫道："等到啥辰光嗄？"小云道："快哉，吃仔饭末，就端正行事哉。"云甫没法，且去榻床吸鸦片烟。

须臾，果然传呼开饭，左首房间开了三桌，自本家亲戚以及引礼、乐人、炮手之属，挤得满满的，右首房间止有陈小云、陶云甫、陶玉甫三人一桌。

正待入座，只见覃丽娟家一个相帮进房。云甫问他甚事，相帮说是送礼，抽出拜匣呈上帐台，匣内代楮一封，夹着覃丽娟的名片。云甫觉得好笑，不去理会。

接连又有送礼的，戴着紫缨凉帽，端盘来了。云甫认识是齐韵叟的管家，慌的去看：盘内三分楮锭緗，三张素帖，却系苏冠香、姚文君、张秀英出名。云甫笑向管家道："大人真真格外周到，其实何必呢？"管家应是，复禀道："大人说，倘然二少爷心里勿开爽末，请到倪园里去白相相。"云甫道："耐转去谢谢大人。停两日，二少爷本来要到府面谢。"管家连应两声"是"，收盘自去。

三人始各就位。小云因下面一位空着，招呼帐房先生。那先生不肯，却去叫出李浣芳在下相陪。玉甫不但戒酒，索性水米不沾牙。云甫亦不强劝，大家用些稀饭而散。

饭后，小云径往外面去张罗诸事。玉甫怕人笑话，仍掩过一边。云甫见浣芳穿一套缟素衣裳，娇滴滴越显红白，着实可怜可爱，特地携着手，同过榻床前，随意说些没要紧的闲话。浣芳平日灵敏非常，此时也呆瞪瞪的，问一句，答一句。

正说间，突然一人从客堂吆喝而出，天井里四名红黑帽便喝起道来。随后大炮三升，金锣九下，吓得浣芳向房后奔逃，玉甫早不知何往。云甫起立探望：客堂中密密层层，千头攒动，万声嘈杂，不知是否成殓。一会儿又喝道一遍，敲锣放炮如前，穿孝亲人暨会吊女客同声举哀。云甫退后躺下，静候多时，听得一阵鼓钹，接着钟铃摇响，念念有词，谅为殓毕洒净的俗例。洒净之后，半晌不见动静。

云甫再欲探望，小云忽挤出人丛，在房门口招手。云甫急急趋出，只见玉甫两手扳牢棺板，弯腰曲背，上半身竟伏入棺内。李秀姐竭尽气力，那里推挽得动？云甫上前，从后抱起，强拉到房间里。外面登时锣炮齐鸣，哭喊竞作。盖棺竣事，看的人遂渐渐稀少。于是吹打赞礼，设祭送行。

云甫把守房门，不许玉甫出外。自立嗣兄弟、浣芳妹子、阿招大姐及楼上两个讨人，一一拜过。然后，许多本家亲戚男女客陆续各拜如礼。小云赶出大门，指手划脚点拨。夫役拥上客堂，撤去祭桌，络起绳索。但闻一声炮响,众夫役发喊上肩,红黑帽敲锣喝道,与和尚鼓钹之声,先在弄口等候。这里丧舆方缓缓启行,秀姐率合家眷等步行哭送。本家亲戚或送或不送,一哄而去。

玉甫乘乱,欻地钻出云甫肋下,云甫看见拉回。玉甫没奈何,跌足发恨。云甫道:“耐故歇去做啥?明朝我同耐徐家汇去一埭,故末是正经。故歇就送到仔船浪,一点无拨事体,做啥嗄?”玉甫听说的不差,只得罢休。云甫即要拉往西公和,玉甫定要俟送丧回来始去,云甫也只得依从。不意等之良久杳然。

玉甫想着漱芳所遗物事,未捻秀姐曾否收拾;背著云甫,亲往左首房间要去查看。跨进门槛,四顾大惊,房间里竟搬得空落落的,一带橱箱都加上锁,大床上横堆着两张板凳,挂的玻璃灯打碎了一架,伶伶仃仃欲坠未坠,壁间字画亦脱落不全,满地下鸡、鱼骨头尚未打扫。玉甫心想:漱芳一死,如此糟塌!不禁苦苦的又哭一场。云甫在右首房间并未听见,任玉甫哭个尽情。玉甫一路哭至床前,忽见乌黑的一团,从梳妆台下滚出,眼前一瞥,顷刻不见。玉甫顿发一怔,心想:莫非漱芳魂灵现此变异,使我勿哭?因此不劝自止。

适值陈小云先回,玉甫趋见问信。小云道:“船浪才舒齐,明朝开下去。耐末明朝吃仔中饭,坐马车到徐家汇好哉。”

云甫甚不耐烦,不等轿班,连催玉甫快走。玉甫步出天井,却有一只乌云盖雪的猫,蹲著水缸盖上,侧转头咬嚼有声。玉甫恍然:所见乌黑的一团,即此众生作怪!叹一口气,径跟云甫趖往西公和里覃丽娟家。

那时愁云黯黯,日色无光;向晚,就濛濛的下起雨来。云甫气闷已甚,点了几色爱吃的菜,请陈小云事毕过来小饮。小云带了李浣芳同来,玉甫诧问何事,小云道:“倪要寻姐夫呀,搭倪无姆噪仔一歇哉。”浣芳紧靠玉甫身边,悄悄诉道:“姐夫阿曾晓得?阿姐一干仔来里船浪,倪末倒才转来哉,连搭仔桂福也跑仔起来。晚歇拨陌生人摇仔去,故末陆里去寻哩?”小云、云甫听说,不觉失笑,玉甫仍以好言抚慰。覃丽娟在傍,点头赞叹道:“倪无拨仔阿姐也苦恼!”云甫嗔道:“耐阿是来浪要倪哭?刚刚哭好仔勿多歇,耐再要去惹倪。”丽娟看浣芳当真水汪汪含着一泡眼泪,不曾哭出,忙换笑脸,挈浣芳的手过自己身边,问其年纪几岁、啥人教个曲子、大曲教仔几只,一顿搭讪,直搭讪到搬上晚餐始罢。

云甫和小云对酌,丽娟稍可陪陪。玉甫、浣芳先自吃饭。云甫留心玉甫一日所食,仅有半碗光景,虽不强劝,却体贴说道:“今朝耐起来得早,阿要困?先去困罢。”玉甫亦觉无味,趁此同浣芳辞往亭子间,关上房门,推说困哉。

其实,玉甫这些时像土木偶一般,到了亭子间,只对着一盏长颈灯台,默然闷坐。浣芳相偎相倚,也像有甚心事,注视一处,目不转睛。半日,浣芳忽道:“姐夫听喤!故歇雨停仔点哉,倪到船浪去陪陪阿姐,晚歇原到该搭来,阿好?”玉甫不答,但摇摇头。浣芳道:“勿碍个呀!覅拨俚哚晓得末哉。”玉甫因其痴心,愈形悲楚,一气奔上,两泪直流。浣芳见了,失声道:“姐夫为啥哭嗄?”玉甫摇摇手,叫他“覅响”。

浣芳反身抱住玉甫,等玉甫泪干气定,复道:“姐夫,我有一句闲话,耐覅去告诉别人,阿好?”玉甫问:“啥闲话?”浣芳道:“昨日,帐房先生搭我说:阿姐就不过去一埭,去仔两礼拜,原到屋里来。阴阳先生看好日脚来浪,说是廿一末定归转来个哉。帐房先生是老实人,说来浪闲话一点点无拨差!俚还教我覅哭,阿姐听见哭,常恐勿肯来。再教我覅去同别人说,说穿仔,倒勿许阿姐来哉。姐夫难覅哭喤,故末让阿姐转来呀。”

玉甫听完这篇话,再也忍不住,呜呜咽咽,大放悲声,浣芳极的跺脚叫唤。一时惊动小云、云甫,推进门去。看此情形,小云呵呵一笑。云甫攒眉道:“耐阿有点淘成!”玉甫狠命收捺下去。覃丽娟令娘姨舀盆水来,并嘱道:“二少爷揩仔面困罢!今朝辛苦仔一日哉。”说毕皆去。娘姨送上面水,玉甫洗过,再替浣芳揩一把。娘姨掇盆去后,玉甫就替浣芳宽衣上床,并头安睡。初时甚是清醒,后来渐次瞢腾,连陈小云辞别归去也一概不闻。

次早起身,天晴日出,爽气迎人,玉甫拟独自溜往洋泾浜寻那载棺的船。刚离亭子间,为娘姨所拦,说是:“大少爷交代倪,教二少爷覅去。”一面浣芳又追出相随。玉甫料不能脱，只好归房，俟至午牌时分，始闻云甫咳嗽声。丽娟蓬头出房喊娘姨，望见玉甫、浣芳，招呼道：“才起来哉，房里来哩。”

玉甫挈浣芳并过前面房间，见了云甫，欲令轿班叫马车。云甫道：“吃仔饭去喊正好碗。”玉甫乃欲叫菜，云甫道：“叫来浪哉。”玉甫方就榻床坐下，看着丽娟对镜新妆。丽娟向浣芳道：“耐个头也毛得来，阿要梳？我替耐梳梳罢。”浣芳含羞不要。云甫道：“为啥覅梳？耐自家去镜子里看，阿毛嗄？”玉甫帮着怂恿，浣芳愈形跼蹐。玉甫道：“熟仔点倒怕面重哉。”丽娟笑道：“勿要紧个，来哩。”一手挽过浣芳来梳，随口问其向日梳头何人。浣芳道：“原底子末阿姐，故歇是随便啥人。前日早晨，要换个湖色绒绳，无娒也梳仔一转。”云甫惟恐闲话中打动玉甫心事，故意支说别事。丽娟会意，不复多言。

玉甫虽呆脸端坐，意马心猿，无时或定，云甫岂不觉得？适外场报说：“菜来哉。”云甫便令搬上楼来。浣芳梳的两只丫角，比丽娟正头终究容易，赶着梳好，一同吃饭。

饭后，玉甫更不耽延，亲喊轿班叫了马车，伺于弄口。云甫没法，和玉甫、浣芳即时动身，一直驶往西南，相近徐家汇官道之旁，只见一座绝大坟山，靠尽头新打一圹，七八个匠人往来工作，流汗相属。圹前叠着一堆砖瓦，铺着一坑石灰，知道是了，相将下车。一个监工的相帮上前禀说：“陈老爷也来个哉，才来里该首船浪。”

玉甫回头望去，相隔一箭多路，遂请云甫挈浣芳步至堤前。只见一排停着三号无锡大船，首尾相接。最大一号载着灵柩暨一班和尚；陈小云偕风水先生坐了一号；李秀姐率合家眷等坐了一号。

玉甫先送浣芳交与秀姐，才同云甫往小云坐的船上，拱手厮见，促膝闲谈。谈过半点多钟，风水先生道：“是时候了。”小云乃命桂福传唤本地炮手，作速赴工；传令小工头点齐夫役，准备行事；传语秀姐，教浣芳等换上孝衫。当下风水先生前行，小云、云甫、玉甫跟到坟头。

不多时，炮声大震，灵柩离船。和尚敲动法器，“叮叮当当”，当先接引；合家眷等且哭且走，簇拥于后。玉甫目见耳闻，心中有些作恶，兀自挣扎，却不道天旋地转的一阵瞑眩，立刻眼前漆黑，脚底下站不定，仰翻身跌倒在地。吓得小云、云甫搀的搀，叫的叫。秀姐慌张尤甚，顾不得灵柩，飞奔抢上，掐人中，许神愿，乱做一堆。幸而玉甫渐渐苏醒开目，众人稍放些心。

风水先生指点侧首一座洋房，说系外国酒馆，可以勾留暂坐。秀姐、云甫听了，相与扶掖前往。维时皜皜秋阳，天气无殊三伏。玉甫本为炎热所致，既进洋房，脱下夹衫，已凉快许多；再吃点荷兰水，自然清爽没事。

玉甫见云甫出立廊下，乘间要溜，秀姐如何敢放！玉甫央及道："让我去看看末哉！我无啥呀，耐放手哩。"秀姐没口子劝道："故末二少爷哉，刚刚好仔点，再要去，倪个干己担勿起。"云甫隔壁听明，大声道："耐阿是要吓杀人，静办点罢！"

玉甫无奈归座，焦躁异常，取腰间佩的一块汉玉，将指甲用力刻画，恨不得砸个粉碎。秀姐婉婉商略道："我说二少爷，耐末坐来浪，我去看一埭。看俚哚做好仔，我教桂福来请耐，难末耐去看，阿是蛮好？"玉甫道："价末快点去哩。"

秀姐请进云甫软款玉甫于洋房中，才去。玉甫由玻璃窗望到坟头，咫尺之间，历历在目，登科禀主，事事舒齐，再不想到个浣芳围绕坟旁，又哭又跳，不解其为甚缘故。

恰遇桂福来请，云甫乃与玉甫离了外国酒馆，重至坟头。浣芳犹哭个不止，一见玉甫，连身扑上，只喊说："姐夫，勿好哉呀！"玉甫问："啥勿好？"浣芳哭道："耐看哩！阿姊拨俚哚关仔里向去哉呀，难阿好出来嗄！"众人听着茫然，惟玉甫喻其痴意。浣芳复连连推搡玉甫，并哭道："姐夫去说哩，教俚哚开个门来浪哩！"玉甫无可抚慰，且以诳言掩饰。浣芳那里肯罢？转身扑到坟上，叉起两手，将廪的石灰拚命爬开。水作更禁不得，还是秀姐去拉，始拉下来。秀姐原把浣芳交与玉甫看管，且道："事体总算完结哉，请耐二少爷先转去，该搭有倪来里。"

玉甫想：在此荒野亦属无聊。即时跟从云甫并坐马车，浣芳挤在中间，驶归四马路西公和里，一路尚被浣芳胡缠瞎闹。及进覃丽娟家门口，只听得楼上有许多人声音。云甫问外场，知为尹痴鸳亲送张秀英回家，连高亚白、姚文君咸在。云甫甚喜，领玉甫、浣芳上楼，先往覃丽娟房间略坐片刻，便往对过张秀英房间。

第四十三回终。

第四十四回 赚势豪牢笼歌一曲 征贪黩挟制价千金

按:高亚白、尹痴鸳一见陶云甫,动问李漱芳之事。云甫历陈大略。尹痴鸳闻陶玉甫在对过覃丽娟房间,特令娘姨相请。陶玉甫遂带李浣芳踅过张秀英房间,厮见坐定。高亚白力劝陶玉甫珍重加餐,尹痴鸳仅淡淡的宽慰两句。

玉甫最怕提起这些话,不由自主,黯然神伤。陶云甫忙搭讪问道:"前日夜头《四书》酒令阿曾接下去?"尹痴鸳道:"倪几日天添仔几几花花好酒令,耐说陆里一个?"高亚白道:"就昨日倪大会,龙池先生想出个《四书》酒令也无啥。妙在不难不易,不少不多,通共六桌廿四位客,刚刚廿四根筹。"云甫问其体例。亚白指痴鸳道:"耐去问俚,有底稿来浪。"痴鸳道:"勿晓得阿曾带出来,让我寻寻看。"遂取靴页子打开,恰好里面夹着三张诗笺,便是酒令。痴鸳抽出,送与云甫。云甫见诗笺上写着那酒令道:

平上去入能者在职　　平去上入忠信重禄
平入上去言必有中　　平上入去天子一位
平去入上殷鉴不远　　平入去上牲杀器皿
上平去入使民战栗　　上去平入虎豹之鞟
上入平去五十而慕　　上平入去淡而不厌
上去入平管仲得君　　上入去平美目盼兮
去平上入譬诸草木　　去上平入放饭流歠
去入平上大学之道　　去平入上愿无伐善
去上入平好勇疾贫　　去入上平进不隐贤
入平上去若时雨降　　入上平去素隐行怪
入去平上百世之下　　入平去上忽焉在后
入上去平或敢侮予　　入去上平若圣与仁

陶云甫阅毕,沉吟道:"照实概样式再要拼俚廿四句,勿晓得《四书》浪阿有？”尹痴鸳一面收起诗笺，一面答道：“有倒还有，就不过行俚费事点。”高亚白道：“行起来最有白相。我自家末想勿着，想着仔多花句子才勿对；耐末也有多花勿对个句子来浪；大家说仔出来，陆里晓得耐个句子耐末勿对，我倒对哉，我个句子，耐也对哉。”陶云甫颔首微笑。

谁知这里评论酒令，陶玉甫已与李浣芳溜过覃丽娟房间，背人闷坐。丽娟差个娘姨去陪。高亚白低声向陶云甫道：“令弟气色有点涩滞，耐倒要劝劝俚保重点哩。”尹痴鸳接说道：“耐为啥勿同令弟到一笠园去白相两日，让俚散散心？”云甫道：“倪本来明朝要去。几日天，连搭仔我也无趣得势。”

痴鸳四顾一想，即命张秀英喊个台面下去，道：“今朝末我先请请俚，难得凑巧，大家相好才来里，刚刚八个人一桌。”云甫正待阻止，秀英早自应命，令外场去叫菜了。姚文君起立说道：“倪屋里有堂戏来浪，我先去做脱仔一出就来。”高亚白叮嘱：“快点。”文君乃不别而行。

那时晚霞散绮，暮色苍然。姚文君下楼坐轿，从西公和里穿过四马路，回至东合兴里家中。跨进门口，便仰见楼上当中客堂，灯火点得耀眼；憧憧人影，挤满一间；管弦钲鼓之声，聒耳得紧。文君问知为赖公子，也吃一惊，先踅往后面小房间见了老鸨大脚姚，喁喁埋怨，说不应招揽这癞头鼋。大脚姚道：“啥人去招揽嗄！俚自家跑得来寻耐，定归要做戏吃酒，倪阿好回报俚？”

文君无可如何，且去席间随机应变。迨上得楼梯，娘姨报说：“文君先生转来哉。”登时客堂内一群帮闲门客像风驰潮涌一般，赶出迎接，围住文君，欢叫喜跃。文君屹然挺立，瞪目而视。帮闲的那里敢罗唣？但说：“少大人等仔耐半日哉，快点来哩。”一个门客前行，为文君开路；一个门客掇过凳子，放在赖公子身后，请文君坐。

文君因周围八九个出局倌人系赖公子一人所叫，密密层层，插不下去，索性将凳子拖得远些。赖公子屡屡回头，望着文君上下打量。文君缩手敛足，端凝不动。赖公子亦无可如何。文君见赖公子坐的主位，上首仅有两位客，乃是罗子富、王莲生，胆子为之稍壮。其余二十来个不三不四,近似流氓,并未入席,四散鹄立,大约赖公子带来的帮闲门客而已。

当有一个门客趋近文君,鞠躬耸肩,问道:“耐做啥个戏?耐自家说。”文君心想做了戏就可托词出局,遂说做《文昭关》。那门客巴得这道玉音,连忙告诉赖公子,说文君做《文昭关》,并叙述《文昭关》的情节与赖公子听。更有一个门客怂恿文君,速去后场打扮起来。

等到前面一出演毕,文君改装登场,尚未开口,一个门客凑趣,先喊声“好”。不料接接连连,你也喊“好”,我也喊“好”,一片声嚷得天崩地塌,海搅江翻。席上两位客,王莲生惯于习静,脑病已甚;罗子富算是粗豪的人,还禁不得这等胡闹。只有赖公子捧腹大笑,极其得意;唱过半出,就令当差的放赏。那当差的将一卷洋钱散放巴斗内,呈赖公子过目,望台上只一撒,但闻“索郎”一声响,便见许多晶莹焜耀的东西满台乱滚。台下这些帮闲门客又齐声一号。

文君揣知赖公子其欲逐逐,心上一急,倒急出个计较来。当场依然用心的唱,唱罢落场,唤个娘姨于场后戏房中暗暗定议,然后卸妆出房,含笑入席。不提防赖公子一手将文君拦入怀中,文君慌的推开起立,佯作怒色,却又爬在赖公子肩膀悄悄的附耳说了几句。赖公子连连点头,道:“晓得哉。”

于是文君取把酒壶,从罗子富、王莲生敬起,敬至赖公子,将酒杯送上赖公子唇边,赖公子一口吸干。文君再敬一杯,说是成双,赖公子也干了。文君才退下归坐。

赖公子被文君挑逗动火,顾不得看戏,掇转屁股,紧对文君嘻开嘴笑,惟不敢动手动脚。文君故意打情骂俏,以示亲密。罗子富、王莲生皆为诧异。帮闲的更没见识,只道文君倾心巴结,信而不疑。

少顷,忽然有个外场高声向内说:“叫局。”娘姨即高声问:“陆里嗄?”外场说:“老旗昌。”娘姨转身向文君道:“难末好哉!三个局还勿曾去,老旗昌咿来叫哉!”文君道:“俚哚老旗昌吃酒,生来要天亮哚,晚点也无啥。”娘姨高声回说道:“来末来个,再有三个局转过来。”外场声喏下去。

赖公子听得明白,着了干急,问文君:“耐真个出局去?”文君道:

"出局末阿有啥假个嗄?"赖公子面色似乎一沉;文君只做不知,复与赖公子悄悄的附耳说了几句。赖公子复连连点头,反催文君道:"价末耐早点去罢。"文君道:"正好,啥要紧嗄。"

俄延之间,外场提上灯笼,候于帘下,娘姨拎出琵琶、银水烟筒交代外场。赖公子再催一遍,文君嗔道:"啥要紧嗄,耐阿是来浪讨厌我?"赖公子满心鹘突,欲去近身掏摸,却恐触怒不美。文君临行,仍与赖公子悄悄的附耳说了几句,赖公子仍连连点头。这些帮闲门客眼睁睁看着姚文君飘然竟去。罗子富、王莲生始知文君用计脱身,不胜佩服。

赖公子并不介意,吃酒看戏,余兴未阑。却有几个门客攒聚一处,切切议论;一会推出一个上前请问赖公子:缘何放走姚文君?赖公子回说:"我自己叫他去,你不要管。"门客无言而退。

罗子富、王莲生等上到后四道菜,约会兴辞。赖公子不解迎送,听凭自便。两人联步下楼,分手上轿。王莲生自归五马路公馆。罗子富独往尚仁里黄翠凤家,大姐小阿宝引进楼上房间。黄翠凤、黄金凤皆出局未回,只有黄珠凤扭捏来陪。

俄而老鸨黄二姐上楼厮见,与罗子富说说闲话,颇不寂寞。黄二姐因问子富道:"翠凤要赎身哉呀,阿曾搭罗老爷说?"子富道:"说末说起歇,好像勿成功。"黄二姐道:"勿是个勿成功。俚哚自家赎身,要末勿说,说仔出来,再有啥勿成功?阿是我勿许俚赎?我是要俚做生意,勿是要俚个人。倘然俚赎身勿成功,生来生意也勿高兴搭我做,阿是让俚赎个好?"子富道:"价末俚为啥说勿成功?"黄二姐叹口气道:"勿是我要说俚,翠凤个人调皮勿过!倪开个把势,买得来讨人才不过七八岁,养到仔十六岁末做生意,吃着费用倒覅去说俚,样式样才要教拨俚末俚好会。罗老爷,耐说要费几花心血哚?价末生意倒也难说。倘然生意勿好,豁脱子本钱,再要白费心,故也无法子个事体。真真要运道末到哉,人末冲场也无啥,难末生意刚刚好点起来。比方有十个讨人,九个勿会做生意,单有一个生意蛮好,价末一径下来几花本钱生来才要俚一干子做出来个哉晼。罗老爷阿对?难故歇翠凤要赎身,俚倒搭我说,进来个身价一百块洋钱,就加仔十倍不过一千碗。罗老爷,耐说阿好拿进来个身价来比?"

子富道:"倒末说一千,耐要倒几花嗄?"黄二姐道:"我末自家良心天地,到茶馆里教众人去断末哉。倒一节工夫,单是局帐要做千把哚。客人办个物事,拨倒个零用洋钱才勿算,倒就拿仔三千身价拨我,也不过一年个局帐洋钱。倒出去做下去,生意正要好哚。罗老爷阿对?"

子富寻思半晌不语,珠凤乘间掩在靠壁高椅上打瞌晄。黄二姐一眼睃见,随手横挞过去。珠凤"扑"的一交,伏身跌下,竟没有醒,两手还向楼板上胡抓乱摸。子富笑问:"做啥?"连问两遍,珠凤挣出一句道:"沓脱哉呀!"黄二姐一手拎起来,狠狠的再挞一下,道:"沓脱仔耐个魂灵哉喤!"这一下才把珠凤挞醒,立定脚,做嘴做脸,侍于一旁。

黄二姐又向子富说道:"就像珠凤个样式,白拨饭倒吃!阿好做生意?有啥人要倒?原是一百也让倒去末哉碗。阿好说翠凤赎身末几花哚,珠凤倒也少勿来?"子富道:"上海滩浪倌人身价,三千也有,一千也有,无拨一定个规矩。我说耐末推扳点,我末帮贴点,大家凑拢来,成功仔,总算是一桩好事体。"黄二姐道:"罗老爷说得勿差,我也勿是定归要倒三千。翠凤自家先说个多花猛扪闲话,我阿好说啥?"

子富胸中筹划一番,欲趁此时说定数目,以成其事。恰好黄翠凤、黄金凤同台出局而回,子富便缩住嘴。黄二姐亦讪讪的告辞归寝。

翠凤跨进房门,就问珠凤:"阿是来浪打瞌晄?"珠凤说:"勿曾。"翠凤拉他面向台灯试验,道:"耐看两只眼睛,倒勿是打瞌晄?"珠凤道:"我一径来里听无娒讲闲话,陆里困嗄!"翠凤不信,转问子富。子富道:"无娒打过歇个哉,耐就哝哝罢,管倒做啥?"翠凤怒其虚诳,作色要打,却为子富劝说在先,暂时忍耐。子富忙喝珠凤退去。翠凤乃脱下出局衣裳,换上一件家常马甲。金凤也脱换了过来,叫声"姐夫",坐定。

子富爰将黄二姐所说身价云云,缕述綦详。翠凤鼻子里哼了一声，答道："耐看末哉，一个人做仔老鸨，俚个心定归狠得野哚！无娒先起头是娘姨呀，就拿个带挡洋钱买仔倪几个讨人，陆里有几花本钱嗄！单是我一干子，五年生意末，做仔二万多，才是俚个踠。故歇衣裳、头面、家生，再有万把，我阿能够带得去？俚倒再要我三千！"说到这里，又哼了两声，道："三千也无啥稀奇，耐有本事末拿得去！"

子富再将自己回答黄二姐云云，并为详述。翠凤一听，发嗔道："啥人要耐帮贴嗄？我赎身末有我个道理，耐去瞎说个多花啥！"子富不意遭此抢白，只是讪笑。金凤见说的正事，也不敢搭嘴。翠凤重复叮嘱子富道："难覅去搭无娒多说多话。无娒个人，依仔俚倒勿好！"

子富应诺，因而想起姚文君来，笑向翠凤道："姚文君个人倒有点像耐。"翠凤道："姚文君末陆里像我？我说癞头鼋怕人势势。文君勿做也无啥，勿该应拿'空心汤团'拨俚吃。就算耐到仔老旗昌勿转去，明朝再有啥法子？"子富听说得有理，转为文君担忧，道："勿差呀，难末文君要吃亏哉！"金凤在旁笑道："姐夫做啥嗄，阿姐覅耐说末，耐去瞎说。姚文君吃亏勿吃亏，等俚歇末哉，要姐夫发极！"子富方笑而丢开。一宿晚景少叙。

十一日近午时候，翠凤、金凤并于当中间窗下梳头。子富独在房中，觉得精神欠爽，意欲吸口鸦片烟，亲自烧成一枚夹生的烟泡，装上枪去脱落下来，终不得吸。适值黄二姐进来看见，上前接过签子，替子富另烧一口，为此对躺在烟榻上，切切私议。

黄二姐先问夜来帮贴之说，子富遂告诉他翠凤之意坚不可夺，不惟不肯加增，并且不许帮贴。黄二姐低声道："翠凤总归是猛扪闲话！照翠凤个样式，我有点气勿过！心想就是三千末，倒也勿拨俚赎得去。难故歇说末说仔一泡哉，罗老爷肯帮贴点，故是再好也勿有。我就请耐罗老爷吩咐一声，该应几花，我总依耐罗老爷。"子富着实踌躇，道："勿然是也无啥，难俚说仔覅我帮贴，我倒间架哉！勿曾懂俚啥个意思。"黄二姐道："故末是翠凤个调皮哉唍！俚自家要赎身，阿有啥帮贴拨俚倒说是勿要个嗄？俚嘴里说勿要，心里来浪要。要耐罗老爷帮贴仔，难末俚出去几花用场，再要耐罗老爷照应点，阿是实概意思?”

子富寻思此说倒亦的确,莽莽撞撞径和黄二姐背地议定,二千身价,帮贴一半。黄二姐大喜过望,连装三口鸦片烟。子富吸的够了,黄二姐乃抽身出房。

第四十四回终。

第四十五回　成局忽翻虔婆失色　旁观不忿雏妓争风

按:黄二姐撇下罗子富在房,趄往中间客堂。黄翠凤、黄金凤新妆初毕,刷鬓簪花,黄二姐即欣欣然将子富帮贴一千之议,诉与翠凤。翠凤一声儿不言语,忙洗了手,赶进房间,高声向子富道:"耐洋钱倒勿少哚! 我倒勿曾晓得,还来里发极。我故歇赎身出去,衣裳、头面、家生,有仔三千末,刚刚好做生意。耐有来浪,蛮好,连搭仔二千身价,耐去拿五千洋钱来!"子富惶急道:"我陆里有几花洋钱嗄?"翠凤冷笑道:"该号客气闲话,耐故歇用勿着! 无娒一说末,耐就帮仔我一千,阿好再说无拨? 耐无拨末,教我赎身出去阿是饿杀?"子富这才回过滋味,亦高声问道:"价末耐意思总归覅我帮贴,阿对?"翠凤道:"帮贴末,阿有啥勿要个嗄! 耐替我衣裳、头面、家生舒齐好仔,随便耐去帮贴几花末哉!"子富转向黄二姐道:"坎坎说个闲话消脱,赛过勿曾说。俚赎身勿赎身,也勿关我事。"说罢,倒身望烟榻躺下。

黄二姐初不料如此决撒,登时面色气的铁青,一手指定翠凤嘴脸,恶狠狠数落道:"耐个人好良心,耐自家去想想看! 耐七岁无拨仔爷娘,落个堂子。我为仔耐苦恼,一径当耐亲生囡仵,梳头缠脚,出理到故歇,陆里一桩事体我得罪仔耐,耐杀死个同我做冤家? 耐好良心! 耐赎仔身要升高哉呀。我一径望耐升高仔末照应点我老太婆,难故歇末来里照应哉! 耐年纪轻轻,生仔实概个良心,无啥好个喤!"一面咬牙切齿的说,一面鼻涕、眼泪一齐迸出。翠凤慌忙眉花眼笑劝道:"无娒覅喤! 故末啥要紧嗄? 我是耐个讨人呀,赎勿赎末随耐个便。难我勿赎哉,晚歇反得来拨间壁人家听见仔,倒拨俚哚笑话!"

翠凤尚未说完,黄二姐已出房外,揩了把面。赵家娒还在收拾妆奁,略劝两句,黄二姐便向赵家娒道:"倌人自家赎身,客人帮贴末也多煞。倘然罗老爷勿肯帮,价末耐也好算是囡仵,该应搭罗老爷说,挑挑我;阿有啥罗老爷肯帮仔,耐倒匆许罗老爷帮?阿是罗老爷个洋钱耐定归要一干子拿得去?”翠凤在房里吸水烟,听了,笑阻道:“无娒覅说哉呀!我赎身匆赎末哉,再替无娒做十年生意。一节末千把局帐,十年做下来要几花?”自己轮指一算,佯作失惊道:“阿唷,局帐洋钱要三万哚!故是无娒快活得来,连搭仔赎身洋钱也匆要个哉,说道:‘去罢,去罢!’”几句说得子富也不禁发笑起来。

黄二姐隔房答道:“耐覅来浪花言巧语寻我个开心!耐要同我做冤家末做末哉,看耐阿有啥好处!”说着,迈步下楼。赵家娒事毕随去。珠凤、金凤并进房来,皆吓得呆瞪瞪的。

翠凤始埋冤子富道:“耐啥一点无拨清头个嗄!白送拨俚一千洋钱为仔啥哩?有辰光该应耐要用个场花,我搭耐说仔,耐倒也匆是爽爽气气个拿出来;故歇匆该应耐用末,一千也肯哉!”子富抱惭不辩。自是,翠凤赎身之事搁散不提。

延过一日,子富偶阅新闻纸,见后面载着一条道:

前晚,粤人某甲在老旗昌狎妓请客。席间,某乙叫东合兴里姚文君出局。因姚文君口角忤乙,乙竟大肆咆哮,挥拳殴辱。当经某甲力劝而散。传闻乙余怒未息,纠合无赖,声言寻仇,欲行入虎穴、探骊珠之计,因而姚文君匿迹潜踪,不知何往云。

子富阅竟大惊,将这新闻告知翠凤,翠凤却不甚信。子富乃喊管家高升,当面吩咐,令其往大脚姚家打听文君如何吃亏,是否癞头鼋所为。

高升承命而去,刚踅出四马路,即望见东合兴里口停着一辆皮篷马车,上面坐着一个倌人,身段与姚文君相仿。高升紧步近前,才看清倌人为覃丽娟,颇讶其坐马车何若是之早;略瞟一眼,转弯进弄,到大脚姚家客堂中向相帮探信。那相帮但说不关癞头鼋之事,其余说得含糊不明。

高升迟回欲退,只见陶云甫从客堂后面出来,老鸨大脚姚随后相送。高升站过一边,叫声“陶老爷”。云甫问他到此何事,高升说:“打听文君个事体。”云甫低头一想,然后悄向高升道:“事体是无价事,骗骗个癞头鼋。常恐癞头鼋匆相信,去上个新闻纸。故歇文君来哚一笠园，蛮好来浪。耐去搭老爷说，覅拨外头人听见。”高升连声应“是”。

云甫遂别了大脚姚，出弄上车，一路滔滔，直驶进一笠园门内方停。陶云甫、覃丽娟相将下车，当值管家当先引导，由东转北，绕至一处，背山临湖的五间通连厅屋，名曰拜月房栊。但见帘筛花影，檐袅茶烟；里面却静悄悄的，不闻笑语声息。陶云甫、覃丽娟进去，只有朱蔼人躺在榻床吸鸦片烟，旁边坐着陶玉甫、李浣芳，更无别人在内。正要动问，管家禀道：“几位老爷才来浪看射箭，就要来哉。”

道言未了，果然一簇冠裳钗黛，跄济缤纷，从后面山坡下兜过来。打头就是姚文君，打扮得结灵即溜，比众不同。周双玉、张秀英、林素芬、苏冠香俱跟在后，再后方是朱淑人、高亚白、尹痴鸳、齐韵叟暨许多娘姨、管家。齐集于拜月房栊，随意散坐。

陶云甫乃向姚文君道：“坎坎我自家到耐屋里去问，耐无娒说，癞头鼋昨日�
来，搭俚说仔倒蛮相信，就是一班流氓，七张八嘴有点闲话，我说也勿要紧。”

齐韵叟亦向陶云甫道：“再有一桩事体要搭耐说，令弟今朝要转去，我问俚：‘阿有事体？倪节浪末再要闹热闹热，啥要紧转去？’令弟说：‘去仔再来。’难末我倒想着哉：明朝十三是李漱芳首七，大约就是为此，所以定归要去一埭。我说漱芳命薄情深，可怜亦可敬。倪七个人明朝一淘去吊吊俚，公祭一坛，倒是一段风流佳话。”云甫道：“价末先要去拨个信末好。”韵叟道：“勿必，倪吊仔就走，出来到贵相好搭去吃局。我末要见识见识贵相好同张秀英个房间，大家去噪俚哚一日天。”覃丽娟接说道：“齐大人再要客气！倪搭场花小点，大人勿嫌龌龊，请过来坐坐，也算倪有面孔。”

须臾，传呼开饭，管家即于拜月房栊中央，左右分排两桌圆台。众人无须推让，挨次就位：左首八位，右首六位。齐韵叟留心指数，讶道：“翠芬到仔陆里去哉？今朝一径勿曾看见俚。”林素芬答道：“俚起来仔
困来浪。”尹痴鸳忙问：“阿有啥勿适意？”素芬道：“怎晓得俚，好像无啥。”

韵叟遂令娘姨去请。那娘姨一去半日，不见回覆。韵叟忽想起

一事,道:"前日天,我听见梨花院落里,瑶官同翠芬两家头合唱一套《迎像》,倒唱得无啥。"林素芬道:"勿是翠芬哩。俚大曲会末会两只,《迎像》勿曾教碗。"

苏冠香道:"是翠芬来浪唱。俚就听俚哚教,听会仔好几只哚。"陶云甫道:"《迎像》搭仔《哭像》连下去一淘唱,故末真生活。"高亚白道:"《长生殿》其余角色派得蛮匀,就是个正生,《迎像》《哭像》两出吃力点。"齐韵叟闻此议论,偶然高兴,再令娘姨传唤瑶官。瑶官得命,随那娘姨而至。众人见瑶官的皪圆的面孔,并不傅些脂粉,垂着一根绝大朴辫,好似乌云中推出一轮皓月。韵叟命其且坐一旁,留出一位,在尹痴鸳肩下,专等林翠芬。

维时,上过四道小碗,间着四色点心。管家端上茶碗,并将各种水烟、旱烟、锡加烟装好奉上。朱蔼人独出席就榻,仍去吸鸦片烟。陶云甫乃想起酒令来,倡议道:"龙池先生个'四声酒令',倪再行行看。"尹痴鸳摇手道:"勿成功。一部《四书》,我通通想过,再要凑俚廿四句,勿全个哉。就为仔去、上、平、入,单有一句'放饭流歠',无拨第二句好说。"云甫不信,道:"常恐耐勿曾想到。"痴鸳道:"价末耐再去想。有仔一句'去上平入'末,其余就容易得势。最容易是'平上入去':'时使薄敛''君子不器''而后国治''无所不至''然后乐正''为礼不敬''芸者不变''言语必信''今也不幸''中士一位''君子不亮''来者不拒''汤使亳众''夫岂不义'……好像有廿几句哚,我也记勿得几花。"云甫想着一句道:"'长幼之节',倒勿是'上去平入'?"痴鸳道:"我说个'去上平入'无拨呀!'上去平入'就勿稀奇:'请问其目''于路曾晰''父召无诺''五亩之宅''子在陈曰''改废绳墨',才推扳一点点。"众人见说,怃然若失,皆道:"《四书》末,从小也读烂个哉,如此考据。可称别开生面,只怕从来经学家也勿曾讲究歇哩。"

不想席间讲这酒令,适值林翠芬挈那娘姨,穿花度柳,姗姗来迟,悄悄的站了多时,大家都没有理会。尹痴鸳觉背后响动,回头看视,只见翠芬满面凄凉,毫无意兴,两鬓脚蓬蓬松松,连簪珥钏环亦未齐整,一手扶定痴鸳椅背,一手只顾揉眼睛。痴鸳陪笑让坐,翠芬漠然不睬。痴鸳起身，双手来搀。翠芬摔脱袖子，攒眉道："勠哩！"齐韵叟先"格"声一笑，引得众人不禁哄堂。痴鸳不好意思，讪讪坐下。

翠芬岂不知这笑的为己而发？越发气得别转脸去。张秀英谓其系清倌人，倒不放在心上，意欲功和，无从搭口。还是林素芬招手相叫，翠芬方慢慢踅往阿姐面前。素芬替他理理头发，捉空于耳朵边说了两句。翠芬置若罔闻，等阿姐理好，复慢慢踅向远远地烟榻对过一带靠窗高椅上，斜签身子，坐在那里；将手帕握着脸，张开一张小嘴，打了一个呵欠。

席间，众人肚里好笑，不敢出声。尹痴鸳轻轻笑道："只好我去倒运点哉哩。"说了，便取根水烟筒，踅至烟榻前，点着纸吹，也去坐在靠窗高椅上，和翠芬隔着一张半桌。痴鸳知道清倌人吃醋，必然深自忌讳，不可劝解的；只用百计千方，逗引翠芬顽笑。翠芬回身，爬上窗槛，眼望一笠湖中一对白凫出没游泳，听凭痴鸳装腔做势，并不觑一正眼儿。齐韵叟料急切不能挽回，姑命瑶官独唱一套《迎像》。瑶官自点鼓板，央苏冠香为之擫笛。席间要紧听曲，不复关心。

朱蔼人自烟榻下来，顺便怂恿翠芬同去吃酒。翠芬苦苦告道："有点勿舒齐，吃勿落呀！"蔼人只得走开。尹痴鸳没奈何，遂去挨坐翠芬身边，另换一副呆板面孔，正正经经，亲亲密密的，特地叫声"翠芬"，道："耐勿舒齐末，台面浪去稍微坐一歇，酒倒勿吃也无啥。耐勿去，就是我末晓得耐为仔勿舒齐，俚哚定归说耐是吃醋，耐自家想想看？"

翠芬见痴鸳原是先时相待样子，气已消了几分；及听斯言，抉出真病。心中自是首肯，但一时翻不转面皮，垂头不语。痴鸳探微察隐，乘间要搀翠芬的手。翠芬夺手嗔道："走开点哩，讨厌得来！"痴鸳央及道："价末耐一淘去阿好？"翠芬道："耐去末哉啘，要我去做啥？"痴鸳道："耐去坐仔歇。原到该搭来末哉。"翠芬道："耐先去。"痴鸳恐催促太迫，转致拂逆，遂再三叮嘱翠芬就来，先自归席。

瑶官的《迎像》正唱到抑扬顿挫之际，席间竦然听之。痴鸳略为消停，即丢个眼色与林素芬。素芬复招手叫翠芬。翠芬便趁势趔趄而前，问："阿姐啥嗄？"素芬向高椅努嘴示意，痴鸳也欠身相让。翠芬却将高椅拉开些,仍斜签身子和瑶官对坐。

痴鸳等瑶官唱完,暗将韵叟本要合唱之意附耳告诉翠芬。翠芬道:"《迎像》倪勿会个啘。"痴鸳又将韵叟曾经听得之说,附耳告诉翠芬。翠芬道:"勿曾全哩呀。"痴鸳连碰两个顶子,并不介意,只切切求告翠芬吃杯热酒润润喉咙,拣拿手的唱一只。翠芬不忍再拗,装做不听见,故意想出些话头问瑶官,瑶官不得不答。痴鸳手取酒壶,筛满一鸡缸杯,送到翠芬嘴边。翠芬秋气大声道:"放来浪嘘!"痴鸳慌的缩手,放在桌上。翠芬只顾和瑶官搭讪问答,刺斜里抄过手去,取那杯酒一口呷干,丢下杯子,用手帕揩揩嘴。瑶官问翠芬:"阿唱?"翠芬点点头。于是瑶官擫笛,翠芬续唱半出《哭像》。席间自然称赞一番,然后用饭撤席。

那时将近三点钟,众人不等齐韵叟回房歇午,陆续踅出拜月房栊,三三两两,四散园中,各适其适去了。林翠芬赶人不见,拉了瑶官先行,转出山坡,抄西向北,一直望梨花院落行来。只见院门大开,院中树荫森森,几只燕子飞出飞进;两边厢房恰有先生在内教一班初学曲子的女孩儿。瑶官径引翠芬上楼,到了自己卧房里。间壁琪官听见,也踅过来,见翠芬脸上粉黛阑珊,就道:"耐要捕捕面哉呀,陆里去噪得实概样式?"瑶官笑道:"勿是个噪,为仔吃醋。"翠芬怒道:"倪倒勿懂啥个叫吃醋,耐说说看!"

瑶官不辩,代喊个老婆子舀盆面水,亲去移过镜台。翠芬坐下,重整新妆。琪官还待盘问,翠芬道:"耐问俚做啥嗄?俚乃是听俚哚来浪说吃醋,难末算学仔个乖哉。阿晓得吃醋是啥事体!"

瑶官背地向琪官挤挤眼,摇摇头,琪官便不做声。不提防被翠芬在镜中看得分明,且不提破,急急的掠鬓匀脸,撒手就走;将及房门,复回身说道:"我去哉,难两家头去说我末哉!"

琪官、瑶官赶紧追上攀留,翠芬竟已拔步飞奔,"登登"下楼。出了梨花院落,一路自思何处去好,从白墙根下绕至三叉石子路口,抬头望去,遥见志正堂台阶上站立一人,背叉着手,形状似乎张寿。翠芬逆料姐夫、阿姐必在那里,不如赶去消遣片时再说。

第四十五回终。

第四十六回　逐儿嬉乍联新伴侣　陪公祭重睹旧门庭

按:林翠芬打定主意,迤逦趖到志正堂前,张寿揭起帘子,让其进去,只见姐夫朱蔼人躺在堂中榻床上吸鸦片烟,阿姐林素芬陪坐闲话。翠芬笑嘻嘻叫声“姐夫”,爬着阿姐膝盖,侧首观看。素芬想起,随口埋冤翠芬道:“难覅去勿着勿落瞎噪!尹老爷原搭耐蛮好,耐也写意点,快快活活讲讲闲话末好哉!俚哚有交情,生来要好点。耐是清倌人,阿好眼热嗄?”翠芬不敢回嘴,登时面涨通红,几乎下泪。蔼人笑道:“耐再要去说俚,真真要气杀俚个哉!”素芬“嗤”的失笑道:“好邱也勿曾懂末,阿有啥气嗄?”翠芬一半羞惭,一半懊悔,要辩又不能辩,着实叫他为难。素芬不去理论,原与蔼人攀谈。

良久良久,翠芬微微换些笑容,蔼人即撺掇他去白相。翠芬本觉在此无味,彳亍将行。素芬叫住,叮咛道:“耐末自家要见乖,阿晓得?再去竖起仔个面孔,拨俚哚笑!”

翠芬默然,懒懒的由志正堂前箭道上低着头向前走,胸中还辘辘的转念头。不知不觉转个弯,穿入万花深处,顺路趖过九曲平桥。桥下一直西北,系大观楼的正路;另有一条小路,向南岔去,都是层层叠叠的假山。那山势千回百折,如游龙一般,故总名为蜿蜒岭。及至岭尽头,翻过龙首天心亭,亦可通大观楼了。

翠芬无心走此小路,或悬崖峭壁,或幽壑深岩,越走越觉隐僻。正拟转身退回,忽见前面一个人,身穿簇新绸缎,蹲踞假山洞口,湿漉漉地。翠芬失声问:“啥人?”那人绝不返顾。翠芬近前逼视,竟是朱淑人,弯着腰,蹑着脚,手中拿根竹签,在那里撩苔剔藓,拨石掏泥。翠芬问道:“沓脱仔啥物事嗄?”淑人但摇摇手,只管旁视侧听,一步步捱进假山洞。翠芬道:“耐看,衣裳龌龊哉呀。”淑人始低声道:“覅响喤!耐要看好物事末,该首去。”

翠芬不知如何好看物事,照依所指方向,贸然往寻。只见山腰里盖着三间洁白光滑的浅浅石室,周双玉独自一个坐于石槛上,两手合捧一只青花白地磁盆,凑到脸上,将盆盖微开一缝,孜孜的向内张觑。翠芬未至跟前,便嚷道:“啥物事嗄?拨我看喤!”双玉见是翠芬,笑说:“无啥好看。”随手授过磁盆。

翠芬接得在手,揭起盆盖,不料那盆内单装着一只促织儿,撅起两根须,奕奕闪动。双玉慌的伸手来掩。翠芬只道是抢,将身一扭,那促织儿就猛可里一跳,跳在翠芬衣襟上。翠芬慌的捕捉,早跳向草地里去了。翠芬发极乱嚷,丢下磁盆,迈步追赶。双玉随后跟去。那促织儿接连几跳,跳到一块山石之隙,被翠芬赶上一扑,扑入掌心,一把揣住,笑嘻嘻�派回来道:“来里哉,险个!”双玉去草地里拾起磁盆。翠芬松手,放进促织儿,加上盖。双玉再张时,不禁笑道:“无行用个哉,放仔俚生罢。”翠芬慌的拦阻,问:“为啥无行用哉嗄?”双玉道:“沓脱仔脚哉呀。”翠芬道:“沓脱仔脚末,也勿要紧啘。”

双玉恐他纠缠,笑而不答。适值朱淑人满面笑容,一手沾染一搭烂泥,一手揣得紧紧的,亦到了石室前。双玉忙问:“阿曾捉着?”淑人点头道:“好像无啥,去看喤。”双玉向翠芬道:“难要放生仔俚,装该只哉。”翠芬按定盆盖,不许放,嚷道:“我要个呀!”双玉遂把磁盆交给翠芬,和淑人并进石室中间。翠芬接踵相从。

这室内仅摆一张通长玛瑙石天然几,几上叠着一大堆东西,还有许多杂色磁盆。双玉拣取空的一只描金白定窑,将淑人手中促织儿装上。双玉一张,果然玉冠金翅,雄杰非常,也啧啧道:“无啥!再要比‘蟹壳青’好。”翠芬在旁,拉着双玉袖口,央告要看。双玉教他看法。翠芬照样捧着,张见这盆内原是一只促织儿,并无别的物事,便不看了。

双玉说起适间“蟹壳青”折脚一节,淑人也要放生。翠芬如何肯放,取那磁盆抱于怀中,只道:“我要个呀!”淑人笑道:“耐要俚做啥嗄?”翠芬略怔一怔,反问道:“划一要俚做啥?我勿晓得啘,耐说喤!”招得淑人只望着双玉笑。双玉嘱道:“耐覅响,故末请耐一淘看好物事。”

翠芬唯唯遵命。当下展开一条大红老虎绒毯,铺设几前石板鳌成的平地上;搬下一架象牙嵌宝雕笼,陈于中央;许多杂色磁盆,一字儿排列在外。淑人、双玉对面盘膝坐下,令翠芬南向中坐。先将现捉的促织儿下了雕笼,然后将所有"蝴蝶""螳螂""飞铃""枣核""金琵琶""香狮子""油利挞"各种促织儿,更替放入,捉对儿开闸厮斗。

初时,这玉冠金翅的昂昂不动,一经草茎撩发,勃然暴怒起来,凭陵冲突,一往无前。两下里扭结做一处,那里饶让一些儿!喜欢得翠芬拍腿狂笑,仍垂下头直瞪瞪的注视。不提防雕笼中戛然长鸣一声,倒把翠芬猛吓一跳。原来一只"香狮子"竟被玉冠金翅的咬死,还见他耸身振翼,似乎有得意之状。接连斗了五六阵,无不克捷。末后连那"油利挞"都败下奔逃。淑人也喝采道:"故末是真将军哉!"双玉道:"耐搭俚起个名字啘。"翠芬抢说道:"我有蛮好个名字来里。"淑人、双玉同声请教。

翠芬正待说出,忽见娘姨阿珠探头一望,笑道:"我说小先生也来里该搭,花园里才寻到个哉,快点去罢!"翠芬生气道:"寻啥嗄?阿怕我逃走得去!"阿珠沉下脸,道:"尹老爷来浪寻呀,倪末寻耐小先生做啥!"

说着,即闻尹痴鸳声音,一路说笑而至。淑人忙起立招呼。痴鸳当门止步,顾见翠芬,抵掌笑道:"难末耐也有仔淘伴哉。"翠芬道:"耐阿要看?来啘!"痴鸳只是笑,双玉道:"今朝就是俚一只来里斗,覅难为俚,明朝看罢。"

阿珠听说,上前收拾一切家伙。淑人俯取雕笼,将这"玉冠金翅将军"亲手装盆,郑重标记。翠芬、双玉且撑且挽,一齐起身。痴鸳向双玉道:"耐也坐来里冰冷个石头浪,于已个啘!勿比得翠芬勿要紧。"淑人道:"故末为啥?"双歪斜瞅一眼,道:"耐覅去问俚,阿有啥好闲话!"

痴鸳呵呵一笑,因催翠芬先行。翠芬徙倚石儿,还打量那折脚的促织儿,依依不舍。双玉乃道:"耐要末,拿得去。"翠芬欣然携盆出门。痴鸳问淑人道:"倪才来里大观楼,阿就来?"淑人点首应诺。痴鸳又道:"老兄两只贵手也要去揩揩哉啘。"一面搭讪,已和翠芬去的远了。

阿珠收拾粗毕,自己咕噜道:"人末小干仵,脾气倒勿小。"双玉道:“耐也勿着落,先生末‘先生’,啥个‘小先生’嘎!”阿珠道:“叫俚‘小先生’也无啥啘。”双玉道:“起先是无啥,故歇添仔个‘大先生’哉呀。”朱淑人接嘴说:“故倒勿差,倪也要当心点哚。”阿珠道:“啥人去当心嘎?勿理仔末好哉。”

于是朱淑人、周双玉随带阿珠,从容联步,离了石室,趕至蜿蜒岭磴道之下,却不打天心亭翻过去。只因西首原有出路在龙颏间,乃是一洞,逶迤窈窕,约三五十步;穿出那洞,反在大观楼之西。虽然远些,较之登峰造极,终为省力,故三人皆由此路转入大观楼前堂。那知茶烟未散,寂无一人,料道那些人都向堂外近处散步,且令阿珠舀水洗手,少坐以待。既而当值管家上堂点灯,渐渐的暮色苍然,延及户牖,方才一对一对陆续咸集于堂上。

谈笑之间,排上晚宴,大家偶然不甚高兴,因此早散。散后,各归卧房歇息。朱淑人初为养病,和周双玉暂居湖房;病愈将拟迁移,恰好朱蔼人、林素芬到园,喜其宽绰,就在湖房下榻,淑人亦遂相安。两朱卧房虽非连属,仅空出当中一间为客座。那林翠芬向居大观楼,于尹痴鸳房后别设一床。后来添了个张秀英,翠芬自觉不便,也搬进湖房来,便把客座后半间做了翠芬卧房,关断前半间,从阿姐房中出人。

这晚两朱暨其相好一起散归,直至客座,分路而别。朱蔼人到了房里,吸着鸦片烟,与林素芬随意攀谈,谈及明晨公祭,今夜须当早睡。素芬想起翠芬未归,必在尹痴鸳那边,叫他大姐吩咐道:“耐拿个灯笼去张张俚哩。晚歇无拨仔自来火,教俚一干子阿好走嘎!”大姐说是“来里该搭天井里”。素芬道:“价末喊俚进来哉呀,天井里去做啥?”大姐承命去喊,半日杳然。素芬自望房门口高声叫唤,隐隐听得外面应说:“来哉。”

又半日,蔼人吸足烟瘾,吹灭烟灯,翠芬才匆匆趋至,向姐夫、阿姐面前打个遭儿,回身要走。素芬见其袖口露出一物,好像算盘,问:“拿个啥物事?”翠芬举手一扬,笑道:“是五少爷个呀。”说了已趕进里间,随手将房门掩上。外间蔼人宽衣先睡;比素芬登床,复隔房叫翠芬道:“耐也困罢,明朝早点起来。”翠芬顺口嗷应。素芬亦就睡下,因恐睡的失聪,落后见笑,自己格外留心。

正自睡得沉酣甜熟，蔼人忽于梦中翻了个身，依然睡去，反惊醒了素芬。素芬张目存想，不知甚么时候，轻轻欠身揭帐，剔亮灯台，看桌上自鸣钟，不过两点多些。再要睡时，只闻翠芬房里历历碌碌的作响，细听不是鼠耗，试叫一声"翠芬"。翠芬在内问道："阿是阿姐喊我？"素芬道："为啥勿困嗄？"翠芬道："难要困哉。"素芬道："两点钟哉，来浪做啥，再勿困？"翠芬更不答话，急急收拾，也睡了。

素芬偏又睡不着，听那四下里一片蛙声，嘈嘈满耳；远远的还有鸡鸣声、狗吠声、小儿啼哭声。园中不应有此，园外如何得闻？猜解不出。接着，巡夜更夫敲动梆子，迤逦经过湖房墙外。素芬无心中循声接拍，跟着敲去，遂不觉跟到黑甜乡中，流连忘返。

次日起身，幸未过晚。刚刚梳洗完备，早有管家传命于娘姨："请老爷、先生们到凰仪水阁会齐用点心。"朱蔼人应诺，回说："就来。"适值对房里朱淑人亲来探问："阿曾舒齐？"林素芬说："舒齐哉。"淑人道："价末倪着好仔衣裳，一淘去。"素芬道："好个。"

翠芬在里间听见淑人声音，忙扬声叫："五少爷。"淑人进去问："啥？"翠芬取那两件雕笼磁盆交还淑人，道："耐带得去，勿要哉。"淑人见雕笼内竟有两只促织儿，一只是折脚的"蟹壳青"，一只乃是"油葫芦"，笑问："陆里来个嗄？"翠芬咳了一声，道："覅去说俚！我末昨日夜头倒辛辛苦苦捉着仔一只，搭俚姘个对。陆里晓得短命众生单会奔，团团转个奔得来、奔得去。我煞死要俚斗，俚末煞死个奔，耐说阿要火冒？"淑人笑道："原说无行用个哉，耐勿相信。耐喜欢末，我送一对拨耐，拿转去白相相。"翠芬道："谢谢耐，勿要哉。看见仔也讨气。"淑人笑着，顺赍笼盆，赶紧回房，催周双玉换了衣裳便走。两边不先不后相遇于客座中间。

五个人带着娘姨、大姐同出湖房，一路并不停留，径赴凰仪水阁，只见众人已齐集等候。厮见就坐，用过点心。总管夏余庆趋前禀道："一切祭礼同应用个物事，才舒齐，送得去一歇哉。人末就派仔两个知客去伺候，阿要用赞礼？"齐韵叟沉吟道："赞礼勿必哉，喊小赞去一埭。"夏总管出外宣命。

须臾，小赞带个羽缨凉帽，领那班跟出门的管家，攒聚帘外。韵叟顾问:“马车阿曾套好?”管家回禀:“套哉。”韵叟乃向众人道:“倪去罢。”

众人听说,各挈相好,即时起身。于是七客八局并从行仆媪,一行人下了凰仪水阁台阶,簇拥至石牌楼下。那牌楼外面一条宽广马路,直通园外通衢大道,十几辆马车,皆停在那里。一行人纷纷然登车坐定,蝉联鱼贯,驶出园门。

不多时,早又在于四马路上。陶玉甫从车中望见“东兴里”门楣三个金字,灿烂如故;左右店家装潢陈设,景象依然。弄口边摆着个拆字先生摊子,挂一轴面目部位图,又是出进所常见的。玉甫那里忍得住,一阵心酸,急泪盈把,惹得个李浣芳也哭起来。

幸而马车霎时俱停,知客迎候于弄外,一行人纷纷然下车进去。陶玉甫恐人讪笑,掩在陶云甫背后,缓步相随。比及门首,玉甫更吃一惊,不独李漱芳条子早经揭去,连李浣芳条子亦复不见。却见对门白墙上贴了一张黄榜,八众沙门在客堂中顶礼《大悲经忏》,烧的香烟氤氲不散。知客请一行人暂坐于右首李浣芳房间,不料陈小云在内,不及回避,齐韵叟殊为诧异。陶云甫抢步上前,代通姓名,并述相恳帮办一节。韵叟方拱手说:“少会。”大家随便散坐。

一时知客禀请行礼,齐韵叟亲身要行。陶云甫慌忙拦阻。韵叟道:“我自有道理,耐也何必替俚㑚客气?”云甫遂不言语。

韵叟举目四顾,单少了陶玉甫一人,内外寻觅不见。陶云甫便疑其往后面去的,果然从李秀姐房里寻了出来。韵叟见玉甫两眼圈儿红中泛紫,竟似鲜荔枝一般;后面跟的李浣芳更自满面泪痕,把新换的一件孝衫沾湿了一大块。韵叟点头感叹,却不好说什么。当和一行人穿过经坛,簇拥至对过左首房间。

那房间比先前大不相同,橱箱、床榻、灯镜、几案,收拾得一件也没有了。靠后屏门,张起满堂月白缌帐,中间直排三张方桌,桌上供一座三尺高五彩扎的灵宫,遮护位套。一应高装祭品,密密层层,摆列在下,龙香、看烛、饭亭俱全。

尔时帐后李秀姐等号啕举哀,秀姐嗣子羞惧不出,灵右仅有李浣芳俯伏在地。小赞手端托盘,内盛三只银爵,躬身侧立。只等主祭者行礼。

第四十六回终。

第四十七回　陈小云运遇贵人亨　吴雪香祥占男子吉

按：齐韵叟随身便服，诣李漱芳灵案前，恭恭敬敬朝上作了个揖。小赞在傍，伏侍拈香奠酒。再作一揖，乃退下两步，令苏冠香代拜。冠香承命，拜了四拜。其余诸位自然照样行事。次为高亚白，是姚文君代拜的。文君拜过平身，重复跪下再拜四拜。亚白悄问何故，文君道："先是代个呀，倪自家也该应拜拜俚。"亚白微笑。尹痴鸳欲令林翠芬代拜。翠芬不肯，推说："阿姐勿曾拜哉呀。"痴鸳笑道："倒也勿差。"只得令张秀英来代。及林素芬为朱蔼人代拜之后，翠芬就插上去也拜了。以下并不待开口，朱淑人作过揖，周双玉便拜；陶云甫作过揖，覃丽娟便拜。煞末挨到陶玉甫，正作揖下去，齐韵叟扬言道："浣芳间架头，玉甫只好自家拜。"玉甫听说，正中心怀，揖罢即拜，且拜且祝，不知祝些甚么；祝罢又是一拜，方含泪而起。小赞乃于案头取下一卷，双手展开，系高亚白做的四言押韵祭文，叙述得奇丽哀艳，无限缠绵。小赞跪于案旁，高声朗诵一遍，然后齐韵叟作揖焚库。

礼成祭毕，陶玉甫打闹里挈起李浣芳先自溜去。一行人纷纷然重回右首李浣芳房间，陈小云侧立迎进。怎奈外间钟鼓之声，聒耳得紧，大家没得攀谈。覃丽娟、张秀英同词说道："倪完结哉呀，请该首去坐罢。"

齐韵叟连说"好极"，却请陈小云一淘叙叙，小云嗫嚅不敢。韵叟转挽陶云甫代说，小云始遵命奉陪。临行时又寻起陶玉甫来，差大阿金往后面去寻，不见回复。齐韵叟攒眉道："故末真真罢哉！"陶云甫忙道："我去喊。"亲自从房后赶至李秀姐房门首，只见李浣芳独倚门旁，秀姐和玉甫并在房中，对面站立，一行说一行哭。云甫跺脚道："去哉呀，几花人单等耐一干子！"秀姐因也催道："价末二少爷外头去罢，晚歇再说末哉。"玉甫只得跟云甫踅出前边，大家哄然说："来哉，来哉！"齐韵叟道："难人阿曾齐嗄？"苏冠香道："再有个浣芳。"

一语未终,阿招搀着浣芳也来了。浣芳一直�至韵叟面前,便扑翻身磕一个头。韵叟错愕问故,阿招代答道:“无姆教俚替阿姐谢谢大人、老爷、先生、小姐。”韵叟挥手道:“算啥嘎?勿许谢。”侧里冠香即一把拉浣芳到身边,替他宽带解钮,脱下孝衫,授与阿招收去。一面齐韵叟起身离座,请陈小云前行。小云如何敢僭?垂手倒退。尹痴鸳笑道:“勠让哉,我来引导。”当先抢步出房。随后一个一个次第行动。

痴鸳将及东兴里口,忽闻知客在后叫“尹老爷”,追上禀道:“马车停来浪南昼锦里,我去喊得来。”痴鸳道:“马车勿坐哉喤,问声大人看。”知客回身拦禀请命,齐韵叟亦道:“一点点路,倪走得去好。”知客应声“是”。韵叟令其传命执事人等一概撤回,但留两名跟班伺候。知客又应声“是”,退站一边。

一行人接踵联袂,步出马路,或左或右,或前或后,参差不齐。转瞬间已是西公和里。姚文君打头,跑进覃丽娟家,三脚两步,一溜上楼。尹痴鸳续到,却不进去,于门首伫立凝望。即时齐韵叟带领大队,簇拥而至。痴鸳拦臂请进,韵叟道:“耐阿是算本家?”痴鸳笑而不辩,跟随进门,趱至客堂。一个外场手持一张请客票呈上陶云甫。云甫接来一看,塞向怀里。众人都不理会。

覃丽娟等在屏门内,要搀扶齐韵叟。韵叟作色道:“耐道仔我走勿动?我不过老仔点,比仔小伙子勿推扳喤。”说着,撩衣蹑足,拾级登梯。娘姨打起帘子,请到房里。韵叟四面打量,夸赞两句。覃丽娟随口答道:“勿好个,大人请坐喤。”

韵叟略让陈小云,方各坐下。大家陆续进房,随意散坐,恰好坐满一屋子。姚文君满面汗光,畅开一角衣襟,只顾搧扇子。高亚白就说道:“耐怕热末,坎坎啥要紧实概跑?”文君道:“陆里跑嘎!我常恐拨瘷头鼋个流氓看见,要紧仔点。”

齐韵叟见房内人多天热,因向众人道:“倪再要去认认秀英个房间哉呀。”大家说:“好。”张秀英起立专候,并催道:“价末一淘请过去喤。”陈小云不复客气,先走一步,与齐韵叟同过对过张秀英房间。众人也有相陪过去的,也有信步走开的,只剩朱蔼人吸烟过瘾。

陶玉甫、李浣芳没精打采，尚在覃丽娟房里。陶云甫令娘姨传命外场摆台面，再去对过胡乱应酬一会，捉个空，仍回房来问陶玉甫道："李秀姐搭耐说啥?"玉甫道："说个浣芳。"云甫道："说浣芳末，为啥哭嗄?"玉甫垂首无语。云甫从容劝道："耐覅单顾仔自家哭，样式样才勿管。今朝几花人跑得来做啥? 说末说祭个李漱芳，终究是为仔耐。常恐耐一干子去，想着仔漱芳再要一泡仔哭，有几花人一淘来浪，故末让耐散散心，豁开点。故歇就说是豁勿开，耐也该应讲讲笑笑，做出点快活面孔，总算几花人面浪领个情。耐自家去想，阿对?"玉甫依然无语。

适娘姨来说："台面摆好哉。"云甫想去问齐韵叟阿要起手巾。朱蔼人道："问啥哩，喊俚哚绞起来末哉。"娘姨应了。云甫替陈小云开张局票，授与娘姨带下发讫。

比外场绞过手巾，两面房间客人、倌人齐赴当中客堂，分桌坐席，公议齐韵叟首位，高亚白次位，陈小云第三。其余诸位早自坐定。陈小云相机凑趣，极意逢迎。大家攀谈，颇相浃洽。陶玉甫勉承兄命，有时也搭讪两句。

俄而金巧珍出局到来，众人命于陈小云肩下骈坐。巧珍本系圆融的人，复见在席同侪衔杯举箸，饮啖自如，自己亦随和入席。齐韵叟赏其圆融，偶然奖许。巧珍益自卖弄，诙谐四出，满座风生。为此席间并不寂寞。

齐韵叟忽然想着，问高亚白道："耐做个祭文里说起仔病源，有多花曲曲折折，啥个事体?"亚白见问，遂将李漱芳既属教坊，难居正室，以致抑郁成病之故，彻底表明。韵叟失声一叹，连称："可惜，可惜！起先搭我商量，我倒有个道理。"亚白问："是何道理?"韵叟道："容易得势，漱芳过房拨我，算是我个囡仵，再有啥人说啥闲话?"大家听说默然。惟有陶玉甫以为此计绝妙，回思漱芳病中若得此计，或可回生，今则徒托空言，悔之何及！登时提起一肚皮眼泪，按捺不下，急急抽身溜人覃丽娟房间去了。

高亚白道："故末是倪勿好，讲得起劲仔，忘记仔玉甫。"姚文君插口道："李漱芳个人也忒好哉！做仔倌人也无啥要紧碗，为啥勿许做大老母？外头人是瞎说呀，我做李漱芳末，先拿说闲话个人拨两记耳光俚吃。”说得大家一笑。

齐韵叟禁阻道：“覅去说俚哉，随便啥讲讲罢。”高亚白矍然道：“有样好物事来里，拨耐看。”欻地出席，去张秀英房间取出一本破烂春册，授与韵叟。韵叟揭开细细阅竟，道：“笔意蛮好，可惜勿全。”随将春册递下传观。亚白道：“好像是玉壶山人手迹，不过寻勿出俚凭据。”韵叟道：“名家此种笔墨，陆里肯落图章款识？再有仔个题跋就好哉。”尹痴鸳道：“题个跋末勿如做篇记。就拿七幅来分出个次序，照叙事体做法，点缀点缀，竟算俚是全璧，阿是比仔题跋好？”亚白道：“故末要请教耐去做个哉。”痴鸳道：“耐请我老旗昌开厅，我做拨耐看。”亚白道：“我末就请仔耐开厅。倘然耐做出来，有一字不典，一句不雅，要罚耐十台开厅哚哩！”痴鸳拍案大声道：“一言为定，台面浪才是见证！”

不料这一拍，倒惊动了陶玉甫，只道外面破口争论，悄悄的指干泪痕，出房归席，见众人或仰着脸，或摇着头，皆说这篇文章着实难做。高亚白道：“俚敢于大言不惭，终有本事来浪，管俚难勿难！”齐韵叟道：“我要紧拜读拜读。明朝耐就请仔俚，教俚快点做。”尹痴鸳道：“节浪无工夫。我十七做好仔，十八到老旗昌交卷。该应罚，勿该应罚，大家公评。”亚白道：“准于十八老旗昌取齐，在席七位就此面订恕邀。”众人皆说：“理应奉陪。”

陶玉甫低问陈小云做的何等文章。小云取过春册，诉明缘由。玉甫无心展阅，略翻一翻，随手丢下。齐韵叟见玉甫强作欢容，毫无兴会，又见天色阴晦，恐其下雨，当约众人早些散席，大家无不遵命。金巧珍见出局不散，未便擅行。陈小云暗地催他：“去罢。”巧珍方去。

席散后，陶云甫拟进城回家，了理俗务。朱蔼人为汤啸庵出门，没个帮手，节间更忙，并向齐韵叟告罪失陪。韵叟欲请陈小云到园，小云亦托辞有事。韵叟道：“价末中秋日务必屈驾光临。”小云未及答言，陶云甫已代应了。韵叟转问尹痴鸳：“阿转去？”痴鸳道：“耐先请，我就来。”

韵叟乃与高亚白、朱淑人、陶玉甫各率相好，拱手作别，仍坐原车归园。覃丽娟、张秀英直送出大门而回。接着朱蔼人兴辞，林翠芬跟阿姐林素芬乘轿同去。

陈小云始向陶云甫打听中秋一笠园大会情形。云甫道："啥个大会嗄！说末说日里赏桂花，夜头赏月，正经白相原不过叫局吃酒。"小云道："听说吃仔酒末定归要做首诗，阿有价事？"云甫摇手笑道："无拨个。啥人肯做诗嗄？倘然耐高兴，做也做末哉，总无拨俚哚自家人做个好，徒然去献丑。"小云道："我第一埭去，阿要用个帖子拜望？"云甫摇手道："无须。俚请仔耐末，交代园门口，簿子浪就添仔耐陈小云个名字。耐末便衣到园门口说明白仔，自有管家来接耐进去。看见仔韵叟，大家作个揖，切勿要装出点斯斯文文个腔调来。做生意末，生意本色好哉。"

小云再欲问时，尹痴鸳适从对过张秀英房里特来面说，即要归园。云甫赶着问道："耐说做该篇记，我替耐想想，一个字也做勿出。耐如何做法，阿好先说拨我听听？"痴鸳笑道："故歇我也说勿出如何做法。好像无啥难做，等我做好仔看罢。"云甫只得撩开。

尹痴鸳既去，小云亦即起身，说要往东合兴里。云甫道："阿是葛仲英请耐？我同耐一淘去，稍微应酬歇，我要进城哉。"小云应承暂驻，云甫匆匆着好熟罗单衫，夹纱马褂。覃丽娟并不相送，但说声"就来叫"。

云甫随小云下楼，各令车轿往东合兴伺候。两人联步出门，穿过马路，同至吴雪香家。一进房间，便见大床前梳妆台上亮汪汪点着一对大蜡烛，怪问何事，葛仲英笑而不言。吴雪香敬过瓜子，回说："无啥。"

须臾，罗子富、王莲生、洪善卿三位熟识朋友陆续咸集。葛仲英道："蔼人、啸庵才勿来，就是倪六个人，请坐罢。"小妹姐检点局票，说："王老爷局票勿曾有啘。"仲英问王莲生叫何人，莲生自去写了个黄金凤。然后相让入席。

洪善卿趁小妹姐装水烟时，轻轻探问："为啥点大蜡烛？"小妹姐悄诉道："倪先生恭喜来浪，斋个催生婆婆。"善卿即向葛仲英、吴雪香道喜。席间闻得此信，一叠连声："恭喜，恭喜！且借酒公贺三杯。"仲英只是笑，雪香却嗔道："啥个喜嗄，小妹姐末瞎说！"席间误会其意，皆正色说道："故是正经喜事，无啥难为情！"雪香咳了一声道："勿是难为情。人家倪子养得蛮蛮大，再要坏脱个多煞；刚刚有仔两个月，怎晓得俚成人勿成人，就要道喜，也忒要紧哘。"席间见如此说，反觉无可戏谑。雪香叹了一声，又道："覅说啥养勿大。人家再有勿好个倪子，起先养个辰光，快活煞；大仔点倒讨气。"仲英不待说毕，笑喝道："耐再要说，人家听仔耐闲话，也来浪讨气！"雪香伸手将仲英臂膀捽了一把，道："耐末讨气哉嗅！"仲英叫声"阿唷坏"，惹的哄堂大笑。连小妹姐并既到的出局亦笑声不绝。

罗子富见黄翠凤、黄金凤早来，就拟摆庄。覃丽娟继至，为报陶云甫道："天来浪落雨，耐阿好覅进城哉？"云甫缘有要件不可，转向罗子富通融，先摆十杯。子富应诺，席间乃争先出手打陶云甫的庄。

那边黄翠凤乘间问罗子富道："今朝耐为啥勿来？"子富道："我常恐耐无娒再要多说多话。"翠凤道："倪无娒咿好哉呀，赎身也定归哉，身价末原是一千。"子富大为诧异，道："原是一千末，为啥起先勿肯，故歇倒肯哉嗄？"翠凤满面冷笑，半晌答道："晚歇搭耐说。"子富心下鹘突，却不敢紧着问。

洎乎陶云甫满庄，要紧回家，挽留不住，竟和覃丽娟告辞别去。罗子富意不在酒，虽也续摆一庄，胡乱应景而已；只等出局一散，约下王莲生要去打茶会。陈小云、洪善卿乖觉，覆杯请饭。葛仲英亦不强劝，草草终席。

罗子富喊轿班点灯，径同王莲生于客堂登轿，抬出东合兴里，正遇一阵斜风急雨，顶头侵入轿中。高升、来安从旁放下轿帘，一路手扶轿杠，直至尚仁里黄翠凤家客堂停轿。子富让莲生前行。

到了楼上，翠凤迎进房间，请莲生榻床上坐，令赵家娒先点烟灯，再加茶碗。黄金凤在对过房间，赶紧过来叫声"姐夫"，即道："王老爷对过去用烟嗅！"莲生道："就该搭吃一样个哘。"金凤道："对过有多花烟泡来浪。"翠凤道："烟泡末，耐去拿得来好哉。"

金凤恍然，重复赶去，取过七八根烟签子；签头上各有一枚烟泡。

莲生本爱其娇小聪明，今见如此巴结，更胜似浑倌人，心有所感，欣然接受，嘴里说："难为耐。"一手拉金凤坐于身旁。

金凤半坐半爬看莲生吸烟。黄珠凤扭扭捏捏给罗子富装水烟。子富推开不吸，紧着要问赎身之事。翠凤且笑且叹，慢慢说来。

第四十七回终。

第四十八回　误中误侯门深似海　欺复欺市道薄于云

按:黄翠凤当着王莲生,即向罗子富说道:“倪个无娒终究是好人,听俚闲话末好像蛮会说,肚皮里意思倒不过实概。耐看俚,三日天气得来饭也吃勿落。昨日耐去仔,俚一干子来哚房间里反仔一泡。今朝赵家娒下头去,无娒看见仔,就搭赵家娒说,说我个多花勿好,说起:‘我衣裳、头面买俚要万把洋钱仔,勿然,俚赎身末我想多拨点俚,故歇定归一点也勿拨俚个哉!’我来里楼浪,刚刚听见,咿气末咿好笑。难末我去搭无娒说说明白,我说:‘衣裳、头面才是我撑个物事。我来里该搭,我个物事,随便啥人勿许动。我赎仔身,阿好带得去?才要交代无娒个啘。倘然无娒要拨点我,勿是我客气,谢谢无娒,我末一点也勿要。覅说啥衣裳、头面,就是头浪个绒绳,脚浪个鞋带,我通身一塌括仔换下来交代仔无娒,难末出该搭个门口。无娒放心末哉,我一点也勿要。’陆里晓得,倪无娒倒真个要分点物事拨我。俚道仔我末定归要俚几花哚。我说仔一点勿要,故末倪无娒再要快活也无拨,教我赎身末赎末哉,一千身价就一千末哉,替我看仔个好日子,十六写纸,十七调头,样式样才说好。耐说阿要快?就是我也勿可帐实概个容易。”子富听了,代为翠凤一喜。

莲生不胜叹服,赞翠凤好志气,且道:“有句闲话说:‘好男勿吃分家饭,好女勿着嫁时衣。’赛过就是耐。”翠凤道:“做个倌人,总归自家有点算计,故末好挣口气。倘然我赎身出去,先空仔五六千个债,倒说勿定生意好勿好,我就要挣气也挣勿来。故歇我是打好仔稿子做个事体,有几户客人,勿来里上海才勿算,来里上海个客人就不过两户,单是两户客人照应照应我,就勿要紧个哉。五六千个债也写意得势,我也犯勿着要俚哚衣裳、头面。王老爷说得好,‘嫁时衣’还是亲生爷娘拨来哚囡仵个物事,囡仵好末也覅着。我倒去要老鸨个物事!就要得来,碰关千把洋钱,啥犯着嗄?”莲生仍赞不绝口。

子富却早知赎身之后定有一番用度，自应格外周全，只不料其如许之多；沉吟问道："陆里有五六千个债？"翠凤道："耐说无拨五六千，耐算哩：身价末一千；衣裳、头面开好一篇帐来里，煞死要减省末三千；三间房间铺铺，阿要千把？连搭仔零零碎碎几花用场，阿是五六千哚？故歇我就教带得去个赵家姆同下头一个相帮，先去借仔二千，付清仔身价，稍微买点要紧物事，调头过去再说。"子富默然。

莲生吸过四五口烟，抬身箕坐。金凤忙取水烟筒要装，莲生接来自吸。

消停良久，子富方问起调头诸事。翠凤告诉大概：看定兆富里三间楼面，与楼下文君玉合借；除带去娘姨、相帮之外，添用帐房、厨子、大姐、相帮四人；红木家生暂行租用，合意议价。又道："十六俚哚写纸，我末收捉物事交代无姆，无拨空，耐就月半吃仔台酒末哉。"子富遂面约了莲生，并写了张条子请葛、洪、陈三位，令高升立刻送去。

高升赶往东合兴里吴雪香家，果然洪善卿、陈小云为阻雨未散。看过条子，葛仲英先道："我只好谢谢哉，一笠园约定来浪。"小云亦以此约为辞。止有善卿准到，写张回条，打发高升复命。却听窗外雨声渐渐停歇，凉篷上点滴全无，洪善卿遂蹈隙步行而去。

小云从容问仲英道："倌人叫到仔一笠园，几日天住来浪，算几花局嗄？"仲英道："看光景起，园里三四个倌人常有来浪，各人各样开消。再有倌人自家身体，喜欢白相，同客人约好仔，索性花园里歇夏，故也只好写意点。"小云道："耐阿是带仔雪香一淘去？"仲英道："有辰光一淘去。到仔园里再叫也无啥。"小云自己盘算一回，更无他话，辞别仲英，径归南昼锦里祥发吕宋票店。

明日，陈小云亲往抛球场相熟衣庄，拣取一套簇新时花浅色衫裈，复往同安里金巧珍家给个信。巧珍一见，问道："耐陆里去认得个齐大人？"小云道："就昨日刚刚认得。"巧珍道："耐搭俚做仔朋友末，倪要到俚花园里白相相去。"小云道："明朝就请耐去白相，阿好？"巧珍道："故歇客客气气算啥嗄？"小云道："明朝是一笠园中秋大会，闹热得野哚！我末去吃酒；耐要白相，早点舒齐好仔，局票一到末就来。"巧珍自是欣喜。当晚小云、巧珍畅叙一宿。

到了八月十五中秋节日，陈小云绝早起身，打扮修饰，色色停当，钟上刚敲八点，即催起金巧珍，叮嘱两句。小云赶回店内，坐上包车，望山家园进发。

比至齐府大门首，靠对过照墙边停下。小云下车看时，大门以内，直达正厅，崇闳深邃，层层洞开，却有栅栏挡住，不得其门而入，只得退出，两旁观望，静悄悄地不见一人。长福手指左首，似是便门。小云过去打量，觉得规模亦甚气概；跨进门口，始见门房内有三五个体面门公跷起脚说闲话。小云傍门立定，正要通说姓名，一个就摇手道："耐有啥事体，帐房里去。"小云喏喏，再历一重仪门，侧里三间堂屋，门楣上立着"帐房"二字的直额。小云踅进帐房，只见中间上面接连排着几号帐台，都是虚位；惟第一号坐着一位管帐先生，旁边高椅上先有一人和那先生讲话。

小云见讲话的不是别人，乃是庄荔甫，少不得厮见招呼。那先生道是同伙，略一颔首。荔甫让小云上坐。小云窃窥左右两间，皆有管帐先生在内，据案低头，或算或写，竟无一人理会小云。小云心想不妥，踅近第一号帐台，向那先生拱手陪笑。叙明来意。那先生听了，忙说："失敬，暂请宽坐。"喊个打杂的令其关照总知客。

小云安心坐候，半日杳然，但见仪门口一起一起出出进进，络绎不绝，都是些有职事的管家，并非赴席宾客。小云心疑太早，懊悔不迭。

忽听得闹攘攘一阵呐喊之声，自远而近。庄荔甫慌的赶去。随后，二三十脚夫，前扶后拥，扛进四只极大板箱。荔甫往来蹀躞，照顾磕碰，扛至帐房廊下，轻轻放平；揭开箱盖，请那先生出来检点。小云仅从窗眼里望望，原来四只板箱分装十六成紫桶黄杨半身屏风，雕镂全部《西厢》图像。楼台士女，鸟兽花木，尽用珊瑚、翡翠、明珠、宝石，镶嵌的五色斑斓。

看不得两三扇，只见打杂的引总知客匆匆跑来，问那先生客在何处，那先生说在帐房。总知客一手整理缨帽，挨身进门，见了小云，却不认识，垂手站立门旁，请问："老爷尊姓？"小云说了。又问："老爷公馆来哚陆里？"小云也说了。总知客想了一想，笑问道："陈老爷阿记得陆里一日送来个帖子？"小云乃说出前日覃丽娟家席间面约一节。总知客又想一想，道："前日是小赞跟得去个啘。"小云说："勿差。"总知客回头令打杂的喊小赞立刻就来，一面想些话头来说。因问道："陈老爷叫局末叫个啥人？倪去开好局票来浪，故末早点，头牌里就去叫。"

小云正待说时，小赞已喘吁吁跑进帐房，叫声"陈老爷"，手持一条梅红字纸递上总知客。总知客排揎道："耐办得事体好舒齐！我一点点勿曾晓得，害陈老爷末等仔半日。晚歇我去回大人。"小赞道："园门浪交代好个哉，就勿曾送条子。也为仔大人说，帖子覅补哉。我想晚点送勿要紧，陆里晓得陈老爷走仔该搭宅门？"总知客道："耐再要说！昨日为啥勿送条子来？"小赞没得回言，肩随侍侧。总知客问知小云坐的包车，令小赞去照看车夫，亲自请小云由宅内取路进园。

其时，那先生看毕屏风，和庄荔甫并立讲话。陈小云各与作别。庄荔甫眼看着总知客斜行前导，领了陈小云前往赴席，不胜艳羡之至。

那先生讲过，径去右首帐房取出一张德大庄票，交付荔甫。荔甫收藏怀里，亦就兴辞。踅出齐府便门，步行一段，叫把东洋车，先至后马路向德大钱庄，将票上八百两规银兑换英洋，半现半票；再至四马路向壶中天番菜馆，独自一个饱餐一顿；然后往西棋盘街聚秀堂来。

陆秀林见其面有喜色，问道："阿曾发财？"荔甫道："做生意真难说！前回八千个生意，赚俚二百，吃力煞；故歇蛮写意，八百生意，倒有四百好赚。"秀林道："耐个财气到哉！今年做掮客才勿好，就是耐末做仔点外拆生意，倒无啥。"荔甫道："耐说财气，陈小云故末财气到哉！"遂把小云赴席情形细述一遍。秀林道："我说无啥好。吃酒叫局，自家先要豁脱洋钱。倘忙无啥事体做，只好拉倒。倒是耐个生意稳当。"

荔甫不语，自吸两口鸦片烟，定个计较，令杨家姆取过笔砚，写张请帖，立送抛球场宏寿书坊包老爷，就请过来。杨家姆即时传下。荔甫更写施瑞生、洪善卿、张小村、吴松桥四张请帖。"陈小云或者晚间回店，也写一张请请何妨？"一并付之杨家姆，拨派外场，分头请客，并喊个台面下去。

吩咐粗完，只听楼下绝俏的声音，大笑大喊，嚷做一片，都说：“‘老鸨’来哩！‘老鸨’来哩！”直嚷到楼上客堂。荔甫料知必系宏寿书坊请来的老包，忙出房相迎。不意老包陷入重围，被许多倌人、大姐此拖彼拽，没得开交。荔甫招手叫声“老包”，老包假意发个火跳，挣脱身子。还有些不知事的清倌人，竟跟进房间里，这个捽一把，那个拍一下。有的说：“老包，今朝坐马车哉啘！”有的说：“老包，手帕子哩，阿曾带得来？”弄得老包左右支吾，应接不暇。荔甫佯嗔道：“我有要紧事体请耐来，啥个假痴假呆！”老包矍然起立，应声道：“噢，啥事体？”怔怔的敛容待命。清倌人方一哄而散。

荔甫开言道：“十六扇屏风末，卖拨仔齐韵叟，做到八百块洋钱，一块也勿少。不过俚哚常恐有点小毛病，先付六百，再有二百，约半个月期。我做生意，喜欢爽爽气气，一点点小交易覅去多拌哉。故歇我来搭俚付清仔，到仔期我去收，勿关耐事，阿好？”老包连说：“好极。”荔甫于怀里摸出一张六百洋钱庄票，交明老包，另取现洋一百二十元，明白算道：“我末除脱停四十，耐个四十晚歇拨耐。正价该应七百廿块，耐去交代仔卖主就来。”

老包应诺，用手巾一总包好，将行。陆秀林问道：“晚歇陆里来请耐嗄？”老包道：“就来个，覅请哉。”说着，望帘缝中探头一张，没人在外，便一溜烟溜过客堂。适遇杨家姆对面走来，不提防撞个满怀。杨家姆失声嚷道：“老包！啥去哉嗄？”这一嚷，四下里倌人、大姐蜂拥赶出，协力擒拿，都说：“老包覅去哩！”老包更不答话，奔下楼梯，夺门而逃。后面知道追不上，喃喃的骂了两声。老包只作不知，踅出西棋盘街，一直到抛球场生全洋广货店，专寻卖主殳三。

那殳三高居三层洋楼，身穿捆身子，靸着拖鞋，散着裤脚管，横躺在烟榻下手。有个贴身伏侍小家丁名叫奢子的，在上手装烟。既见老包，说声“请坐”，不来应酬。

老包知其脾气，自去打开手巾包，将屏风正价庄票现洋摊在桌上，请殳三核数亲收，并道：“庄荔甫说：‘一点点小交易，做得吃力煞，讲仔几日天，跑仔好几埭。俚哚帐房门口再要几花开消，八十块洋钱末俚一干子要个哉。’我说：‘随便末哉，有限得势，就无拨也勿要紧。'"殳三道:"耐无拨,勿对个碗。"随把念块零洋分给老包。老包推却不收,道:"故末覅客气。耐要挑挑我,作成点生意好哉。"殳三不好再强。老包就说声"我去哉"。殳三也任其扬长而去。

老包重回聚秀堂,幸而打茶会客人上市,倌人、大姐不得空,因此毫无兜搭,径抵陆秀林房间。庄荔甫早备下四张拾圆银行票,等得老包回话,即时付讫。当有些清倌人闻得秀林有台面,捉空而来,团团簇拥老包,都说:"老包叫我!老包叫我!"见老包佯嘻嘻不睬,越发说的急了。一个拉下老包耳朵,大声道:"老包阿听见?"一个尽力把老包揣捏摇撼,白瞪着眼道:"老包说哩!"一个大些的不动手,惟嘴里帮说道:"生来一淘才要叫个哉!来里该搭吃酒,耐阿好意思勿叫?"老包道:"陆里吃个酒嗄?"一个道:"庄大少爷勿是请耐吃酒?"老包道:"耐看庄大少爷阿是来浪吃酒?"一个不懂,转问秀林:"庄大少爷阿吃酒?"秀林随口答道:"怎晓得俚?"大家听说,面面厮觑,有些惶惑。

可巧外场面禀荔甫道:"请客末才勿来浪,四马路烟间、茶馆通通去看也无拨,无处去请哉碗。"荔甫未及拟议,倒是这些清倌人却一片声嚷将起来,只和老包不依,都说:"耐好!骗倪!难末定归才要叫个哉!"一个个抢上前磨墨蘸笔,寻票头,立逼老包开局票。老包无法可处。

荔甫忍不住,翻转脸喝道:"陆里来一淘小把戏,得罪我朋友,喊本家上来问声俚看!俚开个把势,阿晓得规矩?"外场见机,含糊答应,暗暗努嘴,催请倌人快走。秀林笑而排解道:"去罢,去罢,覅来里瞎缠哉。倪吃酒个客人还勿曾齐,倒先要紧叫局。"这些清倌人一场没趣,讪讪走开。

荔甫向老包道:"我有道理。耐叫末叫本堂局。先起头叫过歇个定归勿叫。"老包道:"本堂就是秀林末勿曾叫歇。"秀林接嘴道:"秀宝也勿曾。"荔甫不由分说,即为老包开张局票叫陆秀宝。另写三张请帖,请的两位同业是必到的,其一张请胡竹山。外场接得在手,趁早赍送。

第四十八回终。

第四十九回 明弃暗取攘窃蒙赃 外亲内疏图谋挟质

按:聚秀堂外场手持请客票头,赍往南昼锦里,只见祥发吕宋票店中仅有一个小伙计坐守柜台。问胡竹山,说:"勿来里,尚仁里吃花酒去哉。"外场笑道:"今朝请客真真难煞,一个也请勿着!"小伙计取看票头,忽转一念,要瞒着长福赚这轿饭钱,因说道:"票头放来里,我替耐送得去,阿好?"外场喜谢恳托而去。

那小伙计唤出厨子,嘱其代看,亲去尚仁里黄翠凤家。直至楼上客堂,张见房间内正乱着坐台面。小伙计怕羞却步,将票头交与大姐小阿宝。小阿宝呈上罗子富,子富转授胡竹山。竹山阅竟,回说:"谢谢。"小伙计扫兴归店。

少顷,出局渐集。周双珠带赍一张票头给洪善卿阅,就是庄荔甫请的。善卿遂首倡摆庄,十觥打完,告辞作别。罗子富猜度黄翠凤必有预先了理之事,也想早些散席为妙;席间饮量平常,大抵与胡竹山差不多。惟有姚季莼喜欢闹酒,偏为他人催请不过,去的更早。可惜这华筵令节,竟不曾畅叙通宵,无事可叙,无话可述。

罗子富等客散之后,将回公馆。黄翠凤问道:"耐再有啥事体?"子富道:"我是无啥事体。耐阿要收作收作?明朝一日天常恐忙勿过。"翠凤掉头笑道:"咳!我个物事收作好仔长远哉,等到故歇?"子富重复坐下。翠凤道:"明朝忙也勿忙,倒要用著耐,覅去。"子富唯唯,打发高升、轿班自回。却听对过房间黄金凤台面上豁拳唱曲之声,聒耳可厌。

比及金凤席终,接著翠凤出局,子富又不免寂寞些,将金凤烧的烟泡连吸三口,提起精神。

翠凤于夜分归家,嘱付相帮小心照看斗香、椽烛。相帮约了赵家姆、小阿宝挖花赌钱,以为消夜之计。子富闻得楼下人声嘈嘈不绝,不知不觉和翠凤谈至天亮,连忙宽衣登床,瞢腾一觉。毕竟有事在心,不致失聪,将近午刻,共起同餐。

早有人送到一包什物,翠凤令赵家姆将去暂交黄二姐,代为收存,明辰应用。且请黄二姐上楼,翠凤自去捧出先前子富寄留的拜匣,讨子富身边钥匙,当场开锁。匣内只有许多公私杂项文书,并无别样物件。翠凤教子富把文书点与黄二姐看。黄二姐笑拦道:"晓得哉。耐个人陆里有推扳?覅看哉。"翠凤道:"无娒勿呀,该个是俚乃个物事,无娒看过仔我好带得去,让俚乃自家也点仔一点,倘忙停两日缺下来,勿关无娒事,阿对?"黄二姐只得看其点过锁好。翠凤亦令赵家姆将去,连适间一包,做一处安放。更请帐房先生随带衣裳、头面帐簿上楼。子富听这名目新奇,从旁看去。原来那帐簿前半本开具头面若干件,后半本开具衣裳若干件,如有破坏改拆等情,下面分行小注,一览而知。子富暗地叹服其精细。

当下小阿宝帮同赵家姆从橱肚中掇出三号头面箱。翠凤自去先开一箱,把箱内头面一总排列桌上,央帐房先生从头念下。这边念一件,那边翠凤取一件头面付给黄二姐,亲眼验,亲手接。黄二姐递付赵家姆,仍装入箱内。装毕,请黄二姐加上锁。通共一箱金,一箱珠,一箱翡翠、白玉。三箱头面,照帐俱全,一件不缺。

赵家姆另喊两个相帮上楼,从床背后暨亭子间两处,抬出十号朱漆皮箱。翠凤自去先开一箱,把箱内衣裳一总堆列榻上,央帐房先生从头念下。这边念一件,那边翠凤取一件衣裳付给黄二姐,亲眼验,亲手接。黄二姐递付赵家姆,仍装入箱内。装毕,请黄二姐加上锁。通共两箱大毛,两箱中毛,两箱小毛,两箱棉,一箱夹,一箱单与纱罗。十箱衣裳,照帐俱全,一件不缺。

翠凤重央帐房先生翻到帐簿末底两页,所有附开各帐一概要念。此乃花梨、紫檀一切家生,以及自鸣钟、银水烟筒之类。翠凤一件件指点明白:某物在某所,某物在某所。黄二姐嘻开嘴,胡乱答应,实未留心。

翠凤一直接说道:"再有我家常著个衣裳,同零零碎碎白相物事,帐末勿曾开,才来里官箱里,无娒空仔点查末哉。"黄二姐笑讽道:"耐也该应吃力哉呀,吃筒水烟,请坐歇哩。"翠凤果然觉得疲乏,和黄二姐对面坐下。黄珠凤慌的过来装水烟。黄金凤正陪着子富说笑,亦遂停止。大家相视,嘿嘿无言。帐房先生料无他事,随带帐簿,领了相帮下楼。赵家姆、小阿宝陆续各散。

翠凤特地叫声"无姆",从容规谏道:"我几花衣裳、头面,多末勿算多,撑得来也勿容易。今朝我交代仔无姆,无姆收作去,耐要自家有淘成点末好哩。再拨来姘头骗仔去,耐要吃苦个哩!耐几个老姘头,才是夷场浪拆梢流氓;靠得住点正经人,一个也无拨。我眼睛里见末,勿晓得拨俚哚骗仔几花哉!我个物事,幸亏我捏牢子,替无姆看好来浪,一径到故歇,勿曾骗得去。倘然来哚无姆手里,故歇也无拨个哉。我末做仔四五年大生意,替无姆撑仔点物事,原有今朝日脚,无姆面浪总算我有交代。该搭事体我完结哉,倒是无姆个无淘成,有点勿放心。我去仔,再有啥人来说耐嗄!耐末去听仔姘头个闲话,勿消四五年,骗仔耐洋钱,再骗耐物事,等耐无拨仔,让耐去吃苦。耐为仔姘头吃个苦,阿好意思教人照应点?耐也无拨面孔去说啘!"一席话,说得黄二姐无地容身,低下头去,拨弄手中一把钥匙。子富但微微的笑。

翠凤又叫声"无姆",道:"耐覅怪我多说多话,我是替无姆算计。我赎身末赎仔出去,我个亲人单有耐无姆,随便到陆里,总是黄二姐哚出来个囡仵。无姆好,我也体面点;勿好,大家坍台。无姆样色样才无啥,做生意蛮巴结,当个家蛮明白,就是来里姘头面浪吃个亏。我为仔看勿过,说说耐。难下去我也勿好说个哉。耐要自家有淘成,五十多岁个年纪,原像仔先起头实概样式,做出点话靶戏拨小干仵笑话,我倒替耐难为情。"

黄二姐听了,坐着不好,走开不好,渐渐涨的满面鲜红。翠凤不忍再说下去,乃更端道:"我说耐故歇就拿一千洋钱买个把讨人,衣裳、头面才有来浪,做点生意下来,开消也够哉。再歇两年,金凤梳仔个正头,刚刚接下去,故末再好无拨。珠凤生来无用场,倘忙有人家要末,倒让俚好场花去罢。金凤阿有啥说嗄,定归是挨一挨二个时髦倌人;就说勿时髦,抵桩也像仔我末哉啘。无姆依仔我,是无姆福气。"

子富连连点头,叉口道:"故倒是正经闲话,一点勿差。"翠凤道:

"价末起先头闲话阿是说差哉?"黄二姐因而插嘴道:"才是好闲话,陆里有差嗄!"说罢,起立徘徊,自言自语道:"俚哚该应来快哉,我下头去等来浪。"遂拨转头,径归楼下小房间。

翠凤在后手指黄二姐脊背,低声向子富道:"耐看俚,越说俚越是个厚皮!难我说过仔勿说哉,俚要去吃苦,等俚歇。"子富道:"俚做老鸨苦恼。拨耐埋冤煞,一声也勿敢响。"翠凤道:"耐说哉喤,七姊妹淘里阿有啥好人!倪要做差仔点,拨俚打起来要死。"子富道:"我勿相信。"翠凤道:"耐勿相信,看诸金花。俚哚七姊妹,我碰着三个人。诸三姐比仔倪无娒好得野哚,就不过打仔两顿。要是倪无娒个讨人,定归要死勿死,要活勿活,教俚试试看末晓得哉。"

子富笑而不语,翠凤叹口气道:"覅说是倪无娒,耐看上海把势里陆里个老鸨是好人!俚要是好人,陆里会吃把势饭!再有个郭孝婆,耐也晓得点哉碗。故歇自家无拨讨人,再要去帮诸三姐打个诸金花,耐说阿要讨气!"

不料翠凤说话之间,突然楼梯上一起脚声,跑上三个人,黄二姐前引,帐房先生后随,直往对过金凤房间。子富怪诧问故,翠凤摇手悄诉道:"寸是流氓呀,倪赎身文书要俚哚到仔末好写碗。"子富见说,放下窗帘。翠凤惟令珠凤过去应酬,不许擅离。金凤竟不过去,怔怔痴坐,不则一声。子富视其面色如有所思,拉近身边,亲切问道:"阿姐去仔,阿冷静嗄?"金凤攒眉含泪而答道:"冷静点是勿要紧。我来里想:阿姐去仔,就剩我一干子做个生意。房钱、捐钱,几花开消!忙煞我也无拨几台酒、几个局。无娒发极起来,故末要死哉!教我再有啥法子嗄!"翠凤一听,"嗤"的笑道:"耐故歇做生意来够开消仔,无娒要发财哉!"子富也笑慰道:"耐放心,无娒陆里来说耐!珠凤比耐大一岁,要说末先说俚。"金凤道:"俚乃生来无拨主意,倒也无啥。我是无娒一径来浪说:'难末生意该应好点哉。'阿姐也实概说。陆里晓得该节个帐比仔前节倒少仔点。"翠凤道:"耐末覅去转啥念头,自家巴结做生意好哉。"子富也道:"耐要记好仔阿姐个闲话,故末无娒喜欢耐。"

黄二姐适从对过房里踅来,听得"无娒"两字,问说甚话。翠凤为述金凤之言。黄二姐顺口赞道:"好囡仵,倒难为俚想得到!"金凤转觉害羞,一头撞入子富怀抱。大家一笑丢开。

黄二姐袖中掏出一只金时辰表,一串金剔牙杖,双手奉与翠凤,道:"耐说物事一点勿要,我也晓得耐个意思,勿好拨耐。该个两样,耐一径挂来哚身浪。无拨仔勿便个啘,耐带得去。小意思,也勿好算啥物事。"翠凤不推不接,并不觑一正眼儿,冷笑两声,道:"无姆,谢谢耐!我说过一点勿要,无姆再要客气,笑话哉!"黄二姐伸出手缩不进,忸怩为难。子富在傍调停道:"拨仔金凤罢。"黄二姐想了想,不得已,给与金凤。翠凤正色道:"索性搭无姆说仔罢:我到仔兆富里,无姆要张张我,来末哉。倘然送副盘拨我,故末无姆勠动气,连搭仔下脚洋钱才无拨。"黄二姐欲说不说,嗫嚅为难。忽见赵家姆送上一张请客票头,黄二姐便趁势搭讪,问:"陆里搭请?"子富看那票头乃泰和馆的,知系局中例酒。翠凤不去理会,盛气庄容,凛乎难犯。黄二姐自觉没趣,趔趄半晌,原往对过房里去了。

子富将行,翠凤嘱道:"晚歇耐要来个喤,勿晓得俚哚赎身文书写个阿对。"子富应诺,踅出客堂,望见对过房间点得保险台灯分外明亮,但静悄悄的毫无一些声息。子富向帘子缝里暗立潜窥,只见帐房先生架起眼镜,据案写字;三个流氓连黄二姐攒聚一堆儿,切切私语,不知商议什么事情;珠凤、小阿宝伺应左右。

子富并未惊动,自去赴宴。到了泰和馆,自然摆庄叫局,热闹如常。惟子富牢记翠凤所嘱,生恐醉后误事,不敢尽欢,酬酢一回,乘间逃席。

那时金凤房间也摆起四盘八簋,请那流氓,雄啖大嚼,吮咂有声;笑詈叫号,杂沓间作。子富逆揣赎身文书必然写好,见了翠凤,将出一张正契,一张收据,上面写的画蚓涂鸦,不成字体。及观文理,倒还清楚,盖有相传秘本作为底稿,所以不致乖谬。翠凤终不放心,定要子富逐句讲解一遍,自己逐句推敲一遍,始令小阿宝赍交黄二姐签押盖印。子富记得年月底下一排姓名、地方,代笔之外,平列三个中证:一个周少和,一个徐茂荣,一个混江龙。问这混江龙是否拆号,翠凤道:"该个末,倪无姆个姘头啘。就是俚勿声勿响,调皮得来,坎坎还来浪起个花头。我个人去上俚个当，拗空哉哩！”

子富看过赎身文书，瞻顾彷徨，若有行意。翠凤坚留如前，说：“明朝倪一淘过去。”子富没法，遵命。待那三个流氓渐次散尽，方各睡下。

翠凤睡中留神，黎明即醒，唤起赵家姆，命向黄二姐索取一包什物。这包内包着一身行头，色色具备。翠凤坐于床沿，解松脚缠，另换新布。子富朦朦胧胧，重入睡乡。直至翠凤梳洗俱完，才来叫醒。

子富一见翠凤，上下打量，不胜惊骇。竟是通身净素，湖色竹布衫裙，蜜色头绳，玄色鞋面，钗环簪珥一色白银，如穿重孝一般。翠凤不等动问，就道：“我八岁无拨仔爷娘，进该搭个门口就勿曾带孝；故歇出去，要补足俚三年。”子富称叹不置。翠凤道：“覅瞎说哉，快点去罢。”子富道：“去末哉哩。”翠凤道：“耐先去，我舒齐仔就来。”随命小阿宝跟子富至楼下，向黄二姐索取那只拜匣，置于轿中。

于是子富乘轿往兆富里，先有一辆包车停歇门首。子富下轿进门。一个添用的大姐，曾经识面，一直请进楼上正房间。高升捧上拜匣，随即退下。子富四下里打一看时，不独场面铺陈无少欠缺；即家常动用器具，亦莫不周匝齐全。子富满口说“好”，更欲看那对过腾客人的空房间，大姐拦说有客，乃止。

须臾，大门外点放一阵百子高升，赵家姆当头飞报：“来哉。”大姐忙去当中间点上一对大蜡烛。

翠凤手执安息香，款步登楼，朝上伏拜。子富蹑足出房，隐身背后观其所为。翠凤觉着，回头招手道：“耐也来拜拜哩。”子富失笑倒退。翠凤道：“价末张啥嗄？房里去！”一手推子富进房，把怀中赎身文书教子富复勘一遍。的真不误。

翠凤自去床背后，从朱漆皮箱内捧出一只拜匣，较诸子富拜匣，色泽体制，大同小异。匣内只有一本新立帐簿，十几篇店铺发票。

翠凤当场装入赎身文书，照旧加上锁，然后将这拜匣同子富的拜匣一总捧去，收藏于床背后朱漆皮箱。凡事大概就绪，翠凤安顿子富在房，踅过对过空房间，打发钱子刚回家。

第四十九回终。

第五十回　软厮缠有意捉讹头　恶打岔无端尝毒手

按:黄翠凤调头这日,罗子富早晚双台,张其场面。十二点钟时分,钱子刚回家既去,所请的客陆续才来。第一个为葛仲英。仲英见三间楼面清爽精致,随喜一遭,既而趄上后面阳台。这阳台紧对着兆贵里孙素兰房间。仲英遥望玻璃窗内,可巧华铁眉和孙素兰衔杯对酌,其乐陶陶。大家颔首招呼。

华铁眉忽推窗叫道:"耐空末,来说句闲话。"葛仲英度坐席尚早,便与罗子富说明,并不乘轿,步行兜转兆贵里。不意先有一群不三不四的人,身穿油晃晃、暗昏昏绸缎衣服,聚立门前,若有所俟。

葛仲英进门后,即有一顶官轿,接踵而至,一直抬进客堂。仲英赶急迈步登楼,孙素兰出房相迎,请进让坐。华铁眉知其不甚善饮,不复客套。葛仲英问有何言,铁眉道:"亚白请客小启耐阿看见?啥个绝世奇文,请倪一淘去赏鉴。"仲英道:"我问小云,也坎坎晓得。"遂历叙高、尹赌东之事,铁眉恍然始悟,道:"我正来里说,姚文君屋里末,为仔个癞头鼋勿好去请客,为啥要老旗昌开厅?陆里晓得痴鸳来浪高兴。"

道言未了,只见娘姨金姐来取茶碗,转向素兰耳边悄说一句。素兰猛吃大惊,随命跟局的大姐盛碗饭来。铁眉怪问为何,素兰悄说道:"癞头鼋来里。"铁眉不禁吐舌,也就撤酒用饭。

食顷,倏闻后面亭子间"豁琅"一声响,好像砸破一套茶碗。接着叱骂声,劝解声,沸反盈天。早有三四个流氓门客,履声橐橐,闯入客堂;竟是奉令巡哨一般,直至房门口,东张西望,打个遭儿。

葛仲英坐不稳要走,华铁眉请其少待,约与同行。孙素兰不敢留,慌忙丢下饭碗,用干手巾抹了抹嘴,赶紧出去。只见赖公子气愤愤地乱嚷,要见见房间里是何等样恩客。那些手下人个个摩拳擦掌,专候动手。金姐、大姐没口子分说,扯这个,拉那个,那里挡得住?素兰只得上前按下赖公子,装做笑脸,宛转陪话。赖公子为情理所缚,不好胡行,一笑而止。流氓、狎客亦皆转柁收篷,归咎于娘姨、大姐,说是养擅得罪了。

一时,葛仲英、华铁眉匆匆走避,让出房间。孙素兰又不敢送,就请赖公子:"去喤。"赖公子假意问:"陆里去?"素兰说:"房间里。"赖公子直挺挺坐在高椅上,大声道:"房间里勿去哉,倪来做填空!"流氓、狎客听说,亦皆拿腔作势,放出些脾气来,不肯动身。禁不起素兰揣着赖公子两手,下气柔声,甜言蜜语的央告,赖公子遂身不由主,趔趄相从。一边金姐、大姐做好做歹,请那流氓、狎客一齐踅进房间。

赖公子只顾脚下,不提防头上,被挂的保险灯猛可里一撞,撞破一点油皮,尚不至于出血。赖公子抬头看了,嗔道:"耐只勿入调个保险灯,也要来欺瞒我!"说着,举起手中牙柄折扇轻轻敲去,把内外玻璃罩,"叮叮当当"敲得粉碎。素兰默然,全不介意。一班流氓、狎客却还言三语四,帮助赖公子。一个道:"保险灯勿认得耐呀!要是恩客末,就勿碰哉!看仔俚保险灯,也蛮乖哚。"一个道:"保险灯就不过勿会说闲话,俚碰耐个头,赛过要赶耐出去,阿懂嗄?"一个道:"倪本底子勿该应到该搭正房间里来,倒冤枉煞个保险灯!"

赖公子不理论这些话,只回顾素兰道:"耐勬来里肉痛,我赔还耐末哉。"素兰微哂道:"笑话哉喤!生来倪个保险灯挂得勿好,要耐少大人赔还?"赖公子沉下脸道:"阿是勿要?"素兰急改口道:"少大人个赏赐,阿有啥勿要嗄?故歇说是赔还倪,故末倪勿要。"赖公子又喜而一笑,弄得他手下流氓、狎客摸不着头脑,时或浸润挑唆,时或夸诩奉承。素兰看不入眼,一概不睬,惟应酬赖公子一个。

赖公子喊个当差的,当面吩咐传谕生全洋广货店掌柜,需用大小各式保险灯,立刻赍送张挂。不多时,当差的带个伙计销差。赖公子令将房内旧灯尽数撤下,都换上保险灯。伙计领命,密密层层挂了十架。素兰见赖公子意思之间不大舒服,只得任其所为。赖公子见素兰小心伺候,既不亲热,又不冷淡,不知其意思如何。

既而赖公子携着素兰并坐床沿,问长问短。素兰格外留神,问一句说一句,不肯多话。问到适间房内究属何人,素兰本待不说,但恐赖公子借端兜搭，索性说明为华铁眉。赖公子欻地跳起身子，道："早晓得是华铁眉，倪一淘见见蛮好晼！"素兰不去接嘴。那流氓、狎客即群起而撺掇道："华铁眉住来浪大马路乔公馆，倪去请俚来，阿好？"赖公子欣然道："好，好！连搭仔乔老四一淘请。"当下写了请客票头，另外想出几位陪客，一并写好去请。素兰任其所为，既不怂恿，亦不拦阻。

赖公子自己兴兴头头，胡闹半日，看看素兰落落如故，肚中不免生了一股暗气。及当差的请客销差，有的说有事，有的不在家，没有一位光顾的。赖公子怒其不办事，一顿"王八蛋"，喝退当差的，重新气愤愤地道："俚哚才勿来末，倪自家吃！"

当下复乱纷纷写了叫局票头。赖公子连叫十几个局，天色已晚，摆起双台。素兰生怕赖公子寻衅作恶，授意于金姐，令将所挂保险灯尽数点上，不独眼睛几乎耀花，且逼得头脑烘烘发烧，额角珠珠出汗。赖公子倒极为称心，鼓掌狂叫，加以流氓、狎客哄堂附和，其声如雷。素兰在席，只等出局到来，便好抽身脱累。谁知赖公子且把出局靠后，偏生认定素兰，一味的软厮缠。素兰这晚偏生没得出局，竟无一些躲闪之处。

初时素兰照例筛酒，赖公子就举那杯子凑到素兰嘴边，命其代饮。素兰转面避开。赖公子随手把杯子扑的一碰，放于桌上。素兰斜瞅一眼，手取杯子，笑向赖公子婉言道："耐要教我吃酒末，该应敬我一杯。我敬耐个酒原拿拨我吃，阿是耐勿识敬。"也把杯子一碰，放于赖公子面前。赖公子反笑了，先自饮讫，另筛一杯授与素兰，素兰一口呷干。席间皆喝声采。

赖公子豪兴遄飞，欲与对饮。素兰颦蹙道："少大人请罢，倪勿大会吃酒。"赖公子错愕道："耐再要欺瞒我！出名个好酒量，说勿会吃！"素兰冷笑道："少大人要缠煞哚！倪吃酒，学得来个呀。拿一鸡缸杯酒一淘呷下去，停仔歇再挖俚出来，难末算会吃哉。出局去到仔台面浪，客人看见倪吃酒一口一杯，才说是好酒量，陆里晓得转去原要吐脱仔末舒齐。"赖公子也冷笑道："我勿相信！要末耐吃仔一鸡缸杯，挖拨倪看。"素兰故意岔开道："挖啥嗄？耐少大人末，教人挖仔再要教人看。"

赖公子一路攀谈，毫无戏谑；今听斯言，快活得什么似的，张开右臂，欲将素兰揽之于怀。素兰乖觉，假作发极，悄声一喊，仓皇逃遁。只见金姐隔帘点首儿，素兰出房，问其缘故。原来是华铁眉的家奴，名唤华忠，奉主命探听赖公子如何行径。素兰述其梗概，并道："耐转去搭老爷说，一径噪到仔故歇，总归要扳倪个差头。问老爷阿有啥法子。"

华忠未及答话，台面上一片声唤"先生"，素兰只得归房。华忠屏息潜踪，向内暗觑，但觉一阵阵热气从帘缝中冲出，席间科头跣足，袒裼裸裎，不一而足。赖公子这边被十几个倌人团团围坐，打成栲栳圈儿，其热尤酷。赖公子喝令让路，要素兰上席豁拳。素兰推说："勿会豁。"赖公子拍案厉声道："豁拳末阿有啥勿会个嗄！"素兰道："勿曾学歇，陆里会嗄？少大人要豁拳，明朝我就去学，学会仔再豁末哉。"赖公子瞋目相向，狞恶可畏。幸而流氓、狎客为之排解道："俚哚是先生，先生个规矩，单唱曲子，勿豁拳。教俚唱仔只曲子罢。"素兰无可推说，只得和起琵琶来。

华忠认得这一班流氓狎客，都是些败落户纨袴子弟与那驻防吴淞口的兵船执事，恐为所见，查问起来难于对答，遂回身退出，自归大马路乔公馆转述于家主。华铁眉寻思一回，没甚法子，且置一边。

次日饭后，却有个相帮以名片相请。铁眉又寻思一回，先命华忠再去探听赖公子今日游踪所至之处，自己随即乘轿往兆贵里孙素兰家等候覆命。

素兰一见铁眉，呜呜咽咽，大放悲声，诉不尽的无限冤屈。铁眉惟悬悬的宽譬慰劝而已。素兰虑其再至，急欲商量。铁眉浩然长叹，束手无策。素兰道："我想一笠园去住两日，耐说阿好？"铁眉大为不然，摇头无语。素兰问怎的摇头，铁眉道："耐勿晓得有多花勿便哚。我末先勿好搭齐韵叟去说，癞头鼋同倪世交，拨俚晓得仔末，也好像难为情。"素兰道："姚文君来浪一笠园，就为仔癞头鼋，啥勿便嗄？"铁眉理屈词穷，依然无语。良久，素兰鼻子里哼了一声，道："我是晓得耐个人，随便啥一点点事体，用着仔耐末，总归勿答应。耐放心，我不过先告诉耐,齐大人搭我自家说末哉。瘌头鼋晓得仔,也勿关耐事。"铁眉拍手道:"故末蛮好。晚歇倪到老旗昌,耐要说末就说。"素兰鼻子里又哼了一声,亦复无语。

两人素性习静,此时有些口角,越发相对忘言。直至华忠回来报说:"故歇少大人来浪坐马车,转来仔到该搭。"铁眉闻信,甚为慌张,方启口向素兰道:"倪去罢。"素兰闻信,愈觉生气,迟回半晌,方启口答道:"随便耐。"于是铁眉留下华忠,假使赖公子到此生事,速赴老旗昌报信。素兰嘱付金姐好生看待赖公子,只实说出局于老旗昌便了。

两人相与下楼,各自上轿。刚抬出兆贵里,便隐隐听得轮蹄之声,驶入石路。一霎间追风逐电,直逼到轿子傍边。铁眉道是赖公子,探头一张,乃系史天然挈带赵二宝,分坐两把马车,一路朝南驶去,大约即为高亚白所请同席之客。等得马车过后,轿子慢慢前行,转过打狗桥,经由法马路,然后到了老旗昌。只见前面一带歇着许多空轿、空车,料史天然必然先到,又见后面更有许多轿子衔接抬来。

华铁眉、孙素兰站定少待。那轿子抬至门首,一齐停下,却系葛仲英、朱蔼人、陶云甫三位,连带的局吴雪香、林素芬、覃丽娟,共是六肩轿子。大家厮见,纷纷进门。

高亚白在内望见,与两个广东婊子迎出前廊,大笑道:"催请条子刚刚去,倒才来哉。再有个天然兄,还要早,好像大家约好个辰光。"一行人蹑足升阶,至于厅堂之上。先到者除史天然、赵二宝之外,又有尹痴鸳、朱淑人、陶玉甫三位。

大家见过,尚未入座,陶云甫就开言道:"倪末勿是约好辰光,为仔痴鸳先生绝世奇文,要紧请教。快点拿得来,我要急煞哉!"尹痴鸳道:"倪要等客人到齐仔末交卷哚,耐勠来里性急。"葛仲英道:"等到啥辰光哩?"高亚白道:"难快哉,就是个陈小云同仔韵叟勿曾到。"

众人没法,相让坐下,因而仔细打量这厅堂。果然别具风流,新翻花样,较诸把势绝不相同。屏栏窗牖非雕镂即镶嵌,刻划得花梨、银杏、黄杨、紫檀层层精致;帐幕帘帷非藻绘即绮绣,渲染得湖绉、官纱、宁绸、杭线色色鲜明。大而栋梁、柱础、墙壁、门户等类,无不耸翠上腾，流丹下接；小而几案、椅杌、床榻、橱柜等类，无不精光外溢，宝气内含。至于栽种的异卉奇葩，悬挂的法书名画，陈设的古董雅玩，品题的美果佳茶，一发不消说了。

众人再仔细打量那广东婊子，出出进进，替换相陪，约摸二三十个，较诸把势却也绝不相同：或撅着个直强强的头，或拖着根散朴朴的辫，或眼梢贴两枚圆丢丢绿膏药，或脑后插一朵颤巍巍红绒球。尤可异者：桃花颧颊，好似打肿了嘴巴子；杨柳腰肢，好似夹挺了脊梁筋。两只袖口晃晃荡荡，好似猪耳朵；一双鞋皮踢踢塌塌，好似龟板壳。若说气力，令人骇绝。朱蔼人说得半句发松闲话，婊子既笑且骂，扭过身子，把蔼人臂膊隔着两重衣衫轻轻捽上一把，捽的蔼人叫苦连天。连忙看时，并排三个指印，青中泛出紫色，好似熟透了牛奶葡萄一般。众人见之，转相告戒，无敢有诙谐戏谑者。婊子兀自不肯干休，咭咭呱呱说个不了。

幸而外间通报："齐大人来。"众人乘势起立趋候。齐韵叟率领一群娉娉袅袅、袅袅婷婷的本地婊子，即系李浣芳、周双玉、张秀英、林翠芬、姚文君、苏冠香六个出局。那广东婊子插不上去，始免纠缠。齐韵叟见了众人，四顾一数，向尹痴鸳道："客人齐哉啘，耐个奇文喤？"高亚白代答道："齐末勿曾齐，赛过齐个哉。陈小云是外行，等俚做啥？"尹痴鸳不从，道："故末覅欺瞒俚，再等歇也勿要紧啘。"史天然又问道："我要问耐，客人勿齐也勿要紧啘，为啥要等嗄？"华铁眉接说道："我来里想，痴鸳先生个绝世奇文，常恐是做勿出勿曾做喤，嘴里末一径说交卷，一径搭浆下去。"葛仲英、朱蔼人、陶云甫皆抵掌道："一点勿差，定归是做勿出勿曾做！"大家你一言我一语，惟朱淑人、陶玉甫不措一词。尹痴鸳只是微哂。

谈笑之间，陈小云亦带金巧珍而至。齐韵叟道："难无啥说哉啘。"尹痴鸳道："我是做勿出勿曾做，说啥嗄。"齐韵叟俨色庄声，似怒非怒道："拿得来！"

第五十回终。

第五十一回 胸中块秽史寄牢骚 眼下钉小蛮争宠眷

按:尹痴鸳鼓掌大笑,取出怀中誊真底稿,授与齐韵叟。众人争先快睹,侧立旁观。只见首行标题乃是《秽史外编》四字。其文曰:

高唐氏有二女焉,家习朋淫,人求野合。登徒子趋之如归市。一石婢充"氤氲使",操玉尺于门之右,以旌别其上下床。

东墙生闻而造曰:"窃比大阴之嫪毐,技擅关车;愿为禁脔之昌宗,官除控鹤。"以翘翘者示石。丹之刃摩厉以须,毛之锥脱颖而出。石睨而笑曰:"践形惟小,具体而微。人何以良,婿真是赘。"生曰:"不然。仆闻精多者物宏,体充者用腓。屠牛坦解十二牛,而芒刃不顿者,其批郤导窾,皆众理解也。卿毋皮相,仆试身尝。"

石曰:"招我由房,请君入瓮。"乃见二女,喜而款之。有酒如淮旨且多;其人如玉美而艳。为武曌设无遮会,俾刘铁观大体双。

既酣,石趋进曰:"寡君有不腆之溪毛,敢以荐之下执事。"生惶恐避席而对曰:"三女成粲,一夫当关,恐陨越以贻羞,将厌覆之是惧。请以淫筹,参之觞政,按徐熙之院本,演王建之宫词;三珠张翠鸟之巢,十样斗蛾眉之谱,不亦可乎?"皆曰:"善。"

尔乃屏四筵,陈六簿。高氏振臂呼之,则风月三分,水天一色。生曰:"此'秋千戏'也。"高自裂帛缚踝,悬诸两楹;重门洞开,严阵以待。生及锋而试,不戒而驰;挟颖考叔之辀,穿养由基之札。高知其易与也,强者弱之,实者虚之;若合若离,且迎且拒。鞭之长不及于腹,皮之存不傅于毛。生惊退三舍。高微哂,放踵而摩顶焉。龙已潜而勿用,蠖亦屈而不伸。无臭无声,恍比邱之入定;或推或挽,俨傀儡之登场。壁上观者椰揄之。

生内惭,不暇辨,以胥臣之虎皮蒙其马,以郈氏之金距介其鸡。华元之甲,弃而复来;董父之布,苏而复上。于是一张一弛,再接再厉;七纵七擒,十荡十决。王勃乘马当之风,浩浩然不知其所止;陆逊迷鱼腹之阵,伥伥乎不知其何之。高嘤咛乞休曰:“可矣。今而后知死所矣。”生大笑。

次为唐氏,着手成春。厥象曰“后庭花”。唐曰:“舍正路而不由,从下流而忘反,不可。”生曰:“吕之射戟也辕门,奡之行舟也陆地,夫何伤?”强唐两手据地,而自其后乘之。大开月窟,横看成岭侧看峰;倒挂天瓢,翻手为云覆手雨。

高挠之曰:“勿尔,雌虽伏矣,牝可虚乎?”生乃止。唐愠曰:“背有刺,毡有针,殆哉。”

生令石博。石未及应。唐曰:“嘻!守如瓶口,困在垓心。石兮石兮,乃如之人兮!”生不信,染指于鼎,草萋萋兮未长,泉涓涓兮始流。叶底芙蓉,花深不露;梢头荳蔻,苞吐犹含。扼腕叹曰:“涅而不缁白乎?钻之弥坚卓尔!除非力士,鸟道可以生开;安得霸王,鸿沟为之分割?”

聿及高。高博而辗然曰:“由来玉杵亲捣元霜,岂有金茎仰承甘露?”生曰:“得毋为‘倒垂莲’乎?有术在:仆也皤其腹,卿也鞠其躬。”遂战。交绥,生暇甚,顾谓石曰:“大嚼于屠门,熟闻于鲍肆,何以为情?”石曰:“不度玉门关,负我青春长已矣;直至黄龙府,与君痛饮复何如?”

生谨诺,拔帜而濠中突起,背水称兵;探珠而海底重来,尾闾扫穴。石创钜痛深,如兔斯脱。高曰:“姮娥奔矣。居士亦闻木樨香否?”生为抚掌。

会唐博,得“弄玉箫”之象,谋于石曰:“既兽畜而不能豕交,宁鸡口而毋为牛后。子盍为我图之。”

石受命,掬之以手,承之以口。双丸跳荡,一气卷舒;呜呜然犹蚯蚓窍之苍蝇声也。高曰:“未病而呻,虽醉亦醉,浑敦也而饕餮乎?”唐曰:“扪烛而得其形,尝鼎而知其味,娲皇有灵,能无首肯?”石亦忍俊不自禁焉。

生既刮垢磨光,伐毛洗髓;新硎乍发,游刃有馀。高度不敌,得“弓弯舞”而让于唐。生战益力，中强外肆，阴合阳开；左旋右抽，大含细入。如猛虎之咆哮；如神龙之夭矫；如急雨飘风之骤至；如轻车骏马之交驰。俄而津津乎其味，汩汩然而来。浃髓沦肌，揉若无骨；撑肠拄腹，扪之有棱。就其浅，就其深，丹成九转；旅而进，旅而退，曲奏三终。盖下视其辙，而唐且血流漂杵矣。

生曰：“乞灵于媚药，请命于淫符。昼日犹可接三，背城何妨借一？”高唐皆曰：“休矣先生！俟诸异日！”

生冠带兴辞，二女歌《采葑》之首章以送之，三肃使者而退。

众人阅毕，皆怔怔看着齐韵叟。不料韵叟连说：“好，好！”更无他词。惟史天然、华铁眉两人爱不释手，葛仲英、朱蔼人、陶云甫三人赞不绝口，连朱淑人、陶玉甫亦自佩服之至。异口同声，皆道：“洵不愧为绝世奇文矣！”葛仲英道：“俚用个典故，倒也人人肚皮里才有来浪，就不过如此用法，得未曾有。”华铁眉道：“妙在用得恰好地步，又贴切，又显豁。正如右军初写《兰亭》，无不如志。”朱蔼人道：“最妙者，‘鞭刺鸡锥’搭仔‘马牝沟札’多花龌龊物事；竟然雅致得极。”史天然道：“像‘扪之有棱’一联，此情此景，真有难以言语形容者，亏俚写得出！”陶云甫道：“我倒勿懂，俚末为啥忽然想到《四书》《五经》浪去？《四书》《五经》末为啥竟有蛮好句子拨俚用得去？阿要稀奇！”说得大家皆笑。

尹痴鸳道：“既蒙谬赏，就请赐批如何？”史天然、华铁眉沉吟并道：“要批倒难批哩。”葛仲英矍然道：“我有来里。”即讨取笔砚，向底稿后面空幅写下行书两行，道：

试问开天辟地，往古来今，有如此一篇洋洋洒洒、空空洞洞、怪怪奇奇文字否？普天下才子读之，皆当瞠目愕顾，钳口结舌，倒地百拜，不知所为！

史天然先喝声：“批得好！”朱蔼人道：“故是金圣叹《西厢》个批语，俚就去抄仔来哉。”华铁眉道：“抄也抄得好。”陶云甫点头道：“果然抄得好，除脱仔实概个批语，也无拨啥好批哉碗。”

葛仲英顾见高亚白独坐于旁，片言不发，讶而问道：“亚白先生啥勿声勿响嗄，难道痴鸳先生做得勿好？”亚白道：“好末阿有啥勿好？耐阿晓得城隍庙里大兴土木，阎罗王殿浪个拔舌地狱刚刚收作好，就等个痴鸳先生去末，要请俚尝尝滋味哉！”大家复笑哄堂，尹痴鸳也笑道：“俚乃输仔东道，来里肉痛，无啥说仔末，骂两声出出气，阿对？”齐韵叟道：“亚白不过说说罢哉，我末要劝耐句闲话。大凡读书人通病，往往为坎坷之故，就不免牢骚；为牢骚之故，就不免放诞；为放诞之故，就不免溃败决裂，无所不为。耐阿好收敛点，君子须防其渐也。”尹痴鸳不禁竦然改容，拱手谢教。

其时满厅上点起无数灯烛，厅中央摆起全桌酒筵，广东婊子声请入席。众人按照规例，带局之外，另叫个本堂局。婊子各带鼓板弦索，呕呕哑哑，唱起广东调来。若在广东规例，当于入席之前挨次唱曲，不准停歇。高亚白嫌道聒耳，预为阻止。至此入席之后，齐韵叟也不耐烦，一曲未终，又阻止了。席间方得攀谈行令如常。

既而华铁眉的家丁华忠趸上厅来，附耳报命于家主道：“少大人到仔清和坊袁三宝搭去，兆贵里勿曾来。”华铁眉略一颔首，因悄悄诉与孙素兰，使其放心。适为齐韵叟所见，偶然动问。铁眉乘势说出癞头鼋软厮缠情形，韵叟遽说道：“价末到倪花园里来哩，搭仔文君做淘伴，阿是蛮好？”素兰接说道：“倪原要到大人个花园里，为仔俚乃说，常恐勿便。”韵叟转问铁眉道：“啥勿便嗄？耐也一淘来末哉碗。”铁眉屈指计道：“今朝末让俚先去，我有点事体，二十来张俚。”韵叟道：“故也无啥。”天然也说是“二十来”。

铁眉见素兰的事已经妥议，记起自己的事，即拟言归。高亚白知其征逐狎昵皆所不喜，听凭自便。

华铁眉去后，丢下了素兰没得著落，去住两难。韵叟微窥所苦，就道：“该搭个场面，生来全夜天哚碗，我转去要困哉。”高亚白知其起居无时，惟适之安，亦惟有听凭自便而已。

齐韵叟乃约同孙素兰带领苏冠香，辞别席间众人，出门登轿，迤逦而行。约一点钟之久，始至于一笠园。园中月色逾明，满地上花丛竹树的影子，交互重叠，离披动摇。韵叟传命抬往拜月房栊，由一笠湖东北角上兜过圈来。刚绕出假山背后，便听得一阵笑声，唏唏哈哈，热闹得狠，猜不出是些什么人。

比到拜月房栊院墙外面，停下轿子，韵叟前走，冠香挈素兰随后，步进院门。只见十来个梨花院落的女孩儿，在这院子里空地上相与勃交打滚，踢毽子，捉盲盲，顽耍得没个清头。蓦然抬头见了主人，猛吃大惊，跌跌爬爬，一哄四散。独有一个凝立不动，一手扶定一株桂树，一手垂下去弯腰提鞋，嘴里又咕噜道："跑啥嗄，小干仵无规矩！"韵叟于月光中看去，原来竟是琪官。韵叟就笑嘻嘻上前，手搀手说道："倪里向去哩。"琪官踅得两步，重复回身，望著别株桂树之下，隐隐然似乎有个人影探头探脑。琪官怒声喝道："瑶官，来！"瑶官才从黑暗里应声趋出。琪官还呵责道："耐也跟仔俚哚跑，覅面孔！"瑶官不敢回言。

一行人踅进拜月房栊，韵叟有些倦意，歪在一张半榻上，与素兰随意闲谈，问起瘌头鼋，安慰两句。见素兰拘拘束束的不自在，因命冠香道："耐同仔素兰先生到大观楼浪去，看看房间里阿缺啥物事，喊俚哚舒齐好仔。"素兰巴不得一声，跟了冠香相携并往。

韵叟唤进帘外当值管家，吹灭前后一应灯火，只留各间中央五盏保险灯。管家遵办退出。韵叟遂努嘴示意，令琪官、瑶官两人坐于榻旁，自己朦朦胧胧合眼瞌睡，霎时间鼻息鼾鼾而起。琪官悄地离座，移过茶壶，按试滚热，用手巾周围包裹。瑶官也去放下后面一带窗帘。即低声问琪官道："阿要拿条绒单来盖盖？"琪官想了想，摇摇手。

两人嘿嘿相对，没甚消遣。琪官隔着前面玻璃窗，赏玩那一笠湖中月色。瑶官偶然开出抽屉，寻得一副牙牌，轻轻的打五关。琪官作色禁止，瑶官佯作不知，手持几张牌，向嘴边祷祝些甚么，再呵上一口气，然后操将起来。班官怒其不依，随手攫取一张牌藏于怀内。急得瑶官合掌膜拜，陪笑央及，无奈琪官别转头不理。瑶官没法，只得涎着脸，做手势，欲于琪官身上搜检。琪官生怕肉痒，庄容盛气以待之。

两人正拟交手扭结，忽闻中间门首吉丁当帘钩摇动声音。两人连忙迎上去，见是苏冠香和大姐小青进来。琪官不开口，只把手紧紧指着半榻。冠香便知道韵叟睡着了，幸未惊醒，亲自照看一番，却转身向琪官切切嘱道："阿姐请我去，说有生活来浪，谢谢耐两家头替我陪陪大人。晚歇困醒仔，教小青里向来喊我好哉。”瑶官在旁应诺。冠香嘱毕，飘然竟去。琪官支开小青不必伺候，小青落得自在嬉游。

琪官坐定，冷笑两声，方说瑶官道：“耐个呆大末少有出见个，随便啥闲话，总归瞎答应。”瑶官追思适间云云，惶惑不解，道：“俚勿曾说啥啘？”琪官哼的从鼻子里笑出声来，道：“耐是俚买个讨人，该应替俚陪陪客人，勿曾说啥！”瑶官道：“价末倪走开点。”琪官睁目嗔道：“啥人说走嗄，大人教倪坐来里，陪勿陪挨勿着俚说啘！”瑶官才领会其意思。琪官复哼哼的连声冷笑，道：“倒好像是俚哚个大人，阿要笑话！”

这一席话，竟忘了半榻上韵叟，粲花之舌，滚滚澜翻，愈说而愈高了。恰好韵叟翻个转身，两人慌掩住嘴，鹄候半晌，不见动静。琪官蹑足至半榻前，见韵叟仰面而睡，两只眼睛微开一线，奕奕怕人。琪官把前后襟、左右袖各拉直些，仍蹑足退下。瑶官那里有兴致再去打五关？收拾牙牌，装入抽屉；核其数三十二张，并无欠缺，不知琪官于何时掷还。两人依然嘿嘿相对，没甚消遣。

相近夜分时候，韵叟睡足欠伸，帘外管家闻声舀进脸水。韵叟揩了把面，瑶官递上漱盂，漱了口。琪官取预备的一壶茶，先自尝尝，温暾可口，约筛大半茶钟递上，韵叟呷了些。韵叟顾问：“冠香哩？”琪官置若罔闻，瑶官道：“说是姨太太搭去。”

韵叟传命管家去喊冠香。琪官接取茶钟，随手放下，坐于一旁，转身向外。韵叟还要吃茶，连说三遍，琪官只是不动，冷冷答道：“等冠香来筛拨耐吃，倪笨手笨脚陆里会筛茶？”韵叟呵呵一笑，亲身起立，要取茶钟。瑶官含笑近前，代筛递上。

韵叟吃过茶，就于琪官身傍坐下，温存熨帖了好一会。琪官仍瞪着眼，呆着脸，一语不发。韵叟用正言开导道：“耐覅来浪糊涂，冠香是外头人，就算我同俚要好，终勿比耐自家人。自家人一径来里，冠香一年半载未转去哉啘，耐也何必去吃个醋？”琪官听说，大声答道：“大人阿是耐无拨仔淘成哉？倪末晓得啥醋勿醋！”韵叟讪笑道：“吃醋耐勿晓得？我教个乖拨耐，耐故歇末就是叫吃醋。”琪官用力推开道："快点去吃茶罢，冠香来哉！"韵叟回头去看，琪官得隙挣脱，招呼瑶官道："冠香来哉，倪去罢。"

韵叟见侧首玻璃窗外，果然苏冠香影影绰绰来了，就顺势打发道："大家去困罢，天也勿早哉。"瑶官一面应诺，一面跟从琪官趱下台阶，劈面迎着冠香。琪官催道："先生快点来哩，大人等来浪。"冠香不及对答，迈步进去。琪官、瑶官两人遂缓缓步月而归。

第五十一回终。

第五十二回　小儿女独宿怯空房　贤主宾长谈邀共榻

按：琪官、瑶官两人离了拜月房栊，趁着月色，且说且走。瑶官道："今朝夜头个亮月，比仔前日夜头再要亮。前日夜头末闹热仔一夜天，今朝夜头一个人也无拨。"琪官道："俚哚阿算啥赏月嗄，像倪故歇，故末倒真真是赏个月。"瑶官道："倪索性到蜿蜒岭浪去，坐来哚天心亭里，一个花园通通才看见。该首赏月末最好哉。"琪官道："正经要赏月，耐阿晓得啥场花？来里志正堂前头高台浪，有几花机器，就是个看亮月同看星个家生。有仔家生，连搭仔太阳才好看哉，看仔末，再有几花讲究。俚哚说同皇帝屋里观象台一个样式，就不过小点。"瑶官道："价末倪到高台浪去罢。倪也用勿着俚家生，就实概看看末哉。"琪官道："倘忙碰着个客人，勿局个。"瑶官道："客人才勿来浪呀。"琪官道："倪还是大观楼去张张孙素兰阿曾困，故末蛮好。"瑶官高兴，连说："去哩。"

两人竟不转弯归院，一直踅上九曲平桥，遥望大观楼琉璃碧瓦映着月亮，也亮晶晶的射出万道寒光，笼着些迷濛烟雾。两人到了楼下，寂静无声，上下窗寮一律掩闭，里面黑魆魆地，惟西南角一带楼窗系素兰房间，好像有些微灯火在两重纱幔之中。两人四顾徘徊，无从进步。

琪官道："常恐困哉哩。"瑶官道："倪喊声俚看。"琪官无语，瑶官就高叫一声："素兰先生。"楼上不见接应，却见纱幔上忽然现个人影儿，似是侧耳窃听光景。瑶官再叫一声，那人方卷幔推窗，望下问道："啥人来里喊？"琪官听声音正是孙素兰，搭嘴道："倪来张耐呀，阿要困哉？"素兰辨识分明，大喜道："快上来哩，倪勿困哩。"瑶官道："勿困末，门才关哉碗。"素兰道："倪来开，耐等一歇。"琪官道："覅开哉，倪也转去困哉。"素兰慌的招手跺脚。道："覅去呀，来开哉呀！"瑶官见其发急，怂恿琪官略俟一刻。那素兰的跟局大姐一层层开下门来，手持洋烛手照，照请两人上楼。

素兰迎见，即道："我要商量句闲话，耐两家头困来里覅转去，阿好？"琪官骇异问故，素兰道："耐想该搭大观楼，前头后底几花房子，就剩我搭个大姐来里，阴气煞个，怕得来，困也生来困勿着。正要想到耐搭梨花院落来末，倒刚刚耐两家头来喊哉。谢谢耐，陪我一夜天，明朝就勿要紧哉。"瑶官不敢作主，转问琪官如何。琪官寻思半日，答道："倪两家头困来里，本底子也勿要紧。故歇比勿得先起头，有点间架哉。要末还是耐到倪搭去�啉罢，不过怠慢点。"素兰道："耐搭去最好哉，耐末再要客气。"

当下大姐吹灭油灯，掌着灯台，照送三人下楼，将一层层门反手带上，扣好钮镮。琪官、瑶官不复流连风景，引领素兰、大姐径望梨花院落归来。只见院墙门关得紧紧的，敲够多时，有个老婆子从睡梦中爬起，七跌八撞开了门。瑶官急问："阿有开水？"老婆子道："陆里再有开水！啥辰光哉嗄，茶炉子隐仔长远哉。"琪官道："关好仔门去困，覅多说多话。"老婆子始住嘴。

四人从暗中摸索，并至楼上琪官房间。瑶官划根自来火，点着大姐手中带来烛台，请素兰坐下。琪官欲搬移自己铺盖，让出大床给素兰睡。素兰不许搬，欲与琪官同床，琪官只得依了。瑶官招呼大姐，安顿于外间榻床之上。琪官复寻出一副紫铜五更鸡，亲手舀水烧茶。琪官也取出各色广东点心装上一大盘，都将来请素兰。素兰深抱不安。

三人于灯下围坐，促膝谈心，甚是相得。一时问起家中有无亲人，可巧三人皆系没爷娘的，更觉得同病相怜。琪官道："小个辰光无拨仔爷娘，故末真真是苦恼子！阿哥、阿嫂陆里靠得住？场面蛮要好，心里来哚转念头。小干仵勿懂啥事体，上仔俚哚当还勿曾觉着。倘然有个把爷娘来浪，我为啥到该搭来！"素兰道："一点勿差。我爷娘刚刚死仔三个月，阿伯就出我个花样，一百块洋钱卖拨人家做丫头。幸亏我晓得仔，告诉仔娘舅，拿买棺材个洋钱还拨仔阿伯，难末出来做生意。陆里晓得个娘舅也是个坏坯子，我生意好仔点，骗我五百块洋钱去，人也勿来哉！"

瑶官在旁默然呆听，眼波莹莹然要吊下泪来。素兰顾问道："耐来仔该搭几年哉？"琪官代答道："俚乃再要讨气！来个辰光俚个爷一淘同得来,俚自家也叫俚'爷'。后来我问问俚,啥个爷嗄,是俚慢娘个姘头!"

素兰道:"耐两家头运道倒无啥,才到仔该搭来也罢哉。我个命末生来是苦命,才说我无拨帮手个勿好,碰着仔要紧事体,独是我一干子发极,再有啥人替我商量商量?有仔点勿快活,闷来浪肚皮里,也无处去说啘。要寻个对景点娘姨、大姐,才难煞哚。"琪官道:"耐也总算称心个哉,比仔倪好多花哚。像倪就说是两家头,阿有啥用场嗄?自家先一点点做勿来主,再要帮别人,生来勿成功。停两年,也说勿定倪两家头来浪一堆勿来浪一堆。"

素兰道:"说到后底事体,大家看勿见,怎晓得有结果无结果?我想无拨啥法子,过一日末是一日,碰去看光景。"瑶官插说道:"倪末来里过一日是一日。耐个后底事体,有点数目来浪。华老爷搭耐好得非凡,嫁得去末,端正享福好哉,阿有啥看勿见?"素兰失笑道:"耐倒说得写意哚。要是实概说起来,齐大人也蛮好啘,耐两家头为啥勿嫁拨仔齐大人嗄?"瑶官道:"耐末说说正经就说到仔歪里去!"琪官点头道:"闲话倒也是正经闲话,总归做仔个女人,大家才有点说勿出个为难场花,外头人陆里晓得?单有自家心里明白。想来耐华老爷好末好,终勿能够十二分称心,阿对?"

素兰抵掌道:"耐个闲话故末蛮准,可惜我勿是长住来里,住来里仔同耐讲讲闲话,倒无啥。"瑶官道:"故也陆里说得定?倪出去也勿晓得,耐进来也勿晓得,耐说个'碰去看光景'。"琪官道:"我说大家闲话对景仔,倒勿是定归要来浪一堆;就勿来浪一堆,心里也好像快活点。"素兰闻言,欣然倡议道:"倪三个人索性拜姊妹阿好?"瑶官抢说:"蛮好,拜仔末大家有照应。"

琪官正待说话,只听得外面历历碌碌,不知是何声响。琪官胆小,取只手照拉同瑶官出外照看。那月早移过厢楼屋脊,明星渐稀,荒鸡四叫,院中并无一些动静。两人各处兜转来,却惊醒了榻床上大姐,迷糊著两眼,问是"做啥"。两人说了,大姐道:"下头来浪响呀。"说著,果然"历历碌碌"响声又作,乃班里女孩儿睡在楼下,起来便遗。两人呼问明白,放心回房,随手掩上房门,向素兰道:"天要亮哉，倪困罢。"素兰应诺。瑶官再请素兰用些茶点，收拾干净，自去间壁自己房间睡下。琪官爬上大床，并排铺了两条薄被，请素兰宽衣，分头各睡。

素兰错过睡性，翻来覆去睡不著；听琪官寂然不动，倒是间壁瑶官微微有些鼻声。俄而一只乌鸦"哑哑"叫著，掠过楼顶。素兰揭帐微窥，四扇玻璃窗倏变作鱼肚白色，轻轻叫琪官不答应，索性披衣起身，盘坐床中。不想琪官并未睡著，仅合上眼养养神，初时不应，听素兰起坐，也就撑起身来，对坐攀话。

素兰道："耐说倪拜姊妹阿好？"琪官道："我说勿拜一样好照应，拜个啥嗄？要拜末今朝就拜。"素兰道："好个，今朝就拜。那价个拜法喤？"琪官道："倪拜姊妹，不过拜个心。摆酒送礼多花空场面，才用勿著，就买仔副香烛，等到夜头，倪三个人清清爽爽，磕几个头末好哉碗。"素兰道："蛮好，我也说写意点好。"

琪官见天已大明，略挽一挽头发，跨下床沿，靸双拖鞋，往床背后去。一会儿，出来净过手，吹灭梳妆台上油灯，复登床拥被而坐，乃从容问素兰道："倪拜仔姊妹，赛过一家人，随便啥闲话才好说个哉。我要问耐，倪看个华老爷无啥碗，为仔啥勿称心嗄？"素兰未言先叹道："覅说起，说起仔末真真讨气！俚乃个人倒勿是有啥个勿称心，我同俚样色样蛮对景，就为仔一样勿好。俚乃个人做一百桩事体末，定归有九十九桩勿成功㖸。有点干己个事体，俚乃生来勿肯做。就教俚做桩小事体，俚乃要四面八方通通想到家，是勿要紧个，难末再做；倘然有个把闲人说仔一声勿好，就勿做个哉。耐想实概个脾气，阿能够讨我转去？俚自家要讨也勿成功。"琪官道："倪一径来里说，先生小姐要嫁人，容易得势，陆里一个好末就嫁拨仔陆里一个，自家去拣末哉。故歇听耐说华老爷，倒划一为难。"

素兰转而问道："我也要问耐，耐两家头自家算计，阿嫁人勿嫁人？"琪官亦未言先叹道："倪末再要为难也无拨！故歇无啥人来里，搭耐说说勿要紧。倪从小到个该搭，生来才要依个大人，依仔哉碗，故末真间架。大人六十多岁年纪哉，倘忙出仔事体下来，像倪上勿上下勿下，算啥等样人嗄？难要想着仔嫁人末，晚哉！"素兰道："坎坎瑶官来浪说，出去也说勿定，阿是实概个意思?”琪官道:“俚乃肚皮里还算明白，就不过有点勿着落。看仔末十四岁，一点勿懂轻重，说得说勿得才要说出来。耐想倪故歇阿好说该号闲话?坎坎幸亏是耐，碰着别人说拨大人听仔末，也好哉!”

琪官一面说，一面打了个呵欠。素兰道:“倪再困歇罢。”琪官道:“生天要困哩。”素兰便也往床背后去了一遭，却见一角日光直透进玻璃窗，楼下老婆子正起来开门，打扫院子，约摸七点钟左右，两人赶紧复睡下去。素兰道:“晚歇耐起来末喊我一声。”琪官道:“晚点末哉，勿要紧个。”这回两人神昏体倦，不觉沉沉同入睡乡。

直至下午一点钟，两人始起。瑶官闻声进见，笑诉道:“今朝一桩大笑话，说是花园里逃走两个倌人。几花人来浪反，一径反到我起来，刚刚说明白。”素兰不禁一笑。

琪官吩咐老婆子传话于买办，买一对大蜡烛，领价现交，无须登帐。素兰亦吩咐其大姐道:“耐吃过仔饭末，到屋里去一埭，回来再到乔公馆问俚阿有啥闲话。”大姐承命，和老婆子同去。

瑶官急问:“阿是倪今朝拜姊妹?”素兰颔首。琪官道:“耐闲话当心点个哩!啥个逃走倌人，倘然冠香来里，阿是要多心嗄?就是倪拜姊妹，也覅去搭冠香说。冠香晓得仔，定归要同倪一淘拜，无趣得势。”瑶官唯唯承教，并道:“我一径勿说末哉。”素兰道:“勿曾拜末覅说起，拜过仔就勿要紧。故是倪明明白白正经事体，无拨啥对勿住人个场花。”瑶官又唯唯承教。

说话之间，苏冠香恰好来到，先于楼下向老婆子问话。琪官听得，忙去楼窗口叫“先生”。冠香上来厮见，爰致主人之命，立请素兰午餐。素兰即辞了琪官、瑶官，跟着冠香由梨花院落往拜月房栊。

齐韵叟既见孙素兰，就道:“昨日夜头，俚哚才勿来浪，我倒勿曾想着;难教冠香来陪陪耐，再一夜天末铁眉来哉。”素兰慌道:“倪覅呀，梨花院落蛮蛮适意。今朝夜头说好来浪，原到几首去。”韵叟道:“价末让冠香一淘到梨花院落来，讲讲闲话有淘伴，起劲点。”素兰道:“倪覅呀，倪同冠香先生一样个啘。大人当仔倪客人，倪倒勿好意思住来里，要转去哉。”苏冠香听说，将韵叟袖子一拉，道:“耐勿懂末再要瞎缠。俚哚梨花院落闹热得势，我去做啥嗄？"韵叟笑而置之。

不多时，陶玉甫、李浣芳、朱淑人、周双玉都回说不吃饭了，高亚白、姚文君、尹痴鸳相继并至，大家入席小酌。高亚白、姚文君宿醉醺然，屏酒不饮。尹痴鸳疲乏尤甚，揉揉眼，伸伸腰，连饭吃不下。齐韵叟知道孙素兰好量，令苏冠香举杯相劝。素兰略一沾唇，覆杯告止。

餐毕，大家各散。尹痴鸳归房歇息，高亚白、姚文君随意散步，孙素兰也步出庭前。苏冠香留心探望，见素兰仍望梨花院落一路上去。冠香因笑着，欲和齐韵叟说话；转念一想，又没有甚么话，便缩住口不说了。韵叟觉得，问道："耐要说啥说末哉。"冠香思将权词推托，适值小青来请冠香，说是姨太太要描花样。冠香眼视韵叟，候其意旨。韵叟方将歇午，即命冠香："去末哉。"冠香道："阿要去喊琪官来？"韵叟一想道："覅喊哉。"冠香叮嘱帘外当值管家小心伺候，自带小青往内院去了。

韵叟睡足一觉，钟上敲四点，不见冠香出来。自思那里去消遣消遣，独自一个信着脚儿踱去，竟不觉踱过花园腰门，这腰门系通连住宅的。大约韵叟本意欲往内院寻冠香，忽又想起马龙池，遂转身往外，到书房里谒见龙池，相对清谈，娓娓不倦。

谈至上灯以后，亲陪龙池晚餐，然后作别兴辞，将回内院。刚踅出书房门口，顶头撞著苏冠香匆匆前来，一见韵叟，嚷道："耐啥一干子跑到该搭来嗄？我末倒来里花园里寻耐，兜仔好几个圈子，赛过捉盲盲。"韵叟慰藉两句，携了冠香的手，缓缓同行。

比及腰门叉路，冠香撺掇韵叟大观楼去。韵叟勉从其请，重复折入花园，经过陶、朱所住湖房，从墙外望望，并未进去。相近九曲平桥，冠香故意回头，倏失惊打怪道："阿是亮月嗄？"韵叟看时，只见一片灯光从梨花院落楼窗中透出，照着对面粉墙，越显得满院通红。冠香道："勿晓得俚哚来浪做啥。"韵叟道："定归是碰和，阿对？"冠香道："倪去看哩。"韵叟道："覅去做讨厌人，哚散俚哚场子。"冠香只得跟随韵叟原往大观楼。

第五十二回终。

第五十三回　强扭合连枝姊妹花　乍惊飞比翼雌雄鸟

按:齐韵叟挈苏冠香同至大观楼上,适值高亚白、姚文君都在尹痴鸳房间里,大家厮见。高亚白手中正拿了一本薄薄的草订书籍要看。齐韵叟见其书面签题,知为小赞所做时文试帖,特来请教于尹痴鸳的。韵叟因问痴鸳道:"近来阿有进境?"痴鸳道:"还算无啥,有点内心。"亚白道:"耐拿个《秽史外编》一淘去教会仔俚,覅说有内心,连外心也有哉。"大家笑了。

痴鸳忽向韵叟道:"耐昨日劝我个闲话,佩服之至。别人以绮语相戒,才是隔靴搔痒;耐末对症发药,赛过心肝五脏一塌括仔拨耐说仔出来。"韵叟道:"我看耐《秽史》倒勿觉著啥绮语,好像一种抑塞磊落之气,充塞于字里行间,所以有此一说。"亚白道:"痴鸳文章就来里绮语浪用个苦功,拨俚钻出仔头来。以绮语相戒,此其人可谓不知痴鸳,并不知绮语。"大家又笑了。

这里说笑,那边姚文君也说得眉飞色舞,心花怒开。苏冠香怔怔呆听,仅偶然趁口而已。韵叟听讲的是碰和情事,遂唤文君道:"素兰来浪碰和呀,耐高兴末去喤。"文君道:"俚哚定归勿是碰和!要碰和,阿有啥勿来喊我个嗄?"韵叟道:"耐碰和阿是好手?"文君嘻著嘴笑。冠香接说道:"俚打个牌凶煞哚,就是个琪官同俚差勿多。倪总归要输拨俚。"亚白道:"说俚凶也勿见得喤。"文君道:"倪陆里会凶嗄!凶个人可惜打差仔个牌。"亚白道:"前日天个牌,我勿曾打差,摸勿起真生活。"文君欻地起立,嚷道:"耐说勿曾打差,拿牌来大家看。"说著,转问痴鸳:"耐副牌喤?"痴鸳慌忙拦道:"好哉,覅看哉,耐总无拨差末哉。"

文君那里肯依?竟自动手开橱,搜寻牌盒。痴鸳撒个谎道:"橱里陆里有牌?拨琪官借得去,一径勿曾还碗。"文君没法,回身屹立当面,还指天划地数说亚白手中若干张牌,所差某张,应打某张,一一数说出来,请大家公断。韵叟、冠香只是笑,痴鸳颦蹙道:“面孔阿要点嘎?勿是相打就是相骂。我末该倒运,刚刚住个对过房间,拨俚哚两家头哚煞。”亚白也只是笑。文君冷冷答道:“耐自家阿晓得厌气?说来说去两声闲话,大家才听过歇,再有啥新鲜点说说倪听哩?”几句倒堵住了痴鸳的嘴,没得回言。亚白不禁抚掌大笑。韵叟想些别样闲话搭讪开去,文君办就放下不提。

消停一会,月出东方,渐渐高至树杪,大家皆有些倦意,韵叟、冠香始起告行。痴鸳送出房门,亚白、文君顺路回房,直送至楼门口而别。韵叟仍携了冠香的手,缓缓踅下大观楼,重过九曲平桥,望那梨花院落中灯光依然大亮,惟逼着外面月色,淡而不红。

冠香复撺掇韵叟道:“倪去看看俚哚阿是碰和。”韵叟道:“耐啥要紧得来,明朝问素兰好哉。”冠香不好再强,同出花园,归于内院,相与就寝无话。

次日辰刻,韵叟起身,外面传报华老爷来。韵叟径往花园,请华铁眉在拜月房栊相见。韵叟先嘲笑道:“今朝拨我猜着,该应是耐先到。”铁眉似乎不好意思。韵叟顾令管家快请孙素兰先生。须臾,陶玉甫、朱淑人、高亚白、尹痴鸳及李浣芳、周双玉、姚文君、苏冠香、孙素兰四路俱集,华铁眉一概躬身延接。

孙素兰轻轻叫声“华老爷”,问:“昨日忙,身里向阿好?”铁眉道:“无啥,还好。昨日舒齐仔,要想到该搭来张张耐,碰着仔耐大姐,难末勿曾来,就交代俚一打香槟酒带转去,阿曾收到?”素兰道:“谢谢耐,一打陆里吃得完!分一半送拨仔人哉。”

尹痴鸳背地指向朱淑人,悄悄笑道:“耐看俚哚两家头,客气得来!好像长远勿看见。”高亚白听见,也悄悄笑道:“自有多花描画勿出一副功架,也勿是个客气。”大家掩口胡卢而笑。

华铁眉、孙素兰相离虽远,知道笑他两个,赶即缄口。齐韵叟惋惜道:“刚刚有点意思,一笑末吓勿响哉。”大家越发笑出声来。华铁眉装做不知,搭讪道:“痴鸳先生,令翠哩?”尹痴鸳带笑答道:“勿曾到。”

一语未终,早见陶云甫挈着覃丽娟、张秀英,朱蔼人挈着林翠芬、林素芬来了。大家迎见,更不寒暄。朱蔼人袖出一封书信,业经拆开,奉与齐韵叟。韵叟看那封面,系汤啸庵自杭州寄回给蔼人的,信内大略写着“黎篆鸿既允亲事,特请李鹤汀、于老德为媒,约定二十晚间同乘小火轮船,行一昼夜可以抵沪,一切面议。惟乾宅亦须添请一媒为要”云云。韵叟阅竟放下,问道:“请个啥人哩?”蔼人道:“就请仔云甫。”韵叟道:“我最喜欢做媒人,耐倒勿请我。”陶云甫道:“耐起先就做过个媒人哉,故歇挨耐勿着。”说得大家皆笑。

独朱淑人一呆,逡巡近案,从侧里偷觑那封信,仅得一言半句,已被其兄蔼人收藏。淑人心中忐忑乱跳,脸上却不露分毫,仍逡巡退归原座,复瞟过眼去偷觑周双玉,似觉不甚理会,才放了些心。

接着管家又报说:“葛二少爷来。”只见葛仲英挚着吴雪香并卫霞仙,相偕并至。齐韵叟诧异道:“阿是耐带仔霞仙一淘来?”葛仲英道:“勿是,就园门口碰着个霞仙。”韵叟自知一时误会,随令管家快请马师爷。尹痴鸳向韵叟道:“耐喜欢做媒人末,俚哚倪子要养快哉,耐为啥勿替俚哚做?”陶云甫抢说道:“俚哚用勿着媒人,自家勿声勿响,就房间里点仔对大蜡烛拜个堂。我倒吃着个喜酒。”大家大笑哄堂。

苏冠香上前拉着齐韵叟问道:“耐阿晓得,昨日夜头素兰先生勿是碰和末,做个啥?”韵叟道:“勿曾问俚。”冠香道:“我倒问过哉,也来浪房间里点仔对大蜡烛拜个堂呀。”韵叟不胜错愕。孙素兰遂将三人结拜姊妹之事,缕述分明。韵叟道:“拜姊妹倒无啥,为啥单是三个人拜嗄?要拜末一淘拜,我来做个盟主。昨日夜头勿算,今朝先生、小姐才到齐仔,一淘再拜个姊妹,阿好?”孙素兰默然,苏冠香咬着指头要笑,其余皆不在意。

韵叟即命小青去喊琪官、瑶官。高亚白向韵叟道:“难末耐个生意到哉,起劲得来!连搭仔做媒人也覅做哉。”韵叟道:“我有停生意末,耐要做生活哉啘。耐末替我做篇四六序文,就说个拜姊妹话头。序文之后,开列同盟姓名,各人立一段小传,详载年貌籍贯,父母存没,啥人相好末就是啥人做。苏冠香同琪官、瑶官三个人,我做末哉。名之曰‘海上群芳谱’,公议以为如何?”大家无不遵教。

韵叟当命小赞准备文房四宝听用,亚白便打起腹稿来。恰好外边史天然挈着赵二宝进来,里边马龙池及琪官、瑶官出来,与现在众人大会于拜月房栊。众人争前诉说如何拜姊妹,如何做小传,史天然、马龙池皆道:“故是应得效劳。”于是大家各取笔砚,一挥而就。不及一点钟工夫,不但小传齐全,连高亚白四六序文亦皆脱稿。齐韵叟托尹痴鸳约略过目,再发交小赞誊真。尹痴鸳向众人道:“倒有点意思!亚白个序文末,生峭古奥,沉博奇丽,勿必说哉。就是小传也可观:琪、瑶、素、翠末是合传体,赵、张两传末参互成文,李浣芳传中以李漱芳作柱,苏冠香传中虽不及诸姊而诸姊自见;其余或纪言,或叙事,或以议论出之,真真五花八门,无美不备。”大家听了欣然,齐韵叟益觉高兴。

其时已交午牌,当值管家调排桌椅。瑶官乘隙暗拉琪官踅出廊下,问道:“大人教倪一淘拜姊妹,阿要拜嗄?”琪官道:“大人说末生来依俚,就一淘拜拜也无啥要紧。”瑶官道:“价末倪三个人拜个倒勿算?”琪官道:“耐末要缠煞哉,啥勿算嗄? 倪三个人为仔要好,拜个姊妹,拜仔也不过要好点。故歇大人教倪拜,要好勿要好,倪自家主意,大人勿好管倪个啘。”

瑶官涣然冰释,颔首无言。听得里面坐席,两人原暗地捱身进帘,掩过一边。不想齐韵叟特命琪官、瑶官一同入席,坐列苏冠香肩下。琪官、瑶官当着众人面前,敛手低头,殊形踽踖。

酒过三巡,食供两套,齐韵叟乃向史天然道:“耐该埭到上海,带仔几花物事来,无拨一点用场,我要耐一样好物事,耐定归勿送拨我。故歇搭耐饯行哉,再客气仔勿着杠哉,耐阿肯送点拨我?”天然大惊,问:“啥物事嗄?”韵叟呵呵笑道:“我要耐肚皮里个物事。耐赵二宝搭倒还有副对子做拨俚,我末连对子才无投,阿是欺人太甚?”天然恍然悟道:“我为仔四壁琳琅,无从着笔。难年伯要我献丑,也无法子,缓日呈教末哉。”韵叟拱手道谢。

华铁眉因问饯行之说,天然说:“接着个家信,月底要转去一埭。”铁眉道:“倪也要饯行哉啘。”韵叟道:“耐要饯行末,同葛仲英搭仔个姘头,索性订期廿七,就来里该搭,阿是蛮好?”铁眉道:“再早点也无啥。”韵叟道:“早点无拨空。从明朝到廿四,大家才有点事体。

廿五末高、尹饯行，廿六末陶、朱饯行，耐同仲英只好廿七个哉。”铁眉就招呼仲英约定，天然亦拱手道谢。

适小赞将誊真的《海上群芳谱》呈上齐韵叟看了。韵叟遂令管家传谕，志正堂中安排香案；又令小赞赍这《群芳谱》四座传观。葛仲英看是一笔“灵飞经”小楷，妍秀可爱，把小赞打量一眼。高亚白讪笑道：“耐覅看轻仔俚，俚个衔头叫‘赞礼佳儿’，‘茂才高弟’。”尹痴鸳叉口道：“耐末喜欢拨人骂两声，为啥要带累我？”小赞在傍“嗤”的失笑，仲英一些不懂。痴鸳分说道：“俚是赞礼个倪子，人才叫俚‘小赞’。时常做点诗文请教我，亚白就同俚打岔，出个对子教俚对，说是‘赞礼佳儿’。俚对勿出，亚白就说：‘我替耐对仔罢，“茂才高弟”阿是蛮好个绝对？’”仲英朗念一遍，道：“真个对得好！”

小赞接取《群芳谱》，送往别桌上去。痴鸳悄向仲英耳边说道：“耐看俚年纪末轻，坏得野哚！俚个爷问俚：‘高老爷个对子为啥勿对？’俚说：‘我对个哉，为仔尹老爷一淘来浪，勿曾说。’问俚：‘对个啥？’俚说：‘对“尚书清客”。’”仲英大笑道：“为啥勿说‘狎客’嗹？索性骂得爽快点哉哓。”亚白、痴鸳共笑一阵。

席间上到后四道菜，管家准备鸡缸杯更换。大家止住，都欲留量，以待晚间畅饮。齐韵叟不复相强，用饭散席。

于是齐韵叟声言，请众姊妹团拜，请诸位老爷监盟。众人一笑遵命，各率相好由拜月房栊来到志正堂。只见堂前一桁湘帘高高吊起；堂中烛焰双辉，香烟直上；地下铺著一片大红毡毯。众人散立两旁，监视行礼。小赞在下唱名，众姊妹按齿排班，雁行站定，一齐朝上拜了四拜，又转身对面拜了四拜。礼毕，各照所定辈行，互相称唤。卫霞仙廿三岁，最长，是为“大阿姐”；李浣芳十二岁，最幼，是为“十四妹”。其余不能尽记，但呼某姊某妹，系之以名而已。

齐韵叟欢喜无限。谆嘱众姊妹，此后皆当和睦，毋忘今日之盟。众姊妹含笑唯唯，跟随众人，踅下志正堂来。恰有一匹小小枣骝马，带著鞍辔，散放高台下龁草。姚文君自逞其技，竟跑过去亲手带住，耸身骑上，就这箭道中跑个蹚子，众人四分五落看他跑。

琪官看罢转身，不见了齐韵叟，四面找寻。见韵叟独自一个大踱西行,琪官暗地拉了瑶官,撇下众人,紧步赶上,跟在后面。

韵叟并未觉著,只顾望拜月房栊一路上踱去。踱至山坡之下,突然刺斜里闪过一个人,蹑手蹑脚钻入竹树丛中。韵叟道是朱淑人捕促织儿,也蹑手蹑脚的赶上,要去吓他作耍。比到跟前,方看清后形,竟是小赞在那里做手势,好似向人央求样子。韵叟止步,扬声咳嗽。小赞吓得面如土色,垂手侍侧,不则一声。韵叟问:“再有个啥人?”小赞呐呐答道:“无拨啥人来里啘。”瑶官在后面,用手指道:“哪,哪!”韵叟不提防,也吃一吓。琪官急丢个眼色与瑶官,叫他莫说。韵叟却又盘问瑶官:“说啥?”瑶官不得已,仍用手指了一指。韵叟再回头望前面时,果然影影绰绰,一个人已穿花度柳而去。

韵叟喝退了小赞,带着琪官、瑶官拾级登坡。这山坡正当拜月房栊之背,满山上种的桂树,交柯接干,蓊翳葱茏,中间盖着三间小小船屋,颜曰“眠香坞”。韵叟踱进内舱,据坐胡床,盘问瑶官:“看见个啥人?”瑶官不答,眼望琪官。韵叟即转问琪官,琪官道:“倪也勿曾看清爽。”韵叟咳了一声,道:“我问耐末,再有啥勿好说个闲话?”琪官道:“勿是倪花园里个人,等俚歇末哉。”

韵叟略想一想,遂置不究,复笑问道:“我来个辰光,大家来浪看跑马,才勿觉着。耐两家头啥辰光跟得来?”瑶官道:“阿是大人也勿曾觉着?倪是一径跟来浪。”琪官道:“耐末要紧看仔前头哉,陆里晓得倪后底也来里看耐。”韵叟道:“耐后底阿去看看,常恐再有啥人跟来浪。”瑶官道:“难是无拨啥人个哉。”琪官道:“要末不过冠香。”

瑶官见说,真个出门去看。韵叟亦即起立,笑挽琪官的手,道:“倪到拜月房栊去。”举步将行,忽闻门外瑶官高声报说:“朱五少爷来。”韵叟诧异得紧,抬头望外,果然朱淑人独自一个,翩翩然来。韵叟请其登榻对坐,良久默然。韵叟搭讪问道:“听说前日捉着一只‘无敌将军’,阿有价事?”淑人含糊答应,并未接说下去。

又良久,淑人面色微红,转睐偷盼,似有欲言不言光景。韵叟摸不着头脑,顾令琪官喊茶。琪官会意,拉同瑶官退出门外,单剩韵叟、淑人在眠香坞中。

第五十三回终。

第五十四回　负心郎模棱联眷属　失足妇鞭箠整纲常

按：朱淑人见眠香坞内更无别人，方嗫嚅向齐韵叟道："阿哥教我明朝转去，勿晓得阿有啥事体？"韵叟微笑道："耐阿哥替耐定亲呀，耐啥勿曾晓得？"淑人低头蹙额而答道："阿哥末总实概样式。"韵叟听说。不胜惊讶道："替耐定亲倒勿好？"淑人道："勿是个勿好，故歇无啥要紧喤。阿好搭阿哥说一声，覅去定啥亲？"韵叟察貌揣情，十猜八九，却故意探问道："故末耐啥意思嘿？"连问几声，淑人说不出口。

韵叟乃以正言晓之，道："耐覅去搭阿哥说。照耐年纪是该应定亲个辰光。耐咿无拨爷娘，生来耐阿哥做主。定着仔黎篆鸿个囡仵，再要好也无拨。耐故歇勿说阿哥好，倒说道覅去定啥亲；覅说耐阿哥听见仔要动气，耐就自家想，媒人才到齐，求允行盘才端正好，阿好教阿哥再去回报俚？"淑人一声儿不言语。韵叟道："虽然定亲，大家才要情愿仔末好。耐再有啥勿称心，索性说出来，商量商量倒无啥。我替耐算计，最要紧是定亲，早点定末早点讨，故末连搭仔周双玉一淘可以讨转去，阿是蛮好？"

淑人听到这里，咽下一口唾沫，俄延一会，又嗫嚅道："说起个周双玉，先起头就是阿哥代叫几个局，后来也是阿哥同得去吃仔台酒，双玉就问我阿要讨俚。俚说俚是好人家出身，今年到仔堂子，也不过做仔一节清倌人，先要我说定仔讨俚个末，第二户客人俚勿做哉。我末倒答应仔俚。"韵叟道："耐要讨周双玉，容易得势，倘然讨俚做正夫人，勿成功个嘿。就像陶玉甫，要讨个李漱芳做垫房，到底勿曾讨，覅说是耐哉。"

淑人又低头蹙额了一会，道："难倒有点间架来浪。双玉个性子强得野哚，到仔该搭来就算计要赎身，一径搭我说，再要讨仔个人末，俚定归要吃生鸦片烟哚。"韵叟不禁呵呵笑道："耐放心，陆里一个倌人勿是实概说嗄？耐末再要去听俚！”淑人面上虽惭愧，心里甚于急，没奈何又道：“我起先也勿相信，不过双玉勿比得别人，看俚样式倒勿像是瞎说。倘忙弄出点事体来，终究无啥趣势。”韵叟连连摇手，道：“啥个事体，我包场末哉，耐放心。”

淑人料知话不投机，多言无益。适值茶房管家送进茶来，韵叟擎杯相让，呷了一口，淑人即起兴辞。韵叟一面送，一面嘱道：“我说耐故歇去，就告诉仔双玉，说阿哥要替我定亲。双玉有啥闲话，才推说阿哥好哉。”淑人随口唯唯。

两人踅出眠香坞，琪官、瑶官还在门外等候，一同跟下山坡，方才分路。齐韵叟率琪官、瑶官向西往拜月房栊而去。朱淑人独自一个向东行来，心想：“韵叟乃出名的‘风流广大教主’，尚不肯成全这美事，如何是好？假使双玉得知，不知要闹到什么田地！”想来想去，毫无主意，一路踅到箭道中，见向时看跑马的都已散去，志正堂上只有两个管家照看香烛。

淑人重复踅回，劈面遇见苏冠香，笑嘻嘻问淑人道：“倪大人到仔陆里去？五少爷阿看见？”淑人回说：“在拜月房栊。”冠香道：“拜月房栊无拨啘。”淑人道：“刚刚去呀。”冠香听了，转身便走。淑人叫住问他：“阿看见双玉？”冠香用手指着，答了一句。

淑人听不清楚，但照其所指之处，且往湖房寻觅。比及踅进院门，闻得一缕鸦片烟香，心知蔼人必在房内吸烟，也不去惊动，径回自己卧房。果然周双玉在内，桌上横七竖八摊着许多磁盆，亲自将莲粉喂促织儿，见了淑人，便欣然相与计议明日如何捎带回家。

淑人只是懒懒的。双玉只道其暂时离别，未免牵怀，倒以情词劝慰。淑人几次要告诉他定亲之事，几次缩住嘴不敢说，又想双玉倘在这里作闹起来，太不雅相，不若等至家中告诉未迟。当下勉强笑语如常。

迨至晚间，张灯开宴，丝竹满堂，齐韵叟兴高采烈，飞觞行令。热闹一番，并取出那《海上群芳谱》，要为众姊妹下一赞语，题于小传之后。诸人齐声说好。朱淑人也胡乱应酬，混过一宿。

次日午后，备齐车轿，除马龙池、高亚白、尹痴鸳及姚文君原住园内,仅留下华铁眉、孙素兰两人,其余史天然、葛仲英、陶云甫、陶玉甫、朱蔼人、朱淑人及赵二宝、吴雪香、覃丽娟、李浣芳、林素芬、周双玉、卫霞仙、张秀英、林翠芬一应辞别言归。

齐韵叟向陶玉甫道:“耐是单为仔李漱芳接煞,要去一埭啘,明朝接过仔就来罢。”玉甫道:“明朝想转去,廿五一准到。”韵叟见说转去,不便强邀,转向朱淑人道:“耐明朝可以就来。”淑人深恐说出定亲之事,含糊应答。

大家出了一笠园,纷纷各散。朱淑人和周双玉坐的马车,一直驶至三马路公阳里口。双玉坚嘱:“耐有空末就来。”

淑人“噢噢”连声,眼看阿珠扶双玉进弄,淑人才回中和里。只见阿哥朱蔼人已先到家中,正在厅上拨派杂务。淑人没事,自去书房里闷坐,寻思这事断断不可告诉双玉!我且瞒下,慢慢商量。

将近申牌时分,外间传报:“汤老爷到哉。”淑人免不得出外厮见。汤啸庵不及叙话,先向蔼人说道:“李实夫同倪一淘来,故歇也来里船浪。”蔼人忙发三副请帖,三乘官轿,往码头迎请于老德、李实夫、李鹤汀登岸。再着人速去西公和里催陶老爷立等就来,不料陶云甫不在覃丽娟家,又不知其去向。

蔼人方在着急,恰好云甫自己投到,见了汤啸庵,说声“久别”。蔼人急问道:“到仔陆里去?请也请勿着耐。”云甫笑道:“我来里东兴里。”蔼人道:“东兴里做啥?”云甫笑而攒眉道:“原是玉甫哉啘。李漱芳刚刚完结末,李浣芳来哉,咿有点间架事体。”蔼人道:“啥事体嗄?”云甫未言先叹道:“还是李漱芳来浪辰光,说过歇句闲话,说俚死仔末教玉甫讨俚妹子。故歇李秀姐拿个浣芳交代拨玉甫,说等俚大仔点收房。”蔼人道:“故也蛮好啘。”云甫道:“陆里晓得个玉甫倒勿要俚,说:‘我作孽末就作仔一转,难定归勿作孽个哉!倘然浣芳要我带转去,算仔我干囡仵,我搭俚拨仔人家嫁出去。’”蔼人道:“故也蛮好啘。”云甫道:“陆里晓得个李秀姐定归要拨来玉甫做小老母。俚说漱芳苦恼,到死勿曾嫁玉甫,故歇浣芳赛过做俚个替身。倘然浣芳有福气,养个把倪子,终究是漱芳根脚浪起个头,也好有人想着俚。”

蔼人听罢点头,汤啸庵插口道:"大家闲话才勿差,真真是间架事体。"陶云甫道:"我倒想着个法子,一点勿要紧。"

一语未了,忽见张寿手擎两张大红名片,飞跑通报。朱蔼人、朱淑人慌即衣冠,同迎出去,乃是于老德、李鹤汀两位,下轿进厅,团团一揖,升炕献茶。朱蔼人问李鹤汀:"令叔为啥勿来?"鹤汀道:"家叔有点病,此次是到沪就医。感承宠招,心领代谢。"

蔼人转和于老德寒暄两句,然后让至厅侧客座,宽衣升冠,并请出陶云甫、汤啸庵两位会面陪坐。大家讲些闲话,惟朱淑人不则一声。

少顷,于老德先开谈,转述黎篆鸿之意,商议聘娶一切礼节,朱淑人落得抽身回避。张寿有心献勤,捉个空,寻到书房,特向淑人道喜。淑人憎其多事,怒目而视。张寿没兴,讪讪走开。

晚间,张寿来请赴席,淑人只得重至客座,随着蔼人陪宴。其时亲事已经商议停当,席间并未提起。到得席终,于老德、李鹤汀、陶云甫道谢告辞,朱蔼人、朱淑人并送登轿。单剩汤啸庵未去,本系深交,不必款待,淑人遂退归书房,无话。

廿二日,蔼人忙着择日求允。淑人虽甚闲暇,不敢擅离。直至傍晚,有人请蔼人去吃花酒,淑人方溜至公阳里周双玉家一会。可巧洪善卿在周双珠房里,淑人过去见了,将定亲之事悄悄说与善卿,并嘱不可令双玉得知。善卿早会其意,等淑人去后,便告诉了双珠。双珠又告诉了周兰,吩咐合家人等毋许漏言。

别人自然遵依,只有个周双宝私心快意,时常风里言,风里语,调笑双玉。适为双珠所闻,唤至房里,呵责道:"耐再要去多说多话,前日子银水烟筒阿是忘记脱哉?双玉反起来,耐也无啥好处!"双宝不敢回嘴,默然下楼。

隔了一日,周兰往双宝房间里床背后开只皮箱,检取衣服,丢下一把钥匙不曾收拾,偶见阿珠,令去寻来。阿珠寻得钥匙,翻身要走。双宝一把拉住,低声问道:"耐为啥勿到朱五少爷搭去道喜嗄?"阿珠随口答道:"覅瞎说!"双宝道:"朱五少爷大喜呀,耐啥勿曾晓得?"阿珠知道双宝嘴快,不欲纠缠,大声道:"快点放啰,我要喊无娒哉!"双宝还不放手，只听得客堂里阿德保叫声："阿珠，有人来里看耐。"阿珠接应，问："啥人？"趁势撇下双宝，脱身出房。看时，乃旧伙大姐大阿金。阿珠略怔一怔，问："阿有啥事体？"大阿金道："无啥，我来张张耐呀。"

阿珠忙跑进去将钥匙交明周兰，复跑出来，携了大阿金的手，踅到弄堂转弯处，对面立在白墙下切切说话。大阿金道："故歇索性勿对哉！覅说是王老爷，连搭两户老客人也才勿来，生客生来无拨，节浪下脚通共拆着仔四块洋钱。倪末急煞来浪，俚倒坐马车，看戏，蛮开心！"阿珠道："小柳儿生意蛮好来浪，阿有啥勿开心？我替耐算计，歇仔末好哉啘。"大阿金道："难要歇哉呀！俚哚来浪租小房子，教我跟得去，一块洋钱一月，我定归勿去。"阿珠道："我听见洪老爷说起，王老爷屋里无拨个大姐，耐阿要去做做看？"大阿金道："好个，耐替我去说喤。"阿珠道："耐要去末，等我晚歇再问仔声洪老爷。明朝无拨空，廿六两点钟，我同耐一淘去末哉。"大阿金约定别去，阿珠亦自回来。

廿五日早晨，接得一笠园局票，阿珠乃跟周双玉去出局。翌日，阿珠到家传说道："小先生要廿八转来哚。"周兰没甚言语。吃过中饭，略等一会，大阿金就来了，会同阿珠，径往五马路王公馆。

两人刚至门首，只见一个后生慌慌张张冲出门来，低着头一直奔去，分明是王莲生的侄儿，不解何事。两人推开一扇门掩身进内，静悄悄的竟无一人。直到客堂，来安始从后面出来，见了两人即摇摇手，好像不许进去的光景，两人只得立住。阿珠因轻轻问道："王老爷阿来里？"来安点点头。阿珠道："阿有啥事体嗄？"

来安踅上两步，正待附耳说出缘由，突然楼上"劈劈拍拍"一顿响，便大嚷大哭，闹将起来。两人听这嚷哭的是张蕙贞，并不听得王莲生声息。接着大脚小脚一阵乱跑，跑出中间，越发"劈劈拍拍"响得像撒豆一般，张蕙贞一片声喊"救命"。

阿珠听不过，搡搡来安道："耐去劝喤。"来安畏缩不敢。猛可里楼板"彭"的一声震动，震得夹缝中灰尘都飞下些来，知道张蕙贞已跌倒在楼板上。王莲生终没有一些声息，只是"劈劈拍拍"的闷打，打得张蕙贞在楼板上骨碌碌打滚。阿珠要自己去劝,毕竟有好些不便之处,亦不敢上楼。楼上又无第三个人,竟听凭王莲生打个尽情。打到后来,张蕙贞渐渐力竭声嘶,也不打滚了,也不喊救命了,才听得王莲生长叹一声,住了手,退入里间房里去。

阿珠料想不好惊动,遂轻轻辞别了来安要走。大阿金还呆瞪着两眼发呆,见阿珠要走,方醒过来。两人仍携着手,掩身出门,又听得楼上张蕙贞直着喉咙,干号两声,其声着实惨戚。大阿金不禁吁了口气,问道:"到底匆晓得为啥事体?"阿珠道:"管俚哚啥事体,倪吃碗茶去罢。"

大阿金听说高兴,出弄转弯,迤逦至四马路中华众会,联步登楼,恰遇上市辰光,往来吃茶的人逐队成群,热闹得狠。两人拣张临街桌子坐定,合泡了一碗茶,慢慢吃着讲话。阿珠笑道:"起先倪才说王老爷是个好人,故歇倒也会打仔小老母哉,阿要稀奇!"大阿金道:"王老爷搭倪先生好个辰光,嫁仔末倒好哉。倘然倪先生嫁拨仔王老爷末,王老爷陆里敢打嗄!"阿珠道:"沈小红阿好做人家人,故末再要好白相点哩。"大阿金太息道:"倪先生末真真叫自家匆好,怪匆得王老爷讨仔张蕙贞。上海挨一挨二个红倌人,故歇弄得实概样式!"阿珠冷笑道:"故歇倒匆曾算别脚哉哩。"

正说时,堂倌过来冲开水,手揣一角小洋钱,指着里面一张桌子道:"茶钱有哉,俚哚会过哉。"两人引领望去,那桌子上列坐四人,大阿金都不认得。阿珠觉有些面熟,似乎在一笠园见过两次,惟内中一年轻的,认得是赵二宝阿哥赵朴斋。因朴斋穿着大袍阔服,气概非凡,阿珠倒不好称呼,但含笑颔首而已。

一会儿,赵朴斋笑吟吟踅过外边桌子旁,阿珠让他坐了,递与一根水烟筒。朴斋打量大阿金一眼,随向阿珠搭讪道:"耐先生来里山家园呀,耐啥转来哉嗄?"阿珠说:"难要去哉。"朴斋转问大阿金:"耐跟个啥人?"大阿金说是沈小红。阿珠接嘴道:"俚故歇来里寻生意,阿有啥人家要大姐? 荐荐俚。"朴斋矍然道:"西公和张秀英说要添个大姐,等俚转来仔,我替耐去问声看。"阿珠道:"蛮好,谢谢耐。"朴斋即问明大阿金名字,约定廿九回音。阿珠向大阿金道:"价末耐就等两日末哉。张秀英哚勿要末，再到王老爷搭去。”大阿金感谢不尽。朴斋吸了几口水烟，仍回里面桌子上去。

须臾，天色将晚，阿珠、大阿金要走，先往里面招呼朴斋。朴斋同那三个朋友也要走，遂一齐踅下华众会茶楼，分路四散。

第五十四回终。

第五十五回　订婚约即席意彷徨　掩私情同房颜忸怩

按：赵朴斋自回鼎丰里家里，见了母亲赵洪氏，转述妹子赵二宝之言：廿八日要给史三公子饯行，另办一桌路菜，皆须精致丰盛。

朴斋说罢出外，自去找寻大姐阿巧，趁二宝不在家，和阿巧打情骂俏，无所不至。阿巧见朴斋近来衣衫整齐，银钱阔绰，俨然大少爷款式，就倾心巴结起来。因此朴斋倒断绝了王阿二这段交情；便是向时一班朋友，朴斋也渐渐不相往来，只和一个小王十分知己，约为兄弟；又辗转结识了华忠、夏余庆，四人时常一处作乐。

这日，八月廿八，赵朴斋知道小王自必随来，预约华忠、夏余庆作陪，专诚请小王叙叙，也算是饯行之意。等到日色沉西，方才听得门外马铃声响，赵洪氏与朴斋慌张出迎。只见史三公子、赵二宝已在客堂里下轿进来。朴斋站立一边。三公子向洪氏微笑一笑，款步登楼。

二宝叫声“无婶”，一把拉了洪氏，径往后面小房间，关上门，悄嘱道：“难无婶覅实概哩！耐故歇做仔俚丈母哉呀，俚勿曾来请耐，耐倒先跑得出去，阿要难为情。”洪氏嘻着嘴，把头乱点。二宝临走，又嘱道：“我先上去，晚歇俚再要请耐见见末，我教阿虎答应耐，耐看见俚；就叫仔声‘三老爷’好哉，覅说啥闲话。倘忙说差仔拨俚笑话！”洪氏无不遵依。

二宝遂开门出房，到楼梯边，忽见朴斋帮着小王搬取衣包什物。二宝低声喝道：“等俚哚搬末哉，要耐去瞎巴结！”朴斋连忙交与阿虎带上楼去。二宝随同到了楼上房里，脱换衣裳，相伴三公子对坐笑语，没有提起赵洪氏。

一时，对过书房排好筵席，阿虎请去赴宴。二宝要说些亲密话儿，并不请一个陪客。三公子道：“请耐无婶、阿哥一淘来吃哉呀。”二宝道：“俚哚勿局个，我来里陪耐哉碗。”当请三公子南向上坐，手取酒壶，满斟三杯，自斟一小杯，坐于其侧。

三公子三杯饮尽，二宝乃从容说道："耐明朝要转去哉，我末要问声耐。耐一径说个闲话，阿做得到？倘然耐故歇说得蛮高兴，耐转去仔，屋里倒勿许耐，阿是耐要间架哉嗄？耐索性说明白仔，倒也无啥。"三公子愰然起立，道："耐阿是勿相信我？"二宝一手捺坐，笑道："勿是我勿相信耐，我为仔阿哥勿挣气，无法子做个倌人。自家想：陆里再有啥好结果？耐要讨我做大老母，故是我做梦也想勿到实概个好处。不过耐屋里有仔个大老母，故歇再讨个大老母转去，好像人家勿曾有过歇。覅晚歇忒起劲仔，倒弄得一场空。"三公子安慰道："耐放心，倘然我自家想讨三房家小，故末常恐做勿到；故歇是我嗣母个主意，再要讨两房，啥人好说声闲话？索性搭耐说仔罢，嗣母早就看中一头亲事来浪，倒是我搭个浆，勿曾去说。难转去末就请媒人去说亲，说定仔，我再到上海接耐转去，一淘拜堂。不过一个月光景，十月里我定归到个哉。耐放心！"

二宝听说，不胜欢喜，叮咛道："价末耐十月里要来个嘘。耐去仔，我一干子来里，勿出门口，勿见客人，等耐来仔末，我好放心。耐覅为啥事体多耽搁仔嘘。倘然耐屋里个夫人勿许耐讨，耐就讨我做小老母，我也就哝哝末哉。"

二宝说到这里，忽然涕泪交颐，两手爬着三公子肩膀，脸对脸的道："我是今生今世定归要跟耐个哉，随便耐讨几个大老母，小老母，耐总覅豁脱我。耐要豁脱仔我是……"一句话说不完，噎在喉咙口，"呜呜"的竟要哭。慌得三公子两手合抱拢来，搂住二宝，将自己手帕子替他轻轻揩拭，一面劝道："耐瞎说个啥嗄！耐故歇末该应快快活活，办点零碎物事，舒齐舒齐。耐倒再要哭，真真勿着落！"

二宝趁势滚在三公子怀中，缩住哭声，切切诉道："耐勿晓得我个苦处，我拨乡下自家场花人说仔几几花花邱话，故歇说是耐要讨我去做大老母，俚哚才勿相信，来浪笑；万一勿成功下来，我个面孔搁到陆里去！"三公子道："再有啥勿成功？除非我死仔，故末勿成功。"二宝火速抬身，一把握了三公子的嘴，道："耐阿要无清头，难勿搭耐说哉。"三公子一笑丢开。

二宝斟一杯热酒，亲奉三公子呷干。三公子故意问问乡下风景，搭讪开去。二宝早自领会,抛撇愁颜,兴兴头头和三公子玩笑。二宝说道:“倪乡下有只关帝庙,到仔九月里末做戏,看戏个人故末多到个无拨数目哚,连搭墙外头树丫被浪才是个人。倪就搭张秀英看仔一埭,自家搭好仔看台,爬来哚墙头浪,太阳照下来,热得价要死!大家才说道,好看得来。像故歇大观园,清清爽爽,一干子一间包厢,请倪看,啥人高兴去看嗄。”三公子点点头。

二宝又敬两杯酒,说道:“再有句笑话告诉耐,倪关帝庙间壁有个王瞎子,说是算命准得野哚!前年倪无娒喊俚到屋里算倪几家头,俚算我末,说是一品夫人个命。俚还说可惜推扳仔一点点,勿然要做到皇后哚。倪末道仔俚瞎说,陆里晓得故歇倒拨俚算得蛮准。”三公子笑而点头。

两人细酌深谈,尽兴始散。三公子踅过房间里,向楼窗口喊声“小王”。二宝在后拦道:“我来里呀,再要喊俚哚做啥?”三公子问:“小王阿来里?”二宝道:“小王末,是倪阿哥请俚到酒馆里饯饯行。耐啥事体喊俚?”三公子道:“无啥,教俚转去收捉行李,明朝早点来。”二宝道:“晚歇倪搭俚说末哉。”三公子没甚言语,消停多时,安置不表。

次日,二宝起个绝早,在中间梳洗,不敷脂粉,不戴钗钏,并换一身净素衣裳,等三公子起身,问道:“耐看我阿像个人家人?”三公子道:“倒蛮清爽。”二宝道:“就今朝起,我一径实概样式。”说着,陪三公子吃了点心。

三公子遂令阿虎请了赵洪氏上楼厮见。三公子于靴叶子内取出一张票子交与赵洪氏,道:“我末要转去一埭,再等我一个月,盘里衣裳头面,我到屋里办得来。耐先拿一千洋钱去,搭俚办点零碎物事。嫁妆末等我来仔再办。”洪氏不敢接受,只把眼睃二宝。二宝劈手抢过票子,转问三公子道:“耐个一千洋钱末算啥?要是开消个局帐,故末倪谢谢耐。耐说就要来讨我个末,再拨倪啥个洋钱嗄?说到仔零碎物事,倪穷末穷,还有两块洋钱来里,也覅耐费心个哉。”

三公子见如此说,俯首沉吟。洪氏接嘴道:“三老爷客气得来,难是一家人哉呀,无啥客气碗。”二宝忙丢个眼色,勿令多言。赵洪氏辞别下楼。

三公子只得收起票子，喊小王打轿。二宝也坐了轿子去送三公子。先到了公馆里，发下行李，用过中饭，却有一起一起送行的络绎不绝。三公子匆匆会客，没些空闲。直至四点多钟，三公子才收拾下船。二宝送至船上，只见阿哥赵朴斋正在舱中替小王照看行李。二宝悄问："路菜阿曾挑来？"朴斋回说："来哉。"

二宝寻思没事，将欲言归，紧紧握着三公子的手，嘱道："耐到仔屋里，写封信拨我。我身体末原来里上海，我肚皮里个心也跟仔耐一淘转去个哉。耐覅到别场花再去耽搁哩。"三公子唯唯答应。二宝又道："耐十月里啥辰光来？有仔日脚末再写封信拨我。能够早点最好。耐早一日到，倪一家门几花人早一日放心。"三公子又唯唯答应。

二室再要说时，被船家催促开船，没奈何撒手登岸。史天然立在船头，赵二宝坐在轿里，大家含泪相视，无限深情。直到望不见船上桅影，赵朴斋始令轿班抬轿回家。

原来赵二宝是个心高气硬的人，自从史天然有三房家小之说，二宝就一心一意嫁与天然。又恐天然看不起，极力要装些体面出来，几天然所有局帐，二宝不许开消，以为你既视我为妻，我亦不当自视为妓；一过中秋便揭去名条，闭门谢客，单做史天然一人。天然去时约定十月间亲来迎接，二宝核算家中尚存英洋四百余元，尽够浇裹，坦然无忧。

这日送行回来，赵朴斋自去张秀英家，荐个大姐大阿金生意。赵二宝却和母亲赵洪氏商议道："俚说嫁妆等俚来再办，我想嫁妆该应倪坤宅办得去末对啘。俚办来浪，常恐俚哚底下人多说多话，坍俚个台。"洪氏道："耐要办嫁妆末，推扳点哉哩。故歇就剩仔四百块洋钱啘。"

二宝咳了一声，道："无娒末总实概个，四百块洋钱陆里好办嫁妆嗄！我想末，先去借得来办舒齐仔，等俚拿仔盘里个银两来末，再去还。"洪氏道："故也无啥。"

二宝转和阿虎商议道："耐阿有啥场花借点洋钱？"阿虎道："倪

就好借末也有限得势,倒勿如做个帐。绸缎店、洋货店、家生店,才有熟人来浪,到年底付清好哉。”二宝大喜,于是每日令阿虎向各店家赊取嫁妆应用物件。二宝忙碌碌自己挑拣评论,只要上等时兴市货。

赵朴斋在家没事,同阿巧绞得像饴糖一般,缠绵恩爱,分拆不开。阿巧知道朴斋是史三公子的嫡亲阿舅,更加巴结万分。朴斋私与阿巧誓为夫妇,将来随嫁过门便是一位舅太太了。二宝没工夫理会他们,别人自然不管这些事。

一日,忽见齐府一个管家交到一封书信,是史三公子寄来的,朴斋间过,细细演讲一遍。前面说是一路平安到家,已央人去说那头亲事,刻尚未有回音;末后又说目今九秋风物,最易撩人,闷来时可往一笠园消遣消遣。二宝既得此信,赶紧办齐嫁妆,等待三公子一到,成就这美满姻缘。

朴斋因连日不见夏总管,问那管家,说是现在华众会吃茶。朴斋立刻去寻,果见夏余庆同华忠两人,泡茶在华众会楼上。

华忠一见朴斋,问道:“耐为啥一径勿出来?”夏余庆抢说道:“俚末屋里向有仔点花样来浪哉,阿晓得?”华忠愕然道:“啥花样嘎?”夏余庆道:“我也勿清爽,要去问小王哚。”

朴斋讪笑入座。堂倌添上一只茶钟,问:“阿要泡一碗?”朴斋摇摇手。华忠道:“价末倪去罢。”夏余庆道:“好个,倪走白相去。”

当下三人同出华众会茶楼,从四马路兜转宝善街,看了一会倌人马车,踅进德兴居小酒馆内,烫了三壶京庄,点了三个小碗,吃过夜饭。余庆请去吸烟,引至居安里潘三家门首,举手敲门。门内娘姨接应,却许久不开。夏余庆再敲一下,娘姨连说:“来哉,来哉!”方慢腾腾出来开了。

三人进了门,只听得房间里地板上“历历碌碌”一阵脚声,好像两人扭结拖拽的样子。夏余庆知道有客,在房门口立住脚。娘姨关上大门,说道:“房里去哩。”

夏余庆遂揭起帘子,让两人进房,听得那客人开出后房门,“登登登”脚声踅上楼梯去了。房间里暗昏昏地,只点着大床前梳妆台上一盏油灯。潘三将后房门掩上,含笑前迎,叫声“夏大爷”。娘姨乱着点起洋灯、烟灯，再去加茶碗。

夏余庆悄问那上楼的客人是何人。潘三道："勿是倪客人，是客人哚个朋友呀。"夏余庆道："客人哚个朋友末，啥勿是客人嗄？"随手指着华忠、赵朴斋道："价末俚哚才勿是客人哉碗？"潘三道："耐末再要瞎缠，吃烟罢。"

夏余庆向榻床睡下，刚烧好一口烟，忽听得敲门声响。娘姨在客堂中高声问："啥人嗄？"那人回说："是我。"娘姨便去开了进来，那人并不到房间里，一直径往楼上。知道与楼上客人是一帮，皆不理会。

夏余庆烟瘾本自有限，吸过两口，就让赵朴斋吸，自取一支水烟筒坐在下手吸水烟。华忠和潘三并坐靠窗高椅上讲些闲话。

忽又听得有人敲门。夏余庆叫声"阿唷'，道："生意倒闹猛哚碗！"说着，放下水烟筒，立起身来望玻璃窗张觑。潘三上前拦道："看啥嗄？搭我坐来浪！"

夏余庆听得娘姨开出门去，和敲门的"唧唧"说话，那敲门的声音似乎厮熟。夏余庆一手推开潘三，赶出房门看是何人，那敲门的见了慌的走避。夏余庆赶出弄堂，趁着门首挂的玻璃油灯望去，认明那敲门的是徐茂荣，指名叫唤。

徐茂荣只得转身，故意喊问："阿是余庆哥嗄？"余庆应了。茂荣方才满面堆笑，连连打恭，道："我再勿靠帐余庆哥来里。"一面说，一面跟着夏余庆踅进房间，招呼华忠、赵朴斋两人。

朴斋认得这徐茂荣，曾经被他毒手殴伤头面，不期而遇，着实惊惶。茂荣心里觉着，外面只做不认得。

大家各通姓名，坐定。夏余庆问徐茂荣道："耐为啥看见仔我跑得去？"茂荣没口子分说道："勿晓得是耐呀。我就问仔声虹口杨个阿来里，勿来里末，我生来去哉碗。陆里晓得耐倒来里？"余庆鼻子里哼了一声。

徐茂荣笑嘻嘻望着潘三道："三小姐长远勿见，好像壮仔点哉。阿是倪余庆哥拨耐吃仔好物事？"潘三眼梢一瞟，答道："耐末为仔长远勿见，再要教倪骂两声，阿对？"

徐茂荣拍掌道："划一！蛮准！"接着别转脸去，又向华忠、赵朴斋指手划脚的，且笑且诉道："前埭倪余庆哥来里上海末，就做个三小姐，倪一淘人才到该搭来寻俚，一日天跑几埭，赛过是华众会，拨三小姐末骂得来要死。故歇余庆哥勿来仔，倪一淘人也才勿来哉。"

华忠、赵朴斋不置一词。徐茂荣却问潘三道："为啥倪余庆哥勿来？阿是耐得罪仔俚？"潘三未及答话。夏余庆喝住道："覅瞎说哉，倪有公事来里！"

第五十五回终。

第五十六回　私窝子潘三谋胠箧　破题儿姚二宿勾栏

按:潘三因夏余庆说有公事,逡巡出房,且去应酬楼上客人。徐茂荣正容请问:“是何公事?”夏余庆道:“耐一班人管个啥公事,倪山家园一堆阿曾去查查嗄?”茂荣大骇道:“山家园阿有啥事体?”余庆冷笑道:“我也勿清爽!今朝倪大人吩咐下来,说山家园个赌场闹猛得势,成日成夜赌得去,摇一场摊有三四万输赢哚,索性勿像仔样子哉!问耐阿晓得?”茂荣呵呵笑道:“山家园个赌场末,陆里一日无拨嗄!我道仔山家园出仔个强盗,倒一吓。难明朝我去说一声,教俚哚覅赌仔末哉。”余庆道:“耐喤来浪搭个浆,晚歇弄出点事体来,大家无趣相!”茂荣移坐相近,道:“余庆哥,山家园个赌场,倪倒才勿曾用过一块洋钱喤。开赌个人,耐也明白来浪。几花赌客才是老爷们,倪衙门里也才来浪赌碗。倪跑进去,阿敢说啥闲话?故歇齐大人要办,容易得势,我就立刻喊齐仔人,一塌括仔去捉得来,阿好?”余庆沉吟道:“俚哚勿赌仔,倪大人也勿是定归要办俚哚。耐先去拨仔个信,再要赌末,生来去捉。”

茂荣拍着腿膀道:“原说呀,有几个赌客就是大人个朋友。倪勿比仔新衙门里巡捕,有多花为难个场花哚呀!”余庆怫然作色道:“大人个朋友,就是李大少爷末赌过歇,勿关倪事。倪门口里啥人来浪赌?耐说说看。”茂荣连忙剖辨道:“我勿曾说是门口里碗。倘然耐门口里有人去仔,我阿有啥勿告诉耐个嗄?”夏余庆方罢了。

徐茂荣笑着,更向华忠、赵朴斋说道:“倪个余庆哥,故末真真大本事!齐府浪通共一百多人哚,就是余庆哥一干子管来浪,一径勿曾有歇一点点差事体。”华忠顺口唯唯,赵朴斋从榻床起身,让徐茂荣吸烟,徐茂荣转让华忠。

正在推挽之际,欻地后房门“呀”的声响,趯进一个人,踮手踮脚,直至榻床前。大家看时,乃是张寿,皆怪问道:“耐啥辰光来个嗄?"张寿不发一言,只是曲背弯腰,眯眯的笑。华忠就让张寿躺下吸烟。

夏余庆低声问张寿道:"楼浪是啥人?"张寿低声说是"匡二"。余庆道:"价末一淘下头来坐歇哉啘。"张寿急摇手道:"俚赛过私窝子,覅去喊俚。"余庆鼻子里又哼了一声,道:"为啥故歇几个人才有点阴阳怪气!"随手指着徐茂荣道:"坎坎俚一干子跑得来,同娘姨说闲话。我去喊俚,俚倒想逃走哉,阿要稀奇!"徐茂荣雌着嘴,笑向张寿道:"余庆哥一径来里埋冤我,好像我看勿起俚。耐说阿有价事?"张寿笑而无语。

夏余庆道:"堂子里总归是白相场花,大家走走,无啥要紧。匡二哥道仔我要吃醋,俚也转差仔念头哉。"张寿道:"俚倒勿是为耐,常恐东家晓得仔说俚。"余庆道:"再有句闲话,耐去搭俚说:教俚劝劝东家,山家园个赌场里覅去赌。"即将适间云云缕述一遍。

张寿应诺,吸了一口烟,辞谢四人,仍上楼去。只见匡二、潘三做一堆儿滚在榻床上。见了张寿,潘三才缓缓坐起,向匡二道:"我下头去。耐勿许去个哩,我有闲话搭耐说。"又嘱张寿:"坐歇,覅去。"潘三遂复下楼。

楼上张寿轻轻地和匡二说了些话。约半点钟光景,听得楼下四人纷然作别声、潘三款留声、娘姨送出关门声。随后潘三喊道:"下来罢。"匡二遂请张寿同到楼下房间。张寿有事要去,匡二要一淘走,潘三那里肯放?请张寿:"再吸筒烟哩。"一手拉着匡二拉至床前藤椅上,叠股而坐,密密长谈。张寿只得稍待,见那潘三谈了半日,不知谈的甚么事,匡二连连点头,总不答话。及潘三谈毕走散,匡二还呆着脸踌躇出神。张寿呼问:"阿去嗄?"匡二始醒过来。临出门,潘三复附耳立谈两句,匡二复点点头,始跟张寿踅出居安里。

张寿在路问:"潘三说啥?"匡二道:"俚瞎说呀,还仔债末要嫁人哉。"张寿道:"价末耐去讨仔俚哉啘。"匡二道:"我陆里有几花洋钱!"

当下分路,匡二往尚仁里杨媛媛家。张寿自往兆富里黄翠凤家,遥望黄翠凤家门首七八乘出局轿子,排列两旁,料知台面未散。进得门来,遇见来安,张寿问:“局阿曾齐?”来安道:“要散哉。”张寿道:“王老爷叫个啥人?”来安道:“叫两个哚:沈小红、周双玉。”张寿道:“洪老爷阿来里?”来安道:“来里。”张寿听说,心想周双珠出局,必然阿金跟的,乘间溜上楼梯,从帘子缝里张觑。其时台面上拳声响亮,酒气蒸腾。罗子富与姚季莼两人合摆个庄,不限杯数,自称为“无底洞”,大家都不服。王莲生、洪善卿、朱蔼人、葛仲英、汤啸庵、陈小云联为六国,约纵连横,车轮鏖战,皆不许相好、娘姨、大姐代酒,其势汹汹,各不相下,为此比往常分外热闹。张寿见周双珠跟的阿金空闲傍立,因向身边取出一枚叫子,望内“许”的一吹。席间并未觉着,阿金听得,溜出帘外,悄地约下张寿隔日相会。张寿大喜,仍下楼去伺候,阿金复掩身进帘。席间那有工夫理会他们,只顾豁拳吃酒。

这一席,直闹到十二点钟,合席有些酩酊,方才罢休。许多出局皆要巴结,竟没有一个先走的。席散将行,姚季莼拱手向王莲生及在席众人道:“明朝奉屈一叙,并请诸位光陪。”回头指着叫的出局道:“就来里俚搭庆云里。”众人应诺,问道:“贵相好阿是叫马桂生?倪才勿曾看见过。”姚季莼道:“我也新做起。本底子朋友来浪叫,故歇朋友荐拨我,我就叫叫末哉。”众人皆道:“蛮好。”说毕,客人、倌人一齐告辞,接踵下楼。娘姨、大姐前遮后拥,还不至于醉倒。

罗子富送客回房,黄翠凤窥其面色,也不甚醉,相陪坐下。翠凤问道:“王老爷为仔啥事体,才要请俚吃酒?”子富道:“俚要江西做官去,倪老朋友生来搭俚钱饯行。”翠凤失声叹道:“难末沈小红要苦煞哉!王老爷来里末,巴结点再做做,倒也无啥;难去仔,好哉啘!”子富道:“故歇个王老爷,勿晓得为啥,好像同沈小红好仔点哉。”翠凤道:“故歇就好煞也无行用啘。起先,沈小红转差仔个念头,起先要嫁拨仔王老爷,故歇就勿要紧哉,跟得去也好,再出来也好。”子富道:“沈小红自家要寻开心,姘个戏子,陆里肯嫁嗄!”翠凤又叹道:“倌人姘戏子个多煞,就是俚末吃仔亏。”两人评论一回,收拾不表。

次日是礼拜日,午后,罗子富拟作明园之游,命高升喊两把马车。适值黄二姐走来白相,到房间里叫声“罗老爷”及“大先生”。黄翠凤仍叫“无娒”,请其坐下。寒暄两句,翠凤问及生意。黄二姐蹙额摇头道："覅说起！耐来浪个辰光，一径蛮闹猛，故歇勿对哉，连搭仔金凤个局也少仔点。心想买个讨人，常恐勿好末，像诸金花样式。就实概晾下去总勿齐头。我来搭耐商量，阿有啥法子？"翠凤道："故末无娒自家主意，我勿好说。买个讨人也难煞，就算人好末，生意陆里说得定？我故歇也无拨啥生意。"黄二姐寻思不语，翠凤置之不睬。

须臾，高升回报："马车来哉。"黄二姐只得告辞，踯躅而去。于是罗子富带着高升，黄翠凤带着赵家娒，各乘一把马车，驶往明园，就正厅上泡茶坐下。

子富说起黄二姐，道："耐无娒是无用人，倒原要耐去管管俚末好。"翠凤道："我去管俚做啥！我原教俚买个讨人，俚舍勿得洋钱，勿听我闲话，故歇无拨仔生意，倒问我阿有啥法子。再拨点洋钱俚哉哩。"子富笑了。翠凤又说起沈小红，道："沈小红故末是无用人，王老爷做仔张蕙贞末，最好哉啘；耐覅去说穿俚，暗底下拿个王老爷挤，故末凶哉。"

说犹未了，不想沈小红独自一个款步而来。翠凤便不再说。子富望去，见沈小红满面烟色，消瘦许多，较席间看的清楚。小红亦自望见，装做没有理会，从刺斜里踅上洋楼。随后大观园武小生小柳儿来了，穿着单罗夹纱崭新衣服，越显出吉灵即溜的身儿；脚下厚底京鞋，其声橐橐；脑后拖一根油晃晃朴辫，一直踅进正厅，故意兜个圈子，捱过罗子富桌子旁边，细细打量黄翠凤。原来翠凤浑身缟素，清爽异常，插戴首饰，也甚寥寥；但手腕上一副乌金钏臂从东洋赛珍会上购来，价值千金。小柳儿早有所闻，特地要广广见识。黄翠凤误会其意，投袂而起，向罗子富道："倪去罢。"子富自然依从，同往园中各处随喜一遭，至园门首坐上马车，径驶回兆富里口停下。

踅进家门，只见厢房内文君玉独坐窗前，低头伏桌，在那里孜孜的看。罗子富近窗掂脚一望，桌上摊着一本《千家诗》。文君玉两只眼睛离书不过二寸许，竟不觉得窗外有人看他。黄翠凤在后，暗地将子富衣襟一拉，不许停留。子富始忍住笑，上楼归房，悄悄问翠凤道："文君玉好像有点名气个啘，啥实概样式嘎？"翠凤不答，只把嘴一撇。赵家娒在旁悄悄笑道："罗老爷，阿是好白相煞个？倪有辰光碰着仔,同俚讲讲闲话,故末笑得来。俚说故歇上海赛过拗空,夷场浪倌人一个也无拨,幸亏俚到仔上海,难末要撑点场面拨俚哚看!”说着又笑,子富也笑个不了。赵家姆道:“倪问俚:‘价末耐个场面阿曾撑嗄?’俚说:‘难是撑哉呀。可惜上海无拨客人,有仔客人总归做俚一干子。’”子富一听,呵呵大笑起来。翠凤忙努嘴示意。赵家姆方罢。

比及天晚,高升送上一张请客票头,子富看是姚季莼的,立刻下楼就去。经过文君玉房门首,尚听得有些吟哦之声。子富心想上海竟有这种倌人,不知再有何等客人要去做他。高升伏侍上轿,径抬往庆云里马桂生家。姚季莼会着,等齐诸位,相让入席。

姚季莼既做主人,那里肯放松些?个个都要尽量尽兴。王莲生吃得胸中作恶,伏倒在台面上。沈小红问他:“做啥?”莲生但摇手,忽然“咽”的一响,呕出一大堆,淋漓满地。朱蔼人自觉吃得太多,抽身出席,躺于榻床,林素芬替他装烟,吸不到两口,已懵腾睡去。葛仲英起初推托不肯多吃,后来醉了,反抢着要吃酒。吴雪香略劝一句,仲英便不依,几乎相骂。罗子富见仲英高兴,连喊:“有趣,有趣!倪来豁拳。”即与仲英对豁了十大觥。仲英输得三拳,勉强吃了下去。子富自恃酒量,先时吃的不少,此刻加上这七觥酒,也就东倒西歪,支持不住。惟洪善卿、汤啸庵、陈小云三人格外留心,酒到面前,一味搪塞,所以神志湛然,毫无酒意。因见四人如此大醉,央告主人姚季莼屏酒撤席,复护送四人登轿而散。

季莼酒量也好,在席不觉怎样,欲去送客,立起身来,登时头眩眼花,不由自主,幸而马桂生在后挡住,不致倾跌。桂生等客散尽,遂与娘姨扶掖季莼,向大床上睡下,并为解钮宽衣,盖上薄被。季莼一些也不知道,竟是昏昏沉沉一场美睡。天明醒来,睁眼一看,不是自家床帐,身边又有人相陪;凝神细想,方知为马桂生家。

这姚季莼为家中二奶奶管束严紧,每夜十点钟归家。稍有稽迟,立加谴责。若是官场公务丛脞,连夜不能脱身,必然差人禀明二奶奶。二奶奶暗中打听,真实不虚,始得相安无事。在昔做卫霞仙时,也算得是两情浃洽,但从未尝整夜欢娱。自从当场出丑之后,二奶奶几次噪闹,定不许再做卫霞仙,季莼无可如何,忍心断绝。但季莼要巴结生意,免不得与几个体面的往来于把势场中,二奶奶却也深知其故。可巧家中用的一个马姓娘姨,与马桂生同族,常在二奶奶面前说这桂生许多好处。因此二奶奶倒怂恿季莼做了桂生,便是每夜归家时刻,也略为宽假些,迟到十二点钟还不妨事。

不料季莼醉后失检,公然在马桂生家住了一宿,斯固有生以来破题儿第一夜之幸事。只想着家中二奶奶这番噪闹,定然加倍利害,若以谎词支吾过去,又恐轿班戳破机关,反为不美,再四思维,不得主意。桂生辛苦困倦,睡思方浓。季莼如何睡得着?却舍不得起来。眼睁睁的直到午牌时分,忽听得客堂中外场高叫:"桂生小姐出局。"娘姨隔壁答应,问:"啥人叫个?"外场回说:"姓姚。"季莼听得一个"姚"字,心头小鹿儿便突突地乱跳,抬身起坐,侧耳而听。娘姨复道:"倪个客人就是二少爷末姓姚,除仔二少爷无拨哉碗。"外场复"格"声一笑,接着啁啾嘈杂。声音低了下去,听不清楚说些甚的。

季莼推醒桂生,急急着衣下床,喊娘姨进房盘问。娘姨手持局票,呈上季莼,嘻嘻笑道:"说是二奶奶来里壶中天,叫倪小姐个局。就是二少爷个轿班送得来票头。"季莼好似半天里起个霹雳,吓得目瞪口呆,手足无措。还是桂生确有定见,微微展笑,说声"来个",打发轿班先去。桂生就催娘姨舀水,赶紧洗脸梳头。

季莼略定定心,与桂生计议道:"我说耐覅去哉,我去罢。我横竖勿要紧,随便俚啥法子来末哉,阿好拿我杀脱仔头?"桂生面色一呆,问道:"俚叫个我碗,为啥我勿好去?"季莼攒眉道:"耐去末,倘忙晚歇大菜馆里噪反仔,像啥样式嗄?"桂生失笑道:"耐搭我坐来浪罢。要噪末陆里勿好噪,为啥要大菜馆里去?阿是耐二奶奶发痴哉?"

季莼不敢再说,眼看桂生打扮停当,脱换衣裳,竟自出门上轿。季莼叮嘱娘姨,如有意外之事,可令轿班飞速报信。娘姨唯唯,迈步跟去。

第五十六回终。

第五十七回　甜蜜蜜骗过醋瓶头　狠巴巴问到沙锅底

按：马桂生轿子径往四马路壶中天大菜馆门首停下，桂生扶着娘姨进门登楼，堂倌引至第一号房中。只见姚二奶奶满面堆笑，起身相迎。桂生紧步上前，叫声"二奶奶"，再与马娘姨厮见。姚奶奶携了桂生的手，向一张外国式皮褥半榻并肩坐下。姚奶奶开言道："我请耐吃大菜，下头帐房里缠差仔，写仔个局票。耐喜欢吃啥物事？点啘。"桂生推说道："倪饭吃过哉呀。二奶奶耐自家请。"姚奶奶执定不依，代点几色，说与堂倌，开单发下。

姚奶奶让了一巡茶，讲了些闲话，并不提起姚季莼。桂生肚里想定话头，先自诉说昨夜二少爷如何摆酒请客，如何摆庄豁拳，如何吃得个个大醉；二少爷如何瞌睡不能动身，我与娘姨两个如何扛抬上床；二少爷今日清醒如何自惊自怪，不复省记向时情事：细细的说与姚奶奶听，绝无一字含糊掩饰。姚奶奶闻得桂生为人诚实，与别个迥然不同。今听其所言，果然不错，心中已自欢喜。

适值堂倌搬上两客汤饼，姚奶奶坚请桂生入座，桂生再三不肯。姚奶奶急了，顾令马娘姨转劝。桂生没法，遵命吃过汤饼，换上一道板鱼。

姚奶奶吃着，问道："价末故歇二少爷阿曾起来嗄？"桂生道："倪来末刚刚起来。说仔二奶奶来里喊我，二少爷极得来，常恐二奶奶要说俚。我倒就说：'勿要紧个。二奶奶是有规矩人，常恐耐来里外头豁脱仔洋钱，再要伤身体。耐自家覅去无淘成，二奶奶总也勿来说耐哉啘。"姚奶奶叹口气道："说到仔俚末真真要气煞人！俚勿怪自家无淘成，倒好像我多说多话。一到仔外头，也勿管是啥场花，碰着个啥人，俚就说我多花勿好，说我末凶，要管俚，说我勿许俚出来。俚也叫仔耐好几个局哉，阿曾搭耐说过歇？"

桂生道："故是二少爷倒也勿个。二少爷个人，说末说无淘成，俚肚皮里也明白来浪。二奶奶说说俚，总是为好。倪有辰光也劝声把二少爷，倪说：'二奶奶勿比仔倪堂子里。耐到倪堂子里来，是客人呀。客人有淘成无淘成，勿关倪事，生来勿来说耐。二奶奶搭耐一家人，耐好末二奶奶也好，二奶奶勿是要管耐，也勿是勿许耐出来，总不过要耐好。倪倘然嫁仔人，家主公外头去无淘成，倪也一样要说个琬。'"姚奶奶道："难我勿去说俚哉，等俚歇末哉。我说末定归勿听，帮煞个堂子里，拨个卫霞仙杀坯当面骂我一顿，还有俚铲头东西再要搭杀坯去点仔副香烛，说我得罪仔俚哉！我阿有面孔去说俚？"

姚奶奶说到这里，渐渐气急脸涨，连一条条青筋都爆起来，桂生不敢再说。当下五道大菜陆续吃毕。桂生每道略尝一脔，转让与马娘姨吃了。揩把手巾，出席散坐。

桂生复慢慢说道："倪勿然也勿好说，二少爷个人倒划一无淘成得野哚，原要耐二奶奶管管俚末好喤，依仔二少爷，上海夷场浪倌人，巴勿得才去做做。二奶奶管来浪，终究好仔点。二奶奶阿对？"姚奶奶虽不曾接嘴，却微露笑容。消停半刻，姚奶奶复携了桂生的手，踅出回廊，同倚栏杆，因问桂生几岁，有无父母，曾否攀亲。桂生回说十九岁，父母亡故之后，遗下债务无可抵挡，走了这条道路；那得个有心人提出火坑，三生感德。姚奶奶为之浩叹。

桂生因问姚奶奶："阿要听曲子？我唱两只拨二奶奶听。"姚奶奶阻止道："覅唱哉，倪要去哉。"遂与桂生回身归座，令马娘姨去会帐。

姚奶奶复叹道："我为仔卫霞仙个杀坯末，搭俚哚仔好几转，出仔几花坏名气，啥人晓得我冤枉？像故歇二少爷做仔耐，我就蛮放心。要是吃醋末，为啥勿噪哉嗄？"桂生微笑道："卫霞仙是书寓呀，俚哚会骗。像倪是老老实实，也无拨几户客人。做着仔二少爷，心里单望个二少爷生意末好，身体末强，故末一径好做下去。"姚奶奶道："我再有句闲话要搭耐说，既然二少爷来里耐搭，我就拿个二少爷交代拨耐。二少爷到仔夷场浪，覅放俚再去叫个倌人。倘然俚定归要叫，耐教娘姨拨个信我。"

桂生连声应诺。姚奶奶仍携着手款步下楼，同出大菜馆门首。

桂生等候马娘姨跟着姚奶奶轿子先行，方自坐轿归至庆云里家中。只见姚季莼正躺在榻床上吸鸦片烟。桂生做势道："耐倒舒齐哚啘，二奶奶要打耐哉！当心点，阿晓得？"

季莼早有探子报信，毫不介意，只嘻着嘴笑。桂生脱下出局衣裳，遂将姚奶奶言语情形，详细叙述一遍。喜得季莼抓耳爬腮，没个摆布。桂生却教导季莼道："耐晚歇去吃仔酒末，早点转去。二奶奶问起仔我，耐总说是无啥好，陆里好比卫霞仙。"

季莼不等说完，嚷道："再要说个卫霞仙，故末真真拨俚打哉唗！"桂生道："价末耐就说是幺二堂子，无啥趣势。二奶奶再问耐阿要做下去，耐说故歇无拨对意个倌人，做做罢哉。照实概两声闲话，二奶奶定归喜欢耐。"

季莼唯唯不迭。又计议一会，季莼始离了马桂生家，乘轿赴局办些公事。天晚事竣，径去赴宴。

这晚是葛仲英在东合兴里吴雪香家为王莲生饯行，依旧那七位陪客。姚季莼本拟早回，不及终席而去。其余诸位只为连宵大醉，鼓不起酒兴，略坐坐也散了。

王莲生因散的甚早，便和洪善卿步行往公阳里周双玉家打个茶会，一同坐在双玉房间。周双珠过来厮见，就道："今朝倒还好；像昨日夜头吃酒，怕煞个。"阿珠方给莲生烧鸦片烟，接嘴道："王老爷，难酒少吃点；多吃仔酒，再吃个鸦片烟，身体勿受用，阿对？"莲生笑而颔之。

阿珠装好一口烟，莲生吸到嘴里，吸着枪中烟油，慌的爬起，吐在榻前痰盂内。阿珠忙将烟枪去打通条，双玉远远地坐着，望巧囡丢个眼色。巧囡即向梳妆台抽屉里面取出一只玻璃缸，内盛半缸山查脯，请王老爷、洪老爷用点。莲生忽然感触太息。阿珠通好烟枪，替莲生把火，一面问道："难小红先生搭就是个娘来里跟局？"莲生点点头。阿珠道："价末大阿金出来仔，大姐也勿用？"莲生又点点头。阿珠道："说要搬到小房子里去哉呀，阿有价事？"莲生说："勿晓得。"

阿珠只装得两口烟，莲生便不吸了，忽然盘膝坐起，意思要吸水烟。巧囡送上水烟筒，莲生接在手中，自吸一口，无端吊下两点眼泪。阿珠不好根问。双珠、双玉面面相觑，也自默然。房内静悄悄地，但闻四壁厢促织儿"唧唧"之声，聒耳得紧。

善卿揣知莲生心事，无可排遣，只得与双珠搭讪些闲话。适见房门口帘子一扬，探进一个头来望望，似乎是小孩子。双珠喝问："啥人？"外面不见答应。双珠复喝道："跑得来！"方才遮遮掩掩，趄至双珠面前。果系阿金的儿子阿大，咭呱咕噜告诉双珠，不知说的甚么。双珠鼻子里哼了一声，阿大逡巡退出，随后楼下"踢踢踢"一路脚声，直跑到楼上房间里。双珠见是阿金，生气不理。阿金满面羞惭，溜出中间与阿大切切商量。善卿不觉失笑。

莲生再躺下去吸两口鸦片烟，遂令阿珠喊来安打轿。善卿及双珠、双玉都送至楼门口而别。

王莲生去后，善卿径往双珠房间。阿珠收拾既毕，特地过来问善卿道："王老爷为啥气得来？"善卿叹道："也怪勿得王老爷。"阿珠道："王老爷做仔官末，该应快活点，再有啥气嗄？"善卿道："起先，王老爷阿是一径喜欢个沈小红，为仔沈小红勿好末，去讨仔个张蕙贞。陆里晓得张蕙贞也勿好，难末为仔张蕙贞勿好，再去做个沈小红。做末来浪做，心里末来浪气。"阿珠道："张蕙贞啥个勿好？"善卿道："也不过勿好末哉，说俚做啥？"阿珠乃说出前日往王莲生公馆听张蕙贞被打一节。善卿亦说道："险个！王老爷打仔一泡，勿要哉。张蕙贞末吃个生鸦片烟，原是倪几个朋友去劝好仔，拿个阿侄本赶出，算完结该桩事体。"阿珠亦叹道："张蕙贞也忒啥个勿挣气，拨沈小红晓得仔，故末快活得来，要笑煞哚！"

刚刚讲得热闹，外场喊报："小先生出局。"阿珠回对过房间跟周双玉出局去。善卿转向双珠道："可惜王老爷要去哉；勿然，让俚做双玉，倒蛮好。"双珠道："说起仔双玉，想着哉。倪无娒要商量句闲话，我倒忘记脱仔勿曾说。"善卿急问："啥闲话？"双珠道："倪双玉山家园转来，一径勿肯留客人。我同无娒说仔好几转，俚说五少爷定归要讨俚，说好个哉，倪勿好说穿俚。请耐去问五少爷，该应那价样式。要讨末讨得去，勿讨末教五少爷自家搭双玉说仔声末，让俚做生意，阿对？"善卿道："双玉倒勿靠帐俚，花头大得野哚。"双珠道："俚哚两家头才是拗空！覅说五少爷定仔亲，就勿定末，阿能够讨双玉去做大老母？"

善卿未及接言,不想周双宝因多时不见善卿,乘间而来,可巧一脚跨进房门,就搭讪道:"陆里来个大老母嗄?拨倪看看唦。"双珠憎其嘴快,瞪目相视。双宝忙缩住口,退坐一傍。阿金随到房里向双宝附耳说话,双宝也附耳回答。阿金轻轻地骂了一句,转身坐下,取出那副牙牌随意摆弄。善卿问问双宝近日情形。

须臾,双玉出局回家,双宝听见,回避下楼。双玉过来闲话一会,敲过十二点钟,巧囡搬上稀饭。阿金丢下牙牌,伏侍善卿、双珠、双玉三人吃毕。巧囡收起碗筷,阿金依然摆弄牙牌。善卿见阿大躲在房门口黑暗里,呼问:"做啥?"阿大即蹑足潜逃,转瞬间,仍在房门口踯躅不去。双珠看不入眼,索性不去说他。

既而闻得相帮卸下门灯,掩上大门,双玉告睡归房。巧囡复舀上面水,阿金始将牙牌装入匣内,伏侍双珠捕面卸妆。吹灭保险灯,点着梳妆台长颈灯台,揭去大床五色绣被,单留一条最薄的,展开铺好。巧囡既去,阿金还向原处低头兀坐。阿大捱到房里,偎傍阿金身边。善卿肚里寻思,看他怎的。

俄延之间,阿德保手提水铫子来冲了茶,回头看定阿金。冷冷的问道:"阿转去嗄?"阿金哆嘴不答,挈带阿大拔步先行。阿德保紧紧相从。一至楼梯之下,登时沸反盈天。阿德保的骂声、打声,阿金的哭声、喊声,阿大的号叫、跳掷声,又间着阿珠、巧囡劝解声,相帮拉扯声,周兰呵责声,杂沓并作。

善卿要看热闹,从楼门口望下窥探,一些也看不见。只听得阿德保一头打,一头骂,一头问道:"大马路啥场花去?我问耐大马路啥场花去?说唦!"问来问去,要问这一句话。阿金既不供招,亦不求饶,惟狠命的哭着喊着。阿珠、巧囡、相帮乱烘烘七手八脚的拉扯劝解,那里分得开、挡得住?还是周兰发狠,极声喝道:"要打杀哉呀!"就这一喝里,阿德保手势一松,才拖出阿金来。阿珠、巧囡忙把阿金推进周兰房间里去。阿德保气不过,顺手抓得阿大,问他:"耐同仔娘大马路去做啥?耐个好倪子,耐只猪猡!"骂一声打一下,打得阿大越发号叫跳掷,竟活像杀猪猡一般。相帮要去抢夺,却被阿德保揪牢阿大小辫子,抵死不放。

双珠听到这里，着实忍耐不得，蓬着头，赶出楼门口，叫声“阿德保”，道：“耐倒打得起劲煞来里阿是，俚乃小干仵末懂啥嗄?”相帮因双珠说，一齐上前用力扳开阿德保的手，抱了阿大，也送至周兰房间。阿德保没奈何，一撒手，径出大门大踏步去了。

善卿、双珠待欲归寝，遇见双玉也蓬着头，站立自己房门首打听阿金阿曾打坏。善卿笑道：“坍坍俚台呀，打坏仔末阿好做生意?”当下大家安置。阿金、阿大就于周兰处暂宿一宵。

次日，善卿起得早些。阿金恰在房间里弯腰扫地，兀自泪眼凝波，愁眉锁翠。善卿拟安慰两句，却不好开谈。吃过点心，善卿将行，不复惊动双珠，仅嘱阿金道：“我到中和里去，等三先生起来搭俚说一声。”阿金应承。

善卿离了周双珠家，转两个弯，早到朱公馆门首。张寿一见，只道有啥事故，猛吃大惊，慌问：“洪老爷做啥?”善卿倒怔了一怔，答道：“我张张五少爷，无啥啘。”

张寿始放下心，忙引善卿直进里面书房，会见朱淑人，让坐攀谈。慢慢谈及周双玉其志可嘉，至今不肯留客，何不讨娶回家，倒是一段风流佳话；否则周兰为生意起见，意欲屈驾当面说明，令双玉不必痴痴坐待，误其终身。淑人仅唯唯而已，善卿坚请下一断语，淑人只说缓日定议报命。善卿只得辞别，自去回报周兰。

淑人送出洪善卿，归至书房，自思欲娶周双玉，还当与齐韵叟商量，韵叟曾经说过容易得势。但在双玉意中，犹以正室自居；降作偏房，恐非所愿。不若索性一直瞒过，捱到过门之后，穿破出来，谅双玉亦无可如何的了。

到了午后，探听乃兄朱蔼人已经出门，淑人便自坐轿径往一笠园来。园门口的管家皆已稔熟，引领轿子抬进园中，绕至大观楼前下轿，禀说大人歇午未醒，请在两位师爷房里坐歇。

淑人点点头。当值管家导上楼梯，先听得中间内一阵“历历落落”的牙牌声音。淑人知是碰和，踌躇止步。管家已打起帘子，请淑人进去。

第五十七回终。

第五十八回　李少爷全倾积世资　诸三姐善撒瞒天谎

按:朱淑人踅进大观楼中间,见碰和的一桌四人,乃是李鹤汀和高亚白,尹痴鸳及苏冠香,皆出位厮见。苏冠香就道:"我替大人输脱仔多花哉,五少爷来碰歇罢。"朱淑人推说"勿会"。高亚白道:"勿会碰也勿要紧,有冠香来里。"尹痴鸳道:"覅听俚瞎说。前回凰仪水阁同周双玉一淘碰个啥人嗄?"朱淑人不好意思,入座下场。

刚碰得一圈庄,齐韵叟歇过午觉,缓缓而来。朱淑人见了,起身让位。齐韵叟道:"耐碰下去哉啘。"朱淑人执意不肯。韵叟亦不强致,仍命苏冠香代碰,自与淑人闲话。淑人当着众人绝不提起商量的事。挨延多时,齐韵叟方要下场亲手去碰,却嘱朱淑人道:"耐住来里,晚歇叫周双玉来,一淘白相两日,等赏过仔菊花转去。"淑人呐呐承命。

待至天色将晚,碰和散场,大家踅下大观楼,迤逦南行,抄入横波槛。齐韵叟用手隔水指道:"菊花山倒先搭好,就不过搭个凉棚哉。"李鹤汀、朱淑人翘首凝望,只见西南角远远地楼房顶上,三四个匠作蹲着做工,并不见有菊花山;左张右觑,但于蒙茸竹树中露出一角朱红栏杆。高亚白道:"该搭来里菊花山背后,生来看勿见。"尹痴鸳道:"啥要紧看,再歇一日天末才舒齐。"

说话时,大家出了横波槛,穿过凰仪水阁,踅至渔矶。上面三间厦屋,当头横额写着"延爽轩"三个草字,笔势像凌风欲飞一般。

其时落日将沉,云蒸霞蔚,照得窗棂几案,上下通明。大家徘徊欣赏,同进轩中。管家早经安排一席筵宴。等得四个出局杨媛媛、周双玉、姚文君、张秀英陆续齐集,齐韵叟乃相邀入席。

杨媛媛袖出一张请帖,暗暗递与李鹤汀。鹤汀阅竟,塞在搭连袋内,便有些坐不定,只想要走,那里还吃得下酒?朱淑人心中有事,亦自慵懒的,不甚高兴。因此席间就寂寞了许多。

点心之后,肴馔全登。李鹤汀托故兴辞。齐韵叟冷笑道:“耐再要骗我!我晓得耐有要紧事体,故歇正好哩。”鹤汀面有愧色,不敢再言。

少时,终席散坐,李鹤汀方与杨媛媛道谢告别,即于延爽轩前上轿而去。抬出一笠园门口,两肩轿子背道分驰,杨媛媛自归尚仁里。李鹤汀却转弯向北,不多几步停在一家大门楼下。匡二先去推开一扇旁门,里面有人提灯出迎,叫声“李大少爷,今朝晚仔点哉啘”。

鹤汀见是徐茂荣,点点头,跟着进门。及仪门首,即有马口铁玻璃壁灯嵌在墙间,徐茂荣就止步,让鹤汀主仆自行。自此以内,一路曲曲折折的弄堂,皆有壁灯照着接引,弄堂尽处,乃是正厅。正厅上约有六七十人攒聚中央,挤得紧紧的,夹着些点心水果小买卖,四下里串来串去,却静悄悄鸦雀无声,但闻开配者喊报“青龙”、“白虎”而已。这里叫做“现圆台”。

鹤汀踮起脚,望了望,认得那做上风的是混江龙。鹤汀不去理会,从人缝中绕出正厅后面。管门的望见,赶紧开门,放进鹤汀主仆。这门内直通客堂,伺候客堂的人忙跑出来,一个邀着匡二另去款待,一个请鹤汀先到客堂。上面设立通长高柜台,周少和在内坐着管帐。这是兑换筹码处所。

鹤汀取出一张二千庄票交付少和。少和照数发给筹码,连说“发财,发财”!鹤汀笑而颔之。然后请鹤汀到了厢房,拾级登楼。楼上通连三间,宽厂高爽,满堂灯火,光明如昼。中央一张董桌,罩着本色竹布台套,四面围坐不过十余人,越发静悄悄地。

这会儿是殳三做的上风,赢了一大堆筹码,李鹤汀不胜艳羡。殳三下来,乔老四接着上场摇庄。鹤汀四顾,问:“赖头鼋为啥勿来?”殳三道:“转去哉呀。刚刚来里说,赖头鼋去仔末,少仔个人摇庄哉。”鹤汀也说:“无趣!”

乔老四亮过三宝,鹤汀取铅笔、外国纸画成摊谱,照谱用心细细的押,并未押着宝心。鹤汀遂不押了,径往靠壁烟榻吸两口鸦片烟。乔老四摇到后来,被杨柳堂、吕杰臣两人接连打着四平头复宝,只得撮起骰子。

李鹤汀心想，除了赖公子更无大注的押客，欻地从烟榻起身，坦然放胆，高坐龙头，身边请出“将军”，摇起庄来。起初吃的多，配的少，约摸赢二千光景。忽然，开出一宝重门，尽数配发兀自不够。鹤汀心中懊恼，想就此停歇，却没甚输赢；不料风色一变，花骨无灵，又是两宝进宝，外面押家没一个不着的，竟输至五六千。鹤汀急于翻本，不曾照顾前后，这一宝摇出去便大坏了。第一个乔老四先出手，押了一千孤注；殳三跟上去也是一千，另押五百穿钱；随后三四百、七八百、孤注穿钱，参差不等，总押在进宝一门。鹤汀犹自暗笑，那里见得定是进宝。揭起摊钟，众目注视，端端正正摆着“幺”“二”“四”“六”四只骰子。鹤汀气得白瞪着两只眼，连话都说不出。旁人替他核算，共须一万六千余元。鹤汀所带庄票连十几只金锞止合一万多些，十分焦急，没法摆布。乔老四笑道：“故末啥要紧嗄，故歇借得来配出去，明朝还拨俚好哉。”一句提醒了鹤汀，就央杨柳堂、吕杰臣两人担保，向殳三借洋五千，当场写张约据，三日为期，方把一应孤注穿钱分别配发清楚。

李鹤汀仍去烟榻躺下，越想越气，未及天明，喊楼下匡二点灯，还由原路踅出旁门，坐上轿子，回到石路长安客栈，敲开栈门，进房安睡，也不问起乃叔李实夫。

次日饭后，始问匡二：“四老爷来哚陆里？”匡二笑道：“就不过大兴里哉啘。”鹤汀自己筹度，日前同实夫合买一千篓牛庄油，其栈单系实夫收存，今且取来抵用，以济急需。爰命匡二看守，独自步行往四马路大兴里诸十全家，只见门首停着一乘空的轿子，三个轿班站在天井里。鹤汀有些惶惑，诸三姐认得鹤汀，从客堂里望见，慌的迎出叫道：“大少爷来啘，四老爷来里呀！”

鹤汀进去，问道：“阿是四老爷个轿子？”诸三姐道：“勿是，四老爷请得来个先生，就叫是窦小山，来里楼浪。大少爷楼浪去请坐。”鹤汀踅上楼梯，李实夫正歪在烟榻上，撑起身来厮见。诸十全还腼腼腆腆的叫声“大少爷”，惟窦小山先生只顾低头据案开方子，不相招呼。

鹤汀随意坐下，见实夫腮边、额角尚有好几个疮疤，烟盘里预备下一叠竹纸，不住的揩拭脓水；倒是诸十全依然脸晕绯红，眼圈乌黑，绝无半点瘢痕。

一会儿，窦小山开毕方子，告辞去了。鹤汀始问实夫要张栈单。实夫怪问道："耐要得去做啥？"鹤汀谎答道："昨日老翟说起，今年新花有点意思，我想去买点来浪。"

实夫听说，冷笑一笑，正欲盘驳，忽听得诸三姐脚声，一步一步蹭到楼上。见他两手掇着个大托盘，盘内堆得满满的，喊诸十全接来放下。诸三姐先从盘内捧出一盖碗茶送与鹤汀，随后搬过一盆甜馒头，一盆咸馒头，一盆蛋糕，一盆空着，抓了一把西瓜子装好，凑成四色点心，排匀在桌子中间。又分开两双牙筷，对面摆列。实夫就道："耐啥一声勿响去买得来哉嗄？"诸三姐笑嘻嘻不答，只把个诸十全望前用力推搡。诸十全只得�近两步，说道："大少爷请用点心。"说的声音轻些，鹤汀不曾理会。诸三姐忍不住，自己上来，一面说："大少爷用点哩。"一面取双牙筷。每样夹一件送在鹤汀面前。鹤汀连声阻止，早夹的件件俱全，还撮上些西瓜子。

实夫笑劝鹤汀："随意吃点。"鹤汀鉴其殷勤，拆一角蛋糕来吃，并呷口茶过口。诸三姐在旁蓦然想起，连忙向抽屉寻出半匣纸烟，拣取一卷，点根纸吹，送上鹤汀，说："大少爷请用烟。"鹤汀手中有茶碗，口中有蛋糕，接不及，吃不及，不觉好笑起来。诸十全不好意思，把诸三姐衣襟悄地一拉，诸三姐才逡巡退下。

实夫乃将药方交与诸三姐，诸三姐因问："先生阿曾说啥？"实夫道："先生也不过说难好点哉，小心点。"诸三姐念声"阿弥陀佛"，道："难好仔罢，耐生来浪，倪心里一径急煞！"

诸三姐说着，转向鹤汀，叫声"大少爷"，慢慢说道："四老爷末吃仔个两筒烟，来里乡下勿比仔上海，随便陆里小烟间才是龌龌龊龊个场花，想来四老爷去吃烟末，倒勿知勿觉困下去，就过仔个毒气。四老爷坎到辰光，怕得来，面孔浪才是个哉！倪说：'四老爷陆里去过得来个嗄？'故末四老爷忒啥个写意哉，连搭仔自家才勿曾晓得是啥场花。我同十全两家头成日成夜伏侍四老爷无拨困。幸亏个先生吃仔几帖药，好仔点；勿然，四老爷再要生下去，我同十全一径来里伏侍，倘忙两家头才过仔，一淘生起来，难末真真要死哉！大少爷阿对？”

鹤汀暗忖这段言词，亏他说得出口，眼看着诸十全打量一番。诸三姐复道：“大少爷阿晓得？外头人再有点勿明勿白冤枉倪个闲话，听着仔气煞人哚！说四老爷该个疮，就是倪搭过拨俚毒气。倪搭末不过十全搭仔我，清清爽爽两家头，啥人生个疮嗄？要说十全生来浪，四老爷两只眼睛阿是瞎哉嗄？”说到这里，一手把诸十全拖到鹤汀面前，指着脸上道：“大少爷看嘘。四老爷面孔浪，倪十全阿有点相像？”又捋出诸十全两只臂膊，翻来覆去给鹤汀看了，道：“一点点影踪才无拨啘。”诸十全羞得挣脱身子，避开一边。

鹤汀总不则声，但暗忖这诸三姐竟是个老狐狸，若实夫为其所愚，恐将来受害不浅。当下实夫嗔着诸三姐道：“外头人闲话听俚做啥！我总勿曾说耐末，才是哉啘！”诸三姐笑道：“四老爷生来勿曾说啥。四老爷再要说倪，故末倪要……”诸三姐说得半句即缩住嘴，笑而下楼。

实夫方向鹤汀笑道：“耐末也覅起啥个花头哉。耐自家洋钱自家去输，勿关我事。故歇我手里拿得去栈单，倘忙输脱仔下来，教我转去阿好交代？”鹤汀默然不悦。实夫道：“栈单来里小皮箱里，要末耐自家去拿，我勿好拨耐。”鹤汀略一沉吟，起身就走。实夫问：“阿要钥匙？”鹤汀赌气不要了。

楼下诸三姐挽留道：“大少爷再坐歇嘘。”鹤汀也不睬，一直出了大兴里，仍回长安客栈，心想：实夫既然怕不好交代，又教我自家去拿，难道说我偷的不成？似这等鄙琐悭吝，怪不得诸三姐撮弄他、摆布他。我如今也不去管他，但是殳三一款，如何设法？想来想去，只好寻出两套房契，坐轿往中和里朱公馆谒见汤啸庵，托他抵借一万洋钱。汤啸庵应承，约定晚间杨媛媛家回话。李鹤汀先去坐等。

汤啸庵送客之后，寻思朱蔼人处所存有限，须和罗子富商量，即时便去兆富里黄翠凤家相访。罗子富正在楼上房里，请进厮见。适值黄二姐在座，也叫声“汤老爷”。汤啸庵点点头，道：“长远勿见哉，生意阿好？”黄二姐道：“生意勿局，比仔先起头悬进哚。”黄翠凤冷笑叉口道:“耐是有生意勿做啘,啥勿局嗄!”

汤啸庵不解所谓,丢开不提,袖出房契给罗子富看,说明李鹤汀抵借一节。子富知其信实,一口允诺,当与啸庵同诣钱庄划付汇票。

黄二姐见罗子富、汤啸庵既去,房里没人,遂告诉黄翠凤道:“前日天看仔个人家人,倒无啥。我想就买仔俚罢。不过新出来,勿会做生意。就年底一节末,要短三四百洋钱哚,真真急煞来里。”翠凤低着头不言语。黄二姐道:“耐阿好替我想想法子,阿是进个把伙计?阿是拿楼浪房间租拨人家?”翠凤仍低着头,好似转念头样子。黄二姐揣度神情,涎脸央及道:“谢谢耐。耐说来浪闲话,我总归才依耐。倘忙生意好仔点,我也勿忘记耐个呀。谢谢耐,替我想想法子。”翠凤开言道:“耐个人忒啥个心勿足,故歇覅说无法子,倘然有法子教拨耐,赚着仔三四百洋钱,耐倒再要嫌道少哉啘!”黄二姐没口子分辩道:“故是无价事个。有得赚末,再好无拨个哉。再要嫌道少,阿有该号人嗄!”

翠凤又低着头,足足有炊许时不言语。黄二姐亦自乖觉,静静的在旁伺候。翠凤忽睁开眼,把黄二姐相了一相,即招手令其近前,附耳说话。黄二姐弯腰偻背,仔细听着。又足足有炊许时,翠凤说话才完。黄二姐亦自领悟。

计议已定,恰好罗子富回来,手中拿的一包抵借契据,令翠凤将去收藏。黄二姐跟至床背后,帮翠凤撑起皮箱盖,怪问道:“罗老爷个拜匣有两只来里哉?”翠凤道:“一只是我个呀,赎身文书末就放来哚拜匣里。”

子富听其重重关锁停当,黄二姐就辞别去了。翠凤鼻子里哼的一声,向子富道:“阿是拨我猜着,俚要向我借洋钱哉呀。”子富诧异道:“黄二姐再要借洋钱?”翠凤道:“俚个人末阿有啥淘成?两个月勿曾到,一千洋钱完结哉啘。”子富随风过耳,亦不在意。

隔得一日,黄二姐复来,再三再四求告翠凤。翠凤咬定牙关,一毛不拔。黄二姐一连五日纠缠不清,翠凤索性不睬;黄二姐渐渐噪闹起来。子富看不过意,欲调和其间,不想黄二姐一口要借五百。子富劝其减些,黄二姐便唠唠叨叨,缕述从前待翠凤许多好处,道:“故歇会做仔生意,俚倒忘记脱哉！我末定归勿成功！赎身勿赎身,总是我个囡仵,阿怕俚逃走到外国去!”

子富接不下嘴,因将其言诉与翠凤。翠凤笑道:“有仔赎身文书末,怕俚啥嗄？随便啥法子来末哉。”

第五十八回终。

第五十九回 攫文书借用连环计 挣名气央题和韵诗

按:一日午后,黄二姐到了黄翠凤家,将欲噪闹。黄翠凤令外场喊两把皮篷车,竟和罗子富作明园之游,丢下黄二姐坐在房间里,任其所为。

及至明园泡下茶,翠凤还是冷笑道:"赎身文书来浪我手里,看俚再有啥法子!"子富道:"耐该应教个大姐陪陪俚。"翠凤头颈一扭道:"等俚歇末哉,啥人去陪嗄。"子富道:"勿局个哩。"翠凤道:"啥勿局,阿怕俚偷仔倪个家生?"子富道:"俚家生末勿要,赎身文书晓得来哚皮箱里,俚阿要偷嗄?"一句提醒了翠凤,登时白瞪瞪两只眼,失声道:"阿哟,勿好哉!"赵家姆在旁也是一怔,道:"划一勿好哩,倪快点转去罢。"

子富欲令翠凤先行,翠凤道:"耐末生来一淘转去,倘忙拨俚偷仔去末,也好替我商量商量。"当下三人各坐原车赶回家中。

一进家门,翠凤先问:"无娒阿来里楼浪?"外场回说:"刚刚转去,勿多一歇。"翠凤三脚两步,奔到楼上房间里。看看陈设器皿,并未缺少一件;再往床背后打一看时,这一惊非同小可。翠凤跺脚嚷道:"难末勿好哉呀!"

子富随后奔到,只见皮箱铰链丢落地上。揭开盖来,箱内清清爽爽只有一只拜盒。翠凤急的只是跺脚,又哭又骂,欲向黄二姐拚命。子富与赵家姆且劝翠凤坐下,慢慢商量。翠凤道:"商量啥嗄,俚是要我个命呀!我就死仔,难末俚有仔好处哉!"子富道:"耐末先拿我个拜匣放好仔再说。"翠凤复从皮箱中取那只拜匣,别处收藏,忽然失惊打怪的喊道:"咿,倪只拜匣来里碗!"既而恍然大悟道:"噢,俚拿差哉,拿仔罗老爷个拜匣去哉!"说着,呵呵大笑。子富听说,慌问:"我只拜匣阿来里嗄?"翠凤捧出那只拜匣给子富看,嘻嘻笑道:"俚拿差哉,拿仔耐个拜匣。倪拜匣末倒来里。"子富面色如土,拍腿说道："难末真真勿好哉！"翠凤道："耐只拜匣勿要紧个，俚拿得去也无啥用场。阿敢去变洋钱，俚也无拨场花好变啘。"

子富呆想不语。翠凤乃叫赵家姆吩咐道："耐去搭无姆说，该只是罗老爷个拜匣，问俚拿得去做啥？故歇罗老爷等来浪要哉，原教俚拿得来。"赵家姆答应而去。子富终有些忐忑惶惑。翠凤却决定黄二姐断无扣留不放之理。

一会儿，赵家姆回来，见了子富，先拍着掌笑一阵，然后复道："故末笑话，俚哚还勿曾觉着拿差个呀，倒快活煞。我说是罗老爷个拜盒，难末刚刚晓得仔，呆脱哉，一声闲话响勿出。我末笑得来！俚哚教我带转去，我说'勿管'就走。"子富跌足道："嗳，耐为啥勿带仔来嗄？"赵家姆道："俚哚拿得去个末，让俚哚自家拿得来。"翠凤接口道："勿要紧个，晚歇定归来。"

子富像热锅上蚂蚁一般，坐不定，立不定，着急得紧。翠凤见子富着急，欲令赵家姆去催。子富止住，把高升唤至当面，令向黄二姐索取拜盒，并道："耐闲话覅去多说，就说我有事体，要用着个拜盒，快点拿得来带转去。"

高升领命，径往尚仁里黄二姐家。黄二姐见是高升，满面堆笑，请去后面小房间。高升日致主人之言，立等要那拜盒。黄二姐道："拜盒来里呀，我要搭罗老爷说句闲话。耐覅要紧，请坐喤。"高升不得已坐下。黄二姐喊人泡茶，从容说道："耐来得正好。我有多花闲话来里，拜托耐去说拨罗老爷听。先起头翠凤来里做讨人，生意闹猛得野哚；为仔倪搭开消大，一径无拨多洋钱。翠凤赎仔个身末，勿好哉，生意一点也无拨，开消倒省勿来。一千洋钱个身价，勿知勿觉才用完，难末无法子哉啘！原去搭个翠凤商量，借几百洋钱用用，陆里晓得个翠凤定归勿借；跑仔好几埭，俚倒定归回报我无拨。我想耐翠凤小个辰光，梳头缠脚才是我，出理耐到故歇，总当耐是亲生囡仵，耐倒实概无良心！我第一转开口，耐就一点情面才无拨，故末气得来要死。今朝我也勿说哉，有心要拿俚个赎身文书难难俚。拿着仔俚赎身文书末，喊俚转来，原搭我做生意。俚倘然再要赎身末，定归要一万洋钱哚。再勿靠帐拿差仔，勿是个赎身文书，倒拿仔罗老爷个拜匣。罗老爷是再要好也无拨,生意浪末照应仔倪几几花花,就是小个场花也幸亏罗老爷十块廿块借拨我用。我勿像是翠凤个无良心,时常来里牵记个罗老爷。坎坎晓得是罗老爷个拜匣,我就忙煞个要送得来。不过我再来里想,翠凤搭仔罗老爷赛过是一个人,罗老爷个拜匣赛过是翠凤个拜匣。我末气勿过个翠凤,要借罗老爷个拜匣押来里,教翠凤拿一万洋钱来赎得去。等翠凤一万洋钱拿仔来,我就拿拜匣送还拨罗老爷。耐转去搭罗老爷说,教罗老爷放心末哉。"

高升听这一席话,吐吐舌头,不敢擅下一语,回至兆富里,一五一十细细说了。翠凤听至一半,直跳起来,嚷道:"啥个闲话嗄,放屁也勿实概放个碗!"子富也气得手足发抖,瘫在榻床,说不出半句话。翠凤呆了一呆,欻地站起身来,说声"我去",就要下楼。子富一把拉住,问:"耐去做啥?"翠凤道:"我要去问声俚:阿是要我个命!"子富连忙横身拦劝道:"耐慢点嗅!耐去无啥好闲话。我去罢,看俚阿好意思说啥!就依俚末,也不过借几百洋钱末哉。"翠凤咬牙切齿恨道:"耐要气杀我哉,再要拨洋钱俚!"

子富即喊高升,打轿前去。小阿宝迎着,请至楼上先时翠凤住的房间。黄金凤、黄珠凤同声叫"姐夫",并说:"姐夫长远勿来哉。"子富问:"耐无娒嗅?"小阿宝说:"来浪来哉。"

道声未了,黄二姐已笑吟吟掀帘进房,踅到子富面前,即扑翻身磕了个头,口中说道:"罗老爷覅动气,我搭罗老爷磕个头,种种对勿住罗老爷。罗老爷个拜匣末,就该搭放两日,同放来哚翠凤搭一样个呀。罗老爷一径搭倪要好煞,倪阿敢糟塌仔拜匣里个要紧物事,难为罗老爷?耐罗老爷索性覅管,勿怕翠凤勿赎得去。等翠凤发极仔,自家奔得来寻我,难末好说闲话哉。翠凤个人勿到发极辰光,陆里肯爽爽气气拿一万洋钱来拨我。"

子富听其一派胡言,着实生气,且忍耐问道:"耐瞎说末覅说,终究要借俚几花,说拨我听听看。"黄二姐笑道:"罗老爷,我勿是瞎说呀。起初不过借几百洋钱,故歇倒勿是几百洋钱个闲话哉。翠凤无良心,难下去再要无拨仔洋钱,翠凤生来勿借拨我,我也无啥面孔再去搭翠凤借。难得故歇有罗老爷个拜匣来里末,定归要敲俚一敲哉!

一万例勿曾多哩。前日天,汤老爷拿得来房契阿是也有一万哚?"子富道:"价末耐来浪敲我哉,勿是为翠凤!"黄二姐忙道:"罗老爷勿是呀,翠凤陆里有一万洋钱?生来搭罗老爷借。罗老爷一节个局帐有一千多哚,勿消三年,就局帐浪扣清仔好哉。罗老爷阿对?"

子富无可回答,冷笑两声,迈步便走。黄二姐一路送出来,又说道:"难末种种对勿住罗老爷,总归是无拨生意个勿好,用完仔洋钱无法子。横竖要饿杀末,阿伯啥难为情嗄?倘然翠凤再要搭我两个强,索性一把火烧光仔歇作,看俚阿对得住罗老爷!"

子富装做不听见,坐轿而回。翠凤迎问如何。子富唉声叹气,只是摇头。问的急了,子富才略述大概。翠凤暴跳如雷,抢得一把剪刀在手,一定要死在黄二姐面前。子富没得主意,听其自去。

翠凤跑至楼下,偏生撞见赵家姆,夺下剪刀,且劝且拦,仍把翠凤抱上了楼。翠凤犹自挣扎道:"我总归要死个哉呀,为啥一班人才要帮俚吸,勿许我去嗄?"赵家姆按定在高椅上,婉言道:"大先生,耐死也无行用啘。耐末就算死哉,俚叹也拚仔死末,真真拿只拜匣一把火烧光仔,难罗老爷吃个亏常恐要几万哚哩。"子富听说,只得也去阻止翠凤。翠凤连晚饭也不吃,气的睡了。

子富气了一夜,睁睁的睡不着。清早起来,即往中和里朱公馆寻着汤啸庵,商议这事如何办法。啸庵道:"翠凤赎身不过一千洋钱,故歇倒要借一万,故是明明白白拆耐个梢。若使经官动府,倒也不妥。一则自家先有狎妓差处;二则抄不出赃证,何以坐实其罪?三则防其烧毁灭迹,一味混赖。一拜匣个公私文书,再要补完全,不特费用浩繁,且恐纠缠棘手。"子富寻思没法,因托汤啸庵居间打话,啸庵应诺。

子富遂赴局理事,直至傍晚公毕,方到了兆富里黄翠凤家。下轿进门,只见文君玉正在客堂里闲坐,特地叫声"罗老爷"。子富停步,含笑点头。君玉道:"罗老爷阿看见新闻纸?"子富大惊失色,急问:"新闻纸浪说啥嗄?"君玉道:"说是客人个朋友,名字叫个啥……噜苏得野哚!"说着又想。子富道:"名字覅想哉,客人朋友末啥个事体?"君玉道:"无啥事体,做仔两首诗送拨我,说是上来哚新闻纸浪。”子富“嗑”的笑道：“倪勿懂个。”更不回头，直上楼去。

文君玉不好意思，别转脸来向个相帮说道：“我刚刚搭耐说上海个俗人，就像仔罗老爷末也有点俗气。拗空算客人，连搭仔做诗才勿懂，也好哉！”相帮道：“难末拌明白哉，耐说上海客人才是熟人，我倒一吓。耐生意海外得来，故是成日成夜，出来进去，忙煞哉啘，大门槛阿要踏坏嗄。陆里晓得陌生人耐也说是熟人。”君玉道：“耐末瞎缠哉哩。我说个俗人勿是呀，要会做仔诗末就勿俗哉。”相帮道：“先生耐覅说，上海丝茶是大生意。过仔垃圾桥，几花湖丝栈，才是做丝生意个好客人，耐熟仔末晓得哉。”

君玉又笑又叹，再要说话，只听相帮道：“难末真个熟人来哉。”君玉抬头一看，原来是方蓬壶，即诉说道：“俚哚喊耐俗人，阿要讨气？”蓬壶踅进右首书房，说道：“讨气倒勿要紧，耐搭俚哚说说闲话，覅拨俚哚俗气熏坏仔耐。”君玉抵掌懊悔道：“故例划一，幸亏耐提醒仔我。”

蓬壶坐下，袖中取出一张新闻纸，道：“红豆词人送拨耐个诗，阿曾赏鉴过歇？”君玉道：“勿曾呀，让我看哩。”蓬壶揭开新闻纸，指与君玉看了。君玉道：“俚来浪说啥？讲拨我听哩。”蓬壶带上眼镜，将那诗朗念一遍，再演解一遍，君玉大喜。

蓬壶道：“耐该应和俚两首送拨俚，我替耐改。题目末就叫‘答红豆词人即用原韵’九个字，阿是蛮好？”君玉道：“七律当中四句，我做勿来，耐替我代做仔罢。”蓬壶道：“故末生活哉！明朝倪海上吟坛正日，陆里有工夫？”君玉道：“谢谢耐，随便啥做点末哉。”蓬壶正色道：“耐啥个闲话嗄！做诗是正经大事体，阿好随便啥做点！”君玉连忙谢过。蓬壶又道：“不过我替耐做倒要写意点，忒啥个惨淡经营，就勿像耐做个诗，俚哚也勿相信哉。”君玉亦以为然。于是蓬壶独自一个闭目摇头，口中不住的“呜呜”作声；忽然举起一只指头，向大理石桌子上戳了几戳，划了几划，攒眉道：“俚用个韵倒勿容易押，一歇倒做勿出，等我带转去做两句出色个拨耐。”君玉道：“该搭用夜饭哉呀。”蓬壶道：“覅哉。”君玉复嘱其须当秘密而别。

蓬壶踱出兆富里，一路上还自言自语的构思琢句，突然刺斜里冲出一个娘姨,一把抓住蓬壶臂膊,问:“方老爷陆里去?”蓬壶骇愕失措,挤眼注视,依稀认得是赵桂林的娘姨,桂林叫做“外婆”的。蓬壶便也胡乱叫声“外婆”。外婆道:“方老爷为啥倪搭勿来?去喤!”蓬壶道:“故歇无拨空,明朝来。”外婆道:“啥个明朝嗄!倪小姐牵记煞耐,请仔耐几埭哉,耐勿去!”不由分说,把蓬壶拉进同庆里,抄到尚仁里赵桂林家。

赵桂林迎进房间,叫声“方老爷”,道:“阿是倪怠慢仔耐,耐一埭也勿来?”蓬壶微笑坐下。外婆搭讪道:“方老爷就前节壶中天叫仔局下来末,勿曾来歇。两个多月哉,阿好意思?”桂林接嘴道:“拨个文君玉迷昏哉呀,陆里想得着该搭来?”蓬壶慌的喝住,道:“耐覅瞎说!文君玉是我女弟子,客客气气,耐去糟塌俚,岂有此理!”桂林哼了一声无语。外婆一面装水烟,一面悄悄说道:“倪小姐生意,瞒勿过耐方老爷。前节方老爷来里照应,倒晐仔过去。故歇耐也勿来哉,连浪几日天,出局才无拨。下头杨媛媛末碰和吃酒,闹猛得来。倪楼浪冰清水冷,阿要坍台!”

蓬壶不等说完,就叉口道:“单是个碰和吃酒,俗气得势。我前回替桂林上仔新闻纸,天下十八省个人,陆里一个勿看见?才晓得上海有个赵桂林末。实概样式,比仔碰和吃酒,难说哚!”外婆顺他口气,复接说道:“难方老爷原像前回照应点俚罢。耐一样去做个文君玉,就倪搭走走,啥勿好?吃两台酒,碰两场和,故是倪要巴结煞哉!”蓬壶道:“碰和吃酒末,啥稀奇嗄?等我过仔明朝,再去搭俚做两首诗末哉。”外婆道:“方老爷,耐末无啥稀奇,倪倒是碰和吃酒个好。耐辛辛苦苦做仔啥物事送拨俚,俚用勿着碗!就勿是碰和吃酒末,有场花应酬,叫叫局,故也无啥。”蓬壶呵呵冷笑,连说:“俗气得势!”

外婆见蓬壶呆头呆脑,说不入港,望着赵桂林打了一句市俗泛语。桂林但点点头,蓬壶那里懂得?外婆水烟装毕,桂林即请蓬壶点菜,欲留便饭。蓬壶力辞不获,遂说不必叫菜,仅命买些熏腊之品。外婆传命外场买来,和自备饭菜一并搬上。

第五十九回终。

第六十回 老夫得妻烟霞有癖 监守自盗云水无踪

按:方蓬壶和赵桂林两个并用晚饭之后,外婆收拾下楼。稍停片刻,蓬壶即拟兴辞。桂林苦留不住,送出楼门口,高声喊“外婆”,说:“方老爷去哉!”

外婆听得,赶上叫道:“方老爷慢点哩,我搭耐说句闲话。”蓬壶停步问:“说啥?”外婆附耳道:“我说耐方老爷末,文君玉搭覅去哉,倪搭一样个呀。我搭耐做个媒人,阿好?”蓬壶骤闻斯言,且惊且喜,心中突突乱跳,连半个身子都麻木了,动弹不得。外婆只道蓬壶踌躇不决,又附耳道:“方老爷,耐是老客人,勿要紧个。就不过一个局,搭仔下脚,无拨几花开消,放心末哉。”蓬壶只嘻着嘴笑,无话可说。

外婆揣知其意,重复拉回楼上房间里。桂林故意问道:“为啥耐忙煞个要去,阿是想着仔文君玉?”外婆抢着说道:“啥勿是嗄,难末勿许去个哉!”桂林道:“文君玉来浪喊哉哩,耐当心点!明朝去末,端正拨生活耐吃。”蓬壶连说:“岂有此理,岂有此理!”外婆没事自去。

桂林装好一口鸦片烟,请蓬壶吸,蓬壶摇头说:“勿会。”桂林就自己吸了。蓬壶因问:“有几花瘾?”桂林道:“吃白相,一筒两筒,陆里有瘾嗄!”蓬壶道:“吃烟人才是吃白相吃上了瘾,终究覅去吃俚好。”桂林道:“倪要吃上仔个瘾,阿好做生意?”

蓬壶遂问问桂林情形,桂林也问问蓬壶事业。可巧一个父母姊妹俱没,一个妻妾子女均无;一对儿老夫老妻,大家有些同病相怜之意。

桂林道:“倪爷也开个堂子。我做清倌人辰光,衣裳、头面、家生倒勿少,才是倪娘个物事。上仔客人个当,一千多局帐票下来,难末堂子也歇哉,爷娘也死哉,我末出来包房间,倒空仔三百洋钱债。”蓬壶道:“上海浮头浮脑空心大爷多得势,做生意划一难煞。倒是倪一班人,几十年老上海,叫叫局,打打茶会,生意末勿大,倒勿曾坍歇台。堂子里才说倪是规矩人,蛮要好。”桂林道:“故歇我也勿想哉,把势饭勿容易吃,陆里有好生意做得着?随便啥客人,替我还清仔债末就跟仔俚去。”蓬壶道:“跟人生来最好,不过耐当心点,再要上仔个当,一生一世吃苦哚晼。”桂林道:“难是勿个哉。起先年纪轻,勿曾懂事体,单喜欢标致面孔个小伙子,听仔俚哚海外闲话上个当;故歇要拣个老老实实个客人,阿有啥差嗄?”蓬壶道:“差是勿差,陆里有老老实实个客人去跟俚?”

说话之间,蓬壶连打两次阿欠。桂林知其睡的极早,敲过十点钟,喊外婆搬稀饭来吃,收拾安睡。不料这一夜天,蓬壶就着了些寒,觉得头眩眼花,鼻塞声重,委实不能支持。桂林劝他不用起身,就此静养几天,岂不便易。蓬壶讨副笔砚,在枕头边写张字条送上吟坛主人,告个病假,便有几个同社朋友来相问候。见桂林小心伏侍,亲热异常,诧为奇遇。

桂林请了时医窦小山诊治,开了帖发散方子。桂林亲手量水煎药,给蓬壶服下。一连三日,桂林顷刻不离,日间无心茶饭,夜间和衣卧于外床,蓬壶如何不感激?

第四日热退身凉,外婆乘间撺掇蓬壶讨娶桂林。蓬壶自思旅馆鳏居,本非长策。今桂林既不弃贫嫌老,何可失此好姻缘?心中早有七八分允意。及至调理全愈,蓬壶辞谢出门,迳往抛球场宏寿书坊告诉老包。老包力赞其成。蓬壶大喜,浼老包为媒,同至尚仁里赵桂林家当面议事。

老包跨进门口,两厢房倌人、娘姨、大姐齐声说:“咿,老包来哉!”李鹤汀正在杨媛媛房间里,听了,也向玻璃窗张觑;见是老包,便欲招呼;又见后面是个方蓬壶,因缩住嘴,却令赵家姆楼上去说:“请包老爷说句闲话。”

约有两三顿饭时,老包才下楼来。李鹤汀迎见让坐。老包问:“有何见教?”鹤汀道:“我请殳三吃酒,俚谢谢勿来。耐来得正好。”老包大声道:“耐当我啥人嗄!请我吃镶边酒,要我垫殳三个空!我覅吃。”鹤汀忙陪笑坚留,老包偏做势要走。杨媛媛拉住老包,低声问道:“赵桂林阿是要嫁哉?”老包点头道:“我做个大媒人,三百债,二百开消。”鹤汀道:“赵桂林再有客人来讨得去?”杨媛媛道:“耐覅看轻仔俚,起先也是红倌人。”

说时,只见请客的回报道:“再有两位请勿着,卫霞仙哚说:‘姚二少爷长远勿来哉。’周双珠哚说:‘王老爷江西去仔,洪老爷勿大来。’”李鹤汀乃道:“难老包再要走末,我要勿快活哉。”杨媛媛道:“老包说白相呀,陆里走嗄!”俄而请着的四位:朱蔼人、陶云甫、汤啸庵、陈小云,陆续咸集。李鹤汀即命摆台面,起手巾。大家入席,且饮且谈。

朱蔼人道:“令叔阿是转去哉?倪竟一面勿曾见过。”鹤汀道:“勿曾转去,就不过于老德一干子末转去哉。”陶云甫道:“今朝人少,为啥勿请令叔来叙叙?”鹤汀道:“家叔陆里肯吃花酒!前回是拨个黎篆鸿拉牢仔,叫仔几个局。”老包道:“耐令叔划一有点本事哚!上海也算是老白相,倒勿曾用过几花洋钱,单有赚点来拿转去。”鹤汀道:“我说要白相,还是豁脱点洋钱无啥要紧,像倪家叔故歇阿受用嗄?”陈小云道:“耐该埭来阿曾发财?”鹤汀道:“该埭比仔前埭再要多输点。殳三搭空仔五千,前日天刚刚付清。罗子富搭一万哚,等卖脱仔油再还。”汤啸庵道:“耐一包房契阿晓得险个哩?”遂将黄二姐如何攘窃,如何勒掯,缕述一遍,并说末后从中关说,原是罗子富拿出五千洋钱赎回拜匣,始获平安。席间摇头吐舌,皆说:“黄二姐倒是个大拆梢!”杨媛媛嗤的笑道:“夷场浪老鸨末才是个拆梢碗。”

老包闻言,欻地出位,要和杨媛媛不依。杨媛媛怕他恶噪,跑出客堂,老包赶至帘下。恰值出局接踵而来,不提防陆秀宝掀起帘子,跨进房间,和老包头碰头猛的一撞,引得房内房外大笑哄堂。老包摸摸额角,且自归座。

李鹤汀笑而讲和,招呼杨媛媛进房,罚酒一杯。杨媛媛不服,经大家公断,令陆秀宝也罚一杯过去。于是老包首倡摆庄,大家轮流豁拳,欢呼畅饮。一直饮至十一点钟,方才散席。

李鹤汀送客之后,想起取件东西,喊匡二吩咐说话。娘姨盛姐因道:“匡二爷勿来里,坐席辰光来仔一埭,去哉。”鹤汀道:“等俚来末,说我有事体。"盛姐应诺。鹤汀又打发轿班道："碰着匡二末喊俚来。"轿班也应诺自去。一宿表过。

次日，鹤汀一起身就问："匡二哩？"盛姐道："轿班末来里哉，匡二爷勿曾来碗。"鹤汀怪诧得紧，喝令轿班："去客栈里喊来！"轿班去过，复命道："栈里茶房说，昨日一夜天，匡二爷勿曾转去。"

鹤汀只道匡二在野鸡窝里迷恋忘归，一时寻不着。等不得，只得亲自坐轿回到石路长安客栈。开了房间进去，再去开箱子取东西。不想这箱子内本来装得满满的，如今精空干净，那里有甚么东西！鹤汀着了急，口呆目瞪，不知所为；更将别只箱子开来看时，也是如此，一物不存。鹤汀急得只喊"茶房"。茶房也慌了，请帐房先生上来。那先生一看，蹙额道："倪栈里清清爽爽，陆里来个贼嗄！"鹤汀心知必是匡二，跺足懊恨。那先生安慰两句，且去报知巡捕房。鹤汀却令轿班速往大兴里诸十全家，迎接李实夫回栈。

实夫闻信赶到，检点自己物件，竟然丝毫不动，单是鹤汀名下八只皮箱，两只考篮，一只枕箱，所有物件只拣贵重的都偷了去。又于桌子抽屉中寻出一叠当票，知是匡二留与主人赎还原物的意思。鹤汀心中也略宽了些。

正自忙乱不了，只见一个外国巡捕带着两个包打听前来踏勘，查明屋面门窗一概完好，并无一些来踪去迹，此乃监守自盗无疑。鹤汀说出匡二一夜不归。包打听细细的问了匡二年岁、面貌、口音而去。

茶房复告诉："前一礼拜，倪几转看匡二爷背仔一大包物事出去，倪勿好去问俚。陆里晓得俚偷得去当嗄！"李实夫笑道："俚倒有点意思！耐是个大爷，豁脱点勿要紧，才偷仔耐个物事，勿然末，我物事为啥勿要嗄？"鹤汀生气不睬，自思人地生疏，不宜造次；默默盘算，惟有齐韵叟可与商量，当下又亲自坐轿望着一笠园而来。

园门口管家俱系熟识，疾趋上前搀扶轿杠，抬进大门，止于第二层园门之外。鹤汀见那门上兽环衔着一把大铁锁，仅留旁边一扇腰门出人，正不解是何缘故。管家等鹤汀下了轿，打千禀道："倪大人接着电报，转去哉；就不过高老爷来里。请李大少爷大观楼宽坐。"鹤汀想道："齐韵叟虽已归家，且与高亚白商量亦未为不可。"遂跟管家款步进园,一直到了大观楼上,遇见高亚白。

鹤汀道:"耐一干子阿寂寞嗄?"亚白道:"我寂寞点勿要紧,倒可惜个菊花山,龙池先生一番心思哚,故歇一径闲煞来浪。"鹤汀道:"价末耐也该应请请倪哉喤。"亚白道:"好个,就明朝请耐。"鹤汀道:"明朝无拨空,停两日再说。"亚白问:"有何贵干?"鹤汀乃略述匡二卷逃一节,亚白不胜骇愕。鹤汀因问:"阿要报官?"亚白道:"报官是报报罢哉。真真要捉牢仔贼,追俚个赃,难哉喤!"鹤汀就问:"勿报官阿好?"亚白道:"勿报官也勿局,倘忙外头再有点穷祸,问耐东家要个人,倒多仔句闲话。"鹤汀连说:"是极。"即起兴辞。亚白道:"故也何必如此急急!"鹤汀道:"故歇无趣得势,让我早点去完结仔,难末移樽就教如何?"亚白笑说:"恭候。"一路送出二层园门,鹤汀拱手登轿而别。

亚白才待转身,旁边忽有一个后生叫声"高老爷",抢上打千。亚白不识,问其姓名,却是赵二宝的阿哥赵朴斋,打听史三公子有无书信。亚白回说:"无拨。"朴斋不好多问,退下侍立。

亚白便进园回来,踅过横波槛,顺便转步西行。原来这菊花山扎在鹦鹉楼台之前,那鹦鹉楼台系八字式的五幢厅楼,前面地方极为阔大。因此菊花山也做成八字式的,回环合抱,其上高与檐齐,其下四通八达,游客盘桓其间,好像走入"八阵图"一般,往往欲吟"迷路出花难"之句。亚白是惯了的,从南首抄近路,穿石径,渡竹桥,已在菊花山背后。

进去看时,先有一人小帽青衫,背立花下,彷徨踯躅,侧着头,咬着指,似乎出神光景。亚白打量后形,必是小赞,也不去惊他,但看他做甚么。那小赞俄延许久,欻地奔进鹦鹉楼台。亚白即悄悄跟去。只见小赞爬着桌子,磨墨舐笔,在那里草草写了几行。亚白含笑上前,照准小赞肩头轻轻的拍了一下。小赞吃惊,张皇返顾,见了亚白,慌忙垂手站过一边。

亚白笑问:"阿是做菊花诗?"小赞道:"勿是,尹老爷出个窗课诗题。"亚白索其底稿,小赞只得惭颜呈阅。上面写着:"赋得眼花落井水底眠,得眠字,五言八韵。"及观其诗,却为涂抹点窜,辨认不清,只

有中间四五六韵明白,写道:

醉乡春荡荡,灵窟夜绵绵。

插脚虚无地,埋头小有天。

痴龙偎冷月,瞎马啸荒烟。

亚白阅过,连声赞好。小赞陪笑道:"故是幸亏尹老爷,稍微有仔点一知半解。高老爷看下来,倘然还可以进境点个末,阿好借'有教无类'之说,就正一二?"亚白沉吟道:"我说耐原等尹老爷来请教俚,俚改笔比我好。要末我有空闲辰光同耐谈谈,倒也未始无益。"小赞诺诺答了,逡巡退出。

亚白说了这句话,并不在意,独自赏回菊花,归房无话。那小赞却甚欣然,连夜把本年窗课试帖,拣得意的誊真二十首,一早送上大观楼。

亚白鉴其殷殷向学之意,披览一遍,从容说道:"耐个诗再好也勿有,我倒觉着耐忒啥个要好哉。大约耐肚皮里先有仔'语不惊人死不休'一个成见,所以与'温柔敦厚'之旨离开得远仔点。做诗第一要'相题行事',像昨日'眼花落井'题目,恰好配耐个手笔。若一概如此做法,也勿大相宜。"说着,指出"春草碧色"诗中第六韵,念道:"'化馀苌叔血,斗到谢公须。'做是做得蛮好,又瑰奇,又新颖,十二分气力,也可谓用尽个哉。其实就不过做仔'碧草'两个字,无啥大意思。"又指出"春日载阳"诗中第六韵,念道:"'秦无头可压,宋有脚能行。'该两句再有啥说嗄,念下来好像石破天惊,云垂海立,横极,险极,幻极;细按题目四个字,扣得也紧极,但是以理而论,毕竟于题何涉?要晓得两个题目只消淡淡著笔,点缀些回家之乐,羁客之思,就是合作,勿必去刻意求工,倒豁脱仔正意。所谓'相题行事'者,即此是也。"

小赞听罢默然,颇不满意。亚白复沉吟笑道:"阿是耐勿相信我闲话?我有个诗题来里,耐去做做看。做得合式仔末,就晓得其中甘苦哉。"小赞请示何题,亚白说是"还来就菊花"。小赞心想,此种题目有何难处,就要做一百首,立刻可以成就,微笑一笑,抽身告退,径归班房做起诗来。

一时清思妙绪，络绎奔赴，一首那里说得尽，接连做了五首，另纸誊真。自己看看，嫌其肤廓浮泛，不像题目神理，重复用心删节改削，炼成一首，以为尽善尽美，毫发无憾的了。遂欣欣然踅往大观楼请教高亚白。

第六十回终。

第六十一回　舒筋骨穿杨聊试技　困聪明对菊苦吟诗

按:小赞既至大观楼,呈上一首"还来就菊花"试帖诗。高亚白阅过一遍,不说好歹,却反笑问小赞道:"耐自家说,该首诗做得如何?"小赞攒眉道:"照仔个题目末,空空洞洞,不过实概做法。为啥做下来总是笼统闲话,就换仔个题目,好像也可以用得着?"

亚白呵呵笑了,即向书架上抽出一本袖珍书籍,翻检一条给小赞自去研究。小赞看那书,是《随园诗话》。其略云:

> 瑶华主人檀樽世子"赋得寒梅著花未"诗后自跋云:"此那东甫课士题也,友人卢药林请赋之。因见诸生赋此题者,不过一首梅花诗而已,如《随园诗话》中所谓'相题行事'者竟无一人,因书此以质之仓山居士。"

小赞看毕,寻思无语。亚白道:"'还来就菊花'末搭仔'寒梅著花未'差仿勿多,耐末就做仔一首菊花诗,所以才是笼统闲话。耐看俚'寒梅著花未'一首诗,阿是做得蛮切帖?耐就照俚个样式再去做,总要从'还来就'三个虚字着想,四面烘托渲染,摹取其中神理,'菊花'两个字,稍微带着点好哉。"小赞连连点头,心领神会,退出外间。亚白窥他在外间痴痴的站了一会,踱了一会,才去。

亚白无所事事,检点书架上人家送来求书求画的斗方、扇面、堂幅、单条,随意挥洒了好些。天色已晚,那小赞竟不复来,想必畏难而退的了。

次日,亚白仍以书画为消遣。午餐以后,微倦上来,欲于园内散散心,混过睡性,遂搁下笔,款步下楼。但见纤云四卷,天高日晶,真令人心目豁朗。踅出大观楼前廊,正有个打杂的拿着五尺高竹丝笤帚,要扫那院子里落叶。

亚白方依稀记得昨夜五更天,睡梦中听见一阵狂风急雨,那些落叶自然是风雨打下来的,因而想着鹦鹉楼台的菊花山如何禁得起如此蹂躏;若使摧败离披,不堪再赏,辜负了李鹤汀一番兴致,奈何奈何!一面想,一面却向东北行来。先去看看一带芙蓉塘如何,便知端的。踅至九曲平桥,沿溪望去,只见梨花院落两扇黑漆墙门早已锁上,门前芙蓉花映着雪白粉墙,倒还开得鲜艳。

亚白放下些心,再去拜月房栊看看桂花,却已落下了许多,满地上铺得均匀无隙,一路践踏,软绵绵的,连鞋帮上粘连着尽是花蕊。亚白进院看时,上面窗寮格扇一概关闭,廊下软帘高高吊起,好似久无人迹光景,不知当值管家何处去了。亚白手遮亮光,面贴玻璃,望内张觑,一些陈设也没有,台桌椅杌颠倒打叠起来。亚白才待回身,忽然飞起七八只乌鸦,在头顶上打盘儿,来往回翔,"哑哑"乱叫。

亚白知道有人来,转过拜月房栊,寻到靠东山坡,见有几个打杂的和当值管家簇拥在一棵大槐树下,布着一张梯子,要拆毁树上鸦窠。无如梯短窠高,攀跻不及,众人七张八嘴议论,竟没法儿。亚白仰视那窠儿,只有西瓜般大小,从三丫叉生根架起,尚未完成。当命管家往志正堂取到一副弓箭,亚白打量一回,退下两步,屹然立定,弯开弓,搭上箭,照准那窠儿,翻身舒臂只一箭。众人但听得"呼"的作响,并不见箭的影儿,望那窠儿已自伶伶仃仃挂在三丫叉之间,不住的摇晃。方欲喝采,又听得"呼"的一箭,那窠儿便滴溜溜滚落到地。喜得众人喝采不迭,管家早奔上去拾起那窠儿,带着两枝箭,献到亚白面前。

亚白颔首微笑,信步走开,由东南湖堤兜转去,经过凰仪水阁,适为阁中当值管家所见,慌的赶出,请亚白随喜。亚白摇摇手,径往鹦鹉楼台踅去。刚穿入菊花山,即闻茶房内嘈嘈笑语之声,大约是管家碰和作乐。亚白不去惊动,看那菊花山,幸亏为凉棚遮护,安然无恙,然其精神光彩似乎减了几分;再过些时,恐亦不免山颓花萎,不若趁早发帖请客,也算替菊花张罗些场面。

亚白想到这里,忙着回来。将及横波槛,顶头遇见小赞,手中仍拿着一首"还来就菊花"试帖诗,正要请教亚白。亚白停步,接诗在手,阅过一遍,又笑问小赞道:"耐自家说,该首诗做得如何?"小赞又攒眉道:"该首诗搭个题目末好像对景个哉,不过说来说去就是'还来就菊花’一句闲话，勿但犯仔叠床架屋个毛病，也做勿出好诗哉啘。”亚白呵呵笑道：“故末倒是我教耐看仔《随园诗话》个勿好，拨俚‘寒梅着花未’一首诗束缚住哉。耐勠去泥煞个哩！难索性要豁开仔俚个诗，再去做。耐末摆好仔‘还来就菊花’个题目，勠钻到题目里向去做，倒要跳出题目外头来，自家去做自家个诗，同题目对勿对也勠去管俚，让题目凑到我诗浪来，故末好哉。”小赞又连连点头，心领神会。

亚白撇下小赞，回到大观楼上，连写七副请帖，写着“翌午饯菊候叙”，交付管家，将去赍送。俄闻楼下呖呖然燕剪莺簧一片说笑，分明是姚文君声音。亚白只道管家以讹传讹叫来的局，等姚文君上楼，急问：“耐来做啥?”文君道：“癞头鼋咿到仔上海哉呀。”亚白始知其为癞头鼋而来，因笑道：“我刚刚明朝要请客，耐倒来哉。”两人说着，携手进房。

文君生性喜动，赶紧脱下外罩衣服，自去园中各处游玩多时，回来向亚白道：“齐大人去仔就推扳得野哚！连搭菊花山也低倒仔个头，好像有点勿起劲。”亚白拍手叫妙，且道：“耐要做仔首‘还来就菊花’个诗末，出色哉!”文君究问云何，亚白乱以他语。当晚两人只在房间任意消遣，过了一宵。

这日，十月既望，葛仲英、吴雪香到的最早，坐在高亚白房里，等姚文君梳洗完毕，相与同往鹦鹉楼台。葛仲英传言，陶、朱两家弟兄有事，谢谢勿来。高亚白问何事，仲英道：“倒也勿曾清爽。”

接着，华铁眉挈了孙素兰相继并至，厮见坐定。高亚白道：“素兰先生住两日哉啘，听说癞头鼋来里。”葛仲英道：“癞头鼋勿长远转去，为啥咿来嗄?”华铁眉道：“乔老四搭我说，癞头鼋该埭来要办几个赌棍。为仔前回癞头鼋同李鹤汀、乔老四三家头去赌，拨个大流氓合仔一淘赌棍倒脱靴，三家头输脱仔十几万哚。幸亏有两个小流氓分勿着洋钱，难末闹穿仔下来。癞头鼋定归要办。”高亚白、葛仲英皆道：“故歇上海个赌也忒啥个勿像样，该应要办办哉。”华铁眉道：“倒勿容易办哩。我看个访单浪，头脑末二品顶戴，海外得来！手下底一百多人，连搭衙门里差役、堂子里倌人，才是俚帮手。”孙素兰、吴雪香、姚文君皆道："倌人是啥人嗄？"华铁眉道："我就记得一个杨媛媛。"众人一听，相视错愕，都要请问其故。

适值管家通报客至，正是李鹤汀和杨媛媛两人。众人迎着，截口不谈。高亚白问李鹤汀："耐失窃阿曾报官？"鹤汀说："报哉。"杨媛媛白瞪着眼，问："阿是耐去报个官？"鹤汀笑说："勿关耐事。"杨媛媛道："生来勿关倪事，耐去报末哉唍。"鹤汀道："耐末瞎缠，倪说个匡二呀。"杨媛媛方默然。

将及午牌时分，高亚白命管家摆席。因为客少，用两张方桌合拼双台，四客四局，三面围坐，空出底下坐位，恰好对花饮酒。

一时，又谈起癞头鼋之事。杨媛媛冷笑两声，接嘴说道："昨日癞头鼋到倪搭来，说要办周少和。周少和是夷场浪出名个大流氓，堂子里陆里一家勿认得俚！前回大少爷同俚一淘碰和，倪也晓得俚生来总有点花样。不过倪吃仔把势饭，要做生意个唍，阿敢去得罪个大流氓？就看俚哚做花样末，倪也只好勿响。故歇癞头鼋倒说倪搭周少和通同作弊，阿有该号事体！"说罢，满面怒容，水汪汪含着两眶眼泪。李鹤汀又笑又叹，华铁眉、葛仲英劝道："癞头鼋个闲话，再有啥人相信俚？等俚去说末哉！"

高亚白要搭讪开去，顾见小赞一傍侍立，就问其菊花诗阿曾做。小赞道："做末呻做仔一首，勿晓得阿对。"亚白道："耐去拿得来看。"小赞应两声"是'，立着不动。亚白甚是怪诧。小赞禀道："鼎丰里赵二宝搭差个人来，要见高老爷。"

说声未绝，只见小赞身后转出一个后生，打个千，叫声"高老爷"。亚白认得是前日园门遇见的赵朴斋，问其来意，原为打听史三公子有无书信。亚白道："该搭一径无拨信，要末别场花去问声看。"赵朴斋不好多问，跟小赞退出廊下。

小赞自去班房取了另做的诗稿来，呈上高亚白。亚白展开看时，上面写道：

赋得还来就菊花得来字五言八韵

只有离离菊，新诗索几回。不须扶杖待，还为看花来。
水水山山度，风风雨雨催。重阳嘉节到，三径主人开。

请践东篱约，叨从北海陪。客愁相慰藉，秋影共徘徊。

令我神俱往，劳君手自栽。桑麻翻旧话，记取瓦缸醅。

高亚白看毕，只是呵呵的笑，不发一言，却将诗稿授与李鹤汀、葛仲英、华铁眉。传观殆遍，高亚白乃笑问道："请教该首诗做得如何？"大家见问，面面厮觑。李鹤汀先道："我看无啥好。"葛仲英点头道："好末无啥好，也无啥勿好。"华铁眉道："我想仔半日，要做一联好诗，竟想勿出如何做法，可知该首诗自有好处。"

高亚白仍笑着，顾命小赞取副笔砚，请三位各出己意，下一批语。李鹤汀接过来就写道："轻圆流利，如转丸珠；押韵尤极稳惬。"搁下笔复说道："再要说俚好处，也无投哉啘。"葛仲英略一寻思，写道："一气呵成，面面俱到，百炼钢化为绕指柔矣。"华铁眉笑道："我要拿看文章法子批俚该首诗。"提笔写道："题中不遗漏一义，题外不拦入一意，传神正在阿堵中。"李鹤汀道："拨耐两家头一批，倒真个好仔点哉。"葛仲英道："通首就是'秋影'一句做个题面，其余才好。"华铁眉道："好在运实于虚，看去如不经意；其实八十字坚如长城，虽欲易一字而不可得。"李鹤汀道："让亚白自家去批，看俚批个啥。"高亚白呆脸一想，道："倒也无可批哉哩。"葛仲英道："亚白必然另有见解。"华铁眉道："大约亚白个见解末就是'无可批'。"高亚白呵呵大笑，一挥而就。大家看后面写着十五字，道："是眼中泪，是心头血，成如容易却艰辛。"大家笑道："此所谓'无可批'之批也！"高亚白笑向小赞道："倒难为耐。"

小赞心中着实得意，接取诗稿笔砚，抽身出外，孜孜的看那四行批语。不意赵朴斋还在廊下，一把拉住小赞，央告道："谢谢耐！再替我问声看，昨日听说三公子到仔上海个裁，阿有价事？"

小赞只得替他传禀请示。高亚白道："俚听差哉，到个是赖公子，勿是史公子。"赵朴斋隔窗听得，方悟果然听差，候小赞出来，告辞回去。小赞顺路送出园门而别。

赵朴斋一路懊闷，归至鼎丰里家中，复命于母亲赵洪氏，说三公子并无书信，并述误听之由。适妹子赵二宝在傍侍坐，气的白瞪着眼，半晌说不出话。洪氏长叹道："常恐三公子勿来个哉哩，难末真真罢哉！"朴斋道："故是勿见得，三公子勿像是该号人。"洪氏又叹道："也难说啰，先起头索性跟仔俚去，倒也无啥。故歇上勿上，落勿落，难末啥完结啰！"二宝秋气，头颈一摔，大声喝道："无娒再要瞎说！"只一句，喝得洪氏哑嘴哑舌，垂头无语。朴斋张皇失措，溜出房去。

娘姨阿虎在外，都已听在耳里，忍不住进房说道："二小姐，耐是年纪轻，勿曾晓得把势里生意划一难做，客人哚个闲话，阿好听俚嗄！先起头三公子搭耐说个啥，耐也勿曾搭倪商量，倪一点勿晓得；故歇一个多月无拨信，有点勿像哉啰。倘忙三公子勿来，耐自家去算：银楼、绸缎店、洋货店，三四千洋钱哚，耐拿啥物事去还嗄？勿是我多说多话，耐早点要打桩好仔末好，覅到个辰光坍台。"

二宝面涨通红，不敢回答。忽闻楼上中间裁衣张司务声唤，要买各色衣线，立刻需用。阿虎竟置不管，扬长出房。洪氏遂叫大姐阿巧去买。阿巧不知是何颜色，和张司务纠缠不清。朴斋忙说："我去买末哉。"二宝看了这样，鳖着一肚皮闷气，懒懒的上楼归房，倒在床上，思前想后，没得主意。

比及天晚，张司务送进一套新做衣服，系银鼠的天青缎帔、大红绉裙，请二宝亲自检视。请了三遍，二宝也不抬身，只说声"放来浪"。张司务诺诺放下，复问："再有一套狐皮个，阿要做起来？"二宝道："生来做起来，为啥勿做嗄？"张司务道："价末松江边镶滚缎子搭仔帖边，明朝一淘买好来浪？"二宝微微应一声"噢"。张司务去后，楼上静悄悄地。

直至九点多钟，阿巧、阿虎搬上晚饭，请二宝吃。二宝口说："覅吃！"阿巧不解事，还尽著拉扯，要搀二宝起来。二宝发嗔喝开。阿巧只得自与阿虎对坐，吃毕，撤去家伙。阿虎自己揩把手巾，并不问二宝阿要揩面，还是阿巧给二宝冲了壶茶。

阿虎开了皮箱，收藏那一套新做衣服。阿巧手持烛台，啧啧欣羡道："该个银鼠好得来！阿要几花洋钱？"阿虎鼻子里哼的冷笑道："着到仔该号衣裳，倒要点福气个啰！有仔洋钱，无拨福气，阿好去着俚嗄！"

床上二宝装做不听见，只在暗地里生气，阿巧、阿虎也不去瞅睬。将近夜分，各自睡去。二宝却一夜不曾合眼。

第六十一回终。

第六十二回　偷大姐床头惊好梦　做老婆壁后泄私谈

按:赵二宝转了一夜的念头,等到天亮,就蓬着头趿足下楼,趱往母亲赵洪氏房间。推进门去,洪氏睡在大床上,鼾声正高,旁边一只小床系阿哥赵朴斋睡的,竟是空着。二宝唤起洪氏,问:"阿哥哩?"洪氏说:"勿晓得。"

二宝十猜八九,翻身上楼,趱进亭子间,径去大姐阿巧睡的床上,揭起帐子看时,果然朴斋、阿巧两人并头酣睡。二宝触起一腔火性,狠狠的推搡揪打,把两人一齐惊醒。朴斋抢着一条单裤穿上,光身下床,夺路奔逃。阿巧羞得钻进被窝,再不出头露面。

二宝连说带骂,数落一顿,仍往楼下洪氏房间。洪氏已披衣坐起。二宝努目哆嘴,签坐床沿。洪氏问道:"楼浪啥人来浪噪?"二宝不答,却思这事不便张扬,不如将计就计,遂和洪氏商量,欲令朴斋赶往南京,寻到史三公子家中问个确信。洪氏亦以为然。二宝便高声喊:"阿哥!"朴斋不敢不至,惴惴然侍立一旁。

二宝推洪氏先说。洪氏约略说了,并命即日起行。朴斋不敢不从。二宝复叮咛道:"耐到仔南京末,定归要碰着仔史三公子,当面问俚为啥无拨信,难末啥辰光到上海,覅忘记!"

朴斋唯唯遵命,二宝才去梳头。趱到楼上自己房间,只见阿巧正在弯腰扫地,鼻涕眼泪挥洒不止,二宝索性不理。

恰好这日长江轮船半夜开行,朴斋吃过晚饭,打起铺盖,向洪氏讨些盘缠。洪氏嘱其早去早归,娘姨阿虎闯口道:"倪看下来有数目个哉,南京去做啥嗄?就去末也定归见勿着史三公子个面碗。史三公子抵桩勿来,就见仔面,也无行用。"洪氏道:"俚勿相信个呀,定归要南京去一埭,问仔个信,故末相信哉。"阿虎道:"二小姐勿相信末,耐是俚亲生娘,要提亮俚个呀。二小姐肚皮里道仔史三公子还要来个哉,定归要问个信。耐想,去问啥人嗄?就碰着仔史三公子,问俚,倒人末勿来,嘴里阿肯说'勿来',原不过回报耐一句'难要来哉'。二小姐再要上仔倒个当,一径等来浪,等到年底下,真真坍仔台歇作!"洪氏道:"闲话是勿差,难等南京转来仔再说。"阿虎道:"勿然也勿关倪事,倪就为仔三四千店帐来里发极。倘然推扳点小姐,倪倒勿去搭倒拿仔几几花花哉。倪看见二小姐五月里一个月,碰和吃酒,闹猛得势,故歇趁早豁开仔史三公子,巴结点做生意,故末年底下还点借点,三四千也勿要紧。再要晾下去,来勿及哉哩!"

洪氏默然。朴斋道:"让我去问仔个信看。倘然史三公子勿来,生来做生意。"阿虎冷笑走开。朴斋藏好盘缠,背上铺盖,辞别出门。

过了一宿,二宝便令阿虎去东合兴里吴雪香家喊小妹姐来。阿虎知道事发,答应而去。二宝想好几句闲话,教给洪氏照样向说,不必多言。

一会儿,阿虎同着小妹姐引见洪氏,二宝含笑让坐。洪氏说道:"倪月底一家门才要到南京去寻个史三公子,让阿巧去寻生意罢。一块洋钱一月,倪拨到倒年底末哉。"小妹姐听了,略怔一怔道:"价末到个辰光让倒出来,也正好碗。"二宝接嘴道:"倪勿做仔生意,生活一点无拨。阿巧来里,也无啥做;早点出去末,也好早点寻生意,阿对?"小妹姐没的说,就命阿巧去收拾。二宝教洪氏拿出三块洋钱交与小妹姐,又令相帮担囊相送。小妹姐乃领阿巧道谢辞行。

随后裁衣张司务要支工帐,二宝亦教洪氏付与十块洋钱。阿虎背着二宝悄对洪氏道:"耐末样式样依仔个二小姐,二小姐有点勿着落个哩!故歇一塌括仔还有几块啥洋钱,再要做衣裳!该号衣裳,等倒嫁仔人做末哉碗,啥个要紧嗄?"洪氏道:"我也搭倒说过歇个哉,倒说做完仔狐皮个停工。"阿虎太息而罢。

不想次日一早,小妹姐复领阿巧回来,送至洪氏房中。小妹姐指着阿巧向洪氏道:"倒乃是我外甥囡。倒哚爷娘托拨我,教我荐荐倒生意。倒乃自家勿争气,做仔勬面孔个事体,连搭我也无面孔,对勿住倒哚爷娘。我末寄仔封信下去,喊倒哚爷娘上来,耐拿倒个人交代倒哚娘爷好哉,我勿管帐。"洪氏茫然,问道:"耐说个啥闲话,我勿懂碗。"小妹姐且走且说道:"耐勿懂末,问阿巧,等倒自家说。"

楼上二宝刚刚起身,闻声赶下。小妹姐已自去了,只有阿巧在房匿面向壁呜咽饮泣。二宝气忿忿的瞪视多时,没法处置。洪氏还紧着要问阿巧。二宝道:"问俚啥嘎!"遂将前日之事径直说出。洪氏方着了急,只骂朴斋不知好歹,无端闯祸。

二宝欲令阿虎和小妹姐打话,给些遮羞洋钱,着其领回。阿虎道:"小妹姐倒勿要紧,我先问声俚自家看。"遂将阿巧拉过一边,咇唧咇唧问了好一会。阿虎笑而覆道:"拨我猜着,俚哚两家头说好来浪,要做夫妻个哉。洋钱末倒也勿要,等俚爷娘来求亲好哉。"洪氏大喜道:"价末耐就替我做仔个媒人罢。"二宝跳起来喝道:"勿局个!勠面孔个小娘件,我去认俚阿嫂?"洪氏呆脸相视,不好作主。阿虎道:"倪说末,开堂子个老班讨个大姐做家主婆,也无啥勿局。"二宝大声道:"我勿要哩!"

洪氏不得已,一口许出五十块洋钱,仍令阿虎去和小妹姐打话。二宝咬牙恨道:"阿哥个人末,生就是流氓坯!三公子要拿总管个囡件拨来阿哥,阿要体面!啥个等勿得,搭个臭大姐做夫妻。"

洪氏听说,虽也喜欢,但恐小妹姐不肯干休;等得阿虎回家,急问如何。阿虎摇头道:"勿成功!小妹姐说:'耐个囡件末面孔生得标致点,做个小姐;俚也一样是人家囡件呀,就不过面孔勿标致,做仔大姐。做小姐个末开宝要几花,落镶要几花;俚大姐也一样个啘。拨耐倪子困仔几个月,故歇说五十块洋钱,阿是来里拗空?'"洪氏着实惶惧,眼望二宝候其主意。二宝道:"等俚爷娘来,看光景。"洪氏胆小,忐忑不宁。

转瞬之间,等了三日,倒是朴斋从南京遄回家来。洪氏一见,极口埋冤。二宝跺脚道:"无姆,让俚说仔了哩!"

朴斋放下铺盖,说道:"史三公子勿来个哉。我末进个聚宝门,寻到史三公子府浪,门口七八个管家才勿认得。起先我说寻小王,俚哚理也勿理。我就说是齐大人差得来,要见三公子,难末请我到门房里,告诉我:三公子上海回来就定仔个亲事,故歇三公子到仔扬州哉,小王末也跟仔去。十一月二十就来里扬州成亲,要等满仔月转来哚。阿是勿来个哉。"

二宝不听则已，听了这话，眼前一阵漆黑，囟门里“汪”的一声，不由自主，望后一仰，身子便倒栽下去。众人仓皇上前，搀扶叫唤，二宝已满嘴白沫，不省人事。适值小妹姐引了阿巧爷娘进门，见此情形，不便开口，小妹姐就帮着施救。洪氏泪流满面，直声长号。朴斋、阿虎一左一右，掐人中，灌姜汤，乱做一堆。

须臾，二宝吐出一口痰涎，转过气儿。众人七张八嘴，正拟扛抬，阿虎捋起袖子，只一抱，拦腰抱起，挨步上楼。众人簇拥至房间里，眠倒床上，展被盖好。众人陆续散去，惟洪氏兀坐相伴。

二宝渐渐神气复原，睁眼看看，问：“无娒来里做啥？”洪氏见其清醒，略放些心，叫声“二宝”，道：“耐要吓煞人个哩，啥实概样式嗄？”二宝才记起适间朴斋之言，历历存想，不遗一字，心中悲苦万分，生怕母亲发极，极力忍耐。洪氏问：“心里阿难过？”二宝道：“我故歇好哉呀。无娒下头去哩。”洪氏道：“我勿去。阿巧个爷娘来里下头。”

二宝蹙额沉吟，叹口气道：“难阿哥生来就讨仔阿巧末哉。俚爷娘故歇来里末，无娒教阿虎去说亲哉啘。”洪氏唯唯，即时唤上阿虎，令向阿巧爷娘说亲。阿虎道：“说末就说说罢哉，勿晓得俚哚阿肯。”二宝道：“拜托耐说说看。”

阿虎慢腾腾地姑妄去说。谁知阿巧爷娘本系乡间良懦人家，并无讹诈之意，一闻阿虎说亲，慨然允定，绝不作难。小妹姐也不好从中挠阻。洪氏、朴斋自然是喜欢的，只有二宝一个更觉伤心。

当下阿虎来叫洪氏道：“俚哚难是亲家哉，耐也去陪陪哩”洪氏道：“有女婿陪来浪，我勿去。”二宝劝道：“无娒耐该应去应酬歇个呀，我蛮好来里。”

洪氏犹自踌躇。二宝道：“无娒勿去末我去。”说着，勉强支撑坐起，挽挽头发，就要跨下床来。洪氏连忙按住，道：“我去末哉，原搭我困好仔。”二宝笑而倒下。洪氏切嘱阿虎在房照料，始往楼下应酬阿巧爷娘。

二宝手招阿虎近前，靠床挨坐，相与计议所取店帐作何了理。阿虎因二宝意转心回，为之细细筹画，可退者退，不可退者或卖或当，算来倒还不甚吃亏。独至衣裳一项，吃亏甚大，最为难处。二宝意欲留下衣裳，其余悉遵阿虎折变抵偿,如此合算起来,尚空一千余圆之谱。阿虎道:“像五月里个生意,空一千也勿要紧,做到仔年底下末,就可以还清爽哉。”二宝道:“一件狐皮披风,说是今朝做好;耐去搭张司务说,回报俚明朝勿做哉。”阿虎道:“耐随便啥才忒要紧,就像做衣裳,勿该应做个披风,做仔狐皮褂末,阿是蛮好?”二宝焦躁道:“覅去说起哉呀!”

阿虎讪讪踅出中间,传语张司务。张司务应诺而已,别个裁缝故意嘲笑为乐。二宝在内岂有不听见之理,却那里有工夫理论这些?

迨至晚间,吃过夜饭,洪氏终不放心,亲自看望二宝,并诉说阿巧爷娘已由原船归乡,仍留阿巧服役,约定开春成亲。二宝但说声“好”。洪氏复问长问短,委曲排解一番,然后归寝。二宝打发阿虎也去睡了,房门虚掩,不留一人。

二宝独自睡在床上,这才从头想起史三公子相见之初,如何目挑心许;定情之顷,如何契合情投;以后历历相待情形,如何性儿浃洽,意儿温存;即其平居举止行为,又如何温厚和平,高华矜贵,大凡上海把势场中一切轻浮浪荡的习气,一扫而空。万不料其背盟弃信,负义辜恩,更甚于冶游子弟。想到此际,悲悲戚戚,惨惨凄凄,一股怨气冲上喉咙,再也捺不下,掩不住。那一种呜咽之声,不比寻常啼泣,忽上忽下,忽断忽续,实难以言语形容。

二宝整整哭了一夜,大家都没有听见。阿虎推门进房,见二宝坐于床中,眼泡高高肿起,好似两个胡桃。阿虎搭讪问道:“阿曾困着歇嗄?”二宝不答,只令阿虎舀盆脸水。二宝起身捕面。阿巧揩抹了桌椅;阿虎移过梳具,就给二宝梳头。

二宝叫阿巧把朴斋唤至当面,命即日写起书寓条子来帖。朴斋承命无言。二宝复命阿虎即日去请各户客人,阿虎亦承命无言。

二宝施朱傅粉,打扮一新,下楼去见母亲洪氏。洪氏睡醒未起,面向里床,似乎有些呻吟声息。二宝轻轻叫声“无娒”。洪氏翻身见了,说道:“耐啥要紧起来嗄?勿适意末,困来浪末哉。”二宝推说:“无啥勿适意。”趁势告诉要做生意。洪氏道:“故末再停两日也正好啘。耐身向里刚刚好仔点,推扳勿起。倘忙夜头出局去,再着仔冷,勿局个哩。”二宝道:“无娒,耐也顾勿得我个哉。故歇店帐欠仔三四千，勿做生意末，陆俚有洋钱去还拨人家？我个人赛过押来里上海哉呀！"这句话尚未说完，一阵哽噎，接不下去。

洪氏又苦又急，颤声问道："就说是做生意末，三四千洋钱陆里一日还清爽哩？"二宝吁了口气，将阿虎折变抵偿之议也告诉了，且道："无娒索性覅管，有我来里，总归勿要紧。耐快活末我心里也舒齐点，覅为仔我勿快活。"洪氏只有答应。

二宝始问："无娒为啥勿起来？"洪氏说是"头痛"。二宝伸手向被窝里摸到洪氏身上，些微觉得发烧。二宝道："无娒常恐寒热哩。"洪氏道："我也觉着有点热。"二宝道："阿要请个先生吃两帖药？"洪氏道："请啥先生嗄！耐替我多盖点，出仔点汗末好哉。"

二宝乃翻出一床绵被，兜头盖好，四角按严，让洪氏安心睡觉。二宝自回楼上房间，复与阿虎计议。议至午后，阿虎出去了理店帐，顺路请客。

这个信传扬开去，各处皆知。不出三日，吹入陈小云耳中，甚是骇异，以为史三公子待他不薄，娶作夫人自是极好的事，如何甘心堕落，再恋风尘！正欲探询其中缘故，可巧行过三马路，遇着洪善卿。小云拟往茶楼一谈，善卿道："就双珠搭去坐歇末哉。"

于是两人踅进公阳里南口，到了周双珠家。适值楼上房间均有打茶会客人，阿德保请进楼下周双宝房间。双宝迎见让坐。小云把赵二宝再做生意之信说与善卿，善卿鼓掌大笑道："耐蛮聪明个人，上俚哚个当！我先起头就勿相信，史三公子陆里无讨处，讨个倌人做大老母！"双宝在傍也鼓掌大笑，道："为啥几花先生小姐才要做大老母！起先有个李漱芳，要做大老母做到仔死；故歇一个赵二宝，也做勿成功；做到倪搭个大老母，挨着第三个哉！"小云不解，问第三个是谁。双宝努嘴道："倪搭双玉，倒勿是朱五少爷个大老母？"小云道："朱五少爷定仔亲哉豌。"

双宝故意只顾笑，不接嘴。善卿忙摇手示意。不想一抬头，周双玉已在眼前，双宝吓得敛笑而退。善卿知道不妙，一时想不出搭讪的话头。小云察言观色，越发茫然。大家呆瞪瞪的，你看着我，我看着你。

第六十二回终。

第六十三回 集腋成裘良缘凑合 移花接木妙计安排

按:周双珠、周双玉房间内打茶会客人,乃是赖公子、华铁眉、乔老四、乔老七四位。乔老四本做周双珠,遂为小兄弟乔老七叫了周双玉几个局,故此四人虽是一起,却分据两间房间。及洪善卿同陈小云来时,赖公子正和周双珠闲话,双珠因善卿系熟客,不必急急下去应酬,只管指东划西,随口胡说。周双玉要央善卿寄信于朱淑人,先自下楼,从周双宝后房门抄近进去,刚刚听得陈小云、周双宝云云,并窥见洪善卿摇手之状。双玉猛吃一惊,急欲根究细底,转念一想,大约朱五少爷定亲之事秘密不宣,不可造次。当下迈步搴帷,见了陈小云、洪善卿,侧坐相陪,不露圭角。

随后双珠进房,双玉趁势仍归楼上。一直等到晚间客散关门,周双玉独自一个往见周兰,叫声"无娒"。周兰和颜悦色命其坐下。双玉宛转说道:"我做仔无娒个讨人,单替无娒做生意。除仔无娒也无拨第二个亲人,除仔做生意也无拨第二样念头。故歇朱五少爷定仔亲,故末就是无娒个生意到哉。无娒该应去请仔朱五少爷来,等我当面问俚,阿怕俚勿拿出洋钱拨来无娒,无娒为啥要瞒我哩?阿是常恐朱五少爷多拨仔耐洋钱,耐客气勿要嗄?"周兰道:"勿是瞒耐呀。为仔朱五少爷说,常恐耐晓得俚定仔亲,勿快活,教倪覅说起。"双玉道:"故末无娒笑话哉!做我个客人多煞来里,就比仔朱五少爷再要好点也勿稀奇。阿怕我无拨人讨得去,啥个勿快活?"

周兰听说亦自失笑,方才将八月底朱淑人聘定黎篆鸿之女,尽情告诉了双玉。双玉方才想起两月以来,时常听得双宝嘴里大老母长,大老母短,原来是调侃我的,心下重重恼怒,忍不住淌眼抹泪,渐放悲声。

周兰始悔自己失言,只见双玉又道:"我搭阿姐两家头,做个生意来孝敬耐无娒,无娒也勿曾说过倪一句邱话。我就气勿过双宝,双宝生意末一点无拨，拿倪两家头孝敬无娒个洋钱，买仔饭拨俚吃，买仔衣裳拨俚着，俚坐来浪无啥做。再要想出几花闲话说倪、笑倪、骂倪！"说着，"呜呜"的掩面而泣。周兰道："双宝陆里敢骂耐？"

双玉便缕述双宝的风里言风里语，再添上两句重话装点逼真。气得周兰一叠声喊"双宝"。双宝战惕趋至。周兰不及审察，绰起烟枪兜头就打。却被双玉一手托住，劝道："无娒覅哩，耐故歇打仔双宝，晚歇拨双宝加二骂两声，无娒陆里晓得！倘然无娒喜欢双宝，也容易得势，让双宝原到楼浪去。我末说拨幺二堂子里做伙计。无拨个人说我、骂我，我心里清爽点，也好巴结点做生意，孝敬耐无娒。"

周兰越发生气，丢下烟枪，问道："我为啥喜欢双宝嗄？耐阿姐来浪说，倘忙有辰光生意忙勿过，教双宝代代局也无啥；勿然末，双宝早就出去哉碗。我为啥喜欢双宝嗄？"双玉冷笑道："无娒，耐嘴里末说'让双宝出去末哉'，一径说到仔故歇，双宝原勿曾出去，倒勿是喜欢双宝？"周兰怒道："故也勿要紧，明朝让双宝去，省得耐多说多话！"双玉道："无娒覅动气。我搭双宝才是无娒个讨人，无啥喜欢勿喜欢，就要出去末，等商量好仔再去，啥要紧嗄？"

周兰沉吟半晌，怒气稍平，喝退双宝，悄问双玉如何商量。双玉道："无娒耐自家去算，双宝进来个身价，就算耐才豁脱仔，也不过三百洋钱。故歇双宝来里，生意末无拨，房间里用场倒同倪一样哚碗，几年算下来，阿是豁脱仔勿少哉？我替无娒算计，勿如让双宝出去个好。"周兰点点头。双玉又道："阿姐个生意好，要双宝代局。我生意不过实概样式。双宝出去仔，倘然阿姐忙勿过，我去代局末哉。"周兰又点点头。于是周兰竟与双玉定议，拟将双宝转卖于黄二姐家，楼上双珠绝不与闻。

比及明日，周兰欲令阿珠去黄二姐家打话，双珠怪问何事，始悉其由。双珠阻止道："无娒，耐也做点好事末哉！黄二姐个人勿比仔耐，双宝去做俚讨人，苦煞个哩！我说无娒耐定归勿要双宝末，也该应商量商量。南货店里姓倪个客人，搭双宝蛮要好，倪去请俚来，问声俚，要讨末教俚讨仔去。双宝有仔好场花，倪身价也勿吃亏。无娒想阿对？"

周兰领悟,叫回阿珠,转令阿德保以双宝名片去南市请广亨南货店小开倪客人。双玉心想如此办法,倒作成了双宝的好姻缘,未免有些忿忿;但因双珠出的主意,不敢再言。

不多时,那倪客人随着阿德保接踵并至,坐在双宝房间里。周兰出见,当面说亲。倪客人满心欣慰,满口应诺;既而一想,三百身价之外尚须二百婚费,一时如何措办,倒又踌躇起来。双宝恐事不济,着急异常,背地去求双珠设法。双珠格外矜全,特地请了洪善卿、乔老四等几户熟客,告知此事,拟合一会帮贴双宝。众人好善乐施,无不愿意。洪善卿复去告知朱淑人,也与一角,却不令双玉得知。

倏届迎娶之期,倪客人倒也用了军健乐人、提灯花轿,簇拥前来,娶了过去,也一样的拜堂、告祖、合卺、坐床,待以正室之礼。

三朝归宁,倪客人也来了,请出周兰,双双拜见,口称“岳母”,磕下头去。周兰不好意思,赶紧买了一副靴帽相送,盛筵款待,至晚而回。

自双宝出嫁以后,双玉没了对头,自然安静无事。周兰欲劝双玉接客,尚未明言。双玉已揣测知之,心中定下一个计较,先去灶间煤炉旁边,将剜空生梨内所养的促织几尽数释放,再令阿德保去买一壶烧酒,说要擦洗衣裳烟渍,然后令阿珠去请朱五少爷。

朱淑人闻得定亲之事早经泄漏,这场噪闹势所必然,然又无可躲避,只得皇皇然来;见了双玉,抱惭负疚,无地自容。双玉却依然笑脸相迎,携手纳坐,颜色扬扬如平时。淑人猜不出其是何意见,嘿嘿相对,不则一声。将近上灯时分,淑人告辞言归。双玉率衣拉过一边,昵昵软语,欲留一宿。淑人不忍故违其意,颔首从命。

须臾,叫局的络绎上市,双玉遂更衣出门,留下巧囡在房伏侍淑人便饭。等得双玉回家,更有打茶会的,一起一起应接不暇。一直敲过十二点钟,渐渐的车稀火烬,帘卷烟消。阿珠收拾停当,声请淑人安置而去。

双玉亲自关了前后房门,并加上闩,转身踅来,见淑人褪履上床。双玉笑道:“慢点困哩,我有事体来里。”淑人怪问云何。双玉近前与淑人并坐床沿。双玉略略欠身,两手都搭着淑人左右肩膀,教淑人把右手勾着双玉脖项,把左手按着双玉心窝,脸对脸问道:"倪七月里来里一笠园,也像故歇实概样式,一淘坐来浪说个闲话,耐阿记得?"淑人心知说的系愿为夫妇生死相同之誓,目瞪口呆,对答不出。双玉定要问个明白。淑人没法,胡乱说声"记得"。双玉笑道:"我说耐也勿该应忘记。我有一样好物事,请耐吃仔罢。"说罢,抽身向衣橱抽屉内取出两只茶杯,杯内满满盛着两杯乌黑的汁浆。淑人惊问:"啥物事?"双玉笑道:"一杯末耐吃,我也陪耐一杯。"淑人低头一嗅,嗅着一股烧酒辣气,慌问:"酒里放个啥物事嗄?"双玉手举一杯,凑到淑人嘴边,陪笑劝道:"耐吃哩。"淑人舌尖舐着一点,其苦非凡,料道是鸦片烟了,连忙用手推开。双玉觉得淑人未必肯吃,趁势捏鼻一灌,竟灌了大半杯。淑人望后一仰,倒在床上,满嘴里又苦又辣,拚命的朝上喷出,好像一阵红雨,湿漉漉的洒遍衾裯。淑人支撑起身,再要吐时,只见双玉举起那一杯,张开一张小嘴,"咽嘟咽嘟"尽力下咽。淑人不及叫喊,奋身直上,夺下杯子,掼于地下,"豁琅"一声,砸得粉碎。双玉再要抢那淑人吃剩的一杯,也被淑人掳落跌破。淑人这才大声叫喊起来。

楼下周兰先前听得碗响,尚不介意;迨至淑人叫喊,有些疑惑,手持烟灯,上楼打探。淑人赶去拔下门闩,迎进周兰。周兰见淑人两手一嘴及领衣袍袖之上,皆为鸦片烟沾濡涂抹,已是骇然;又见双玉喘吁吁挺在皮椅上,满脸都是鸦片烟,慌问:"啥事体哩?"淑人偏又呐呐然说不清楚,只是跺脚干急。

幸而那时双珠、巧囡、阿珠都不曾睡,陆续进房,见此情形,十稔八九。双珠先问:"阿曾吃嗄?"淑人只把手紧指着双玉。双珠会意,唤个相帮速往仁济医馆讨取药水。

巧囡舀上热水,给淑人、双玉洗脸漱口。淑人抹净手面,吐尽嘴里余烟。双玉大怒,欻地起立,柳眉倒竖,星眼圆睁,咬牙切齿骂道:"耐个无良心、杀千刀个强盗坯!耐说一淘死,故歇耐倒勿肯死哉!我到仔阎罗王殿浪末,定归要捉耐个杀坯!看耐逃走到陆里去!"

周兰还是发怔。双珠叫声"双玉",从中排解道:"五少爷是勿好,勿该应定个亲。不过耐也年纪轻,勿懂事,客人个闲话才是瞎说。

就算故歇五少爷勿曾定亲,阿要讨耐去做大老母?"双玉不待说完,嚷道:"啥个大老母小老母!耐去问倪,啥人说个一淘死?"淑人拍腿哭道:"勿是我呀!阿哥替我定个亲,一句闲话无拨我说啘!"双玉欻地扑到淑人面前,又狠狠的戟指骂道:"耐只死猪猡!晓得是耐阿哥替耐定个亲!我问耐,为啥勿死?"吓得淑人倒退不迭。

正忙乱间,相帮取到一瓶药水,阿珠急取两只玻璃杯,平分倒出。淑人心疑尚恐不曾吐尽,先去呷了一口。双玉怒极,一手抢那杯子,照准淑人脸上甩来,泼了淑人一头药水。幸亏淑人头颈一侧,那玻璃杯从耳朵边擤了过去,没有甩着。淑人远远央告道:"耐也吃点唲。耐吃仔个药水,随便耐要啥,我总归依耐,阿好?"双玉大声道:"我要啥嗄?我末要耐死哉唲!"周兰、双珠同词劝道:"死勿死末再说,耐吃仔了唲。"

阿珠、巧囡也帮着千方百计劝双玉吃药水。双玉不禁哼的笑道:"劝啥嗄?放来浪,等我自家吃末哉啘!倪勿死,我倒犯勿着死拨倪看,定归要倪死仔末我再死!"说着,举起玻璃杯,一口一口慢慢的呷。巧囡绞上手巾,揩了一把。不多时,一阵翻腹搅肚,喉间汩汩作响,便呕出一汪清水。周兰、双珠一左一右,搀着臂膊,叫双玉只顾吐。双玉一面吐,一面还喃喃不绝的骂。直至天色黎明,稍稍吐定,大家一块石头落地,不好再去睡觉,令灶下开了煤炉,燉口稀饭,略点一点。

淑人知道双玉兀自不肯干休,背地求计于双珠。双珠攒眉道:"双玉个脾气,五少爷也明白个哉。倪陆里肯听人个闲话?倪是一家人,也勿好搭倪说,就说末也无行用。耐倒是请个朋友来劝劝倪,倪倒听句把。"

一句提醒了淑人,当即写张字条速令相帮去南市咸瓜街请永昌参店洪老爷。大家把双玉扶上大床,各自散去。淑人眼睁睁地独自看守,守到日之方中,洪善卿惠然肯来。淑人赶出迎见,请进双珠房间,细述昨宵之事,欲恳善卿去劝双玉。

善卿应承,踅过双玉房间,见双玉歪在大床上,垂头打盹,调息养神。善卿近前轻轻叫声"双玉"。双玉睁眼见了,起身让坐。善卿随口问道："身向里阿好?"双玉冷笑两声,答道："洪老爷,耐末覅假痴假呆哉！五少爷请耐来劝劝我,我无拨第二句闲话,我故歇末定归要跟牢仔俚一淘死！俚到陆里,我跟到俚陆里,定归一淘死仔末完结。无拨第二句闲话！"善卿婉婉说道："双玉覅哩,五少爷一径蛮要好。定亲个事体,也是俚阿哥做个主,倒覅去怪俚。我说一样个人,无啥大小。我做个大媒人,原嫁仔五少爷,耐说阿好?"双玉下死劲啐道："呸！我去妹俚无良心个杀坯!"只说了这一句话,仍自倒下,合目装睡。

善卿无路可入,姑转述于淑人。淑人更加一急,唉声叹气,没个摆布。善卿探问双珠,毕竟双玉是何主见。不想双珠亦自不知。善卿道："阿是有啥人教俚个嗄?"双珠道："双玉末陆里要人教！倘然是倪教个末,单有教俚做生意,无拨教俚噪个碗!"善卿再四寻思,终不可解。双珠道："我想双玉个意思,一半末为仔五少爷,一半还是为双宝。"善卿呵呵鼓掌道："一点也勿差,难末有点道理哉。"淑人拱立候教。

善卿复寻思多时,呵呵鼓掌道："有来里哉,有来里哉!"淑人请问其说。善卿道："耐覅管。耐说双玉随便要啥,耐总依俚,阿有该句闲话?"淑人说："有个。"善卿道："我替耐解个冤结,多则一万,少则七八千,耐阿情愿?"淑人说："愿个。"善卿道："价末才是哉。"淑人请问终究如何办法。善卿道："故歇勿搭耐说,等事体舒齐仔,耐也明白哉。"淑人抱着个闷壶卢,无从打破,且令阿珠传命叫菜,与善卿两人便饭。

善卿手招双珠,并坐一边高椅上,搭肩附耳,密密长谈。双珠从头至尾,无不领悟。少顷谈毕,双珠辗转一想,却又迟回道："说末说说罢哉,勿见得成功哩。"善卿道："定归成功,俚倷勿在乎此。"双珠乃踅过双玉房间,为说客捉刀。

适值阿珠搬上饭菜,善卿叫住,就摆在双珠房间里。善卿、淑人衔杯对酌。

既而双珠回房复命,道："稍微有点意思;就不过常恐勿成功,再要拨人家笑话。"善卿道："耐去说,倘然真真勿成功,我原拿五少爷交代拨俚。”双珠重复过去说了，回复道：“才是哉，俚说故歇五少爷就交代拨耐。”善卿呵呵鼓掌而罢。

第六十三回终。

第六十四回　吃闷气怒拚缠臂金　中暗伤猛踢窝心脚

按:朱淑人、洪善卿在周双珠房间里用过午餐,善卿遂携淑人并往对过周双玉房间,与双玉当面说定。善卿自愿担保,带领淑人出门。双玉满面怒色,白瞪着眼瞅定淑人,良久良久,说道:"一万洋钱买耐一条性命,便宜耐!"淑人掩在善卿肘后,不敢作声。善卿搭讪说笑,一同出门。

淑人在路,问起一万洋钱作何开消。善卿道:"五千末拨俚赎身;再有五千,搭俚办副嫁妆,让俚嫁仔人末好哉。"淑人问:"嫁个啥人?"善卿道:"就是嫁人个难。耐覅管,耐去舒齐仔洋钱,我替耐办。"

淑人欲挽善卿到家与乃兄朱蔼人商量。善卿不得已,随至中和里朱公馆见蔼人于外书房,淑人自己躲去。

善卿从容说出双玉寻死之由,淑人买休之议,或可或否,请为一决。蔼人始而惊,继而悔,终则懊丧欲绝。事已至此,无可如何,慨然叹道:"豁脱仔洋钱,以后无拨瓜葛,故也无啥。不过一万末,好像忒大仔点。"善卿但唯唯而已。蔼人复道:"难是生来一概拜托老兄,其中倘有可以减省之处,悉凭老兄大才斟酌末哉。"善卿恧颜受命而行。蔼人送至门首,拱手分别。

善卿独自踅出中和里门,意思要坐东洋车,左顾右盼,一时竟无空车往来,却有一个后生摇摇摆摆自北而南。善卿初不在意,及至相近看时,不是别人,即系嫡亲外甥赵朴斋,身上倒穿着半新不旧的羔皮宁绸袍褂,较诸往昔体面许多。朴斋止步,叫声"娘舅"。善卿点一点头。朴斋因而禀道:"无娒病仔好几日,昨日加重仔点,时常牵记娘舅。娘舅阿好去一埭,同无娒说说闲话?"善卿着实踌躇了半日,长叹一声,竟去不顾。

朴斋以目相送,只索罢休,自归鼎丰里家中,复命于妹子赵二宝,说:“先生晚歇就来。”并述善卿道途相遇情状。二宝冷笑道:“俚末看勿起倪,倪倒也看勿起俚！俚个生意,比仔倪开堂子做倌人也差仿勿多。”

说话之间,窦小山先生到了,诊过赵洪氏脉息,说道:“老年人体气大亏,须用二钱吉林参。”开方自去。二宝因要兑换人参,亲向洪氏床头摸出一只小小头面箱开视,不意箱内仅存两块洋钱,慌问朴斋,说是“早晨付仔房钱哉,陆里再有嗄”!

二宝生恐洪氏知道着急,索性收起头面箱,回到楼上房中和阿虎计议,拟将珠皮、银鼠、灰鼠、紫毛、狐嵌五套帔裙典质应急。阿虎道:“耐自家物事拿去当也无啥,故歇绸缎店个帐一点也勿曾还,倒先拿衣裳去当光仔,勿是我说句邱话,好像勿对。”二宝道:“通共就剩仔一千多店帐,阿怕我无拨！”阿虎道:“二小姐,耐故歇末好像勿要紧,倘忙无拨仔,覅说是一千多,要一块洋钱才难哩！”

二宝不伏气,臂上脱下一只金钏臂,令朴斋速去典质。朴斋道:“吉林参末,就娘舅店里去拆仔点哉啘。”被二宝劈面喷了一脸唾沫,道:“耐个人也好哉,再要说娘舅！”朴斋掩面急走。

二宝随往楼下看望洪氏,见其神志昏沉,似睡非睡。二宝叫声“无娒”,洪氏微微接应。问:“阿要吃口茶?”伺候多时,竟不搭嘴。二宝十分烦躁。

忽听得阿虎且笑且唤道:“咦,少大人来哉！少大人几时到个嗄? 楼浪去哩。”接着靴声橐橐,一齐上楼。

二宝连忙退出,望见外面客堂里缨帽箭衣,成群围立,认定是史三公子,飞步赶上楼去;顶头遇着阿虎,撞个满怀。二宝即问:“房里啥人?”阿虎道:“是赖三公子,勿是史三。”二宝登时心灰足软,倚柱喘息。阿虎低声道:“赖三公子有名个癞头鼋,倒真真是好客人,勿比仔史三末就不过空场面。耐故歇一个多月无拨几花生意,难要巴结点。做着仔癞头鼋,故末年底下也好开消。”道犹未了,房间里一片声嚷道:“快点喊大老母来哩！让我看,阿像是个大老母！”阿虎赶紧撺掇二宝进房。二宝见上面坐着两位,认得一位是华铁眉,那一位大约是赖三公子了。

原来，赖公子因前番串赌吃亏，所以此次到沪，那些流氓一概拒绝，单与几个正经朋友乘兴清游。闻得周双玉"第三个大老母"之说，特地挽了华铁眉引导，要见识这赵二宝是何等人物。

二宝踅到跟前，赖公子顺势拉了过去，打量一番，呵呵笑道："俚就是史三个大老母？好，好，好！"二宝虽不解所谓，也知道是奚落他，不去瞅睬，只问华铁眉道："史公子阿有信？"铁眉回说："无拨。"二宝约略诉说当初史公子白头之约，目下得新忘故，另娶扬州。铁眉道："价末俚局帐阿曾开消？"二宝道："俚去个辰光拨倪一千洋钱，倒是倪搭俚说：'耐就要来末，一淘开消也正好。'陆里晓得去仔人也勿来，信也无拨。"赖公子一听，直跳起来嚷道："史三漂局钱，笑话哉啘！"铁眉微笑道："想来其中必有缘故，一面之词如何可信？"二宝遂绝口不谈。

阿虎存心巴结，帮着二宝殷勤款洽，二宝依然落落大方。偏偏赖公子属意二宝，不转睛的只顾看，看得二宝不耐烦，低着头，弄手帕子。赖公子暗地伸手揣住手帕子一角，猛力抢去，只听"哗喇"一响，把二宝左手养的两只二寸多长的指甲，齐根迸断。二宝又惊又痛，又怒又惜；本待发作两句，却为生意起见，没奈何忍住了。赖公子抢得手帕子，兀自得意。阿虎取把剪刀，授给二宝，剪下指甲，藏于身边。

二宝正要抽身回避，恰好朴斋在帘子外探头探脑，二宝便踅出中间。朴斋交明兑的参，当的洋钱，二宝就命朴斋下去煎参，自己点过洋钱，收放房中衣橱内。赖公子故意诧道："陆里来个小伙子，标致得来！"二宝说："是阿哥。"赖公子道："我倒道是耐家主公。"阿虎道："覅瞎说。"回头指着阿巧道："哪，是俚个家主公呀。"阿巧方给华铁眉装水烟，羞的别转脸去。

二宝憎嫌已甚，竟丢下客人，避入楼下洪氏房间。华铁眉乖觉，起身振衣，作欲行之状。无如赖公子恋恋不舍，当经阿虎怂恿，径喊相帮摆个台面，铁眉不好拦阻。赖公子因问二宝何往，阿虎道："来里下头张张俚娘。俚娘生仔个病。"随口装点些病势说给赖公子听。

支吾许久，不见二宝回来，阿虎令阿巧去喊。二宝有心微示瑟歌之意，姗姗来迟。赖公子等的心焦，一见二宝，疾趋而前，张开两只臂膊,想要抱入怀中。二宝吃惊倒退,急的赖公子举手乱招。二宝远远站住,再也不肯近身。赖公子已生了三分气。华铁眉假作关切,问二宝道:“耐娘是啥个病?”二宝会意,假作忧愁,和铁眉刺刺不休,方打断了赖公子豪兴。

随后相帮调排桌椅,安设杯箸,二宝复乘隙避开。赖公子并未请客,但叫了七八个局,又为华铁眉代叫三个,孙素兰不在其内。发下局票,不等起手巾,赖公子即拉华铁眉入席对坐。相帮慌的送上酒壶,二宝又不及敬酒。

阿虎见不成样子,自己赶下洪氏房间。只见朴斋隅坐执烛,二宝手持药碗用小茶匙喂与洪氏。阿虎跺脚道:“二小姐去哩,台面坐仔歇哉呀!教耐巴结点,耐倒理也勿理哉!”二宝低喝道:“要耐去瞎巴结!讨人厌个客人,倪勿高兴做。”阿虎着紧问道:“赖三公子个客人耐勿做,耐做啥个生意嗄?”二宝红涨于面。阿虎道:“耐是小姐,倪是娘姨,生来做勿做随耐个便!店帐带挡才清爽仔,勿关倪事!”二宝暗暗叫苦,开不出口。阿虎亦自赌气,不顾台面,趱往灶下闲坐。台面上只剩阿巧一人夹七夹八说笑。

赖公子含怒未伸,面色大变。华铁眉为之解道:“我闻得二宝是孝女,果然勿差,想来故歇伏侍俚娘,离勿开。难得难得!”遂连声赞叹不置。赖公子不觉解颐。

二宝喂药既毕,仍扶洪氏睡下;然后回房应酬台面。适值出局络绎而至,赖公子发话道:“倪勿曾去叫赵二宝个局啘,赵二宝啥自家来哉嗄?”二宝装做没有听见。华铁眉讨取鸡缸杯,引逗赖公子豁拳,混过这场口舌。

赖公子大喜,一鼓作气,交手争锋。怎奈赖公子这拳输的多,赢的少,约摸输了十余拳。赖公子自饮三杯,其余倌人、娘姨争先代饮,阿虎也来代了一杯。赖公子不肯认输,豁个不了。豁到后来,输下一拳,赖公子周围审视,惟赵二宝不曾代过,将这杯酒指交二宝。二宝一气饮干。赖公子要取回那杯子,伸过手去,偶然搭着二宝手背。二宝嗔其轻薄,夺手敛缩。赖公子触动前情,放下杯子,扭住二宝衣领,喝令过来,二宝抵死望后挣脱。赖公子重重怒起,飞起一只毡底皂靴，兜心一脚，早把二宝踢倒在地。阿虎、阿巧奔救不及。

二宝一时爬不起，大哭大骂。赖公子愈怒，发狠上前索性乱踢一阵，踢得二宝满地打滚，没处躲闪，嘴里不住的哭骂。阿虎拦腰抱住赖公子，只是发喊。阿巧横身阻挡，也被赖公子踢了一跤。幸而华扶眉苦苦的代为讨饶，赖公子方住了脚。阿虎、阿巧搀起二宝，披头散发，粉黛模糊，好像鬼怪一般。

二宝想起无限委屈，那里还顾性命！奋身一跳，直有二尺多高，哭着骂着，定要撞死。赖公子如何容得如此撒泼，火性一炽，按捺不下，猛可里喝声"来"！那时手下四个轿班、四个当差的，都挤到房门口垂手观望，一喝百应，屹立候示。赖公子袖子一挥，喝声"打"！就这喝里，四个轿班、四个当差的撩起衣襟，揎拳捋臂一齐上，把房间里一应家伙什物，除保险灯之外，不论粗细软硬，大小贵贱，一顿乱打，打个粉碎。

华铁眉知不可劝，捉空溜下，乘轿先行。所叫的局不复告辞，纷纷逃散。阿虎、阿巧保护二宝从人丛里抢得出来。二宝跌跌撞撞，脚不点地，倒把适间眼泪鼻涕吓得精干。

这赖公子所最喜的是打房间，他的打法极其利害，如有一物不破损者，就要将手下人笞责不贷。赵二宝前世不知有甚冤家，无端碰着这个"太岁"。满房间粗细软硬、大小贵贱一应家伙什物，风驰电掣，尽付东流。本家赵朴斋胆小没用，躲得无影无踪。虽有相帮，谁肯出头求告？赵洪氏病倒在床，闻得些微声息，还尽着问："啥事体嗄？"

赵二宝踉跄奔入对过书房，歪在烟榻上歇息。阿巧紧紧跟随，厮守不去。阿虎眼见事已大坏，独自踅到后面亭子间怔怔的转念头，任凭赖公子打到自己罢休，带领一班凶神，哄然散尽。相帮才去寻见朴斋，相与查检。房间里七横八竖，无路入脚。连床榻橱柜之类也打得东倒西歪，南穿北漏。只有两架保险灯晶莹如故，挂在中央。

朴斋不知如何是好，要寻二宝，四顾不见，却闻对过书房阿巧声唤："二小姐来里该搭。"朴斋赶去，又是黑魆魆的。相帮移进一盏壁灯，才见二宝直挺挺躺着不动。朴斋慌问："打坏仔陆里搭？"阿巧道："二小姐还算好，房间里那价哉嗄？"朴斋只摇摇头，对答不出。

二宝蓦地起立,两手撑着阿巧肩头,一步一步忍痛蹭去,蹭到房门口,抬头一望,由不得一阵心痛,大放悲声。阿虎听得,才从亭子间出来。大家劝止二宝,搀回烟榻坐下,相聚议论。

朴斋要去告状。阿虎道:"阿是告个癞头鼋?覅说啥县里、道里,连搭仔外国人见仔个癞头鼋也怕个末,耐陆里去告嗄?"二宝道:"看俚个腔调,就勿像是好人!才是耐要去巴结俚!"阿虎摆手厉声道:"癞头鼋自家跑得来,啊勿是我做个媒人!耐去得罪仔俚吃个亏,倒说我勿好!明朝茶馆里去讲,我勿好末我来赔。"说毕,一扭身去睡了。

二宝气上加气,苦上加苦,且令朴斋率同相帮收拾房间,仍令阿巧搀了自己,勉强蹭下楼梯。一见洪氏,两泪交流,叫声"无娒",并没有半句话。洪氏未知就里,犹说道:"耐楼浪去陪客人哩,我蛮好来里。"二宝益发不敢告诉其事,但叫阿巧温热了二和药,就被窝里喂与洪氏吃下。洪氏又催道:"难无啥哉,耐去哩。"二宝叮嘱"小心",放下帐子,留下阿巧在房看守,独自路上楼梯。

房间里烟尘历乱,无地存身,只得仍到书房。朴斋随后捧上一只抽屉,内盛许多零星首饰,另有一包洋钱。朴斋道:"洋钱同当票才豁来哚地浪,勿晓得阿少。"二宝不忍阅视,均丢一边。朴斋去后,静悄悄地。二宝思来想去,上天无路,入地无门,暗暗哭泣了半日,觉得胸口隐痛,两腿作酸,踅向烟榻,倒身偃卧。

忽听得弄堂里人声嘈嘈,敲的大门震天价响。朴斋飞奔报道:"勿好哉,癞头鼋啊来哉!"二宝更不惊慌,挺身迈步而出。只见七八个管家拥到楼上,见了二宝,却打个千,陪笑禀道:"史三公子做仔扬州知府哉,请二小姐快点去。"二宝这一喜真乃喜到极处,连忙回房喊阿虎梳头,只见母亲洪氏头戴凤冠,身穿蟒服,笑嘻嘻叫声"二宝",说道:"我说三公子个人陆里会差,故歇阿是来请倪哉?"二宝道:"无娒,倪到仔三公子屋里,先起头事体覅去说起。"洪氏连连点头。阿巧又在楼下喊声"二小姐",报道:"秀英小姐来道喜哉。"二宝诧道:"啥人去拨个信,比仔电报再要快!"二宝正要迎接,只见张秀英已在面前。二宝含笑让坐,秀英忽问道:"耐着好仔衣裳,阿是去坐马车?"二宝道:"勿是,史三公子请倪去呀。"秀英道:"阿要瞎说!史三公子死仔长远哉,耐啥勿曾晓得?"

二宝一想,似乎史三公子真个已死。正要盘问管家,只见那七八个管家变作鬼怪,前来攫扑。吓得二宝极声一嚷,惊醒回来,冷汗通身,心跳不止。

第六十四回终。

跋

客有造花也怜侬之室而索六十四回以后之底稿者。花也怜侬笑指其腹曰:"稿在是矣。"

客请言其梗概。花也怜侬皇然以惊曰:"客岂有得于吾书耶,抑无得于吾书耶?吾书六十四回,赅矣,尽矣,其又何言耶?令试与客游大行、王屋、天台、雁荡、昆仑、积石诸名山,其始也,扪萝攀葛,匍匐徒行,初不知山为何状;渐觉泉声鸟语,云影天光,历历有异,则徜徉乐之矣;既而林回磴转,奇峰沓来,有立如鹄者,有卧如狮者,有相向如两人拱揖者,有亭亭如荷盖者,有突兀如锤、如笔、如浮屠者,有缥缈如飞者、走者、攫拿者、腾踔而颠者,夫乃叹大块之文章真有匪夷所思者,然固未跻其巅也。于是足疲体惫,据石少憩,默然念所游之境如是如是,而其所未游者,揣其蜿蜒起伏之势,审其凹凸向背之形,想像其委曲幽邃、回环往复之致,目未见而如有见焉,耳未闻而如有闻焉,固已一举三反,快然自足,歌之舞之,其乐靡极。噫!斯乐也,于游则得之,何独于吾书而失之?吾书至于六十四回,亦可以少憩矣。六十四回中如是如是,则以后某人如何结局,某事如何定案,某地如何收场,皆有一定不易之理存乎其间。客曷不掩卷抚几以乐于游者乐吾书乎?"

客又举沈小红、黄翠凤两传为问。花也怜侬曰:"王、沈、罗、黄前已备详,后不复赘。若夫姚、马之始合终离,朱、林之始离终合,洪、周、马、卫之始终不离不合,以至吴雪香之招夫教子,蒋月琴之创业成家,诸金花之淫贱下流,文君玉之寒酸苦命,小赞、小青之挟资远遁,潘三、匡二之衣锦荣归;黄金凤之孀居,不若黄珠凤俨然命妇,周双玉之贵媵,不若周双宝儿女成行;金巧珍背夫卷逃,而金爱珍则恋恋不去,陆秀宝夫死改嫁,而陆秀林则从一而终:屈指悉数,不胜其劳。请俟初续告成,发印呈教。目张纲举,灿若列眉,又焉用是哓哓者为哉?"容乃怃然三肃而退。

花也怜侬书。

附录一

《海上花列传》序

胡 适

(一)海上花列传的作者

《海上花列传》的作者自称"花也怜侬",他的历史我们起先都不知道。蒋瑞藻先生的《小说考证》卷八引《谭瀛室笔记》说:

> 《海上花》作者为松江韩君子云。韩为人风流蕴藉,善弈棋,兼有阿芙蓉癖;旅居沪上甚久,曾充报馆编辑之职。所得笔墨之资悉挥霍于花丛。阅历既深,此中狐媚伎俩洞烛无遗,笔意又足以达之。……

《小说考证》出版于民国九年;从此以后,我们又无从打听韩子云的历史了。民国十一年,上海清华书局重排的《海上花》出版,有许廑父先生的序,中有云:

> 《海上花列传》……或曰松江韩太痴所著也。韩初业幕,以伉直不合时宜,中年后乃匿身海上,以诗酒自娱。既而病穷,……于是乎有《海上花列传》之作。

这段话太浮泛了,使人不能相信。所以我去年想做《海上花序》时,便打定主意另寻可靠的材料。

我先问陈陶遗先生,托他向松江同乡中访问韩子云的历史。陶遗先生不久就做了江苏省长;在他往南京就职之前,他来回复我,说韩子云的事实一时访不着;但他知道孙玉声先生(海上漱石生)和韩君认识,也许他能供给我一点材料。我正想去访问孙先生,恰巧他的《退醒庐笔记》出版了。我第一天见了广告,便去买来看;果然在《笔记》下卷(页十二)寻得《海上花列传》一条:

云间韩子云明经，别篆太仙，博雅能文，自成一家言，不屑傍人门户。尝主《申报》笔政，自署曰"大一山人"，"太仙"二字之拆字格也。辛卯(1891)秋应试北闱，余识之于大蒋家胡同松江会馆，一见有若旧识。场后南旋，同乘招商局海定轮船，长途无俚，出其著而未竣之小说稿相示，颜曰《花国春秋》，回目已得二十有四，书则仅成其半。时余正撰《海上繁华梦》初集，已成二十一回；舟中乃易稿互读，喜此二书异途同归，相顾欣赏不置。惟韩谓《花国春秋》之名不甚惬意，拟改为《海上花》。而余则谓此书通体皆操吴语，恐阅者不甚了了；且吴语中有音无字之字甚多，下笔时殊费研考，不如改易通俗白话为佳。乃韩言："曹雪芹撰《石头记》，皆操京语，我书安见不可以操吴语？"并指稿中有音无字之覅朆诸字，谓"虽出自臆造，然当日仓颉造字，度亦以意为之。文人游戏三昧，更何妨自我作古，得以生面别开？"余知其不可谏，斯勿复语。逮至两书相继出版，韩书已易名曰《海上花列传》，而吴语则悉仍其旧，致客省人几难卒读，遂令绝好笔墨竟不获风行于时。而《繁华梦》则年必再版，所销已不知几十万册。于以慨韩君之欲以吴语著书，独树一帜，当日实为大误。盖吴语限于一隅，非若京语之到处流行，人人畅晓，故不可与《石头记》并论也。

我看了这一段，便写信给孙玉声先生，请问几个问题：

(1)韩子云的"考名"是什么？

(2)生卒的时代？

(3)他的其他事迹？

孙先生回信说这几个问题他都不能回答；但他允许我托松江的朋友代为调查。

直到今年二月初，孙玉声先生亲自来看我，带来《小时报》一张，有"松江颠公"的一条《懒窝随笔》，题为"海上花列传之著作者"。据孙先生说，他也不知道这位"松江颠公"是谁；他托了松江金剑华先生去访问，结果便是这篇长文。孙先生又说，松江雷君曜先生(瑨)从前作报馆文字时署名"颠"字，大概这位颠公就是他。颠公说：

……作者自署为“花也怜侬”，因当时风气未开，小说家身价不如今日之尊贵，故不愿使世人知真实姓名，特仿元次山“漫郎聱叟”之例，随意署一别号。自来小说家固无不如此也。

按作者之真姓名为韩邦庆，字子云，别号太仙，又自署“大一山人”，即“太仙”二字之拆字格也。籍隶旧松江府属之娄县。本生父韩宗文，字六一，清咸丰戊午(1858)科顺天榜举人，素负文誉，官刑部主事。作者自幼随父宦游京师，资质极聪慧，读书别有神悟。及长，南旋，应童试，入娄庠为诸生。越岁，食廪饩，时年甫二十馀也。屡应秋试，不获售。尝一试北闱，仍铩羽而归。自此遂淡于功名。为人潇洒绝俗，家境虽寒素，然从不重视“阿堵物”；弹琴赋诗，怡如也。尤精于弈；与知友揪枰相对，气宇闲雅；偶下一子，必精警出人意表。至今松人之谈善弈者，犹必数作者为能品云。

作者常年旅居沪渎，与《申报》主笔钱忻伯何桂笙诸人暨沪上诸名士互以诗唱酬。亦尝担任《申报》撰著；顾性落拓不耐拘束，除偶作论说外，若琐碎繁冗之编辑，掉头不屑也。与某校书最昵，常日匿居其妆阁中。兴之所至，拾残纸秃笔，一挥万言。盖是书即属稿于此时。初为半月刊，遇朔望发行。每次刊本书一回，馀为短篇小说及灯谜酒令谐体诗文等。(适按，此语不很确，说详后。)承印者为点石斋书局，绘图甚精，字亦工整明朗。按其体裁，殆即现今各小说杂志之先河。惜彼时小说风气未尽开，购阅者鲜，又以出版屡屡愆期，尤不为阅者所喜。销路平平，实由于此。或谓书中纯用苏白，吴侬软语，他省人未能尽解，以致不为普通阅者所欢迎，此犹非洞见症结之论也。(适按，此指《退醒庐笔记》之说。)

书共六十四回，印全未久，作者即赴召玉楼，寿仅三十有九。殁后诗文杂著散失无存，闻者无不惜之。妻严氏，生一子，三岁即夭折；遂无嗣。一女字童芬，嫁聂姓，今亦夫妇双亡。惟严氏现犹健在，年已七十有五，盖长作者五岁云。……

右手勾着双玉脖项，把左手按着双玉心窝，脸对脸问道："倪七月里来里一笠园，也像故歇实概样式，一淘坐来浪说个闲话，耐阿记得?"淑人心知说的系愿为夫妇生死相同之誓，目瞪口呆，对答不出。双玉定要问个明白。淑人没法，胡乱说声"记得"。双玉笑道："我说耐也勿该应忘记。我有一样好物事，请耐吃仔罢。"说罢，抽身向衣橱抽屉内取出两只茶杯，杯内满满盛着两杯乌黑的汁浆。淑人惊问："啥物事?"双玉笑道："一杯末耐吃，我也陪耐一杯。"淑人低头一嗅，嗅着一股烧酒辣气，慌问："酒里放个啥物事嗄?"双玉手举一杯，凑到淑人嘴边，陪笑劝道："耐吃喤。"淑人舌尖舐着一点，其苦非凡，料道是鸦片烟了，连忙用手推开。双玉觉得淑人未必肯吃，趁势捏鼻一灌，竟灌了大半杯。淑人望后一仰，倒在床上，满嘴里又苦又辣，拚命的朝上喷出，好像一阵红雨，湿漉漉的洒遍衾裯。淑人支撑起身，再要吐时，只见双玉举起那一杯，张开一张小嘴，"咽嘟咽嘟"尽力下咽。淑人不及叫喊，奋身直上，夺下杯子，掼于地下，"豁琅"一声，砸得粉碎。双玉再要抢那淑人吃剩的一杯，也被淑人掳落跌破。淑人这才大声叫喊起来。

楼下周兰先前听得碗响，尚不介意；迨至淑人叫喊，有些疑惑，手持烟灯，上楼打探。淑人赶去拔下门闩，迎进周兰。周兰见淑人两手一嘴及领衣袖袖之上，皆为鸦片烟沾濡涂抹，已是骇然；又见双玉喘吁吁挺在皮榻上，满脸都是鸦片烟，慌问："啥事体喤?"淑人偏又呐呐然说不清楚，只是跺脚干急。

幸而那时双珠、巧囡、阿珠都不曾睡，陆续进房，见此情形，十稔八九。双珠先问："阿曾吃嗄?"淑人只把手紧指着双玉。双珠会意，唤个相帮速往仁济医馆讨取药水。

巧囡舀上热水，给淑人、双玉洗脸漱口。淑人抹净手面，吐尽嘴里余烟。双玉大怒，欻地起立，柳眉倒竖，星眼圆睁，咬牙切齿骂道："耐个无良心、杀千刀个强盗坯！耐说一淘死，故歇耐倒勿肯死哉！我到仔阎罗王殿浪末，定归要捉耐个杀坯！看耐逃走到陆里去!"

周兰还是发怔。双珠叫声"双玉"，从中排解道："五少爷是勿好，勿该应定个亲。不过耐也年纪轻，勿懂事，客人个闲话才是瞎说。

书中赵朴斋以无赖得志，拥资钜万。方堕落时，致鬻其妹于青楼中，作者尝救济之云。会其盛时，作者侨居窘苦，向借百金，不可得，故愤而作此以讥之也。然观其所刺褒瑕瑜，常有大于赵某者焉。然此书卒厄于赵，挥钜金，尽购而焚之。后人畏事，未敢翻刊……（清华排本《海上花》的许厘父序）

鲁迅先生的《中国小说史略》也引有一种传说。他说：

书中人物亦多实有，而悉隐其真姓名，惟不为赵朴斋讳。相传赵本作者挚友，时济以金，久而厌绝，韩遂撰此书以谤之。印卖至第二十八回，赵急致重赂，始辍笔，而书已风行。已而赵死，乃续作贸利，且放笔至写其妹为倡云。（《中国小说史略》）

我们试比较这两条，便可断定这种传闻是随意捏造的了。前一条说赵朴斋挥金尽买此书而焚之，是全书出版时赵尚未死。后一条说赵死之后，作者乃续作全书：这是一大矛盾。前条说作者曾救济赵氏，后条说赵氏时救济作者：这是二大矛盾。前条说赵朴斋之妹实曾为倡，后条说作者"放笔至写其妹为倡"，是她实不曾为倡而作者诬她为倡：这是三大矛盾。——这些矛盾之处，都可以教我们明白这种传说是出于揣测臆造。譬如汉人讲《诗经》，你造一说，他造一说，都自夸有师传；但我们试把齐、鲁、韩、毛四家的说法排列在一块，看他们互相矛盾的可笑，便可以明白他们全是臆造的了。

我这样的断案也许不能叫人心服。且让我从积极方面提出证据来给韩子云辩诬。韩子云在光绪辛卯年（1891）北上应顺天乡试，与孙玉声先生同行南归。他那时不是一个穷急无赖靠敲竹杠度日的人，有孙先生可作证。那时他的《海上花》已有二十四回的稿子了。次年壬辰（1892）二月，《海上花》的第一第二回就出版了。我们明白这一层事实，便知道韩子云决不至于为了借一百块钱不成而做一部二十五万字的书来报仇的。

况且《海上花》初出在壬辰二月，到壬辰十月出到第二十八回，方才停版，改出单行石印本。单行的全部六十四回本出版在光绪甲午（1894）年正月，距离停版之时，仅十四个月。写印一部二十五万字的大书要费多少时间？中间那有因得了"重赂"而辍笔的时候？

定亲，阿要讨耐去做大老母？"双玉不待说完，
小老母！耐去问俚，啥人说个一淘死？"淑人拍腿
！阿哥替我定个亲，一句闲话无拨我说碗！"双玉欻
前，又狠狠的戟指骂道："耐只死猪猡！晓得是耐阿哥
！我问耐，为啥勿死？"吓得淑人倒退不迭。

乱间，相帮取到一瓶药水，阿珠急取两只玻璃杯，平分倒出。
疑尚恐不曾吐尽，先去呷了一口。双玉怒极，一手抢那杯子，
淑人脸上甩来，泼了淑人一头药水。幸亏淑人头颈一侧，那玻璃
杯从耳朵边搳了过去，没有甩着。淑人远远央告道："耐也吃点哩。耐吃仔个药水，随便耐要啥，我总归依耐，阿好？"双玉大声道："我要啥嗄？我末要耐死哉哩！"周兰、双珠同词劝道："死勿死末再说，耐吃仔了哩。"

阿珠、巧囡也帮着千方百计劝双玉吃药水。双玉不禁哼的笑道："劝啥嗄？放来浪，等我自家吃末哉碗！俚勿死，我倒犯勿着死拨俚看，定归要俚死仔末我再死！"说着，举起玻璃杯，一口一口慢慢的呷。巧囡绞上手巾，揩了一把。不多时，一阵翻腹搅肚，喉间汩汩作响，便呕出一汪清水。周兰、双珠一左一右，搀着臂膊，叫双玉只顾吐。双玉一面吐，一面还喃喃不绝的骂。直至天色黎明，稍稍吐定，大家一块石头落地，不好再去睡觉，令灶下开了煤炉，燉口稀饭，略点一点。

淑人知道双玉兀自不肯干休，背地求计于双珠。双珠攒眉道："双玉个脾气，五少爷也明白个哉。俚陆里肯听人个闲话？倪是一家人，也勿好搭俚说，就说末也无行用。耐倒是请个朋友来劝劝俚，俚倒听句把。"

一句提醒了淑人，当即写张字条速令相帮去南市咸瓜街请永昌参店洪老爷。大家把双玉扶上大床，各自散去。淑人眼睁睁地独自看守，守到日之方中，洪善卿惠然肯来。淑人赶出迎见，请进双珠房间，细述昨宵之事，欲恳善卿去劝双玉。

善卿应承，踅过双玉房间，见双玉歪在大床上，垂头打盹，调息养神。善卿近前轻轻叫声"双玉"。双玉睁眼见了，起身让坐。善卿随

懂得了这一层事实,更可以明白"印卖至第二十八回,赵急致重赂,始辍笔;……赵死乃续作贸利"的话全是无根据的诬蔑了。

其实这种诬蔑的话头,很容易看出破绽。许厪父的序里也说:

然观其所刺褒瑕瑜,常有大于赵某者焉。

鲁迅也说:

然二宝沦落,实作者豫定之局。

这都是从本书里寻出的证据。许君所说,尤为有理。《海上花》写赵朴斋不过写他冥顽麻木而已,并没有什么过分的贬词。最厉害的地方如写赵二宝决计做妓女的时候,

朴斋自取红笺,亲笔写了"赵二宝寓"四个大字,粘在门首。(第三十五回)

又如

赵二宝一落堂子,生意兴隆,接二连三的碰和吃酒,做得十分兴头。赵朴斋也趾高气扬,安心乐业。(同上回)

这不过是有意描写一个浑沌没有感觉的人,把开堂子只看作一件寻常吃饭事业,不觉得什么羞耻。天地间自有这一种糊涂人,作者不过据实描写罢了。造谣言的人,神经过敏,偏要妄想赵朴斋是"作者挚友","拥赀钜万",——这是造谣的人自己的幻想,与作者无关。作者写的是一个开堂子的老板的历史:这一点我们须要认清楚了,然后可以了解作者描写赵朴斋真是"平淡而近自然",恰到好处。若上了造谣言的人的当,误认赵朴斋是作者的挚友或仇家,那就像张惠言周济一班腐儒向晚唐五代的艳词里去寻求"微言大义"一般,永远走入魔道,永远不能了解好文学了。

聪明的读者!请你们把谣言丢开,把成见撇开,跟我来重读这一部很有文学风趣的小说。

这部书决不是一部谤书,决不是一部敲竹杠的书。韩子云是熟悉上海娼妓情形的人;颠公说他"与某校书最昵,常日匿居其妆阁中。"他天天住在堂子里,所以能实地观察堂子里的情形,所以能描写的那样深刻真切。他知道赵二宝(不管她的真姓名是什么)一家的人物历史最清楚详细,所以这部书虽采用合传体,却不能不用"赵

氏世家”做个大格局。这部书用赵朴斋做开场，用赵二宝做收场，不但带写了洪氏姊弟，连赵朴斋的老婆阿巧在第二回里也就出现了。我们试仔细看这一大篇《赵氏家传》，便可以看出作者对于赵氏一家，只忠实地叙述他们的演变历史，忠实地描写他们的个性区别，并没有存心毁谤他们的意思。岂但不毁谤他们？作者处处都哀怜他们，宽恕他们，很忠厚地描写他们一家都太老实了，太忠厚了，简直不配吃堂子饭。作者的意思好像是说：这碗堂子饭只有黄翠凤、黄二姐、周兰一班人还配吃，赵二宝的一家门都是不配做这行生意的。洪氏是一个浑沌的乡下老太婆，决不配做老鸨。赵朴斋太浑沌无能了，正如吴松桥说的，“俚要做生意！耐看陆里一样生意末俚会做嗄？”阿巧也是一个老实人，客人同她“噪”，她就要哭；作者在第二十三回里出力描写阿巧太忠厚了，太古板了，不配做大姐，更不配做堂子的老班娘娘。其中赵二宝比较最能干了；但她也太老实了，太忠厚了，所以处处上当。她最初上了施瑞生的当，遂致流落为娼妓。后来她遇着史三公子，感觉了一种真切的恋爱，决计要嫁他。史三公子走时，她局帐都不让他开销；自己还去借了几千块钱的债，置办四季嫁衣，闭门谢客，安心等候做正太太了。史三公子一去不回，赵朴斋赶到南京打听之后，始知他已负心另娶妻子了。赵二宝气的倒跌在地，不省人事；然而她睡在床上，还只回想“史三公子……如何契合情投，……如何性儿浃洽，意儿温存”。（第六十二回）后来她为债务所逼迫，不得已重做生意，——只落得她的亲娘舅洪善卿鼓掌大笑！（六十二回末）二宝刚做生意，便受“赖头鼋”的蹂躏：她在她母亲的病床前，“朴斋隅坐执烛，二宝手持药碗，用小茶匙喂与洪氏”，楼上赖三公子一时性发，把“满房间粗细软硬，大小贵贱”，都打的精光。二宝受了这样大劫之后，

> 思来想去，上天无路，入地无门，暗暗哭泣了半日，觉得胸口隐痛，两腿作酸，踅向烟榻，倒身偃卧。

她入梦了。她梦见史三公子做了扬州知府，差人来接太太上任；她梦见她母亲

> 洪氏头戴凤冠，身穿霞帔，笑嘻嘻叫声“二宝”，说道：“我说

三公子个人陆里会差！故歇阿是来请倪哉！”

这个时候，二宝心头的千言万语，挤作了一句话。她只说道：

无娒，倪到仔三公子屋里，先起头事体，覅去说起。

这十九个字，字字是血，是泪，真有古人说的“温柔敦厚，怨而不怒”的风格！这部《海上花列传》也就此结束了。

聪明的读者，你们请看，这一大篇《赵氏家传》是不是敲竹杠的书？做出这样“温柔敦厚，怨而不怒”的绝妙文章的韩子云先生是不是做书敲竹杠报私仇的人？

（三）《海上奇书》

去年十月底，我同高梦旦先生郑振铎先生去游南京。振铎天天去逛旧书摊，寻得了不少旧版的小说。有一天他跑回旅馆，高兴的很，说：“我找到一部宝贝了！”我们看时，原来他买得了一部《海上奇书》。这部《海上奇书》是一种有定期的“绣像小说”，他的第一期的封面上印着：

光绪壬辰二月朔日，每本定价一角。申报馆代售。

第一期《海上奇书》三种合编目录：

《太仙漫稿》〇《陶佃妖梦记》自一图至八图，此稿未完。

《海上花列传》〇第一回　赵朴斋咸瓜街访舅
洪善卿聚秀堂做媒

第二回　小伙子装烟空一笑
清倌(人)吃酒枉相讥

《卧游集》〇霁园主人《海市》林嗣环《口技》

《海上奇书》共出了十四期，《海上花列传》出到第二十八回。先是每月初一、十五，各出一期的；到第十期以后，改为每月初一日出一期，直到壬辰(1892)十月朔日以后才停刊。

这三种书之中，《卧游集》专收集前人纪远方风物的小品文字，我们可以不谈。《太仙漫稿》是作者用古文做的短篇小说，其中很多狂怪的见解，可以表现作者的文学天才的一方面，所以我们把他们重钞付印，附在这部《海上花》的后面，作一个附录。《海上花列传》二十八回即是此书的最初版本,甚可宝贵。每回有两幅图,技术不很好,却也可以考见当时的服饰风尚。文字上也有可以校正现行各本的地方,汪原放君已细细校过了。最可注意的是作者自己的浓圈;凡一回中的精采地方,作者自己都用浓圈标出。这些符号至少可以使我们明了作者自己最得意或最用气力的字句。我们因此可以领会作者的文学欣赏力。

但最可宝贵的是《海上奇书》保存的《海上花列传例言》。每一期的封面后幅上,印有一条例言。这些例言,我们已抄出印在这书的前面了。其中很多可以注意的。如云:

> 全书笔法自谓从《儒林外史》脱化出来,惟穿插藏闪之法则为从来说部所未有。一波未平,一波又起;或竟接连起十馀波,忽东忽西,忽南忽北,随手叙来,并无一事完全,却并无一丝挂漏;阅之觉其背面无文字处尚有许多文字,虽未明明叙出,而可以意会得之:此穿插之法也。劈空而来,使阅者茫然不解其如何缘故,急欲观后文,而后文又舍而叙他事矣;及他事叙毕,再叙明其缘故,而其缘故仍未尽明;直至全体尽露,乃知前文所叙并无半个闲字:此藏闪之法也。

这是作者自写他的技术。作者自己说全书笔法是从《儒林外史》脱化出来的。"脱化"两个字用的好,因为《海上花》的结构实在远胜于《儒林外史》,可以说是脱化,而不可说是模仿。《儒林外史》是一段一段的记载,没有一个鸟瞰的布局,所以前半说的是一班人,后半说的另是一班人,——并且我们可以说,《儒林外史》每一个大段落都可以截作一个短篇故事,自成一个片断,与前文后文没有必然的关系。所以《儒林外史》里并没有什么"穿插"与"藏闪"的笔法。《海上花》便不同了。作者大概先有一个全局在脑中,所以能从容布置,把几个小故事都折叠在一块,东穿一段,西插一段,或藏或露,指挥自如。所以我们可以说,在结构的方面,《海上花》远胜于《儒林外史》;《儒林外史》只是一串短篇故事,没有什么组织;《海上花》也只是一串短篇故事,却有一个综合的组织。

然而许多不相干的故事——甲客与乙妓,丙客与丁妓,戊客与己妓……的故事——究竟不能有真正的,自然的组织。怎么办呢?只有用作者所谓“穿插,藏闪”之法了。这部书叫做《海上花列传》,命名之中就表示这书是一种“合传”。这个体裁起于《史记》;但在《史记》里,这个合传体已有了优劣之分。如《滑稽列传》每段之末用“其后若干年,某国有某人”一句作结合的关键,这是很不自然的牵合。如《魏其武安侯列传》全靠事实本身的连络,时分时合,便自然成一篇合传。这种地方应该给后人一种教训:凡一个故事里的人物可以合传;几个不同的故事里的人物不可以合传。窦婴、田蚡、灌夫可以合传,但淳于髡、优孟、优旃只可以“汇编”在一块,而不可以合传。《儒林外史》只是一种“儒林故事的汇编”,而不能算作有自然连络的合传。《水浒传》稍好一点,因为其中的主要人物彼此都有点关系;然而有几个人——例如卢俊义——已是很勉强的了。《海上花》的人物各有各的故事,本身并没有什么关系,本不能合传,故作者不能不煞费苦心,把许多故事打通,折叠在一块,让这几个故事同时进行,同时发展。主脑的故事是赵朴斋兄妹的历史,从赵朴斋跌交起,至赵二宝做梦止。其中插入罗子富与黄翠凤的故事,王莲生与张蕙贞沈小红的故事,陶玉甫与李漱芳李浣芳的故事,朱淑人与周双玉的故事,此外还有无数小故事。作者不愿学《儒林外史》那样先叙完一事,然后再叙第二事,所以他改用“穿插,藏闪”之法,“一波未平,一波又起”,阅者“急欲观后文,而后文又舍而叙他事矣”。其中牵线的人物,前半是洪善卿,后半是齐韵叟。这是一种文学技术上的试验,要试试几个不相干的故事里的人物是否可以合传。所谓“穿插,藏闪”的笔法,不过是实行这种试验的一种方法。至于这个方法是否成功,这却要读者自己去评判。看惯了西洋那种格局单一的小说的人,也许要嫌这种“折叠式”的格局有点牵强,有点不自然。反过来说,看惯了《官场现形记》和《九尾龟》那一类毫无格局的小说的人,也许能赏识《海上花》是一部很有组织的书。至少我们对于作者这样自觉地作文学技术上的试验,是应该十分表敬意的。

《例言》另一条说:

> 合传之体有三难。一曰无雷同:一书百十人,其性情言语面

目行为，此与彼稍有相仿，即是雷同。一曰无矛盾：一人而前后数见，前与后稍有不符，即是矛盾。一曰无挂漏：写一人而无结局，挂漏也；叙一事而无收场，亦挂漏也。知是三者，而后可与言说部。

这三难之中，第三项并不重要，可以不论。第一第二两项即是我们现在所谓"个性的描写"。彼与此无雷同，是个性的区别；前与后无矛盾，是个人人格的一致。《海上花》的特别长处不在他的"穿插，藏闪"的笔法，而在于他的"无雷同，无矛盾"的描写个性。作者自己也很注意这一点，所以第十一期上有《例言》一条说：

> 第廿二回如黄翠凤、张蕙贞、吴雪香诸人皆是第二次描写，所载事实言语自应前后关照；至于性情脾气态度行为有一丝不合之处否？阅者反覆查勘之，幸甚。

这样自觉地注意自己的技术，真可令人佩服。前人写妓女，很少能描写他们的个性区别的。十九世纪的中叶(1848)邗上蒙人的《风月梦》出世，始有稍稍描写妓女个性的书。到《海上花》出世，一个第一流的作者用他的全力来描写上海妓家的生活，自觉地描写各人的"性情，脾气，态度，行为"，这种技术方才有充分的发展。《海上花》写黄翠凤之辣，张蕙贞之庸凡，吴雪香之憨，周双玉之骄，陆秀宝之浪，李漱芳之痴情，卫霞仙之口才，赵二宝之忠厚……都有个性的区别，可算是一大成功。这些地方，读者大概都能领会，不用我们详细举例了。

(四)《海上花》是吴语文学的第一部杰作

但是《海上花》的作者的最大贡献还在他的采用苏州土语。我们在今日看惯了《九尾龟》一类的书，也许不觉得这一类吴语小说是可惊怪的了。但我们要知道，在三十多年前，用吴语作小说还是破天荒的事。《海上花》是苏州土语的文学的第一部杰作。苏白的文学起于明代，但无论为传奇中的说白，无论为弹词中的唱与白，都只居于附属的地位，不成为独立的方言文学。苏州土白的文学的正式成立，要从《海上花》算起。

我在别处(《吴歌甲集序》)曾说:

老实说罢,国语不过是最优胜的一种方言;今日的国语文学在多少年前都不过是方言的文学。正因为当时的人肯用方言作文学,敢用方言作文学,所以一千多年之中积下了不少的活文学,其中那最有普遍性的部分遂逐渐被公认为国语文学的基础。我们自然不应该仅仅抱着这一点历史上遗传下来的基础就自己满足了。国语的文学从方言的文学里出来,仍须要向方言的文学里去寻他的新材料,新血液,新生命。

这是从"国语文学"的方面设想。若从文学的广义着想,我们更不能不倚靠方言了。文学要能表现个性的差异;乞婆娼女人人都说司马迁班固的古文固是可笑,而张三李四人人都说《红楼梦》《儒林外史》的白话也是很可笑的。古人早已见到这一层,所以鲁智深与李逵都打着不少的土话,《金瓶梅》里的重要人物更以土话见长。平话小说如《三侠五义》《小五义》都有意夹用土话。南方文学中自晚明以来昆曲与小说中常常用苏州土话,其中很有绝精彩的描写。试举《海上花列传》中的一段作个例:

……双玉近前,与淑人并坐床沿。双玉略略欠身,两手都搭着淑人左右肩膀,教淑人把右手勾着双玉脖项,把左手按着双玉心窝,脸对脸问道:"倪七月里来里一笠园,也像故歇实概样式一淘坐来浪说个闲话,耐阿记得?"……(六十三回)

假如我们把双玉的话都改成官话:"我们七月里在一笠园,也像现在这样子坐在一块说的话,你记得吗?"——意思固然一毫不错,神气却减少多多了。……

中国各地的方言之中,有三种方言已产生了不少的文学。第一是北京话,第二是苏州话(吴语),第三是广州话(粤语)。京话产生的文学最多,传播也最远。北京做了五百年的京城,八旗子弟的游宦与驻防,近年京调戏剧的流行:这都是京语文学传播的原因。粤语的文学以"粤讴"为中心;粤讴起于民间,而百年以来,自从招子庸以后,仿作的已不少,在韵文的方面已可算是很有成绩的了。但如今海内和海外能说广东话的人虽然不少,粤语的文学究竟离普通话太远,他的影响究竟还很少。介于京语文学与粤语文学之间的,有吴语的文学。论地域,则苏、松、常、太、杭、嘉、湖都可算是吴语区域。论历史,则已有了三百年之久。三百年来,凡学昆曲的无不受吴音的训练;近百年中,上海成为全国商业的中心,吴语也因此而占特殊的重要地位。加之江南女儿的秀美久已征服了全国的少年心;向日所谓南蛮鴃舌之音久已成了吴中女儿最系人心的软语了。故除了京语文学之外,吴语文学要算最有势力又最有希望的方言文学了。……

这是我去年九月里说的话。那时我还没有见着孙玉声先生的《退醒庐笔记》,还不知道三四十年前韩子云用吴语作小说的困难情形。孙先生说:

余则谓此书通体皆操吴语,恐阅者不甚了了;且吴语中有音无字之字甚多,下笔时殊费研考,不如改易通俗白话为佳。乃韩言:"曹雪芹撰《石头记》,皆操京语,我书安见不可以操吴语?"并指稿中有音无字之"覅,朆"诸字,谓"虽出自臆造,然当日仓颉造字,度亦以意为之。文人游戏三昧,更何妨自我作古,得以生面别开?"

这一段记事大有历史价值。韩君认定《石头记》用京话是一大成功,故他也决计用苏州话作小说。这是有意的主张,有计划的文学革命。他在例言里指出造字的必要,说,若不如此,"便不合当时神理"。这真是一针见血的议论。方言的文学所以可贵,正因为方言最能表现人的神理。通俗的白话固然远胜于古文,但终不如方言的能表现说话的人的神情口气。古文里的人物是死人;通俗官话里的人物是做作不自然的活人;方言土话里的人物是自然流露的活人。我们试引本书第二十三回里卫霞仙对姚奶奶说的一段话做一个例:

耐个家主公末,该应到耐府浪去寻碗。耐倽辰光交代拨倪,故歇到该搭来寻耐家主公?倪堂子里倒勿曾到耐府浪来请客人,耐倒先到倪堂子里来寻耐家主公,阿要笑话!倪开仔堂子做生意,走得进来,总是客人,阿管俚是倽人个家主公!……老实搭耐说仔罢:二少爷来里耐府浪,故末是耐家主公;到仔该搭来,就是倪个客人哉。耐有本事,耐拿家主公看牢仔;为倽放俚到堂子里来白相?来里该搭堂子里,耐再要想拉得去,耐去问声看,上海夷场浪阿有该号规矩?故歇勠说二少爷勿曾来,就来仔,耐阿敢骂俚一声,打俚一记!耐欺瞒耐家主公,勿关倪事;要欺瞒仔倪个客人,耐当心点!

这种轻灵痛快的口齿,无论翻成那一种方言,都不能不失掉原来的神气。这真是方言文学独有的长处。

但是方言的文学有两个大困难。第一是有许多字向来不曾写定,单有口音,没有文字。第二是懂得的人太少。

关于第一层困难,苏州话有了几百年的昆曲说白与吴语弹词做先锋,大部分的土话多少总算是有了文字上的传写。试举《金锁记》的《思饭》一出里的一段说白:

(丑)阿呀,我个儿子,弗要说哉。罗里去借点铁得来活活命嘿好赍?

(付)叫我到啰里去借介?

(丑)骤介朋友是多个耶。

(付)我张大官人介朋友是实在多勾,才不拉我顶穿哉。

(丑)阿呀,介嘿,直脚要饿杀个哉!阿呀,我个天吓!天吓!

(付)来,阿姆,弗要哭。有商量里哉。到东门外头三娘姨玊(哚)去借点铁来活搭活搭罢。

然而方言是活的语言,是常常变化的;语言变了,传写的文字也应该跟着变。即如二百年前昆曲说白里的代名词,和现在通用的代名词已不同了。故三十多年前韩子云作《海上花》时,他不能不大胆地作一番重新写定苏州话的大事业。有些音是可以借用现成的字的。有时候,他还有创造新字的必要。他在《例言》里说:

苏州土白弹词中所载多系俗字;但通行已久,人所共知,故仍用之。盖演义小说不必沾沾于考据也。

这是采用现成的俗字。他又说:

惟有有音而无字者。如说“勿要”二字,苏人每急呼之,并为一音。若仍作“勿要”二字,便不合当时神理;又无他字可以替代。故将“勿要”二字并写一格。阅者须知“覅”字本无此字,乃合二字作一音读也。……

读者请注意:韩子云只造了一个“覅”字;而孙玉声去年出版的笔记里却说他造了“嫑”“覅”等字。这是什么缘故呢?这一点可以证明两件事:(1)方言是时时变迁的。二百年前的苏州人说

弗要说哉。那说弗曾?(《金锁记》)

三十多年前的苏州人说:

故歇覅说二少爷勿曾来。(《海上花》二十三回)

现在的人便要说

故歇覅说二少爷嫑来。

孙玉声看惯了近年新添的“嫑”字,遂以为这也是韩子云创造的了。(《海上奇书》原本可证。)(2)这一点还可以证明这三十多年中吴语文学的进步。当韩子云造“覅”字时,他还感觉有说明的必要。近人造“嫑”字时,便一直造了,连说明都用不着了。这虽是《九尾龟》一类的书的大功劳,然而韩子云的开山大魄力是我们不可忘记的。(我疑心作者以“子云”为字,后又改名“奇”,也许是表示仰慕那喜欢研究方言奇字的扬子云罢?)

关于方言文学的第二层困难——读者太少——我们也可以引证孙先生的笔记:

逮至两书(《海上花》与《繁华梦》)相继出版,韩书……吴语悉仍其旧,致客省人几难卒读,遂令绝好笔墨竟不获风行于时。而《繁华梦》则年必再版,所销已不知几十万册。于以慨韩君之欲以吴语著书,独树一帜,当日实为大误。盖吴语限于一隅,非若京语之到处流行,人人畅晓,故不可与《石头记》并论也。

“松江颠公”似乎不赞成此说。他说《海上奇书》的销路不好,是因为“彼时小说风气未尽开,购阅者鲜,又以出版屡屡愆期,尤不为阅者所喜。”但我们想来,孙先生的解释似乎很近于事实。《海上花》

是一个开路先锋,出版在三十五年前,那时的人对于小说不热心,对于方言土话的小说尤其不热心。那时道路交通很不便,苏州话通行的区域很有限;上海还在轿子与马车的时代,还在煤油灯的时代,商业还不如今日的繁盛;苏州妓女的势力范围还只限于江南,北方绝少南妓。所以当时传播吴语文学的工具只有昆曲一项。在那个时候,吴语的小说确然没有风行一世的可能。所以《海上花》出世之后,销路很不见好,翻印的本子绝少。我做小学生的时候,只见着一种小石印本,后来竟没有见别种本子。以后二十年中,连这种小石印本也找不着了。许多爱读小说的人竟不知有这部书。这种事实使我们不能不承认方言文学创始之难,也就使我们对于那决心以吴语著书的韩子云感觉格外的崇敬了。

然而用苏白却不是《海上花》不风行的唯一原因。《海上花》是一部文学作品,富有文学的风格与文学的艺术,不是一般读者所能赏识的。《海上繁华梦》与《九尾龟》所以能风行一时,正因为他们都只刚刚够得上“嫖界指南”的资格,而都没有文学的价值,都没有深沉的见解与深刻的描写。这些书都只是供一般读者消遣的书,读时无所用心,读过毫无馀味。《海上花》便不然了。《海上花》的长处在于语言的传神,描写的细致,同每一故事的自然地发展;读时耐人仔细玩味,读过之后令人感觉深刻的印象与悠然不尽的馀韵。鲁迅先生称赞《海上花》“平淡而近自然”。这是文学上很不易做到的境界。但这种“平淡而近自然”的风格是普通看小说的人所不能赏识的。《海上花》所以不能风行一时,这也是一个重要原因。

然而《海上花》的文学价值究竟免不了一部分人的欣赏。即如孙玉声先生,他虽然不赞成此书的苏州方言,却也不能不承认他是“绝好笔墨”。又如我十五六岁时就听见我的哥哥绍之对人称赞《海上花》的好处。大概《海上花》虽然不曾受多数人的欢迎,却也得着了少数读者的欣赏赞叹。当日的不能畅销是一切开山的作品应有的牺牲;少数人的欣赏赞叹是一部第一流的文学作品应得的胜利。但《海上花》的胜利不单是作者私人的胜利,乃是吴语文学的运动的胜利。我从前曾说:

有了国语的文学,方才可以有文学的国语。……有了文学的国语,方才有标准的国语。(《建设的文学革命论》)

岂但国语的文学是这样的,方言的文学也是这样的。必须先有方言的文学作品,然后可以有文学的方言。有了文学的方言,方言有了多少写定的标准,然后可以继续产生更丰富更有价值的方言文学。三百年来,昆曲与弹词都是吴语文学的预备。但三百年中还没有一个第一流文人完全用苏白作小说的。韩子云在三十多年前受了曹雪芹的《红楼梦》的暗示,不顾当时文人的谏阻,不顾造字的困难,不顾他的书的不销行,毅然下决心用苏州土话作了一部精心结构的小说。他的书的文学价值终久引起了少数文人的赏鉴与模仿;他的写定苏白的工作大大地减少了后人作苏白文学的困难。近二十年中遂有《九尾龟》一类的吴语小说相继出世。《九尾龟》一类的书的大流行便可以证明韩子云在三十多年前提倡吴语文学的运动此时已到了成熟时期了。

我们在这时候很郑重地把《海上花》重新校印出版。我们希望这部吴语文学的开山作品的重新出世能够引起一些说吴语的文人的注意,希望他们继续发展这个已经成熟的吴语文学的趋势。如果这一部方言文学的杰作还能引起别处文人创作各地方言文学的兴味,如果从今以后有各地的方言文学继续起来供给中国新文学的新材料,新血液,新生命,——那么,韩子云与他的《海上花列传》真可以说是给中国文学开一个新局面了。

十五,六,三十,在北京

附录二

读《海上花列传》

刘半农

花也怜侬所作《海上花列传》,现由上海亚东图书馆标点重印。当其清样打成时,恰巧我经过上海,馆中就把校阅清样这一件事嘱付了我。我既有机会将此书细阅一过,自然阅完之后,乐得把所得到的一些见解写了下来。

适之向我说:这是吴语文学中第一部好书。鲁迅在他的《中国小说史略》中,也将这书看作一部重要的作品;结尾总评一句,说全书用平淡无奇的文笔写成:这在鲁迅先生的严峻的批评中,已可算得推崇备至的了。

胡鲁两先生的说话是如此,自然我所能说的,也不过替他们加上些注解便了。但是仔细一想,话却可以分作几段说。

第一段:说此书的著作者和他著作此书的起因。

花也怜侬究竟是什么人?他的身世怎样?这问题我们一时竟是无从回答。据适之说:《海上繁华梦》的作者海上漱石生,是花也怜侬的朋友。适之想去看他一次,仔细打听打听。若然他这一次的访问能有美满的结果,那我就得恭喜他,他又可以大过其考据瘾了!

我们虽然还没有能知道花也怜侬是什么样人,却从清华书房翻印的《海上花·许序》中所说,和鲁迅的《中国小说史略》中所说,可以知道他著这部书,除开场所说"具菩提心,运广长舌……总不离警觉提撕之旨"之外,还有一个用意:就是和赵朴斋为难。这件事,或者不是全无根据,因为在《海上奇书》第一期中所载《海上花列传·例言》中说:

所载人名事实,俱系凭空捏造,并无所指。如有强作解人,妄言某人隐某人,某事隐某事,此则不善读书,不足与谈者矣!

这几句话说得何尝不冠冕堂皇!但是我们不要被他瞒过:小说家往往把假造的事,挂上个实事的招牌;把真有的事,反说得子虚乌有。这种办法,几乎已是个不成文的公式。所以本书作者的严重声明,反可以算得个不打自招的供状。

再看书中所记赵朴斋、洪氏、赵二宝三人,究竟有什么了不得的恶德没有?朴斋的谋事不成,堕入下流,是很普通的。洪氏的年老糊涂,全无脊骨,是很普通的。二宝的热慕虚荣,失身为妓,也是很普通的。以朴斋与吴松桥相比,究竟是谁更坏?以洪氏与郭孝婆周兰之类相比,究竟是谁更坏?便与她兄弟洪善卿相比,究竟是谁更坏?以二宝与沈小红黄翠凤之类相比,又究竟是谁更坏?然而松桥周兰等辈的下场,都还不过如此;赵氏一家,却弄到凄凉万分,求生不能,求死不得!而且到了全书结束时,作者居心要糟塌赵氏的痕迹,就愈加鲜明了。赵二宝要想嫁与史三公子做大老母,原也是做妓女的人的一种极平常的妄想。你说她能做到,固然可以;说她做不到,也就尽够给她消受了。然而作者偏要故弄狡狯,说她预先置办嫁装,平白的拖上数千金的债,到后来是一场无结果。这也就够之又够的了;然而作者还不称心,还要拉出个赖三公子来大打房间;打了还不算,还要叫她做上一场哭不得笑不得的恶梦,使她"冷汗通身,心跳不止",才肯放她完结。从这上面看,若说作者与赵氏并无过不去之处,请问他为什么把别人都轻轻的放过了,却偏在这一家上大用气力,不肯宽让一分呢?

这种的事,我们诚然不得不认为著作界中的一种耻辱。但是作者是一件事,作品是一件事,处于作者与作品之间的"作的动机"又是一件事。我们应当将这三件事分别而论,不可混为一谈。譬如我们在欧洲所看见的古监狱或古刑场,若要推溯它当年建筑时的用意或建筑以后所演过的一切惨剧,那就简直可以说:这类的东西都是要不得。非但是监狱与刑场,便是皇宫教堂之类,也大都是独夫民贼劳民以逞的真凭实据。但是品评建筑的人,决不能把眼光对着这一方面看去:他们只应当就建筑物的本身上,去估量它在美术上所占的地位与所具的特长，决不能于美不美之外，再管到别的什么。在文学上也是如此。作品若好，作者便是极无行，也不能以彼累此。反之，作品若坏，即使有孔老夫子的亲笔署名，也逃不了批评家的喟然而叹！这本是极明显的道理，在中国人却不免糊糊涂涂，彼此纠缠。所以陶渊明的人格，是无可指摘的；一般想吃冷猪肉的老先生，却偏要摇头叹气，说什么"白璧微瑕，只在《闲情》一赋"。这就是因作品以牵累作者了。《金瓶梅》一书，在冷猪肉先生眼中，当然是万恶之首，因为他们看这书时，所看的只是些"如此如此"，没有看见别的什么。但因相传此书作者，是预备写成之后，书角上浸了毒药去报仇的，于是冷猪肉先生，又不得不谅其用心之苦而加以原宥。这就是就作者以论作品了。这种批评的态度，真是错到了十二分以上。我们若不先将这层剖剔清楚，恐免不了出笔便差，全盘都错。我们应当认明著了书想敲赵朴斋的竹杠，或者是敲不到赵朴斋的竹杠因而著书泄愤，乃是花也怜侬名下的一笔帐；文笔的好坏，方是《海上花》名下的一笔帐：这就泾渭分明，两无牵累的了。

第二段：说此书的好处。

一书的好坏，本不是容易评定的。往往同是一书，或同是一书中的某一节，一个人看了以为极好，换一个人看了就以为极坏，而这两种评论所具有的价值，却不妨完全相等。所以我现在所要说的此书的好处，也不过把我个人的意思，大致写出些来便了。

我们看这部书，看不到几页就可以看出它笔法的新奇。在一般小说中，遇到了事情繁复时，往往把一事叙了一段，暂且搁下，另说一事；到这另一事说得有了些眉目，然后重行搁下，归还到原先的一事。在本书中却不是如此。他所用的方法，可以归作这样的一个程式：

> 有甲乙二人正在家中谈话，谈得一半，忽然来了一个丙，把话头打断。等到丙出了门，却把甲乙二人抛开了，说丙在路上碰到了丁；两人话不投机，便相打起来。那边赶来了一个红头阿三，将他们一把拉进巡捕房：从此又把丙丁二人抛开了，却说红头阿三出了巡捕房，碰到了红头阿四，如何如何……自此类推，必须再经过了许多的波折，然后想方法归还到最初的甲乙二人

所谈的事;再经过了许多许多的波折,再想方法归还到巡捕房里的丙丁二人,以至于红头阿三,红头阿四等等。

作者自己在《例言》中说:“全书笔法,自谓从《儒林外史》脱化出来。”(《海上奇书》第三期)不错,凡是读过《儒林外史》的人,都可以证明这句话一点也不错。但《儒林外史》中只把这种特别的笔法小小用了一用,到了本书,可就大用特用了;《儒林外史》中用这笔法,只叫它做些简单的过渡的事,本书中可把它使用得千变万化,神出鬼没。因此我们应当承认:这种特别笔法的发明人虽然是《儒林外史》作者,而能将它发扬光大,使它的作用能于表现到最充分的一步的,却是《海上花》作者。

那么,用这种笔法的好处在什么地方呢?且看作者在《例言》中自己夸扬的话:

> ……惟穿插藏闪之法,则为从来说部所未有。一波未平,一波又起;或竟接连起十馀波,忽东忽西,忽南忽北,并无一事完全,部(却)并无一丝挂漏,阅之觉其背面无文字处,尚有许多文字,顾未明明叙出,而可以意会得之:此穿插之法也。劈空而来,使阅者茫然不解其如何缘故;急欲观后文,而后文又舍而叙他事矣。及他事叙毕,再叙明其缘故,而其缘故仍未尽明;直至全体尽露,乃知前文所叙并无半个闲字:此藏闪之法也。(《海上奇书》第三期)

这些话虽然是“戏台里喝采”,却句句是真实的,并不是一味“瞎吹”。例如赵朴斋初到上海时,急着要嫖,不论是长三、幺二、野鸡、花烟间,什么都好,是明写的;后来手中渐渐的拮据起来,想去找吴松桥谋事,又向张小村呆头呆脑的问了许多废话,也是明写的。自此以后,他如何渐渐的流落到做穿不起长衫的瘪三,又如何同人家相打打破了头,又如何再堕落下去,弄得拉起东洋车来,却并不明写,只在他娘舅洪善卿眼中看出。这样详的极详,略的极略,在看书的人,却并不觉得它前后不调匀,反觉得这样正是恰到好处。又如张蕙贞的下场,若换别人来写,一定要费上许多笔墨,而仍不免吃力不讨好。因为一向所描写的张蕙贞,乃是明白事理,不任意气的,在青楼中,可算的个幽娴贞静的人物;如今要翻转来说她偷侄儿,着笔自然很难。作者可聪明了。他先从周兰阿珠两人眼中,看见张蕙贞挨了一顿打,可又并没有说出挨打的原因,只在前面无关紧要之处,暗伏一笔,说"两人刚至门首,只见一个后生慌慌张张冲出门来,低着头一直奔去,分明是王莲生的侄儿,不解何事"(回五四),叫人看了全不在意。到后来,方从洪善卿与阿珠两人闲谈中不慌不忙的说出:

阿珠道:"张蕙贞倽勿好?"善卿道:"也不过勿好末哉,说俚做倽!"……"险个!王老爷打仔一泡,勿要哉。张蕙贞末吃个生鸦片烟;原是倪几个朋友去劝仔,拿个阿侄末赶出,算完结归桩事体。"(回五七)

用这样的方法来记述一件不容易着笔的事,真不得不叹为聪明绝顶的笔墨了。又如朱淑人与周双玉二人,鬼迷了也有很不少的时候了。他们俩定情的一幕,在庸手是一定要铺排细写的,作者却直挨到了最后一幕,方为简单补出:

双玉近前与淑人并坐床沿。双玉略略欠身,两手都搭着淑人左右肩膀,教淑人把右手勾着双玉脖项,把左手按着双玉心窝,脸对脸问道:"倪七月里来里一笠园,也像故歇实概样式,一淘来浪说个闲话,耐阿记得?"淑人心知说的系愿为夫妇生死和同之誓,目瞪口呆,对答不出……(回六三)

至于双玉的人格如何?她对于淑人的交情是真是假?也是直到了最后才说穿:

"耐个无良心杀千刀个强盗坯!耐说一淘死,故歇倒勿肯死哉!我到仔阎罗王殿浪末,定归要捉耐个杀坯!看耐逃到陆里去!"(同上)

"耐只死猪猡!晓得是耐阿哥替耐定个亲!我问耐为倽勿死?"(同上)

"劝倽嗄?放来浪等我自家吃末哉啘!俚勿死,我倒犯勿着死拨俚看,定归要俚死仔末我再死!"(同上)

"一万洋钱买耐一条命,便宜耐!"(回六四)

大家一看到了这样的下流声口,就可以断定她一向的天真漫烂是假的,是和李浣芳截然不同的。若再一回想到她对于双宝的惨刻的欺凌,就更可以明白这孩子真是要不得,真可以使人不寒而栗。

以上略举数例,已很够证明书中穿插藏闪二法,运用得十分神妙。但问他何以能如此神妙呢?这就不得不归功于方才所说的特别的笔法。若不用这种笔法而用原有的旧方法,就不免重滞拖累,转运不灵。这并不是我凭空瞎说;凡是做过小说的人,只须略略一想,就可以知道我这话不错。

因此,我们若把作者的《例言》改变几个字,把原文的

> 全书笔法,自谓从《儒林外史》脱化出来。惟穿插藏闪之法,则为从来说部所未有。……

改做了

> 全书笔法,自谓从《儒林外史》脱化出来。用此笔法,乃能运用穿插藏闪之法,开从来说部中所未有之法门。……

那就分外的的确不移了。

自从有了《儒林外史》,经过了如许多的年代,才有一个花也怜侬,看出它笔法的妙处,从而发扬光大,自成一家。从花也怜侬以至今日,又经过了如许多的年代,出过了如许多的小说,却还没有看见什么人能于应用这笔法的。这就可见旧方法的难于打破,与新方法的难得解人。但同时我们也应当知道,这一种特别笔法,是不容易使用的。你若没有相当的聪明去调遣它,没有相当的气力去搬运它,结果只是画虎类狗而已!

其次,让我们来看一看这部书中的描写事物的技术。在最近出版的无量数的小说中,我们往往可以看见这样的文章:

> "啊哟天呀!妈妈你怎么着?"王嬷嬷的儿子含着眼泪说。"唉!我的好儿子,我——好——了——些——了!"王嬷嬷一断一续的说。

这在著作者,已是卖尽了气力想做白描文章的了。但他大卖气力的结果,只是叫我们不幸的读者多作几番呕!回看这部书中的白描,可真是白描了。我们一路看去,好像它是完全不用气力,随随便便写成的。但若真是不用气力就能写成这样大的一部书,恐怕世界

上没有这样的便宜事罢！试看王阿二初看见张小村时所说的一段话：

"耐阿好！骗我阿是？耐说转去两三个月啘，直到仔故歇坎坎来！阿是两三个月嗄？只怕有两三年哉！我教娘姨到栈房里看仔耐几埭，说是勿曾来，我还信勿过，间壁郭孝婆也来看耐，倒说道勿来个哉。耐只嘴阿是放屁！说来哚闲话阿有一句做到！把我倒记好来里！耐再勿来末，索性搭耐上一上，试试看末哉！"（回二）

其中那一句不是用尽了气力做的？然而我们看去，只觉得它句句逼真，不能增损一字，断断不会觉到丝毫的讨厌。其故是因为他所用气力，是真气力，是用在文句骨里的，不比低手作者，说不出有骨子的话，只能用上些讨厌刺激的字面拉拉场面。再看所记徐茂荣张寿二人在野鸡潘三家胡闹的一段事：

那野鸡潘三披着棉袄下床。张寿还笑嘻嘻腆着她做景致。潘三沉下脸来，白瞪着眼，直直的看了张寿半日。张寿把头颈一缩道："阿唷！阿唷！我吓得来！"潘三没奈河，只挣出一句道："倪要板面孔个！"张寿随口答道："覅说倽面孔哉，耐就板起屁股来，倪……"说到"倪"字，却顿住嘴，重又上前去潘三耳朵边说了两句。潘三发极道："徐大爷，耐听绯！耐哚好朋友，说个倽闲话嗄！"徐茂荣向张寿央告道："种种是倪勿好，叨光耐搭倪包荒点，好阿哥！"张寿道："耐叫饶仔，也罢哉；勿然，我要问声俚看：大家是朋友，阿是徐大爷比仔张大爷长三寸哚？"潘三接嘴道："耐张大爷有恩相好来哚，倪是巴结勿上啘，只好徐大爷来照应点倪啘。"张寿向来安道："耐听绯，徐大爷叫得阿要开心！徐大爷个灵魂也拨俚叫仔去哉！"来安道："倪覅听！阿有倽人来叫声倪嗄！"潘三笑道："来大爷末算得是好朋友哉；说说闲话也要帮句把哚！"张寿道："耐要是说起朋友来……"刚说得一句，被徐茂荣大喝一声，剪住了道："耐再要说出倽来末，两记耳光！"张寿道："就算我怕仔耐末哉，阿好？"徐茂荣道："耐倒来讨我个便宜哉！"一面说，一面挽起袖子，赶去要打。张寿慌忙

奔出天井,徐茂荣也赶出去。(回五)

试问我们现在学做《拟曲》,究竟能有什么人做得出这样的一段文章没有?更进一步,我们在无量数的新旧小说中,像这样的文章能有许多没有?

我举这两个例,不过因其篇幅较短,容易写出罢了。此外正有无数的妙文,散见全书之中,细心人随时可以发现。最好的一段,乃是十八回中所纪李漱芳的病状,和浣芳的一片天真(至于四十二回中写漱芳的死,就比较的不甚出色,其写浣芳,却分外有精神)。这段文章,可真用得着高亚白批小赞的《菊花诗》的十五个字来批它:

"是眼中泪,是心头血,成如容易却艰辛。"(回六一)

他描写事物的手段如此高明,是我们大家可以看得出的。但问他何以能如此高明,我们就不得不注意于两件辅助的事:一件是冷静的头脑,又一件是精密纯到的观察。

所谓冷静的头脑,乃是无论笔下所写的事物何等纷忙,何等杂乱,在作者总还要一丝不苟,保存他"死样活气"的态度。不然,即使有好材料,也不免毁去。因为用热乱的态度写出来的小说,总是平面的;必须是用冷静的态度写出来的,方是立体的。我用平面立体两个名词来比拟小说,不免有人以为比得不伦不类。但是我请你想一想:你读到过一种一览了无馀味,好像是水面上浮着一层油花的小说没有?一定是有的。你又读到过一种小说,它中间的事事物物,好像能一一站立起来,站在你面前的没有?也一定是有的。既都是有的,你就可以相信我所说的平面立体两个名词;更可从这平面立体上,比较出作者的头脑的冷热。但有一层不要弄错:作者头脑的冷热,并无关于所写事物的本身的冷热。热的事物如《红笑》中所写,总无可更热的了;但作者的头脑,仍还同西伯利亚的冰雪一般的冷。至于把冷的事物写热的,那就不必我来举例,你书架上一定堆放着不少!

本书作者的头脑,虽然也不免有热乱的时候,但十分之八九总是冷静的。有了这冷静的头脑,他方才能不慌不忙,一丝不乱的将他的白描技术使用出来。我在书中看见这样的两段:

莲生等撞过乱钟,屈指一数,恰是四下,乃去后面露台上看时，月色中天，静悄悄的，并不见有火光。回到房里，适值一个外场先跑回来报说："来哚东棋盘街哚。"莲生忙蹰在桌子傍高椅上，开直了玻璃窗向东南望去，在墙缺里现出一条火光来。（回一一）

阿珠只装得两口烟，莲生便不吸了，忽然盘膝坐起，意思要吸水烟。巧囡送上水烟筒，莲生接在手中，自吸一口，无端吊下两点眼泪。（回五七）

"月色中天，静悄悄的……在墙缺里现出一条火光来"，"（把水烟筒）接在手中，自吸一口，无端吊下两点眼泪"：这便是替花也怜侬的脑子画了个小影啊！

精密纯到的观察，乃是作一切写实小说的命脉；要是没有了它，便无论你天才怎样的高，工夫怎样的深，总不免一动笔就闹笑话，因为既是写实小说，就决不能"瞎三话四"的。相传花也怜侬本是钜万家私，完全在堂子里混去了。这句话大约是确实的，因为要在堂子里混，非用钱不可；要混得如此之熟，非有钜万家私不可。但在堂子里混了一世的人很不少，混了之后做出小说来给我们看的也很不少，为什么我们所看见的别种小说，都比不上这一部书呢？这就不得不归功于作者的用心观察了。大约别人在堂子里混，只是颟颟顸顸的混了过去；到著书时，糊糊涂涂随便写上些就算。花也怜侬在堂子里，却是一面混，一面放只冷眼去观察；观察了熟记在肚里，到下笔时，自然取精用宏了。况且他所观察的，不但是正式的堂子，便是野鸡与花烟间中的"经络"与其中人物的性情，脾气，生活，遭遇，也全都观察了；不但是堂子里的倌人，便是本家，娘姨，大姊，相帮之类的经络，与其性情，脾气，生活，遭遇等，也全都观察了；甚至连一班嫖客，上自官僚，公子，下迄跑街，西崽，更下以至一班嫖客的跟班们的性情，脾气，生活，遭遇，也全都观察了。他所收材料如此宏富，而又有绝大的气力足以包举转运它，有绝冷静的头脑足以贯穿它，有绝细腻绝柔软的文笔足以传达它，所以他写成的书，虽然名目叫《海上花》，其实所有不止是花，也有草，也有木，也有荆刺，也有粪秽，乃是上海社会中一部分"混天糊涂"的人的"欢乐伤心史"。明白了这一层，然后看这书时,方不把眼光全注在几个妓女与嫖客身上,然后才可以看出这书的真价值。

第三段:说这书的坏处。

一部书做得无论怎样的好,总不免有些毛病,因为作者的精神,总不免有疏懈的时候,识力也总不免有彀不到的地方。但假使只有些局部的小毛病,那就完全算不了一回事;假使毛病不是限于局部而是有关全书的大局的,那就不可以轻轻放过了。

本书所有的不能宽宥的毛病,不在上半部而在下半部。自从高亚白尹痴鸳两个狗头名士上了场,书便大大的减色;自从齐韵叟那老饭桶上了场,书更大大的减色。原来狗头名士,在本书中断断用不着。即使要用一个凑凑趣,有了方蓬壶也就够极了(书中写蓬壶,着实写得好)。不料作者把蓬壶看做了倒夜壶的坯料(回三三),却把亚白痴鸳两个倒马桶的坯料捧到什么似的,这真令人莫名其妙了。老饭桶,在书中也实在用不着。原用来凑趣,前面有了一个黎篆鸿,配上了一个老怪物屠明珠,也就热闹得可以了。不料后文又大吹大擂的请出一个齐韵叟来,又大吹大擂的把书中人大半拉到了此老门下去。于是一部书顿由趣味浓郁的境界,转入单调的境界,转入无聊的境界:这是不得不替作者万分可惜的。

作者为什么要这样呢?或者有人说:他所记的是事实;有这样的事实,就不得不这样记。这句话是不能成立的,因为小说家不比得新闻记者与历史家,即使所记是事实,也尽该剪裁斟酌,决不能拖泥带水照直写上。或者又有人说,他是因为前面写了许许多多的堂子经络,不免人家看了讨厌,所以后面转出一番名园景物,名士风流来,使阅者的眼光新一新。这句话说得近了些了,然而还是不对。因为名园景物,名士风流,根本上就是些死东西,是写不出色的。作者若果为别翻花样,以新耳目起见,他为什么不换一个方向,抛开了上等堂子,转将下等堂子,如野鸡,花烟间,私门头,咸肉庄之类,好好的描写一番呢?这本是他擅长的事,他为什么不走这路,却走入一条死路上去呢?

我想来想去,想出了他所以要走这一条路的理由来了。一层是他想把他的理想的人物(英雄)表出,二层是他要设法把许多零零碎碎,他自己以为得意的文学作品,插入书中。

他的理想人物,当然就是高亚白。他说他能文能武,而且能医病。这真有些《野叟曝言》中文素臣的臭味了,你看讨厌不讨厌!幸而李漱芳的病,终于是死的;若是说了自经高亚白一医,便霍然而愈,那就更要糟得不可言喻了!

他所得意的文学作品,我们也领教着了!高亚白的词(回三三),很平常;《帐铭》(回四〇),很平常;尹痴鸳的《秽史》(回五一),文笔也很平常;"鸡""鱼""肉""酒"的酒令(回三九,回四〇),不成东西;平上去入的酒令(回四四),更不成东西;求其略略像样的,只有一联咏桃花的诗:

一笑去年曾此日,再来前度复何人?(回四〇)

和一联咏残柳的诗:

借问当年谁得似?可怜如此更何堪!(同上)

至於小赞的一首"《赋得还来就菊花》"(回六一),真是全无好处(即用做"试帖"的眼光去看,也不过如此),作者却把它恭维得天上有,地下无:这就可以见出作者在诗文上面的见解的谬陋了。

人的知识本不是能向着各方面平均进展,平均发达的;所以作者能有得一枝做写实文章的妙笔,而对于做小品诗文的观念,竟如此其谬陋,原不是件离奇的事。所可惜者,他这样一来,把一部很好的书弄糟了。他把很好的篇幅,割出许多来给这些无聊的东西占了去,使人看到了就是讨厌头痛,这是何苦!他甚至于有时将他所最得意的特别笔法也忘去了:例如从三十八回起,至四十回止,一径写一笠园中的事,中间除放焰火一段略略有趣外,其馀完全是平铺直叙,全无精采,叫看的人看到此处,疑心自己已换看别书,不复看《海上花》,因《海上花》中是处处有波澜,处处有变化,决不是这样单调的。同时他因为要实写齐韵叟的"风流广大教主"的头衔,就不得不添上许多呆事,如姊妹花拜把,公祭李漱芳之类:将这类事也混进了书中,书又如之何而不糟!

但是书中虽然有了这许多的坏处,他的好处,却并不因此而淹灭；因为究竟是好处多，坏处少。我们看书的，只须自己能分别他的好坏就是了。

最后一段：说方言文学。

这书中所用的语言有两种：一种记事，用的是普通的白话；一种记言，用的是苏白。在这上面，我们真不得不佩服作者的斟酌尽善。因为普通白话，在小说中及其他白话的作品中，已经使用了好久；因其使用了好久，所以他所具的能力，在文句的构造上和在字与词的运用上，总比较的发达。因其发达，我们拿他来记事，自然很便利。但要说到记言，可又是一件事了。因为口白中所包有的，不但是意义，而且还有神味。这神味又可分作两种：一种是逻辑的，一种是地域的。譬如这样一句极简单的话：

"我是没有工夫去了，你去好不好？"

中间意义是有的，逻辑的神味也有的，说到地域的神味，可是偏于北方的；若把它译作

"我是无拨工夫去个哉，耐去阿好？"

就是在同样的意义，同样的逻辑的神味之下，完全换了个南方的神味了。假使我们做一篇小说，把中间的北京人的口白，全用普通的白话写，北京人看了一定要不满意；若是全用苏白写，那就非但北京人，无论什么人都要向我们提出抗议的。反之，若用普通白话或京话来记述南方人的声口，可就连南方人也不见得说什么。这是什么缘故呢？这是被习惯迷混了。我们以为习惯上可以用普通白话或京话来做一切的文章，所以做了之后，即使把地域的神味牺牲了，自己还并不觉得。但假使有人能将此中重要细为指出，或者将同一篇文字，用两种语言写成，互相比较，则其优劣得失，便立时可以赤裸裸的表现出来了。我们应当知道各人的口白，必须用他自己所用的语言来直写下来，方能传达得真确，若要用别种语言来翻译一道，无论如何总不免有相当的牺牲。所以文言不如白话，就是因为文言乃是一种翻译品，他将白话中所有的地域神味完全消失了（文言可算得是全无地域神味的文字）；同样，若用乙种方言去翻译甲种方言，则地域神味完全错乱，语言的功能，就至少也损失了十分之三四了。

我想我这一段简单的话，已能将方言文学的可以存立而且必须提倡的理由，说得明明白白的了。但方言文学作品不能博到多数人的了解与赏鉴，也是事实。这一层，我却以为无须顾虑，因为文学作品不比得香烟与滑头药，赏鉴的人多，固然很好，便是少些，也全不要紧。况且今后交通日趋便利，以一人而能懂得多种方言的人，必日见其多；而在语学上用工夫的人，也必能渐渐的做出许多方言文典与方言字典来，做一般读者的帮助。

吴语文学的作品，我们已有的是许多的弹词，小曲，和小说。但弹词小曲是韵文的，中间所含文言分子太多，不能将吴语的特长充分表现；至于小说，我们可还没有能找出比这一部《海上花》更好的。所以直算到今日为止，我们应当承认这书为吴语文学中的代表著作。这是就文学方面说。若就语学方面说，我们知道要研究某一种方言或语言，若单靠了几句机械式的简单例句，是不中用的；要研究得好，必须有一个很好的文本(Texte)做依据，然后才可以看得出这一种语言的活动力，究竟能活动到什么一个地步。如今《海上花》既在文学方面有了代表著作的资格，当然在语学方面，也可算得个很好的本文：这就是我的一个简单的结语了。

此以外，我们还可以在书中找出许许多多有关系的材料。例如明园华众会之类，是上海“洋场”史中的好材料。一碗面二十八文，四个人的房饭每天八百文，是生计史中的好材料。又如民国六年，我初到北京，有一位老者慨乎言之的向我说：“现在是老爷和太太也同坐马车了；在民国以前，谁也看不见这样的怪事！”他这话大约是不错的，因为在二十二三年以前，我初到苏州，还只看见嫖客与婊子同坐马车，没有看见过老爷与太太。今看书中，知道当时便是嫖客与婊子，有时还要分坐两车。这种风会的转移，不又是风俗史中的好材料么？

一九二五，一二，二三，天津

附录:前面一篇《读〈海上花列传〉》,是这回我在天津听大炮的时候写成的。写成之后,抄好了一大半,炮声已停,我便从天津站了整整十二点钟,站到了北京了。到北京后第一件可喜的事,便是无意中得到了一部原印六十四回完全本的《海上花》,其中有花也怜侬的一篇《序》,一篇《跋》,书面标签,也是他亲笔写了影印的。就他的《跋》的后半篇看,可以知道书中所记,是当时事实;有许多事没有能在书中记了的,便在《跋》中简单补叙,交代明白。至于所说"请俟初续告成,发印呈教"云云,不过是他的托辞便了。

一九二五,一二,三一,北京

附录三

校读后记

汪原放

《海上花列传》的本子很不容易得到好的，所以我们决意要标点这部书的动机虽然起得很早，可是不能不迟到现在才能出版。

小石印本和铅印本的《海上花列传》大概都免不了有许多错误，要认定一个本子作底本，在这部书，真是例外的，确实不可能。譬如第八回中有云：

> 翠凤将行。见房里只剩子富一个。即问珠凤呢。小阿宝道。无娒耐哚人。才到仔陆里去哉。赵家娒在楼下。连忙接应。一径来见子富。问道。罗教俚哚困去哉。翠凤看挂钟。已敲过四点。方不言语。便向楼窗口高声喊道。老爷安置罢，子富点点头。

这一段是不通的，问题至少有以下几个：

(1)"无娒耐哚人。才到仔陆里去哉。"这一句应该作"无娒，耐哚人才到仔陆里去哉？"

(2)翠凤子富小阿宝都在楼上房里，赵家娒在楼下上来，几个人都在一个房里了，怎么"方不言语"的翠凤又"便向楼窗口高声喊道"呢？叫罗子富安置为什么要"向楼窗口"？

(3)"罗教俚哚困去哉"的"罗"字不可通，这个"罗"字是子富的姓，应该在老爷之上，说，罗老爷安置罢。

我们丢开铅印本，再把石印本检查检查。《海上奇书》里是这样的：

> 翠凤将行。见房里只剩子富一个。即问珠凤呢。小阿宝道。无娒教俚哚困去哉。翠凤看挂钟。已敲过四点。方不言

语。便向楼窗口高声喊道。耐哚人才到仔陆里去哉。赵家姆在楼下。连忙接应。一径来见子富。问道。罗老爷。安置罢。子富点点头。

这样看来,当然是石印本好。但我们再把铅印本的明显的错处仔细校正他看看:

翠凤将行,见房里只剩子富一个,即问:"珠凤呢?"小阿宝便向楼窗口高声喊道:"无姆,耐哚人才到仔陆里去哉?"赵家姆在楼下连忙接应道:"教俚哚困去哉。"翠凤看挂钟,已敲过四点,方不言语。赵家姆一径来见子富,问道:"罗老爷,安置罢?"子富点点头。

这是显然的:石印本是初本,铅印本是改本。这一处,把错误处改正了,我们不能不觉得这种地方从初本倒不如后来的改本了。改本是比较的更简洁而明白的。

像这样的问题实在是很多的。我们举这一处也足以知道这书的标点与校读的经过是怎么样的情形了。

《海上花列传》这部书,除了作者的叙述,凡是直接会话,完全都是吴语。诸暨蒋瑞藻先生在他的《小说考证》里面(第一百七十九条)说:

……书中均用吴音。如"覅""嫐"之类,皆有音无字,故以拼音之法成之,在"六书"为会意而兼谐声。唯吴中人读之颇合情景,他省人则不尽解也……

"光绪二十八年壬寅孟秋古皖拜颠生稿于海上语新楼"的《海上繁华梦》新书初集序中又云:

……尝读说部至《花月痕》,《海上花列传》,《青楼梦》,《风月梦》,《绘芳录》诸书,窃谓其描写花月闲情俱能唯妙唯肖。《海上花》则本地风光,自成一家;惜乎书中纯操苏白,江浙间人能读之!……

今年海上漱石生(孙玉声先生,即《海上繁华梦》的作者)又在他的《退醒庐笔记》下卷页十一"《海上花列传》"中道:

……而余则谓:此书通体皆操吴语,恐阅者不甚了了……而吴语则悉仍其旧，致客省人几难卒读，遂令绝好笔墨竟不获风行于时……盖吴语限于一隅，非若京语之到处流行，人人畅晓……

我们仔细想来，为"非江浙间人""客省人"便利计，能够帮助了解明白计，把吴语能够勉强用白话解释出来的一概加以解释，列在下面。我们且把单字放在第一，双字放在第二，以后就按字的多少做一个次序：

浪——上。

耐——你。

俚——他。

个——的。

啘——语尾。

勿——不。

嗄——语尾。

哩——语尾。

阿——可。

搭——替，同，处。

啥——何，甚，什么。

哉——语尾。

淘——太，忒。

仔——了。

故——这。

末——的时候，的话。

第——这。

倪——我，我的，我们。

覅——不要。

野——交关，非常。

埭——次，回，趟。

拨——给。

来——在。

能——如此，这样。

晚——迟,晏。
哚——们。
蛮——交关,非常,甚,很。
忒——太。
咿——又。
沓——丢,掷,撂。
难——如今,那。
价——这种。
落——下。
歇——一会儿。
原——原来,仍旧,依旧。
困——睡。
邱——丑。
嗓——吵,闹。
瘾——发烟瘾。
豁——丢,抛,落,撂,扔,跌。
强——违拗。
汏——洗。
粳——笨,强。
坑——收藏。
掼——摔。
隐——熄了,灭了。
准——对。
陆里——那里。
自家——自己。
那价——如何,怎样,怎么。
娘舅——母舅。
一淘——同,一块儿,一处。
来哚——在。
无娒——母亲,妈妈。

勿曾——不曾，未曾。

为仔——为了，因为。

屋里——家中。

勿差——不错。

受茶——许聘。

娘姨——女用人，女仆。

无拨——没有。

一歇——一会儿。

干脱——做了。

北头——上海租界和闸北地面叫做北头，又叫北海；城内及南市华界叫做南头，又叫南海。

第号——这种。

来里——在，在此。

俚哚——他们。

末哉——罢了。

大姐——不曾出嫁的使女。

干湿——妓院里面待客的果盘有干的，有湿的，叫做干湿。

无啥——不怎么样，还好，不差，不坏，不丑。

多花——多少，许多。

作成——照顾。

相好——妓院里称呼客人嫖的妓女叫相好。

勿响——不作声，不言语，不说话。

晚歇——停一会儿，停一下子，等一会儿。

里向——里面。

长三——高等的妓女。

幺二——二等的妓女。

坍台——倒霉，丢丑。

价末——那么。

白相——逛逛，玩玩。

经络——家数，这道，花头。

书寓——妓女聚在一处卖唱的地方,可以说是进妓院去的媒介所。又高等妓院之称。

开外——以上。

场花——地方。

归面——那边。

第搭——这里。

坎坎——刚刚,方才。

故歇——现在。

闲话——言语。

乖杀——乖巧的很。

脱体——脱身,走开不问了。

耐哚——你们。

辰光——时候。

倌人——妓女的称呼。

茶会——茶围,进妓院去和妓女吃茶谈心。

实概——如此,这样。

先生——长三妓院对妓女的称呼。

转去——回去。

姘头——相好。

讨人——老鸨买来当妓女的姑娘,而不是亲生的。

缥致——美。

搪脱——费去,用去,花去。

赛过——譬如。

阳台——晒台。

吃局——吃花酒。

局票——叫妓女来侑酒的条子。

乌师——妓女唱曲时的拉胡琴的人。

转局——甲叫来侑酒的妓女转给别人。

相帮——妓院里的男用人。

带局——带妓女来侑酒唱戏。

舒齐——一切就绪,安排好,预备好,舒服。
翻台——甲客摆花酒,乙客也摆酒,先吃甲的,再翻过去吃乙的。
推扳——不好。
花酒——有妓女侑酒,在妓院中吃酒。
调头——妓女迁移住所。
收捉——收拾。
叫局——叫妓女侑酒。
跳槽——客人先和甲妓相好,后来绝交,又和乙妓相好。
倪子——儿子。
陶成——有放荡意。
捕面——洗脸。
趣势——趣味。
倘忙——或者,倘若,假如,如果。
咻咻——混混,马马糊糊的算了。
夷场——或称洋场,指租界。
牌局——打牌叫局。
来海——和来里一样,在那里或在这里的意思。
干己——干系。
难末——那么。
写意——适意。
定规——一定。
定归——一定。
局帐——叫局的帐,叫条子的帐。
吃没——吞没。
夜头——夜里。
菜水——肴馔。
海骂——大骂。
出局——妓女出门侑酒。
团仵——女儿。
俚乃——他。

显焕——风光，体面。
谄头——软弱无用。
间架——为难，尴尬。
反杀——吵得什么似的。
勿来——不成功，不答应，不行，不成。
搭浆——敷衍了事。
生来——当然，自然。
铲头——谄头。
聋甏——聋子。
歇作——算了。
讨气——惹气，讨厌。
海会——威风，阔绰。
磕铳——磕睡。
无么——没有。
众生——畜生。
该世——来生。
回头——回报，不答应，拒绝。
勿局——不妥，不便。
划一——的确。
下脚——客人在妓院赏男女用人的钱。
热昏——惛，昏冬，骂人的话。
生天——生来。
伉大——笨伯。
秋气——拗气。
发松——发笑，有趣。
欺瞒——欺负。
常恐——恐怕，只怕，也许。
烂料——没用的东西。
猪庐——猪，骂人顽冥不灵的意思。
娇寡——娇嫩。

傢生——家具,器具。
拆梢——敲竹杠。
静办——安静。
碰关——至多。
呆大——呆子。
亮月——月亮。
该首——那边。
别脚——蹩脚,倒霉的样子。
闹猛——热闹。
落镶——住夜。
打岔—开心,吵蛋。
一干仔——一个人。
花烟间——下等妓女。
上一上—试一试,撞一撞。
上当水——上当。
扳差头——寻错处。
家主公——丈夫。
清倌人——还是处女的妓女。
小先生——清倌人之称。
两家头——两个人。
有白相——有意味。
台面浪——席上。
包打听——侦探。
吃耳光——挨打耳括子。
小干仵——小孩子。
无清头——不知高低,不识轻重。
转念头——想心事。
瞭头里——睡梦里。
勿入味——不有趣相。
家主婆——妻。

勿入调——不识调,不懂道理。

吃得消——当得住。

勿可帐——殊不知,不及料,不承望。

老老头——老头子。

烧路头——妓女逢佳节迎接五路财神。

小娘仵——女孩子。

拆冷台——扫兴。

吃闲话——挨骂。

捉盲盲——捉迷藏。

等俚歇——随他去。

上海滩浪——上海滩上,就是上海地方;江岸海岸叫做滩,上海靠黄浦江,所以叫上海滩。

一塌括仔——总共,尽数,一总。

这次校读《海上花列传》的时候,最得力的是《海上奇书》。这书是郑振铎先生藏的,不但承他借我,并且承他允许我把《海上花列传例言》,一概印进我标点的这个本子里面去。我在这里谢谢郑先生!

这书排成以后,我们生怕有许多错误,很不放心;因为我们吴语研究的程度是很幼稚的。后来承刘半农先生允许替我们校勘一次,指正不少的谬误,我们是很感激的。

十五,十一,三十。汪原放